ANGELBOUND

DER WEG ZU MEINEM ENGEL

CHRISTINA BAUER

WIDMUNG

Gewidmet für meine Freundin Jo A.M.

INHALT

ANGELBOUND

ANGELBOUND

DER WEG ZU MEINEM ENGEL

Es ist nun einen Monat, drei Tage und sechs Stunden her, dass ich das letzte Mal "meinen Gladiator" anhatte und in der Arena gekämpft habe. Nicht, dass ich besessen wäre oder so. Klar, ich kann mich reinschleichen und jemand anderem beim Kämpfen zusehen, aber das ist - zum Einschlafen.

Ich drehe mich auf meinem schmuddeligen Bett um, schlüpfe unter die tristen Decken und beobachte den grauen Nieselregen vor meinem Fenster. Montage sind die Hölle.

Mamas Stimme hallt in mein Schlafzimmer: "Zeit zum Aufstehen! Du willst doch nicht zu spät zur Schule kommen, oder, Schatz?"

Ich verdrehe meine Augen. Natürlich will ich zu spät zur Schule kommen.

Ich hebe den Kopf und öffne den Mund, um genau das zu sagen, entscheide mich dann aber dagegen. Stattdessen beiße ich mir auf die Unterlippe, ziehe mir das Kissen über den Kopf und stöhne laut.

"Mach keine Szene, junges Fräulein." Mama raschelt in der Küche mit Papieren. "Ich habe hier einen Brief. Du stehst auf der offiziellen Beobachtungsliste für unangemessenes Zuspätkommen." Ihre Schritte hallen den Flur hinunter und bleiben vor meinem Zimmer stehen. "Wenn das so weitergeht, wirst du von der High school suspendiert. Was sagst du dazu?"

Ich gucke unter meinem Kopfkissen hervor. Mama steht in meiner Tür, die Faust in die Hüfte gestemmt. Sie ist eine Quasi-Dämonin wie ich, also ähnelt sie einem hübschen Menschen mit einer kurvigen Figur, bernsteinfarbener Haut, schokoladenbraunen Augen und kastanienbraunem Haar, das in Wellen über ihre Schultern fällt. Alle Quasis haben einen Schwanz; Mama und ich tragen beide die lange und spitze Variante. Die großen Unterschiede zwischen uns sind Lachfalten, ein paar graue Haare und unsere Meinung darüber, was für Achtzehnjährige "gefährlich" ist.

Ich schüttle das Kissen auf und schiebe es unter meinen Kopf. Suspendiert zu sein, bedeutet keine Schule. Vielleicht kann ich sogar heimlich ein paar Arenakämpfe verfolgen. Ich wackle mit den Augenbrauen. "Und eine Suspendierung wäre schlecht, weil?"

"Ich würde es nicht so machen."

Ugh. Das würde sie auch.

Ich ziehe meine Decke weg. "Das bin ich, wie ich aufstehe."

"Gut." Mama stapft davon.

Ich Dusche, ziehe mir eine Jogginghose an und schlafwandle in die Küche, wo ich die vertrauten lindgrünen Geräte, unpassenden Möbel und abblätternden Linoleumfliesen sehe. Alles sieht friedlich, ruhig und leer aus. Ein weiterer typischer Montagmorgen vor einem weiteren durchschnittlichen Tag in der Schule. LANGweilig. Ich muss Walker überreden, mich später in die Arena zu bringen. Bis ich wieder zum Kämpfen gerufen werde, ist das besser als nichts.

Ein dicker weißer Umschlag liegt in der Mitte des Küchentisches. Ich hebe ihn auf und lese: "An den Quasi-Dämon, Miss Myla Lewis, 666 Dante Row, Purgatory." Ich lecke meinen Daumen ab und fahre damit über die verschlungene Kalligraphie. Echte Tinte. Mein langer schwarzer Schwanz zuckt in einem nervösen Rhythmus.

Stirnrunzelnd klopfe ich den ungeöffneten Brief gegen meine Handfläche. Keiner schickt mir so etwas Ausgefallenes. In einer blitzschnellen Bewegung saust mein Schwanz über meinen Oberkörper, erwischt den Umschlag mit seinem pfeilförmigen Ende und versucht, ihn mir aus den Fingern zu ziehen.

"Hey jetzt!" Mein Schwanz hatte schon immer einen eigenen Willen. Aus irgendeinem Grund hat er beschlossen, dass dieser Brief gefährlich ist. Ich reiße den Umschlag außer Reichweite, schaffe es aber nicht bevor eine Ecke völlig zerfetzt ist. "Sieh mal, was du gemacht hast." Mein Schwanz schlüpft hinter mich, um sich schuldbewusst um meinen Knöchel zu wickeln.

Ich lese die Außenseite des Briefes noch einmal. Hier gibt es nichts, worüber man sich Sorgen machen müsste. Ich bin ein Quasi-Dämon (größtenteils menschlich mit ein wenig Dämonen-DNA). Ich habe alle achtzehn Jahre meines Lebens im Fegefeuer verbracht (wo menschliche Seelen für den Himmel oder die Hölle gerichtet werden, Aka der langweiligste Ort in der Geschichte aller Zeiten). Dieser Brief ist wie Dutzende andere, die jede Woche bei uns eintrudeln. Warum ist mein Schwanz auf einer Mission, dieses Ding zu zerstören?

Ich starre wieder auf die Worte und habe das Gefühl, dass sie lauten sollten: "Öffne dies, um dein Leben auf den Kopf zu stellen und dein Herz zu Brei zu machen."

Offensichtlich habe ich einen schlechten Morgen.

Ich stecke den Umschlag mit der Zeitbombe in meinen schäbigen Rucksack. Ich werde ihn später in der Schule lesen.

Mama kommt in die Küche. "Wie geht's meinem süßen Baby, Mylala?" Ja, ich bin achtzehn Jahre alt und Mama benutzt immer noch Kosenamen aus der Zeit, als ich drei war.

"Mir geht's gut." Ich öffne einen Schrank und ziehe eine Schachtel Frankenberry-Müsli heraus.

Mama beobachtet jede meiner Bewegungen, ihre Stirn legt sich in Falten vor Sorge.

"Hast du letzte Nacht gut geschlafen, Myla?"

Oh, nein. Jetzt kommt's. "Auf jeden Fall." Volltreffer.

"Hast du schlecht geträumt?"

"Nö." Die 'ruhige Stimme' funktioniert dieses Mal nicht so gut.

"Hmm." Sie tippt sich an die Wange. "Hast du in letzter Zeit jemanden getroffen? Irgendwelche neuen Freunde gefunden?"

Ich knirsche mit den Zähnen. Alle meine Morgen beginnen mit mütterlichen Verhören wie diesem. Ich finde, es ist das Beste, beruhigende Ein-Wort-Antworten zu geben. "Negativ."

"Überhaupt keine Freunde?"

"Nur denselben seit der ersten Klasse." Ich hebe den Löffel zur Betonung. "Cissy."

"Das ist gut." Sie schenkt mir ein zittriges Grinsen. "Du bist in Sicherheit."

Ich schieße ihr einen herzlichen Daumen hoch. Das heutige Kreuzverhör endete relativ schnell; vielleicht wird Mama weniger überbesorgt. Ein Grinsen zerrt an meinen Mundwinkeln.

"Mehr als sicher." Ich haue im Karate-Stil in die Luft. "Ich bin eine schlanke, gemeine Arena-Kampfmaschine." Ich zucke zusammen und bleibe mitten im Schlag stehen. Wie konnte ich nur so dumm sein? Mama verliert jedes Mal den Verstand, wenn ich das Wort "Arena" sage.

Es gibt eine Pause, die eine Million Jahre dauert, während Mama mich anstarrt, ihr Gesicht unleserlich. Endlich bewegt sie sich. Aber anstatt hysterisch herumzuspringen, dreht sie sich um und durchwühlt Schränke auf der Suche nach einem Kaffeebecher.

Warte mal kurz.

Heute Morgen hat Mama ihr Verhör abgekürzt und ist nicht in Panik geraten, als ich das Wort 'Arena' sagte. Ich verziehe meine Lippen zu einem noch breiteren Grinsen. Süüüß. Die Dinge könnten sich also doch noch ändern.

Ich lehne mich in meinem Stuhl zurück und schaue Mama zu, wie sie Kaffee einschenkt. Ich weiß, dass sie es übertreibt, weil es nur mich, sie und dieses hässliche graue Ranch Haus gibt. Ich habe keine Brüder, Schwestern oder klare Antworten darauf, wer mein Vater ist, außer, dass er eine Art Diplomat ist. Wenn man das alles zusammenzählt, ist Mama ein bisschen anhänglich.

Oder zumindest war sie das mal. Ich trommle mit den Fingern auf dem Resopal. Eine weniger überbesorgte Mama eröffnet mir alle erdenklichen Möglichkeiten. Ich könnte mehr Kämpfe sehen. Ich könnte bei mehr Kämpfen mitmachen. Ich könnte Interessen an anderen Dingen als der Arena entwickeln.

Eh, vielleicht ist es ein 'Nein' zu dem letzten Punkt.

Mama lässt sich auf den Stuhl gegenüber von mir gleiten, ihre großen braunen Augen beobachten mich durch die Dampfschwaden ihrer Tasse. "Soll ich dich heute zur Schule fahren? Es macht mir nichts aus, vor der Tür zu warten." Ein Muskel zuckt in ihrem Augenwinkel. "Du weißt schon, für den Fall, dass etwas passiert."

Mein Herz rutschte mir in die Hose. Andererseits ist Mama vielleicht noch schlimmer als sonst.

"Uhhhh." Mein Mund fiel mir so weit herunter, dass mir etwas Frankenberry von der Zunge auf die Tischplatte rollte. Hat sie wirklich angeboten, den ganzen Tag vor der Schule zu stehen, "falls etwas passiert"? Cissy hat mir erzählt, dass Eltern im letzten Schuljahr besonders nervös werden. Mir läuft ein Schauer über den Rücken. Meine Mama plus "überdreht" ist ein Riesenalptraum.

Ich erzwinge ein paar tiefe Atemzüge. "Danke für das Angebot." Es wird immer schwieriger, meine "ruhige Stimme" beizubehalten. "Diesmal passe ich."

Plötzlich knistert die Luft vor Energie. Ein schwarzes Loch, drei Meter hoch und drei Meter breit, erscheint in der Mitte der Küche.

Aus der Leere tritt ein Ghul.

Meine Finger schnipsen in seine Richtung. "Hey, Walker." Technisch gesehen heißt er WKR-7, aber ich nenne ihn Walker, so lange ich mich erinnern kann.

"Guten Morgen." Walker nickt mit seinem totenkopfähnlichen Kopf. Wäre er ein paar Zentimeter größer, würde die Bewegung seinen Schädel durch die Decke stoßen, und für einen Ghul ist er eher klein. Es ist ein Rätsel, wie Walker und der Rest der Untoten damit zurechtkommen, eine Ewigkeit lang so wahnsinnig groß zu sein.

Walker zieht seine tiefhängende Kapuze zurück und zeigt seine blasse, fast farblose Haut und einen kräftigen Knochenbau. Er trägt die gleiche Frisur wie am Tag seines Todes: einen Bürstenschnitt mit Koteletten und ohne Bart. Große schwarze Augen blicken mich aus tiefen Höhlen an.

Ich grinse. Es ist schön, Walker in der Nähe zu haben. Die meisten Ghule sind besessen von Regeln und nerven wie die Hölle. Aber Walker? Er überschreitet die Grenzen wie ein Profi, besonders wenn es darum geht, mich in die Arena zu schmuggeln. Ihn um sich zu haben, ist wie ein süßer und etwas hinterhältiger älterer Bruder, nur ohne Puls.

"Sei vorsichtig, Myla." Walkers dünne Lippen verziehen sich zu einem Stirnrunzeln. "So grüßt man seine Oberherren nicht. Es macht mir nichts aus, aber andere Ghule könnten dich in ein Umerziehungslager schicken."

Ich rolle mit den Augen. Das Fegefeuer ist eine riesige Bürokratie mit dem Charme eines Vorortes und dem Spaß eines Gefängnisses mit minimaler Sicherheit. Die ganze Arbeit wird von unbezahlten Quasis wie mir erledigt (wir dürfen uns nicht "Gefangene" nennen). Ghule halten uns in der Reihe und stellen sicher, dass wir - hust, hust - super glücklich in unserem Dienst sind.

Ich will mich gerade zum millionsten Mal bei Walker über all das beschweren, als Mama sich in das Gespräch einmischt.

"Seid gegrüßt, mein geliebter Oberherr." Sie legt sich mächtig ins Zeug, um meine schlampige Begrüßung wiedergutzumachen. "Willst du einen koffeinfreien Kaffee?" Sie verbeugt sich.

Walker nickt. Leichenfresser lieben Kaffee.

Mama nimmt einen von Walkers Schlingenärmeln und reibt den Stoff zwischen ihren Fingerspitzen. "Der ist ein bisschen fadenscheinig. Sind Sie wegen eines neuen hier?" Alle Quasis müssen einen Dienst verrichten; Mama näht und flickt Gewänder. Es könnte schlimmer sein. Die Mutter meiner Freundin Cissy ist eine Ghul-Proktologin.

"Nein, danke." Walker beäugt gierig die Kaffeekanne.

Mama reicht ihm einen vollen Becher mit der Aufschrift "Afterlife's Greatest Ghul". Ihre Schokoladenaugen scannen nervös sein Gesicht. "Welchen Service wünschen Sie denn?"

Walker runzelt die Stirn. "Myla muss heute in der Arena kämpfen."

Ein breites Grinsen breitet sich auf meinem Gesicht aus. Wenn menschliche Seelen das Fegefeuer erreichen, werden sie vor die Wahl gestellt: Prozess durch die Geschworenen, oder Prozess durch den Kampf. Je nach Ergebnis schweben sie entweder glücklich im Himmel oder ihre Seelen werden in der Hölle verzehrt. Wenn der Mensch ein Schwurgerichtsverfahren wählt, dann ist das das Problem von jemand anderem. Aber wenn sie sich für den Kampf entscheiden - und der betreffende Kämpfer ist total böse -, dann endet jemand wie Walker in der Küche von jemandem wie mir. Ich bin einer von ein paar Dutzend Quasis, die in den Hintern treten. Im wahrsten Sinne des Wortes.

Ich springe auf die Füße und räume meine Schüssel ab. "Also, das nenne ich einen Happy Monday."

Mama tritt zurück. "Du schickst Myla heute zum Kämpfen los? Das kannst du nicht." Sie lehnt sich zur Unterstützung gegen die Arbeitsplatte. "Jedes Mal, wenn sie geht, riskiert sie ihr Leben." Ein Muskel zuckt neben ihrem Mund. "Bei diesen Kämpfen geht es um Leben und Tod."

Ich verkneife mir ein Stöhnen. Mama konzentriert sich immer auf diese ganze "bis zum Tod"-Sache, als wäre es das erste Mal, dass sie lernt, wie Streichhölzer funktionieren. Verdammt, ich kämpfe in der Arena, seit ich zwölf bin, und habe noch keinen einzigen Kratzer abbekommen. Man sollte meinen, das Drama würde sich mit den Jahren legen.

Keuchend zeigt Mama auf einen zerfledderten Kalender an der Tür. "Meine Kleine hat vor einem Monat gekämpft. Sie muss doch alle drei Monate einmal aufschlagen, oder?"

Ich hebe meine Hand. "Das ist kein Problem. Ich bin bereit dafür. Auf jeden Fall."

Mama wirft mir einen verzweifelten Blick zu. "Das weiß ich." Sie umklammert die Arbeitsplatte, als wolle sie sie aus der Wand reißen. "Bitte, Walker, sag mir, dass es ein Fehler ist."

Walkers schwarze Augen füllen sich mit Verständnis. "Myla muss heute aufschlagen. Es gibt eine Häufung von Arenakämpfen; alle Kämpfer haben zusätzliche Kämpfe."

Die Mutter starrt Walker an, ihr Kiefer knirscht eine stumme Erwiderung. Nach ein paar Augenblicken presst sie die Handflächen an ihr Gesicht, ein leiser Seufzer entweicht ihren Lippen. Ich runzle die Stirn. Sie erreicht heute Morgen eine neue Stufe der Dramatik.

Walker zwinkert mir kurz zu. Ich unterdrücke den Drang zu lächeln, weil ich weiß, dass das nur eines bedeutet: Es gibt keinen übergreifenden Anstieg bei den Arenakämpfen. Das Fegefeuer muss eine äußerst böse

Seele haben, die Schlimmste der absolut Schlimmen, und sie brauchen ihren besten Kämpfer dafür.

Das wäre dann ich.

Mama schüttelt ihren Kopf von einer Seite zur anderen. "All diese Dämonen und Engel. Versprich mir, dass du sie von der 'Gefahr' fernhältst." Sie legt besonderen Nachdruck auf das Wort 'Gefahr'.

"Das tue ich immer, Camilla."

Mama löst ihren Todesgriff von der Theke. "Natürlich."

Meine Backenzähne knirschen. Mama redet immer davon, mich vor Engeln und Dämonen zu beschützen. Die Dämonen verstehe ich, aber die Engel? Ich bitte dich.

Ich ziehe meinen grauen Kapuzenpulli hoch. "Zeit, ein paar Bösewichte zu erledigen." Ich trete an Walkers Seite und warte auf den Transport zur Arena.

Mamas Hand berührt leicht ihren Hals. "Pass auf dich auf!"

"Ich werde super- aufpassen, mach dir keine Sorgen."

"Und komm nicht zu spät zur Schule."

Ich setze ein Lächeln auf. "Schon dabei, Mama."

Walker senkt den Kopf. "Bleibt zurück, ich rufe ein Portal." Ein neues schwarzes Loch erscheint in der Mitte der Küche. Ich blicke in die Dunkelheit und spüre, wie der Frankenberry in meinem Bauch zu einer erneuten Vorstellung hochkommt. Ein Portal zu benutzen fühlt sich an, als würde man mit einer tödlichen Magengrippe durch den leeren Raum taumeln. Hilfreicher Sicherheitstipp: Halte dich an der Hand eines Ghuls fest, sonst fällst du für immer.

Ich atme tief durch und packe Walkers kalte Finger so fest, dass ich ihm die Blutzufuhr abschneiden würde, wenn er eine hätte. Gemeinsam treten wir in das Portal, stürzen durch das Nichts und treten wieder auf die sandige Erde des Arenabodens hinaus. Ich versuche mein Bestes, kampfbereit auszusehen und nicht kotzbereit.

Walker wirft mir einen mitfühlenden Blick zu. "Sollen wir uns einen Platz zum Sitzen suchen?"

"Nee, mir geht's gut, danke." Ich scanne das Open-Air-Stadion um mich herum. Die Arena ist eine hässliche alte Ruine, ganz aus abgeplatztem grauem Felsen und zerbrochenen Sandsteinsäulen. Wie der Ort aufrecht erhalten bleibt, ist mir ein totales Rätsel. Der Kampfboden ist ein riesiger, unebener Dreckklumpen, die Tribünen sind im Grunde nur noch Schutt, und die gesamte obere Etage sieht aus, als würde sie gleich einstürzen.

Ich liebe es hier verdammt noch mal.

Die Tribünen liegen offen und leer, bis auf ein paar Quasis. Das sind alles Kämpfer wie ich, die versuchen, den Kampf von jemand anderem zu übernehmen. Meine Mutter war früher auch dabei, aber das ganze Gejammer und Gekeife geriet so außer Kontrolle, dass sie schon vor Ewigkeiten verbannt wurde. Ich kann nicht sagen, dass ich deprimiert war. Es gibt nichts Besseres, als wenn deine Mutter schreit: "Baby, stirb nicht!", wenn du zwölf bist und zum ersten Mal gegen einen Dämon kämpfst.

Eine kiesige Stimme hallt durch die Luft. "Sei gegrüßt, Sklave." Das Wort "Sklave" wird mit besonderer Schärfe ausgesprochen.

Jeder Muskel in meinem Körper ist in Alarmbereitschaft. Ich würde diese Stimme überall erkennen, und ich verabscheue ihren Besitzer absolut. Ich kratze mir die Fussel unter den Fingernägeln weg und tue so, als würde ich den zwei Meter großen Ghul, der sich hinter mir auftaucht, nicht bemerken.

Walker tritt zwischen uns. "Sei gegrüßt, SKE-12."

Mein Mund verzieht sich zu einem verschmitzten Grinsen. "Hey, Sharkie." SKE-12 hasst seinen Spitznamen, also baue ich ihn in jede Begegnung ein.

Sharkie runzelt die Stirn. "Mein Name ist SKE-12, Sklave."

Walker legt seine Hand auf meine Schulter und führt mich sanft, so dass ich mit Sharkie, dem Zeremonienmeister der Arena und Allround-Schwanzkopf, Auge in Auge stehe. Er hat sich seit meinem letzten Kampf kein bisschen verändert, was bei Ghuls nicht oft vorkommt. Er ist grauhäutig, hat große kohlschwarze Augen, ein totenkopfähnliches Loch als Nase und Zähne, die zu winzigen Spitzen gefeilt wurden. Seine langen silbernen Gewänder hängen in Fetzen; in seiner knochigen Hand hält er einen großen schwarzen Stab.

Walker drückt mir die Schulter. "Myla war gerade dabei, ihren Ghul-Oberherr richtig zu begrüßen, nicht wahr, Myla?" Neben Sharkie stehend, sieht sogar Walker vertikal herausgefordert aus.

"Mein Fehler." Ich verbeuge mich extra tief. "Sei gegrüßt, SKE-12."

Seine fehlerhaften schwarzen Augen verengen sich zu Schlitzen. Sharkie weiß immer, wenn ich mich über ihn lustig mache, und das macht ihn verrückt. "Ich will heute keinen Unfug von dir hören."

Ich verbeuge mich wieder, diesmal noch tiefer. "Ja, ich bin aufrichtig."

Sharkie dreht sich zu Walker, seine schwarzen Augen flackern knallrot. "Kontrolliere sie." Sein Blick schwenkt zurück zu mir. "Wir haben heute eine besonders böse menschliche Seele im Kampf. Ich hoffe, ich kann dich endlich sterben sehen."

Ich zupfe mit meinem kleinen Finger etwas von meinem Backenzahn ab. "Da bin ich mir sicher."

Sharkie tritt näher, seine spitzen Zähne klappern, während er spricht. "Die Seele, gegen die du heute kämpfst, ist so böse, dass die Engel die Große Skala angefleht haben, bereitzustehen, um ihn in die Hölle zu transportieren, sobald er besiegt ist. Was nie geschehen wird." Er lehnt sich näher heran. "Du. Bist. Verdammt."

Ich ziehe die Brauen hoch. Normalerweise wandert die Scala tonnenweise Seelen auf einmal in einer so genannten Ikonenwanderung. Damit dieser Typ eine Solobehandlung bekommt, muss er ein SUPER Böser sein. Lustig. "Leg los, Shar..."

Walker packt mich am Ellbogen. "Schau, Myla! Deine Freunde sind hier!" Er deutet über den Stadionboden. "Wir müssen aufbrechen." Er verbeugt sich noch einmal vor Sharkie. "Entschuldigen Sie uns." Als wir schnell weggehen, flüstert Walker mir ins Ohr. "Wenn ich nicht schon tot wäre, hätte ich gerade einen Herzinfarkt bekommen."

"Eh, Sharkie ist harmlos."

"Weil ich ihn für dich besänftige." Er wirft mir einen verschmitzten Blick zu. "Warum musst du ihn immer verhöhnen?"

"Keine Ahnung." Ich zucke mit den Schultern. "Es ist ein Hobby." Ein paar Meter vor uns steht ein Ghul namens XP-22, und ein schwebender grüner Klecks, der Sheila, der Limus-Dämon, ist.

Ich winke Sheila freundlich zu. "Hey Shiel, wie geht's den Kindern?" Sheila ist nett, solange man ihr nicht so nahekommt, dass sie einen ganz verschlingt. XP-22 hingegen ist ein totaler Trottel. Ich schaue nicht mal in seine Richtung.

"Die Kinder sind gut, Myla, sie werden jeden Tag größer ... genau wie du." Sheilas ganzer Körper zittert, was ein wenig beängstigend ist, da sie sechs Fuß groß und drei Fuß breit ist und vierzehn rote Augen von der Größe eines Tennisballs hat. "Es kommt mir vor, als wäre es gestern gewesen, dass du zwölf warst und deinen ersten Dämon bekämpfen wolltest." Ihr riesiger, klaffender Mund verzieht sich zu einem Grinsen. "Wie alt bist du jetzt, Schatz?"

"Achtzehn."

Ein klecksartiger Arm streckt sich aus Sheilas Seite und verlängert sich zu einer klebrigen Hand mit achtzehn langen Fingern. "Fast erwachsen! Hat man dir schon deinen Dienst zugewiesen?" Dienst zuweisen' ist Ghul-Sprache für das Festlegen eines quasi lebenslangen Jobs nach der High school. Wir dürfen es nicht 'Gefängnisarbeit' nennen. Ich zitterte. Es gibt da draußen auch ein paar mächtig üble Karrieren, wie das berüchtigte Entwicklungslabor für Analsonden.

Bevor ich auf Sheilas Frage antworten kann, klopft Sharkie mit seinem Stab auf den Boden.

"Achtung!" Sharkie hebt die Arme, seine zerlumpten grauen Gewänder wiegen sich in langsamen, geisterhaften Bewegungen. Unter seiner riesigen Kapuze leuchten seine Augen wie zwei rote Lichtpunkte.

Sheila winkt mit ihrer achtzehnfingrigen Hand in meine Richtung. "Nun, was wird dein Dienst sein? Port-a-Potty-Truppe? Begrüßer im Ghul-Mart?"

Ich zeige auf Sharkie und mache ein "Sch"-Gesicht zu Sheila. Es ist unhöflich zu reden, wenn die Zeremonie erst einmal begonnen hat, außerdem hasse ich es, die ganze "Was wird dein Dienst sein"-Frage zu beantworten. Sheila nickt und macht sich aus dem Staub. Bonus.

BUMM. BUMM. BUMM. BUMM. Sharkie klopft noch viermal auf seinen Stab. "Ich bringe euch die Oligarchie!"

Vier Guhle in scharlachroten Roben erscheinen auf der obersten Stufe des Stadions, einer in jeder Himmelsrichtung. Sie werden die Oligarchie genannt und regieren das Fegefeuer als ein kollektiver Geist, und nicht so kreativer Geist, basierend darauf, wie sie die Ghule nennen.

In einer einzigen Bewegung schließen die Oligarchen ihre Augen, neigen ihre grauen Köpfe und öffnen eine Reihe von massiven Portalen rund um den Rand des Stadions. Engel und Dämonen erscheinen in den dunklen Öffnungen und strömen dann in einer großen Welle die unebenen Steinstufen hinunter.

Die Engel nehmen ihre Plätze in einer geordneten Reihe ein, ihre Körper kommen in vielen Formen, Größen und Farben. Alle haben massive weiße Flügel, bodenlange Leinengewänder, kleine offene Sandalen und Augen, die in einem unheimlichen blauen Licht leuchten. Sie können ihre Flügel verstecken, wenn sie wollen, aber für wichtige Anlässe, wie das Beobachten von Arenakämpfen, lassen sie sie draußen.

Mit anderen Worten: Engel sind cool.

Auf der anderen Seite des Stadions bewegen sich die Dämonen in einer wilden Meute, die sich wie wild um die besten Plätze streiten. Große, pelzige Kreaturen stapfen neben kleinen, schleimigen Monstern entlang. Winzige, stachelige Dämonen sausen über ihre Köpfe hinweg. Die Augenfarbe ist das Einzige, was sie gemeinsam haben: schwarz steht für "neutral", während rot bedeutet "rennt in die Berge".

Solange ich ihnen zusehe, wie sie übereinander krabbeln, schüttelt sich mein Kopf von einer Seite zur anderen. Dämonen sind auch cool, aber nur, wenn ich sie töten darf.

Das lebhafte Brummen des Stadiongeschwätzes bricht in ängstliche Stille aus.

Sie kommt.

Ich scanne die oberste Ebene der Arena. Die vier großen Portale stehen leer und dunkel. Die Oligarchen- Ghule senken unisono ihre Köpfe. Ein leises Summen erfüllt die Luft. Blassgelbes Licht schimmert durch das östliche Portal; alle Augen richten sich in diese Richtung. Eine weiß gekleidete Gestalt erscheint in der verdunkelten Eingangshalle. Mein Atem stockt.

Dies ist Verus, die Königin der Engel.

Sie ist gertenschlank und hochgewachsen, hat langes schwarzes Haar, hohe Wangenknochen und exotische, mandelförmige Augen. Sie ist zeitlos, schön und mehr als nur ein bisschen furchteinflößend. Manchmal beobachtet sie mich während der Spiele so aufmerksam, dass ich eine Gänsehaut bekomme.

Neben ihr steht ein etwas kleinerer Ghul mit einem hübschen Gesicht, einem kantigen Kiefer und großen schwarzen Augen.

Ich stoße Walker mit dem Ellbogen in die Rippen. "Der Typ könnte dein Bruder sein."

Er sieht auf, lächelt. "Was du nicht sagst."

"Habe ich doch gesagt." Ich schaue ihn aus meinem rechten Auge an. "Also, ist er es?"

"Du weißt, dass deine Mutter mir nicht erlaubt, persönliche Informationen zu teilen." Er schenkt mir ein mitfühlendes Lächeln. "Sprich später mit ihr darüber." Er räuspert sich und wippt ein wenig auf seinen Absätzen. "Wenn ich nicht da bin, wenn es dir nichts ausmacht."

Meine 'Warum erzählst du mir nichts'-Streitereien mit Mama sind geradezu legendär. Ich strecke Walker die Zunge raus. "Gut. Das werde ich."

Verus tritt auf ihren Balkon, ein kleines Gefolge hinter ihr. Als sie in einen weißen Steinthron schlüpft, wird die Stille des Stadions durch Heulen und Kreischen zerrissen. Ein neuer Umriss erscheint im westlichen Portal: Armageddon, der König der Hölle. Er ist groß und schlaksig mit schwarzer Onyxhaut, die glatt wie polierter Stein ist. Eine klingenartige Nase teilt sein langes Gesicht und endet in einem spitzen Kinn. Er scannt das Stadion, seine Augen leuchten wie zwei glühende Punkte aus scharlachrotem Licht. Ein glänzender schwarzer Smoking schmiegt sich an seinen drahtigen Körper.

Unheilige Hölle. Jeder einzelne Nerv in meinem Körper ist in Alarmbereitschaft. Während Verus ein bisschen unheimlich ist, strahlt Armageddon eine Aura eines größeren Dämons aus. Wenn man ihm zu nahekommt (was mir mehr als einmal passiert ist), zittert jede Zelle des Körpers vor Angst. Aber das ist es nicht, was mich wirklich am König der Hölle stört. Die meisten Dämonen sind Kurzzeitdenker. Sie wollen deinen Körper töten und deine Seele fressen, Ende der Geschichte. Nicht

Armageddon. Er hat jahrelang geplant, sowohl die Hölle als auch das Fegefeuer zu übernehmen. Diese Art von Gerissenheit hebt das Böse auf eine neue Ebene.

Armageddon schlendert aus dem Portal, ein großes Gefolge von gorilla-ähnlichen Manus-Dämonen hinter ihm her. Die Oligarchen fallen auf die Knie, als er vorbeigeht, ihre Bewegungen erinnern an Marionetten, deren Fäden durchgeschnitten wurden. Ihre tiefen Stimmen hallen durch das Stadion. "Wir preisen dich, großer König." Die Ghule mögen uns dem Namen nach regieren, aber jeder weiß, wer wirklich das Sagen hat.

Ohne auch nur einen Blick auf die Oligarchie zu werfen, eilt Armageddon auf den Balkon gegenüber von Verus, sein Gefolge dicht hinter ihm. Der König der Hölle schlüpft in seinen eigenen schwarzen Steinthron.

Sharkie klopft erneut auf seinen Stab. "Ghule, Dämonen und Engel!" Das Stadion verstummt.

Ich schaue auf meine Uhr und grinse. Jetzt sollte ich in der ersten Stunde sein.

Mit einer Bewegung seines knochigen Arms deutet Sharkie auf die vier scharlachrot gewandeten Ghule, die auf der obersten Ebene des Stadions stehen. "Heute präsentiert euch die Oligarchie ein Spektakel regierender Effizienz: einen Arenakampf auf Leben und Tod, dessen Zeuge der großartige Anführer unserer gemeinsamen Truppen in den Ghul-Kriegen ist ... der gefeierte Befreier von ganz Purgatorium ... Armageddon!"

Die Dämonen verlieren förmlich ihren Verstand in einem ohrenbetäubenden Jubel. Meine Oberlippe verzieht sich. Scheiß auf Armageddon und seine vorgetäuschte Befreiung des Fegefeuers. Er hat uns den Ghulen ausgeliefert, damit wir mehr Seelen in die Hölle schicken, schlicht und einfach. Nur wenn sich Dämonen-DNA mit menschlicher vermischt, bekommt man andere Kräfte. Alleine sind Dämonen hirnlose Seelenfresser. Meine Augen leuchten rot. Ich will eine anzügliche Handbewegung in Armageddon Richtung machen, aber Walker hält mein Handgelenk fest, bevor ich so weit komme. Er wirft mir einen strengen Blick zu und murmelt die Worte "Halt die Klappe, Lewis".

Ich nicke und verschränke meine Hände hinter dem Rücken. Ich bin Krieger genug, um zu wissen, dass er recht hat: Armageddon zu verhöhnen ist eine B-A-D Idee. Ich konzentriere mich auf den Boden, zwinge mich, langsam zu atmen, und versuche, einen kühlen Kopf zu bewahren. Mein innerer Dämon hat seinen eigenen Kopf und mehr als nur meinen Schwanz. Wenn meine Augen rot aufflackern, ist es meine dämonische Seite, die randaliert. Manchmal ist es ein Kampf, sie im Zaum zu halten.

Von seinem großen Steinthron aus beobachtet Armageddon die rasende Dämonenmenge, seine dünnen roten Lippen kräuseln sich nach oben. Er scannt jedes Gesicht, saugt jeden Ausdruck und jede Nuance in sich auf und verwebt sie alle zu einem komplexen und dunklen Plan.

Ich erschaudere. Er ist wieder gerissen, und verdammt, das macht mir Gänsehaut.

Armageddon hebt seine Hand und beruhigt die Menge. "Die heutige Seele war ein Liebling von mir auf der Erde. Unglaubliche Kraft. Keine Fähigkeit zum Gewissen. Reines, unbeflecktes Böses. Wenn er diesen Kampf gewinnt - und das wird er, keine Frage -, dann haben wir endlich einen von uns an den Toren des Himmels." Die dunklen Sitze heulen vor Vergnügen, während die Engel kollektiv zittern. Grinsend nimmt Armageddon seinen Platz wieder ein.

Alle Gesichter wenden sich dem Engel Verus zu. Sie erhebt sich langsam auf ihre Füße, ihre weißen Flügel königlich hinter sich ausgebreitet. Sie schreit ein Wort: "NIEMALS!" Die Wucht ihres Schreis lässt Säulen klappern und Trümmer zu Boden fallen. Ihr Blick wendet sich mir zu, die Augen blitzen hell auf. Armageddon folgt ihr, seine Iris glüht rot, während er mich von Kopf bis Fuß abtastet. Ein zufriedenes Grinsen umspielt seine Mundwinkel. Ich habe diesen Blick schon auf anderen Gesichtern gesehen; es ist der, der sagt: "Dieses kleine Mädchen? Vielleicht hat sie schon mal gewonnen, aber gegen diesen Gegner? Ist das dein Ernst?

Und das macht mich stinksauer, sehr sogar.

Sharkie klopft wieder auf seinen Stab; eine menschliche Seele erscheint in der Nähe. Im Leben war dieser Geist ein Mann, etwa sechs Fuß groß, mit breiten Schultern und zweihundertfünfzig Pfund solider Muskeln darunter. Jetzt erscheint er als eine spektrale Version seines sterblichen Ichs: ein geisterhafter Hüne, dessen bleicher Körper bereit ist, aus seinen verblichenen Jeans und dem schmutzigen weißen T-Shirt zu platzen.

Sharkie spricht den Geist an. "Vincent Francis Morris, du hast dich für eine Prüfung durch den Kampf entschieden, ist das wahr?"

"The Choker. Mein Name ist... The Choker." Der Geist kneift die schweinischen Augen zusammen und fährt sich mit der fetten Zunge über die vollen Lippen.

"Ich werde noch einmal fragen." Sharkies Iris färbt sich knallrot. "Hast du dich für den Kampf auf Probe entschieden?"

Der Geist ballt seine Hände zu Fäusten. "Ja, Kampf."

"Wähle deinen Gegner." Sharkie grinst, seine messerartigen Zähne schimmern in dem fahlen Licht. "Zuerst bieten wir XP-22."

Der Choker beäugt unseren 'Kampf-Ghul'. Mit kaum vorhandener Haut und dem Muskeltonus von Toilettenpapier könnte jeder XP-22 zerquetschen. Der Choker würde ihn wahrscheinlich in drei Sekunden oder weniger zerquetschen, aber ich glaube nicht, dass er das tun wird. Ghule sehen furchterregend aus, selbst die schwachen. Die meisten Menschen meiden sie.

Der Choker ist da nicht anders. "Ich passe."

Sharkie bewegt seinen dünnen Arm zur nächsten Figur in der Reihe. "Als zweites bieten wir Sheila an, den Limus-Dämon."

Sheilas vierzehn rote Augen peitschen um ihren Oberkörper und bleiben schließlich stehen, um den geisterhaften Menschen anzustarren. Sie reißt das schwarze Loch, das ihr als Mund dient, weit auf und stößt ein gurgelndes Brüllen aus. Wenn dieses Mädchen ihr Spiel aufzieht, ist sie furchterregend.

"Hmm." Die wulstigen Augen des Chokers starren Sheila lange an; die ganze Arena scheint den Atem anzuhalten.

Ich sehe Sheila an und schüttle den Kopf. Limus-Dämonen sind fast so leicht zu töten wie XP-22. Der Trick ist, dass sie super-entflammbar sind. Ein Treffer und man verwandelt ein zwei Meter großes Monster in eine Pfütze aus harmlosem Glibber. Aber wie XP-22 sehen sie schlimmer aus, als sie tatsächlich kämpfen.

Der Choker runzelt die Stirn. "Nö."

"Und drittens bieten wir den Quasi-Dämon Myla an."

Die Augen des Chokers scannen mich langsam von Kopf bis Fuß, sein unheimlicher Blick verweilt auf den Kurven unter meinem T-Shirt und meiner Jogginghose. Wut schießt mir den Rücken hinauf. Was für ein Dreckskerl. Wenn er nur zwei Sekunden lang aufhören würde, mit seiner Hose zu denken, würde er meinen Dämonenschwanz statt meine Brüste und meinen Hintern bemerken. Manche Quasis bleiben an Schweine- oder Hasenpopos hängen, aber ich habe den Jackpot geknackt: die lange und dünne Sorte mit einer Pfeilspitze am Ende. Noch besser ist, dass sie mit Drachenschuppen überzogen ist, so dass es fast unmöglich ist, das Ding zu blockieren oder zu schneiden.

Aber der Choker ist nicht schlau. Er starrt in meine großen wässrigen braunen Augen und langen Wimpern; ich blinzle schamlos in vorgetäuschtem Terror. Damit ein Kampfversuch gültig ist, muss die Seele eine Chance haben, zu gewinnen. Sie bekommen drei Möglichkeiten, von denen zwei relativ leicht zu besiegen sind. Dann gibt es noch mich, die, die niemand wählen sollte. Aber sie tun es immer.

"Ich wähle sie." Sein dicker Mund verzieht sich zu einem bösartigen Lächeln. "Ich werde gegen Myla kämpfen." Mit leiser Stimme fügt er hinzu: "Du wirst herausfinden, warum man mich den Würger nennt."

Ich stecke die Hände in die Taschen und täusche ein Zittern vor. Und du wirst herausfinden, warum sie mich gerufen haben, um gegen dich zu kämpfen, Arschloch.

Sharkie schlägt seinen Stab wieder auf den Boden, und der geisterhafte Choker verwandelt sich in zweihundertfünfzig Pfund echten Menschen. "So soll es sein."

"Hier sind die Regeln', verkündet Sharkie. "Auf drei kämpft ihr bis zum Tod. Wenn der Choker verliert, kommt er in die Hölle." Die Engel sehen mich mit aufmunternden Blicken an. "Gewinnt der Choker, kommt er in den Himmel." Die Dämonen stoßen ein ohrenbetäubendes Gebrüll aus.

Ich sehe zu, wie die Dämonen jubeln, meine Hände ballen sich zu Fäusten. Diese Missgeburten würden es lieben, wenn eine rein böse Seele in den Himmel käme. Wenn ein Geist auch nur einen Funken Gutes in sich hat, wird er zum Engel, sobald er das Himmelstor durchschritten hat. Eine rein böse Seele könnte den Engeln unendlich viel Ärger bereiten, und Dämonen lieben Ärger.

Die Menge verstummt in nervösem Schweigen. Sharkie winkt mit der Hand; Sheila, Walker und XP-22 machen einen eiligen Abgang durch einen obligatorischen Torbogen. Ich hüpfe von einem Fuß auf den anderen und verrenke mir den Hals. Das wird ein Brüller werden.

Sharkie hebt die Arme. "Die Schlacht beginnt in 3, 2, 1!"

Wenn dein Spitzname 'The Choker' ist, braucht es kein Genie in Sachen Kampfstrategie, um deinen ersten Zug in einem Kampf vorauszusehen.

"Ich töte dich!!!!!!!!!!!!!!" Und tatsächlich, der Choker stürzt sich mit beiden Händen auf mich und zielt direkt auf meine Kehle.

Das lässt meinen Dämon hochfahren. Wut kribbelt in meiner Wirbelsäule, als mein Angreifer auf mich zurast. Jeder Schritt kommt mir wie in Zeitlupe vor. Ich schaue mich hilflos um, als wäre ich in die Enge getrieben, statt von einer leeren Arena von der Größe eines Fußballfeldes umgeben zu sein.

Die Finger des Chokers streifen meinen Hals. Meine Wut kocht über. Ich springe hoch, ziehe die Knie an und trete meinem Gegner mit beiden Füßen direkt in die Brust. Der Choker fällt mit einem befriedigenden Aufprall flach auf den Rücken. In der Zwischenzeit nutze ich den

Schwung meines Brustkicks, um einen Salto rückwärts zu machen und direkt neben seinem Kopf zu landen.

Ich drehe meine Hüften und lasse meinen Schwanz in Richtung der Stiefel meines Angreifers peitschen, wobei ich darauf achte, ihn um seine Knöchel zu schlingen. Ich trete zurück, schlinge meinen Schwanz um die Füße des Chokers und ziehe sie auf seine Taillenhöhe. Die Bewegung bringt ihn dazu, seinen Körper so zu krümmen, dass seine Hände direkt neben seinen Knöcheln liegen, also genau da, wo ich sie haben will.

Ich schüttle wieder meine Hüften und schlinge meinen Schwanz um die Handgelenke des Chokers, um seine Knöchel und Hände zusammenzuziehen.

Ich grinse. Der Mistkerl ist jetzt gefesselt.

Das Gesicht des Chokers läuft rot an, während er auf dem Rücken schaukelt und versucht, sich aus dem Griff meines Schwanzes zu befreien. Das wird nicht passieren, Kumpel.

Ich tippe mit einem Finger auf seinen Stiefel und flüstere: "Ich habe dich geschlagen!!!!!"

Der Choker kämpft in einem verlorenen Kampf gegen meinen Schwanz. Sharkie hebt seine knochigen Arme. "Der Mensch verliert!"

Die Engel jubeln, während die Dämonen so tun, als hätte jemand ihre kollektiven Eistüten auf den Bürgersteig geworfen. Buhrufe und Zischen ertönen von den dunklen Sitzen. Ich drehe mich zur Engelsseite des Stadions und winke meinen jubelnden Fans zu.

Sharkie starrt mich an, seine Augen flackern rot. "Wie oft muss ich es dir noch sagen? Trödel nicht."

Sharkie hasst es, wenn ich positive Aufmerksamkeit erhalte, also ziehe ich meinen Siegesjubel immer so lange wie möglich hinaus. Der Moderator starrt mich weiter an, seine Augen leuchten immer heller. Inzwischen kratze ich mich am Hals, während der Choker mit meinem Schwanz kämpft. Ich beende das nicht für eine weitere Minute, mindestens. Sharkie kann mich am Arsch lecken.

Sharkie hebt seinen Stab und stößt den langen Griff auf die Brust des Chokers, so dass er ihn direkt durch sein Herz stößt. Der Mensch zuckt, dann fällt er in sich zusammen. Eine geisterhafte Version des Chokers erscheint über seinem leblosen Körper.

Sharkie dreht sich zu mir um, seine glänzenden schwarzen Augen flackern hellrot. "Das nächste Mal spießt mein Stab auch dein Herz auf."

Ich öffne meine Klappe, bereit, Sharkie genau zu sagen, was er mit seinem Stab tun kann, als sich die Haare in meinem Nacken sträuben. Ich hebe meinen Kopf und scanne das Stadion. Jedes Gesicht ist auf mich gerichtet. Verus' Augen leuchten hell türkis, während ein zufriedenes

Lächeln um ihre Mundwinkel zerrt. Armageddon beobachtet mich mit neugierigem Interesse, die rechte Augenbraue hochgezogen.

Zeit zu verduften. Ich brauche keine Aufmerksamkeit von den beiden.

"Entschuldigt mich. Es ist Zeit, die Große Scala zu rufen." Ich verbeuge mich tief, drehe mich auf dem Absatz um und jogge in einen nahen Torbogen.

Walker wartet dort in den Schatten auf mich. "Gute Arbeit." Er zwinkert mir zu. " Arme und Beine fesseln ist neu."

Ich verbeuge mich leicht. "Ich versuche, es ein bisschen aufzulockern."

"Im Namen deines Publikums weiß ich die Kreativität zu schätzen." Er reibt seine Hände aneinander. "Sollen wir aufbrechen?"

"Hmm." Im Moment falle ich in die Kategorie "unglaublich spät für die Schule". Ich könnte es genauso gut richtig machen. "Nee." Ich spähe um den Rand des steinernen Torbogens. "Ich will sehen, wie die Scala eine Seele bewegt." Im Fegefeuer gibt es keine Monstertruck-Rallyes oder Boyband-Touren, also ist das hier das, was einem Spektakel noch am nächsten kommt. Das lasse ich mir auf keinen Fall entgehen.

Ein Muskel zuckt entlang Walkers Kiefer. "Ich habe versprochen, dich aus der Gefahr herauszuhalten."

Ich rolle mit den Augen. "Jedes Mal, wenn ich einen Kampf beende, ziehst du die alte 'Ich habe deiner Mama versprochen, dich in Sicherheit zu bringen'-Rede hervor und versuchst, mich zu überreden, nach Hause zu gehen. Und jedes verdammte Mal, wenn ich dich überrede, mich bleiben zu lassen." Ich stoße ihn mit dem Ellbogen in den Arm. "Du brauchst eine neue Masche, mein Freund."

Walker gluckst. "Ich werde es in Erwägung ziehen."

Sharkies Stab knallt auf den Boden, das Geräusch hallt durch das Stadion. Ich werfe einen Blick auf den Boden der Arena. Sharkie steht allein auf dem Gelände, den grauhäutigen Kopf gesenkt. "Bringt ihn raus." In diesem Fall ist "er" die Scala, die einzige Kreatur, die eine Seele dauerhaft in den Himmel oder die Hölle versetzen kann. Ansonsten können sie (und tun es meist auch) entkommen.

Die Arena verstummt, die Luft verdickt sich vor Erwartung. Mein Herzschlag beschleunigt sich. Wir haben jetzt seit Hunderten von Jahren dieselbe Kreatur als Scala. Er ist wie der Osterhase, der Weihnachtsmann und die Zahnfee der Menschen in einem. Ihn zu sehen ist eine große Sache. Stellen Sie sich den ältesten, faltigsten Kerl vor, der möglich ist, dann fügen Sie hundert Jahre, eine weiße Robe und unglaubliche Macht hinzu. Das ist der Scala.

Der sandige Boden zittert unter meinen Füßen. In der Mitte der

Arena erscheint eine Gruppe von acht Ghulen durch ein großes Portal und trägt einen alten Mann auf einer Art Bahre. Der Kerl ist uralt, zerknittert und nur einen halben Meter groß. Sein weißer Bart windet sich um seinen ganzen Körper.

Armageddon lehnt sich in seinem dunklen Thron zurück, seine Augen verengen sich. Purer Hass rollt in Wellen von ihm ab. Der König der Hölle zeugte den Scala, aber das Kind entschied sich, das Erbe seiner Mutter als Thrax-Dämonenkämpferin anzunehmen. Armageddon ist nie darüber hinweggekommen.

Nach und nach öffnet der Scala seine Augen. Engel und Dämonen verstummen gleichermaßen. Mit einer schilfartigen Stimme, die irgendwie durch das ganze Stadion getragen wird, fragt der Scala auf Lateinisch: "Qui turbat Scala?"

Ein Ghul neben dem Scala übersetzt: "Wer stört den Scala?"

Der geisterhafte Choker schaut still und desinteressiert, obwohl Schweißperlen auf seiner geisterhaften Wange glitzern.

Sharkie verbeugt sich tief. "Diese Seele ist in einem fairen Kampf besiegt worden." Er gestikuliert zu dem Choker. "Wir bitten darum, ihn zur Hölle zu verurteilen."

Der Bediener übersetzt die Antwort. Der Scala nickt kraftlos und hebt die Hand. Kleine Blitze tanzen um seine dreiknöcheligen Finger.

"Parare ad ad infernum", flüstert der Scala.

"Bereite dich auf die Hölle vor", kommt die Übersetzung.

Dutzende von winzigen Blitzen wirbeln um die verkümmerte Hand der Scala. Igni. Winzige Elemente der Macht, die nur er beschwören kann.

Also. Knallhart.

Ich lehne mich gegen die Steinmauer und stütze mich auf die Ellbogen. "Ich liebe diese Stelle."

Ein Lächeln klingt in Walkers Stimme. " Ich auch."

Weitere Igni tauchen auf und wirbeln zu einem etwa zwei Fuß hohen Lichtschacht herum. Eine Seelensäule. Die Lichtsäule gleitet von dem Scala ab und wird breiter, während sie sich über den Boden der Arena dreht.

Die Seelensäule umgibt die geisterhaften Beine des Chokers. Der Geist steht fassungslos da, als die Igni langsam seinen Körper hinaufklettern, jeder winzige Blitz wirbelt und taucht um seine Nachbarn herum wie so viele silberne Fische. Einen Moment lang flackern die Igni hell um den Körper des Chokers, dann verschwinden sie alle. Die verdammte Seele entschwindet in die Hölle.

Ich schlage meine Hände zusammen in einer Geste, die besagt: "Meine Arbeit hier ist getan.

Walker tippt mir auf die Schulter. Ich wende meine Aufmerksamkeit vom Boden der Arena ab.

"Zeit, dich nach Hause zu bringen, Myla."

"Nicht so schnell, Mister."

Walker grinst. "Ist das die Stelle, an der du nicht gehst, bevor ich nicht zustimme, dich heimlich zu ein paar Spielen zu bringen?"

Da hat er mich erwischt. "Ja, das ist es." Ich presse die Lippen zusammen. Mein enzyklopädisches Wissen über Dämonen und die Arena ist bei Unterhaltungen wie dieser sehr nützlich. "Nächste Woche werden einige Cellula-Dämonen in die Arena gebracht. Sehr selten. Sie sollen halbtransparent sein und von innen leuchten." Ich fahre mir mit den Fingern über den Bauch, als visuelle Hilfe. Walker ist ein wirklich guter Künstler. Manchmal lässt er mich auch seine Dämonenskizzen behalten.

"Cellula, sagst du?"

Volltreffer. Er hat sie wohl noch nie gezeichnet. "Ja."

"Abgemacht." Er bietet mir seine Hand an. "Nun, ich sollte dich zur Schule bringen."

"Ich muss eigentlich nach Hause gehen. Ich muss mich noch umziehen und meine Sachen holen." Was bedeutet, dass ich noch mehr Zeit zum Genießen habe, bevor ich tatsächlich in den Unterricht muss. Na toll.

Walker stößt einen dramatischen Seufzer aus. "Ich werde mir ein Ohr wegen dir und der Unpünktlichkeitsliste abschneiden."

"Du und ich, wir beide." Ich nehme seine Hand. "Los geht's."

Walker senkt den Kopf und schafft ein Portal in der Nähe. Mir wird ganz mulmig, wenn ich es nur ansehe. Gemeinsam verlassen wir den dreckigen Boden der Arena, taumeln durch die Dunkelheit des Portals und landen auf dem schäbigen Teppich in meinem Wohnzimmer. Ich unterdrücke meinen Kotzreflex. Blöde Portale.

Walker beugt sich vor und mustert mein Gesicht. "Bist du in Ordnung, Myla?"

"Ja, mir geht's gut." Ich atme ein paar Mal tief durch und bekomme einen klaren Kopf. "Danke."

"Bis zum nächsten Mal." Er dreht sich in Richtung des offenen Portals; ich greife nach seinem Ärmel.

"Was?" Mein Mund verzieht sich zu einem verschmitzten Lächeln. "Du willst nicht mit mir und Mama abhängen, während wir meinen tollen Morgen in der Arena besprechen?"

Er wirft mir einen niveauvollen starren Blick zu. "Ah, nein."

"Feigling."

"Und stolz." Er tritt zurück durch das geöffnete Portal und verschwindet.

Ich wünschte, ich könnte so einfach entkommen. Ich richte meine Schultern auf und bereite mich auf die mütterliche Inquisition, Teil 2, vor. Normalerweise beginnt diese Art des Verhörs mit Schnellfeuerfragen, gefolgt von langsamen Umarmungen, schlampigen Tränen und lauten Ausrufen wie "Ich hätte dich fast verloren, Baby". Wenn ich Glück habe, bekomme ich auch noch selbstgebackene Brownies dazu.

Ich grinse. Ich fühle mich glücklich.

uf meinen Fersen wippend, scanne ich das leere Wohnzimmer. "Mama?" Keine Antwort.

Das ist seltsam. Mama verlässt selten das Haus. Besonders selten, wenn sie weiß, dass ich zu einem Arenakampf gehe. An diesen Tagen bleibt sie an der Haustür kleben.

Ich schaue mich um. Unsere einstöckige Ranch ist ein langes Rechteck mit einer Küche ganz links und einem Wohnzimmer in der Mitte. Ganz rechts befinden sich zwei Schlafzimmer und ein Badezimmer. Es gibt auch einen gruseligen Keller, aber da gehe ich nur hin, um Kleidung in die Waschmaschine zu schieben und wie die Hölle zu rennen. Alles ist leer und offen, bis auf Mamas Schlafzimmer.

Ich klopfe an ihre geschlossene Tür. "Hallo?"

Immer noch keine Antwort.

Stück für Stück stoße ich die Tür auf. Mama sitzt am Fußende ihres Bettes und hält einen lila Bademantel in der Hand. Ihr bernsteinfarbenes Gesicht glänzt vor Tränen. Ich setze mich an ihre Seite und lege einen Arm um ihre schlanken Schultern.

"Was ist los, Mama?"

Ihre Stimme kommt tief und leise. "Ich habe nach Nähzeug gesucht und das hier gefunden." Sie wickelt den Morgenmantel auf ihrem Schoß zu einem Ball. Tränen tropfen von ihrer Nase auf den zarten Stoff.

Die überbesorgte Mutter kann ich ertragen. Hysterisch, nörgelnd, dramatisch? Kein Problem. Aber diese unglaubliche, niederschmetternde Traurigkeit? Am liebsten würde ich sie in eine Decke einwickeln und dann losziehen und denjenigen umbringen, der sie so unglücklich gemacht hat.

Ich drücke sanft ihre Schultern. "Also, was ist das für ein Bademantel?"

Mama dreht sich zu mir um, ihre Schokoladenaugen sind blutunterlaufen. "Du weißt es nicht?"

In dieser Frage steckt ein verborgenes scharfes Messer. Wenn ich falsch antworte, stoße ich es direkt durch ihr Herz. Mein Daumen bewegt sich in beruhigenden Kreisen auf ihrer Schulter. "Nein, Mama, ich weiß es nicht." Ich halte den Atem an, in der Hoffnung, dass diese Antwort sie tröstet.

Tut sie aber nicht.

Mama erstarrt. "Ich verstehe." Die ganze Farbe verschwindet aus ihrem Gesicht.

Meine Brust spannt sich an. Irgendwie habe ich dafür gesorgt, dass sie sich schlechter fühlt, und das lässt mich wie die mieseste Tochter aller Zeiten fühlen. Wenn sie mir nur sagen würde, was mit ihr passiert ist.

Mama erhebt sich und drückt den Bademantel fest an ihren Bauch. "Ich brauche etwas Zeit für mich."

"Kein Problem. Wenn du mal darüber reden willst, ich bin da." Irgendwann muss sie sich ja öffnen.

Mama stopft den Bademantel in die unterste Schublade ihrer Kommode. "Ich werde nicht darüber reden." Ihre Stimme bricht. "Niemals."

Die Realität ihrer Worte trifft mich wie eine Faust. Meine Unterlippe zittert. Ich habe nie ernsthaft in Betracht gezogen, dass Mama mir nicht irgendwann alles über ihre Vergangenheit erzählen würde. Aber jetzt, wo ich die Verzweiflung in ihren blutunterlaufenen Augen sehe, weiß ich, dass sie es nie tun wird. Wer auch immer mein Vater ist, was auch immer ihr im Krieg von Armageddon widerfahren ist, diese Geheimnisse werden mit ihr sterben.

Ich nicke langsam, meine Augen brennen. "Okay."

Sie lässt sich auf die Bettkante fallen. "Es tut mir so leid, Myla."

"Ist schon gut." Das ist es nicht wirklich, aber ich will heute nicht zweimal das Falsche sagen. Ich schließe die Tür hinter mir, schreite ins Wohnzimmer und lasse mich auf die zerschlissene Couch plumpsen. Ein Gefühlsknoten schnürt mir die Kehle zu. Was auch immer ihre Geheimnisse sind, sie ersticken das Leben aus uns beiden.

Ich richte meine Wirbelsäule auf. Dieselbe Myla Lewis, die gegen unglaublich böse Seelen kämpft, kann es nicht aufgeben, herauszufinden, wer ich wirklich bin. Stück für Stück erhebe ich mich, straffe meine

Schultern und marschiere in Richtung meines Schlafzimmers. Es ist Zeit, mich für die Schule fertig zu machen.

Nach einer schnellen Dusche durchstöbere ich meinen Kleiderschrank mit schwarzen T-Shirts und grauen Jogginghosen. Die Abteilung für die Vermeidung von Quasi-Nacktheit weist jede Kleidung zu; für Teenager sind es Jogginghosen und T-Shirts. Meine Oberlippe verzieht sich. Was für ein klassischer Ghul-Quatsch - wir würden alle nackt herumlaufen, wenn sie uns nicht vorschreiben würden, was wir anziehen sollen. Ich ziehe meine am wenigsten schäbige Jogginghose und mein T-Shirt über, dann werfe ich einen Blick auf meine Armbanduhr. Ich kann noch vor dem Mittagessen eine Stunde mit Cissy kriegen. Cool.

Ich schwinge meinen Rucksack auf die Schulter und mache mich auf den Weg zum hässlichsten, lautesten und unzuverlässigsten Auto des Universums: Betsy, unser grüner Kombi.

Betsy ist ein riesiges, benzin-schluckendes Meisterwerk der Ungeheuerlichkeit. Sie ist riesig, grün und voll mit ausgefransten Polstern, die nach nassen Turnschuhen riechen. Ihr Radio funktioniert nicht, ihr Motor ist unzuverlässig, und jemand hat orangefarbene Bommeln an die Fenster geklebt. Ich liebe sie.

Ich schlüpfe auf den schäbigen Vordersitz und lasse den Motor aufheulen. Betsy ruckelt und rumpelt, als ihre Innereien zum Leben erwachen. Hinter uns steigt eine schwere Säule aus giftigem schwarzem Rauch auf.

Als wir über die Straßen zur Schule rasen, gebe ich es schnell auf, Betsys Radio zum Laufen zu bringen und schaue mir stattdessen die Landschaft an. Zeilen von grauen Reihenhäusern erstrecken sich in alle Richtungen. Schotterauffahrten unterteilen unkrautbewachsene, gelbe Grasflächen. Graue Wolken füllen den Himmel, wie immer.

Vor uns taucht ein dreistöckiges rotes Backsteingebäude mit einem gewölbten Dach auf. Auf dem hölzernen Schild auf dem vergilbten Rasen steht 'DL-19 School for Quasi Servitude'. Ich parke Betsy in einer abgelegenen Ecke des Parkplatzes. Das ist sie, die Schule. Igitt. Es ist immer eine zusätzliche Enttäuschung, nach dem Adrenalinrausch in der Arena in den Unterricht zu gehen.

Ach, es hat keinen Sinn, das Unvermeidliche noch länger hinauszuzögern.

Ich schleiche auf Zehenspitzen über die vergilbten Rasenflächen. Die Regeln besagen, dass die Schüler pünktlich erscheinen, und die Ghule befolgen die Regeln aufs Wort. Böse Seelen in der Arena bekämpfen? Das gibt mir null Nachsicht, wenn es um die berüchtigte Unpünktlichkeitsliste geht.

Mit maximaler Tarnung trete ich an eine kleine Stahltür an der Seite der Schule. Wenn ich mich hier reinschleichen kann, werde ich nicht wegen Verspätung festgenommen. Mit gekreuzten Fingern schiebe ich die Tür mit meinem Schwanz auf. Bitte lass hier niemanden sein. Ich greife nach dem Griff, beiße die Zähne zusammen und stoße die rostige Tür langsam einen Spalt auf. Zeit, einen Blick hineinzuwerfen.

Es ist leer. Jaaaa!

Ich schlage mit der Faust in die Luft, schlüpfe durch ein paar weitere Türen und betrete den Hauptflur der Schule. Schüler eilen vorbei. Alle tragen die gleichen grauen Standard-Sweats und dunklen T-Shirts.

Ausgezeichnet, ich habe die Pause zwischen den Stunden erwischt.

Ich scanne die monochrome Menge nach Cissy ab. Nach dem Morgen mit meiner Mama muss ich ihr Lächeln sehen.

Meine beste Freundin steht an ihrem Spind. Wir sind beide groß, aber ich bin eher kurvig und habe langes kastanienbraunes Haar. Cissy ist gertenschlank, ihr blondes Haar hängt in schulterlangen Locken. Sie hat einen Golden-Retriever-Schwanz, was in einem Kampf nicht gut ist, aber an ihr sicher süß aussieht. Als sie mich sieht, hellt sich ihr Gesicht auf und ihre Arme öffnen sich weit. Ich schmiege mich in ihre Umarmung.

"Guten Morgen, Cis."

"Hallo, Süße." Sie gibt mir einen Luftkuss auf die Wange, dann dreht sie sich um und kümmert sich um einen schäbigen alten Schuhkarton auf dem obersten Regal ihres Spinds.

Ich nicke in Richtung des seltsamen Kartons. "Was ist das?"

Cissy schließt ihre Spind Tür mit verdächtiger Geschwindigkeit. "Nichts."

Ich stütze meine Faust in die Hüfte und lächle. "Was hast du dieses Mal gerettet?"

"Ein paar kleine Kokons." Sie zittert. "Papa renoviert wieder unseren Keller, und er wollte sie alle töten." Cissys Vater leitet unseren Schwarzmarkt. Sicher, die Ghule lassen ein paar Dinge in Quasis herstellen, aber meistens schieben sie uns Erdabfälle unter: riesige Schwarz-Weiß-Fernseher mit drahtigen Hasenohren oben drauf, Anrufbeantworter so groß wie ein Buick-Fahrzeug, so was in der Art. Alle sind verrückt nach neuen Sachen, und so verdient Cissys Familie ihr Geld. Das ist auch der Grund, warum Cissys Vater ausflippt, weil seine Tochter sich mehr für die Rettung von Streunern als für Shopping interessiert. Als Arena-Kampf-Anomalie falle ich definitiv in die Kategorie "Streuner", jedenfalls in den Augen ihrer Eltern. Wir hängen meistens bei mir zu Hause ab.

Cissy klopft oben auf ihre Spindtür und strahlt. "Ich glaube, einer der Kokons wird sich heute öffnen."

Ich starre auf ihren geschlossenen Spind, mein Mund zieht sich auf eine Seite meines Gesichts. Wir bekommen im Fegefeuer keine Schmetterlinge, also sind das ... "Motten?" Ich zucke zusammen. Das ist unglaublich, selbst für Cissy. "Du hast Mottenlarven gerettet?"

"Falsch! Ich habe süße kleine Kokon-Dinger gerettet." Sie bläst ihre Unterlippe auf. "Sie brauchen mich." Sie schnieft.

Uh, jetzt habe ich dafür gesorgt, dass sie sich schlecht fühlt. "Keine Sorge." Ich klopfe ihr auf die Schulter, mit einem hoffentlich beruhigenden Grinsen. "Ich denke, es ist ziemlich cool." Vielleicht. Ich gähne und kratze mich im Nacken. Was für ein Tag, und es ist noch nicht mal Mittag. "Habe ich dir je erzählt, wie ich gegen den Mothma-Dämon gekämpft habe?"

Cissy rollt ihre Augen. "Nur ungefähr vierhundert Mal." Sie tritt zurück und mustert mich von Kopf bis Fuß. "Du siehst aus wie die Hölle ... auf eine schlechte Art. Warst du den ganzen Morgen krank zu Hause?"

"Nee, die haben mich in die Arena geschickt." Ich zwinkere. "Habe den Kerl in weniger als einer Minute niedergemacht." Ich gehe in Kampfstellung. "Ich zeige dir, was passiert ist." Ich greife an Cissys Hals. "Der Typ kam mit einem klassischen Würgegriff auf mich zu."

Meine beste Freundin hebt die Arme, Handflächen nach vorn. "Wow, da!" Sie macht einen Riesenschritt zur Seite. "Hatten wir das nicht besprochen?"

Ich starre auf meine Zehen und stelle mich dumm. "Ich weiß es nicht. Was meinst du?"

"Ich bin froh, dass es dir Spaß macht, Dinge zu töten, aber-"

"Das sind keine Dinge. Es sind superböse Seelen." Cissy ist kein Fan der Arena. Normalerweise ist das für mich in Ordnung, aber heute? Aus irgendeinem Grund versetzt es mir einen Stich. Stirnrunzelnd starre ich auf den Boden. "Wir sollten in den Unterricht gehen."

Cissy neigt ihren Kopf zur Seite. "He, Schatz. Ich wollte dich nicht abwimmeln." Sie deutet auf ihre Wange. "Aber du hast mir in der vierten Klasse einen Zahn ausgeschlagen, weißt du noch? Du musstest mir nur deinen Schraubenzieher zeigen."

"Piledriver. Das ist ein Wrestling-Move."

"Und genau das meine ich." Sie stößt mein Kinn mit dem Fingerknöchel. "Warum schließt du dich nicht dem Rest von uns im Teenager-Land an und redest über etwas anderes als die Arena?" Ihre bräunlichen Augen funkeln, als sie lächelt. "Es würde dir guttun."

Erinnerungen an diesen Morgen mit meiner Mutter huschen vor

mein geistiges Auge: ihre zitternden Hände, die rotgeränderten Augen und das tränenverschmierte Gewand. "Ich verstehe, dass ich anders bin, Cissy." Meine Stimme stockt ein wenig. "Ich wünschte, ich wüsste, warum."

Meine beste Freundin stößt einen langen Atem aus. "Hatten wir heute Morgen eine nahe Begegnung der Camilla-Art?"

"Ja-pp!." Ich runzle die Stirn.

"Na, dann." Sie legt mir die Hand auf die Schulter. "Ich kenne jemanden, der mittags meinen Brownie essen darf." Sie drückt mir die Schulter; Wärme erfüllt meine Brust. Cissy weiß genau, was sie sagen muss, um alles wieder in Ordnung zu bringen.

Ein Grinsen legt sich auf meine Mundwinkel. "Wirklich?" Cissy macht super Brownies.

"Auf jeden Fall."

Paulette Richards kommt vorbei und ruiniert den Moment. "Hallo, ihr Süßen!" Sie winkt dabei langsam und vorsichtig mit der Hand, um ihre glitzernde neue Uhr zu zeigen.

Oh nein.

"Hallo, P." Ich antworte ihr mit einem schlaffen Winken.

Braunhaarig und kakaohäutig, hat Paulette einen flippigen Eidechsenschwanz und ein Talent, Cissy in den Wahnsinn zu treiben. "Hast du schon meine neue Uhr gesehen?"

Cissy mustert sie mit einem Expertenblick. "Dad hat diesen Monat ein Sonderangebot für sie." Sie zuckt mit den Schultern. "Von wem hast du sie?"

"Zeke! Kannst du das glauben? Er ist wie der beste Freund im Universum." Ihre Augen glitzern rot.

Ich verschränke die Arme vor der Brust. "Wirklich?" Jeder weiß, dass Zeke dafür berüchtigt ist, mit Geschenken herumzuhantieren. Cissy ist sogar noch berüchtigter dafür, dass sie von Zeke besessen ist. Was für ein zickiger Zug von Paulette. Meine Augen verengen sich. "Also, P. Hast du schon Zekes Freunde kennengelernt?"

Paulettes Eidechsenschwanz knallt hinter ihr wie eine Peitsche. "Nein, aber ich bin sicher, das werde ich bald." Sie dreht sich auf dem Absatz um und hüpft fast den Flur hinunter.

Ich beiße die Zähne zusammen, denn ich weiß, was für ein Shitstorm losbrechen wird, sobald Paulette außer Hörweite ist.

Cissy packt mich am Arm. "Zeke hat ihr das gegeben?" Ihre Augen leuchten rot. "Mein... Zeke. Ryder."

Jetzt kommt's. Jeder Quasi hat ein Stück Dämonen-DNA, das auf eine der sieben Todsünden ausgerichtet ist: Wollust, Völlerei, Habgier,

Trägheit, Zorn, Neid und Stolz. In meinem Fall ist meine Todsünde der Zorn, deshalb bin ich so ein guter Kämpfer. Bei Cissy ist es der Neid, weshalb sie gleich einen stundenlangen Monolog darüber hält, warum Zeke ihr Rolexes schenken sollte, nicht Paulette. Mit den Jahren habe ich gelernt, halb zuzuhören.

"...und wenn er sie seinen Freunden nicht vorgestellt hat, ist sie nur eine Affäre." Cissy stemmt die Fäuste in die Hüften. "Außerdem macht der Junge jeder, die ihm ihre Titten zeigt, teure Geschenke." Ihr Blick schwenkt zu mir, ihre Augen glühen rot. "Myla, hast du mir zugehört?"

"Ähm, ja." Ich schaue auf meine eigene Uhr. "Verflixt und zugenäht! Wir müssen das in der Mittagspause nachholen, der Unterricht fängt gleich an." Leider könnte diese Stunde genauso gut auf der anderen Seite des Planeten sein. Mit einem kurzen Winken zum Abschied renne ich los in Richtung Geschichte.

Ich bin völlig verschwitzt, als ich die Tür erreiche. Drinnen schreitet unsere Lehrerin durch den Raum. Sie ist die verhasste MT-12, Miss Thing für ihre Schüler. Wie alle Ghule ist sie groß und knochig, mit kreidig ergrauter Haut und einer Glatze. Sie trägt immer kirschroten Lippenstift und dazu passende Stöckelschuhe, was sie in ihren langen schwarzen Roben nur noch unheimlicher aussehen lässt. Zumindest setzt sie immer ihre Kapuze auf.

Nach dem, was ich auf dem menschlichen Kanal unseres beschissenen öffentlichen Fernsehens gesehen habe, sind die Quasi-Klassenzimmer wie ihre irdischen Gegenstücke. Ein Lehrer steht vor Reihen von Schülern; eine einzige Tür ist der einzige Weg hinein oder hinaus. Die großen Unterschiede sind die Oligarchen-Glamour-Fotos, die die Wände bedecken, und die modifizierten Schreibtischstühle mit Rückenlöchern für unsere Schwänze. Ich atme tief durch und öffne die Tür.

"Jeder, schlägt Seite 136 auf in Quasi Knechtschaft im Wandel der Zeit."

Ich gehe auf Zehenspitzen in den Raum. Miss Thing erstarrt. Ihre kohlschwarzen Augen bohren sich in meinen Rücken.

"Myla Lewis, du bist zu spät."

"Tut mir leid. Ich war in der Arena für..."

"Ich will keine Ausreden hören." Miss Thing klopft auf die Tischplatte; ich bin mir ziemlich sicher, dass sie sich einen überlangen roten Nagel abbricht. "Nur weil man in der Arena zum Dienst gerufen wird, gibt man sich keine Sonderrechte, um die Regeln zu brechen."

Ich rase auf meinen Lieblingsplatz, ein Eckpult in der letzten Reihe, alias so weit weg von der Lehrerin wie möglich. "Verstanden."

Miss Thing starrt mich eine ganze Minute lang an, dann wendet sie ihre Aufmerksamkeit wieder dem aufgeschlagenen Buch auf ihrem Schreibtisch zu. "Wie wir auf Seite 136 sehen, haben die Quasis das Fegefeuer über Äonen hinweg falsch verwaltet und Armageddon gezwungen, dieses Land vor zwanzig Jahren zu befreien. Das war unvermeidlich, denn die Quasis sind die schwächsten Kreaturen in allen fünf Reichen."

Ich knirsche mit den Zähnen und umklammere meinen Schreibtisch, als würde ich ihn entzweibrechen. Ich brauche heute nicht noch mehr "Armageddon ist geil"-Gerede. Miss Thing tippt sich mit ihrem roten Fingernagel ans Kinn. "Wer kann die fünf Reiche und ihre Bewohner nennen?"

Paulette hebt ihre Hand, um ihre neue Rolex zu zeigen.

"Paulette?"

"Der Himmel mit den Engeln, die Hölle mit den Dämonen, die Ghule in den Dark Lands, die Quasis im Fegefeuer und-" Paulette runzelt die Stirn.

Miss Things rollt mit den Augen. "Thrax in Antrum."

Paulettes Gesicht rötet sich.

Unsere Lehrerin stößt ein schrilles Kichern aus. "Mach dir keine Sorgen, du dummer kleiner Narr. Du hast mir gerade gezeigt, dass dein Volk eine niedere Lebensform ist." Miss Thing beginnt mit einer "Vorlesung", die im Grunde eine Quasi-Hass-Version von Armageddon Krieg ist. So wie sie Geschichte unterrichtet, sollte die Klasse den Titel "Warum Quasis im Laufe der Jahrhunderte scheiße waren" tragen.

Seufzend ziehe ich mein Lehrbuch heraus und versuche mich zu konzentrieren. Ich habe den gleichen Satz schon sechs Mal gelesen, als sich jemand räuspert. Waldi. Ich kenne das Geräusch dieses Jemanden überall. Nach und nach drehe ich meinen Kopf und schaue über die Reihe.

Da wird mir die schreckliche Wahrheit klar: Ich habe die schlechteste Sitzplatzentscheidung in der Geschichte des Universums getroffen. Ich stehe direkt neben Zeke Ryder, Cissys Mega-Schwarm und mein persönlicher Stalker.

Zeke hat die ganze Macht der Lust. Er ist groß, blass und gut aussehend, jeder Zentimeter vollgepackt mit Muskeln und Pheromonen. Seine karamellfarbenen Augen, seine kantigen Gesichtszüge und sein unordentliches blondes Haar sind perfekt auf seinen Affenschwanz abgestimmt. Jedes Mädchen wird vor ihm zu Wackelpudding, außer mir, was mich seit der dritten Klasse zu einer Herausforderung macht.

"Hallo, Kätzchen." Zeke winkt in meine Richtung. Er trägt eine normale Jogginghose, ein schwarzes T-Shirt und sein Markenzeichen, den "Komm-her"-Blick.

Ich zeige auf die Lehrerin und mache mein "Pst"-Gesicht.

Zeke zieht eine Augenbraue hoch. "Kommst du Freitagabend zu meiner Party?"

"Nein." Seine letzte "Party" bestand aus zwei Dosen Bier und dem Rücksitz seiner Limousine. Das blaue Auge, das ich ihm verpasst habe, hielt wochenlang. Was für ein Reinfall für meinen ersten Kussversuch. Wenigstens hatte ich Spaß dabei, ihn zu schlagen.

Meine Backenzähne schließen sich, als ich mich im Raum umschaue. Jedes Mädchen in Pheromon Duft-Entfernung starrt Zeke mit Glub-schaugen an. Warum bin ich die Einzige, die seine Mister-Romantik-Nummer nervig findet? Ich bin wahrscheinlich die einzige Oberstufen-schülerin, die noch nie verknallt war und nie geküsst wurde. Was ist da los?

Ich richte meine Schultern auf und wende meinen Körper von Zeke ab. Ich habe wichtigere Dinge, um die ich mich kümmern muss, als Jungs, DAS ist es, was mit mir los ist. Ich tue so, als würde ich mich sehr für mein Lehrbuch interessieren. Hoffentlich kapiert er den Wink mit dem Zaunpfahl.

"Nicht so schnell, Puppe." Er zeigt auf den Umschlag, der halb aus meinem Rucksack heraushängt. "Das ist nicht die Art von Party. Sieh es dir an."

"Der war von dir?" Ich ziehe den Brief heraus und drehe ihn zwischen meinen Fingern um. "Ich wollte das heute sowieso lesen." Ich halte inne. Mein Schwanz versucht, den Rest des Umschlags zu zerfetzen. Ich schlage das Ende der Pfeilspitze ab und lege den Brief zurück in meinen Rucksack.

Zeke wirft mir ein zahnloses Lächeln zu. "Warum liest du ihn nicht gleich?"

Miss Thing starrt aus dem Fenster und monologisiert darüber, dass Quasis zu viele Seelen in den Himmel geschickt haben, was super-ungerecht gegenüber den armen Dämonen war. Ich könnte jetzt Samba tanzen und sie würde mich wahrscheinlich nicht bemerken.

Zeke hat die gleiche Idee. "Miss Dingsda wird dich nicht sehen. Geh schon. Sieh es dir an."

Ich ziehe den Umschlag aus meinem Rucksack und lege ihn auf meinen Schoß.

Zeke zieht eine weitere Augenbraue hoch. "Ich kann das nicht glauben. Ist der furchtlose Arenakämpfer zu ängstlich, um einen klitzek-leinen Umschlag zu öffnen?"

Das war's. Ich reiße den Brief wütend auf. Innen finde ich eine geprägte Einladung, auf der steht: "Sie und ein Gast sind herzlich eingeladen, an einer diplomatischen Gala zu Ehren unserer Ghul-Oberherren und ihrer edlen Verbündeten, den Dämonen, teilzunehmen. Freitag, der 13., die Ryder-Villa, Oberes Fegefeuer. Nur formelle Kleidung. Die Türen öffnen sich um 20 Uhr.

Ich fahre mit einem Finger über die geprägten Buchstaben. "Ist das echt?"

"Auf jeden Fall. Du kannst auch einen Freund mitbringen, wenn du willst." Cissy ist in Zeke verknallt. Sie verzeiht mir nie, wenn ich mir das entgehen lasse. Vielleicht ist er nicht so dumm, wie er aussieht.

Nach der letzten "Party", zu der Zeke mich eingeladen hat, sollte ich skeptisch sein. Aber es gibt vier gute Gründe, diesmal hinzugehen. Erstens: Zekes Dad ist ein reicher Diplomat, der Delegationen von Ghulen und Dämonen empfängt. Zweitens ist die Party im Haus seiner Eltern, wo er nicht so unangenehm werden kann. Drittens bringe ich Cissy mit (mit ihrem Schwarm ist sie ein besserer Schutz als die Eltern). Und viertens, die einzige Tatsache, die ich über meinen eigenen Vater weiß, ist, dass er ein diplomatisches Etwas war. Ich kann mir die Chance nicht entgehen lassen, mehr zu erfahren.

"Ich werde darüber nachdenken."

Zekes Mund verzieht sich zu einem zufriedenen Lächeln. "Das ist alles, worum ich bitte."

Ich vergesse die Einladung bis zum Ende des Schultages. Cissy und ich sitzen in der letzten Reihe der Lektion in Dienstbarkeit. Sie wird von OT-42 - wir nennen ihn den Old Timer - unterrichtet, der für seinen riesigen Schnauzbart, seine kaputten Zähne und seinen glühenden Hass auf das Reden im Unterricht bekannt ist. Sein schütteres, graues Haar ist im Nacken zu einem winzigen Pferdeschwanz zusammengebunden. Ansonsten ist er ziemlich normales Ghul-Material: groß, dunkel und grausam.

"Wir haben heute eine wichtige Lektion." Der Old Timer schlendert durch das Klassenzimmer, seine dünne Gestalt lässt seine langen Roben schwanken. Er zieht seine schwarze Kapuze zurück und scannt die Tischreihen, während er an seinem Schnurrbart zupft.

"Heute werden wir lernen, wie man ansprechende Mahlzeiten für seine Meister zubereitet." Die dünnen indigoblauen Lippen des Old Timers verziehen sich zu einem dämonischen Lächeln. "Aufregend, was?" Er fängt an zu plappern, wie glücklich wir unsere Oberherren machen werden, indem wir köstliche Mahlzeiten für sie zubereiten. Ich beginne, "Lektionen in Dummheit" immer wieder in mein Notizbuch zu kritzeln.

Cissys bräunliche Augen richten sich auf den Umschlag, der halb aus meinem Rucksack heraushängt. "Was ist das?"

Ich kritzle weiter vor mich hin. Es sieht produktiv aus und vertreibt die Zeit.

Cissy räuspert sich. "Ich habe dich etwas gefragt, Myla." Sie deutet wieder auf den Umschlag.

Ich gähne. "Oh, das ist unsere Einladung für Zekes Party am Freitagabend."

Cissy fängt an zu hyperventilieren. "Das ist eine Einladung, wohin am Freitagabend?"

Ich höre auf zu kritzeln und erkenne meinen großen Fehler. "Äh, das erzähle ich dir später."

Der Old Timer beendet seine Rede darüber, wie man unsere Oberherren erfreut. Die Hälfte der Klasse plaudert in kleinen Gruppen. Ein Typ schnarcht in der letzten Reihe.

"Impertinenz!" Der Old Timer hört so schnell auf, an seinem Schnurrbart zu zwirbeln, dass ich denke, er reißt ihn sich aus dem Gesicht. "Hört auf euren Meister!" Der Raum wird still; das schlafende Kind hebt den Kopf. Wäre der Old Timer eine Zeichentrickfigur, käme ihm jetzt Rauch aus den Ohren.

"Damit ist die Sache erledigt." Unser Lehrer schreitet zu seinem Pult und macht sich eine kurze Notiz. "Zur Strafe für eure Unkonzentriertheit werden wir die ganze nächste Woche Tests schreiben." Er klopft mit seinen knochigen Fäusten auf die Tischplatte. "Das bedeutet Roben Reinigung, Fußmassage und Kriech-Knigge sowie unsere heutige Lektion, die Essenszubereitung."

Ein langgezogenes Stöhnen ertönt von den Schülern; alle sitzen aufrechter in ihren Stühlen. Die Kinder mit Hundeschwanz hören auf zu wedeln.

"Endlich habe ich eure volle Aufmerksamkeit." Der Old Timer reibt seine grauen Hände aneinander und erklärt, dass Ghule alles scharf mögen, Hustensaft wie Wein trinken und allergisch auf Fisch sind. Oh, und sie essen auch eine Tonne Würmer. "Folgt mir alle in den Demonstrationsbereich."

Die Klasse geht hinüber zu einem langen Metalltisch. Unser Lehrer nimmt eine riesige Schüssel mit zappelnden Würmern in die linke Hand und eine große Flasche Tabasco-Sauce in die rechte. "Wer hat Lust, ein leckeres Essen zuzubereiten?" Er sieht aus wie eine Kreuzung aus einer schwarz gekleideten Vogelscheuche und Betty Crocker.

Cissy stößt mich in die Rippen. "Zeke hat mich gebeten, mitzukommen, oder? Bitte sag mir, dass er das tat." Sie braucht wirklich ein Hobby.

Ich mustere sie mit der Hüfte. "Ruhig, Cis. Du bringst uns noch in Schwierigkeiten."

"Myla Lewis." Der Old Timer schnippt seinen grauen Kopf in meine Richtung. "Gibt es etwas, das du mit den anderen Bediensteten teilen möchtest?"

"Nein, Sir."

Der Old Timer stellt die Wurmschüssel und die Tabasco-Sauce auf den Vorbereitungstisch. "Vielleicht glaubst du, dass dein besonderer Status als Arenakämpfer bedeutet, dass du dich nicht an die Klassenregeln halten musst wie alle anderen?"

Ich runzle die Stirn. Das Einzige, was an Arenakämpfen nervt, ist, sich hinterher über meine 'Sonderbehandlung' zu beschweren. In ganz Fegefeuer gibt es nur ein paar Dutzend Quasis, die in der Arena kämpfen, und wir stammen alle von Furor-Dämonen ab. Der Furor ist nicht für eine, sondern für zwei Todsünden bekannt: Wollust und Zorn. Ich habe wohl nur den Zorn geerbt, deshalb bin ich ein besonders guter Arenakämpfer. Und ja, ich denke, ich verdiene eine Sonderbehandlung. Hey, ich habe heute Morgen eine böse Seele aus dem Himmel ferngehalten. Wo bleibt da die Liebe?

Ich öffne den Mund und will gerade etwas in diese Richtung sagen, als ich in die öligen schwarzen Augen des Old Timers blicke. Da ist keine Liebe für mich, das ist sicher. Ich beiße mir auf die Unterlippe. "Was immer Sie sagen, Sir." Leck mich, Versager.

Der Old Timer stößt einen entrüsteten Lufthauch aus. "Was denkt denn der Rest der Klasse? Sollte Myla eine Sonderbehandlung bekommen, weil sie mit ein paar Geistern ringt?"

Dreißig Augenpaare drehen sich in meine Richtung, alle sehen mich mit einem Blick an, der sagt: "Hey, ich habe das verrückte kämpfende Mädchen vergessen. Diese Einstellung ist eigentlich eine Verbesserung. Früher haben sie mich alle gnadenlos gehänselt. Das endete, als ich Billy Summers in der ersten Klasse ins Krankenhaus brachte. Da hatte auch Cissy Mitleid mit mir und wickelte mich in ihren kleinen Schuhkarton der Freundschaft. Seitdem schätze ich sie sehr.

Der Old Timer tippt mit dem Fuß. "Na, Leute?"

Keiner will so vermöbelt werden wie Billy Summers, also halten alle die Klappe.

"Ich verstehe." Der Old Timer beäugt die Schüssel mit den Würmern. "Myla, da du eine Sonderbehandlung verdient hast, zeigst du uns, wie man Wurm-Soufflé macht."

Oh, mein süßes Böses. Nicht Wurm-Soufflé.

Ich nehme einen tiefen Atemzug. "Ja, Sir." Ich trete an den Tisch und sehe mir die riesige Schüssel mit ekligen, sich windenden und fettigen Würmern an. Selbst für einen Quasi-Dämon ist das Zeug eklig.

Der Old Timer grinst und zeigt einen Mund voller rissiger und gelber Zähne. "Zuerst musst du die Würmer zu einem Brei verarbeiten."

Ich erschaudere. *Okay, das ist total abstoßend.* Ich scanne den Raum und sehe, dass alle Augen immer noch auf mich gerichtet sind. Ich versuche, mein angewidertes Grinsen in ein cooles und lässiges Grinsen zu verwandeln, aber das führt nur dazu, dass ich verstopft aussehe.

"Ich habe es." Mein Magen schlägt Purzelbäume. "Ist da ein Löffel oder so?"

"Auf keinen Fall", sagt der Old Timer. "Das muss mit den bloßen Händen gemacht werden."

"Oooooookay." Stück für Stück tasten sich meine zitternden Finger an die zappelnde Masse aus grauem und braunem Ungeziefer heran.

In diesem Moment stößt Cissy einen Schrei aus. "Engel! Engel!" Sie deutet auf das Fenster; die Klasse rennt hin, um nachzusehen. Ich folge ihr und freue mich über die Ablenkung.

Und tatsächlich: Unten auf dem Schulgelände läuft ein Engelspaar, begleitet vom Schulleiter und dem Superintendenten. Der Old Timer starrt durch das Glas, seine schwarzen Augen sind groß wie Untertassen. Seine Stimme kommt in einem nervösen Flüstern heraus. "Ghule und Engel?"

Engel besuchen das Fegefeuer selten außerhalb von Arenakämpfen, geschweige denn gehen sie mit Ghulen spazieren. Meine Gedanken kreisen um die Möglichkeiten und kehren immer wieder zu demselben Gedanken zurück: Diese kleine Ablenkung hält die Zeit des Wurm-Soufflés auf! Ich kann mir ein Grinsen nicht verkneifen.

"Was um Himmel willen machen Engel hier?" Der Old Timer zwirbelt mit knochigen Fingern an seinem Schnauzbart, seine ebenholzfarbenen Augen sind in Gedanken versunken.

Cissy hebt halb den Arm. "Sir, der Unterricht ist fast vorbei." Wir haben noch fünfzehn Minuten, aber Cissy rechnet neu.

Die Augen immer noch auf das Fenster gerichtet, winkt der Old Timer verträumt mit der Hand. "Ihr seid alle entlassen."

Cissy ergreift mein Handgelenk. "Wir gehen nach der Schule zu dir nach Hause." Sie zerrt mich zur Tür. "Das ist ein offizieller Notfall. *Wir müssen reden.*"

Meine Oberlippe kräuselt sich. Eine Vermutung, worüber sie plaudern will.

ährend der gesamten Heimfahrt fummelt Cissy an Betsys Radio herum und fragt mich über jede Millisekunde meiner Interaktion mit Zeke aus. Es ist erstaunlich, wie viele Details sie für wichtig hält. "Hat er dir direkt in die Augen geschaut, als er diese Frage stellte?" "Hatte er die Arme so vor der Brust verschränkt? Und natürlich die allseits beliebte Frage: "Hat er dich nach mir gefragt? Wenn mir die Antworten ausgehen, fange ich an, Sachen zu erfinden. So ist es einfacher.

Cissys Augen leuchten rot auf. "Hat er dir seinen glühenden Blick zugeworfen?" Sie hat ein ausgeklügeltes Ablagesystem für Zekes Glubschaugen angelegt. Mist. Dieser Jungs-Quatsch macht mich ein bisschen verrückt. Nicht nur, weil es dumm und Zeitverschwendung ist, sondern auch, weil ich mir wünsche, ich hätte auch so empfunden. Vielleicht einmal.

"Schwelender Blick". Ich schmatze mit den Lippen. "Was meinst du?"

Ihre Augen leuchten rot. "Du weißt genau, was ich meine. Er wirft dir ständig diesen Blick zu. Zeke mag dich so sehr und dir ist es egal. Das ist nicht fair."

Ich umklammere das Lenkrad fester und überlege mir, wie ich das Thema wechseln kann. Es gibt zwei Cissys. Der eine ist meine süße Freundin mit einem großen Herzen, die nicht anders kann, als sich um Sonderlinge wie mich zu kümmern. Die andere ist eine besessene Verrückte, die vor Neid auf das Objekt ihrer Begierde fast vergeht. Wie Zeke. "Bremsen Sie Ihren inneren Dämon, Cissy Girl. Willst du diese Chance verpassen?"

"Welche Chance?" Cissy sackt in den Sitz und tritt mit dem Fuß an das Armaturenbrett. "Du wirst auch auf der Party sein. Seien wir mal ehrlich. Er wird nicht merken, dass ich existiere."

"Hey, jetzt." Ich kann es nicht ertragen, Cissy so niedergeschlagen zu sehen. "Das ist wie ... wie ...'

Cissy runzelt die Stirn. "Wie was?"

"Na ja, es ist wie im Kampf gegen einen Cellula-Dämon. Lässt du dich von seinen Geschossen umwickeln, bis er dich zu Tode quetscht? NEIN!" Ich schlage mit der Faust auf das Lenkrad, um es zu betonen. "Du greifst in die Membran und ziehst seinen Kern heraus!"

Cissys Mundwinkel verziehen sich nach oben, ihre Augen werden wieder normal braun. "Ich bin mir nicht ganz sicher, was du gerade gesagt hast, aber ich glaube, es war so etwas wie 'nicht aufgeben'?"

"Ja." Ich klopfe wieder auf das Lenkrad; ich bin in Fahrt. "Wer wohnt in dem einzigen Haus im Fegefeuer, das jede Art von Kleid, Make-up oder Haargummi in den fünf Welten bekommen kann? DU. Wenn du Zeke willst, bringt es dir nichts, im Auto zu sitzen und Trübsal zu blasen. Leg dein Barbie-Style auf und hau ihn von den Socken."

Cissy setzt sich auf, ihr Mund verzieht sich zu einem breiten Grinsen. "Weißt du was? Du hast absolut Recht."

"Verdammt richtig, ich habe recht." Ich fahre den Wagen in die Einfahrt und schalte die Zündung aus. Betsys Motor heult mit einem lauten Knall . "Und jetzt lasst uns ein paar Dämonenriegel futtern."

Cissy reckt ihre Faust in die Luft. "Hoppla!"

Ich parke das Auto, gehe durch die Vordertür und informiere Mama, dass Cissy den Rest der Woche hier sein wird und ununterbrochen über Zekes Party am Freitag spricht.

Mama wird sofort hellhörig. "Eine Party in der Ryder-Villa?" Sie öffnet verschiedene Küchenschränke und holt Zutaten für Schokokekse heraus. Wow! das ist unerwartet fantastisch.

"Jo-pp." Cissy wirbelt eine goldene Haarsträhne um ihren Finger. "Ich weiß noch nicht, was ich anziehen werde."

Mama holt den Mixer aus seinem Versteck über dem Kühlschrank. "Ich habe einen alten Kontakt bei Versace. Ich werde den Namen für deine Eltern aufschreiben. Die sind toll darin, kurzfristig etwas Besonderes auf die Beine zu stellen."

Ich lasse mich auf meinen Lieblingssitz an unserem Küchentisch gleiten (der mit dem perfekt bemessenen Rückenloch für meinen Schwanz) und beobachte Mama, die mit einem seltenen Lächeln auf ihrem bernsteinfarbenen Gesicht in der Küche herumhantiert. Seit wann kennt sie jemanden bei Versace?

"Vielen Dank, Mama Lewis." Cissy malt mit ihrem Finger Kreise auf die Tischplatte. "Soll ich auch etwas für Myla mitbringen?" Sie schaut erwartungsvoll von mir zu meiner Mutter.

"Blödsinn!" Mutter reckt ihr Kinn vor. "Ich war früher auf vielen diplomatischen Veranstaltungen; ich habe alle meine Kleider aufgehoben. Ich habe das perfekte für dich, Myla!"

Mein Gesicht verzieht sich zu einem verschmitzten Grinsen. "Dieses ganze Gerede über diplomatische Veranstaltungen muss dich an jemanden erinnern." Wie an meinen Vater. Ich werfe ihr einen Blick zu, der sagt: "So bin ich, ich gebe nicht auf.

Mama sammelt mein langes kastanienbraunes Haar ein und stapelt es in verschiedenen Winkeln auf meinem Kopf. "Darüber reden wir nicht, Myla." Sie kneift mir leicht in die Wangen, um sie rot zu färben. "Ich weiß auch schon, was wir mit deinen Haaren und deinem Make-up machen werden."

Ich halte inne und beiße mir auf die Unterlippe. Versace, Diplomaten, Partys in der Ryder-Villa ... Dränge ich zum millionsten Mal auf Informationen über meinen Vater?

Cissy seufzt. "Wenn du einen dieser 'Wer ist mein Vater'-Streitereien anfängst, gehe ich nach Hause."

Mama fummelt weiter an meinen Haaren rum. "Ich kämpfe nicht."

Ich trommele mit den Fingern auf die Tischplatte. "Okay, du willst nicht über Dad reden. Vielleicht kannst du über deine diplomatische Arbeit sprechen? Was waren die Ereignisse, an denen du in der Ryder-Villa teilgenommen hast?"

Mama summt eine Unsinns Melodie und zwirbelt mein Haar in verschiedenen Winkeln. "Ich habe diese Fragen noch nie beantwortet und ich werde auch jetzt nicht damit anfangen."

Ich stoße ein verärgertes Keuchen aus. "Komm schon, Mama! Das ist so unfair. Kannst du mir nicht eine Kleinigkeit sagen?"

Cissy knallt mit der Stirn auf die Tischplatte. "Auf keinen Fall! Das hört sich an wie ein 'Wer ist mein Dad'-Streit plus ein 'Was hast du vor dem Krieg gemacht, Mama'. Kann ich uns allen bitte etwas Zeit ersparen?" Sie setzt sich aufrecht hin und lässt ihre beiden Hände wie Marionetten miteinander reden.

Die erste Hand von Cissy 'spricht'. "Mama, ich möchte wirklich wissen, wer Papa ist." Cissy gibt eine sehr weinerliche Stimme von sich. Wir werden uns später darüber unterhalten.

Ihre zweite Hand 'antwortet'. "Nein." Ihre Mama-Stimme ist total griesgrämig und trifft genau ins Schwarze.

'Meine' Hand: "Was hast du denn vor dem Krieg gemacht?"

'Mamas' Hand: "Das kann ich dir nicht sagen."

"Nicht ein klitzekleines Bisschen?"

"Nein."

"Aber ich möchte es wirklich, wirklich wissen." Cissys Puppen-Myla springt auf und ab.

"Nein, nein, nein, nein, nein. Geh jetzt in dein Zimmer und bitte deinen Freund, nach Hause zu gehen."

Cissy steht auf und verbeugt sich. "Danke, danke! Die Show ist vorbei." Sie lässt sich zurück auf ihren Platz plumpsen. "Können wir jetzt über die Party reden?"

Ich schlage die Hände über dem Gesicht zusammen. "Nein." Diesmal lockt sie mich nicht vom Thema ab.

Cissy bewegt sanft meine Hand, bis ich sie zwischen den Fingern anschaue. "Das ist nicht meine Myla." Sie schenkt mir ein süßes Grinsen.

Ich versuche, einen Schmollmund zu machen, aber stattdessen lächle ich langsam. Wieder einmal weiß Cissy genau, was sie sagen muss, um alles wieder ins Lot zu bringen. Zweifellos wird auch unsere Schule in ein paar Wochen von Motten überrannt werden. Ich lasse meine Hände fallen. "Gut, reden wir über die Party."

Mama grinst ebenfalls. "Auf jeden Fall. Ich wollte sagen, ich könnte deine Haare und dein Make-up machen."

"Ich kann mich selbst frisieren und schminken, Mama. Aber wenn du ein Kleid für mich finden kannst, wäre das toll."

"Und auch Schuhe", fügt Cissy hinzu.

"Natürlich!" Mama stürmt aus dem Zimmer; ich höre das Trippeln von Schritten in unserer Dachkammer. Den Rest des Nachmittags wühlt Mama in alten Kisten und summt dabei ein unmelodisches Lied. In der Zwischenzeit vermeiden Cissy und ich aktiv die Hausaufgaben, indem wir den Brady-Bunch-Marathon auf dem Human Channel schauen.

Alles in allem, ein guter Tag.

~

Ein knochiger Finger stupst meinen nackten Zeh. Ich schaue unter meiner Bettdecke hervor und sehe Walker am Fußende meines Bettes.

"Du bist berufen, zu dienen."

Ich schaue auf meinen Wecker. "Es ist 5 Uhr morgens, Walker." Und heute Abend ist Zekes Party. "Das ist schon das zweite Mal in einer Woche."

Walker zuckt mit den Schultern und reibt sich mit der knochigen

Hand über die Koteletten. Von der anderen Seite unseres Ranch Hauses höre ich Mama nervös in der Küche herumturnen.

Ich drehe mich um und starre Walker aus meinem rechten Auge an. Ich weiß, dass es keinen Ausweg gibt (ganz zu schweigen davon, dass es nichts gibt, was ich mit meinem Morgen lieber tun würde), aber das hält mich nicht davon ab, ihm das Leben schwer zu machen. "Konntest keinen anderen finden, was?"

Ein Lächeln umspielt seinen Mund. "Nein."

"Wenn das so ist, kann ich wohl gehen."

Walker geht auf die Tür zu. "Keine Sorge, es gibt noch einen Kämpfer, den ich -"

Ich springe vor ihn und versperre ihm den Ausgang aus meinem Zimmer. "Wage es ja nicht!"

Walker lächelt. Er ist wirklich viel zu gutaussehend für einen Ghul. "Du willst also kämpfen?"

Ich schlage ihm auf den Oberarm. "Du weißt es, Slim." Im Eiltempo ziehe ich mich an, stopfe mir den Mund mit Müsli voll und absolviere mein morgendliches Verhör mit dem mütterlichen Großinquisitor.

Walker verschränkt die Hände unter seinem Kinn. "Zeit zu gehen, Myla."

"Endlich!" Ich räuspere mich. "Ich meine, lasst uns gehen." Ich bin total aufgeregt, weil ich zwei Kämpfe in einer Woche habe, aber ich will nicht, dass Mama ein Aneurysma bekommt. Ich gebe ihr einen kurzen Kuss auf die Wange. "Wir sehen uns später."

Sie fasst mir an die Schultern. "Pass auf dich auf, Myla-la. Du bist alles, was ich auf der Welt habe." Sie schnieft. "Wenn ich dich verliere..."

"Keine Sorge. Ich werde super extrem vorsichtig sein. Mach's gut." Ich ergreife Walkers Hand und renne fast durch das Portal. Egal, wie oft ich das tue, mir wird immer schlecht dabei. Als ich auf den Arenaboden trete, fühlt sich auch mein Kopf ein wenig schlapp an.

Ich kämpfe gegen den Nebel in meinem Gehirn an und inspiziere das Gelände um mich herum. Neben mir stehen Walker, Sharkie, XP-22 und die gute alte Sheila, der Limus-Dämon. Während ich darum kämpfe, mich zu konzentrieren, verpasst mein verschwommener Verstand die Prozession der Dämonen und Engel auf der Tribüne. Als mein Kopf wieder klar wird, ist Sharkie bereit, das Match anzukündigen.

"Dämonen und Engel!" Die tiefe Stimme des Moderators hallt durch die riesige Arena. "Ich bringe euch ein weiteres Spektakel der Effizienz in der Ghul-Verwaltung des Fegefeuers."

An diesem Punkt würde normalerweise ein Gebrüll von der Dämonenpopulation in der Arena ausbrechen. Stattdessen herrscht vollkommene Stille. Ich scanne das Stadion; Armageddon sitzt unbeweglich auf seinem Eberholz-Thron. Seine roten Augen leuchten hell, sein schmaler Mund ist zu einem Grinsen verzogen.

Sharkie mustert die Tribüne aufmerksam, dann deutet er mit einer Geste auf den dunklen Balkon. "Ich möchte den größten General der Geschichte bitten, vor dem Spiel ein paar Worte zu sagen. Armageddon, wenn ich bitten darf!"

Der Dämonen Lord schwingt sein Bein über die Armlehne seines schwarzen Throns, seine scharlachroten Augen scannen die Menge mit purer Bosheit. "Ich habe euch nichts zu sagen."

Okay, das ist seltsam. Normalerweise beginnen diese Kämpfe mit einem einvernehmlichen Liebesfest zwischen Armageddon und der Ghul-Hierarchie. Heute scheinen die Dinge seltsam eisig zu sein. Ich reibe meinen Nacken und gähne. Oder vielleicht ist mein Gehirn noch nicht aufgewacht.

Verus erhebt sich . "Ich würde gerne ein paar Worte sagen."

Sharkie starrt Armageddon einen langen Moment lang an, sein Kiefer hängt offen. Verus spricht bei diesen Veranstaltungen nie. Sharkie verbeugt sich vor ihr. "Äh, ja. Bitte." Er schaltet zurück in den Moderatorenmodus. "Ghule, Dämonen und Engel! Ihr alle kennt Verus als das Orakel, den einzigen Engel mit der Gabe, die Zukunft zu sehen. Was möchtet ihr uns heute mitteilen? Eine Vorhersage für den Kampf?"

Verus erhebt sich und breitet ihre großen Schwingen aus. "Wir Engel können nicht umhin zu bemerken, dass die Scala in die Jahre gekommen ist." Ihr Blick kreist um Armageddon, ein schlauer Blick funkelt in ihren Augen. "Es ist an der Zeit, dass der Erbe der Scala angekündigt und zu diesen Spielen gebracht wird."

Ich schnaufe. Es hat seit Ewigkeiten keinen Scala-Erben mehr gegeben. Ich habe natürlich die Geschichten gehört: zu jedem Zeitpunkt gibt es einen Scala und einen Scala-Erben. Von allen Kreaturen der fünf Reiche haben nur diese beiden Sterblichen das Blut eines Menschen, Dämons und Engels. Mein Schwanz wölbt sich über meine Schulter, bereit zuzuschlagen. Irgendwie versetzt Verus' Erwähnung der Scala-Erbin meinen Kriegerinstinkt in Alarmbereitschaft. Ein schlechtes Gefühl.

Um den oberen Rand des Stadions herum drehen die Oligarchen ihre Köpfe unisono zu Verus. Sie sprechen mit einer Stimme, der Klang ist eine Mischung aus tiefem Grollen und Zischen. "Wir haben keinen Bedarf an einem Scala-Erben."

Verus wiegt ihren Kopf langsam von einer Seite zur anderen. "Der Scala ist mächtig, aber er ist sterblich. Deshalb hat es immer einen Scala und einen Scala-Erben gegeben. Wir haben seit dem Krieg von Armageddon keinen Erben mehr gesehen." Sie verschränkt ihre Arme in ihren langen weißen Ärmeln. "Die Engel schätzen diese Spiele als Demonstration von Effizienz, aber wie effektiv ist Ihre Verwaltung ohne einen Erben?"

Armageddon schnippt mit seinen langen schwarzen Fingern. Ein rothäutiger Dämon mit Hörnern und einer Mistgabel tritt an die Seite des größeren Dämons. "Wo ist der Scala-Erbe? Der Thrax, den wir an der Grenze zur Hölle gefangen haben?"

Der rote Dämon schluckt. "Tot, mein Herr."

Armageddon Augen leuchten rot auf. "Warum?"

"Ihr hieltet ihn für unverschämt, Mylord."

Der König der Hölle kratzt sich an der Wange. "Ah ja, jetzt erinnere ich mich." Sein Mund verzieht sich zu einem widerwärtigen Grinsen. "Er ist wirklich sehr gut gestorben."

Ich erschaudere. 'In der Tat sehr gut' bedeutet, dass er sich etwas besonders Kreatives und Schmerzhaftes ausgedacht hat. Oje.

Armageddon gestikuliert zu Verus. "Es gibt seit fast zwanzig Jahren keinen Scala-Erben mehr. Warum es jetzt in Frage stellen?"

Verus neigt ihr dunkles Haupt. "Wir halten die Zeit für reif."

"Was habt ihr denn vor?" Er trommelt mit seinen langen Fingern auf die Armlehne seines Throns. "Ist da eine Prophezeiung im Spiel?"

"Für ein Orakel gibt es immer eine Prophezeiung." Ihre Augen flackern hellblau. "Beantworte meine Frage. Der Scala-Erbe."

"Wir werden den armen Kerl finden." Er lehnt sich vor und stützt seine knochigen Ellbogen auf die Knie. Seine Augen verengen sich, als sich sein Blick mit Verus' festem Blick trifft. Die Luft wird mit einer seltsamen, bedrückenden Energie aufgeladen. Meine Brust spannt sich an.

Armageddon Augen flackern hellrot auf. "Es ist an der Zeit, dass ich einen weiteren Scala-Erben leiden lasse."

Das Wort 'leiden' hallt seltsam in meinem Kopf wider. Vor meinem geistigen Auge sehe ich einen Mann mit ungleichen Augen und tiefschwarzem Haar. Er ist ein stämmiger Muskelprotz, blutverschmiert und schreiend. Ich weiß nicht warum, aber ich bin mir sicher, dass er der letzte Scala-Erbe ist. Meine Knie werden weich. Ein schwerer Wolkenschleier zieht am immer grauen Himmel vorbei und verdunkelt die Arena.

Irgendwie ist Walker an meiner Seite, seine Hand legt sich um meine Schulter. Sein Arm ist schlank und von Muskeln durchzogen, stärker, als ich es erwartet hätte. "Was ist los, Myla?"

Das schreiende Gesicht des Mannes füllt meinen Geist aus. "Siehst du es nicht?"

"Nein, Myla. Du fängst Energie von Verus und Armageddon auf. Manchmal verursacht diese Energie Halluzinationen." Er scannt den Himmel. "Nur noch ein paar Sekunden."

Verus mustert die Menge mit eisblauen Augen. "Lasst die Spiele beginnen." Sie setzt ein zufriedenes Lächeln auf, während sie sich langsam in ihren weißen Steinthron zurücklehnt.

"So soll es sein." Sharkie stößt seinen Stab auf den Boden. Der Himmel erhellt sich, meine Beine werden wieder fest . Was zum Teufel ist hier los?

Walker löst seinen Griff um meine Schulter. "Alles klar jetzt?"

"Ja, danke." Ich atme ein paar Mal tief durch. "Was war das alles? Ich dachte, ich würde ohnmächtig."

"Ein Kampf des Willens zwischen Verus und Armageddon. Ich habe es auch gespürt, aber nicht so sehr, dass ich Visionen hatte." Walker legt seine Hand in meine. Seine Haut ist warm und tröstlich. "Du musst dich auf den Kampf vorbereiten, Myla. Sie sind dabei, die Seele zu beschwören. Können Sie das für mich tun?"

Ich drücke seine Hand und wippe mit dem Hals hin und her. "Zur Hölle, ja." Mit jeder Sekunde, die verstreicht, strömt mehr Kraft in mich zurück. "Dann mal los."

Walker grinst. "Das ist mein Mädchen."

Sharkie klopft wieder auf seine Sense. "Wir beschwören die Seele zum Kampf." Eine geisterhafte Frau materialisiert sich neben ihm. Sie ist drahtig und dünn, hat leicht hängende Schultern und krauses graues Haar, das ihr bis zur Taille reicht. Eine Konstellation von Narben bedeckt ihr geschwollenes Gesicht.

Die Menschenfrau hebt schnell einen Arm und deutet auf Sheila. "Ich wähle sie."

Sharkie hält inne. "Du wählst also den Kampf auf Probe?"

"Ja", sagt die Frau schnell. "Und ich wähle den grünen Dämon."

Der Moderator gestikuliert in meine Richtung, zu Walker und dem anderen Ghul. "Ihr drei müsst jetzt gehen." Sharkie wendet sich an die Frau und fügt hinzu: "Und ihr müsst euch auf den Kampf vorbereiten." Der Mensch nickt, verbeugt sich leicht vor dem Limus-Dämon und sinkt auf die Knie. So wie ihre Schultern zittern, bin ich mir ziemlich sicher, dass sie weint.

Ich folge Walker in einen der Torbögen der Arena, und Angst macht sich auf meinen Schultern breit. Die Szene da hinten ist in vielerlei

Hinsicht einfach falsch. Im Schatten angekommen, starre ich auf den Boden und nehme nur vage wahr, wie Sharkie die Kampfregeln liest.

Ich wende mich an Walker. "Das muss mein seltsamster Tag in der Arena sein. Erstens, da ist dieses ganze Zeug über das Scala-Erbe und ein seltsamer Machtkampf zwischen Verus und Armageddon. Zweitens werde ich aus dem Bett gezerrt, um gegen einen alten Menschen zu kämpfen, der dasitzt und weint? Ich trete nur gegen die Schlimmsten der Schlimmen an."

"Es gibt nichts, was ich sagen kann." Walkers Blick trifft den meinen, seine schwarzen Augen glitzern im fahlen Licht. "Du bist kostbar für mich, Myla." Er hebt seine Hand und drückt sie an meine Wange. Seine Haut ist wärmer, als ich erwartet hatte.

Die Erkenntnis schießt mir durch den Kopf. "Du weißt, worum es hier geht, nicht wahr?" Ich wickle meine Finger um seine Hand. "Sag es mir."

"Ich habe Verus jahrelang beobachtet. Ich weiß, wie sie denkt."

"Und wie ist das?"

Walker runzelt die Stirn. Ich weiß, dass Mama ihn dazu gedrängt hat, mir nichts über sich zu erzählen. Aber er macht mehr aus seinem Leben, als mich zu Wettkämpfen hin- und herzufahren. Er muss etwas darüber wissen, was heute wirklich passiert ist.

Er lässt seine Hand fallen. "Ich habe schon zu viel gesagt." Er dreht sich auf dem Absatz um und will weggehen.

Ich versperre ihm den Weg. "Sag mir, was du sagen wolltest. Ich verspreche, dass ich dich nicht weiter bedrängen werde. Ich weiß, dass du meiner Mutter eine Art Versprechen gegeben hast." Ich starre in seine flüssigen schwarzen Augen und hoffe mit allem, was in mir ist: Bitte, sag mir etwas.

Erleichterung gleitet über Walkers Gesicht. "Das kann ich sagen. Ich glaube, du hast Verus mit deinem Sieg über den Choker beeindruckt. Sie hat jetzt Interesse an dir. Sie hat ausdrücklich darum gebeten, dass du heute in die Arena kommst, aber ich glaube nicht, dass es zum Kämpfen war."

"Warum dann?"

"Um etwas über ihre Suche nach dem Scala-Erben zu erfahren, vielleicht. Aber auf jeden Fall, um das hier zu sehen." Er deutet auf den offenen Torbogen zum Arenaboden. Der Mensch hockt immer noch auf den Knien und schluchzt leise. Sheila schließt den Abstand zwischen ihnen, grüner Speichel tropft aus ihrem klaffenden Mund.

Wellen rotglühender Wut durchzucken meinen Körper. Jede Faser meines Wesens sagt mir, dass diese Frau nicht getötet und in die Hölle geschickt werden sollte Ich weiß es einfach. "Das ist falsch, Walker." Meine Augen blitzen dämonenrot. "Warum kommt diese Frau nicht in den Himmel?"

"Manche Seelen glauben, dass sie die Hölle verdienen, auch wenn ein Prozess sie in den Himmel schicken würde." Er schüttelt den Kopf von einer Seite zur anderen. "Unter dem alten Regime hätten die Quasis diesem Menschen niemals erlaubt, den Prozess zu wählen."

Und sie käme jetzt in den Himmel. Ein hohles Gefühl kriecht mir in die Knochen. Sie verliert absichtlich den Kampf, damit ihre Seele in der Hölle verzehrt werden kann.

Instinktiv krümmt sich mein Rücken. Meine Zehen graben sich tief in die Erde, bereit zum Laufen. Ich überblicke die Entfernung von meinem Platz zu dem der Frau. Ich könnte sie in Sekunden erreichen. Sie gehört nicht in die Hölle. Ich werde es nicht zulassen.

Ich bin schon halb aus dem Torbogen raus, als Walker mich zurückreißt. "Was tust du da, Myla?"

Ich schüttle ihn ab. "Das scheint nicht richtig zu sein. Vielleicht kann ich sie packen..."

"Und von tausend Dämonen zerrissen werden." Er wiegt den Kopf hin und her. "Das würde niemandem helfen."

Meine Stimme bleibt mir im Halse stecken. "Gibt es denn nichts, was ich tun kann?"

"Im Moment nicht, fürchte ich." Er tastet die Arena ab, sein Blick ruht auf Verus. "Aber vielleicht bald. Ich glaube, unsere Engel-Verbündeten haben einen Plan, um eurem Volk das Fegefeuer zurückzugeben."

Mein Herz rast wie wild. Das Fegefeuer frei? Armageddon und seine Kumpane weg? Da bin ich dabei. "Was werden sie von mir erwarten?" Ich klatsche mir mit der Handfläche an die Stirn. "Das ist natürlich mehr als offensichtlich. Kämpfen."

"Höchstwahrscheinlich." Er seufzt. "Aber bei Engeln weiß man es nie genau, bis es zu spät ist."

4

Ich versuche, mich im Geschichtsunterricht zu konzentrieren, aber es nützt nichts. Das Schluchzen des Menschen geht mir nicht mehr aus dem Kopf. Ich zeichne ihr vernarbtes Gesicht in mein Notizbuch, aber die Linien verschwimmen. Meine Hand zittert ständig.

Auf der anderen Seite des Raums starrt Zeke in meine Richtung, seine blonden Augenbrauen wackeln anzüglich. Er spricht vier Worte aus: "Du. Ich. Party. Heute Abend." Und das funktioniert tatsächlich bei anderen Mädchen? Ich bewege mich auf meinem Stuhl, drehe mich mit dem Rücken zu ihm und schreibe weiter.

Miss Thing's Stimme durchbricht meinen inneren Dunst. " Schüler, heute werden wir etwas über die Scala lernen." Ich lasse meinen Stift fallen und schaue auf.

Endlich wird die Schule mal interessant.

Ich habe die Scala nur eine handvoll Male gesehen. Da er so viele Seelen bewegen muss, ist er im Grunde auf Massenmigrationen spezialisiert, tausende von Seelen auf einmal. Man muss schon ziemlich knallhart sein, um einen Solo-Transfer zu bekommen. Ich stelle mir den mysteriösen alten Kerl auf seiner Bahre vor, der Seelen mit einer Handbewegung in den Himmel oder die Hölle befördert. Cooooooooool!

"Schlagen Sie Seite 402 in Fegefeuer im Wandel der Zeit auf."

Ich schlage mein Buch auf und starre die Seite an. Dann schließe ich meine Augen, blinzle dreimal, um meinen Kopf frei zu bekommen, und starre wieder. Auf dem Blatt vor mir ist das Bild eines jungen Mannes zu sehen, stämmig und stark. Ein ebenholzfarbener Bart verdeckt einen Großteil seines lächelnden Gesichts. Sein Arm ist um eine schlanke Frau mit ungleichen Augen und langen blonden Haaren gelegt. Die Beschriftung unter dem Bild lautet: Maxon und Esme Bane.

"Das ist unser jetziger Scala, als er noch ein Jüngling war." Miss Thing schmatzt ihre kirschroten Lippen zusammen. "Maxon Bane wurde 1157 im Reich der Erde an einem Ort namens England geboren. Wer kann mir sagen, was für eine Art von Kreatur er ist?"

Zeke hebt die Hand. "Er ist ein Thrax. Das sind Dämonenjäger."

"Ausgezeichnet, Zeke; du wirst eines Tages ein guter Diener sein. Und woher wissen wir, dass er ein Thrax ist?"

"Die Augen." Zeke zeigt auf das Bild auf der Seite. "Eins ist blau und eins braun. Thraxe sind halb Mensch und halb Engel. Das blaue Auge ist der Engelsteil; das braune ist menschlich."

"Sehr gut." Miss Thing winkt abweisend mit der Hand. "Keiner von euch wird das Fegefeuer verlassen, aber falls doch, denkt an die Worte von Zeke. Jeder mit andersfarbigen Augen ist ein Thrax, und Thraxe jagen Dämonen. Es spielt keine Rolle, ob man ein Quasi-Dämon oder ein größerer Dämon ist. Jeder, der Dämonenblut hat, wird von diesen Verbrechern ermordet." Sie klatscht in die Hände. "Schlagt jetzt Seite 457 auf."

Ich fummle an meinem Buch herum, bis ein vertrautes Gesicht das Blatt vor mir füllt: eines mit glänzender schwarzer Haut, einer klingenartigen Nase und glühend roten Augen.

"Schüler, kann mir jemand sagen, wer das ist?"

Mein Mund antwortet wie von selbst. "Armageddon."

"Stimmt genau. Wer hat das gesagt?"

Ich habe meine Hand halb gehoben. "Ich war's."

"Myla." Miss Dings Oberlippe kräuselt sich. "Wie ich sehe, hast du zumindest eine nützliche Tatsache in der Arena gelernt. Ja, das ist Armageddon, der König der Hölle und der Vater von Maxon; seine Mutter ist eine Thrax-Frau namens Sara. Zusammen fließt das Blut von Engeln, Dämonen und Menschen in den Adern von Maxon und macht aus einem nutzlosen Thrax den einzigartigen Scala." Mit einer Bewegung ihrer Finger klappt sie das Buch auf ihrem Schreibtisch zu.

Ich hebe meine Hand.

"Ja, Myla?"

"Hat der Scala jemals beschlossen, keine Seele zu verarbeiten?" Ich stelle mir die Frau mit dem vernarbten Gesicht vor. Vielleicht würde der Scala sich weigern, sie zu bewegen.

Miss Things große Augen weiten sich noch mehr. "Nein, niemals. Jeder Scala tut genau das, was man ihm sagt. Immer, immer, immer.

Tatsächlich würde ein Scala nicht im Traum daran denken, etwas anderes zu tun als das, was ein Ghul ihm sagt."

So wie sie es übertreibt, schätze ich, dass der Scala eine echte Nervensäge sein könnte, wenn er es wollte. Obwohl, wenn man bedenkt, wie alt der jetzige Scala ist, tut er wahrscheinlich genau das, was man ihm befiehlt, solange man sich um ihn kümmert. Mein Herz sinkt. Das sind keine guten Nachrichten für die Frau in der Arena.

Ich starre wieder auf das Bild von Maxon Bane. Ich hatte vorher nicht darüber nachgedacht, aber wenn die Scala aufhört, Seelen zu verarbeiten, kommt das Fegefeuer zum Stillstand. Ich nehme an, es ist gut für die Ghule, dass die aktuelle Scala sich nur um Schlaf, breiiges Essen und das Herumgetragen werden auf einer Bahre kümmert.

Paulette hebt ihre Hand, vorsichtig, um ihre geliebte Rolex dabei zu zeigen. "Also, das einzige Mal, dass ein Thrax und ein Dämon, ähm, zusammenkamen, war im Jahr 1157?"

"Wohl kaum." Miss Thing rollt mit den Kulleraugen. "Aber solange ein Scala lebt, kann kein anderes Wesen mit dem Blut eines Engels, eines Dämons und eines Menschen geboren werden. Der Scala ist buchstäblich einzigartig, weshalb Armageddon ihn überhaupt erst gerettet hat." Sie grinst und zeigt einen Abdruck von rotem Lippenstift auf ihren vergilbten Vorderzähnen.

Gerettet oder gekidnappt? Miss Thing ist die Herrin der Drehung.

Ich hebe meine Hand. "Was ist mit dem Scala-Erben?"

"Ein interessanter Punkt." Sie verengt ihre Augen. "Einst glaubte man, es gäbe sowohl einen Scala als auch einen Scala-Erben. Beide Sterblichen hatten das Blut eines Engels, eines Dämons und eines Menschen in sich. Vor vielen Jahren behauptete ein Thrax-Mann, der Scala-Erbe zu sein. Er wurde getötet, und niemand sonst ist aufgetaucht, um ihn zu ersetzen. Es ist schon so lange her, dass viele von uns bezweifeln, dass der Scala-Erbe jemals wirklich existiert hat."

Miss Thing verschränkt ihre Arme vor der Brust. "Aber ob er nun existiert oder nicht, der Scala-Erbe ist nichts." Als sie wieder spricht, hallen ihre Worte seltsam im Raum wider: "Wer die Scala kontrolliert, kontrolliert alles."

Der Rest des Tages vergeht wie im Flug. Ich fahre Betsy nach Hause, hole mir einen Snack und tauche in meine neue Ausgabe der Zeitschrift Quasi Life ein. Ich lasse mich auf mein Bett plumpsen, nehme das Hochglanzmagazin in die Hand und beginne, die Seiten zu überfliegen. Eine Geschichte sticht mir ins Auge: Zehn Wege, damit Ihr Ghul Sie liebt. Ich überfliege den Artikel. Nummer zehn: Probieren Sie unsere neuen Würmer und Jalapeño-Rezept.

Autsch.

Würgend werfe ich die Zeitschrift auf den Boden meines Zimmers.

Mama watschelt in mein Zimmer, einen riesigen Pappkarton in den Armen balancierend. "Hallo, meine kleine Myla-la!" Sie knallt den Container auf meine Kommode und hüpft auf den Fußballen. "Machen wir uns fertig für die Party!"

Ich rutsche vom Bett, stelle mich auf die Zehenspitzen und versuche, in die Schachtel zu spähen. "Was hast du denn ausgesucht? Ich kann es kaum erwarten, es zu sehen."

"Du wirst es lieben. Aber mach die Augen zu ... ich möchte, dass es eine Überraschung ist." Ihr Gesicht sieht so freudig aus, dass ich nicht nein sagen kann.

"Okay." Ich schließe meine Augen.

Als das Kleid über meinen Kopf rutscht, stellt Mama die Frage, die alle Oberstufen-Schüler fürchten: "Wie läuft's mit den Prüfungen?" Das ist ein zermürbender, ein Jahr dauernder Prozess, der damit endet, dass man einen lebenslangen Dienst zugewiesen bekommt.

"Die Prüfungen haben noch nicht begonnen."

"Hast du darüber nachgedacht, eine Näherin zu werden?" Mama gibt mir einen sanften Kniff in den Arm. "Wir könnten zu Hause arbeiten und die ganze Zeit zusammen sein. Das wäre viel sicherer als in der Arena."

Aufhören, in der Arena zu kämpfen? Auf keinen Fall! Ich will ihr das gerade sagen, aber die Hoffnung, die in ihren braunen Augen glitzert, lässt mich kalt. Ich kann ihre Seifenblase noch nicht platzen lassen. "Wow, das ist ein wirklich tolles Angebot." Ich verlagere mein Gewicht von Fuß zu Fuß. "Aber, weißt du, das Abschlussjahr hat vor ein paar Wochen begonnen. Ich habe noch Zeit."

Mama macht den Reißverschluss hinten an meinem Kleid zu. "Lass dir nicht zu viel Zeit. Die Abschlussfeier ist schneller da, als du denkst, und Arenakämpfe allein sind nicht genug."

"Äh, sind sie nicht?" Mir fällt der Mund auf. "Bist du sicher?"

"Was denkst du denn?" Sie zwinkert. Sie hat das wahrscheinlich schon vor Jahren recherchiert.

Mein Körper fühlt sich kalt an. "Äh, lass uns jetzt nicht darüber reden."

"Von mir aus. Aber wenn du nicht anfängst, dich dafür einzusetzen, Näherin zu werden, könnte dir etwas Schreckliches wie Latrinendienst zugewiesen werden."

Da könnte sie Recht haben.

"Okay, Mama. Ich verspreche, dass ich bald darüber nachdenke." Ich zapple in meinem Kittel und würde am liebsten die Augen einen Spalt öffnen. Der Rock fühlt sich ein wenig seltsam an, aber andererseits trage ich nicht oft Kleider. "Darf ich jetzt gucken?"

Mama klatscht in die Hände. "Ja!"

Als ich in den Spiegel schaue, sehe ich mich in einem knöchellangen Kleid mit einem riesigen Reifrock. Das ganze Ungetüm ist übersät mit Volants, Schleifen und der Farbe Orange.

Verdammt noch mal, orange. Ich möchte so gerne kotzen, sterben oder beides.

In diesem Moment klingelt es an der Tür. "Cissy muss hier sein." Mama verschränkt die Hände unter dem Kinn. "Ich gehe sie holen. Ich kann es nicht erwarten, dass sie dich sieht."

Ähm, ich schon.

Mama geht zur Haustür und lässt eine schwindelerregende Cissy herein. Es gibt viel Gegurre und Umarmungen, dann kommen Schritte in Richtung meines Schlafzimmers. Cissy bleibt in der Tür stehen und hält sich den Mund zu. Sie trägt ein glitzerndes schwarzes Kleid, das bodenlang ist und auf halber Höhe der Oberschenkel aufgeschlitzt ist.

Ich stoße einen leisen Pfiff aus. "Cissy, du siehst umwerfend aus." Alle Quasis sind nach menschlichen Maßstäben schön, aber Cissys Kleid hebt es auf ein neues Niveau. Warum konnte Mama nicht auch bei Versace anrufen?

"Danke, Myla. Du siehst..." Cissy schürzt die Lippen, sucht nach dem richtigen Wort.

"Sie sieht umwerfend aus, nicht wahr?" Mama legt ihren Arm um Cissy. "Kaum zu glauben, dass ich dieses Kleid schon vor zwanzig Jahren getragen habe."

"Ich glaube es", sagt Cissy leise.

Plötzlich wünsche ich mir nichts sehnlicher, als dass sich die Erde auftut und mich ganz verschluckt. Ich töte Dinge, ich trage keine Kleider.

"Nur eine Sekunde!" Mama eilt zurück zum Karton und holt einen orangefarbenen Schlapphut mit einer riesigen Schleife heraus. "Das gehört dazu."

Ich stelle mir Käpt'n Hooks Hut vor, dann wird mir klar, dass Mamas Hut diesen aufessen könnte und noch Platz für den Nachtisch hätte.

"Nein, danke", sagen Cissy und ich unisono.

Ein Knoten der Anspannung kriecht meine Wirbelsäule hinauf; ich kann es kaum erwarten, dieses Kleid auszuziehen. "Ich fühle mich nicht so gut, Cissy." Ich fummle am Reißverschluss auf meinem Rücken herum. "Du musst ohne mich auf die Party gehen."

"Dir geht's gut. Das sind die Nerven." Cissy dreht sich zu meiner Mutter um und blinzelt mit ihren braunen Augen wütend. "Du hast doch nichts dagegen, wenn wir ein paar kleine Änderungen vornehmen, oder? Um das Kleid ein wenig auf den neuesten Stand zu bringen?"

"Natürlich. In der Schachtel ist eine Schere. Brauchst du sonst noch etwas?"

Cissy lächelt süß. "Ein bisschen Mädchenzeit." Sie starrt spitz auf die Tür. "Macht es dir was aus?"

"Überhaupt nicht." Immer noch strahlend, gleitet Mama fast aus meinem Zimmer. Cissy schließt die Tür fest hinter sich, dann schnappt sie sich die Schere und macht sich an die Arbeit. Innerhalb weniger Minuten liegen die Volants und Schleifen auf dem Boden, neben dem Reif. Am Ende trage ich ein sehr einfaches, sehr elektrooranges Kleid. Ich starre mein Bild im Spiegel an.

"Ich sehe aus wie eine nukleare Karotte."

Cissy ergreift meine Hand. "Nein, tust du nicht, du siehst gut aus. Bitte lass uns auf die Party gehen, bitte, bitte, bitte, bitte, bitte?"

Das werde ich noch bereuen. "Okay, lass uns gehen."

Cissy und ich rennen zur Haustür, aber meine Mutter ist zu schnell für eine ereignislose Flucht. "Nein, warte!" Mama hält ihre Hände hoch. "Ich habe eine Instamatic-Kamera irgendwo auf dem Dachboden im Kriechkeller. Ich will diesen Moment festhalten!"

Cissy hält an der Türschwelle inne und wuschelt ihre blonden Locken auf. "Klar." Mama rennt los, das Geräusch von Schritten hallt durch das Haus.

Ich starre meine beste Freundin an. "Keine Fotos, bitte. Außerdem sind wir super spät dran."

"Oh, ja", Cissy hält sich die Hand vor den Mund. "Ich muss los, Mama Lewis!"

Mamas gedämpfte Stimme ertönt vom Dachboden. "Bist du sicher, dass du nicht warten kannst?"

Ich ergreife Cissys Hand und stürze mich auf die Haustür. "Absolut sicher."

Cissy und ich eilen zur Auffahrt und rutschen in Betsy hinein. Nachdem Betsy ein paar giftige Rauchwolken ausgehustet hat, rasen wir zur Ryder-Villa, die Mäntel sorgfältig um uns geschlungen. Während ich fahre, sehe ich Upper Purgatory an meinen Fenstern vorbeiziehen.

Was für ein Mist dieser Ort doch ist. Als ich ein Kind war, war das hier der schickste Ort in der Gegend, mit Reihen von übergroßen Häusern auf überkleinen Grundstücken. Die Rasenflächen waren immer grün und schicke schwarze Limousinen füllten die Einfahrten.

Das war, bevor die Ghuls übernommen haben.

Wie alle Eroberer beschlossen die Ghule, dass ihnen die besten

Grundstücke zustehen. Dieselben Häuser, an die ich mich erinnere, ziehen wieder an meinem Fenster vorbei, nur sind sie jetzt mit Untoten gefüllt. Die Rasenflächen wurden in offene Erde verwandelt, besser für die Wurmzucht. Jedes Fenster ist mit Brettern vernagelt, jede schicke Limousine rostet in ihrer Einfahrt.

Alle Häuser, das heißt, außer der Ryder-Villa. Sie kommt ins Bild, eine weiße Zitadelle von Quasi-Echtheit, die auf einem üppig grünen Hügel sitzt. Es ist ein kleines Stück der alten Republik, das überlebt hat, schön und lebendig. Wir parken Betsy und marschieren zur Eingangstür des Anwesens. Cissy drückt auf die Klingel, ihr Gesicht strahlt förmlich. "Wir sind dran!"

Ich unterdrücke den Drang, ihre Hand zu ergreifen und loszurennen.

Sekunden später geht die Tür auf und gibt den Blick auf Zeke frei, der mit seinem glatten Haar, dem schwarzen Smoking und der rotkarierten Weste besonders schmierig aussieht. Er mustert mich langsam von Kopf bis Fuß, bevor er sagt: "Halloooo, Elmo!"

"Ha, ha, sehr witzig." Ich trete ein. "Und es ist orange, nicht rot."

Zeke reibt sich sein gemeißeltes Kinn. "Ja, Elmo ist nicht der richtige Muppet für dich. Beaker vielleicht? Ernie?"

Cissy stellt sich direkt vor mich hin. "Hi, Zeke! Willst du tanzen?" Sie streckt ein Bein aus, um den hohen Schlitz in ihrem Kleid zu zeigen. Verdammt, das Mädchen sieht aus wie eine Million Dollar.

Ich verschränke meine Finger hinter meinem Rücken. Bitte, bitte, bitte lass ihn sie bemerken. Nur einmal.

Zekes karamellfarbene Augen funkeln mit einem rötlichen Schimmer. "Ich würde gerne, äh..." Er schnippt mit den Fingern. "Es liegt mir auf der Zunge."

"Cissy." Sie tritt näher an Zeke heran. "Ich heiße Cissy."

"Wow. Bist du neu in der Schule?"

"Nein, wir gehen seit dem Kindergarten in dieselbe Klasse. Du hast mir in der dritten Klasse beim Völkerball die Nase gebrochen, weißt du noch?"

"Oh, ja." Zeke nickt langsam. "Das tut mir leid." Er streicht ihr mit einem Finger über den Nasenrücken. "Jetzt siehst du aber gut aus."

Cissys Gesicht färbt sich in acht Schattierungen rot. "Danke."

Ich ziehe meine Faust nach unten und flüstere "Ja! Keiner der beiden bemerkt es, was zeigt, wie weit sie beide schon sind. Endlich.

"Folgt mir." Zeke ergreift Cissys Hand und sie verschwinden in der Menge.

Ich sehe ihnen hinterher und frage mich, wie es ist, für einen Kerl erröten zu müssen. Das ist wohl Schritt eins, während Schritt zwei das Küssen ist. Nicht, dass ich von beidem etwas wüsste.

Ah, naja. Zurück zur Party.

Ich gehe auf dem Boden des Ballsaals herum. Das muss der schönste Ort im ganzen Fegefeuer sein. Große Glaskronleuchter hängen von der Decke. Eine Reihe von Balkonen wölbt sich über die lange hölzerne Tanzfläche. Eine speziell entworfene Bühne passt perfekt für die Jazzband.

Die Tanzfläche ist voll mit Ghulen und Dämonen, aber auch Engel und Thrax laufen herum. Ich erspähe sogar die Oligarchie und Verus. Als ich die verschiedenen Gesichter betrachte, lächle ich von einem Ohr zum anderen. Vielleicht ist das der Plan der Engel, von dem Walker gesprochen hat. Vielleicht stehen wir kurz vor einem neuen Zeitalter der Zusammenarbeit zwischen Engeln, Guhlen, Thrax, Quasis und Dämonen.

Dann wieder, vielleicht auch nicht.

In einer krabbelnden und beißenden Masse versammeln sich alle Dämonen in einer Ecke und starren mit einem Blick durch den Raum, der sagt: "Lecker, Aber dessen". In der Mitte ihrer Gruppe steht Armageddon, die langen Arme über seiner schmalen Brust verschränkt. Der Mensch von dem heutigen Kampf blitzt vor meinem geistigen Auge auf, und ich habe das wahnsinnige Verlangen, durch den Raum zu rennen und dem König der Hölle eine Standpauke zu halten. Ich atme tief ein und balle meine Hände zu Fäusten. Heute Abend ist wahrscheinlich nicht der richtige Zeitpunkt, um Armageddon eine Standpauke zu halten.

Die Gäste im Umkreis von drei Metern um Armageddon wimmern und schmollen alle weg. Das ist seine größere dämonische Aura, die auf sie einwirkt und sie mit Angst überwältigt. Kombiniere diese Aura mit meinem neonorangenen Kleid und meinen High Heels, und heute Abend ist definitiv nicht der richtige Abend, um es mit dem König der Hölle aufzunehmen.

Ich zwinge mich, wegzusehen. Mein Blick trifft auf Cissy und Zeke, die wie im Sturm tanzen. Cissys Augen leuchten mit einem Hauch von Dämonenrot (was bedeutet, dass der halbe Raum sie beneidet und sie es weiß). In der Zwischenzeit funkelt es auch in Zekes Iris rubinrot (was bedeutet, dass ich ihn Cissy nicht nach Hause fahren lassen kann, und ich weiß es).

Wenn man bedenkt, wie die beiden tanzen, werde ich Cissy so schnell nicht nach Hause fahren. Ich verbringe die nächste Stunde oder so allein, aber das ist es wert, um zu sehen, wie Cissys Traum wahr wird, so wie er eben ist. Ich beschließe, durch die Menge zu gehen und die verschiedenen Gesichter zu begutachten. Welche könnten mir etwas über meinen Vater verraten?

Ich erspähe eine ältere Quasi-Frau mit Unmengen von silbernem Haar und Diamanten. Ihr langer Pfauenschwanz passt perfekt zu ihrem grünen Gewand. Sie isst eine Garnele so langsam, dass ich weiß, dass ihre dämonische Kraft Faulheit ist.

Ich atme tief durch und richte meine Schultern auf. Irgendwo muss man ja anfangen.

Ich trete auf die Fremde zu. "Hallo, ich weiß, wir kennen uns nicht, aber ich habe mich gefragt, ob Sie vor, sagen wir mal, achtzehn Jahren an irgendwelchen diplomatischen Veranstaltungen teilgenommen haben?"

Nach und nach nimmt die Frau die Garnele in ihren Mund und beginnt zu kauen. Ich verstehe das als "Ja".

"Nun, ich habe mich gefragt, ob Sie einige der Diplomaten von damals kennen. Die Quasi-Typen im Besonderen?"

Die Frau schluckt, dann dreht sie sich langsam zu mir um. Sie mustert mich aufmerksam. "Bist du ... bist du?" Mein Herz schlägt so schnell, dass ich glaube, es wird explodieren.

Ich greife ihr Handgelenk. "Sehe ich jemandem ähnlich? Wem? Einem Diplomaten?"

"Sind Sie aus der Muppet Show?" Sie zeigt auf mein Kleid. "Wie heißt der Muppet noch mal? Fozzie Bär?"

"Nein, ich bin nicht aus der Muppet Show." Ich beiße meine Lippen zusammen. "Entschuldigt mich."

Offensichtlich ist es Zeit für einen neuen Party-Überlebensplan.

Abgesehen von der Suche nach meinem Vater , entdecke ich, dass, wenn ich unter einem Balkon stehe, die Schatten meine Orangen-haftigkeit verbergen. Ein zusätzlicher Bonus ist, dass mich niemand sehen und/oder Muppet-Kommentare machen kann. Auf einem Tisch in der Nähe habe ich einen Haufen Dosenlimonade und zuckerhaltige Snacks gehortet. Meine Nacht ist ausgefüllt.

Tatsächlich habe ich gerade eine schöne Zeit, als zwei Gestalten neben mir in die Dunkelheit treten.

Im schwachen Licht blinzelnd, mustere ich die beiden Fremden. Der erste Mann ist älter, groß und stämmig mit langen weißen Haaren, die ihm bis zum Kinn reichen. Er trägt einen klassischen Smoking, der zu dem der Figur neben ihm passt. Der zweite Fremde ist ein Junge mit breiten Schultern und einer starren militärischen Haltung. Sein Haar ist kürzer, erdbraun und lose. Da es unter dem Balkon superleise ist, kann ich nicht anders, als mitzuhören.

Okay, vielleicht kann ich es verhindern, aber ich bin ein wenig neugierig und sehr gelangweilt.

"Ich verstehe nicht, warum wir hier sind, Vater." Es ist der Junge.

"Noch mehr Befehle von den Engeln, mein Sohn." Der ältere Mann hat eine tiefe und rollende Stimme. "Sie wollen engere Beziehungen zwischen den Welten."

Mein Herz klopft in meiner Brust. Engel? Engere Beziehungen zwischen den Welten? Vielleicht stehen wir wirklich an der Schwelle zu einer neuen Ära. Ich lächle und denke an ein Leben ohne Ghule, in dem ich mir meinen Job, meine Kleidung und alles andere selbst aussuchen kann. Der Junge spricht und unterbricht meine Gedanken.

"Ich verstehe. Was soll ich tun?"

"Versuche, Kontakte zu knüpfen; triff dich mit ein paar Quasis im Besonderen." Die Augen des Vaters schimmern in den Schatten. Seine Iris ist ungleichfarbig: eine blau, eine braun.

Sie sind Thrax. Ein Hoch auf Miss Thing, dass sie tatsächlich etwas Nützliches lehrt.

"Quasis sind keine Menschen", schnauzt der Junge. "Sie sind Dämonen."

Was?! Meine Hände ballen sich zu Fäusten. Eigentlich sind wir fast alle Menschen, vielen Dank.

"Die Engel sagen, sie sind anders. Versuche , aufgeschlossen zu bleiben." Der Vater zeigt auf die Tanzfläche, wo Cissy an Zekes Oberschenkel auf und ab hüpft. "Nimm zum Beispiel dieses Mädchen. Warum forderst du sie nicht zum Tanzen auf? Sie scheint recht, äh, freundlich zu sein."

Ich rolle mit den Augen. Was für eine altmodische Bemerkung. Sicher, Cissy ist im Moment ein bisschen überdreht, aber von dieser Nacht träumt sie, seit sie neun ist. Ich sehe meine Freundin an und lächle. Cissy sieht absolut selig aus. Vielleicht ein bisschen nuttig, als sie während des Mambos an Zekes Bauchmuskeln knabbert, aber wen kümmert's? Sie ist achtzehn; es ist ihr Job, dumm zu sein.

Der Junge verschränkt die Arme vor der Brust. "Diese Quasi hat einen Hundeschwanz und benimmt sich wie eine läufige Hündin."

Mein Blut kocht vor Wut. Was für ein ASSHOLE-GUY, so etwas zu sagen!

Der Junge ballt die Faust hinter seinem Rücken. "Außerdem Vater, du weißt, dass ich kein Diplomat bin."

Meinst du?!

"Wo ist mein bester Soldat?" Der ältere Mann schlägt seinem Sohn auf den Oberarm. "Ich weiß, dass ich mich bei dieser Mission auf dich verlassen kann."

Der Junge nickt zügig. "Natürlich."

"Das ist mein Junge." Breit grinsend marschiert der Vater in die Menge und fängt an, einer Meute von Ghul-Diplomaten die Hand zu reichen.

Ich schlürfe den Rest meiner Limonade und starre auf die Silhouette des Jungen. Mein innerer Dämon beginnt sich zu regen. Ich stelle mir vor, mit dem Finger vor seinem Gesicht zu herumzufuchteln und die Unterschiede zwischen Dämonen und Quasis zu schreien. Oder noch besser, ich könnte neben ihn springen und ihm einen kräftigen Tritt auf seine Kniescheiben verpassen. Ich bin so abgelenkt, dass ich meine leere Getränkedose nicht zurück auf den Tisch stelle, sondern sie mit einem Krachen auf den Boden fallen lasse.

Der Junge dreht sich auf dem Absatz um und kommt an meine Seite. "Sind Sie in Ordnung, Miss?" Aus der Nähe erkenne ich, dass er in meinem Alter ist und ungleiche Augen hat, eines weizenbraun, das andere schiefergrau. Sein Gesicht ist kantig mit einem kräftigen Kiefer und eingefallenen Wangen. Aus irgendeinem Grund kann ich nicht aufhören, seinen vollen Mund anzustarren und mich zu fragen, wie es wohl wäre, meine Lippen gegen seine zu streichen. Er sieht in der Tat sehr lecker aus.

Warte mal. Ich denke daran, jemanden zu küssen? Wann passiert das schon mal?

Reiß dich zusammen, Myla. Du hast zu viele Schokoriegel verdrückt, das ist alles. Das ist eindeutig eine zuckerinduzierte Halluzination.

Ich atme tief ein und konzentriere mich darauf, wie dieser Drecksack Cissy beleidigt hat. "Mir geht's gut." Meine Stimme kommt leise und scharf heraus. "Ich habe eine leere Dose fallen lassen, das ist alles."

Seine ungleichen Augen treffen auf meine. Unser Blick wird schnell intensiv, einhüllend. "Du kommst mir bekannt vor." Er beugt sich ein wenig vor, und ich atme seinen erdigen Duft ein, eine Mischung aus Waldkiefer und Leder. "Du besuchst nicht zufällig die Ryder-Stallungen, oder?"

Oh, du meinst die Ryder-Stallungen, in die ich die ganze verdammte Zeit einbreche, um Dämonen zu jagen? Kleine Dämonenmonster belästigen dort die Pferde; ich habe mich selbst zum Stallmeister ernannt, heimlich, versteht sich. Aber das kann er auf keinen Fall wissen. Die Frage muss ein seltsamer Zufall sein.

Ängstlich verlagere ich mein Gewicht von einem Fuß auf den anderen. "Nö."

Ein Hauch von Lächeln umspielt den Mund des Jungen. "Ah, mein Fehler also." Er verbeugt sich leicht. "Mein Name ist Lincoln." Er tastet mich von Kopf bis Fuß ab, sein Blick ruht auf meinem Schwanz. "Du musst quasi ein, ähm, 'Dämon' sein." Seine Stimme senkt sich, als er das Wort 'Dämon' sagt.

"Ich bin 'Myla'." Meine Stimme wird leiser, wenn ich "Myla" sage. Ich habe einen Namen, Widerling.

"Es ist mir ein Vergnügen, dich kennenzulernen." Lincoln fährt sich mit der Hand durch seinen braunen Haarschopf. "Würdest du..." Er hat den Blick von jemandem, der sich zu etwas Ekelhaftem zwingen will. "Würdest du gerne tanzen, Myla?" Er wirft einen Blick in Richtung Ballsaal, fixiert Cissy und Zeke und grinst dann. "Das scheint etwas zu sein, was eurer Sorte Spaß macht."

Wut kocht in mir hoch. "Meinst du 'unsere Art', wie in meinem Freund mit dem Hundeschwanz?" Ich zeige mit dem Daumen auf die Tanzfläche, wo Cissy und Zeke mitten im Cha-Cha-Cha sind. "Du erinnerst dich? Die läufige Hündin?"

Lincoln verschränkt die Arme vor der Brust. "Was ich gesagt habe, ist wahr." Seine Oberlippe kräuselt sich vor Abscheu. "Ich kann es kaum ertragen, zuzusehen."

" Du findest Quasis also abstoßend."

"Was erwartest du denn?" Seine verqueren Augen öffnen sich weiter. "Du bist zum Teil Dämon. Ich bin ein Dämonenjäger. Dich zum Tanzen aufzufordern, war eine nette Geste im Namen..."

"Freundliche Geste?!" Ich könnte ihn so gerne treten. "Ich habe eine Geste für dich." Ich mache auf dem Absatz kehrt und gehe weg, mein Schwanz winkt ihm zum Abschied von meinem Hintern.

Ich marschiere auf die Tanzfläche und ergreife Cissys Arm. "Die Wollust endet jetzt. Sofort." Zu diesem Zeitpunkt befinde ich mich in einem regelrechten Wut-Tsunami. Meine Augen glühen knallrot.

Cissy erkennt meinen Zornmodus, wenn sie ihn sieht. "Kein Problem, Myla." Stirnrunzelnd gibt sie Zeke einen kurzen Kuss auf die Wange. "Bis später, Süßer."

Als wir aus dem Zimmer marschieren, höre ich Zeke bla-bla-bla davon reden, Cissys Telefonnummer zu bekommen. Sie drückt mir kurz die Hand.

"Das war der perfekte Abgang." Sie hüpft fast zur Eingangstür.

Ich spreche mit zusammengebissenen Zähnen: "Schön, dass ich helfen konnte."

Wir fahren schweigend von der Ryder-Villa weg. Cissy starrt auf ihre Hände in ihrem, wie ich es nenne, "Schuldbewusstseinsmodus".

Während wir nach Hause fahren, tippen meine Finger in einem nervösen Rhythmus auf das Lenkrad. Ich kann nicht aufhören, an diesen Thrax-Jungen zu denken. Es ist mega-irritierend. "Ich habe eine Frage an dich, Cissy."

Cissy dreht sich zu mir um, ihre Augen sind groß und wässrig. "Ich wollte dich auf der Party auf keinen Fall im Stich lassen. Du hattest jedes Recht, mich von der Tanzfläche zu zerren. Aber Zeke und ich haben getanzt und ich habe das Zeitgefühl verloren." Sie bläht ihre Unterlippe auf.

"Nein, das ist es nicht."

"Wirklich?!" Cissy legt ihre Hand auf ihren Brustkorb. "Weil ich mich deswegen total schlecht fühle."

"Mach dir keine Sorgen, ganz ehrlich. Ich freue mich für dich, meine Freundin. Ich habe noch eine Frage an dich."

"Okay, puh." Cissy lehnt sich auf dem kaputten Vordersitz zurück und stützt ein Knie auf das Armaturenbrett. "Schieß los."

"Hypothetische Frage. Nehmen wir an, da ist ein Typ...."

Cissy hält ihren Zeigefinger hoch. "Ist er heiß?"

Wie ich es hasse, das zuzugeben. "Ja."

"Okay. Das Spiel gefällt mir jetzt schon. Bitte mach weiter."

"Also, dieser heiße Typ ist ein totaler und kompletter Arsch. Trotzdem denkst du immer noch daran, ihn zu küssen und-"

"Bleib genau dastehen." Cissy hebt ihre Hand in Schulterhöhe, Handfläche nach vorne. "Die Antwort ist: Küss ihn, küss ihn, küss ihn."

"Du hast die Frage nicht gehört."

Cissy dreht sich zu mir, ihre blonden Locken wackeln. "Wie lautet die Frage?"

"Okay, du hast mich erwischt. Was würdest du in dieser Situation tun?"

"Wie ich schon sagte, ihn küssen."

"Das ist nicht sehr hilfreich."

Cissy blickt aus dem Fenster. "Ich dachte, das wäre nur eine hypothetische Situation."

Ich umklammere das Lenkrad so fest, dass meine Fingerknöchel aus der Haut springen könnten. "Natürlich ist es das." Eine Hypothese über diesen Lincoln-Typen.

Cissy starrt noch einen Moment aus dem Fenster, dann hält sie an. "Warte mal, Amiga." Ihr Kopf schnellt zu mir, ihr Mund ist verkniffen. "Worum geht's hier wirklich?"

"Nichts. Ein kleines Mädchengespräch auf der Heimfahrt von der

Party." Ich drehe mich zu ihr und zwinkere ihr zu. "Zeke sah heute Abend übrigens sehr gut aus."

Bitte wechseln wir das Thema. Bitte, bitte, bitte, bitte, bitte.

Cissy trommelt mit ihren manikürten Nägeln auf das Armaturenbrett. "Wenn du nicht sauer warst, weil ich dich ignoriert habe, wieso hast du mich dann verärgert weggeschleppt?"

"Ich war nicht sauer."

"Myla, deine Augen waren knallrot."

"Okay, vielleicht habe ich ein bisschen gehardert." Durch eine nette Fügung des Universums taucht Cissys Haus rechts von mir auf. Ich halte den Wagen an. "Mir geht's gut, total. Ich wollte nur eine hypothetische Frage stellen und sagen, wie gut Zeke aussieht. Das ist alles."

Cissys Augen verengen sich. "Wenn du das sagst."

Ich mache eine große Show, indem ich auf meine Uhr schaue. "Oh, wow, sieh nur, wie spät es ist. Ich muss los, sonst flippt meine Mutter aus!"

Cissy steigt langsam aus dem Auto aus. Ich kann fast hören, wie die rostigen Zahnräder ihres Gehirns Überstunden machen. Ich werde später einen Anruf bekommen, darauf kannst du wetten. Sobald sie den Bordstein hinter sich gelassen hat, lasse ich den Motor aufheulen und fahre nach Hause (so schnell wie man in Betsy eben fahren kann). Ich stampfe durch die Eingangstür.

Hoffentlich ist das Drama für diesen Abend vorbei.

5

Ich werfe meine Schlüssel auf den Küchentisch und marschiere auf dem Weg ins Bett quer durchs Wohnzimmer. Ich registriere kaum, dass Mama mittendrin auf der Wohnzimmercouch sitzt, mit einem Stapel Ghul-Schnittmuster neben sich.

"Du bist früh zurück." Sie tätschelt den leeren Platz neben sich auf der Couch, aber ich bin nicht in der Stimmung für eine Mutter-Tochter-Bonding-Session.

Ich halte inne und tue so, als wäre es wirklich wichtig, die Falten meines neonorangen Kleides zu glätten. "Es war Zeit zu gehen."

"Hatten alle Reifröcke an?" Mama beäugt den Saum meines Kleides. "In fünf Minuten kann ich dir den Reifrock wieder einnähen."

"Keiner hatte Reifröcke an, Mama."

Sie lehnt sich auf der Couch nach vorne. "Was ist passiert, Myla-la?"

Ich beginne eine seltene Gesprächsrunde mit meiner Mutter. Diese Sache mit Lincoln war einfach zu seltsam. Ich brauche wirklich einen Rat. "Nun, da war dieser Thrax-Junge auf der Party, der-"

"Thrax auf der Party?" Alles Blut fließt aus Mamas Gesicht. "Es kann kein Thrax auf der Party gewesen sein." Sie rennt zu einem Tisch in der Nähe und hebt Zekes Einladung auf. "Hier steht, dass die Veranstaltung nur für Ghule und Dämonen ist. Selbst wenn sie eingeladen wären, würden sich Thrax nicht im Umkreis von einer Meile dort aufhalten."

Na toll. Ich habe ihr den Angstschweiß auf die Stirn getrieben. Vielleicht kann ich ihr ein paar zusätzliche Informationen geben und zu meiner Frage übergehen. "Ich sage dir, sie waren auf der Party. Engel waren auch da."

"Engel waren auch da?!" Mama lässt die Einladung fallen, ihre Hände zittern sichtlich.

Das läuft nicht gut. "Dir ist schon klar, dass du alles wiederholst, was ich sage?"

"Engel und Thrax." Mama stolpert rückwärts, bis sie halb auf die Couch fällt. "Das kann nicht wahr sein."

"Es ist alles gut. Es gibt eine Art Allianz, glaube ich. Thrax, Engel, Dämonen und Ghule ... alle sind eine große glückliche Familie." Ich werfe ihr einen Blick zu, der sagt: "Können wir jetzt mit meiner Frage weitermachen?

"Die vier sind alle im selben Raum." Mama schüttelt langsam den Kopf von einer Seite zur anderen. "Haben sie sich gestritten? Hat dich einer von ihnen angefasst? Dir wehgetan?"

"Der Thrax-Junge hat mich zum Tanzen aufgefordert und-"

Mama erhebt sich von der Couch und rennt zu mir. Ihre Hände umfassen beide Seiten meines Gesichts. "Geht's dir gut?" Sie starrt mir in die Augen, als würde mein Kopf explodieren.

"Genug, Mama." Ich trete zurück und breche den Kontakt zu ihr ab. Wut und Enttäuschung kochen in meinem Bauch hoch. Ich habe so die Nase voll von ihrer Überfürsorglichkeit wegen nichts. "Schau, ich verstehe, dass ich alles bin, was du hast. Ich verstehe, dass du dir Sorgen um mich machst. Aber ich würde gerne einen weiblichen Rat hören, was mit diesem Jungen passiert ist und du hörst nicht zu."

"Dieser Junge?" Ihre Schokoladenaugen verengen sich. "Oder, dieser Thrax?"

Unheilige Hölle.

"Vergiss es, Mama." Ich mache ein paar Schritte in Richtung Haustür, halte inne und drehe mich wieder um. "Weißt du, vielleicht habe ich lieber Latrinendienst, wenn das bedeutet, dass ich allein sein kann. Denn das..." Ich wackle hin und her, " funktioniert nicht."

Mamas Augen quellen über vor Tränen. "Pass auf dich auf, Myla. Das ist alles, worum ich dich bitte."

"Ich weiß, Mama. Das ist ja das Problem." Ich stürme nach draußen und knalle die Haustür hinter mir zu. Ich stampfe in meinem orangefarbenen Kleid durch den Schlamm und laufe durch unseren Garten. Warum muss Mama immer wegen jeder Kleinigkeit ausflippen? Seufzend lasse ich mich gegen die hintere Außenwand sinken und starre in den grauen Himmel hinauf. Aus irgendeinem Grund stört es mich heute Abend wirklich, dass wir im Fegefeuer nie den Mond sehen.

Stimmen hallen aus dem geöffneten Fenster über meinem Kopf herein. Es sind Walker und Mama.

"Camilla, wir müssen reden." Ich gehe tiefer in die Hocke.

"Nicht, wenn Myla hier ist." Ich höre Raschelgeräusche, als sie das Haus durchsucht. "Okay, wir sind sicher. Was ist hier los?"

"Du kannst sie nicht ewig verstecken. Verus weiß es; sie hat es vor Ewigkeiten in einer Vision gesehen. Wir müssen uns überlegen, wie wir Myla mit ihrem wahren Erbe bekannt machen."

Ich schlage meine Hände vor den Mund. Wahres Erbe? Vielleicht erfahre ich heute Abend tatsächlich etwas Nützliches darüber, wer ich bin. Mein Herz klopft in meiner Brust; Aufregung durchströmt mich. Ja, ja, JA!

Mamas Stimme zittert, als sie spricht. "Es sind nicht die Engel, um die ich mir Sorgen mache, es sind die Ghule. Du kennst sie. Wenn sie wüssten, wer ihr Vater wirklich ist, würden sie versuchen, sie zu besitzen."

Wow, echt jetzt. Die Ghule würden mich besitzen, wegen meines Vaters. Mir wird ganz flau im Magen. Das muss bedeuten, dass mein Vater ein Ghul ist. Ein fieser, regelliebender, wurmfressender Verlierer von einem Ghul. Ich klammere mich an meine Ellbogen. Das ist etwas, das ich nie zuvor in Betracht gezogen habe.

"Wir können nicht ändern, wie Ghule auf das reagieren, was sie für sich selbst halten", sagt Walker. "Aber wir können kontrollieren, wie die Wahrheit ans Licht kommt."

Warte mal. "Wir" können kontrollieren? Wie Mama und Walker? Ich wusste, dass Mama mir immer etwas verheimlicht, aber Walker weiß es? Mir fällt die Kinnlade runter, meine Fäuste stemmen sich in die Hüften. Okay, er hat während meines letzten Kampfes angedeutet, dass er Informationen hat, aber der blutleere Bastard weiß genau, wer ich bin, und er hat mir nie einen Hinweis darauf gegeben.

Mama zieht keuchend die Luft ein. Ich höre so angestrengt zu, dass mir der Kopf wehtut. "Was meinst du? Glaubst du, Verus wird es Myla von sich aus sagen?"

"Ja, das glaube ich."

Verus weiß es also auch? Gibt es jemanden im Fegefeuer, der nicht weiß, wer ich wirklich bin? Ich werde sie bei meinem nächsten Kampf in die Enge treiben, gleich nachdem ich Walker erledigt habe. Ich will ein paar Antworten haben.

Mama schnappt nach Luft. "Ich werde mich sofort mit Verus in Verbindung setzen. Bitte halte Myla in der Zwischenzeit in der Nähe ihrer eigenen Leute: Quasis und Ghule."

Ich lasse mich so tief gegen das Haus sinken, dass mein Hintern fast den Schlamm berührt. Ghule sind mein Volk? Verdammt.

"Verus ist gerade auf der Ryder-Party. Vielleicht können wir sie gemeinsam aufsuchen?"

"Ja, Walker. Das würde ich sehr gerne, nur-..."

"Myla kann eine Zeit lang auf sich selbst aufpassen. Es wird nicht lange dauern."

Mama seufzt. "Also gut." Ich höre das Zischen eines sich öffnenden Portals, gefolgt von Stille.

Ich springe auf und laufe eine Weile durch den schlammigen Hinterhof, wobei ich jedes Schimpfwort ausstoße, das mir einfällt. Es waren gute zwanzig Minuten, in denen ich Schimpfwörter und Dampf abgelassen habe. Verdammte Mama! Verlogener Mistkerl Walker! Ganz zu schweigen von dieser hinterhältigen Verus und meinem mysteriösen Versager-Vater. Meine Hände ballen sich zu Fäusten an meiner Seite. Mein Fozzie-Bär-Kleid zu tragen, diesen aufgeblasenen Thrax anzuschreien, herauszufinden, dass mein Vater ein lausiger Ghul ist und zu entdecken, dass alle um mich herum ein Haufen lügender Lügner sind... ich muss jetzt unbedingt etwas töten.

In dem Moment höre ich die Stimme. Ihre Stimme.

"Hallo, Myla."

Verus steht in diesem Moment hinter mir. Verdammte Glocken. Allmählich schwinge ich mich herum und sehe sie über unserem schlammigen Rasen schweben, ein sanftes Leuchten umgibt ihre langen Leinengewänder und weißen Flügel.

Ich sage das Erste, was mir in den Sinn kommt. "Hey. Ich bin Myla."

Ihre mandelförmigen Augen leuchten blau auf. "Ich weiß, wer du bist. Ich wollte schon seit einiger Zeit mit dir reden. Deine Mutter und ich haben uns gerade geeinigt, dass ich das mache."

Sie steht direkt vor mir. Verus. Mit all den Antworten, die ich suche. Jedes Nervenende in meinem Körper geht in Alarmbereitschaft. Das ist es. "Du musst es mir sagen." Mein Mund öffnet sich, ich suche nach den Worten.

Sie hebt ihren Arm. 'Nein, du musst schlafen." Sanft tippt sie mit ihrem Zeigefinger auf die Mitte meiner Stirn. Augenblicklich verwandelt sich das Wort in Dunkelheit.

~

Danach träume ich von weißem Feuer.

In meiner Vision stehe ich im Grauen Meer des Fegefeuers, einem Abschnitt der kohlefarbenen Wüste, der in einer Wand aus schwarzem Stein endet. Silbrige Sanddünen kräuseln sich und schwellen um mich herum an. Über mir wälzen sich Gewitterwolken am Himmel, leise gelbe Blitze zucken über den Horizont. Ein bitterer Wind peitscht durch mein langes braunes Haar und sticht mir in die Wangen. Der Geruch von Schwefel versengt meine Lunge.

Ohne zu wissen warum, falle ich auf die Knie und lege meine Handflächen auf den grauen Sand. Eine Linie aus weißem Feuer bricht auf den Körnern zwischen meinen Händen aus und breitet sich dann zu einem riesigen Kreis aus. Ich stehe wieder und beobachte die Flammen, die neben meinen Zehen knistern. Das Feuer gibt Wärme, aber keinen Schmerz.

Innerhalb des Feuerkreises beginnt eine Stelle im Sand zu blubbern und zu brodeln. Eine Gestalt erhebt sich von diesem Punkt: eine große Frau mit großen weißen Flügeln, die sich hinter ihren Schultern wölben. Ihre Augen haben die Form einer exotischen Mandel; ihr Haar fällt gerade und schwarz über ihre Schultern. Der ganze Atem entweicht aus meinen Körper.

Es ist Verus.

Sie erhebt sich, bis sie über dem Sand schwebt. Der Wind peitscht ihre langen weißen Gewänder und ihr glattes schwarzes Haar. Ihre blauen Augen leuchten sanft, zwei blasse türkisfarbene Punkte in einer grauen Wüstenlandschaft. Ihre Augen leuchten heller, werden zu zwei scharfen Punkten aus gleißend blauem Licht. Ich zucke zusammen, kann mich aber nicht abwenden. Ich will weglaufen, aber mein Körper rührt sich nicht.

Verus hebt langsam ihre Arme, ihre Flügel dehnen sich mit der Bewegung aus. Der Klang ihrer Stimme bringt das graue Meer zum Grummeln.

"Es ist an der Zeit, dass du die Identität deines Vaters erfährst. Ich werde dir Visionen aus der Vergangenheit schicken."

Ich möchte 'Ja' oder 'Danke' sagen, aber die Worte kommen nicht. Ich schätze, meine Zustimmung zu diesem Plan ist nicht nötig.

Plötzlich schwillt der Flammenkreis an und verwandelt sich in eine weiße Feuerwand, die sich über meinen Kopf erhebt. Hitzewellen versengen meine Wangen, mein Körper trieft vor Schweiß. Ich will rennen, mich bewegen, mich ducken, aber alles, was ich tun kann, ist, ganz still zu stehen. Das Feuer knistert heller, die Flammen werden größer.

Innerhalb von Sekunden umgibt das Feuer meinen ganzen Körper. Das Letzte, woran ich mich erinnere, ist, dass ich von weißen Flammen verzehrt werde, während sich die Welt in Dunkelheit auflöst.

Ich öffne die Augen und wache nicht im Hinterhof auf, sondern in meinem eigenen Bett. Es ist früh am Morgen. Mein orangefarbener Kittel ist verschwunden und ich trage eine normale Jogginghose und ein T-Shirt. Ich schiebe mein Kissen wieder unter meinen Kopf und starre aus dem Fenster, um zu versuchen, alles zu verarbeiten, was passiert ist. Der Himmel ist ruhig und grau, im Gegensatz zu den rollenden Gewitterköpfen in meinem Traum. Verus' Worte hallen durch mein Gehirn: "Es ist Zeit, dass du die Identität deines Vaters erfährst. Ich werde dir Visionen aus der Vergangenheit schicken.'

Mein Schwanz krallt sich in den Rand meiner abgenutzten Decken. Mein Körper brennt mit berechtigtem Zorn. Genug ist genug; ich will jetzt ein paar Antworten. Ich reiße mir die Decke weg und renne in die Küche.

Ich finde Mama am Küchentisch, die mit der Hand den Saum eines Bademantels näht. Sie blickt nicht auf, als ich hereinkomme. "Guten Morgen, meine kleine Myla-la. Wie hast du geschlafen?"

Ich erstarre auf der Stelle. Eine eisige Erkenntnis überkommt mich und dämpft meinen Zorn. Diese willkürlichen, lästigen Morgenverhöre sind vielleicht gar nicht so willkürlich und lästig. "Eine Frage." Ich lege meine Hände gegen meinen Brustkorb und spüre das kühle Kribbeln der Gänsehaut unter meinen Fingerspitzen. "Ist das deine Art, mich zu fragen, ob mich ein Engel in meinen Träumen besucht hat?"

Mama schaut von ihrer Näharbeit auf, ihre braunen Augen glitzern von Tränen. "Ja." Ihre Stimme knackt. "Hat dich letzte Nacht einer besucht?" Verzweiflung hängt über ihr wie eine dunkle Wolke. "Bitte, sag ja."

Bei ihren Worten schmelzen meine ganze Frustration und Wut dahin. Das mag für sie genauso schwer sein wie für mich. "Ja." Ich lasse mich in den Stuhl gegenüber von ihr plumpsen.

Mama zieht ihren Faden fest. "War es Verus?"

"Ja."

"Ich habe gestern Abend mit ihr gesprochen. Wir kannten uns schon vor dem Krieg."

"Als ihr was genau gemacht habt?" Ich zwinge mich zu einem Lächeln und bewege meine Hand in kleinen Kreisen, um sie zu ermutigen, den Gedanken zu Ende zu führen.

Mama seufzt. "Ich weiß, dass du frustriert bist, weil ich nicht über meine Vergangenheit spreche." Sie starrt eine Zeit lang auf den Stoff in ihren Händen, dann legt sie ihn auf ihren Schoß. "Nachdem wir uns gestern Abend gestritten haben, habe ich mit Verus gesprochen. Sie hat dich in der Arena gesehen und will dir helfen. Sie hat die Gabe, sowohl die Vergangenheit als auch die Zukunft zu sehen. Wir haben vereinbart, dass sie dir Träume von dem schickt, was mit mir passiert ist."

Ich lehne mich in meinem Stuhl zurück. "So wie sie es in meinen Träumen beschrieben hat, schien das Ganze etwas dramatischer zu sein."

"Es nennt sich " Traumgestaltung". Eine Handvoll Engel und Dämonen haben die Macht, Ihnen Visionen der Vergangenheit oder Zukunft zu zeigen, während du schläfst. Ein anderes Mal können sie mit dir reden, mit dir kommunizieren, während du träumst. Am Morgen nach einer Traumreise von Verus kannst du kommen und mir Fragen stellen." Sie stößt einen röchelnden Atem aus. "Das ist das Beste, was ich tun kann."

Ich bemühe mich, meine Stimme leise und ruhig zu halten. Ich bin so nah dran an den Antworten, die ich brauche, warum das ganze Drama? "Bitte, Mama. Warum sagst du es mir nicht einfach?"

"Vielleicht findest du die Antwort auf diese Frage selbst heraus, nachdem Verus dir ein paar Dinge gezeigt hat." Ihr Unterkiefer zittert.

Ich mochte es lieber, wenn sie sich mit mir in dieser Sache stritt. Ein schweres Schuldgefühl legt sich auf meine Schultern. Was auch immer mit Mama während des Krieges passiert ist, es muss ziemlich schrecklich gewesen sein. Ich zwinge mich zu einem weiteren Lächeln. "Hör zu, die Sache mit dem Traum ist in Ordnung. Danke, dass du dich an Verus gewandt hast." Ich greife über den Tisch und lege ihre Hand in meine. "Wann schickt sie mir die Traumbilder?"

"Ich weiß es nicht. Versprich mir einfach, dass du mich gleich danach aufsuchst."

"Klar, mach ich."

Das Telefon beginnt zu klingeln. Und klingelt. Und klingelt. Das Fegefeuer bekommt nur veraltete Technik. In diesem Fall ist unser Telefon ein schwerer Ziegelstein mit einer Wählscheibe und einem Hörer, der so groß ist, dass man ihn als Waffe benutzen könnte. Ich beobachte, wie der Apparat bei jedem ohrenbetäubenden Klingeln vibriert und ziehe eine Grimasse. Cissy muss aufgewacht sein.

Mama trocknet sich die Augen mit den Fingerspitzen. "Willst du nicht rangehen?"

Meine Oberlippe kräuselt sich. "Lieber nicht. Ich weiß genau, wer es ist." Der Anrufbeantworter schaltet sich ein. Das Ding ist ein schuhkartongroßer Apparat, der unsere verpassten Anrufe aufzeichnet. Ich bin mir nicht sicher, ob Menschen so einen Mist überhaupt noch benutzen. Ich sehe nie Anrufbeantworter auf dem Human Channel, es sei denn, ich schaue Wiederholungen von Golden Girls oder Mord, schrieb sie.

Piep. Der Anrufbeantworter schaltet sich mit einem lauten Klick ein.

"Hey Myla, hier ist Cissy. Ich möchte über die Party sprechen! War es nicht einfach zauberhaft? Hast du Zeke und mich tanzen sehen? Ruf mich an. Wir müssen unbedingt reden." Piep.

Mamas Mundwinkel verziehen sich zu einem Grinsen. "Zeke hat endlich Interesse gezeigt, was?"

"Oooooh ja." Ich stütze mein Kinn auf meine Handfläche. "Ich wusste gar nicht, dass du weißt, dass Cissy etwas für Zeke übrighat."

"Schatz, jeder weiß, dass Cissy etwas für Zeke übrig hat."

Das Telefon klingelt wieder.

Piep. "Myla, hier ist Cissy. Tut mir leid, dass ich schon wieder anrufe. Ich weiß, das ist meine dritte Nachricht..."

Mama nimmt den Hörer ab, ihr Lächeln wird ein bisschen breiter. "Eigentlich, Myla, ist es ihre fünfte. Sie hat letzte Nacht drei hinterlassen, während du geschlafen hast."

Ich rolle mit den Augen. Na toll.

Cissys Stimme schallt immer wieder durch den Anrufbeantworter. "Ich muss unbedingt mit dir über die Party reden. Ich habe so viele Fragen an dich. Ich liebe dich, Süße!" Piep.

Ich trommele mit den Fingern auf die Tischplatte. "Cissy ist ein kleiner Jungspund und ich kann gerade nicht mit ihr umgehen. Was dagegen, wenn ich die Maschine für den Rest des Wochenendes ausschalte?"

Mama grinst breit. "Nö."

Das Wochenende verkommt zu einem Wirrwarr aus schlechten Wiederholungen aus dem menschlichen Fernsehen, guten Zuckermüslis und dem Grauen, Cissy in der Schule zu sehen. Der Montagmorgen kommt viel zu früh. Ehe ich mich versehe, schlage ich mich durch die Eingangstür der Purgatory High. Kaum betrete ich den Hauptgang, kommt Cissy mit einem breiten Grinsen auf mich zugehüpft.

Die Hölle ruft. Wenn man unglücklich ist, gibt es nichts Schlimmeres als das Glück eines anderen.

"Guten Morgen, Myla!" Ihre kleinen goldenen Locken hüpfen über ihre Schultern. Sogar ihr Haar sieht fröhlich aus.

"Hey, Cissy."

"Hast du meine Nachrichten bekommen? Ich habe eine Million Mal versucht, dich zu erreichen. Dann war dein Anrufbeantworter kaputt oder so."

Ich presse mir die Handflächen in die Augen. "Mama und ich hatten einen Streit und-..." Was soll ich dir sagen? Ich habe mit einem Thrax gekämpft, mein Dad ist vielleicht ein Ghul, und ein Orakelengel schickt mir Visionen von Mamas Vergangenheit? Ich seufze. "Ich war ein bisschen niedergeschlagen, das ist alles."

Stirnrunzelnd legt Cissy mir die Hand auf die Schulter. "Oh, das ist echt schlimm." Ich kann fast hören, wie sie unter ihrem Atem bis drei zählt, um meinem Elend ein wenig Luft zu verschaffen, bevor wir zum Thema des Festzeltes übergehen. "Okay, dann! Lass uns über Zeke reden."

Ich überlege, ob ich eine Krankheit vortäuschen soll - ein plötzlicher Anfall von Pest könnte mich aus dem Zeke-Liebesfest von heute Morgen herausholen -, aber dann fällt mir ein, dass Cissy seit mindestens einem Jahrzehnt von diesem Kerl besessen ist. Lass sie ihren Moment haben. Ich setze ein Grinsen auf. "Kann es kaum erwarten, alles darüber zu hören."

Ich höre ihrem Liebesgeplapper nur halb zu, bis sie anfängt, Zekes beste Tanzschritte im Flur zu demonstrieren. Die Mädchen starren sie mit einem Grinsen an, die Jungs mit offenen Mündern. Ich überlege ernsthaft, was passieren würde, wenn ich ihr versehentlich ein Bein stelle, als mir die glänzende Idee kommt, auf die Uhr zu schauen.

"Mensch, Cissy, ich muss los. Ich darf nicht zu spät zu Geschichte kommen." Wow, ich hätte nie gedacht, dass ich das mal laut sage.

Ausnahmsweise komme ich mal zu früh zu Geschichte und setze mich in die letzte Reihe. Alle Schüler schwirren herum und plaudern über das Wochenende. Miss Thing trägt Lippenstift mit einer kleinen Puderdose auf. Erstaunlich, wie sie einen Spiegel benutzen kann und trotzdem den riesigen roten Fleck auf ihren Vorderzähnen nicht bemerkt.

Miss Thing klatscht zweimal in die Hände. "Alle mal herhören."

Ich sitze aufrecht auf meinem Stuhl, bereit zu arbeiten. Ich bin mächtig stolz auf meine Cissy-Management-Strategie, als ich meinen massiven Fehler bemerke: Der Unterricht beginnt, und Zeke kommt gerade durch die Tür. Ich schwenke mein langes Haar vor meinem Gesicht, in der Hoffnung, dass es meine Identität verbirgt (nicht mein bester Plan), aber er kommt trotzdem direkt auf mich zu.

Ich verziehe fast mein Gesicht. Wie lautet die erste Regel, um jemandem in der Schule aus dem Weg zu gehen? Komme zu spät zum Unterricht, damit du den Platz nimmst, der am weitesten von ihm entfernt ist.

Miss Thing geht vorne im Raum auf und ab, ihre roten Stilettos klacken bei jedem Schritt. "Schüler, schlagt 542 von Fegefeuer im Wandel der Zeiten auf."

Ich hole mein Buch hervor, als Zeke auf den leeren Platz neben mir rutscht.

"Morgen, Myla."

Ich blättere durch die Seiten und tue so, als würde ich ihn nicht hören. Vielleicht kapiert er es ja und hört auf die Vorlesung.

"Ich sagte, guten Morgen, Myla."

Kein Glück. Ich knirsche mit den Zähnen und stoße ein leises "Grrr" aus. Ich hatte das Liebesfest von Cissy erwartet, aber ich hatte wirklich damit gerechnet, nie wieder mit Zeke zu sprechen. Jetzt sitze ich neben ihm in der Geschichtsklasse und Mister Schleimer will reden. Das ist echt ätzend.

Sei nett zu ihm für Cissy, Myla. Mach es ihr nicht kaputt.

Ich stoße ein letztes "Grr" aus und flüstere: "Hi, Zeke."

Miss Thing hört auf, auf und ab zu gehen. Ihre schwarzen Augen scannen vorsichtig den Raum. "Also, wir beginnen gleich mit einer sehr wichtigen Lektion. Diesen Monat ist der zwanzigste Jahrestag von Armageddon Befreiung des Fegefeuers. Um das zu feiern, werden wir alles darüber lernen, wie klug und barmherzig eure neuen Oberherren sind. Wer möchte mit dem Lesen beginnen?" Keiner hebt eine Hand. "Paulette, warum fängst du nicht damit an? Seite 542."

Paulette legt ihren Hermes-Schal vorsichtig auf eine Schulter, dann beginnt sie zu lesen: "Der Krieg von Armageddon, Episode 1: Quasis misshandeln das Fegefeuer. Jahrtausendelang haben Quasi-Dämonen das Fegefeuer schlecht verwaltet..."

Während Paulette weiterliest, flüstert Zeke auf der anderen Seite des Ganges. "Myla, ich weiß, warum du auf der Party so wütend warst."

Meine Kehle schnürt sich zu. Zeke kennt Lincoln?

"Wirklich?" Ich nehme meinen Stift und fange an, in mein Notizbuch zu kritzeln. "Es ist eine Sache, von einem Ghul so behandelt zu werden, aber nicht ... Du weißt schon."

Zeke nickt. "Ich verstehe."

Ich lege meinen Stift weg und schaue Zeke genau an. Von allen Menschen in meinem Leben hätte ich nie erwartet, dass ich mich ihm anvertrauen würde, schon gar nicht im Geschichtsunterricht. Aber hier ist er, mit karamellfarbenen, verständnisvollen Augen.

Ich zappele in meinem Sitz. "Ich schätze, es hat mich unvorbereitet erwischt." Ich atme tief ein und fühle, wie sich meine Glieder lockern.

"Das könnte jedem passieren." Zeke faltet seine Hände ordentlich auf dem Schreibtisch. "Warum hast du es geheim gehalten?"

Warum habe ich niemandem gesagt, dass ich von einem Thrax beleidigt wurde? "Ich schätze, es war peinlich."

Zeke seufzt. "Du hättest mir schon vor Jahren gestehen sollen, dass du in mich verknallt bist. Ich hätte es gelassen hingenommen."

Mir bleibt der Mund offenstehen. "Ich bin in wen verknallt?"

"Komm schon, Myla. Du bist schon seit Ewigkeiten in mich verknallt und jetzt weiß es jeder. Ein Haufen Kinder hat gesehen, wie du ausgerastet bist, als Cis und ich getanzt haben."

Wut schießt durch meinen Körper. Ich scanne den Raum; die halbe Klasse starrt mich und Zeke an, ihre Augen sind voller Mitleid. Unheilige Hölle. Zekes Version von Freitagabend ist in der ganzen Schule verbreitet. Wut schwelt in mir hoch.

"Du irrst dich, Zeke." Meine Augen glühen rot.

"Spiel nicht die Dämonen Iris. Das ist doch nichts Schlimmes. Ich fragte mich schon, ob du wie diese Einzeller bist, über die wir in Biologie gelernt haben. Du weißt schon, die, die keinen Partner brauchen. Wie heißen die noch mal?"

Meine Hände ballen sich zu Fäusten. "Amöben?"

"Ich wollte Paramecium sagen."

Meine Augen leuchten heller. "Nun, jetzt musst du das nicht mehr sagen. Nie wieder. Nie wieder."

Zeke lehnt sich über den Gang und spricht mit leiser Stimme: "Ich will nur eins wissen: Ist es für dich okay, dass Cissy und ich zusammen sind? Ich meine, kannst du damit umgehen, vor allem -" er gestikuliert vor seiner Brust "- mich mit jemand anderem zu sehen?"

Es kostet mich all meine Kraft, nicht zu heulen und den Raum zu zerreißen. Dreiviertel der Klasse starrt uns jetzt an. Die Szene passt perfekt zu dem, was Zeke ihnen erzählt hat: Ich war massiv von ihm besessen, nicht andersherum. Ich umklammere die Kanten meines Pultes so fest, dass ich glaube, meine Knöchel würden platzen.

Zeke mustert mich aufmerksam. "Und?"

"Ich war nie an dir interessiert, Kapitän Ego."

"Das habe ich dich auch nicht gefragt, Myla." Er macht ein "Tut-tut"-Geräusch in seiner Kehle, und ich muss den Drang unterdrücken, ihn zu schlagen. " Hör mal, Cissy und ich haben am Wochenende darüber gesprochen." Er holt tief Luft. "Wenn du nicht sagst, dass du mit uns einverstanden bist, wird sie mich nicht mehr sehen." Die Farbe weicht aus seinem Gesicht.

Ich starre ihn aus meinem rechten Auge an. Kerle wie er ändern sich nicht über Nacht. "Warum fragt Cissy mich das nicht?"

"Das wird sie." Er kratzt mit dem Daumennagel über den

Schreibtisch. "Ich wollte kein Risiko eingehen, also habe ich es zuerst mit dir besprochen." Seine Stimme wird leiser. "Eigentlich habe ich ihr versprochen, dass ich es überhaupt nicht ansprechen würde."

"Du hast also meine beste Freundin belogen." Mein inneres Wutmonster lässt ein schützendes Brüllen hören. "Lassen wir meine sogenannte 'Besessenheit' von dir für einen Moment beiseite." Ich mache kleine Anführungszeichen mit meinen Fingern, wenn ich 'Besessenheit' sage. "Du bist seit Jahren nichts weiter als ein hirnloser Lustmolch. Warum sollte ich zustimmen, dich in die Nähe einer so süßen Frau wie Cissy zu lassen?"

Zeke stößt einen langen Seufzer aus. "Meine Familie hat Macht, Geld." Er lehnt sich in seinem Stuhl zurück und reibt sich mit der Hand den Nacken. "Das macht mich zu einer Zielscheibe."

Meine Oberlippe kräuselt sich. Scheiß auf ihn und seine vorgetäuschten Probleme. "Boo hoo."

Zeke kichert, aber es ist kein Humor in seinem Lachen. "Und genau das meine ich." Er schüttelt den Kopf von einer Seite zur anderen. "Cissy sieht mich nicht als dieses privilegierte Arschloch." Seine Schultern sacken in sich zusammen. Zum ersten Mal sehe ich ihn als einen anderen Menschen: einen Krieger, aber nicht als jemanden, der mit Wut kämpft, wie ich. Eher wie jemand, der mit Verzweiflung kämpft.

"Du musst verstehen, dass Cissy in mir jemand anderen sieht." Seine karamellfarbenen Augen finden meine, und zum ersten Mal ist etwas Echtes dahinter. "Ich möchte dieser Jemand für sie sein, Myla." Sein Kiefer verzieht sich zu einer festen Linie. "Bitte gib uns eine Chance, das ist alles, worum ich dich bitte."

Meine Wut kühlt ab. Ich hätte nie gedacht, dass Zeke den Playboy spielt, um etwas anderes zu verbergen. Aber all diese überteuerten Geschenke und einmaligen Affären? Das Muster ist irgendwie offensichtlich, wenn ich so darüber nachdenke.

Ich schließe die Augen und stelle mir vor, wie ich das erste Mal mit Cissy sprach. Es war in der ersten Klasse, und ich wollte Ärger auf dem Spielplatz vermeiden. Es klappte nicht. Billy Summers beschimpfte mich zum millionsten Mal wegen meines "komischen Schwanzes". Ich rastete aus, schlug ihn nieder und alle - Lehrer und Kinder - sahen mich an wie einen kriminellen Freak. In dem Moment kam Cissy auf mich zu und nahm meine Hand. Sie hat auch etwas anderes in mir gesehen. Bei der Erinnerung daran wird mir ganz warm ums Herz.

Ich atme langsam ein. "Ich werde dir eine Chance geben, Zeke. Aber so wahr mir Gott helfe, wenn du ihr wehtust ..." Meine Augen leuchten rot auf. "Dann reiße ich dich mit bloßen Händen in Stücke."

Zekes Mund verzieht sich zu einem erleichterten Lächeln. "Danke."
Er lässt sich in seinem Stuhl zurücksinken, seine blonden Augenbrauen
wölben sich. Innerhalb von Sekunden kehrt seine Mister-Schmiergeist-
Nummer mit aller Macht zurück. "Das ist großartig von dir, Kätzchen."
Er schießt mit seiner Zeigefingerpistole auf mich. "Wirklich groß."

Du hast ja keine Ahnung.

6

Ich starre auf mein Essenstablett: irgendeine Art von mysteriösen Nudeln (vielleicht grüne Makkaroni mit Käse?) und eine Diät Cola. Mann, ich wünschte, ich hätte heute nicht vergessen, ein paar Dämonenriegel in meinen Rucksack zu stecken. Ah, Dämonenriegel. Acht Unzen Süßigkeiten, getarnt als Nahrung auf Müslibasis. lecker. Die Vorstellung von Essen in der Schulkantine ist erschreckend.

Cissy rutscht auf den leeren Stuhl gegenüber von mir. Wie immer sitzen nur wir beide an unserem Lieblingstisch in der Ecke. Ihre hellbraunen Augen funkeln. "Wir müssen reden."

Der Raum wird seltsam still. Ich scanne die Gesichter in der Nähe und stelle fest, dass jeder aktiv vermeidet, in meine Richtung zu schauen. Angst und Galle drehen mir den Magen um. Mein Gespräch mit Cissy ist das heutige Mittagstheater, und niemand will ein Wort verpassen.

Ich stochere mit der Gabel in den grünlichen Nudeln. "Klar."

"Ich wollte am Wochenende darüber reden, aber du bist nicht ans Telefon gegangen." Cissy seufzt. "Wir waren alle ein bisschen überrascht wegen der Party."

"Wir?" Meine Backenzähne klappern vor Wut.

"Du kennst Zeke, seine Freunde, alle in der Schule, die auf der Party waren." Cissy nippt an ihrer Dose Diätlimonade. Dann macht sie eine Pause. "Das ist nichts, wofür man sich schämen müsste."

"Es ist mir nicht peinlich." Ich zwinge mich, meine Gabel fallen zu lassen; ich glaube, ich habe ein Loch in den Plastikteller gebohrt.

"Komm schon, Myla. Ich sehe doch, dass du immer noch aufgeregt bist." Cissy greift über den Tisch und legt ihre Hand um die meine. "Hör mir zu. Sag das Wort und es ist vorbei mit Zeke. Ich meine es ernst." Tränen perlen in ihren bräunlichen Augen; meine Wut schmilzt langsam. "Deine Freundschaft bedeutet mir so viel."

Cissy ist seit der ersten Klasse meine beste Freundin, und zwar eine echte. Sie hat mir beigebracht, wie ich meine Haare zu einem beneidenswerten Zopf flechten kann; ich habe ihr gezeigt, wie sie mit ihrem Schwanz Leute zum Stolpern bringen kann. Wie könnte ich mich nicht für sie freuen? Ich öffne meinen Mund und versuche, durch den Knoten der Emotionen in meiner Kehle zu sprechen. Ich bringe ein paar verstümmelte Worte heraus, die wie "Ree roo" klingen.

Cissy runzelt die Stirn. "Ähm, was war das?"

Ich räuspere mich. "Ich auch. Deine Freundschaft bedeutet mir sehr viel. Ich freue mich für dich und Zeke." Ich lehne mich in meinem Stuhl zurück und trommele mit den Fingern auf die Tischplatte. "Hör zu, es gab noch einen Grund, warum ich auf der Party ausgerastet bin."

Cissy gibt mir einen Klaps auf die Hand. "Klar gab es den. Deshalb hast du mir auf der Autofahrt nach Hause deine hypothetische Frage gestellt."

"Welche hypothetische Frage?"

"Du weißt schon. Darüber, dass ich jemanden küssen will?" Sie rollt mit den Augen.

Ich stöhne innerlich auf. Sie dachte, in dem Gespräch ging es um Zeke, nicht um Lincoln. Hat es wirklich einen Sinn, ihr die Wahrheit zu sagen? Ich werde sowieso keine ehrlichen Ratschläge bekommen.

Zeke wählt diesen Moment, um auf den Tisch zu stürmen. "Hallo, ihr Süßen. Sind wir soweit?"

Cissy hält ihren Zeigefinger hoch. "Noch nicht. Myla will mir etwas sagen."

Mein Blick wandert zwischen Cissy und ihrem neuen Verehrer hin und her. Es hat keinen Sinn, jetzt über Lincoln zu diskutieren. Sie werden es nicht glauben, und ich werde den Widerling sowieso nie wieder sehen. "Nein, es geht mir gut."

"Bist du sicher, dass da nicht noch etwas ist?" Cissy tippt sich ans Kinn. "Deine Mutter vielleicht?"

Verdammt, sie ist gut. "Wie kommst du darauf?"

"Ich kenne meine Myla-la."

Hm. Vielleicht sollte ich mein Herz ausschütten über Verus, die Traumlandschaften und dass Dad ein Ghul ist. Hey Cissy, du weißt doch, dass ich zum Teil ein Furor bin, ein wütender Arenakämpfer mit Schwanz? Jetzt kommt noch ein Teil-Ghul dazu, mit einer Orakel-Engelskönigin als Stalkerin.

Ah, nein. "Da ist einiges los, aber ich bin noch nicht bereit, darüber zu reden."

Cissy runzelt die Stirn. "Okay. Wann immer du bereit bist."

Zeke reibt sich die Hände. "Gut, das wäre geklärt." Er hebt den Daumen über seine Schulter. "Willst du die Jungs kennenlernen?"

Ich falle fast von meinem Stuhl. Zeke will Cissy zu seinen Freunden mitnehmen? Er nimmt nie jemanden mit, um seine Jungs kennenzulernen, zumindest nicht bei Tageslicht. Zeke hängt mit den heißesten Typen der Schule ab, und jeder weiß, dass über ihrem Mittagstisch ein unsichtbares "Mädchen verboten"-Schild hängt. Die Tatsache, dass er sie zu sich einlädt, ist mehr als beeindruckend.

"Wir sind so weit." Cissy umklammert meinen Arm, als würde sie ihn aus der Fassung reißen. "Wie ich dir sagte, Myla will auch mit."

"Will ich?" Ich habe keine Lust, mich vor Zeke und seiner Lusthasenbrigade zu entblößen. Außerdem gehöre ich nicht zu den "Ich kann nicht allein essen"-Typen. Ich kann einen Tag lang ohne Cissy beim Mittagessen leben. "Bist du sicher, dass ich gehen soll?" Übersetzung: Kann ich bitte hierbleiben?

Cissy zerrt mich auf die Beine. "Ja, ich bin mir absolut, eindeutig sicher."

Meine Oberlippe kräuselt sich. Offensichtlich hatte ich die Sache mit Cissy und Zeke nicht ganz durchdacht. Ihre Verabredung macht mich vom "Star der Cissy-Show" zur Nebendarstellerin, die herumgeschleppt wird, um die Bühne auszufüllen. Mein Herz füllt sich mit einer Kombination aus schwerer Depression und dem plötzlichen Wunsch, Zeke in den Arsch zu treten.

Das... ist ätzend.

Cissy wirft mir einen flehenden Blick zu. "Komm schon, Süße?" Ich starre in ihre bräunlichen, unschuldigen Augen und spüre, wie mein Widerstand dahinschmilzt.

Ich richte meine Schultern auf. "Natürlich, lass uns gehen."

"Du bist die Beste." Cissy schlingt ihren Arm um meinen. Gemeinsam gehen wir durch den Speisesaal zu einem Tisch mit sehr gut aussehenden Jungs, die Namen wie Chip, Tripp und Bif tragen. Alle haben ein grinsendes Lächeln, eine muskelbepackte Brust und brauchen keine dämonische Lust, um das andere Geschlecht anzuziehen. Trotzdem können sie kein Wort herausbringen, ohne ihr Ding durchzuziehen. Die Konversation ist langweilig, wie Schule und das Wetter, aber diese Typen sagen jedes Wort mit einer heißen Stimme, während ihre Augen rot aufflackern. Jedes andere Mädchen im Umkreis von 30 Metern schaut sie an und wird rot.

Außer mir.

Ich schüttle den Kopf. Vielleicht habe ich nur die Zornseite der Furor-Kombination "Lust und Zorn" geerbt. Ein weiterer Gedanke schießt mir durch den Kopf, dieser ist viel, viel schlimmer. Da ich zum Teil ein Ghul bin, fühle ich mich vielleicht nur zu Ghul-Typen hingezogen. Diese Erkenntnis ist deprimierend, abstoßend, und leider nur allzu möglich.

Igitt, igitt, igitt.

~

"Myla, du wurdest gerufen, um zu dienen."

Gähnend öffne ich meine Augen. Zwei Wochen sind vergangen, seit ich das letzte Mal in der Arena gekämpft habe. Seitdem sind Cissy und Zeke das Aushängeschild für öffentliche Zuneigungsbekundungen geworden, Mama hat ihre morgendlichen Verhöre intensiviert, und ich habe nicht eine einzige neue Traumlandschaft von Verus bekommen. Das Leben hat einen Sturzflug hingelegt.

Mann, habe ich es je nötig, etwas zu töten.

Walker steht am Fußende meines Bettes. Ich drehe mich um, strecke mich und werfe einen Blick auf meinen Darth-Vader-Wecker. 5 Uhr morgens vor meiner Nase.

"Hey, Walker." Ich setze mich aufrecht hin. "Wie aufgeregt bin ich, dass du hier bist?"

Walkers Mund verzieht sich zu einem Grinsen. "Sehr aufgeregt, offensichtlich."

"Ich warte schon seit Wochen auf ein Match." Ich werfe die Decke zurück und hüpfe auf die Beine. "Warte. Du glaubst doch nicht, dass das wieder so ein Match wird wie das letzte, oder? Wenn ich sehe, wie sich ein weiterer guter Mensch der Hölle opfert, schwöre ich, dass ich mich nicht davon abhalten kann, etwas zu tun."

"Mir wurde versichert, dass du heute einen angemessenen, schrecklichen Gegner hast."

"Klasse!" Ich halte inne und verschränke meine Arme vor der Brust. "Warte eine Sekunde. Ich habe noch ein Hühnchen mit dir zu rupfen."

"Ein Hühnchen? Oh je." Er zwinkert.

"Hör auf, süß und sarkastisch zu sein." Ich fuchtle mit dem Finger vor seinem Gesicht. "Ich weiß aus zuverlässiger Quelle, dass du genau weißt, wer ich bin. Du hast mir was vorenthalten, Walker."

"In der Nacht der Ryder-Party." Er neigt den Kopf zur Seite. "Du hast unter dem Fenster gelauscht, stimmt's?"

"Und ob ich das habe." Mein innerer Dämon beginnt sich zu regen. Wut kocht in meinem Blut. "Und jetzt spuck's schon aus. Was genau weißt du darüber, wer ich bin?"

"Ich weiß, dass du wie eine Schwester für mich bist, und ich würde nie etwas tun, was dich verletzen könnte." Er seufzt. "Wenn ich dir Dinge nicht erzähle, dann nur, weil ich es nicht kann."

Ich verschränke die Arme vor der Brust. "Das habe ich schon mal gehört." Ich starre in seine flüssig-schwarzen Augen, und, verdammt, er sieht tatsächlich so aus, als wolle er mir alles erzählen. Meine Wut legt sich. Ich glaube wirklich, er würde alles ausspucken, wenn er könnte.

So ein Mist. Es wäre so viel einfacher, wenn ich ihn einfach eine Weile anschreien könnte.

"Ich habe ein paar Neuigkeiten, die ich heute mit dir teilen kann." Er deutet auf eine große Schachtel neben seinen Füßen. "Das ist für dich, von Verus. Sie hat sich sehr um dein Wohlergehen gekümmert."

Ich hocke mich auf den Boden und reiße die Schachtel auf; glatter schwarzer Stoff glänzt darin. "Ein echter Kampfanzug!" Ich drehe das Kleidungsstück in meinen Händen um, es ist wie ein Anzug aus flexiblem Stahl, der mit einer Netzkapuze versehen ist. "Das Ding ist unglaublich."

Walker wippt auf seinen Fersen und grinst von einem Ohr zum anderen. "Willst du ihn anprobieren?"

Ich drücke den Anzug an meine Brust. "Machst du Witze?" Ich springe auf . "Du hast Mama doch nichts von diesem Ding erzählt, oder?"

"Nö."

"Dann sag kein Wort. Ich will sie überraschen."

"Wie du willst."

Ich eile ins Bad und ziehe mein neues Kleidungsstück der Ehrfurcht einflößenden Art an. Die Netzkapuze ist besonders knallhart. Mein Herz klopft fröhlich in meiner Brust, als ich auf Zehenspitzen den Flur hinunterschleiche und durch die Tür zur Küche spähe. Mama steht mit dem Rücken zu mir, während sie mit den Schränken klappert. Walker nippt am Tisch an seinem Kaffee.

Perfekt. Keiner der beiden sieht mich.

Ich atme tief durch und bleibe vor der Küchentür stehen, den Rücken an die Wand gepresst, um optimal getarnt zu sein.

"Hey, Mama. Beweg dich nicht, okay?"

Mamas Stimme ertönt aus dem Inneren der Küche. "Wieso, was ist denn los?"

"Nichts, ich schwöre. Kannst du deine Augen schließen?"

"Klar, Schatz."

Ich schleiche mich an ihre Seite. "Du kannst jetzt gucken." Ihre Schokoladenaugen springen auf. "Ta-daaaaa!" Ich ziehe die Mesh-Haube auf, um das Ganze noch dramatischer zu machen.

Mamas Hand springt zu ihrem Mund. "Meine Güte!"

"Ist das nicht fantastisch?" Ich wirble herum. "Es ist ein Geschenk der Engel." Ich mache einen Karatekick in die Luft, um den Anzug in Aktion zu zeigen. Eine Hauch des Glücks über die neue Kleidung umgibt mich.

Mama tritt an meine Seite und streicht mit ihren Händen über den Stoff an meinem Arm. "Das ist kein Kevlar, das ist etwas anderes. Vielleicht..."

Walker beendet ihren Gedanken. "Drachenschuppen."

"Verdammt noch mal, was denken die, was du tun wirst?" Ein Muskel zuckt entlang ihres Kiefers. "Ist es sicher?"

Mein Glück zerplatzt mit einem Schlag. Oh nein, wir sind wieder bei der "Was ist sicher für Myla"-Diskussion. Ich stoppe mitten im Karatekick. "Es ist total sicher, Mama. Dieser Anzug ist der Hammer."

Mama reibt sich mit einer Hand den Nacken. "Machst du dir keine Sorgen, warum sie dir dieses Ding geben?"

"Nein, tue ich nicht." Wut schäumt in meiner Kehle auf und macht meine Stimme heißer. "Ich bin sicher, dass sie ihre heimlichen Gründe haben, und ehrlich gesagt, ist mir das egal." Ich trete auf sie zu und lege meine Hände um ihre. Ihre Finger zittern unter meinen. "Was auch immer es ist, ich kann damit umgehen." Meine Wut steigert sich zu Verzweiflung. "Du musst ein bisschen Vertrauen in mich haben. Bitte."

Mama holt ein paar Mal tief Luft. "Ich wünsche dir ein gutes Spiel, Myla." Ich merke, dass es ihr alles abverlangt, nicht durchzudrehen.

Ich stoße einen langen Atemzug aus. Nicht zu verlieren ist so gut wie jeder neue Anfang. Der Knoten der Emotionen in meiner Kehle löst sich ein wenig.

"Danke, Mama." Wir teilen ein verlegenes Lächeln. Danach lasse ich ihre Hände los und gehe zu Walker hinüber. "Bereit?"

Seine Knopfaugen glitzern. "Immer. Und du?"

"Mit einer bösen Seele zu kämpfen?" Mein innerer Dämon brüllt in meinem Bauch zum Leben. Aufregung schießt durch mein Nervensystem. "Dann mal los." Ich strecke meine Hand aus und schlinge sie um seine.

Gemeinsam verschwinden er und ich aus der Küche, taumeln durch den leeren Raum und tauchen auf dem Boden der Arena auf.

~

Ich blinzle mit den Augen, gewöhne mich an das hellere Licht des Stadions und an meinen jetzt schwindelerregenden Magen. Ich hasse Portalreisen so sehr. Um mich herum stehen Walker, Sharkie und XP-22. Ein neues Gesicht schleicht ebenfalls in der Nähe herum: ein Crini-Dämon, der im Grunde ein zwei Meter großer Monsterkrake ist. Ich zucke mit den Schultern; ich habe schon viele Crini getötet. Dieser hier hat stumpfe Tentakel; Cissy könnte ihn sogar ziemlich leicht ausschalten.

Sheila muss krank sein.

Als die Engel und Dämonen die Arena betreten, übe ich Ausfallschritte, Drehungen und Tritte in meinem neuen Anzug. Der Rest der Welt schmilzt dahin. Ich ziehe die Kapuze auf, springe vor XP-22 und knurre. Er springt fast aus seinem Gewand. Das ist mehr als fantastisch.

Sharkie stößt mit seinem Stab zu und reißt mich aus meiner Kleidungsliebe. Ich schaue mich in der Arena um; alle Engel und Dämonen sind auf ihren Plätzen und bereit, loszulegen.

Unser Moderator erhebt seinen Stab. "Um das Match zu beginnen, bitten wir um ein paar Worte von unserem furchtlosen Anführer Armageddon."

Verus erhebt sich auf die Füße. "Ich werde damit beginnen, ein paar Worte zu sagen." Sie wendet sich an den König der Hölle. "Hast du den Scala-Erben schon gefunden, Armageddon?"

Armageddon Oberlippe verzieht sich zu einem Grinsen. "Nein."

Verus' Flügel spannen sich weit auf. "Ich verstehe. Solche Ineffizienz in der Regierung. Wir müssen..."

Armageddon springt auf, seine Augen leuchten rot. "WIR WERDEN DIESEN NARREN FINDEN, DAS VERSPRECHE ICH EUCH!" Spucke fliegt aus seinem Mund, während er spricht. Seine dreiknöcheligen Finger ballen sich zu Fäusten. Er atmet tief durch und setzt sich wieder in seinen Stuhl, die Augen immer noch feuerrot. Er winkt abweisend mit einer Hand. "Lasst die Spiele beginnen."

Lächelnd nimmt auch Verus wieder Platz.

Lange Momente der Stille, schwer wie Steine, legen sich über die Arena. Was in der Hölle war das nur? Armageddon hat fast seinen Verstand verloren. Adrenalin pumpt literweise durch meine Adern; mein Schwanz schlägt einen Bogen um meine Schulter. Irgendwas stimmt hier nicht, ganz und gar nicht. Die beiden sind mitten in einer Art Machtspiel, und jeder in dieser Arena ist eine weitere Figur auf ihrem Spielbrett. Ein Schauer der Angst durchzuckt meine Wirbelsäule.

Sharkie klopft mit seinem Stab auf den Boden der Arena und unterbricht meine Gedanken. Die Stimme des Moderators hallt durch die Arena. "Ich rufe die Seele herbei."

Ein Geist erscheint neben Sharkie. Dieses Mal ist der Geist ein Kraftpaket von einem Mann mit einer tonnenschweren Brust über stämmigen Armen und Beinen. Totenkopf-Tattoos bedecken seinen Körper. Ich stoße einen Seufzer der Erleichterung aus. Endlich ein Gegner, der die Mühe wert ist.

Sharkie wendet sich an die menschliche Seele. "Diakon Lee, hast du dich für einen Kampf auf Probe entschieden?"

Die trüben Augen des Geistes scannen die Arena. "Ja."

"Du hast drei Gegner zur Auswahl. Zuerst..."

"Ich wähle das Mädchen."

Hm. Ich nehme an Kämpfen teil, seit ich zwölf bin, und die Seelen müssen sich immer erklären lassen, wen sie wählen können und warum. Manchmal sogar zweimal. Es ist total skizzenhaft, dass dieser Typ nicht nur die Regeln des Spiels kennt, sondern auch, mit wem er spielen will. Instinktiv scanne ich Verus und Armageddon. Das Gesicht des Hauptengels ist unleserlich, aber der König der Hölle? Er sieht mächtig zufrieden mit sich aus.

Ein Riss des Unbehagens öffnet sich in mir. Das ist gar nicht gut.

Sharkie neigt seinen skelettierten Kopf zur Seite und seine Augen glühen hellrot in ihren Höhlen. "So soll es sein." Er winkt zu den Ausgangstoren. "Alle anderen, geht jetzt."

Der Crini-Dämon schleicht sich als Erster davon, seine acht mickrigen Beine kriechen in einem seltsamen Rhythmus. Walker und XP-22 folgen dicht dahinter.

Deacon verschränkt seine schweren Arme. "Und ich will eine Waffe."

Mir fällt fast die Kinnlade runter. Niemand bekommt eine Waffe. Nicht ich, nicht die bösen Seelen. Niemals. Der Sketch-Quotient dieses Matches ging gerade durch die Decke.

Sharkie schnieft aus seinen Nasenlöchern. "Nein."

Deacon wendet sich an die Arena-Zuschauer. "Dieses Mädchen ist eindeutig zum Teil ein Dämon. Ich bin ein Mann. Verdiene ich nicht die Mittel, mich zu verteidigen?" Die Dämonen kreischen und heulen vor Freude, die Engel sitzen in ängstlichem Schweigen.

Sharkie knallt seinen Stab auf den Boden. "Die Regeln des Kampfgerichtes sind nicht verhandelbar. Die Seele darf sich ihren Gegner aussuchen, aber keine Waffen. Dies wurde durch den Spektralvertrag von-"

Eine glatte Stimme hallt durch die Arena und bringt Sharkie zum Schweigen. "Ich mag ihn. Der Mann hat Frechheit." Es ist Armageddon.

Der Dämon hebt seine schwarze Hand und schnippt mit den Fingern. "Hier ist deine Waffe, Freund." Eine lange, gewundene Peitsche erscheint vor Deacons Füßen.

Unheilige Hölle.

Ich blicke zu Verus auf ihrem weißen Thron; ihre blauen Augen glänzen. Sie erhebt sich schnell auf ihre Füße. "Was sagst du, SKE-12? Soll der Kampf so ablaufen?"

Alle halten den Atem an, während Sharkie über seine Antwort nachdenkt. Ein schwarzer Schweißtropfen rinnt ihm über die graue Wange. Hier steht mehr auf dem Spiel als eine Waffe, aber ich kann es nicht genau sagen. Meine Finger zucken ängstlich an meinen Seiten.

Sharkies knorriger Adamsapfel zuckt auf und ab, während er schluckt. "Die Ghule erlauben nur eine einzige Waffe für diesen Kampf."

Verus zieht die Augenbrauen zusammen. "So eine Überraschung." Ihr Blick flackert zu mir mit einem Blick, der sagt: "Diese Wendung der Ereignisse ist alles andere als ein Schock". Ich habe das Gefühl, dass mich das irgendwie trösten soll, aber das tut es nicht.

Meine Gedanken wirbeln durch alles, was heute Morgen passiert ist: Dass Deacon sich so schnell für mich entschieden hat, dass Armageddon eine Waffe für ihn beschworen hat, und dass Verus mir einen Kampfanzug geschenkt hat. Das alles führt zu einer Tatsache.

Verus war nicht die Einzige, die bemerkt hat, dass ich den Choker getötet habe.

Offensichtlich hat Armageddon auch Interesse an mir gezeigt. Für ihn bin ich wohl die Einzige, die zwischen ihm und einer rein bösen Seele im Himmel steht. Ich ziehe die Schutzmaske meines Anzugs über mein Gesicht und spüre, wie neue Wellen von Adrenalin durch mich hindurchfließen. Natürlich war das keine Überraschung für Verus; sie ist ein Orakel. Ich knirsche frustriert mit den Zähnen. Es wäre schön gewesen, mehr als einen neuen Anzug als Vorwarnung zu bekommen, Lady.

Sharkie knallt seinen Stab auf den Boden. "Lasst den Kampf beginnen!" Deacon verwandelt sich von einem nebligen Geist in einen festen Menschen. Er hebt die Peitsche auf und schüttelt sie vor sich aus. Mir stockt der Atem. Ein Kampf Mann gegen Mann? Kein Problem. Ein Kampf gegen einen bewaffneten Gegner? Ich bin so am Arsch. Zum ersten Mal, seit ich zwölf bin, schießt mir der Gedanke durch den Kopf, dass ich hier tatsächlich sterben könnte. Angst schießt durch mein Nervensystem.

Deacon schnippt mit dem Handgelenk, die Spule entfaltet sich. Rotes Höllenfeuer entlädt sich über die gesamte Länge der Waffe. Das Gesicht des Menschen verzieht sich zu einem bösen Grinsen. So schnell wie ein

Herzschlag hebt mein Gegner seinen Arm und lässt die Peitsche mit einem lauten Krachen nach unten schnappen.

Das nächste, was ich weiß, ist, dass ich ersticke, eine feurige Peitsche um meinen Hals gewickelt. Schrecken durchströmt mein Nervensystem und lässt meinen inneren Dämon vor Schreck zusammenzucken.

Ich ziehe meinen Schwanz hoch und versuche, die Schnur um meine Kehle zu durchtrennen, aber es ist sinnlos. Ich habe nur noch wenige Sekunden meines Bewusstseins. Ich drehe mich zu meinem Feind um und springe in die Luft, wobei ich meine Stiefel unter mir zusammenknautsche. Ich knalle meine Füße in Deacons Brust. Mein Körper wird nach hinten geschleudert, als meine Absätze seine Rippen treffen. Deacon stolpert, fummelt am Griff seiner Peitsche herum. Ich lande neben ihm und versuche, das Seil so locker wie möglich zu halten.

Das ist meine Chance. Schnapp dir die Peitsche, bevor er sie wieder unter Kontrolle hat.

Die Welt zieht in Zeitlupe vorbei, während die Peitsche in Deacons Händen wackelt. Mit einem Satz versuche ich, ihm die Waffe zu entreißen, aber in der letzten möglichen Millisekunde halten seine Finger sie wieder fest umklammert.

Oh, nein. Ich sehe hilflos zu, wie meine letzte Chance, die Peitsche wegzustehlen, verschwindet. Meine Lungen ringen nach Luft, mein Körper ist betäubt vor Angst. Starr vor Schreck? Das ist nicht die Art, einen Kampf zu gewinnen.

Deacon schlägt seinen Arm noch einmal nach unten und reißt die Peitsche mit sich. Die feurige Schnur um meinen Hals zieht sich noch fester zu, meine Lungen schreien nach Sauerstoff. Wenigstens schützt mein neuer Anzug meine Haut vor Verbrennungen. Ein kleiner Trost inmitten einer riesigen Panik.

Das Gebrüll der Dämonenmenge rattert durch meinen Kopf. Irgendwo in meinem Hinterkopf sehe ich Armageddon, wie er sich in seinem dunklen Thron nach vorne lehnt und das Spiel mit Freude beobachtet, seine Augen glühen hellrot. Ein furchtbarer Gedanke schießt mir durch den Kopf: Wenn ich heute hier sterbe, könnte ein Dämon wie er am Ende meine Seele verschlingen. Der Gedanke lässt meine Muskeln vor Schreck erschlaffen.

Deacon stürzt sich mit voller Wucht auf mich und rammt mir seine Schulter in den Bauch. Er schleppt mich ein paar Schritte mit, mein Körper knallt gegen die Wand der Arena. Ich bin mir vage bewusst, dass die Dämonen vor Vergnügen immer lauter heulen. Festgehalten hebe ich meine Beine für einen weiteren Tritt hoch, aber diesmal verfehlen meine

Füße das Ziel. Meine Glieder fühlen sich seltsam schwer an, mein Geist ist seltsam ruhig, als mir eine wichtige Tatsache bewusst wird:

Deacon hat gerade den strategischen Fehler des Jahrhunderts gemacht.

Mein innerer Dämon erwacht zum Leben, meine Gliedmaßen fuchteln vor Wut. Während ich mich unter dem Griff des Menschen winde, presst Deacon sein Gesicht näher an meines. Meine Sicht wird unscharf, die Tattoos auf seiner Haut verschwimmen. Deacons Knie berührt meinen Bauch, als er grunzt: "Du bist nicht die Einzige, die einen Kick hat."

Ich lächle unter den Schichten meiner Maske. Mit meinem letzten Rest an Energie hole ich zum Schlag aus. Ich hebe meinen Schwanz in Schulterhöhe und stoße ihn direkt in das Herz meines Angreifers.

Und du bist nicht der Einzige, der eine Waffe hat.

Deacons Gesicht wird schlaff. Sein Körper sinkt leblos auf den Boden. Ich stürze nach vorne, wickle seine Peitsche von meiner Kehle ab und ziehe dann meinen Schwanz aus seiner Brust. Blut spritzt aus seiner frischen Wunde. Die Luft strömt in riesigen Schlucken in meine Lunge. Meine Sicht wird klar; ich gebe meinem Schwanz ein schwaches High-Five.

Sharkie eilt an meine Seite. Er packt mein Handgelenk und hebt meinen Arm in die Luft. 'Die Gewinnerin!"

Ich ziehe meine Hand nach unten, aber er lässt sie nicht los. "Danke." Ich kauere in der Taille und schnappe nach Luft. "Will... gehen."

Sharkie schwenkt seinen schädelartigen Kopf in meine Richtung, sein Griff ist fest wie Eisen. "Noch nicht. Bevor du gehst, möchten Gäste aus dem Gefolge von Angel Verus deine Tapferkeit im Kampf loben."

Ich blinzle ein paar Mal, um einen klaren Kopf zu bekommen, und stoße dann ein Wort hervor: "Sicher." Verdammt, an diesem Punkt ist es schneller, den Dank zu bekommen und nach Hause zu gehen.

Schließlich lässt Sharkie meine Hand los und wendet sich dem Haupttor der Arena zu. "Engel und Dämonen, die Arena-Kämpferin wird zu ihrem Sieg beglückwünscht."

Ein Meer von Menschen strömt auf den Boden der Arena, alle gekleidet, als wären sie aus dem Mittelalter entsprungen. Ich verlangsame meinen Atem und inspiziere die Menge. Wer zum Teufel sind diese Gestalten? Das sind keine Engel, Dämonen oder Gespenster. Warum sollten sie sich mit Verus herumtreiben?

Eine Reihe von Herolden mit silbernen Trompeten betritt den Boden der Arena und bildet einen behelfsmäßigen Eingang. Zarte Frauen in

Brokatkleidern schreiten hindurch, gefolgt von stämmigen Männern in langen Tuniken.

Wer auch immer diese Leute sind, sie nehmen sich auf jeden Fall viel Zeit für alles.

Ich rolle mit den Augen. Genug der Zeremonie. Lasst uns mit dem Gratulieren anfangen, damit ich nach Hause gehen kann und Mama überreden kann, mir ein paar Brownies zu machen. Dieser Kampf war echt scheiße.

Als ich an der Reihe der Herolde vorbeigehe, betreten zwei Gestalten den Boden der Arena, beide tragen Kettenhemden, die von formellen Tuniken bedeckt sind. Zuerst sehe ich einen stämmigen älteren Mann mit schulterlangem weißem Haar, auf dessen Kopf eine silberne Krone glitzert. Neben ihm geht ein jüngerer Mann mit gewelltem braunem Haar, einem muskulösen Körperbau und kantigen Schultern. Jeder Zentimeter meines Körpers geht in Alarmbereitschaft.

Ich weiß genau, wer die beiden sind: Lincoln und sein Vater.

So ein Mist. Diese seltsamen Typen in mittelalterlichen Kostümen sind alle Thrax. Kein Wunder, dass ich sie nie zuvor gesehen habe. Thrax rennen nur auf der Erde herum und bekämpfen Dämonen. Es kommt mir so vor, als ob Verus mit Armageddon mehr Spielfiguren auf dem Spielbrett verschiebt und diese Thrax Teil eines Meisterstücks sind. Mein Verstand dreht sich bei all den Implikationen, aber nach so einem verrückten Morgen kann ich nicht ganz verarbeiten, was es bedeutet.

Der letzte Herold in der Reihe senkt seine Trompete und verkündet mit dröhnender Stimme: "König Connor und sein Sohn, der Hohe Prinz!"

Mein Magen tauscht den Platz mit meinem Mund. Lincoln ist der verdammte Hochprinz der Thrax? Tausende von Augen starren, als sich die beiden Männer nähern; eine Million Jahre kriechen vorbei, während das Paar über den Boden marschiert.

Schließlich stehen sie vor mir.

Sharkies Stimme senkt sich zu einem Zischen. "Nimm deine Maske ab, Sklave."

Ich ziehe das Netz von meinem Gesicht und schüttle den Kopf, so dass mir mein kastanienbraunes Haar über den Rücken fällt. Mein Blick trifft auf den von Lincoln, seine Augen weiten sich um ein winziges Stück. Der Prinz spricht ein Wort. "Du."

Ich beginne wieder, auf seinen Mund zu starren. Vielleicht brauche ich irgendeine Art von Therapie. "Ja, ich."

Der König mustert uns beide einen Moment lang, dann wendet er sich an Sharkie. "Wie heißt dieses Mädchen?"

Ich habe Sharkie mich noch nie anders als "Sklave" nennen hören. Wie sehr er es hassen wird, diese Frage zu beantworten. Die Stimme des Moderators kommt mit einem tiefen Grollen heraus. "Ich heiße Myla Lewis, Eure Majestät." Ja, das hat er gehasst, das stimmt.

"Du hast tapfer gekämpft, Myla Lewis." Aus der Nähe kann ich sehen, dass das Gesicht des Königs blass ist, mit leicht geäderter Haut und tiefen Lachfalten um seine ungleichen Augen. "Teil unserer Mission hier ist es, bessere Beziehungen zu Quasis wie dir aufzubauen. Bitte nehme dieses Schwert zur Gratulation an." Er hält ein langes silbernes Schwert mit rotem Griff hoch, dann hält er inne und wendet sich an Lincoln. "Vielleicht solltest du ihr das geben, mein Sohn. Ich glaube, ich habe euch beide auf dem Ball reden sehen."

Verdammt, nein. Lass nicht zu, dass dieses Arschloch mir das Schwert gibt. Ich hebe schnell meine Hand. "Wir kennen uns nicht."

Lincoln nimmt die Waffe fest in seine Hände. "Lass mich nachdenken." Sein Blick fährt langsam über meinen Körper. Plötzlich ist mir sehr bewusst, dass mein Drachenschuppen-Cat-Kostüm der männlichen Vorstellungskraft nichts entgegenzusetzen hat. Schlimmer noch, es ist heute wirklich sehr kalt in der Arena. Na toll.

Der Prinz setzt die Schwertspitze auf dem Arenaboden ab, seine Hände ruhen auf dem roten Knüppel. "Ich glaube, wir hatten ein Gespräch. Über Haustiere, wenn ich mich recht erinnere?" Seine Augen mit den schweren Lidern fixieren meine, ein schieferblaues und ein weizenbraunes. Eine Herausforderung lauert hinter ihnen.

Mein innerer Dämon erwacht zum Leben, dieses Mal nicht mit Wut, sondern mit etwas ebenso Mächtigem. Mein Schwanz streicht über meine Schulter, als würde er mich warnen, aufzuhören. Ich schlage auf die Pfeilspitze und lehne mich näher zu Lincoln.

Ich bin immer für eine Herausforderung zu haben.

Ich setze ein falsches Lächeln auf. "Nun, ich erinnere mich an das Gespräch. Sie waren ein wahrer Prinz." Ich wende mich an den König. "Ich bin dankbar für das Schwert, Eure Hoheit."

Lincoln schwingt die Waffe, bis der Knauf in seiner rechten Hand ruht, das tödliche Ende gegen seine linke Handfläche. Der Prinz und ich beginnen eine Art Wettstarren in der Mitte des Arenabodens. Ich vertreibe mir die Zeit damit, mir vorzustellen, wie ich ihn zu Boden schlagen kann.

König Connor räuspert sich. "Vielleicht solltest du ein paar Worte sagen, mein Sohn."

Lincolns Oberlippe kräuselt sich. "Sicher, Vater." Er holt tief Luft. "Dieses Quasi-Mädchen-"

"Myla. Mein Name ist Myla." Wut summt durch jeden Knochen in meinem Körper.

Dem Prinzen fällt kurz der Kiefer runter. Ich glaube, er wird nicht sehr oft zurechtgewiesen. Ich schaue den König an; Lachen tanzt in seinen ungleichen Augen.

"Ja, Myla." Wenn Lincoln meinen Namen ausspucken könnte, würde er es wohl tun. "Du hast heute Morgen im Kampf einige grundlegende Fähigkeiten gezeigt, sicherlich genug, um ein Ehrenschwert zu rechtfertigen. Natürlich, wenn du gegen einen echten Dämonenjäger gekämpft hast, dann-"

"Nenn mir einfach Zeit und Ort, Kumpel." Mein Körper schwillt vor Wut an.

Ich halte inne. Jedes Wort von mir hallt durch die Arena. Sehr, sehr laut. Ich inspiziere die Menge. Die Engel sitzen still, ihre Münder sind zu einem "O" verzogen. Die Dämonen haben ihre ständigen Kämpfe um die besten Plätze tatsächlich eingestellt; sie blicken alle auf den Boden der Arena. Tausende von Augen blicken in unsere Richtung. Ein Teil von mir weiß, dass ich jetzt gedemütigt werden sollte, aber der Rest von mir ist zu sehr von Wut zerfressen, um sich darum zu kümmern.

Mein Blick springt zwischen Lincoln und Connor hin und her. "Okay, wie beenden wir das?"

Der König reibt sich das Kinn und verbirgt ein Lächeln. "Vielleicht, wenn du deine Hände so hältst?" Er hebt seine Arme auf Brusthöhe, die Handflächen ausgestreckt.

"Oh ja." Ich setze meine Hände so, dass sie zu denen des Königs passen. Lincolns Gesicht ist ein Muster an Ruhe, während er das Schwert zwischen meinen offenen Handflächen balanciert. Ich stoße einen Seufzer aus. Dieser Alptraum von einem Morgen ist fast vorbei. Dann streifen die Fingerspitzen des Prinzen die Haut zwischen meinen Handschuhen und Ärmeln. Dort, wo sich unsere nackte Haut berührt, spüre ich einen elektrischen Impuls der Lust.

Was. Zur Hölle.

Ich ziehe meine Hände schnell weg und lege das Schwert an meine Brust. "Vielen Dank." Ich werfe einen schnellen Blick in Lincolns Gesicht und sehe, wie seine Fassade der Ruhe für einen Moment bricht und einen Blick offenbart, der eine Mischung aus Schock und Verlangen ist.

Er hat die Verbindung also auch gespürt, aber er hält mich immer noch für einen ekelhaften Dämon. Na toll. Mein Gesicht brennt vor Wut und Demütigung.

Der König und der Prinz verbeugen sich leicht, dann gehen sie weg. Es dauert ewig, bis sie über den Boden der Arena schreiten. Ich verbringe die Zeit damit, mir vorzustellen, wie ich Lincoln in den Hinterkopf treten kann.

Die nächsten Minuten sind ein Wirrwarr aus ausmarschierenden Herolden, schmetternden Trompeten und lächelnden Höflingen. Irgendwann zieht mich Walker in die Sicherheit und den Schatten eines nahen Torbogens. Seine Stimme ist leise und sanft. "Bist du bereit, nach Hause zu gehen, Myla?"

Meine Augen brennen vor Gefühlen, die ich nicht zu benennen weiß. "Walker, ich war schon vor einer Stunde bereit." Ich bin kurz davor, in Tränen auszubrechen. Was für eine Kriegerin.

"Nimm es nicht persönlich, Myla. Die meisten Thrax haben noch nie einen Quasi getroffen. Sie verstehen nicht, dass du kein Dämon bist."

"Das hat mich nicht gestört." Meine Stimme bricht so sehr, dass ich mich anhöre, als könnte ich jodeln. Mist, ich hasse es, wenn ich das tue. "Okay, das hat verdammt weh getan."

Walker zieht mich in eine Umarmung. Sein Körper ist warm und fest, gar nicht so kühl und untot, wie ich erwartet hatte. "Willst du, dass ich ihn für dich verprügle?"

Ich kann mir ein Kichern nicht verkneifen. "Diesmal nicht, Walker." Mein Kopf schmilzt an seiner Schulter. "Aber danke für das Angebot."

"Jederzeit."

7

𝓜it all dem zusätzlichen zeremoniellen Blabla beim Spiel komme ich erst zur Schule, als das Mittagessen schon fast vorbei ist. Ich fülle schnell mein Tablett und suche in der Cafeteria nach meinem und Cissys Lieblingstisch für zwei. Ich finde ihn schnell, aber jetzt sitzen dort drei Leute.

Zeke ist eingezogen. In meinem Bauch kocht der Groll. Zeke bekommt nach der Schule Cissys ganze Aufmerksamkeit, und ich muss mir tagsüber pausenlos ihr Gejammer über ihn anhören. Das Mittagessen ist das letzte bisschen Mädchenzeit, das mir bleibt.

Zähneknirschend trete ich an den Tisch und warte darauf, dass Cissy und Zeke meine Existenz anerkennen. Die gibt es nicht.

"Willst du noch was, Zekie?" Cissy hält eine Pommes frites in einer Hand. Ich bin mir ziemlich sicher, dass sie ihn mit der Hand gefüttert hat. Ekelhaft.

"Nein danke, Honigbällchen." Zeke klopft sich auf den Bauch. "Muss in Form bleiben." Sie geben sich einen Eskimo-Kuss (alias Nasen reiben), und dann habe ich genug.

"Hallo, du!" Ich zwinge mich zu einem Lächeln und schüttele mein Essenstablett ein wenig. "Ist noch Platz für einen Dritten?"

"Myla!" Cissy dreht sich auf ihrem Stuhl. "Wo warst du denn?"

"Noch ein Arenakampf." Ich lasse mich auf einen leeren Stuhl fallen, nehme eine Gabel und stürze mich auf meinen monstergroßen Salat.

"Das sind aber viele Kämpfe in letzter Zeit." Zeke reibt sich das Grübchen am Kinn. "Läuft da irgendwas Besonderes?"

Ich erstarre, die Gabel schon halb im Mund. Wie viel soll ich sagen?

Cissy lächelt süß. "Du weißt, dass du uns alles erzählen kannst."

Ich schaue in ihre eifrigen Gesichter. Vielleicht hat Cissy recht. Das sind meine Freunde, ich sollte ihnen vertrauen. Außerdem ist es schon lange her, dass die ganze Sache mit Myla ist besessen von Zeke" passiert ist. Wahrscheinlich haben sie es schon vergessen.

Ich lasse meine Gabel fallen, atme tief ein und fange an zu plappern. "Auf Zekes Party habe ich einen Thrax-Typen kennengelernt, der Quasis beleidigt und gesagt hat, Cissy sehe aus wie eine läufige Hündin, mit dem tanze ich nicht! Aber heute beim Spiel stellte sich heraus, dass er der gekrönte Prinz der Thrax ist. Er gab mir ein Schwert, aber dann sagte er, ich würde nicht gegen einen echten Dämonenjäger bestehen." Ich schlage mit beiden Händen auf die Tischplatte. " Verdammt noch mal, ich will ihm zeigen wo der Hammer hängt." Und ihn vielleicht ein bisschen küssen, aber das verrate ich nicht. Ich stoße einen leisen Pfiff aus. "Ehrlich gesagt, worüber mache ich mir überhaupt Sorgen? Ich werde ihn wahrscheinlich nie wieder sehen, oder?"

Es gibt eine lange Pause, in der Cissy und Zeke mich anstarren; ihre Augen sind kurz davor, aus ihren Köpfen herauszufallen. Sie brechen beide in schallendes Gelächter aus.

So viel dazu, die Wahrheit zu sagen. Ich lege mein Gesicht in meine Handflächen und stöhne. Es war so ein deprimierender Tag.

"Komm schon, Myla. Sei ernsthaft." Cissy wischt sich eine Träne von der Wange, ihr Schwanz wedelt hinter ihr.

"Wenn du nicht bereit bist, dich uns anzuvertrauen, ist das in Ordnung." Zeke verbirgt sein Lächeln unter einer Hand. "Wir haben es verstanden."

Cissy und Zeke tauschen einen mitfühlenden Blick aus. Dann, mit einer Reihe von lauten Quietschgeräuschen, rückt Cissy ihren Sitz näher an meinen, während Zeke seinen weiter wegrückt. "Ist das vielleicht ... besser?" Sie schenkt mir ein zaghaftes Grinsen.

Verdammt, die beiden denken, ich benehme mich immer noch komisch, weil ich angeblich mega-verknallt in Zeke bin. Ich halte inne und nehme einen langen Schluck aus meiner Dose Diätlimonade. Eigentlich können sie denken, was sie wollen, wenn es mit dem ganzen Geknutsche und den Kosenamen aufhört. Ich gebe ihr einen kleinen Klaps auf die Schulter. "So ist es besser." Ich schnüffle laut. "Vielen Dank."

Zeke fährt sich mit den Handflächen über seinen blonden Kopf. "Übrigens, ich habe gehört, dass du auf der Party mit Tante Cecily gesprochen hast."

Ich hebe meine Gabel und spieße einen neuen Bissen Salat auf. "Tante wer?"

"Cecily. Du weißt schon: alte Dame, graues Haar, Pfauenschwanz?"

"Oh ja, sie war-" Ich suche nach den richtigen Worten "-eine gute Zuhörerin."

Zeke legt seine Beine auf einen nahen Stuhl. "Sie sagte, du hättest nach diplomatischen Dingen gefragt."

Ich lasse meine Gabel wieder fallen. "Ja, das habe ich." Ich wollte irgendwelche Informationen darüber, wer mein Vater sein könnte, nicht dass ich Zekie das erzähle.

"Mein Haus hat alle alten diplomatischen Archive aus der Quasi-Herrschaft. Es befindet sich in der Hauptbibliothek." Er tippt mit einem Finger auf seinen Teller und sieht mich erwartungsvoll an. "Du könntest es dir ansehen."

Cissy nickt und lässt ihre goldenen Locken wippen. "Was für eine tolle Idee! Wenn du recherchierst, hättest du etwas anderes, worüber du nachdenken könntest, außer ..."

Meine verlorene Liebe zu Zeke. Riiiiiichtig. Ich schlucke meinen Frust mit einem weiteren Bissen Salat hinunter.

Zeke setzt sein Mr.-Smirky-Grinsen auf. "Es gibt aber noch mehr zu tun als die Bibliothek."

"Oh, ja." Cissy blinzelt wütend mit ihren gelbbraunen Augen. "Das Herrenhaus hat ein Heckenlabyrinth, einen Springbrunnen und ein riesiges Gewächshaus mit botanischen Gärten im Inneren."

Moment mal. Ich kenne Cissy lange genug, um ihre Augenblinzel-Routine zu erkennen, wenn ich sie sehe.

"Das ist ein tolles Angebot und so, aber ich frage mich eines." Ich falte meine Hände ordentlich auf der Tischplatte. "Gibt es etwas Bestimmtes, das du von mir in all dem willst?"

Cissy lehnt sich in ihrem Stuhl nach vorne und spricht in einem gedämpften Ton. "Da du es erwähnst, wenn du im Haus bist und so, sollte ich wahrscheinlich auch dort sein."

Meine Augen verengen sich. "Ich verstehe. Du bist in der Ryder-Villa, um mir Gesellschaft zu leisten, nicht nur, um mit Zeke herumzuhängen."

Cissy lächelt so sehr, dass ich schockiert bin, dass ihr Gesicht nicht zerbricht. "Ja, das ist absolut richtig!"

Ich schmatze einmal auf meine Lippen. Okay, ich sehe schon, worauf das hinausläuft.

Cissy starrt an die Decke, ihr Mund verzieht sich zu einer Seite des Gesichts. "Und wenn meine Eltern fragen, was bei Zeke zu Hause passiert, könntest du sagen, dass wir die ganze Zeit zusammen waren. Wir drei."

Ich atme einen langen Atemzug aus. "Aber was genau macht ihr zwei dann eigentlich?"

Zeke hebt seine Hände im universellen Zeichen der Kapitulation. "Nur fernsehen und abhängen, ich schwöre. Meine Eltern werden auch da sein."

Meine Stirn legt sich vor Verwirrung in Falten. "Also, was ist das Problem?"

"Meine Eltern haben diese furchtbaren Lügen über Zeke gehört." Cissy zittert. "Jetzt soll ich immer eine offizielle Anstandsdame dabei haben, und ich weiß ja, wie sehr Mama und Dad dir vertrauen."

"Sie halten mich für einen verrückten Arena-Kämpfer."

"Aber sie wissen, dass du jeden umbringen würdest, der versucht, mir wehzutun."

Ich schiebe mir noch einen Bissen Salat in den Mund. Da hat sie recht.

Cissy fängt wieder an zu blinzeln. " Bitte, Myla?"

Ich gebe ein leises Stöhnen von mir. Die Gerüchte über Zeke sind nicht falsch, aber ich kenne Mr. Smarmy McSlutster seit dem Kindergarten. Er hat noch nie ein Mädchen zu seinen Freunden gelassen, geschweige denn zu seiner Familie. Ich glaube wirklich, dass er mit Cissy klarkommt. Und wenn ich Zugang zu den diplomatischen Akten bekomme, finde ich vielleicht etwas über meinen Vater heraus.

"Gut. Ich werde es tun."

~

Der Rest des Tages ist langweilig, auch die lange Heimfahrt in Betsy. Ich gehe durch meine Haustür und sehe eine sehr glückliche Mutter.

"Willkommen zu Hause, Myla!"

"Hey, Mama." Ich gebe ihr einen Kuss auf die Wange.

Mama lässt sich auf das Wohnzimmersofa plumpsen und tätschelt den leeren Platz neben sich. "Weißt du was, Süße? Ich konnte ein paar Fotos von dir und Cissy in euren Kleidern machen, bevor ihr ins Auto gestiegen seid. Ich wollte, dass es eine Überraschung wird."

Ich setze mich neben sie. Sie drückt mir die Bilder in die Hand. Ich schaue hin und zucke zusammen. Selbst wenn man dem Kleid alle Volants abschneidet, ist es immer noch mächtig aufgeblasen, wie ein Neonkürbis.

"Cissy sieht wunderschön aus." Ich seufze. "Und ich sehe sehr orange aus."

"Ihr seid beide wunderschön. Zeigen Sie die unbedingt Cissy."

Ich stecke die Fotos in die Tasche meines Hoodies. "Mache ich." In einem anderen Leben.

Mama lächelt und tätschelt meine Hand. Sie ist gut gelaunt. Das heißt, jetzt ist der perfekte Zeitpunkt, um den mütterlichen Inquisitor dazu zu bringen, regelmäßige Ausflüge nach der Schule zur Ryder-Villa zu genehmigen.

"Also, Cissy trifft sich mit einem Typen namens Zeke Ryder."

"Oh, ich kenne die Familie Ryder noch aus der Vorkriegszeit."

Wow, noch ein zufälliger Fakt aus Mamas geheimnisvoller Vergangenheit.

Es läuft so gut, dass ich mich entschließe, weiterzumachen. "Jetzt, wo Cissy mit Zeke zusammen ist, geht sie nach der Schule zur Ryder-Villa. Ihre Eltern wollen eine Anstandsdame, also baten sie mich mitzukommen."

Mama wippt in ihrem Sitz. "Oh, die Ryder-Villa ist wunderschön! Ich habe hier irgendwo eine Karte." Sie erhebt sich und verschwindet in ihrem Zimmer.

Okay, es ist total oberflächlich, dass Mama Karten von der Ryder-Villa versteckt hat. Sie kehrt ins Wohnzimmer zurück und lässt sich auf das Sofa plumpsen, einen Stapel gefalteter Papiere auf dem Schoß.

Sie öffnet die oberste Karte und fährt mit dem Finger über verschiedene Punkte. Die Ryder-Villa hat die Form eines riesigen "U". In der Mitte des Gebäudes - an der Basis des "U" - befindet sich die Empfangshalle. Von dort aus geht man in den Westflügel - dort wohnen die Ryders - oder in den Ostflügel." Mama seufzt. "Der Ostflügel ist besonders schön. Dort befinden sich der Ballsaal, die diplomatischen Büros und die Bibliothek."

"Diplomatische Büros, hm?" Ich lasse die Worte heraushängen. Mama geht nicht auf den Köder ein.

Stattdessen zeigt sie auf einen anderen Punkt auf der Karte. "Oh, und da ist das Heckenlabyrinth genau zwischen den beiden Flügeln. In der Mitte ist ein schöner Springbrunnen. Dahinter hat das Gelände Tennisplätze, botanische Gärten und alle möglichen anderen Dinge zur Unterhaltung von Diplomaten."

" Wow. Zekes Haus ist viel größer, als ich dachte." Wie, oh, wie soll ich dieses Gespräch dazu bringen, Antworten über Mamas Vergangenheit zu bekommen?

Mama macht ein "tsk-tsk"-Geräusch. "Das Gelände ist jetzt eigentlich viel kleiner. Du hättest es vor dem Krieg sehen sollen."

"Das hätte mir gefallen." Mann, es kostet mich meine ganze Selbstbeherrschung (von der ich sehr wenig habe), sie jetzt nicht nach Details zu drängen.

"Die Bibliothek ist ein Wunderwerk, sieh sie dir unbedingt an, Myla-la." Sie blättert zu einer anderen Karte, die nur den Ostflügel zeigt. Es ist ein langes, schmales Rechteck, das aus vier Etagen besteht. "Im ersten Stock ist der Ballsaal, im zweiten die diplomatischen Büros. Die Biblio-thek erstreckt sich über die dritte und vierte Etage." Sie schüttelt den Kopf von einer Seite zur anderen. "Die Bibliothek ist unfassbar. Die Unterlagen decken alles ab, von der Quasi-Regierung über Dämo-nengeschichte bis hin zu alten diplomatischen Archiven."

Meine persönlichen Kontrollprobleme erreichen die Sollbruchstelle. "Ist es nicht toll, dass ich dich nicht nach dem diplomatischen Zeug gefragt habe, das du vor dem Krieg gemacht hast?" Mein Mund fängt an, sich von selbst zu lösen. "Ich meine, es ist ziemlich klar, dass du in den diplomatischen Büros in der Ryder-Villa gearbeitet hast. Vielleicht hast du dort meinen Dad kennengelernt? Habt zusammen in der Bibliothek recherchiert oder so?" Ich lehne mich vor, meine Zurückhaltung ist gleich null. "Habe ich recht?"

Mama öffnet den Mund, als wolle sie etwas sagen, aber die Worte bleiben ihr im Hals stecken. Stattdessen stößt sie einen langen Seufzer aus. "Hat Verus dir schon irgendwelche Traumgespinste geschickt?"

"Nicht seit der ersten, über die wir gesprochen haben."

"Ah, gut." Sie erhebt sich . "Vielleicht bald."

Damit geht Mama weg und versteckt die Karten wieder.

Verdammt.

~

Ich renne zur Eingangstür der Ryder-Villa und schlage auf den bronzenen Klopfer. Ich bin so verdammt spät dran, um Cissy und Zeke zu treffen, dass es nicht mehr lustig ist.

Die makellose weiße Tür geht auf und enthüllt eine glückliche Cissy. "Willkommen in der Ryder-Villa." Die Art wie sie den Eingang behandelt, könnte man meinen, sie und Zeke kennen sich seit Jahren.

"He, Cissy." Ich gehe in die Empfangshalle. "Tut mir leid, dass ich so spät komme. Betsy hatte wieder eine Panne." Im Laufe der Jahre sind Vergaser, Wadget-Schrauben und Krümmer ihren persönlichen Macken geworden. Normalerweise schätze ich den zusätzlichen Rauch, das Drama und die Schmiere, aber heute war es ein großes Ärgernis. Ich hasse es, zu spät zu kommen.

"Keine Sorge." Cissy macht Zeke schöne Augen. "Wir haben nur geplaudert."

Ich scanne den Empfangsraum. Er ist zwei Stockwerke hoch und mit verschnörkelten goldenen Möbeln und passendem Schnickschnack gefüllt. Normalerweise sind dort auch Zekes Eltern untergebracht. "Wo sind die Ryders?" Dass Zekes Eltern Cissy sofort mochten, ist die Untertreibung des Jahrtausends. In den letzten zwei Wochen stand Zekes Vater neben den beiden und schaute seinen Sohn mit einem Blick an, der sagte: "Vermassel es nicht, buchstäblich. Heute ist der erste Tag, an dem ich tatsächlich Anstandswauwau spielen kann.

"Sie spielen Tennis." Cissy legt ihren Arm um den von Zeke. "Willst du dich zu uns in den Westflügel setzen?"

Ach, nein. Ich sehe genug von der "Cissy und Zeke Love Show" in der Schule. Mein Ziel hier ist ganz einfach: Infos über meinen Dad zu bekommen. "Danke, aber ich dachte, ich sehe mir heute mal den Ostflügel an."

Cissy lehnt ihren Kopf an Zekes Schulter. "Bist du sicher? Wir würden gern mit dir abhängen."

Aber, natürlich würdet ihr das. Ich schätze es, dass Cissy versucht, nett zu sein, aber ich könnte nicht mehr als drittes Rad am Wagen sein, wenn ich ein Dreirad wäre. "Danke, aber mir geht's gut. Ich will mir ehrlich gesagt den Ostflügel ansehen."

Cissy neigt den Kopf zur Seite und runzelt die Stirn. "Was verschweigst du mir, Süße?" Sie stößt Zeke mit dem Ellbogen in die Rippen. "Ich habe dir doch gesagt, dass sie in letzter Zeit Dinge vor mir verheimlicht."

"Mir geht's gut."

"Wirklich?" Cissys Mund verzieht sich zu ihrem "Denkerblick". Das heißt, sie überlegt, ob sie einen Gruppenausflug in die Bibliothek macht. Mein Ghul-Erbe zu erforschen, ist schon unangenehm genug; ich möchte lieber kein Publikum.

"Wirklich, wirklich." Ich scheuche sie in Richtung des gegenüberliegenden Flurs. "Geht ruhig und amüsiert euch."

Cissy steht wie erstarrt, die Stirn in Sorgenfalten gelegt. Zeke legt ihr die Hand auf die Schulter und führt sie zu ihm hinüber. Sobald sie sich Auge in Auge gegenüberstehen, schenkt er ihr ein aufforderndes Lächeln. "Ich würde dir heute gerne unsere Ställe zeigen."

Cissy errötet. Oh, ja. Sie kommt näher. "Das wäre toll."

Ich winke zum Abschied, als die beiden sich zum Westflügel umdrehen. Sie entfernen sich, ihre Schritte klappern im perfekten Gleichschritt den Marmorflur hinunter. Während sie schlendern, bleibt

Cissy an Zekes Seite gekuschelt, sein Arm fest um ihre Schultern gelegt. Etwas an dieser Bewegung lässt meine Kehle enger werden. Werde ich jemals so etwas für jemanden empfinden? Bei diesem Tempo wahrscheinlich nicht, leider.

Ein Schauer durchzuckt meine Schultern. Vielleicht bedeutet mein Ghul-Erbe, dass ich keinen Kerl lieben kann, der noch einen Puls hat. Igitt, das ist ein deprimierender Gedanke.

Schüttel ihn ab, Myla. Du hast noch zu tun.

Ich drehe mich auf dem Absatz um und schaue auf den langen Gang zum Ostflügel. Er ist voller glänzender Marmorböden, großer, vergoldeter Spiegel und angstauslösender Geheimnisse. Mama sagte, es gäbe einen Ballsaal, Büros und eine Bibliothek. Mein Magen dreht sich um, als ich die Möglichkeiten abwäge. Ich nicke und beschließe, meine Suche in der Bibliothek im vierten Stock zu beginnen. Nach dem, was Cissy gesagt hat, ist die immer offen und normalerweise verlassen.

Ich atme tief durch, richte mich auf und marschiere in den vierten Stock. Die Bibliothek ist ein Labyrinth aus hohen hölzernen Bücherregalen. Der Geruch von Staub und altem Pergament erfüllt die Luft. Ich scanne den Raum nach anderen Besuchern, aber der Raum ist leer. Das ist gut.

Ich finde eine Abteilung mit der Aufschrift "Geschichte" und ziehe einen besonders großen, in Leder gebundenen Band heraus. Erkerfenster mit gepolsterten Sitzen säumen die hintere Wand der Bibliothek. Ich rutsche auf den nächstgelegenen Fensterplatz , klappe das Buch auf meinem Schoß auf und blicke durch das Fenster auf den Außenbereich des Herrenhauses. Weit unter mir wuseln Gestalten durch das Heckenlabyrinth. Mein Schwanz blättert zur Titelseite:

Quasi Diplomatie: Eine Geschichte

Ein raschelndes Geräusch hallt von der anderen Seite der Bibliothek wider.

"Cissy, bist du das?"

Stille.

Achselzuckend richte ich meine Aufmerksamkeit wieder auf das Buch:

Einleitung von Sanctus Lewis

Ich starre wieder auf die Worte. Sanctus Lewis. Ich habe den Nachnamen meiner Mutter, und Sanctus Lewis war ihre Mutter. Könnte ein Zufall sein. Ich lese weiter:

Wie jeder Quasi-Bürger weiß, war die Familie Lewis maßgeblich an der Entwicklung der Jenseitsdiplomatie beteiligt, weshalb ich mich freue, dieses Vorwort zur zehnten Auflage von...

"Wir sind da!" Eine fremde Frauenstimme klingt in meinen Ohren, aber ich bin zu vertieft, um nach ihrem Besitzer zu rufen. Ich ziehe die Seiten näher an meine Nase. Das Buch enthält eine Menge Blabla darüber, wie man Menschen eine zweite Chance auf ein gutes Leben nach dem Tod gibt, dann schreibt der Autor:

Ich bin stolz, dass meine liebe Tochter Camilla auf den traditionellen Sitz der Familie Lewis als Senatorin der Diplomatie gewählt wurde, eine Ehre, die...

Mein erster richtiger Hinweis! Mamas Name ist Camilla, also hat Oma das definitiv geschrieben, bevor sie in den Kriegen starb. Ich umklammere den Rand des Buches fester. Und Mama war eine Senatorin? Meine wahnsinnig überfürsorgliche und weinerliche Mutter? Ich schüttele den Kopf und blättere die Seite um.

"Lincoln, nicht!" Ein schrilles Kichern erfüllt die Luft. " Sie bringen noch mein Kleid in Unordnung."

Ich erstarre.

Hat sie gerade Lincoln gesagt? Das kann nicht derselbe Kerl sein.

"Verzeihung. Es ist auch so ein schönes Kleid." Es ist derselbe Kerl. Mist.

Ich versuche, mich auf meine Lektüre zu konzentrieren, aber ich kann nicht anders, als sie zu belauschen. Okay, vielleicht könnte ich helfen, aber ich bin neugierig, was Prinz Prunkvoll vorhat.

Lincoln spricht wieder. "Der Minister sagte, dass die Waage hier drüben sein würde."

"Oh, ich glaube, ich sehe sie." Sie macht kleine grunzende Geräusche. "Oh je, das Regal ist so hoch. Könnten Sie das Buch bitte für mich runterholen?"

Mit zusammengekniffenen Zügen mime ich die Worte "das Regal ist so hoch" und strecke ihr die Zunge heraus.

"Natürlich, Lady Adair." Ein leises Kratzen ertönt, als das Buch nach unten gelangt.

"Danke, Eure Hoheit." Sie kichert wieder.

Meine Backenzähne klappern, während mein Schwanz etwas in der Nähe zerschneidet. Als ich mich umschaue, entdecke ich ein sonnengelbes Kissen, das jetzt in zwei sauberen Hälften auf der Fensterbank liegt. Wut und Schock schießen durch meinen Körper. Ich habe gerade ein Kissen aufgespießt, ohne es zu wissen. So etwas tue ich nicht, nicht einmal während einer mütterlichen Inquisition. Warum bringt dieser x-beliebige Typ meinen Dämon auf so rohe Art und Weise in Wallung?

Ein Lächeln klingt in Lincolns Stimme. "Gern geschehen."

Lady Adair stößt einen lauten Seufzer aus. "Während wir einen Zeit haben, möchte ich etwas sagen. Ich fühlte mich sehr geehrt, dass Sie mich eingeladen haben, Verus beim Arenakampf zu begleiten."

"War mir ein Vergnügen. Ich dachte, Sie würden den Kampf genießen."

"Der Kampf war in Ordnung, nehme ich an. Aber ich habe es wirklich genossen zu sehen, wie Sie sich danach so anmutig verhalten haben."

Es gibt eine lange Pause, dann spricht Lincoln wieder. "Sie meinen, als ich dem Dämon eine Auszeichnung gab?"

Dem Dämon? Ich bin ein Quasi mit einem Namen. Gruselig.

"Ja. Das Dämonenmädchen hatte Glück, dass Sie sie nicht getötet haben."

"Nun, ich..."

"Dämonen haben keine Chance gegen echte Thrax-Krieger." Ihre Stimme klingt extra-sirupig, wenn sie "echte Thrax-Krieger" sagt. Ich bin mir ziemlich sicher, dass mein Schwanz gerade ein weiteres Kissen in Fetzen geschnitten hat. Meine Hände ballen sich zu Fäusten.

Lincoln gluckst. "Es ist nicht wirklich fair, einen Thrax und ein Dämonenmädchen zu vergleichen, Lady Adair."

"Ich weiß nicht, ob Sie mich für zu dreist halten, aber-" Ich kann von hier aus fast hören, wie sie verzweifelt mit den Wimpern klimpert.

"Aber was?"

"Darf ich den Muskel Ihres Arms fühlen?"

Ich mache ein Kotzgesicht.

"Ich bin mir nicht sicher, Adair."

"Nur für eine Sekunde? Bitte." Es folgt eine lange Pause. "Ooooh! So krass." Ich stelle mir seine Arme vor und, ja, er ist ziemlich durchtrainiert. Aber ich hasse mich irgendwie dafür, dass ich das weiß.

Sie seufzt. "Wie kann ein Mädchen dich bitten, 'Zeit und Ort' für einen Kampf zu nennen?"

Lincolns Ton wird kalt. "Wir müssen jetzt zu den anderen zurück, Milady."

"Oh, ich wollte nicht ... Das heißt, ich habe nicht gedacht ..." Schritte ertönen in Richtung der Tür. "Wartet auf mich, Eure Hoheit!"

Ich höre, wie ihre Stimmen und Schritte verklingen, Wut kocht in mir hoch. Es ist offiziell. Prinz Lincoln, ich hasse dich mehr als jeden anderen im Universum. Eines Tages werde ich dir zeigen, was ein "echter Krieger" alles kann.

Während ich auf dem quietschenden Holzboden herumlaufe, stelle ich mir vor, wie geil es gewesen wäre, die beiden die Treppe hinunterzustoßen. Das Buch unter den Arm geklemmt, marschiere ich schnurstracks aus der Bibliothek, die Treppe hinunter und in den Ballsaal im ersten Stock. Während ich über die Tanzfläche stampfe, fangen meine Augen Bewegungen durch die hohen Fenster um mich herum ein. Thrax wuseln draußen im Heckenlabyrinth herum, alle aufgetakelt für irgendeine formelle Fete.

Grr.

Ich hinterlasse Cissy einen Abschiedsbrief in der Empfangshalle (inklusive einer nicht allzu unglaublichen Geschichte, wie die beiden Kissen zerstört wurden) und stampfe zu meinem Kombi. Auf der Heimfahrt verursache ich fast sechs Unfälle, hauptsächlich weil ich "Du bist ein Idiot"-Reden übe, anstatt auf die Straße zu achten. In meiner eigenen Einfahrt angekommen, bin ich mir kaum bewusst, wie ich das Auto parke, ins Haus marschiere und die Tür hinter mir zuschlage. Ich laufe schnurstracks in mein Zimmer.

Ich bin auf halbem Weg dorthin, als Mama ihren Kopf aus der Küche hereinsteckt. "Hi, Myla. Ich habe uns ein paar Tiefkühlgerichte besorgt. Deines ist Hühnchen, glaube ich." Sie wirft mir einen langen Blick zu. Meine Augen leuchten immer noch rot vor Wut.

Mama runzelt die Stirn. "Ist alles in Ordnung?"

Nein, es ist nichts in Ordnung. Ich hasse diesen Thrax-Prinz-Typen so sehr, dass ich es nicht aushalte. Ich nehme einen tiefen Atemzug. "Es ist alles in Ordnung, Mama. Ich habe nur eine Menge Hausaufgaben zu machen."

"Willst du in deinem Zimmer essen?"

"Das wäre klasse."

Ich marschiere in mein Zimmer und lasse mich auf meinem Bett nieder. Ich ziehe ein Schulbuch aus meinem Rucksack und schlage es auf eine beliebige Seite auf.

Mama tritt an mein Bett heran. "Hier, bitte." Sie stellt ein Tablett mit grün-orangefarbenem Schleim auf meinen Nachttisch. Ich werfe einen Blick auf das "Essen" und zucke zusammen. Selbst für unser Haus ist das ein ekelhaftes Zeug. Notiz an mich selbst: kochen lernen.

Ich zwinge mich zu einem Lächeln. "Danke, Mama."

"Du solltest nicht zu lange aufbleiben und Hausaufgaben machen." Sie gibt mir einen Kuss auf die Wange und geht aus der Tür.

Ich schaufle mir etwas Tiefkühlkost in den Bauch und starre auf das gleiche zufällige Kapitel in meinem Lehrbuch. Eine Stunde tickt dahin. Keines der Worte auf der Seite prägt sich in mein Gehirn ein. Meine Augen fallen zu, während das Buch noch offen auf meinem Schoß liegt.

In dem Moment, in dem sich meine Lider schließen, träume ich von der Grauen See. Noch einmal stehe ich barfuß auf dem dunklen Sand, eine Wand aus schwarzem Stein ragt in der Nähe auf. Dunkle Gewitterwolken rollen über mir. Der Gestank von Schwefel lässt mich zusammenzucken. Ich gehe in die Hocke und lege meine Hände auf die anthrazitfarbene Erde. Ein Kreis aus weißem Feuer bricht vor mir aus. In der Mitte erhebt sich der Sand zu einer vertrauten Form.

Meine Mutter.

Jeder Atemzug verlässt meinen Körper. Verus sagte, sie würde mir Visionen von Mamas Vergangenheit schicken. Fängt es endlich an?

Die Gestalt vor mir gewinnt an Kontur. Obwohl ihr Körper immer noch aus Sand besteht, kann ich erkennen, dass Mama ein Toga-ähnliches Gewand trägt, die gleiche Art von Gewand, die sie trug, wenn sie in ihrem Zimmer weinte. Ich ziehe zitternd den Atem ein. Das müssen Senatsgewänder sein.

Meine Haut kribbelt mit dem kalten Hauch von unerwartetem Verständnis. Deshalb hat sich Mama so aufgeregt: Sie hat ihre alten Senatsgewänder gefunden, als sie nach Nähzeug gesucht hat. Wie furchtbar. An einem Tag bist du eine Toga-tragende Senatorin, am nächsten nähst du dunkle Roben für einen Haufen Ghuls. Ein Gewicht schwer wie Blei setzt sich in in meine Knochen. Als sie mich fragte, wusste ich nicht mal, was die Roben sind. Ihre eigene Tochter. Das gibt der ganzen Interaktion eine neue Ebene der Scheiße.

Ich richte meine Aufmerksamkeit wieder auf den Wüstenboden. Mehr Sand steigt innerhalb des Flammenkreises auf. Diesmal bilden die Körnchen verschiedene Formen um Mama herum. Ich blinzle und sehe, wie sich der Sand in das Treppenhaus des Ostflügels der Ryder-Villa verwandelt.

Okay, das macht Sinn. Ich dachte, Mama arbeitet in der Diplomatenetage der Villa. Warum sonst sollte sie Karten versteckt haben?

Ein Grinsen kräuselt die Ränder meines Mundes. Ich bin auf der richtigen Spur.

Vor mir flackert der Flammenkreis heller auf und verschwindet dann. Die Szene, die einst aus Sand bestand, ist nun aus Fleisch und Blut.

Ich stoße einen leisen Pfiff aus. Das ist ziemlich coole Traumgestaltung, Verus.

Ein Ghul stürmt die Treppe hinauf, um an Mamas Seite zu maschieren, seine schwarzen Roben schwingen bei der Bewegung. "Sie kommen zu spät, Senator Lewis." Er ist weniger als 1,80 Meter groß, was für einen Ghul sehr kurz ist. Wenn er seine Kapuze zurückzieht, kommt eine Glatze zum Vorschein, die mit hellgrauer Haut bedeckt ist. Für einen Ghul ist er ziemlich gutaussehend, mit großen schwarzen Augen, einer geraden Nase und einem vollen Mund.

Mama dreht sich zu ihm um, ihr Gesicht verzieht sich zu einem strahlenden Lächeln. "Ich werde nicht zu spät kommen, Tim. Und ich bin noch nicht Senator Lewis." Ihr kastanienbraunes Haar fällt in perfekten Wellen über ihre Schultern, ihre Augen sind braun und hell. Eine Aura von Energie und Kraft umgibt sie. Ich kann nicht aufhören, sie anzustarren, Fragen überfluten meinen Verstand: Wie kann diese Frau dieselbe sein, die kollabiert und in ein Tränen ausbricht, wenn ich in die Arena gerufen werde?

Tim zieht eine altmodische Stoppuhr aus der Tasche seines Mantels. "Du wirst nie Senator, wenn du deine Vereidigung verpasst." Er klappt den Metalldeckel auf, wirft einen Blick auf das Ziffernblatt und schiebt den Zeitmesser zurück in in seinen Mantel. "Und die beginnt in genau zweiundzwanzig Minuten." Seine Stirn legt sich in Falten vor Sorge. "Warum müssen Sie den Stab um diese Zeit besuchen?"

"Das wirst du verstehen, wenn du sie kennengelernt hast." Mama bleibt an der Tür zum zweiten Stock stehen und drückt die Klinke. Nichts passiert. "Das ist seltsam."

Ich werfe einen genauen Blick auf die Tür. Ja, das ist genau dieselbe, an der ich auf dem Weg zur Bibliothek im vierten Stock des Walker-Anwesens vorbeigegangen bin. Wenn ich das nächste Mal dort bin, werde ich mit Sicherheit einen Weg in diesen Raum finden.

"Wir lassen sie normalerweise unverschlossen." Mama zieht eine silberne Kette um ihren Hals. Am Ende hängt ein winziger Schlüssel. Sie steckt ihn in den Knauf, dreht den Griff und schiebt die Tür langsam auf.

Mama und Tim treten ein. Reihen von Tischen und Stühlen säumen den langen Raum, alle sind leer. Der Raum ist still und dunkel. Mama stemmt die Hände in die Hüften.

"Wo sind denn alle?" Ihre Schokoladenaugen verengen sich.

Ich kenne diesen Blick. Es ist der, der passiert, kurz bevor ich Hausarrest bekomme, weil ich vergessen habe, etwas wirklich Wichtiges zu tun. Jemand steckt in Schwierigkeiten, so viel ist sicher.

Die Lichter blinken auf. Dutzende von Körpern tauchen hinter Tischen und Stühlen auf. "Überraschung!"

Mamas Gesicht verzieht sich zu einem breiten Grinsen. Sie tastet alle Gesichter ab und klatscht vor Freude in die Hände. Sie kennt all diese Menschen. Mehr als das, sie sorgen sich um sie.

Wow, toll.

Meine Mutter kennt echte Menschen, außer mir und Walker? Das hätte mir klar sein müssen, als ich erfuhr, dass sie Senatorin ist, aber ich hätte mir das nie träumen lassen. Ein Gefühl, das irgendwo zwischen Freude und Schock liegt, hüpft in meinen Brustkorb herum.

Eine ältere Frau mit bernsteinfarbener Haut und weißem Haar tritt aus der Gruppe heraus. In ihren Armen trägt sie eine riesige Torte, auf der "Herzlichen Glückwunsch Camilla" steht. Sie trägt einen einfachen blauen Hosenanzug mit einem lila Schal am Hals. Ihre großen braunen Augen, der volle Mund und der lange schwarze Schwanz kommen einem bekannt vor.

Mamas Gesicht erhellt sich mit einem breiten Lächeln. "Danke, Mutter."

Heilige Guacamole. Das ist meine Großmutter, Sanctus Lewis, über die ich heute in der Ryder-Bibliothek gelesen habe. Sie hat die Einleitung zu "Quasi-Diplomatie" geschrieben. Ich scanne den Raum ab und sehe all die seltsam vertrauten Gesichter. Das sind nicht nur Mitarbeiter, das muss die erweiterte Lewis-Familie sein. Ich schüttle meinen Kopf hin und her. Es ist eine Sache, Großmutters Einleitung über das diplomatische Erbe der Familie Lewis zu lesen, aber es ist etwas anderes, so viele halbwegs bekannte Gesichter in der Ryder-Villa zu sehen. Und warum habe ich keinen von diesen Leuten vorher getroffen?

Großmutters Mund verzieht sich zu einem Grinsen. "Wir sind alle so stolz auf dich, Camilla. Ein Lewis hat schon immer den Diplomaten-Sitz im Senat gewonnen, aber noch nie mit achtzig Prozent Vorsprung!" Der Raum bricht in Beifall aus. "Das Volk von Purgatory stimmt mir mit einem Schlag zu. Mein Senatssitz könnte nicht von einem besseren Quasi geführt werden." Sie bietet den Kuchen einem schlaksigen Jungen mit kurzen braunen Haaren und einem Wildschweinschwanz an. "Würdest du das im Konferenzraum abstellen, Mortimer?"

"Ja, Sanctus." Er hebt die Torte aus ihren Armen und geht in Richtung der hinteren Räume des Büros.

Großmutter dreht sich zu Tim um, ihr Lächeln schmilzt zu einem unleserlichen Blick. "Du hast jemanden mitgebracht."

"Ja, das habe ich." Mutter wendet sich an den Ghul neben ihr. "Tim, das ist meine Familie." Sie gestikuliert durch den Raum. "Familie, das ist Tim. Er tritt dem Personal als mein persönlicher Assistent bei."

Sanctus mustert ihn aufmerksam. "Wir hatten noch nie ein Nicht-Lewis-Familienmitglied das in den Büros der Diplomatie arbeitet."

"Nun, das ist etwas, das sich ändern sollte. Wenn wir mit anderen Reichen interagieren wollen, müssen wir genau hier anfangen, in diesem Büro."

"Ausgezeichnetes Argument." Die Großmutter nickt sanft. "Tim, lass mich dir die große Einführung geben." Sie gestikuliert durch eine Gruppe von Männern und Frauen unterschiedlichen Alters und Größe, alle mit kastanienbraunem Haar, bernsteinfarbener Haut und großen schokoladenbraunen Augen. "Hier drüben haben wir Sophia, Isabel und Martin. Sie haben Camillas Wahlkampf geleitet. Am Fenster finden Sie

Fortus, Quin und Felix; sie leiten den Bürobetrieb. Coco, Seina, Arturo und Hugo sind im hinteren Konferenzraum und bedienen sich am Kuchen. Sie kümmern sich um die Korrespondenz und Anfragen. Und schließlich haben wir Tanis und Bea in der Finanzabteilung."

Tims Kinnlade fällt ein wenig herunter. "Ich werde mir nie alle merken können."

Die Großmutter runzelt die Stirn. "Das ist sehr bedauerlich. Es wird später einen Test geben." Ihr Schwanz peitscht unheilvoll hinter ihr her.

Eine schwarze Schweißperle rinnt Tim über die Wange. "Oh, nein. Ich bin völlig unvorbereitet."

Mama legt ihre Hand auf Tims Arm. "Mach dir keine Sorgen. Sanctus scherzt nur."

Tim atmet aus. "Ah, ich verstehe."

Ein etwa vierjähriges Mädchen tritt an Großmutter heran und zieht an ihrem Hosenbein. "Du hast mich vergessen." Sie ist eine kleine Maus, deren kastanienbraunes Haar lockig hängt wie das von Cissy. Ihr langer schwarzer Schwanz streckt sich nach oben und windet sich sanft um Großmutters Hand. Sie ist bezaubernd. Ich stelle mir haufenweise Cousins und Cousinen, Tanten und Onkel vor, die sich im Fegefeuer verstecken. Niedliche kleine Mopp Elchen, die mich bitten, dumme Lieder zu singen. Ältere Verwandte, die vielleicht einen tollen Rat haben, wie man nach dem Abschluss den besten Dienst an Land zieht. Männer und Frauen in Mamas Alter, die geheime Familienrezepte kennen. Mein Bauch fühlt sich warm an durch die Liebe von Lewis'.

Das. Ist. Fantastisch.

Sanctus nimmt das Mädchen in die Arme. "Wie könnte ich dich je vergessen, Dani? Wie lautet dein Titel nochmal?"

"Vizepräsidentin für Spaß."

"Stimmt. Und hat unser Vizepräsident für heute schon etwas vor?"

"Ja. Wir gehen alle mit Tante Camilla zur Vereidigung."

Sanctus zieht die weißen Augenbrauen hoch. "Das ist eine erstklassige Idee, Dani." Sie wendet sich an Mama. "Es gibt kein Gesetz dagegen, solange es dir nichts ausmacht."

"Was dagegen? Ich hätte nichts dagegen." Mama klatscht in die Hände. "An alle, Sanctus und ich haben eine wichtige Ankündigung zu machen. Ihr werdet alle bei der Vereidigungszeremonie dabei sein!" Der Raum bricht in einen Jubel aus. Mama wendet sich an Tim. "Kannst du ein Portal für uns öffnen, bitte?"

Tim nickt. "Natürlich." In der Mitte des Raumes öffnet sich ein schwarzes Loch, das etwa drei Meter hoch ist.

Mama strahlt förmlich. "Also, jeder ergreift die Hand der Person neben sich und lässt sie nicht los! Wir werden alle zusammen in die Senatskammern eintreten." Es gibt ein Gemurmel und das Schlurfen von Füßen, als alle eine lange Verkettung bilden. "Sind wir alle bereit?"

Ein weiterer Jubel bricht durch den Raum. Diesmal stoße auch ich einen Freudenschrei aus. Unglaublich, dass ich so eine tolle Familie habe, die sich irgendwo versteckt!

Mama ergreift Tims Hand fest. "Also gut. Es geht los!"

Einer nach dem anderen schreitet jedes Mitglied meiner erstaunlichen, neu gefundenen Familie durch das Portal. Die letzte in der Reihe ist Großmutter mit der kleinen Dani auf ihrer Hüfte. Als sie in der Dunkelheit verschwinden, verändert sich das Bild im Grauen Meer. Die diplomatischen Büros verwandeln sich von der Realität zurück in Sand. Das Granulat fällt langsam auf den Boden des Grauen Meeres.

Ich erwache mit einem Ruck, strecke mich und lächle, lächle, lächle. Über den Senat zu lesen ist kein Vergleich dazu, Mama in ihren lila Roben zu sehen, lächelnd und zuversichtlich. Ich presse meine Handflächen an meine Augen und gähne. Mein Verstand rast durch jeden Moment der Traumlandschaft.

Senatorin Camilla Lewis, wow.

Ich lege mein Kissen wieder unter meinen Kopf und starre aus dem Fenster. Der Himmel ist noch dunkel; ich werfe einen Blick auf meinen Wecker. 4 UHR MORGENS. Regen strömt an der Fensterscheibe herunter. Meine Wut auf Lincoln fühlt sich eine Million Meilen entfernt an. Wie konnte ich zulassen, dass irgendein Idiot meinen Dämon so aufregt? Es gibt wichtigere Dinge, um die ich mich kümmern muss. Wie das Treffen mit meiner Familie.

Wo wir gerade dabei sind...

Ich setze meine nackten Füße auf den kalten Boden, schleiche auf Zehenspitzen in Mamas Zimmer und stelle mich ans Fußende ihres Bettes. Mein Körper bebt vor nervöser, glücklicher Energie.

"Mama, bist du wach?"

Sie gähnt. "Kannst du nicht schlafen, Myla?" Sie tätschelt den Platz neben sich.

"Kann man so sagen." Ich lasse mich mit einem kleinen Hüpfer auf das Bett plumpsen, mein Rücken stützt sich am Kopfteil ab.

Mamas schokoladenbraune Augen öffnen sich weit. "Hast du eine Traumlandschaft von Verus bekommen?"

Ich grinse. "Oh, ja."

Sie nimmt einen tiefen Atemzug. "Hast du irgendwelche Fragen?"

"Du warst eine Senatorin, Mama. Wow." Ich klopfe in einem aufgeregten Rhythmus auf die Matratze. "Ich habe etwas in einem Buch gelesen, in dem stand, dass du eine warst, aber in der Traumwelt habe ich es gesehen, als wäre es echt." Ich beiße auf meinen Daumennagel. "Ich schätze, das war keine Frage, wirklich."

Mama richtet sich auf, sodass sie neben mir sitzt. "War das ein Buch aus der Ryder-Bibliothek?"

"Ja." Ich werfe ihr einen schuldbewussten Blick zu. "Ich habe ihnen auf jeden Fall einen Zettel dagelassen, als ich es genommen habe."

"Ich bin sicher, es ist in Ordnung, dass du es ausgeliehen hast; ich bin froh, dass das Buch überhaupt existiert." Mama stößt einen langen Atemzug aus. "Zekes Eltern sind bemerkenswerte Menschen. Du würdest nicht glauben, was alles nötig war, um ihre Villa zu erhalten, geschweige denn ihre Bibliothek. Es ist das letzte Stückchen unserer alten Welt, das noch übrig ist. In vielerlei Hinsicht unsere einzige Verbindung zu den Außenwelten."

Ich könnte durch den Raum tanzen, so begeistert bin ich von den Infos, die ich gerade bekomme. Erzähl mir mehr! "Also, wie war es, ein Senator zu sein?"

"Lass mal sehen." Mama fängt an, Fakten zu rezitieren, als würde sie eine Führung leiten. "Das Fegefeuer hatte einst einen Senat mit 100 Abgeordneten. Unsere Familie hatte über Generationen hinweg den Sitz der Diplomatie inne."

Mein Kopf dreht sich von einer Seite zur anderen. "Wie kann es sein, dass ich deine Tochter bin und das nie im Gespräch mit jemandem zur Sprache kam?" Ich werfe ihr einen Blick zu, der sagt: "Und das gilt auch für dich".

"Nach dem Krieg hat mich niemand bemerkt, und ich wollte, dass das so bleibt." Sie zupft Fransen aus ihrer abgewetzten Bettdecke. "Armageddon hat das Fegefeuer nur aus einem Grund übernommen: um mehr Seelen in die Hölle zu bekommen. Im Senat haben wir den Seelen jede Chance gegeben, in den Himmel zu kommen. Das ist nur fair. Dämonen brauchen keine Seelen zum Überleben. Seelen zu konsumieren ist für sie nur eine Droge, ein Rausch." Ihre Augen blitzen ein wenig rot auf, etwas, das ich noch nie gesehen habe. Ich wusste, dass Mama Zorneskräfte hat wie ich, aber ich dachte, sie hätte irgendwie nur den Schwanz geerbt und nicht das Temperament.

"Wie können wir ihnen das durchgehen lassen?" Meine Augen brennen vor Wut. "Die Ghule lehren uns, dass die Quasis im Grunde die größten Verlierer der Geschichte sind." Ich zeige in Richtung meines Zimmers. "Ich werde Kopien von diesem Buch machen und sie an andere Kinder in der Schule verteilen. Vielleicht hole ich noch mehr Bücher aus der Bibliothek..."

"Myla, nein!" Mama ergreift meine Hände. "Das Risiko können wir nicht eingehen. Du musst das verstehen. Armageddon's Krieg war mehr als eine Übernahme; es war ein Massaker. Er wollte jede Erinnerung an die alten Wege auslöschen, die Großzügigkeit, die Toleranz. Wer weiß, was sie tun würden, wenn jemand die Republik wieder ins Spiel brächte?"

"Das ist mir egal. Die Leute haben ein Recht, es zu wissen." Ich recke mein Kinn vor. "Außerdem habe ich gegen das Böse gekämpft."

Mamas Gesichtszüge verziehen sich. "Nicht diese Art von Bösem." Sie starrt aus dem Fenster auf den Regen. "Das ist die Art von Dunkelheit, die nicht einmal einen Schimmer von Licht erträgt." Sie wendet sich mir zu, ihr Gesicht ist von Tränen übersät. "Während der Kriege haben sie jedes Mitglied der Familie Lewis gejagt und getötet, bis auf mich."

Meine Stirn legt sich in Falten, während ich darauf warte, dass diese Nachricht in meinen Kopf sickert. Alle Verwandten tot? Ich stelle mir die glücklichen Gesichter in den diplomatischen Büros vor. Schockwellen laufen durch meinen Körper. Das kann nicht richtig sein. "Ich dachte, es gäbe Lewises im unteren Fegefeuer. Ich wollte sie kennenlernen." Plus Oma, Dani und die Million anderer Lewises aus den diplomatischen Büros.

"Diese Leute haben den Namen, aber sie sind keine Teil-Furoren. Keiner von ihnen hat unseren Kampf in seinen Adern." Ihre blutunterlaufenen Augen treffen auf meine. "Die Ghule haben jeden ausgelöscht, der der nächste in der Reihe für unseren Senatssitz sein könnte. Jeder, der sich erinnern oder widerstehen konnte." Ihre Augen glitzern. "Es waren nicht nur wir, sie hatten es auf alle Senatoren abgesehen." Ihre Stimme bricht, und der Klang lässt mein Herz auf eine Weise zerspringen, die ich nie für möglich gehalten hätte.

"Wir können später darüber reden." Ich erhebe mich halb vom Bett.

Mama legt ihre Hand auf meinen Arm. "Nein, du hast recht. Du verdienst es, dein Erbe zu kennen."

Ich setze mich wieder neben meine Mutter, mein Verstand dreht sich. "Ich versteh's nicht. Warum haben du und ich überlebt?"

Mama beißt sich auf die Lippe. "Ein Freund hat alles geopfert, damit ich in Sicherheit bin. Als du geboren wurdest, galt der Schutz auch für dich."

Meine Kehle schnürt sich zu. "Wer war diese Person? War es mein Vater?"

Mama presst die Augen zusammen, frische Tränen gleiten über ihre Wangen. "Das ist alles, was ich dir im Moment sagen kann, Myla."

Ich kenne meine Mutter gut genug, um mir über eines im Klaren zu sein: Diese Antwort bedeutet 'Ja'. Ja, dein Vater starb, um uns beide zu retten. Und noch mehr. Ein Netz aus dunklen Geheimnissen umgibt immer noch dieses Haus. Ein Teil von mir möchte sie an den Schultern packen, sie zwingen, mir mehr zu erzählen und die Traurigkeit aus unserem Leben zu reißen. Ein anderer Teil fühlt sich super-schuldig, weil ich sie so sehr gedrängt habe. Sie sieht rotäugig und unglücklich aus.

Zitternd legt Mama ihre Hand auf ihren Mund. "Ich brauche etwas Zeit für mich." Sie atmet zittrig ein. "Wir reden nach Verus' nächstem Besuch weiter."

Ich erhebe mich. Wut, Mitgefühl und Schuldgefühle kämpfen in mir um die Wette. Ich zwinge mich, zur Tür zu gehen. Das Beste ist, es zu beenden, bevor wir beide durchdrehen. "Okay, Mama." Ich gehe raus und schließe sanft die Tür hinter mir. Ihr leises Schluchzen hallt durch das Haus.

Als ich sie weinen höre, endet mein innerer Kampf der Gefühle. Die Empathie gewinnt, ganz klar. Ich will Mama für einen Tag nicht noch mehr verärgern, also bin ich extra leise, während ich mich für die Schule fertig mache. Selbst Betsy zeigt sich von ihrer besten Seite; sie tritt und bockt nicht, als ich wegfahre. Der Tag vergeht wie im Flug mit Unterricht und Gesprächen mit Cissy. Ich vergesse alles über Mamas Traurigkeit.

Als ich wieder durch die Haustür gehe, finde ich Mama immer noch in ihrem Zimmer bei geschlossener Tür, leise schluchzend. Mein Herz wird schwer. Etwas über Mamas Vergangenheit herauszufinden, ist sicher anders, als ich es mir vorgestellt habe.

$\mathcal{C}$issy und ich sitzen auf unseren üblichen Plätzen in der letzten Reihe des Biologieunterrichts und warten darauf, dass die anderen Schüler sich vorbereiten. Meine beste Freundin wippt mit ihrem Stuhl auf und ab. "Habe ich dir erzählt, dass Zekes Eltern zurück sind?"

Nur zwölf Mal. "Ja, du hast es erwähnt, Cissy." Am Tag nach meinem ersten Besuch in der Ryder-Bibliothek gingen Zekes Eltern auf eine einwöchige diplomatische Reise. Vor der Abreise riefen sie bei Cissy an und sagten, sie dürfe unter keinen Umständen die Villa besuchen. Ein paar Tage lang versuchten sie und Zeke bei ihr abzuhängen, aber ihre Eltern haben immer noch Probleme mit Zekes Ruf. Lange Rede, kurzer Sinn, sie zählen die Tage, bis die Ryders zurückkommen.

Und wenn ich ganz ehrlich bin, sind sie nicht die Einzigen, die die Tage zählen. Ich kann es kaum erwarten, wieder in die Bibliothek zu gehen und zu sehen, was ich über die Vergangenheit meiner Mutter und die Identität meines Vaters herausfinden kann.

Cissy kritzelt in ihr Notizbuch. "Ich gehe nach der Schule rüber zur Ryder-Villa. Kommst du mit?"

"Verdammt, ja." Ich habe nicht gemerkt, dass es eine Frage war. "Warum sollte ich nicht?"

Cissy kaut auf ihrer Unterlippe. "Ich war mir nicht sicher, ob du noch willst. Letzte Woche bist du ziemlich früh gegangen. Ich war besorgt, dass du nicht gerne in der Bibliothek rumhängst."

Ach das? Nur wenn Thrax Prinzen auftauchen. "Nein, ich bin voll dabei. Ich werde nach der Schule da sein."

"Gute Nachrichten." Cissy lehnt sich über den Gang und tippt auf meinen Schreibtisch. "Hey, hast du das gesehen?" Sie nickt in Richtung des vorderen Teils der Klasse.

Ich recke den Hals und entdecke einen großen Glaskasten neben dem Lehrerpult. Es ist ein zwei Meter großer Würfel, der auf einem kleinen silbernen Tisch steht. "Cool. Die Lady macht es immer interessant."

Die Lady ist LDY-99, unsere Biologielehrerin. Die Lady hat eine anthrazitfarbene Haut, die sich über ihren skelettartigen Körper erstreckt, und ist in ihrer schwarzen Robe mit Kapuze über zwei Meter groß. Ihr Erkennungsmerkmal sind ihre Halo-Afro-artigen, übergroßen Augen und die kleine runde Brille. Sie ist definitiv die coolste Lehrerin der Schule.

"Heute habe ich eine Überraschung für euch alle." Die Dame tritt an die leere Vitrine heran. "Wir werden etwas über Reperio-Dämonen lernen."

Ich tanze einen Freudentanz auf meinem Stuhl. Reperio's sind fantastisch.

Die Frau hebt einen Mülleimer auf und wirft den Inhalt in die Vitrine. Papierfetzen, abgebrochene Bleistifte und Büroklammern setzen sich auf dem Boden der Kiste ab.

Danach beginnt sich der Müll zu bewegen.

Die Papierschnipsel formen sich zu kleinen Männchen mit Radiergummiaugen. Die zerbrochenen Bleistifte zersplittern zu Röcken für winzige Damen mit Holzkörpern und Büroklammerköpfen. Sie streifen durch die Vitrine, hämmern gegen das Glas und fluchen wie wild.

"Jeder Dämon hat einen Namen und eine Klassifizierung. Wer weiß, was das hier ist?"

Ich hebe meine Hand und antworte, bevor sie mich aufruft. "Sie sind Reperio Minusculus, Klassifizierung Possideo."

Die Dame rückt die Brille auf ihrer Nase zurecht. "Ja, sie sind Reperio Minusculus." Sie geht zu ihrem Schreibtisch hinüber. "Aber ich bin mir ziemlich sicher, dass sie der Klassifikation Insultus angehören." Sie schlägt ein dickes, in Leder gebundenes Buch auf ihrem Schreibtisch auf und blättert durch die Seiten. "Nein, Sie haben recht. Sie sind Possideo. Was sagt man dazu?"

Ich rolle mit den Augen. Unglaublich. Nicht mal die Biologielehrer der Ghule kennen die Grundlagen der Dämonen. Alle tun so, als würden sie verschwinden, wenn wir sie ignorieren.

Hinter dem Glas machen die kleinen Dämonen unzüchtige Körpergesten gegenüber unserer Lehrerin. Die Frau blickt zwischen ihnen und mir hin und her. "Du kämpfst in der Arena gegen böse Seelen, nicht wahr?"

"Ja. Dämonen auch, wenn ich mit den Seelen fertig bin." Ich zeige auf den Glaskasten. "Willst du wissen, wie man Reperio am einfachsten tötet?"

Ein leises Keuchen hallt durch den Raum. Die Augen der Lady öffnen sich weit. "Nein, nein, nein. Wir alle lieben unsere dämonischen Verbündeten." Schnell geht sie zurück zur Vitrine. "Lasst uns über etwas anderes reden . Ah, ich weiß. Ich erkläre, wie man unsere kleinen Freunde füttert, kleidet und unterhält."

Cissy flüstert mir vom anderen Ende des Ganges zu. "Hör zu, Myla, ich weiß, du hast immer aufgeschrieben, wie man Dämonen tötet, aber..."

"Oh, ich mache immer noch tonnenweise Notizen. Und Walker schleust mich regelmäßig in Arenakämpfe ein. Ich habe gesehen, wie andere Kämpfer auf Reperio losgingen, und der einfachste Weg, sie zu töten, ist..."

"Myla Lewis!" Die Frau starrt mich an, ihre großen schwarzen Augen sehen aus, als würden sie gleich aus ihrem Kopf platzen. Ich scanne den Raum ab. Die anderen Schüler sehen mich an, als hätte ich gerade meine gefrorene Schädel-Sammlung angekündigt. "Zum letzten Mal. Hört auf, Tötungsstrategien für unsere dämonischen Verbündeten auszutauschen."

Meine Augen glühen vor Wut. Dämonische Verbündete, von wegen.

Cissy wirft mir einen verzweifelten Blick zu. "Nach der Schule, Myla. In der Bibliothek? Erinnerst du dich?"

Die Bibliothek, richtig. Wenn die Lady mich zur Direktorin schickt, werde ich sicher suspendiert. Wie ich meine Mutter kenne, bedeutet das monatelang keine Bibliotheksbesuche. Ich brauche mehr Antworten, als mich über Dämonen zu äußern. Ich beiße meine Lippen zusammen, fest. "Ich verstehe, LDY-99."

"Danke sehr." Die Dame erklärt mir, dass Reperio-Dämonen gerne Cheetos essen, sich in verdorbenes Essen kleiden und sich mit Furzgeräuschen amüsieren.

Unheilige Hölle, was für eine Zeitverschwendung.

~

"Sei gegrüßt, Myla. Du bist berufen, zu dienen."

Meine Augen springen auf. Es ist früher Morgen und Walker steht am Fußende meines Bettes. Bitte lass mich nicht träumen. Ich warte schon seit Wochen auf einen Arenakampf, seit ich diesen Deacon-Typen umgelegt habe. Ich kreuze meine Finger unter der Bettdecke. "Träume ich etwa?"

Walker verschränkt seine Arme vor der Brust. "Nein, ich bin es wirklich."

"Ein Arenakampf. Ja!" Ich springe aus dem Bett und lächle vor mich hin.

Walker reibt sich mit einer Hand die Koteletten. "Wir müssen in Kürze aufbrechen."

"Ich werde superschnell fertig sein." Ich krame in meiner Kommode nach der am wenigsten zerlumpten Jogginghose. Ein Blick über die Schulter verrät mir, dass Walker immer noch neben meinem Bett lauert. Ich ziehe meine Augenbraue hoch. "Das ist der Teil, indem du mein Zimmer verlässt."

Walker zappelt in seinem langen Gewand. "Natürlich. Es tut mir leid, Myla."

"Kein Problem." Ich gestikuliere zur Tür. "Da ich in die Arena gehe, quält sich Mama bestimmt schon in der Küche zu Tode. Du kannst ihre Gesellschaft leisten."

Walker trottet aus meinem Zimmer und schließt die Tür hinter sich.

Ich mache mich in Rekordzeit fertig und sprinte in die Küche. Mama sitzt am Tisch und blättert faul in einem Reisemagazin.

"Guten Morgen, Myla, Schätzchen." Ihr Gesicht verzieht sich zu einem warmen Lächeln. "Ich habe gehört, du gehst heute in die Arena."

Nun, das ist ein wenig verdächtig. Normalerweise ist Mama an diesem Punkt einen Herzschlag von einem Herzinfarkt entfernt.

"Ja, ich kämpfe gegen die bösen Menschen." Ich mache einen Karatekick in die Luft und höre meine Jogginghose reiiiiißt. "Okay, vielleicht nicht in dieser Hose." Ich rolle mit den Augen. "Was denke ich nur? Ich sollte meinen Kampfanzug anziehen." Ich jogge zurück in mein Zimmer und ziehe mich um.

Mama ruft mir aus der Küche zu. "Leg die Jogginghose auf die Couch, bevor du gehst. Ich werde sie heute Morgen flicken." Sie klingt geradezu fröhlich.

Hmm. Das ist ganz schön verdächtig. Zeit, ein paar Fragen zu stellen.

Ich kehre in die Küche zurück und mache mir ein herzhaftes Zucker-Müsli-Frühstück. "Also, gegen wen kämpfe ich heute?"

Walker runzelt die Stirn. "Du kämpfst gegen niemanden. Die Engel haben dich gebeten, bei einer Zeremonie anwesend zu sein."

Mein Morgen vergeht augenblicklich wie im Flug. "Eine Zeremonie?" Ich ziehe eine Grimasse. "Es gibt keine Möglichkeit zu kämpfen, überhaupt keine?"

"Wie ich dich kenne, immer." Walker nippt an seinem Kaffee. "Vielleicht hast du Glück und machst Sharkie richtig sauer."

"Gut, denn ich habe gerade mein letztes Paar sauberer Jogginghosen zerrissen. Jetzt heißt es: Kampfanzug oder nichts." Ich drehe mich zu Mama. "Und du bist mit all dem völlig einverstanden?" Ich hatte noch keine mütterliche Inquisition oder so. Es fühlt sich geradezu komisch an.

Mama füllt ihre Kaffeetasse mit Sahne und Zucker. "Ich kenne den Engel Verus schon seit der Zeit vor den Kriegen. Sie und ich haben das besprochen. Du kannst teilnehmen."

"Oh, ich verstehe." Wenn Mama sagt, dass ich hingehen darf, muss das total langweilig sein. Ich esse mein Frankenberry-Müsli und ein Zuckerstückchen nach dem anderen. Es ist wie meine Henkersmahlzeit, bevor ich auf die Guillotine muss.

Walker hängt an meiner Schulter. "Wir müssen jetzt aufbrechen, Myla."

Wut brennt in meinem Bauch. "Wenn du mir vor diesen Arenabesuchen ein wenig Bescheid geben würdest, wäre ich schneller fertig."

Walker tauscht einen verschmitzten Blick mit meiner Mutter. "Du hast dich noch nie beschwert."

"Nun, jetzt beschwere ich mich."

Mama blättert eine weitere Seite in ihrer Zeitschrift um. "Nur weil du heute Morgen keine Bösewichte bekämpfst, heißt das nicht, dass du mit Walker grantig sein kannst."

Oh. Ich hasse es, wenn sie recht hat. "Tut mir leid, Walker."

"Es sei dir verziehen."

Ich schlucke meinen letzten Bissen Müsli runter. "Okay, los geht's."

Walker öffnet ein Portal in der Mitte der Küche.

Mama wirft mir einen Kuss zu. "Viel Spaß, Süße!"

"Ich werde es versuchen." Ich winke ihr halbherzig zu. "Wir sehen uns nach der Schule."

Ich nehme Walkers Hand in meine, nehme meine Schultern zurück und gehe durch die dunkle Tür. Wir taumeln durch den Raum, was sich wie Stunden anfühlt. Ich muss mindestens zweimal fast kotzen, bevor ich auf den dreckigen Boden der Arena trete.

Um mich herum stehen ein Dutzend Quasis. Männer und Frauen, schwarz und weiß, Jung und Alt ... Diese Gruppe könnte nicht unterschiedlicher sein, bis auf eine Sache: Sie alle haben lange, spitze Schwänze wie ich.

Sie sind alle Halb-Pelz. Kämpfer wie ich. Ich kann nicht anders, als die anderen Krieger einzuschätzen. Ich könnte es mit jedem von ihnen aufnehmen, ohne Probleme. Und obwohl die meisten von ihnen Kampfanzüge haben, ist keiner so drachengroß und knallhart wie meiner.

Hey, das ist kein Wettbewerb, aber ich gewinne.

Sharkie macht sein Moderations-Ding. Die Oligarchie, die Engel und die Dämonen nehmen alle ihre Plätze in der Arena ein. Eine Ewigkeit vergeht, während ich neben den anderen Kämpfern stehe. Ich vertreibe mir die Zeit damit, mit meinem Schwanz Schere-Stein-Papier zu spielen. Mein Magen knurrt. Ich muss das Mittagessen verpasst haben.

KLOPF, KLOPF. Sharkie lässt seinen Stab auf den Boden knallen. "Engel, Dämonen und Ghule! Wir haben heute eine besondere Ankündigung vom furchtlosen Anführer unserer Truppen, Armageddon!"

Die Dämonensitze schnellen in die Höhe. Die Engel klatschen höflich.

Armageddon steht von seinem steinernen Thron auf, sein langes schwarzes Gesicht verzieht sich zu einem besonders bösartig aussehenden Grinsen. "Wir haben den Scala-Erben gefunden." Seine Augen glühen vor Bedrohung. "Wie versprochen."

Verus erhebt sich. "Ausgezeichnet. Wenn dies tatsächlich der Scala-Erbe ist, dann sollten wir in der Lage sein, die Scala-Einweihungszeremonie gleich jetzt durchzuführen."

Armageddon setzt sich langsam wieder auf seinen Thron. "Natürlich."

Verus deutet auf unsere Gruppe von Kämpfern. "Bitte stellt euch am Fuß der Arenamauer auf. Ihr seid Zeugen der Wandlung."

Eine Scala-Veränderung? Das könnte cool sein, zuzusehen. Um sicherzugehen, suche ich mir einen Platz an einem Ausgangstor aus, wo ich mich leichter wegducken kann, wenn es wirklich langweilig wird.

Verus hebt die Arme. "Lasst die Einweihung beginnen!"

Alle Engel erheben sich . Die Luft hallt vom Rascheln der Flügel und Gewänder wider. Sie sprechen mit einer Stimme. "Wurde der Scala-Erbe gefunden?"

Verus senkt ihre Arme. "Ja. Unter dem Thrax-Adel."

Thrax-Adel? Mein Magen dreht sich um. Igitt.

Die Engel bewegen sich als eine Gruppe und breiten ihre weißen Flügel aus. Die halbe Arena wird strahlend hell. Sie sprechen wieder als Einheit: "Lasst sie den Scala-Erben zu uns bringen, damit er erweckt und an die Engel gebunden wird." Sie nehmen alle wieder ihre Plätze ein.

"Wir werden den Scala-Erben herausbringen." Verus lächelt sanft. "Aber zuerst wird das Reich, das den Erben hervorgebracht hat, das Wort in der Arena ergreifen. Heute geht diese Ehre an die Thrax. Die Thrax sind in viele Häuser unterteilt, die größten davon sind Horus, Striga,

Kamal, Acca und Rixa. Alle fünf werden heute vor uns erscheinen. Das erste ist das Haus des Horus, die Nachfahren der nubischen Pharaonen."

Ich atme vor Erleichterung aus. Nubische Pharaonen? Das bedeutet, dass Lincoln wahrscheinlich nicht in der Arena auftreten wird. Zumindest noch nicht.

Ich zupfe mit meinem Schwanz an den Fusseln unter meinen Nägeln. Nicht, dass es mich kümmert, was er tut, natürlich.

Ein Trompetenruf hallt durch die Luft. Der Boden bebt, als das Haus des Horus im Labyrinth der Gänge, die zur Arena führen, wer-weiß-was macht. Weitere Trompeten schmettern, als ein Dutzend zweirädriger Streitwagen aus einem nahen Torbogen fährt, jeder von einem Paar grauer Hengste gezogen.

Der Boden der Arena klappert unter meinen Füßen, während die Streitwagen durch das Stadion rasen. Mein Mund verzieht sich zu einem Grinsen. Diese Typen sind so knallhart, dass es nicht einmal lustig ist.

Während sie über den Boden der Arena rasen, kann ich sehen, dass die Fahrer große Männer mit ebenholzfarbener Haut, kräftigem Körperbau und langen Dreadlocks sind. Sie tragen braune Leinenhosen, die von schwarzen Ledertuniken gekrönt werden. Auf ihrer Brust ist mit bronzenem Faden das Bild eines sich windenden ägyptischen Auges aufgenäht.

Die Streitwagen reiten in verschiedenen Formationen, ihre Wege bilden eine komplexe Reihe von Kreisen und Linien. Goldenes Zaumzeug schimmert in den Mäulern der Pferde. Die Wagen kreuzen sich in dem bisher komplexesten Muster. Dann halten sie in ordentlichen Reihen in einer Ecke des Stadions an. Wow. Ich kann nicht glauben, dass sie nicht wenigstens einmal zusammengestoßen sind.

Ich klatsche wild, aber alle anderen sind still. Ups. Ich verschränke meine Hände hinter dem Rücken.

"Das zweite ist das Haus von Striga", sagt Verus. "Ihre Fähigkeiten in Zauberei und Hexerei sind in den fünf Reichen berühmt."

Aus dem gegenüberliegenden Torbogen marschieren zwei Dutzend Männer auf den Arenaboden, ihre Körper sind schlank und schlaksig. Alle haben olivfarbene Haut und kantige Gesichter. In ihre langen braunen Haare sind lila Perlen geflochten. Sie tragen braune Lederhosen, silberne Kettenhemden und Samttuniken, die mit einem violetten Pentagramm verziert sind. Die Strichmännchen marschieren in die Mitte des Stadionbodens, stellen sich in einem großen Kreis auf und verneigen sich schnell. Ein leiser Gesang hallt durch die Luft. Ein riesiger roter Flammenball erscheint am Boden des Stadions.

Ich erschrecke. Ich habe noch nie zuvor Magie gesehen.

Die scharlachrote Kugel schießt in den Himmel und zerplatzt wie ein Feuerwerk. Die Striga-Männer marschieren in eine andere Ecke der Arena und nehmen ihren Platz neben dem Haus des Horus ein.

Ich wippe auf den Fußballen und bin gespannt, was das nächste Haus zu bieten hat. Sicher, es ist schade, dass ich im Moment gegen nichts kämpfe, aber diese Show macht das fast wieder wett. Fast.

"Das dritte Haus ist das Haus von Kamal", sagt Verus. "Diese Thrax sind bekannt für ihre Fähigkeiten im Umgang mit Tieren."

Weitere Thrax marschieren ins Stadion, diesmal tragen ihre Baumwolltuniken das Bild von drei Krallen verursachten Kratzern in tiefem Blau. Die Kamal-Krieger bilden eine Linie quer durch die Mitte des Arenabodens, etwa zwanzig Kämpfer insgesamt. Ihre Körper sehen schlank und sehnig aus; ihre Kakao-Gesichter sind zu entschlossenen Stirnrunzeln verzogen.

Ich scanne die Gesichter und halte Ausschau nach ein paar weiblichen Kämpfern, kann aber keine finden. Hmm. Die anderen Häuser hatten auch keine weiblichen Kämpfer. Das ist so seltsam. Ich frage mich, ob alle Thrax-Frauen herumlaufen, mit den Augen zucken und die Muskeln der Kerle abtasten, wie dieses Adair-Mädchen? Hmm. Ich bin mir nicht sicher, ob ich die Antwort auf diese Frage wissen will.

Der Kamal ließ ein lautes Brüllen los. Tiger brechen aus den Torbögen der Arena aus und rasen zur Mitte des Bodens. Falken stürzen vom Himmel herab; lange blaue Bänder hängen von ihren Krallen herab. Alle Kreaturen lassen sich auf ihrem Platz nieder, ein Tier für jeden Krieger. Sie brüllen und schreien so laut, dass ich glaube, meine Trommelfelle platzen gleich. Die Krieger verbeugen sich leicht, die Tiere verstummen. Die Kamal's maschieren im Gleichschritt und nehmen ihre Plätze neben den anderen Häusern ein. Die Falken hocken auf dem Arm ihres Kriegers, die Tiger stehen an der Seite ihres Kämpfers. Die Körper aller Tiere bleiben still wie Stein.

Meine Gedanken wirbeln durch all die Dämonen, die mit einem Kamal-Tiger oder Falken an meiner Seite leichter zu bekämpfen wären. Ich nicke anerkennend mit dem Kopf. Diese würden sich in der Tat als sehr nützlich erweisen.

"Der vierte ist das Haus von Acca. Diese Thrax sind bekannt für ihre Fähigkeiten mit der Armbrust."

Ich lehne mich gegen die Steinmauer und schlage meinen rechten Fuß über den linken. Das dauert lange, aber die Kriegerdarstellungen sind superinteressant. Wer hätte gedacht, dass es so viele Möglichkeiten gibt, Dämonen zu bekämpfen, außer im Nahkampf? Ich bemühe mich, lässig auszusehen und aktiv die unerwünschten Bilder von Lincolns Mund zu ignorieren, die immer wieder in meinem Kopf auftauchen. Ein ängstliches Gefühl zieht meinen Magen zusammen. Hör auf, an ihn zu denken, verdammt noch mal.

Zwanzig Krieger betreten den Boden der Arena, ihre schwarzen Samttuniken sind mit dem Bild einer behandschuhten gelben Faust bestickt. Alle haben kräftige Körper, blasse Haut und goldenes Haar. Jeder Kämpfer trägt metallbeschlagene Handschuhe und hat eine silberne Armbrust dabei. Die Acca-Krieger marschieren zur Mitte des Bodens und stellen sich in einer langen Reihe auf. Sie bewegen sich als eine Einheit und feuern einen einzelnen Metallbolzen direkt in die Luft.

Ich kneife die Lippen zusammen. Das ist nicht so beeindruckend. Ich habe keine Ahnung von Armbrüsten, und das könnte ich auch, kinderleicht.

Das Stadion hält den Atem an, als die Bolzen in den Himmel fliegen, dann die Richtung ändern und zurück auf den Boden sausen. Die Krieger heben ihre Arme und fangen die Bolzen mit ihren behand-schuhten Händen auf.

Ich nehme es zurück. Das ist ein ziemlich toller Trick.

"Fünfter ist das Haus Rixa, Herrscher über die Thrax und die einzige Blutlinie, die das mächtige Baculum schwingen kann." Ein Schweigen legt sich über das Stadion, als Lincoln, sein Vater und seine Mutter den Boden der Arena betreten. Alle drei tragen silberne Kronen.

Instinktiv spannt sich mein Körper in Kampfstellung an, mein Schwanz wölbt sich über meine Schulter. All meine vergessene Wut aus der Bibliothek bricht wieder in mir hervor, unverstellt und präsent. Echte Thrax-Kriegerin', von wegen.

Nach der königlichen Familie marschieren sechzig Krieger in geord-neten Reihen auf den Boden der Arena, jeder Schritt in perfektem Gleichklang. Diese Männer tragen schwarze Lederhosen, darüber ein silbernes Kettenhemd und eine schwarze Samttunika. Auf ihrer Brust ist mit Silberfaden das Bild eines Adlers aufgenäht. Der Vogel stürzt sich mit ausgefahrenen Krallen nach unten.

Mein Schwanz peitscht in einem langsamen, räuberischen Rhythmus hinter mir her. Mein innerer Dämon erwacht, Wut pumpt durch meine Adern. Ich knirsche mit den Zähnen, als ich die Szene aufnehme.

König Connor steht stämmig und groß, ein silbernes Schwert hängt an einem Gürtel um seine Taille. Neben ihm steht die Königin in einem schwarzen Samtkleid mit vollem Rock und langen, geschlungenen

Ärmeln, die mit Silberbändern eingefasst sind. Ihr sandbraunes Haar ist im Nacken zu einem Dutt gebunden. Lincoln geht mit militärischer Präzision neben ihnen her. Schatten schieben sich über seinen vollen Mund, sein braunes Haar und seine starken Schultern.

Meine Augen flackern rot vor Zorn.

Die Rixa marschieren zur Mitte der Arena und bilden drei Kolonnen zu je zwanzig Soldaten. Der König, die Königin und der Hohe Prinz stehen in der Nähe.

Lincoln tritt vor und hebt eine Hand. "Auf mein Zeichen!"

Die Männer der ersten Kolonne greifen hinter ihren Rücken und ziehen etwas, das wie zwei kurze silberne Stäbe aussieht, aus den Taschen ihrer Tuniken.

Ich blinzle und versuche, die Waffen in ihren Händen zu erkennen. Sind diese winzig kleinen Stöcke das "mächtige Baculum"? Nicht sehr beeindruckend, Prinz Pompös.

Lincoln senkt seinen Arm.

Die Soldaten nehmen je einen Stock in die Hand. Von beiden Enden des Baculums geht eine Feuerlinie aus, die die Stäbe in zwei kurze Speere aus weißer Flamme verwandelt.

Die Krieger schleudern die Speere in die Luft. Die Linien aus weißem Feuer peitschen in den Himmel und kehren dann spiralförmig in die Hände der Krieger zurück. Die Rixa setzen die beiden Baculum zusammen, so dass ein längerer, schwerer Speer entsteht. Sie halten ihn mit beiden Händen vor sich und stoßen den Speer in die Erde.

Okay, vielleicht ist das ein bisschen beeindruckend.

Lincoln wendet sich an die nächste Gruppe und nickt.

Die zweite Kolonne holt ihr Baculum heraus und hält beide Stöcke zusammen in einer Hand. Feuer ragt aus dem Baculum heraus und verwandelt die kurzen silbernen Stäbe in lange Dreizacke aus weißer Flamme. Die Krieger laufen durch eine Reihe von synchronisierten Ausfallschritten und Drehungen. Wie die erste Gruppe enden sie, indem sie die Basis ihrer Dreizacke in den Boden stecken.

Ich gebe es nur ungern zu, aber auch das war cool.

Lincoln blickt auf die letzte Gruppe von Soldaten.

Die dritte Kolonne hebt ihre Arme schulterhoch, ein Baculum in jeder Hand. Ein Seil aus weißer Flamme erstreckt sich zwischen den silbernen Stäben. Vor jedem Krieger webt sich die feurige Baculum-Schnur hin und her, bis sie zu einem kleinen Netz aus Feuer wird. Die Soldaten werfen ihre Baculum-Netze hoch in die Luft, wo sie sich alle zu einem riesigen, feurigen Netz zusammenfügen. Ich kann mir nicht vorstellen, dass ein Dämon unter diesem Ding herauskommt.

Das Feuernetz schwebt einen Moment lang in der Luft, dann weht es langsam nach unten. Als das große Netz knapp über den Köpfen der Krieger liegt, heben die Rixa ihre Arme hoch und fangen ihr Baculum mit Leichtigkeit. Die Kämpfer senken ihre Hände. Das feurige Netz zerfällt wieder in einzelne Netze.

Lincoln zieht zwei eigene Baculum heraus. Er legt sie in seinen Handflächen zusammen. Ein feuriges Breitschwert erscheint in seinen Händen. Er stellt seine Füße in Kampfstellung auseinander und hebt das Feuerschwert hoch über seinen Kopf.

"In thrax hic sunt!" Er spricht Latein, wie die Scala. Ich habe keine Ahnung, was es bedeutet, aber ich schätze, es ist so etwas wie "Die Thrax sind im Haus". Beim Klang seiner Stimme steigt erneut die Wut in mir hoch. Ich verrenke mir den Hals und versuche, ruhig zu bleiben.

Von ihrem weißen Thron aus streckt Verus ihren Arm über die Menge aus. " Das ranghöchste Mitglied jedes großen Hauses ist die Große Dame des Hauses. Wir haben das Glück, heute vier Große Damen hier bei uns zu haben: Nita vom Haus Kamal, Keisha vom Haus Horus, Gianna vom Haus Striga und Adair vom Haus Acca."

Adair? Wie in 'ooh du hast so muskelbepackte Muskeln' Adair? Ich knirsche mit den Zähnen und bemühe mich, meinen Atem zu verlangsamen. Ich bin gebaut, um aufzutauchen und in den Arsch zu treten, nicht um herumzustehen, während mädchenhafte Tunten ihr Ding machen.

Ich atme langsam ein. Reißen dich zusammen, Myla. Ich bin mir sicher, dass sie einfach auf den Arenaboden tänzeln wird und sich dann irgendwo hinstellt und hübsch aussieht.

Vier Mädchen in meinem Alter schreiten durch den Torbogen des Stadions, jede trägt ein Kleid in der Farbe ihres Hauses: gelb, lila, bronze und blau. Sie schlendern über den Boden der Arena und stellen sich vor den König, die Königin und den Hohen Prinzen. Lincoln senkt sein Baculum; die feurige Klinge verschwindet.

Ich schaue auf meine Uhr. Die Schule ist fast vorbei. Diese blutige Zeremonie muss bald enden.

"Die Prozession ist abgeschlossen", sagt Verus. "Wir werden jetzt den Scala-Erben erwecken."

Die Engel erheben sich wieder, ihre großen Flügel hinter ihrem Rücken ausgebreitet. Sie sprechen unisono. "Wer ist die Scala-Erbin?"

Die Lady Adair hebt ihre Hand auf Schulterhöhe, die Handfläche nach vorne. "Ich bin die Scala-Erbin."

Was?! Das kann nicht sein. Der Scala soll zu einem Teil Engel, Dämon und Mensch sein. Thrax sind nur zu einem Teil Mensch und Engel. Ich beobachte Lady Adair sorgfältig. Sie ist so perfekt und süß, sie könnte leicht ein Halbdämon sein. Vielleicht stammt sie von einem dieser Sumpfmonster ab, die vorgeben, eine hübsche, ertrinkende Dame zu sein. Man versucht, die Hübsche zu retten, und wird in den Tod gelockt. Ja, das ist es.

Lady Adair spricht wieder, ihre Stimme reißt mich aus meinen Gedanken. "Ich freue mich darauf, in die lange Tradition einer Thrax Scala einzutreten."

Ich ziehe eine Grimasse. Der alte Scala kann sich nicht mehr lange halten. Wenn sie die Scala-Erbin ist, könnte ich mit dieser Verliererin jahrelang Zeit verbringen. Ekelhaft.

Adair legt ihr langes blondes Haar vorsichtig über eine Schulter. Sie ist groß und gertenschlank mit Porzellanhaut, hohen Wangenknochen, einem schmalen Mund und einer hochgezogenen Nase. Ein ungleiches Auge ist smaragdgrün, das andere trist braun. Alles in allem sieht sie so aus, als könnte sie ein Buch ohne Hilfe aus dem Regal nehmen.

Verus nickt. "Wir werden jetzt den Scala-Erben erwecken." Alle Engel senken ihre Köpfe. Ein Punkt aus weißem Licht erscheint in der Luft über dem Stadion. Ich zucke zusammen und schütze meine Augen mit einer Hand. Mein Körper entspannt sich ein wenig. Es wird wieder interessant.

Die Königin der Engel hebt ihre Arme in Richtung des schwebenden weißen Lichts. "Wir entlocken dem Scala-Erben die Igni-Kraft."

Mein Blick wandert zwischen dem magischen Licht und Adair, die mit Gianna flüstert hin und her. Ich ziehe die Brauen hoch. Ich langweile mich auch, aber ich plaudere nicht von der Mitte des Arenabodens aus.

Zentimeter für Zentimeter senkt sich der winzige Stern, bis er knapp über dem sandigen Boden ruht. Die Arena wird seltsam still, während der Stern verblasst. Mein Schwanz beginnt auszuflippen und versucht, mich aus dem nächsten Torbogen zu ziehen. Ich gebe der Pfeilspitze einen Klaps und sage ihr, dass sie sich benehmen soll.

Mit einem ohrenbetäubenden Knall zerspringt die Lichtspitze und erfüllt die Arena mit dunstigem Glanz. Die Engel erheben ihre Köpfe, ihre Augen leuchten hellblau in dem dichten weißen Nebel. Die Dämonen heulen und husten.

Ich atme tief ein, die Luft schmeckt süß und beruhigend. Mein Schwanz beruhigt sich.

Sobald sich die Luft gelichtet hat, gestikuliert Verus zu Adair. "Beweise, dass du Igni-Kräfte hast."

Adair hebt ihre Arme über ihren Kopf. "Ich bin die Scala-Erbin." Winzige Lichtpunkte purzeln von ihren Fingerspitzen wie Sandkörner.

Verus nickt. "Nun, da die Erbin erweckt wurde, muss sie engelsgebunden sein. Die Macht der Igni kommt von den Engeln. Sobald die Scala-Erbin wahre Liebe zu jemandem mit Engelsblut zeigt, wird sie ihre Fähigkeiten mit Igni weiter aktivieren. Wenn die jetzige Scala stirbt, werden ihre vollen Kräfte zum Vorschein kommen."

Ich zähle die Schritte in meinem Kopf ab: erweckt, engelsgebunden und dann volle Scala, wenn die alte stirbt. Es macht Sinn, dass die Engel kontrollieren wollen, wann und wie der Erbe erweckt wird. Es ist eine große Aufgabe. Ich sehe Adair an, mein Mund verzieht sich zu einer Seite meines Gesichts. Ich bin mir nicht sicher, ob sie wirklich dafür geschaffen ist.

Verus gestikuliert in Richtung der Scala-Erbin. "An wen möchtest du engelsgebunden sein?"

Adair grinst. "Ich wähle meine wahre Liebe, den Hochfürsten Lincoln."

Meine Backenzähne schließen sich. Ich glaube, mir wird schlecht.

"Akzeptiert der Hochfürst das?"

Lincolns Ausdruck ist unleserlich. "Ja."

Verus gestikuliert zu Adair. "Möchtest du noch ein paar Worte sagen, bevor du an einen Engel gebunden wirst?"

Adair strahlt. "Ja. Ich danke euch allen für diese schöne Einweihung." Sie blickt mich direkt an. "Ich bin froh, dass auch die geringeren Wesen hier sein können."

Wut fährt mir in die Glieder. Was habe ich ihr nur angetan? Erst macht sie in der Bibliothek rotzfreche Bemerkungen über mich. Jetzt tut sie es wieder in der Arena. Da will wohl jemand eine Tracht Prügel.

Adair und Gianna fangen wieder an zu tuscheln.

Ich rolle mit den Augen. Mensch, spar dir das für die Heimfahrt.

Verus gestikuliert zu Lincoln und der Scala-Erbin. "Bitte dreht euch um und schaut euch an."

Adair stellt sich schnell vor Lincoln. Ihre Blicke treffen sich. Adairs Stirn legt sich in Falten. Dann fällt sie in Ohnmacht und stürzt zu Boden. Lincoln hilft ihr wieder auf die Beine. Adair schaut sich im Stadion um, ihre Augen blinzeln wie verrückt.

Das Stadion stößt ein kollektives Aufatmen aus. Adairs Augen, die vorher nicht zusammenpassten, leuchten jetzt beide hellblau. Engelsaugen.

"Lady Adair, Sie sind erweckt und engelsgebunden", sagt Verus. "Unsere Einweihung ist abgeschlossen. Wenn der jetzige Scala stirbt, wirst du deine vollen Kräfte von ihm erhalten. Wir verneigen uns vor dir, unserer Scala-Erbin."

Die Engel verbeugen sich, die Dämonen heulen und krächzen. Armageddon lehnt sich in seinem schwarzen Steinthron zurück, die Augen glänzen rot und es fehlt ihm an nichts. Die ganze Szene kommt mir viel zu übertrieben und skizzenhaft vor. Aber was weiß ich schon? Ich bin es gewohnt, Dinge in der Arena zu töten, nicht so einen Mist zu sehen.

Lincoln bietet Adair seinen Arm an, sie schlingt ihre Finger um seinen Bizeps. Ja, natürlich. Zusammen verlassen sie den Arenaboden.

Plötzlich bereue ich meine Entscheidung, an einem Ausgangstor zu stehen, total. Sie kommen direkt auf mich zu. Mein inneres Wutmonster wird geradezu rasend.

Als der Prinz und die Scala-Erbin näherkommen, mustert mich Adair von Kopf bis Fuß. "Wie nennen sie diese kleinen Dämonen noch mal? Partials? Semis?"

Wut dreht mir den Magen um. Wir werden Quasis genannt.

Lincoln starrt in meine Richtung. Sein Gesicht ist steinern. "Ich bin mir nicht sicher."

Adair seufzt. "Wie auch immer man sie nennt, ich bin froh, dass sie heute 'echte Krieger' in Aktion gesehen haben." Sie packt Lincolns Bizeps fester.

Noch mehr Wut durchströmt mich. Ich stelle meine Füße auseinander, bereit zum Angriff. Mein Schwanz wölbt sich über meine Schulter. Lincoln beobachtet die Bewegung, der Anflug eines Lächelns kräuselt seine vollen Lippen auf eine Weise, die sagt: "Wie süß; der kleine Dämon will kämpfen. Mein Blutdruck schießt in die Höhe.

Der Prinz schreitet an mir vorbei durch den Torbogen. "Ja, ich bin sicher, es war eine ziemliche Lehrstunde für die armen Kreaturen."

Das war's.

Unbändige Wut schießt durch meine Adern. Meine Augen strahlen förmlich mit rotem Licht. Ich stürze nach vorne, bereit, sie beide hinter den Kniescheiben zu packen.

Stattdessen ist es Walker, der sich auf mich stürzt und mich direkt in ein Portal stößt. Wir taumeln durch den Raum und landen auf dem leeren Parkplatz vor meiner Schule.

"Walker? Was zum Teufel machst du da?" Ich balle meine Hände zu Fäusten. Meine Augen brennen knallrot.

"Das fragst du mich?" Walker schüttelt ungläubig den Kopf. "Du warst kurz davor, den Thrax-Hochfürsten platt zu machen. Einhundert seiner besten Krieger standen in der Nähe. Dagegen kannst nicht mal du ankommen, Myla."

Ich gehe auf dem Parkplatz auf und ab. Die Bewegung hilft, dass die

Wut aus meinem Körper sickert. Mein Blick kühlt sich ein wenig ab. "Okay, du hast recht." Ich halte inne und atme dreimal tief durch. "Ich danke dir."

"Nichts zu danken." Walker reibt sich die Koteletten. "Das war ein toller Gesichtsausdruck, Myla. Ich habe noch nie gesehen, dass deine Augen so rot geworden sind."

"Ich habe wohl ganz schön die Beherrschung verloren." Ich verlagere mein Gewicht von einem Fuß auf den anderen . Dieser Vorfall hat sich von wutauslösend zu total peinlich entwickelt.

"Ich verstehe. Ghule sind genauso. Wir sind ruhig genug und dann - KABOOM - verlieren wir die Fassung."

Vielleicht ist das ein genetischer Zug, den ich von meinem Vater habe. Waldi. Eine schwere Traurigkeit legt sich in meine Knochen. Ich lehne mich zurück und stütze mich auf die Ellbogen.

Walker neigt seinen Kopf zur Seite. "Stimmt etwas nicht, Myla?"

Ich begegne seinem Blick und sehe, wie sich seine schwarzen Knopfaugen mit Sorge füllen. Ich fange an, alles auszuplaudern. "Ich habe diese Traumsequenzen über Mamas Vergangenheit von dem Engel Verus bekommen."

Walker nickt. "Deine Mutter hat es mir erzählt."

"Nun, ich glaube, mein Vater könnte ein Ghul sein."

"Hast du deine Mutter danach gefragt?"

"Noch nicht." Ich lasse mich ein bisschen tiefer sinken. "Vielleicht will ich die Antwort auf diese Frage gar nicht mehr so sehr."

"Ich verstehe." Walker reibt sich nachdenklich die Koteletten. "Vielleicht ist ein Themenwechsel angebracht. Ich habe erfahren, dass die Scala bald eine Ikonenwanderung durchführen wird."

"Wirklich?! Wirst du mich reinschmuggeln?" Ikonenwanderungen sind, wenn die Scala Seelen in einer großen Gruppe transferiert. So cool.

"Natürlich." Ein Hauch eines Grinsens umspielt seinen Mund. "Und wohin möchtest du jetzt gehen?" Er öffnet ein Portal.

Ich spüre Walkers warmes Lächeln in mir. Ein Knoten der Rührung bildet sich in meiner Kehle. "Nochmals danke, Walker. Für alles."

"Kein Grund zum Dank." Walker legt seine Hand auf meine Wange, seine Berührung ist warm und erdend. "Du bist sehr wichtig für mich, Myla." Er blickt auf das schwarze Portal. "Wohin jetzt?"

Ich schaue auf meine Uhr. "Nun, die Schule ist seit einer Stunde zu Ende. Können wir in die Ryder-Bibliothek gehen?"

"Auf jeden Fall." Walker nimmt meine Hand in seine. Gemeinsam treten wir durch das Portal. Zum ersten Mal fühle ich mich nicht krank, während wir durch den Raum taumeln. Wir treten direkt vor der Eingangstür des Anwesens aus.

Ich drücke Walkers Hand ein wenig. "Wir sehen uns bei der Ikonenwanderung."

Walker nickt. "Bis dann." Er tritt durch das dunkle Portal und verschwindet.

9

*I*ch atme tief durch, gehe zur Eingangstür der Ryder-Villa und klopfe. Keine Antwort.

Ich rüttle an der Klinke. Sie ist nicht verschlossen. Ich drehe den Knauf und trete ein.

"Cissy? Zeke?" Ich beiße mir nervös auf die Unterlippe. Ich bin total spät dran nach dem Fiasko in der Arena mit Adair. Wenn ich nach all dem heute nicht in die Bibliothek gehen kann, muss ich definitiv etwas töten. Hoffentlich nicht Zeke.

Leises Kichern ertönt hinter der Ecke zum Westflügel.

"Zekie, nicht!" Es ist Cissy.

Oh, sie sind schon da. Igitt.

Ich stehe in der Mitte der Empfangshalle. "Cissy, ich gehe rüber in die Bibliothek. Ist das okay?"

Noch mehr Gekicher.

"Ich fasse das als ein 'Ja' auf." Ich gehe den Flur entlang zum Ostflügel und steige die Treppen hoch. In der zweiten Etage bleibe ich stehen.

Das ist genau die Stelle, die ich in meiner Traumlandschaft gesehen habe. Hier hat sich Mama mit ihrer Familie - meiner Familie - getroffen, bevor sie als Senatorin vereidigt wurde. Ich starre auf die geschlossene Tür, Nervenknoten bilden sich auf meinem Rücken.

Es geht los.

Ich lege meine Fingerspitzen langsam auf den Knauf und drehe. Sie ist offen. Ich trete über die Schwelle und schalte das Licht ein. Drinnen ist ein verschnörkelter hölzerner Konferenzraum mit Mahagonitischen und -stühlen. An den Wänden hängen riesige Gemälde der Oligarchie.

Ich runzle die Stirn. Nichts davon sieht so aus wie in meiner Traumwelt.

Eine weitere Tür steht an der Rückseite des Raumes einen Spalt breit offen. Ich gehe hindurch und betrete einen langen, offenen Raum, der von Spinnweben übersät ist. Mein Atem stockt. Das sind die alten Senatsbüros, genau so, wie sie vor dem Krieg waren. Mein Herz beginnt wie verrückt zu klopfen.

"Hey, Myla."

Ich zucke leicht zusammen und schnappe nach Luft. "Oh, Cissy. Ich habe dich gar nicht gesehen."

"Hast du nicht gehört, dass ich dich auf dem Weg hierher gerufen habe?"

Ich fahre mit dem Finger über den staubigen Schreibtisch. "Ich war wohl ein bisschen abgelenkt." Ich blicke auf den leeren Raum hinter ihr. "Wo ist Zeke?"

Cissy zuckt mit den Schultern. "Ich habe ihm gesagt, dass ich mich später mit ihm treffe." Sie mustert meinen Kampfanzug. "Noch ein Arenakampf heute?"

"So in etwa."

"Du gehst jetzt ein- oder zweimal im Monat hin." Sie schüttelt den Kopf von einer Seite zur anderen. "Ich mache mir Sorgen um dich."

Ich öffne meinen Mund, bereit, ihr alles zu sagen, und schließe ihn dann genauso schnell wieder. "Mir geht's gut, Cissy."

"Das sagst du in letzter Zeit immer." Sie tritt um den schummrigen Raum herum. "Was machst du denn hier drin? Das sind hässliche alte Büroräume aus der Vorkriegszeit. Es ist schon seit Ewigkeiten zugenagelt."

"Mama war Senatorin in der alten Republik. Ihr Team arbeitete in diesem Büro."

Cissys bräunliche Augen öffnen sich weit. "Wow." Sie legt die Hand auf ihren Brustkorb. "Wie lange weißt du das schon?"

"Seit ich das erste Mal in der Bibliothek war. Ich habe ein Buch darüber gefunden."

"Warum hast du mir das nicht gesagt?"

"Ich weiß es nicht. Das ist Privatsache." Schuldgefühle machen sich in mir breit. Bin ich so stolz, dass ich meiner besten Freundin nicht sagen kann, dass ich zum Teil ein Ghul bin?

"Früher hast du dich nie so gefühlt." Sie tritt an meine Seite und legt mir sanft die Hand auf die Schulter. "Wir haben schon als Kinder über die 'geheimnisvolle Vorgeschichte' deiner Mutter geplaudert. Weißt du noch, wie wir damals am Canus Beach Sandburgen gebaut haben? Du hast so getan, als würde deine Mama in einem hohen Turm gegen Dämonen kämpfen. Ich sagte, dein Vater sei der Drachenkönig."

Meine Stimme bricht, als ich spreche. "Ja, ich erinnere mich." Langsam lasse ich mich in einen klapprigen Bürostuhl sinken, was einen Schwall von Spinnweben und Staub aufwirbelt. Ich schütze mein Gesicht mit den Händen.

Cissy kniet neben mir. "Komm schon, Myla. Irgendetwas bedrückt dich, und es ist mehr als nur, dass deine Mutter eine Senatorin ist. Du kannst es mir sagen."

Ich stütze mich auf die Ellbogen. "Die Sache ist die. Die Lewises waren mal eine große Familie. Alle wurden im Krieg von Armageddon ermordet, weil Mama Senatorin war. Deshalb ist sie so überfürsorglich zu mir. Sie hat jeden verloren, den sie liebte." Ich starre auf den Boden. "Ich habe sie nicht einmal kennengelernt."

Cissy tätschelt meine Hand. "Es tut mir so leid."

"So lange wollte ich die Wahrheit wissen. Jetzt will ich alles vergessen, was ich erfahren habe." Eine warme Träne kullert mir über den Nasenrücken.

"Ich verstehe dich, Süße."

Ich lasse mich in den alten Bürostuhl sinken und beobachte, wie Staubwolken durch den Lichtstrahl der geöffneten Tür schweben. Irgendwo tickt eine altmodische Uhr vor sich hin. Ich starre in die Schatten und stelle mir geisterhafte Lewis-Augen vor, die mich ängstlich anstarren. Meine Haut bekommt eine Gänsehaut. Cissy legt sanft ihre Hand auf meinen Arm.

"Hey, ich habe vielleicht etwas, das dich aufmuntert." Sie schiebt einen Umschlag aus ihrer Tasche. "Ich sollte das wirklich nicht tun."

Ich sehe sie aus meinem rechten Auge an. "Was tun?"

"Alle flippen im Ostflügel aus. Die Thrax haben das Herrenhaus für irgendeine Veranstaltung zur Feier des Herbstes reserviert, aber der Ghul-Minister schmeißt sie raus. Niemand will einem Haufen Dämonenjäger sagen, dass sie das Haus nicht benutzen dürfen." Sie klopft den versiegelten Umschlag gegen ihre Handfläche und sieht mich erwartungsvoll an. "Ich soll das einem der anderen Furor-Kämpfer geben, damit er es überbringt."

Thrax? Eine Nachricht? Ich rieche Rache.

Ich schenke Cissy mein unschuldigstes Grinsen. "Du hast recht. Es würde mich total aufmuntern, eine kleine Besorgung zu machen."

"Das ist meine Myla." Cissy will mir den Brief geben, doch dann zieht sie ihn zurück. " Sei nicht überrascht, wenn sie wegen der Veränderung ein wenig launisch sind."

"Oh, ich kann damit umgehen." Ich reiße ihr den Umschlag aus der Hand. Ich ziehe den Reißverschluss meines Kampfanzugs herunter und lege den Brief an mein Schlüsselbein, dann schließe ich ihn wieder. "Ich kümmere mich darum."

"Noch eine Sache. Die Thrax hängen sehr an ihren Traditionen. Um auf ihr Gelände zu kommen, muss man ein Kleid tragen und auf einem Pferd reiten." Ihr Gesicht landet irgendwo zwischen einem Zucken und einem Lächeln. "Das könnte eine nette Abwechslung für dich sein. Sich in Schale werfen und so."

Ich öffne den Mund, um die Wahrheit zu sagen: Ich bin weder ein Kleidermädchen noch eine Pferdedame. Sicher, ich liebe es, mich in die Ryder-Ställe zu schleichen, um Doxy-Dämonen zu töten, aber ich habe keine Ahnung, wie man ein Pferd anfasst, geschweige denn, es zu reiten. Aber dann habe ich meine Klappe gehalten. Vergiss es. Ich würde so ziemlich alles für diese Rachefiesta sagen. "Das klingt nach einer netten Idee, Cissy."

"Und erzähl niemandem, dass ich dich das habe machen lassen, okay?"

"Niemals."

"Gut." Sie wiegt sich auf den Fersen und lässt ihre goldenen Locken schwingen. "Es gibt ein paar Thrax-Pferde in den Ryder-Stallungen. Ich schätze, sie sind verzaubert oder so. Ich habe gehört, sie reiten sich im Grunde selbst, wenn du weißt, was ich meine."

Ein kleiner Teil von mir fühlt sich schuldig, weil ich Cissy hier herge-lockt habe, wo sie doch so nett sein wollte, aber mein innerer Dämon hat diesen kleinen Teil von mir im Schwitzkasten. "Klingt nach einem Plan."

Cissy und ich verlassen das Herrenhaus, wandern am Hecken-labyrinth vorbei und steuern auf ein langes, schmales Gebäude auf dem Außengelände zu: die Ryder-Stallungen. Eine große Holztür markiert den Eingang; Cissy reißt sie auf. Drinnen gibt es einen langen Mittelgang mit etwa einem Dutzend Boxen auf jeder Seite.

Ich gehe den Hauptgang hinauf und schaue mir die verschiedenen Ställe an. Trockenes Heu knirscht unter meinen Füßen. "Ich habe mich immer gefragt. Warum haben die Ryders überhaupt Ställe? Zeke spricht nie vom Reiten und seine Eltern scheinen nur Tennis zu lieben."

"Die sind für Gäste. Thrax sind nicht die Einzigen, die gerne mit dem Pferd reisen. Einige Ghule und Dämonen tun es auch. Normalerweise gibt es nur ein paar Pferde, aber da die Thrax in der Stadt sind, sind die Ställe in diesen Tagen fast immer voll."

Ich sehe mir die verschiedenen Pferde an und lese die Namen, die über den Boxen stehen. " Mondschatten. Feuerschein. Eugene."

"Das letzte ist ein Dämonenpferd. Gehen Sie nicht in seine Nähe."

Meine Brauen wölben sich vor Bewunderung. "Du bist eine Quelle diplomatischer Informationen, Miss Frederickson."

Cissy grinst. "Zekes Eltern haben mir alles Mögliche beigebracht. Es ist wirklich interessant."

Ein Pferd mit bläulich-grauem Fell tritt aus einem nahen Stall. Es tänzelt zu mir heran und wiehert.

Ich lächle. Ich würde dieses Pferd überall erkennen. Sie ist schon seit Monaten ein Ziel der Doxy-Dämonen. Sie lieben es, an ihrer Mähne und ihrem Schweif zu ziehen; ich liebe es, ihren persönlichen Dämonenvernichter zu spielen. Ich fahre mit den Fingern durch die seidige schwarze Mähne des Pferdes. "Wie heißt du, meine Schöne?"

Cissy tritt an die jetzt leere Box heran. "Sie ist ein Thrax-Pferd. Ihr Name ist Nightshade." Cissy späht hinein. "Ich frage mich, wie sie aus ihrer Box gekommen ist."

Ich zucke mit den Schultern. "Du sagtest, die Pferde seien verzaubert. Vielleicht können sie zaubern."

Nightshade kauert auf dem Stallboden. Ihre großen schwarzen Augen starren mich auf eine Art an, die sagt: "Steig auf."

Mein Körper vibriert vor Aufregung. Schnell setze ich mich auf Nightshade; ihr Rücken fühlt sich warm und fest unter mir an, während sie sich aufrichtet. Im nächsten Moment beginnt Nightshade in Richtung der Stalltüren zu laufen. Ein Gefühl der Ruhe und Gelassenheit überkommt mich. Ich fühle mich, als wäre ich mein ganzes Leben lang auf ihr geritten. Grinsend fahre ich ihr mit den Fingern durch die Mähne und flüstere mit leiser Stimme. "Bring mich zu den Thrax." Sie bäumt sich auf ihren Hinterbeinen auf.

Cissy runzelt die Stirn. "Noch nicht, Myla. Du sollst ein Kleid tragen!"

Nightshade galoppiert auf den Stallausgang zu. Ich schaue über meine Schulter und winke. "Ich lass mir was einfallen!"

Ich bin mir ziemlich sicher, dass Cissy mir etwas zuschreit, aber ich kann sie nicht hören. Okay, vielleicht könnte ich sie hören, wenn ich es versuchen würde, aber ich reite auf einem verdammten Pferd! Die Muskeln von Nightshade bewegen sich unter mir im Trommelwirbel-Rhythmus. Der Wind tanzt mit meinem langen kastanienbraunen Haaren und wirbelt sie in mein Gesicht.. Er dröhnt in meinen Ohren Es ist gibt nichts herrlicheres.

Nightshade und ich donnern über die sanften Hügel hinter der Ryder-Villa. Ein Hochgefühl schäumt durch meine Blutbahn. Wir donnern über weite Felder mit hohem Gras. Nach einem kurzen Ritt wird ihr Tempo langsamer.

Ein Trio von lila Zelten erscheint am Horizont. Sie sind alle groß und werden von stabilen Stangen gehalten, eher wie Zirkuszelte als Campingausrüstung. Eine Reihe hoher Kiefern ragt zu ihrer Rechten auf. Nightshade bleibt langsam stehen.

"Sind wir da, Night?"

Das Pferd schnaubt.

Ich lasse meine Finger von ihrer Mähne los, rutsche am Pferdekörper hinunter und suche mir einen Weg zum nächsten Zelt. Alles sieht menschenleer aus. Ein Mädchen in einem gelben Kleid tritt aus der Reihe der Bäume heraus. Sie ist groß und gertenschlank und hat langes blondes Haar.

Ich winke mit den Armen. "Hallo, du!"

Das Mädchen bleibt stehen und mustert mich von Kopf bis Fuß. "Hast du dich auch verlaufen? Ich wohne schon seit Monaten hier und finde mich immer noch nicht zurecht. Dieser Ort ist riesig."

Ich trete näher. "Ja, ich habe mich verlaufen. Irgendwie."

Sie grinst. " Verzeih meine schlechten Manieren." Sie macht einen Knicks. "Ich bin Lady Avery. Wer sind Sie?" Sie blinzelt mit ihren großen Augen, einem grünen und einem braunen.

"Ich bin Myla." Ich starre sie einen Moment lang an. "Du kommst mir bekannt vor."

"Ich bin die jüngere Schwester der großen Scala-Erbin."

"Ja, das ist es." Ich setze mein siegreichstes Lächeln auf. "Ich bin auf der Suche nach Prinz Lincoln. Ich habe eine wichtige Nachricht für ihn."

Sie verlagert ihr Gewicht auf ihr rechtes Bein. "Er ist auf einer Veranstaltung, die nur für Thraxe ist. Du darfst nicht hingehen, wenn du nicht eingeladen bist." Sie tastet meinen schwarzen Kampfanzug ab. "Und es sei denn, du trägst angemessene Kleidung."

"Natürlich wurde ich zu der heutigen ...", ich sehe sie aufmunternd an.

"Kampftraining mit den jungen Lords?"

Nicht sehr helle, dieser Avery.

"Genau. Dazu wurde ich auf jeden Fall eingeladen. Und ich habe eine offizielle Ausnahmegenehmigung für die Sache mit dem Kleid bekommen."

Avery runzelt die Stirn. "Ich habe noch nie von einer offiziellen Ausnahme gehört."

"Ich habe eine Hautkrankheit. Dieser Anzug wurde, äh, von meinem Arzt verschrieben." Ich halte meine Hand auf. "Du solltest dich zurückhalten. Es ist irgendwie ansteckend."

"Oh, Mann!"

"Wo ist noch mal die Praxis?"

"Da lang." Sie zeigt auf einen felsigen Hügel gegenüber den hohen

Kiefern. "Da will ich auch hin. Jetzt, wo meine Schwester die Erbin der Scala ist, bin ich die Große Dame für das Haus Acca." Sie strahlt und wirft ihr Haar zurück. "Ist das nicht wunderbar?"

Ich setze mein Lächeln wieder auf. "Das ist es allerdings." Ich starte im Laufschritt. "Ich sehe dich dort!"

"Okay. Auf Wiedersehen, Myla!"

Ich rase den felsigen Abhang hinauf, mein Herz klopft vor Vorfreude. Ich erklimme den kleinen Hügel und schaue mir den Boden unter mir an. Vor mir öffnet sich ein flaches Stück grünes Feld. In seiner Mitte steht Lincoln, umgeben von vier Männern in samtenen Tuniken aus Bronze, Gelb, Lila und Blau. Sie sehen alle aus, als wären sie im späten Teenageralter. Die Königin wartet am Rande, regungslos und königlich in ihrem schwarzen Samtkleid. Die Großen Damen umringen sie, immer noch in ihren vielfarbigen Kleidern von der Einweihung. Adair hat eine einfache weiße Robe angezogen.

In der Mitte des Feldes schwingt Lincoln ein hölzernes Übungsschwert in seiner Hand. Er hebt seinen Arm hoch und demonstriert den jungen Lords eine Slicing-Technik. Die Aufmerksamkeit aller ist auf diese Lektion gerichtet. Ich stelle mir vor, was passieren wird, wenn ich mich vorstelle. Mein Mund verzieht sich zu einem halb-bösen Grinsen.

Jetzt ist meine Chance.

Ich schreite den felsigen Hügel hinunter und hebe meinen Arm hoch. "Hallo, du! Ich habe eine Nachricht für den -..."

Der Acca-Lord schüttelt seinen blonden Kopf. "Ein Dämon! Ich werde dich beschützen, mein Prinz!" Er rennt mit ausgestreckten Armen auf mich zu.

Ich beobachte meinen Gegner und schüttle ungläubig den Kopf. Das ist sein ganzer Plan? Auf mich zu rennen und mich zu packen? Das ist viel zu einfach. Ich warte, bis er nah ist, dann springe ich in die Luft und trete mit den Fersen nach vorne. Meine Stiefel treffen auf seine Brust. Der Acca Lord taumelt auf seinen Hintern und schnappt nach Luft. Ich mache einen Salto rückwärts, lande auf meinen Füßen und laufe weiter.

Mein Grinsen wird noch breiter. Ich liebe diese Bewegung.

Ich gehe mit gleichmäßigen Schritten auf Lincoln zu und scanne dabei das Feld. Die Königin und die Damen stehen unbeweglich und fassungslos an der Seitenlinie. Die drei verbliebenen Lords wippen auf ihren Füßen und warten darauf, dass sie an der Reihe sind, anzugreifen. Lincoln starrt mich an, seine ungleichen Augen sind mit kühler Bedrohung gefüllt.

Gut.

"Bleib stehen, böser Dämon!" Diesmal ist es der Horus Lord. Seine

250 Pfund massiven Muskeln kommen direkt auf mich zu.

Ich schätze seine Annäherung ab. Dieser wird ein wenig interessanter sein.

Als der Horus-Lord fast bei mir ist, verbeuge ich mich . Mein Schwanz wickelt sich um den Hals meines Angreifers und wirbelt ihn um 360 Grad. Mit einem schweren Aufprall landet er mit dem Rücken voran auf dem Feld. Ein leises Stöhnen erfüllt die Luft.

Ich zucke zusammen. Okay, das könnte eine Gehirnerschütterung sein. Ups.

Ich setze meinen Marsch nach vorne fort. Lincoln ist nur noch ein paar Meter entfernt. Lord Kamal nimmt den Schlachtruf auf. Wenigstens hat er den Verstand, sich ein Holzschwert zu schnappen.

Waffen. Das mischt es auf.

Ich bleibe stehen, verlagere mein Gewicht auf mein rechtes Bein und verschränke die Arme vor der Brust. Kamal rast auf mich zu, sein Schwert hoch über den Kopf erhoben.

"Stirb, du Dämonen-Sc..."

Mein Schwanz stößt ihn in die Eingeweide. Zumindest glaube ich, dass es der Bauch war. Eh, ich habe nicht wirklich gut aufgepasst. Lord Kamal krümmt sich in einer fötalen Position und fällt stöhnend auf den Boden.

Ich trete auf den Striga-Lord zu. "Wirst du irgendetwas versuchen?"

Der junge Lord schüttelt energisch den Kopf, was die violetten Perlen in seinem Haar zum Klingen bringt. "Nein, Eure Ladyschaft."

"Gut."

Ich drehe mich zu Lincoln um. Seine Haltung ist starr; sein Gesicht ist still wie Stein. Ich hebe meine Hand und öffne den Reißverschluss meines Anzugs. Keuchen ertönt von den Großen Damen. Ich kann nicht anders, als ein wenig zu lächeln. Ich schiebe den Umschlag unter meinem Anzug hervor und reiche ihn ihm. Der Prinz ergreift den Brief, sein Gesicht ist unleserlich.

"Eine Nachricht für dich vom Ghul-Minister. Es ist dringend." Ich verbeuge mich leicht. "Wenn ihr mich entschuldigt, überlasse ich es euch echten Kriegern, das auszutragen." Ich gehe weg, und vielleicht wackle ich ein bisschen mehr mit den Hüften als nötig.

Als ich das Feld überquere, scanne ich die Gesichter der Großen Damen. All ihre Münder verziehen sich zu ungeschminkten Zügen des Schocks und Ekels. Adair schaut besonders hässlich . Süß.

Die Königin beobachtet mich auch, aber im Gegensatz zu den Großen Damen umspielt ein zufriedenes Grinsen ihren Mund. Mein Schwanz winkt ihr zum Abschied zu. Sie nickt im Gegenzug leicht.

Avery erscheint auf der Spitze des felsigen Hügels. "Ich bin hier, Leute!" Sie winkt. "Habe ich etwas verpasst?"

Ich gebe ihr ein herzliches Daumen hoch. "Nicht viel. Man sieht sich später."

Avery macht einen Knicks. "Auf Wiedersehen, Myla. Ich hoffe, dein Hautzustand verbessert sich."

"Oh, das hat er." Ich fühle mich schon viel besser.

Ich wandere über den Hügel und finde Nightshade, die beim nächsten Zelt auf mich wartet. Sie scharrt mit ihrem Vorderhuf auf dem Boden, als wolle sie sagen: "Lass uns abhauen.

"Ich bin auch bereit zu gehen." Ich fahre mit den Fingern durch ihre Mähne und ziehe mich auf ihren Rücken. Nightshade galoppiert über die Felder und Hügel. Viel zu schnell traben wir meine Straße hinunter. Nightshade hält vor meiner Haustür an; ich rutsche von ihrem Rücken.

"Danke, Night." Sie kuschelt sich in meinen Nacken. Ich streiche mit meinen Fingern über ihre Mähne und seufze. Nightshade ist die Beste. "Ich bin so froh, dass du mich gefunden hast, Mädchen."

Sie wiehert leise und läuft im Galopp los.

Als ich durch die Haustür gehe, ist das Haus still und leer. Ich streife durch die Zimmer, bis ich auf dem Küchentisch einen Zettel von Mama finde. Sie macht Besorgungen mit Walker und wird erst spät nach Hause kommen. Ich mache mir einen schnellen Happen zu essen und schlüpfe ins Bett, mit einem friedlichen Lächeln im Gesicht, zum ersten Mal seit langer Zeit. Man bekommt nicht oft die Chance, so zuzuschlagen, wie ich es heute getan habe. Das Einzige, was es noch besser machen könnte, wäre ein Video.

Sobald ich die Augen schließe, bringen mich meine Träume zurück an das Graue Meer. Ich stehe auf einem vertrauten Stück dunklen Sandes neben einer hohen Steinmauer. Ich hocke mich hin und lege meine Hände auf den Wüstenboden. Ein Kreis aus weißem Feuer erhebt sich aus dem Boden. Aus seinem Zentrum erhebt sich die aus Sand geformte Gestalt meiner Mutter. Sie sitzt an einem Schreibtisch.

Die Erde steigt weiter auf, die Körnchen bilden die Form eines Büros.

Der Feuerkreis flackert höher, dann verschwindet er. Der bewegte Sand verwandelt sich in Fleisch und Blut. Die Szene vor mir erwacht zum Leben.

Mama schaut von ihrem Schreibtisch auf. "Hallo, Tim." Sie fährt mit den Fingerspitzen über den Ausschnitt ihres blauen Anzugs.

Tims Blick folgt der Bewegung ihrer Finger über ihre Brust. "Du solltest mich TIM-29 nennen." Seine Stimme kommt etwas heiser rüber.

Ich bin kein Lustexperte, aber es ist möglich, dass Tim auf meine Mutter steht. Mein Magen kribbelt. Könnte dieser Typ mein Vater sein?

"Ich nenne dich jetzt schon seit sechs Monaten Tim, das wird sich nicht ändern." Sie lächelt. Ihr Gesicht wirkt angeregt, lebendig und strahlend.

Ich kratze mich am Hals und bewege meinen Kopf von einer Seite zur anderen. Ich kann immer noch nicht glauben, dass dies dieselbe Person ist, die jeden Morgen meine mütterliche Inquisition durchführt.

Tim verbeugt sich wieder. "Wie Sie wünschen, Senatorin."

"Zum hundertsten Mal, nenn mich Camilla!"

Tim schüttelt den Kopf. "Nein, das wäre nicht richtig, Senatorin." Behutsam stellt er ihr eine Tasse Kaffee auf den Schreibtisch.

"Danke."

Tim beugt sich über Mamas Kopf und atmet tief ein. Er flüstert ein Wort: "Lavendel."

Riecht er an ihren Haaren? Das bestätigt es. Tim hat definitiv eine Schwäche für Mama.

"Was hast du gesagt?" Sie kritzelt auf einem Block herum.

"Nichts, Senatorin." Er macht ein paar schnelle Schritte rückwärts. "Xavier Cross ist im Wartezimmer, schon wieder. Er besteht darauf, dich zu sehen."

Mama seufzt. "Er hat einen Termin in einem Monat."

Ich habe diesen Seufzer schon oft gehört. Wer auch immer dieser Typ ist, er raubt Mama den letzten Nerv.

Tim stemmt seine Hände in die Hüfte. "Er will dich heute sehen."

Das Wählscheiben-Telefon auf dem Schreibtisch beginnt zu klingeln. Mama legt ihre Hand auf den Hörer und schaut zu Tim. "Bitte sag ihm, er soll einen Monat warten." Tim nickt und verlässt den Raum.

Mama hebt den Hörer ab. "Senatorin Lewis am Apparat." Sie dreht ihren Stuhl so, dass sie zur Wand schaut. "Ja, Herr Botschafter. Ich verstehe die Beschwerde."

Auf der gegenüberliegenden Seite des Raumes geht die Tür auf. Ein Mann geht hindurch. Er ist groß und durchtrainiert, hat kurzes braunes Haar, stechend blaue Augen und eine Haut, die die Farbe von Milchkakao hat. Er rückt die Revers seines grauen Anzugs zurecht.

Immer noch mit dem Gesicht zur Wand, setzt Mama ihr Telefonat fort. "Ich verstehe die Nachfrage, aber wir können nicht garantieren, dass eine bestimmte Seele in die Hölle kommt. Ich werde die Anfrage auf jeden Fall an Senator Myung weiterleiten."

Verdammt, sie lässt sich von diesem Anrufer nichts sagen. Ich ziehe die Brauen hoch. Das ist die gleiche Frau, die jetzt eine Stunde damit verbringt, ein Tiefkühlgericht aus dem Gefrierschrank zu wählen. Ich hätte nie gedacht, dass sie so entscheidungsfreudig sein kann.

Der Fremde geht durch den Raum und studiert die Bilder an den Wänden, seine langen Arme hinter sich verschränkt. Er bewegt sich mit einer berechnenden Anmut, die ich seltsam beruhigend finde.

Mama tritt gegen den Sockel der Wand, ihre Züge verziehen sich zu einem "verärgerten Gesicht". Sie nimmt einen tiefen Atemzug. "Senator Myung hat den Posten des „Nach dem Leben

Managements" inne, ich leite die Diplomatie des „Anderen Reiches". Wie ich Ihnen bereits gesagt habe, habe ich in dieser Angelegenheit kein formelles Mitspracherecht, aber ich verspreche Ihnen, Ihre Bitte zu übermitteln." Sie hält inne und hört zu. "Ausgezeichnet, auf Wiederhören." Sie knallt den Hörer auf das Telefon. "Verflixt und zugenäht! Das ist schon das vierte Mal diese Woche." Sie dreht sich auf ihrem Stuhl herum und sieht den Fremden zum ersten Mal in ihrem Büro.

Mamas Schokoladenaugen verengen sich zu Schlitzen. "Und Sie sind?"

Der Mann streckt seine Hand aus. "Xavier Cross."

Mama zuckt nicht mit der Wimper. "Sie haben einen Termin in einem Monat, Mister Cross. Tim hätte Sie aufhalten sollen."

Xavier setzt sich auf einen Stuhl gegenüber von Mamas Schreibtisch. "Es wird keine fünf Minuten dauern, das verspreche ich." Er lächelt. Sein Gesicht ist gutaussehend mit einem kantigen Kiefer und hohen Wangenknochen.

Mama starrt ihn an, die Lippen zusammengepresst. "Fünf Minuten." Sie blickt auf ihre Uhr. "Los."

Ich schnalze mit der Zunge. Gut gemacht, Mama!

Xavier klopft mit dem Zeigefinger auf sein Knie. "Sie sind neu im Senat, nicht wahr?"

"Meine Familie hat den diplomatischen Sitz im Senat seit achthundert Jahren inne, aber ja, ich bin erst seit sechs Monaten in dieser speziellen Rolle."

"Ich habe Ihre Bilder an den Wänden gesehen. Jährliche Picknicks der Familie Lewis."

"Ja, wir sind eine eingeschworene Truppe. Vier Minuten."

"Und Sie haben einen Ghul-Assistenten." Der Blick in seinen Augen sagt 'und das ist die dümmste Idee aller Zeiten'. Meine Augen blitzen vor Wut. Lass meine Mama in Ruhe.

Mama trommelt mit den Fingern auf den Tisch, ihr Gesicht ein Bild von Coolness. "Ich habe Verbindungen in alle fünf Reiche: Himmel, Hölle, Antrum, die Dunklen Lande und das Fegefeuer. Die meisten meiner Mitarbeiter sind Mitglieder der Lewis-Familie, aber ich erweitere mein Team auch auf andere Reiche. Drei Minuten."

"Traust du diesem Ghul?"

Ein Muskel zuckt an Mamas Kiefer entlang. "Mister Cross, worum genau geht es hier?"

Da ist etwas in ihrem Ton, das beschützend für Tim ist, vielleicht sogar liebevoll. Mein möglicher Ghul-Dad. Waldi.

"Ich werde es Ihnen sagen." Er lehnt sich in seinem Stuhl zurück. "Ich bin der leitende Engel-Botschafter und Sie scheinen nicht zu wissen, wer ich bin oder warum wir uns treffen müssen. Ich frage mich, ob Sie eher für Aufgaben außerhalb des Senats geeignet sind. Vielleicht liegt Ihr Interesse eher bei den Ghulen?"

Ich stoße einen leisen Pfiff aus. Jetzt hat er es so gewollt.

Mamas Augen leuchten rot auf. "Da bin ich ganz anderer Meinung, Mr. Cross." Sie reißt eine Schublade auf und holt eine schwere Akte heraus. Mit einem dumpfen Schlag legt sie sie auf ihren Schreibtisch. "Ich habe Nachforschungen über Sie angestellt." Sie klappt die Mappe auf. "Xavier Cross, leitender Botschafter für die Engel." Sie deutet auf eine Zeile auf dem Blatt vor ihr. "Aus irgendeinem Grund scheint sich niemand daran zu erinnern, Ihre Flügel gesehen zu haben. Ihre Rasse ist als 'unbekannt' aufgeführt."

Er zuckt mit den Schultern. "Das frage ich mich auch oft."

"Was auch immer Sie sind, Sie sind seit dreihundert Jahren Botschafter der Engel in meiner Regierung." Sie beäugt ihn mit einem misstrauischen Blick, und ich muss ihr zustimmen, der Kerl wirkt ein wenig skizzenhaft. Ein schützendes Verlangen legt sich auf meinen Rücken.

Xavier gestikuliert durch den Raum. "Ich habe dieses Senatsgebäude sogar mit entworfen." Seine Augen blitzen hellblau. "Ich weiß Dinge über die Quasi-Regierung, die Sie sich nicht vorstellen können."

Korrektur: Er wirkt SEHR skizzenhaft.

"Offensichtlich haben Sie mehr als Ihren Anteil an Geheimnissen." Mama hebt ein rotes Blatt Papier aus der Akte. "Hier ist eine Zusammenfassung der Vorwürfe, die im Laufe der Jahre gegen Sie erhoben wurden." Sie schüttelt das Papier. "Den Einfluss von Engeln zu nutzen, scheint Ihre Lieblingsmethode zu sein, um Arbeit zu erledigen. Diese Taktik ist illegal und wird in diesem Büro nicht länger geduldet."

Xavier stützt sich auf sein Knie und lächelt. "Es gab nie eine formelle Beschwerde. Worin genau besteht das Problem?"

Mama knallt das Papier in ihren Ordner. "Engelhafter Einfluss. Sie wissen schon, Gedankenkontrolle. Wenn Engel das Gute in einer sterblichen Seele finden und es benutzen, um deren Verhalten zu ändern."

Meine Augenbrauen gehen hoch. Engelsbeeinflussung? Wer hätte gedacht, dass sie Gemüter kontrollieren können?

Xavier macht ein "tsk-tsk"-Geräusch. "Vielleicht denken Sie an die Traumbeeinflussung. Eine Handvoll Engel und Dämonen haben diese Gabe. Sie können Visionen in die Träume anderer schicken, manchmal sogar mit ihnen im Schlaf kommunizieren. Sie müssen verwirrt sein."

Oh-oh. Ich habe diesen "Du bist verwirrt"-Spruch schon mal bei Mama versucht. Das macht sie nur noch wütender.

Mama hebt ihre Hand. "Bitte. Wir wissen beide, dass der Einfluss von Engeln nichts mit Träumen zu tun hat. Sie verbinden sich mit Nicht-Engeln und inspirieren sie mit Ihren sogenannten guten Taten." Sie klatscht mit den Händen auf die Tischplatte. "Ich bin kein Narr. Die meisten meiner Engelsanfragen haben nur ein Ziel: zu verhindern, dass völlig böse Seelen durch eine Prüfung in den Himmel kommen. Und warum ist das so? Der engelhafte Einfluss funktioniert nicht bei den wirklich Bösen, also könnte man sie niemals kontrollieren."

Mama hat damit Recht. In meinen Arenakämpfen kämpfe ich aus genau diesem Grund gegen ihre schlimmsten Seelen: Das reine Böse wäre im Himmel unkontrollierbar.

Xavier runzelt die Stirn. "Blödsinn."

Ich rolle mit den Augen. Er ist so voll davon.

"Ich wusste, dass das Ihre Position ist. Deshalb habe ich die letzten Monate damit verbracht, Beweise für das Gegenteil zu sammeln. Bei unserem ersten Treffen möchte ich Ihnen die Fakten darlegen, klar und einfach. Danach werden wir eine ehrliche Diskussion darüber führen, wie unsere Büros in Zukunft zusammenarbeiten werden." Sie erhebt sich und stellt sich vor Xaviers Stuhl. "Sind Sie heute bereit für eine ehrliche Diskussion, Mister Cross?" Ihre Augen blitzen rot auf.

Ich grinse. Das war das verbale Äquivalent eines Bauchschlags. Ich hätte nie gedacht, dass Zorn außerhalb der Arena einen Platz hat, aber Mama bringt ihn auf eine ganz neue Ebene. Los, Mama, los!

Xavier erhebt sich auf seine Füße. "Senatorin Lewis, wenn es bedeutet, dass wir tatsächlich an die Arbeit gehen können, dann verspreche ich alles."

Mama stützt sich auf ihre Ellbogen. " Alles?"

Seine Augen leuchten blau auf. "Das habe ich doch gesagt."

"Dann sprechen Sie mir nach. Ich werde keinen engelhaften Einfluss ausüben."

Ein Muskel zuckt entlang seines Kiefers. "Ich werde keinen engelhaften Einfluss ausüben."

"Versprechen zur Kenntnis genommen, Botschafter Cross." Sie geht zurück zu ihrem Schreibtisch und nimmt wieder Platz. "Ich sehe Sie in einem Monat."

Xavier sieht sie genau an. "Nein, Sie sehen mich am Montag." Er dreht sich auf dem Absatz um und stampft aus der Tür, die er hinter sich zuschlägt.

Mama dreht sich auf ihrem Stuhl herum und tritt gegen die Wand. "Zum Verzweifeln!"

Ich seufze. Ich fühle deinen Schmerz, Mama. Es gibt nichts Schlimmeres als einen gutaussehenden Kerl mit einem schnippischen Mundwerk und einem Überlegenheitskomplex.

Tim öffnet langsam die Tür und betritt den Raum.

"Ist alles in Ordnung, Senatorin? Ich habe Geräusche gehört."

"Wo warst du die letzten Minuten, Tim?"

"An meinem Schreibtisch." Seine Stirn legt sich in Falten. "Beim Ablegen, glaube ich."

"Du hast niemanden an dir vorbeigehen sehen?"

"Nein."

Mama spricht mit leiser Stimme. "Er hat den Einfluss der Engel genutzt. Hoffentlich zum letzten Mal."

Ich reibe mein Kinn. Es macht Sinn, dass der engelhafte Einfluss auf jeden wirkt, der auch nur einen Funken Güte in sich trägt, solange der Engel mächtig genug ist.

Tim runzelt die Stirn. "Was haben Sie gesagt, Senatorin?"

"Nichts. Mir geht's gut, Tim. Danke, dass du nachgesehen hast." Mama beobachtet, wie ihr Assistent zurück zur Tür geht. "Oh, Tim?"

"Ja, Senatorin?"

"Unten im Ballsaal findet nach der Arbeit eine Cocktailparty statt. Hast du Lust, mit mir etwas trinken zu gehen?"

Tim lächelt. "Ja, Senatorin Lewis. Ich würde gerne."

Ugh. Das könnte die ganze "Welcher Ghul ist mein Dad"-Frage beantworten.

Sie sprechen weiter, aber ihre Körper werden wieder zu Sand und gleiten zurück in die Erde. Für den Rest der Nacht träume ich, dass ich immer wieder versuche, das perfekte Wurm-Soufflé zu kochen. Es ist verdammt eklig.

Als ich meine Augen öffne, schießt mir ein Gedanke durch den Kopf: Mein Vater könnte ein Ghul namens Tim-29 sein. Das deckt sich mit allem, was ich von Mama und meinen Traumwelten gelernt habe. Es ist einfach wirklich deprimierend.

Ich trete in die Küche, bereit für die mütterliche Inquisition an diesem Morgen. Mama sitzt an unserem zerkratzten Formica-Tisch und nippt an ihrem Kaffee. Sie mustert mich aufmerksam. "Hattest du wieder einen Traum?" Die Inquisition beginnt.

"Ja, hatte ich."

"Willst du darüber reden?"

Ich sage fast nein. Diese ganze "Entdeckungsreise" war ein ziemlicher Reinfall. Ich atme tief durch und lasse mich auf den Stuhl gegenüber von ihr fallen. "Ich glaube, ich habe letzte Nacht meinen Vater in einer Traumlandschaft gesehen." Ich trommele nervös mit den Fingern auf die Tischplatte. "Ist er ein Ghul namens Tim-29?"

Ihr Gesicht ist wie eine coole Maske. "Ja, das ist er."

Ich kreuze meine Finger. "Du lügst."

"Niemals. Tim-29 ist dein Vater."

Mamas Worte trafen mich wie ein Schlag in die Magengrube. Es ist eine Sache, zu vermuten, dass dein Vater ein Ghul ist, es ist eine andere, viel schlimmere Sache, wenn deine Mama es bestätigt. Ich schüttle meinen Kopf hin und her. "Das kann nicht wahr sein."

Sie schürzt die Lippen. "Es war eine one-night-Sache. Eine Frau hat auch Bedürfnisse."

Okay, das ist geradezu ekelhaft. "Viel zu viele Informationen, Mama!"

"Du scheinst es nur schwer zu verstehen. Ich wollte dir ein wenig Kontext geben."

Ich trommele mit den Fingern auf die Tischplatte. Irgendetwas an der Sache passt nicht zusammen. "Ich weiß es nicht."

Mama sieht mir direkt in die Augen, ihr Blick ist stählern und fest. "Habe ich dich jemals angelogen, Myla?"

Ich schlucke den Knoten in meiner Kehle hinunter. "Nein."

"Tim ist dein Vater. Mir ist klar, dass das unkonventionell ist. Deshalb habe ich es dir auch so lange verheimlicht."

Ich verziehe meine Lippen zu einem Igitt-Gesicht. "Ich kann immer noch nicht glauben, dass du dich mit einem Ghul eingelassen hast."

"Anziehung hat viele Gesichter. Nimm zum Beispiel Walker. Seine Großmutter war ein Erzengel."

Ich stöhne. Noch mehr Ekelhaftigkeit. "Dir ist schon klar, dass ich nichts gegessen habe."

"Komm schon. Sei aufgeschlossen. So was passiert doch ständig. Es ist nichts, worüber man Trübsal blasen muss."

Ich runzle die Stirn. "Ich bin nicht trübselig." Ich will einfach nur Eis essen und weinen, als wäre das mein Job, das ist alles.

Mama zieht die Augenbrauen hoch.

"Okay, vielleicht bin ich ein bisschen betrübt." Ich lehne mich in meinem Stuhl zurück und lasse die Neuigkeiten über mich ergehen. "Wie kommt es, dass ich nicht so aussehe, wie, du weißt schon?" Ich ziehe die Haut in meinem Gesicht nach hinten.

"Du wirst nicht wie ein Ghul aussehen, bis du als Sterblicher stirbst."

"Also, anstatt zu sterben, werde ich eines Tages ein grauhäutiger Zombie sein. Ich schätze, das ist eine Art Bonus." Mir dreht sich förmlich der Kopf . "Sonst noch etwas, was du mir mitteilen möchtest?"

"Ich denke, das ist genug für einen Morgen, oder nicht?"

"Ja, absolut." Ich zeige mit dem Daumen in Richtung Tür. "Ich werde jetzt deprimierende Musik spielen und mich für die Schule fertig machen."

"Ich hole das Frankenberry-Müsli heraus."

"Danke, Mama." Ich schleiche zurück in mein Zimmer, schalte Taylor Swift ein und ziehe mir die schäbigsten Sweatshirts und T-Shirts an, die ich finden kann. Ghule gehören zu den griesgrämigsten, anmaßendsten Nervensägen auf dieser Astralebene. Und sie sind mein Volk. Ein düsteres Gefühl überkommt mich.

Ich gehe zurück in die Küche. Jeder Schritt ist eine Anstrengung, als ob meine Glieder mit Felsen bepackt wären. Mein Geist ist auch träge. Ich bemerke kaum das Frühstück, die lange Fahrt zur Schule oder den

Gang durch die Eingangstür der Purgatory High. Ich schlängele mich durch ein Meer von Schülern.

Es ist offensichtlich. Ich befinde mich mitten in einem epischen Selbstmitleid-Fest.

Am Ende des überfüllten Flurs entdeckt mich Cissy und winkt. "He, Myla!"

Ich gehe zu ihrem Spind, mein Gehirn ist noch benommen. "Morgen." Ich bin mir ziemlich sicher, dass Cissy etwas von einer Änderung im Sportunterricht schwafelt. Ich kann ihre Worte nicht verarbeiten, also versuche ich zu lächeln und interessiert auszusehen. Dann höre ich etwas, das sich anhört wie "Blablabla", "Ryder Library", "Blabla".

Ich blinzle und schüttle den Kopf. "Was hast du gesagt, Cis?"

"Du gehst heute nach der Schule in die Ryder-Bibliothek, richtig?"

"Ja." Vielleicht kann ich nachlesen, wie es ist, ein Halb-Ghul zu sein. Juhu.

"Toll. Wir sehen uns später!" Sie tritt in die Menge. Ich mache mich auf den langen Weg zum Geschichtsunterricht. Wenn ich nach oben schaue, erwarte ich fast, dass eine kleine schwarze Gewitterwolke über meinem Kopf schwebt.

Ich erreiche mein Klassenzimmer und lasse mich auf einem Stuhl in der letzten Reihe nieder. Zeke rutscht auf den Platz gegenüber von mir. Mist.

"He, Myla."

"Hi."

Ein echtes Grinsen erwärmt seine markanten Züge. "Habe ich dir erzählt, was Cissy neulich gemacht hat?"

"Nein." Ich bin mir ziemlich sicher, dass er über Cissy redet, aber ich habe heute Probleme mit meiner Konzentrationsfähigkeit. Ich kann kein Wort verstehen. Stattdessen konzentriere ich mich auf sein fröhliches Gesicht und seine lebhaften Handgesten. Es ist, als würde man einem Kätzchen zusehen, das einem Ball hinterherjagt. Er ist so glücklich; ich kann nicht anders als zu lächeln. Nach einer Weile werden seine Worte klar.

"Meine Eltern mögen sie wirklich." Zeke schüttelt seinen goldfarbenen Wuschelkopf. "Sie zeigen ihr die Grundlagen der Diplomatie; sie ist ein Naturtalent. Wie bei diesem politischen Abendessen, sie lächelte und machte Smalltalk mit einigen der langweiligsten Verlierer überhaupt. Es war großartig."

Miss Thing klatscht in die Hände. "Ich bitte um eure Aufmerksamkeit!" Sie schreitet durch den vorderen Teil des Raumes, ihre lange Robe schwingt bei jedem Schritt. Leider hat sie beschlossen, heute ihre

Kapuze abzunehmen, und die Kombination aus ihren knallroten Lippen und ihrem kahlen grauen Kopf ist geradezu gruselig.

"Ich habe heute eine sehr wichtige Lektion für euch." Miss Thing stolziert vor ihrem Schreibtisch hin und her, ihre roten Absätze klappern bei jedem Schritt. "Ihr habt vielleicht schon schreckliche Gerüchte über Dämonen gehört." Sie schiebt ihre langen roten Fingernägel unter ihr Kinn. "Ich will kein Blatt vor den Mund nehmen. Manche sagen, die Dämonen könnten uns eines Tages angreifen, ihre geliebten Ghul-Verbündeten."

Ich lehne mich in meinem Stuhl zurück, meine Brauen gehen hoch. Anti-Dämonen-Gerüchte? Das ist neu. Normalerweise geht es immer nur um Dämonenliebe.

Miss Thing seufzt. "Dämonen sind arme, missverstandene Kreaturen, die für Ghule wahre Freunde sind. Vielleicht nicht so sehr für Quasis." Sie tippt sich mit ihrem langen grauen Finger ans Kinn. "Aber da ihr unsere Lakaien seid, bedeutet das, dass sie auch eure Freunde sind!" Sie blickt erwartungsvoll im Klassenzimmer umher.

Auch ich scanne die Gesichter ab. Alle schauen unsere Lehrerin mit offenen, akzeptierenden Blicken an. Meine Brust zieht sich vor Frustration zusammen, als das Wort 'Lakai' in meinem Gehirn herumschwirrt. Wir haben uns selbst regiert, Schwesterherz, und das auch noch verdammt gut.

Miss Thing starrt auf eines der vielen Oligarchen-Glamour-Fotos, die sie an ihre Wand geklebt hat. "Außerdem sagen uns unsere tapferen und gutaussehenden Anführer, dass Dämonen für immer unsere Verbündeten sein werden. Und wir wissen, dass die Oligarchie niemals lügen oder einen Fehler machen könnte." Ihre Augen flattern, als sie ausatmet. "Es gibt also nichts, worüber man sich Sorgen machen müsste."

Huh. Das war eine Menge Erklärung für etwas, worüber man sich keine Sorgen machen muss.

Miss Thing geht an die Tafel. Mit super-quietschender Kreide beginnt sie, Beispiele dafür aufzulisten, wie Dämonen im Laufe der Zeit vertrauenswürdig waren. Zwanzig Minuten vergehen und sie ist bei eineinhalb Punkten angelangt.

Zeke verlagert sein Gewicht; sein Stuhl gibt ein leises Quietschen von sich. Ich drehe mich zu ihm und merke, dass er mir die ganze Zeit etwas über Cissy zugeflüstert hat. Ich lächle und tue so, als hätte ich die ganze Zeit zugehört.

"Es ist so toll, dass Cissy hier ist", sagt Zeke. "Meine Eltern bekommen nicht viel Unterstützung von den Ghulen. Sie lassen uns unser Haus behalten, und das war's. Wir müssen für all die diplomatischen Veranstaltungen bezahlen. Das summiert sich."

"Das ist zu schade, Zeke. Ich hatte ja keine Ahnung."

"Meine Eltern sind auch ziemlich pingelig. Sie machen sich über jede Kleinigkeit Gedanken. Aber Cissy ist wirklich gut, was die Details angeht. Beim Abendessen fand sie heraus, wie man Blumensträuße in Immergrün statt in Azur bekommt. Mama war ganz aus dem Häuschen."

Wow. Ich habe keine Ahnung, was er gerade gesagt hat.

"Das ist total cool, Zeke. Ich freu mich für dich."

"Jedenfalls ist sie ein tolles Mädchen." Er lächelt. "Und du hast dich super an unsere Beziehung gewöhnt. Ich weiß, es muss schwer sein, uns die ganze Zeit zusammen zu sehen." Er wölbt eine Augenbraue und zwinkert.

Gerade wenn man denkt, man kann eine normale Unterhaltung mit Zeke Ryder zu führen, verwandelt er sich wieder in das Lustmonster. Meine Stimme sprüht nur so mit einer gesunden Dosis Gift. "Ich habe mich daran gewöhnt, Zeke. Das solltest du auch."

Der Rest des Tages vergeht wie im Flug und ehe ich mich versehe, fahre ich mit meinem grünen Kombi zur Ryder-Villa.

Betsy schlängelt sich die lange Kurve der Auffahrt zur Villa hinauf. Cissy und Zeke stehen vor der Haustür, ihre Körper steif vor Wut. Ihre Münder sind beide zu dünnen Linien verzogen. Ich winke durch das geschlossene Fenster. Sie erwidern mein Winken.

Igitt. Der Thrax muss sich bei Zekes Eltern beschwert haben. Das ist nicht gut.

Ich parke Betsy und gehe auf die Villa zu, ganz unschuldig und lächelnd. "Hey, Leute! Was ist denn hier los?"

Zeke tippt mit dem Fuß. "Was zum Teufel hast du neulich auf dem Thrax-Gelände gemacht?"

Ich ziehe meinen Kapuzenpullover aus und versuche, lässig auszusehen. "Oh, die haben mich erwähnt?"

Zekes Augen fallen ihm fast aus dem Kopf. "Erwähnten sie dich? Sie haben über dich geflucht. Das ist ein diplomatischer Albtraum."

Ich rolle mit den Augen. "Ist es nicht."

Cissy runzelt die Stirn. "Ist es doch. Du hast drei ihrer Lords platt gemacht."

Das habe ich, oder? Süßer Satan, das hat Spaß gemacht.

Cissy zeigt auf meinen Mund. "Ich sehe dieses selbstzufriedene Grinsen. Du steckst immer tiefer drin."

Ich zwinge mein Gesicht in den Neutral-Modus.

Zeke reibt sich die Schläfen. "Als du gesagt hast, du kennst den Thrax-Prinzen, dachten wir, du machst Witze."

"Hmmm. Machen wir hier einen Schritt in die Vergangenheit. Ich habe euch beiden erzählt, dass der Prinz und ich gekämpft haben; ihr habt euch geweigert, mir zu glauben, weil ihr dachtet ... was habt ihr noch mal gedacht?" Ich tippe mir dramatisch ans Kinn. "Oh, ja. Du dachtest, dass ich in Zeke verknallt bin. Nun, fürs Protokoll, ich gebe einen Scheiß auf Zeke."

"Schön, jetzt glauben wir dir." Cissy runzelt halb die Stirn. "Aber das ist nicht der Punkt, Myla. Der Punkt ist, dass du dich auf gemeine und hinterhältige Weise gegen den Prinzen gewehrt hast."

Ich halte mein Gesicht sorgfältig neutral. Größtenteils. "Ich habe zurückgeschlagen? Wieso ist jeder so sicher, dass ich es war?"

"Hmm." Jetzt ist Zeke dran und tippt sich ans Kinn. "Wie viele Arenakämpfer gibt es da draußen, die von Prinz Lincoln ein Ehrenschwert bekommen haben? Es ist eine kurze Liste. Du."

"Hey, ich habe getan, was du wolltest, und den Zettel abgegeben. Fall abgeschlossen."

Zeke runzelt die Stirn. "Bei weitem nicht. Die Thrax wollen, dass du die Sache in Ordnung bringst. Meine Eltern sagen, wenn du zustimmst, was sie verlangen, ist alles in Ordnung. Du kannst sogar weiterhin die Bibliothek benutzen." Seine Augenbrauen heben sich. "Wenn du zustimmst, meine ich."

Ein kalter Schauer überläuft mich. Keine Bibliothek bedeutet, keine Möglichkeit, mehr über meinen Vater herauszufinden. Daran hatte ich gar nicht gedacht. Cissy schnieft kläglich, ihre Unterlippe zittert. Ich hatte auch nicht daran gedacht, wie ich sie verletzen könnte. Mein kaltblütiger Schock verfestigt sich zu eisigem Schuldgefühl.

"Also, was soll ich für die Thrax tun?"

Zeke verzieht den Mund. "Äh, das wissen wir noch nicht."

"Also, kann ich heute trotzdem in die Bibliothek gehen? Ich kann nicht wirklich zustimmen, bis ich weiß, was sie wollen." Ich verlagere mein Gewicht von einem Fuß auf den anderen. "Außerdem möchte ich wirklich recherchieren-" Ich stoppe mich, bevor ich "mein Ghul-Erbe" sage. "Uh, ein paar Dinge."

"Ich weiß es nicht." Zeke setzt sein verschmitztes Grinsen auf. "Wir sollten dich wirklich nicht gehen lassen, bis alles geklärt ist."

Enttäuschung macht sich bei mir breit. "Ich hab's verstanden." Ich stopfe meine Hände in die Taschen meiner Jogginghose. "Ich werde nach Hause gehen." Ich drehe mich zu Betsy um.

Cissy hält mich am Arm fest. "Nein, du kannst immer noch die

Bibliothek benutzen." Sie fängt an, wild zu blinzeln, ein zuckersüßes Grinsen drängt sich auf ihr Gesicht.

Nein, nein. Cissy hat einen guten Plan.

Zeke legt seinen Arm um ihre Schulter und zwinkert. "Na klar! Mama und Dad haben gesagt, es ist okay, nur für heute. Du musst nur versprechen, in der Bibliothek zu bleiben. Kein Herumwandern."

Ich beobachte ihre aufgesetzte Fröhlichkeit genau. Sie führen definitiv etwas im Schilde. Ich zucke mit den Schultern. Was kümmert es mich? Ich will Informationen und jetzt kann ich sie bekommen. "Ich bleibe in der Bibliothek, kein Problem."

Cissy öffnet die Eingangstür mit einem langen Knarren; dann gestikuliert sie in Richtung Westflügel. "Wir sehen uns später."

"Viel Spaß, ihr zwei." Ich eile den Flur des Westflügels hinunter und hinauf in die Bibliothek im vierten Stock. Als ich aus dem Treppenhaus komme, werde ich von dem vertrauten Labyrinth aus hohen hölzernen Bücherregalen begrüßt. Ich schlängele mich durch das Labyrinth der Regale und finde die Leichenabteilung in der hintersten rechten Ecke. Nachdem ich ein paar verstaubte Bände durchgesehen habe, finde ich den Libra Ghul.

Meine Muskeln spannen sich vor lauter Nervosität an. Hier ist die Meister-Enzyklopädie über alles, was mit Leichen zu tun hat. Ich ziehe das zehn Zentimeter dicke Buch herunter und betrachte den dicken Ledereinband. Quer über den Einband sind hundert Ghule als Autoren aufgeführt, ihre Buchstaben und Zahlen in glitzernder Goldschrift.

Ich ziehe den Libra Ghul zu meinem Lieblingsfensterplatz. Ich setze mich hin, schlage das Buch auf, überfliege das Inhaltsverzeichnis und finde den Abschnitt über Ghul-Halbblüter, wo ich lese:

Ghule können sich mit Kreaturen aus anderen Welten paaren. Die Nachkommen erscheinen während ihres gesamten sterblichen Lebens in menschlicher Form, eine Phase, die als Larvenstadium bekannt ist.

Ich strecke meine Zunge raus. Igitt, jetzt bin ich eine Larve.

Nach dem Tod reifen die Larven zu ihrer wundersamen Ghul-Form heran. In ihrem sterblichen Zustand sind Halbblüter berüchtigt dafür, Regeln und Prozeduren nicht zu befolgen. Sobald sie jedoch tot sind, entwickeln sie eine natürliche Wertschätzung für Gruppendenken und Prozesse.

Wow. Ich werde mich eines Tages in einen regelliebenden Trottel verwandeln. Ich erschaudere, bekämpfe das Gefühl der Übelkeit in meinem Magen und wende mich wieder dem Buch zu. Ein Abschnitt namens "Gruppendenken" sticht mir ins Auge.

Ausgewachsene Ghule sind keine isolierten Organismen wie andere unglückliche Kreaturen. Sie teilen ein einziges Bewusstsein, angeführt von der perfektesten unserer Art, der Oligarchie. Diese überlegene Form des verbundenen Lebens wird Gruppendenken genannt. Dank ihr pulsieren die Gedanken unserer großen Führer ständig durch die Köpfe aller Ghule.

Ich klappe das Buch mit einem Grinsen zu. Eines Tages werde ich die Oligarchie rund um die Uhr in meinem Kopf haben? Das ist scheiße mit einem großen "S". Vielleicht bin ich besser dran, wenn ich mein Erbe nicht kenne.

Schritte ertönen von der anderen Seite der Bibliothek. "Ihr werdet sie hier drin finden, Eure Hoheit."

Mein Magen dreht sich vor Schreck um. Es gibt nicht viele Hoheiten, die im Fegefeuer herumlaufen. Plötzlich ergibt Cissys und Zekes Angebot, in die Bibliothek zu gehen, einen Sinn. Diese kleinen Fieslinge. Okay, es war total hinterhältig von mir, das Thrax-Gelände zu betreten, um Ärger zu machen. Aber Cissy und Zeke sind hier auch ziemlich hinterhältig. Wenn sie wollen, dass ich nett zu den anderen bin, ist ein Hinterhalt nicht der richtige Weg.

"Danke." Die Stimme ist definitiv die von Lincoln. Ich kann an seinem abgehackten Tonfall erkennen, dass ich dran bin. Ugh.

Ich öffne den Libra Ghul wieder und tue so, als wäre ich super-interessiert. Schritte marschieren im Trommelwirbel-Rhythmus über den Bibliotheksboden, dann halten sie in der Nähe an. Ich schaue auf. Lincoln steht in seinen Lederhosen und seiner Samttunika vor mir, seine ungleichen Augen blicken mich an. Ein Adrenalinstoß rast durch meine Blutbahn.

Los geht's.

"Hallo, Miss Lewis." Er stellt seine Füße auseinander; seine breiten Schultern versteifen sich. Kampfhaltung.

"Hallo, Mister The Prince."

"Ich hatte heute eine offizielle Audienz mit dem Ghul-Minister. Es scheint, er war nicht damit einverstanden, dass Sie seine Botschaft überbringen."

Ich schließe mein Buch. "Und?"

"Sie geben also zu, dass Sie das Thrax-Gelände ohne Erlaubnis überfallen haben?"

Ich klopfe mir auf die Schulter. " Sie geben also zu, dass ein niederes Quasi-Mädchen erfolgreich ihr supergeiles Dämonenjäger-Lager überfallen hat?"

"Ihr Vorgehen war unhöflich und erschreckend. Die Lords waren nicht darauf vorbereitet."

Ich schnaube. "Sie trugen Kettenpanzer, trugen Waffen und befanden sich mitten im Kampftraining. Ich nenne das einen fairen Kampf."

Er schüttelt den Kopf . "Meine Männer erwarten nicht, dass fremde Mädchen in Trikots aus dem Nichts auftauchen."

Ich hebe meinen Zeigefinger. "Erstens ist das ein Drachenschuppen-Kampfanzug, kein Trikot." Ich hebe einen weiteren Finger. "Zweitens, was genau erwarten Sie von Mädchen, wenn Sie angegriffen werden? Die Hälfte der besten Arena-Kämpfer sind Frauen."

"So ist das in Antrum nicht."

"Was ist ein Antrum?"

"Wo ich lebe, wo alle Thrax leben. Auf der Erde, tief unter der Erde."

"Das macht Sinn. Da sie nicht wissen, dass Mädchen kämpfen; kann ich mir vorstellen, dass ihr alle unter einem Felsen lebt."

Er schließt die Augen und holt tief Luft. "Keiner spricht so mit mir." Ein Muskel zuckt entlang seines Kiefers.

Meine Augen verengen sich. Er ist nicht der Einzige, der keine Widerrede mag. "Willkommen im Fegefeuer."

"Die Grafen verlangen, dass ihr an einem Turnier der Dämonenkampfkraft teilnehmt, um die Herbst-Tag-und-Nacht-Gleiche zu feiern. Als hochrangige Mitglieder des Thrax-Adels werden sie auf dem Feld der Ehre kämpfen."

"Humph." Ich gehe auf keinen Fall zu dieser Würstchenparty. Sie können ihre Männlichkeit in ihrer eigenen Zeit beweisen. "Klingt nach einer 'wir werden es ihnen zeigen'-Sache."

"Die Lords haben ein Recht darauf, ihre Fähigkeiten unter traditionellen Umständen zu zeigen."

"Nun, da gibt es eine Sache, die sie zuerst tun müssen."

Lincoln verschränkt seine Arme vor der Brust. "Und was ist das, Ihrer Erfahrung nach?"

"Sagen Sie. Bitte."

Der Prinz fährt sich mit einer Hand durch sein braunes Haar. " Respektlos."

Er denkt, ich sei respektlos? "Komisch, ich wollte gerade das Gleiche zu Ihnen sagen."

Lincoln atmet langsam ein, seine Fäuste öffnen und schließen sich. Er dreht sich auf dem Absatz um und stampft davon. Ich lehne mich zurück, fahre mit den Fingern über meinen Bauch und beobachte wie er sich einzieht. Er hat einen breiten Rücken, lange, muskelbepackte Arme und eine untere Hälfte, die dieser schwarzen Lederhose gerecht wird. Obwohl er von Vorne auch ziemlich lecker ist. Sein Mund, muss ich sagen, sieht besonders lecker aus.

Wow, echt jetzt. Ich sollte nicht lüstern auf versnobte Prinzen starren. Wenn ich's mir recht überlege, seit wann starre ich Typen überhaupt lüstern an? Ich schüttle meine Hände aus und drehe meinen Kopf von einer Seite zur anderen. Dieser Kampf hat mich völlig aus dem Gleichgewicht gebracht.

Ich hüpfe auf , ein breites Grinsen umspielt meinen Mund. Dieser Kampf hat mich aus dem Gleichgewicht gebracht, weil ich gewonnen habe. Ich bin so stolz auf mein böses Ich, dass ich fast aus der Bibliothek und die Treppe hinunter tanze, während ich im Geiste jedes Wort meines verbalen Arschtrittes wiederhole. Ich erreiche die Empfangshalle und erstarre.

Cissy und Zeke stehen an der Eingangstür und- verdammt, sie sehen ziemlich sauer aus. Schon wieder.

Cissy stemmt die Fäuste in die Hüften. "Der Thrax-Hochfürst hat gerade sein Treffen mit dem Ghul-Minister verlassen. Er war nicht glücklich."

Ich setze mein unschuldiges Gesicht auf und blinzle. "Wie kommst du auf so etwas?"

Cissy runzelt die Stirn. "Er ist einfach an uns vorbeigerauscht."

Zeke deutet auf den Westflügel. "Und der diplomatische Konferenzraum ist direkt unter der Bibliothek. Was sagst du dazu?"

"Ich sage, das ist wirklich seltsam." Ich zucke mit den Schultern. "Dieser Prinz ist ziemlich temperamentvoll für einen Dämonenjäger, was?"

Zeke verschränkt die Arme vor der Brust. "Habt ihr zwei euch wieder gestritten?"

" Gestritten?" Ich kratze mich am Hals. "Wir streiten nie." Technisch gesehen. Aber wir schreien uns oft an.

Cissy wendet sich an Zeke. "Kannst du uns etwas Mädchenzeit geben? Myla und ich müssen reden."

Zeke starrt mich eine ganze Minute lang an. "Klar."

Cissy öffnet die Hintertür der Empfangshalle und gestikuliert zum Heckenlabyrinth hinter dem Herrenhaus. "Hier entlang, Myla."

Ich gehe durch die Türöffnung und auf das vergilbte Gras. Cissy folgt mir und schließt die Tür hinter sich mit einem leisen Klicken. Die Muskeln an meinem Kiefer spannen sich entschlossen an. Diesmal werde ich mich nicht schuldig fühlen. Sie und Zeke haben mich völlig überrumpelt.

Cissy dreht sich um und sieht mich an. "Spuck's aus."

"Ich weiß nicht, wovon du redest."

"Ich bin's." Cissy rollt mit den Augen. "Du verlässt diesen Ort nicht, bis ich ein paar Informationen habe. Ich weiß, dass ihr zwei euch gestritten habt. Ehrlich, du verursachst hier riesige Zwischenfälle zwischen den Welten."

Ich stoße ein dramatisches Keuchen aus. "Komm schon! Wer hat den Prinz den Pisser ohne Vorwarnung in meine Richtung geschickt? Was dachtest du, würde passieren?"

Cissy starrt eine Minute lang auf ihre Füße. "Das war die Idee von Zeke. Ich sagte ihm, es würde nicht funktionieren."

"Nun, hat es auch nicht." Dass Zeke sich so einen schwachsinnigen Plan ausdenkt, war klar.

Cissy seufzt. "Also, was genau ist passiert?"

Ich atme tief ein und aus. "Der Prinz verlangt, dass ich an einem Turnier teilnehme, damit seine ochsenköpfigen Earls mir zeigen können, wie toll sie sind."

"Und was hast du gesagt?"

"Ich sagte, sie müssten 'bitte' sagen." Ich verschränke die Arme vor der Brust. Ich bin hier völlig im Recht; auf keinen Fall werde ich einen Rückzieher machen.

Cissy stöhnt. "Was ist das zwischen euch beiden?"

"Äh, Hass?"

"Nein." Cissy tastet mich langsam von Kopf bis Fuß ab. "Nein, ist es nicht."

Ich rolle mit den Augen. Cissy kann manchmal so dumm sein. "Äh, doch, ist es."

"Du kannst es nicht sehen, aber ich schon. Der Typ ist dir wichtig." Ihre Augen flackern rot vor Neid. "Mehr als du dich um mich sorgst."

Ihre Worte hämmern auf mich ein und rauben mir den Atem. Sicher, ich denke oft an Lincoln, aber nur, weil er so ein Arsch ist. Sie liegt falsch. Völlig falsch. "Mich kümmert es, ihm in den Kopf zu treten, das ist alles. Du bist meine beste und einzige Freundin."

Cissys Stimme wird tief und bedrohlich. "Er kämpft gegen dich und behauptet sich. Du kannst einem guten Kampf nicht widerstehen, Myla." Ihre Iris leuchtet in scharlachrotem Licht. "Aber du solltest zuerst meine Freundin sein."

Wut kocht mir in mir hoch. "So ein Zufall! Ich fände es auch schön, wenn du zuerst meine Freundin wärst. Ich habe mit dem Prinzen reinen Tisch gemacht und du hast darüber gelacht . Dann lauerst du mir in der Bibliothek auf. Nicht okay, meine Freundin."

Cissys Augen verengen sich zu feuerroten Schlitzen. "Du hast recht. Ich hätte dir glauben sollen, als du sagtest, du hättest mit dem Prinzen gekämpft und dich nicht um Zeke gekümmert. Ich hätte dich nie unvorbereitet in die Bibliothek schicken dürfen. Es tut mir leid. Ehrlich." Sie spricht mit einer super-tiefen und gruseligen Stimme. "Jetzt beweise, dass du mehr meine Freundin als sein Feind bist. Geh mit mir zum Turnier."

Oh-oh. Mein Herz rutscht mir in die Hose. Cissys Neid-Dämon macht sich bemerkbar, und zwar gewaltig. Klar, sie zeigt dämonische Eifersucht, wenn Mädchen wie Paulette über Zeke reden, aber das ist Kleinkram. Ihre Neid-Attacken kommen nicht oft vor, aber wenn, dann will ich nicht in der Nähe des Explosionsradius sein.

Mein Mund verzieht sich zu einem, wie ich hoffe, überzeugenden Lächeln. "Ich bin zuerst, zuletzt und immer deine Freundin, Cissy." Ich gebe ihr einen Klaps auf den Oberarm. "Das weißt du doch." Aus den Augenwinkeln suche ich das Gelände der Villa nach sicheren Fluchtwegen ab.

Cissys Augen glühen rot vor Eifersucht. "Dann beweise es." Ihr Mund verzieht sich zu einer geraden Linie. "Geh mit mir zum Turnier. Zeig mir, dass ich dir wichtiger bin als er."

Ich hebe meine Hände auf Schulterhöhe, Handflächen nach vorne. "Hör zu, ich weiß, dass ich Probleme beim Überbringen der Nachricht bereitet habe, aber du und Zeke habt mich auch total reingelegt. In der Bibliothek hast du nicht..."

"Bleib genau dastehen." Ihre Stimme bleibt gruselig-ruhig, während ihre Augen mit Feuer flackern. "Die Nachricht ist mir egal. Die Bibliothek ist mir egal. Mich interessiert nur eine Sache." Sie tritt näher. "Was ist mit. Mir?"

Mein Mund verzieht sich zu einem kleinen "O". Ich habe Cissys Neid-Dämon noch nie so aufgewühlt gesehen. Sie ist in diesem Moment ein wenig unheimlich, und ich weiß, was unheimlich ist. Mein Verstand gefriert aufgrund des Schocks . "Ich weiß nicht, was ich sagen soll."

Sie tritt noch näher heran. "Sag, dass du zu dem Turnier gehst."

Meine Hände befinden sich immer noch auf Schulterhöhe, und ich bewege sie von einer Seite zur anderen - das universelle Zeichen für 'Beruhigen Sie sich'. "Lass mich darüber nachdenken." Ich neige meinen Kopf nach rechts und überlege. Ein Turnier könnte cool sein - ich würde gerne ein paar neue Dämonen-Kampftricks lernen. Dann stelle ich mir Lincolns Gesicht vor. Wut kocht in meinen Körper hoch und lässt alle Gedanken dahinschmelzen, bis ich mich nicht mehr daran erinnern kann, warum ich dieses dumme Turnier überhaupt in Erwägung gezogen habe. "Auf gar keinen Fall."

Cissy fletscht die Zähne, ihre Augen flackern in einem fast blendenden Rot. Sie macht auf dem Absatz kehrt und marschiert davon.

Oh, nein.

Das ist seit der dritten Klasse nicht mehr passiert, und es ist das Kryptonit für mein superfreches Mundwerk:

Das Schweigen von Cissy.

Sobald sie in sicherer Entfernung ist, starte ich Betsy und fahre nach Hause, wobei ich meinen neuen freundschaftslosen Zustand beurteile. Cissy ist gerade außer Kontrolle, aber sie kann nicht ewig wütend bleiben. Zumindest glaube ich das nicht. Ich wette, in ein paar Tagen ist sie wieder normal und nett. Ja, das war's. Ich marschiere durch meine Haustür, sage Mama hallo und lasse mich auf die Couch plumpsen, um etwas Zeit mit dem Human Channel zu verbringen.

Auf halbem Weg durch einen *Scooby-Doo-Marathon* falle ich in einen tiefen Schlaf. Innerhalb von Sekunden träume ich von der Grauen See.

In meiner Traumwelt kehre ich in den dunklen Sand des Grauen Meeres zurück. Ich stehe auf dem warmen Boden, der Gestank von Schwefel liegt mir schwer in der Lunge. Ich knie mich auf die Erde und lege meine Hände auf den Wüstenboden. Ein Ring aus weißer Flamme erscheint. Der Sand innerhalb des Kreises erhebt sich und formt sich zur Gestalt meiner Mutter. Mehr von der Wüste steigt nach oben und bildet die Umrisse eines Raumes, der sie umgibt.

Der Feuerring flackert heller, dann verblasst er. Vor mir verändern sich die Figuren. Statt aus Sand zu bestehen, sind sie jetzt aus Fleisch und Blut. Ich betrachte die Szene und sehe einen geschäftigen Senatssaal aus weißem Marmor. Holzbänke säumen den Boden, alle gefüllt mit Quasis in violetten Roben, deren viele verschiedene Schwänze im gleichen langsamen Rhythmus schwingen. Im vorderen Teil des Raumes steht meine Mutter hinter einem hohen Holzpodium. Die Senatoren schauen ihr von den Bänken aus zu, ihre Aufmerksamkeit ist auf sie gerichtet.

Mutter hält sich an den Kanten des Podiums fest. "Mein Vorschlag mit Senator Myung ist ein wichtiger Schritt in Richtung einer fairen Behandlung von menschlichen Seelen nach dem Tod. Zu oft gelangen Seelen ins Fegefeuer ohne jeglichen Trost oder Unterstützung durch die Schutzengel, die sie zu Lebzeiten beschützt haben."

Xavier schlüpft durch die Hintertür in den Senatssaal und stellt sich an die hintere Wand. Er trägt einen grauen Anzug mit einer blauen Krawatte, die seine türkisfarbenen Augen hervorhebt. Als er Mama beobachtet, weicht sein ernstes Gesicht einem Lächeln. Ein warmes

Gefühl breitet sich in meiner Brust aus. Die beiden müssen ihre Differenzen beigelegt haben. Gut gemacht, Mama.

Meine Mutter sieht sich in der Menge um. "Diese Gesetzesvorlage wird Schutzengeln helfen, die Seele ihres Menschen nach dem Tod zu finden, so wie frühere Gesetze ihren verführerischen Dämonen helfen, sie heute zu finden. Bitte respektieren Sie unsere heilige Rolle, das Fegefeuer als neutralen und fairen Ort für Seelen zu erhalten."

Mama scannt den Senatssaal ab. Alle Augen sind auf sie gerichtet.

"Denken Sie nächste Woche an die menschlichen Seelen, die jeden Tag, jeden Moment ins Fegefeuer kommen. Stimmt für den Myung-Lewis-Entwurf. Ich danke Ihnen."

Die Kammer ist einen Moment lang still, dann beginnen die Mitglieder des Senats zu klatschen. Der Beifall schwillt schnell an. Ich schließe mich an und juble, jede Zelle meines Körpers platzt vor Stolz. Los, Camilla!

Mama verbeugt sich leicht und verlässt das Podium. Der Raum hallt von leisem Geplapper wider, als sich alle erheben und ihren Tag fortsetzen. Eine kleine Gruppe von Senatoren umringt Mama und stellt Fragen. Tim eilt durch die Hintertür des Raumes, seine lange Robe flattert bei jedem Schritt. Sanft berührt er Mamas Oberarm.

"Senatorin Lewis, wir müssen zur Ausschusssitzung aufbrechen."

"Danke, Tim." Sie legt ihm die Hand auf die Schulter. Er zittert.

Gemeinsam verlassen sie den Saal. Xavier sieht ihnen nach, dann folgt er ihnen ein kurzes Stück hinterher. Sie schreiten durch eine Reihe von langen Marmorgängen, bis sie eine kleine Holztür erreichen. Xavier bleibt in der belebten Halle zurück.

Ich beobachte Xavier, wie er einen vorsichtigen Abstand zu meiner Mutter hält. Seine Bewegungen sind beschützend, fast besitzergreifend, aber nicht auf eine unheimliche Stalker-Art. Hmm. Vielleicht fange ich an, den Kerl zu mögen.

Tim hält die Tür auf. "Der Ausschuss wird sich heute hier drin treffen, Senatorin Lewis."

Mama tritt ein. "Danke." Sie und Tim gehen zu einem langen Holztisch, der von schweren Lederstühlen umgeben ist. Als sie Platz nehmen, betreten zwei neue Gestalten den Raum. Eine ist ein bekannt aussehender Ghul in einer langen schwarzen Robe. Die andere ist Armageddon.

Mein Körper schaltet auf volle Alarmbereitschaft. Armageddon ist hier? Ich möchte durch die Traumwelt brechen, Mamas Hand ergreifen und davonlaufen. Stattdessen fühle ich mich wie angewurzelt, unfähig, etwas anderes zu tun, als mich gegen die Schübe der Panik zu stemmen.

Mama mustert den Neuankömmling, ihr Gesicht verzieht sich zu einem höflichen Lächeln. "Guten Tag, Herr Botschafter."

Moment mal. Mama hat mit Armageddon gearbeitet? Wow. Ich betrachte ihre Gesichter. Keiner scheint von seiner größeren Dämonenaura betroffen zu sein. Sie müssten eigentlich vor Angst zittern, aber alle - vor allem Mama - wirken ganz ruhig. Meine Gedanken kreisen, bis der Grund klar ist: Armageddon wurde zu einem größeren Dämon, als er König der Hölle wurde. Clever. Es steckt mehr hinter seiner Übernahme des Fegefeuers, als ich zuerst vermutet habe.

Armageddon langes schwarzes Gesicht trägt einen unleserlichen Ausdruck. "Senatorin."

Mama wendet sich an den Ghul. "Ich grüße dich, O-72."

O-72 nickt. "Wir danken Ihnen."

Plötzlich wird mir klar, wo ich diesen Ghul schon mal gesehen habe. Wenn man dem Kerl eine rote Robe anzieht, gehört er heute zur Oligarchie. Ich habe ihn schon ein Dutzend Mal bei Spielen gesehen.

Armageddon, Mama, und ein Oligarchen- Ghul? Was zum Teufel ist hier los?

Mein schläfriger Verstand kämpft damit, zu verstehen, was ich da sehe. Ich habe mich an das Konzept gewöhnt, dass Mama eine Senatorin war. Es war sogar großartig, sie in Aktion zu sehen. Aber herauszufinden, dass sie mit Armageddon zu tun hatte, verursacht mir ein flaues Gefühl im Magen. Ich weiß, wie die Geschichte ausgeht, und es kann nicht gut sein, dass Mama mittendrin war.

Xavier betritt den Raum. "Guten Tag, allerseits." Er lässt sich in einen Ledersessel gegenüber von Mama plumpsen.

Armageddon beobachtet jede von Xaviers Bewegungen, sein Gesicht ist regungslos, seine Iris flackert knallrot. "Botschafter Cross." Seine Oberlippe verzieht sich und macht einen scharfen Eckzahn sichtbar. Ein Schauer der Angst läuft mir über den Rücken. Offensichtlich hasst Armageddon Xavier abgrundtief. Was ist zwischen den beiden vorgefallen?

Mama deutet auf Tim. "Fangen wir an." Er holt eine Mappe aus der Innenseite seiner Robe und reicht sie ihr. "Danke, Tim." Sie legt die Mappe vor sich auf die Tischplatte. "Unser erster Programmpunkt des Tages ist eine diplomatische Führung durch-"

Armageddon lehnt sich in seinem Stuhl zurück. "Nein. Ich habe hier noch etwas zu erledigen." Er verschränkt seine dreiknöcheligen Finger unter seinem spitzen Kinn. "Sie wissen, was ich will."

O-72 stößt einen tiefen Atemzug aus. "Ich habe es schon oft gehört, Armageddon. Vielleicht wirst du eines Tages der König der Hölle werden, aber im Moment bist du ein gewöhnlicher Dämon, vierter Klasse."

Armageddon erschrickt sichtlich bei diesen Worten. "Das sagst du mir immer wieder."

Schwarze Schweißperlen erscheinen auf O-72s Stirn. Er rückt den Ausschnitt seines Ghul-Gewandes zurecht. "Die Regeln sind die Regeln. Nur zwei Kategorien von Dämonen gehen zu den Ikonen und Arenakämpfen: die erste Klasse und der König der Hölle. Nicht Dämonen der vierten Klasse. Du nicht. Sei dankbar, dass du als Delegierter in diesen Rat berufen wurdest. Es ist eine große Ehre für jemanden mit deinem bescheidenen Hintergrund."

Armageddons Augen verengen sich. "Aber nicht die Ehre, die ich will. Mein Sohn bewegt die Seelen in der Arena. Ich will dabei sein."

Mama bleibt unbeirrbar. "Wir wissen zu schätzen, dass Ihr Sohn der Große Scala ist. Vielleicht könnten Sie ein Treffen mit ihm außerhalb der Arena arrangieren?"

Armageddon fletscht die Zähne. "Der Thrax hat seinen Geist gegen mich vergiftet. Ihr alle wisst das." Er hämmert mit der Faust auf den Tisch. "Ich will Zugang zur Arena für meinen Sohn." Er mustert den Tisch mit einem räuberischen Blick. "Ich möchte sehen, wie er Seelen bewegt."

Ich atme fassungslos ein. Ich wusste, dass der Scala Armageddons Sohn ist, aber mir war nicht klar, dass der alte Dämon etwas mit seinem Kind zu tun haben wollte. Ein Gefühl der Angst durchfährt meine Adern.. Armageddon berechnet etwas, spinnt seine unsichtbaren Pläne. Er hat das getan, als er die Übernahme des Fegefeuers plante; ich bekomme eine Gänsehaut.

O-72 wedelt mit seinem massiven grauen Kopf. "Das ist nicht möglich. Die Ghule lassen nur bestimmte Dämonen zu einem Arena-Event zu. Die Regeln sind die Regeln."

"Ich verstehe." Armageddon schnürt seine drei verschränkten Finger an seinem langen Hals zusammen. "Wir alle beugen die Regeln. Manchmal." Er wirft O-72 einen Blick zu, der von verborgenen Geheimnissen zeugt, die Armageddon für genau so eine Gelegenheit vorbereitet hat. "Gerade du solltest das verstehen."

O-72 räuspert sich. "Ich werde sehen, was ich tun kann."

Armageddon senkt seine Hände, sein Mund verzieht sich zu einem bösen Grinsen. "Das ist alles, worum ich bitte." Er erhebt sich . "Wir sind hier fertig."

Mama zeigt direkt auf Armageddons Brust. "Wo wollt ihr hin?"

Ich schnaufe. Verdammt, Mama! Sich mit dem zukünftigen König der Hölle anzulegen. Meine Brust zieht sich mit Besorgnis zusammen.

Xavier hebt die Hand. "Wenn Armageddon sich zurückziehen will, darf er das." Irgendetwas in seinem Tonfall sagt, dass das Wort "Rückzug" mit einer bestimmten Erinnerung verbunden ist, einer, die Xavier dem Dämon ins Gesicht sagt.

Armageddon verdreht den Kopf, um Xavier anzustarren, ein leises Zischen ertönt aus seiner Kehle. "Deine Zeit wird kommen."

Xaviers blaue Augen flackern hell auf. "Wir werden sehen."

Mama klopft mit der Faust auf die Tischplatte. "Wir haben hier heute wichtige Dinge zu besprechen." Sie tippt mit dem Zeigefinger auf den Manila-Ordner. "Lass uns weitermachen."

Armageddon dreht seinen Finger auf O-72. "Kommen Sie mit mir."

O-72 erhebt sich pflichtbewusst und folgt Armageddon aus dem Raum. Er könnte kaum mehr unter der Kontrolle des Dämons stehen, wie wenn Marionettenfäden von seinen Gewändern herunterhängen würden. Mama sieht den beiden beim Gehen zu, ihr Gesicht ist starr wie Stein.

Ich beiße mir ängstlich auf die Unterlippe. Das ist kein guter Blick von Mama. Sie ist kurz davor, ihren verdammten Verstand wegen jemandem zu verlieren. Wenigstens ist es nicht ich.

Mama stürzt sich auf Xavier. "Warum haben Sie mich nicht unterstützt? Armageddon hätte das Meeting niemals früher verlassen dürfen." Sie schiebt ihre Manila-Mappe von sich weg, und sie fällt beinahe vom Tisch. "Wir können nicht zulassen, dass er sich mit den Ghulen zusammentut und die Autorität dieses Büros außer Kraft setzt."

Xavier lacht. "Bitte. Ich habe beobachtet, wie sich Ghule und Dämonen seit Tausenden von Jahren bekämpfen. Sie verschwören sich eine Zeit lang, dann streiten sie sich wegen irgendeinem Blödsinn und gehen nach Hause. Dämonen sind Chaos und Zerstörung. Ghule sind Regeln und Vorschriften. Öl und Wasser vermischen sich nicht."

"Ich habe dir schon hundertmal gesagt, Armageddon ist anders." Ihre Augen leuchten rot auf. "Wir können ihn nicht ungestraft gehen lassen."

Jede Zelle in meinem Körper schreit, dass sie recht hat. Ich möchte in die Traumwelt springen und Xavier an den Schultern schütteln und ihm sagen, er soll auf Mama hören, sonst trete ich ihm ins Schienbein. Aber ich kann nichts machen.

Aber Xavier scheint meine Mutter nicht zu hören, geschweige denn mich. Er lehnt sich in seinem Stuhl zurück, sein Kopf dreht sich leicht hin und her. Tim, der hinter den beiden steht, sieht so mausgrau und verängstigt aus, dass ich mich wundere, dass er sich nicht unter den Tisch duckt, um sich zu verstecken.

Xavier trommelt mit den Fingern auf die Tischplatte. "Ich habe Armageddons Typ schon mal gesehen. Er hat nicht das Durchhaltevermögen, um das System wirklich zu verändern."

Ha! Armageddon reißt das ganze verdammte System im Alleingang nieder. Bitte, hör zu. Bitte, bitte, bitte!

Mama reibt sich mit der Hand den Nacken. "Haben Sie gehört, wie er über seinen Sohn redet? Es ist seltsam. Er will Zugang zu Maxon und wird alles tun, um ihn zu bekommen."

Xavier lacht. "Hören Sie sich selbst zu? Ein Dämon liebt seinen Sohn. Das ist Wahnsinn, Camilla."

"Ich habe nicht gesagt, dass er seinen Sohn liebt." Mama legt die Handflächen auf die Augen. "Er plant etwas, etwas Großes, und er braucht Maxon dafür." Sie senkt die Hände, bis ihr Blick direkt auf den von Xavier trifft. "Armageddon ist gefährlich. Wir sind alle in Gefahr."

Ihr besorgter Blick versetzt meinen Magen in Aufruhr. Ich möchte so gerne an ihre Seite springen, meinen Arm um ihre Schulter legen und ihr sagen, dass ich bald bei ihr sein werde.

Xavier hat den gleichen Gedanken. Er beugt sich vor, seine blauen Augen suchen Mamas Gesicht ab. "Ich würde nie zulassen, dass Ihnen etwas zustößt, Camilla. Sie brauchen sich keine Sorgen zu machen."

Mama greift über den Tisch und legt ihre Hand auf Xaviers. "Ich hoffe, Sie haben Recht, Xavier." Energie flackert um sie herum auf, als sie sich berühren.

Tim sieht aus, als würde er gleich kotzen oder schreien, ich kann nicht sagen, was. Ich beobachte sein gequältes Gesicht und mir wird eines klar: Wenn dieser Ghul mein Vater ist, dann ist er definitiv der eifersüchtige Typ. Sein Mund verzieht sich zu einer so wütenden Linie, dass ich schockiert bin, dass er sich keinen Zahn ausschlägt. Vielleicht ist das der Grund, warum er nicht an unserem Leben teilnimmt. Mein Herz rutscht mir in die Hose. Oder vielleicht hat Mama mich von Anfang an belogen, dass Tim mein Vater ist. Ich neige den Kopf von einer Seite zur anderen. Nicht möglich. Mama ist vieles, aber eine Lügnerin? Aber keine davon.

Mama gibt Xaviers Hand einen kleinen Schubs. "Aber leider habe ich eine Menge, worüber ich mir Sorgen machen muss." Sie neigt den Kopf zur Seite. "Der erste auf der Liste sind Sie, Xavier Cross. Ich mache meinen Job ohne Rückendeckung durch die Engel. Wir müssen jetzt strikt gegen Armageddon vorgehen, und um das zu tun, müssen wir im Gleichschritt bleiben -"

Xaviers Augen schimmern hellblau. "Nein, um Armageddon brauchen Sie sich keine Sorgen zu machen." Er ergreift ihre Hand fester. Tim beobachtet die Bewegung und erschrickt.

Tim ist nicht der Einzige, der schockiert ist. Warum, oh, warum hört dieser engelhafte Was-auch-immer nicht auf die Wahrheit? Als Xaviers Augen heller leuchten, werden die von Mama glasig und tot. Mein Körper schaltet auf volle Alarmbereitschaft. Xavier übt engelhaften Einfluss auf sie aus, dieser Drecksack. Ich will ins Bild springen und ihn quer durch den Raum treten. Vielleicht zweimal.

Mama reibt sich mit der freien Hand über die Stirn. "Ja, da ist nichts ..." Sie hält inne; dann schüttelt sie energisch den Kopf. Ihre Augen leuchten dämonisch hell. "Wie können Sie es wagen, mich mit Engelszauber zu beeinflussen?"

Na gut, Mama! So wird das nichts mit der Bewegung. Ich atme röchelnd aus, mein Wachheitsgrad kehrt auf ein normales Maß zurück.

Mama erhebt sich. "Das ist ungeheuerlich. Ich stelle einen formellen Antrag auf einen neuen Engelsbotschafter und auf eine Zensur von Armageddon."

Xavier runzelt die Stirn. "Sie werden nicht auf Sie hören, so wie ich es tue, Camilla. Sie würden Karriereselbstmord begehen. Ihre Ideen werden sich wahnsinnig anhören."

"Das mag sein, aber mein Papierkram wird bis Ende der Woche eingereicht sein." Sie stürmt aus dem Zimmer, Tim hinter ihr her. Xavier sieht ihr hinterher, sein Gesicht wird weiß vor Sorge. Sein Gesichtsausdruck ist so liebevoll und sanft, dass ich ihn am liebsten umarmen möchte, obwohl er ein bisschen durchgeknallt ist.

Vor mir verwandelt sich Xaviers Körper wieder in Sand. Mit einem leisen Zischen verschmilzt die ganze Szene wieder mit dem Wüstenboden. Ich setze mich wieder in den grauen Sand. Meine Gedanken gehen jedes Detail dessen durch, was ich gerade gesehen habe. Armageddon Besessenheit von Maxon... wie der Erste der Oligarchie von Armageddon kontrolliert wurde... und Mamas Kampf, damit die Bedrohung ernst genommen wird. Schwefel versengt meine Lunge, Luft strömt in meinen Körper, aber nichts davon scheint von Bedeutung zu sein.

Ich erwache durch das Geräusch von scheuerndem Metall. Ich öffne meine Augen und sehe einen grauen Himmel vor meinem Fenster. Ich gähne, schlüpfe aus dem Bett und gehe in die Küche. Mama steht vor dem Tisch und hält einen flachen Holzklotz mit einem langen Metallarm in der Hand: eine Stoffschneidemaschine. Sie zieht den rasiermesserscharfen Arm auf und ab und macht lange Schnitte in den schwarzen Stoff.

"Hallo, Mama."

"Guten Morgen, Myla." Ich untersuche ihr Gesicht. Mamas Haut ist voller Falten. Ihr Haar ist struppig und mit grauen Strähnen durchzogen. Ihr einst lebhaftes Lächeln ist jetzt ein Ausdruck ständiger Sorge.

Was hat der Krieg mit ihr gemacht?

Mama macht einen weiteren Schnitt mit der Schneidemaschine. "Ich hoffe, ich habe dich nicht aufgeweckt. So geht es schneller, Hauben zu schneiden."

Ich lehne mich gegen die abgesplitterte Arbeitsplatte. "Ist schon gut."

"Wie hast du geschlafen?" So wie Mama die Frage stellt, denke ich, dass sie die Antwort schon kennt.

"Nicht so gut. Verus hat mir eine weitere Traumlandschaft geschickt. Ich sah dich in einigen Senatsausschuss-Sitzungen. Hast du Armageddon vor dem Krieg wirklich gekannt?"

"Das habe ich. Jahrtausendelang hatten Ghule und Dämonen einander nicht genug vertraut, um sich zusammenzutun. Das änderte sich mit Armageddon."

"Ich sehe ihn manchmal bei Kämpfen." Ich stelle mir das lange, spitze Gesicht vor, die klingenartige Nase, die schwarze Steinhaut und die feurigen Augen. "Er ist furchterregend."

"Er war schon immer furchterregend, aber als Armageddon ein größerer Dämon wurde, erreichte er eine neue Stufe des Schrecklichen." Sie zittert. "Ich habe gehört, dass jetzt kein Mensch, Engel oder Ghul es länger als ein paar Minuten in seiner Nähe aushält."

"Das würde ich glauben."

Sie macht einen weiteren Schnitt mit dem Schneidearm. "Er hat alle Ghule erpresst oder bestochen, die die neue Oligarchie bilden. Die Verteidigungsanlagen des Fegefeuers erlauben immer nur einer Handvoll Dämonen den Zutritt. Armageddon überzeugte die Ghule, genug Portale zu öffnen, damit eine ganze Dämonenarmee in unser Land eindringen konnte."

"Wow. Das hat man uns in der Schule nicht beigebracht." Stirnrunzelnd kratze ich mit dem Daumennagel an der abgesplitterten Arbeitsplatte. Schule ist scheiße.

"Das wundert mich nicht." Mama macht noch ein Stück. "Die Dämonen überwanden unsere Verteidigung und setzten eine Marionettenregierung aus Ghulen ein. Seitdem unterstützen die Dämonen ihre Herrschaft, solange die Ghule zusätzliche Seelen in die Hölle schicken." Sie zittert. "Aber ich glaube nicht, dass Armageddon auf ewig mit einer

Marionettenregierung zufrieden sein wird. Das liegt nicht in seiner Natur."

Ich verschränke die Finger im Nacken und atme tief aus. Fassen wir das Furchtbare hier zusammen. Ich habe einen Ghul als Vater, eine schweigende beste Freundin und eine Mama mit einer tonnenschweren deprimierenden Geschichte, über die ich nachdenken muss. Meine Sicht wird an den Rändern unscharf.

Mama mustert mich genau. "Warum bleibst du heute nicht von der Schule zu Hause? Du siehst nicht gut aus."

Ich stelle mir vor, wie ich Cissy und ihrem Schweigen in der Schule gegenüberstehe. Mir wird ein wenig übel im Magen.

"Du hast recht, Mama. Ich gehe wieder ins Bett." Ich bin seit weniger als einer Stunde wach, aber es war schon so ein Tag. Ich ziehe mich in mein Zimmer zurück, kuschle mich unter meine Decke und schlafe schnell ein. Ein zufriedenes Lächeln umspielt meine Lippen, als ich in einen traumlosen Schlaf falle.

～

Ich bleibe den Rest des Tages zu Hause, und den nächsten, und den übernächsten. Meine Mutter ist da ganz cool. Sie macht mir Tiefkühlgerichte und lässt mich so viel fernsehen, wie ich will. Eine ganze Woche vergeht, bevor ich wieder in die Klasse zurückkehre.

Während ich den gewohnten Weg zur Schule zurücklege, verzieht sich mein Gesicht zu einem zuversichtlichen Grinsen. Nach einer ganzen Woche muss Cissy Mitleid mit ihrer superkranken besten Freundin haben und ihren Neid-Dämon in eine alte Geschichte verwandeln. Ich wette, sie sagt nur hallo und plaudert, als wäre nie etwas passiert.

Ja, das ist es.

Ich parke Betsy, gehe in die Schule und beobachte den überfüllten Flur. Cissy steht neben ihrem Spind. Ich gehe an ihre Seite und setze mein charmantestes Lächeln auf.

"Hallo, Cissy."

Stille.

"Es geht mir schon viel besser, danke der Nachfrage."

Cissy dreht sich langsam zu mir um. In dem Moment, in dem ihre Augen die meinen Treffen, blitzt ihre Iris so hell auf, dass ich meine Augen vor dem grellen Licht schütze. Mit einem leisen Knurren knallt sie ihren Spind zu und stampft den Gang hinunter.

Mein Magen dreht sich vor Enttäuschung um. So viel zum Plaudern, als wäre nichts passiert. Verdammt, ihr Neid-Dämon ist ein Miststück, wenn er wach ist.

Ich gehe in die Klasse und tue so, als würde ich interessiert zuhören, was für einen Müll der Old Timer auch immer zu sagen hat, aber in Wirklichkeit denke ich mir geniale Einzeiler für Cissy aus. Ich weiß, wenn ich sie beim Mittagessen zum Lachen bringen kann, wird sie sich verkrümeln (und ich werde das Thrax-Turnier vermeiden). Mein Lieblingssatz ist: "Sprich mit mir und ich bürste dir den Schwanz." Ich nicke stumm. Das wird sicher funktionieren.

In dem Moment ertönt ein dumpfer Schlag an der Klassentür.

Alle erstarren, als sich alle Augen auf den Fremden richten. Eine dunkle Gestalt lugt durch das kleine Glasfenster der Tür. Die Haut des Eindringlings ist schwarz und glatt wie polierter Stein. Mein Körper spannt sich an.

Das sieht aus wie Armageddon. Die Glocken der Hölle. Er kommt, um die Ghule auszulöschen, genau wie Mama es vorausgesagt hat. Mein Schwanz wölbt sich über meine Schulter, bereit zuzuschlagen.

Der Old Timer winkt den Eindringling weg. "Komm später wieder. Ich bin in einer sehr wichtigen Stunde."

Der Fremde klopft erneut, diesmal so fest, dass der Türrahmen erzittert. "Inspektion!" Die Stimme klingt wie Hunderte von Menschen, die gleichzeitig flüstern.

Meine Gedanken rasen durch die verschiedenen Arten von Dämonen. Welcher würde so eine Stimme haben? Der Klang ist knirschend, geheimnisvoll und absolut furchterregend. Dämonischer Zorn kräuselt sich in meinem Bauch und bereitet mich auf den Kampf vor.

Der Old Timer rümpft die Nase und lässt seinen Schnauzbart zucken. "Von einer Inspektion wurde ich nicht informiert."

"Dämoneninspektion."

Der Old Timer richtet seine Roben auf, eilt zur Klassentür und macht sie schwungvoll auf. "Willkommen in meinem Klassenzimmer, oh mächtiger Dämon."

Die Gestalt stürmt in den Raum. Groß und schlank, sieht sie aus wie eine kleinere Version von Armageddon, bis hin zu ihrem schwarzen Smoking. Der Old Timer eilt an die Seite des Dämons und gestikuliert in den Raum voller Schüler.

Mein innerer Dämon knurrt vor Wut. Der Old Timer führt uns vor, als ob es Essenszeit wäre und wir so viele Teile von Rindfleisch wären. Mein Mund verzieht sich zu einem finsteren Lächeln. Versucht einfach etwas, ihr zwei. Irgendwas.

"Mächtiger Dämon, dieser Kurs heißt Lektionen in Dienerschaft.

Gibt es eine bestimmte Fähigkeit, die du gerne sehen würdest? Roben Reinigung, Massage, Verbeugen und Kratzen?"

"Ich bin nicht hier, um etwas zu sehen." Die Ränder des dünnen roten Mundes des Dämons verziehen sich zu einem Lächeln.

Der Old Timer wickelt das Ende seines Schnurrbartes um einen Finger. "Weshalb bist du dann hier?"

"Deswegen." Ein Stück der Wange des Dämons schält sich zu einer schmetterlingsähnlichen Kreatur mit blutrotem Körper und dicken schwarzen Flügeln ab. Das winzige Gesicht der Kreatur hat leuchtend rote Augen, eine hochgezogene Nase und einen klitzekleinen Mund, der mit glänzenden schwarzen Zähnen besetzt ist. Seine dunklen Flügel pumpen heftig und lassen seine schlaksigen Arme und Beine in der Luft schwingen.

Ich atme aus. Jetzt weiß ich genau, was für ein Monster das ist: ein Papilio-Dämon. Er ist böse, aber bei weitem nicht so schrecklich wie Armageddon.

Der Körper des Dämons schält sich in weitere böse Schmetterlinge ab. Im Handumdrehen flattern kleine fliegende Dämonen in einer großen dunklen Wolke durch die Luft. Die Masse des humanoiden Dämons schrumpft zu einem unförmigen Klumpen und verschwindet dann. An seiner Stelle schwirrt ein Schwarm Papilio durch das Klassenzimmer, wirft Stühle um und erschreckt die Schüler. Einige der kleinen Biester verheddern sich mit ihren Armen in meinen Haaren. Ekelhaft.

Ein paar Kinder fangen an zu schreien; ihre traurigen Schreie lösen meinen Zornesreflex in hohem Maße aus. Meine Augen brennen vor Wut, als ich anfange, Angriffsvektoren zu planen und die besten Wege zu finden, Papilio mit meinem Schwanz aufzuspießen. Es ist schon schlimm genug, dass wir in dieser Schule sitzen und uns den ganzen Tag über Ghul-Lügen anhören müssen. Dämonenangriffe stehen nicht auf dem Lehrplan.

Die Papilio schwirren umher und reißen Sachen aus Rucksäcken, Taschen und Geldbörsen. Sie zerkleinern Bücher, zerdrücken Münzen zu Metallklumpen und reißen Haare aus, eine Handvoll. Ich erhebe mich, meine Hände ballen sich vor Wut.

Der Schwarm peitscht um mich herum, dann ändert er seinen Fokus und steuert auf den Schreibtisch des Old Timers zu. Er steht davor, den Rücken gegen die Arbeitsfläche gelehnt, die Arme nach vorne gestreckt.

Mein Schwanz entspannt sich. Der Old Timer ist an der Reihe. Schön.

"Gemäß Artikel 7 des Spektralvertrags sind Inspektionen nur auf Quasis beschränkt. Dies ist das Pult eines Ghul-Lehrers."

Die Papilio umkreisen das Pult des Old Timers und wühlen sich wie wild durch seine Sachen. Der Boden ist schnell mit Stiften, Papieren und zerrissenen Büchern übersät.

Der Old Timer stützt die Fäuste auf seine knochigen Hüften. "Das sind meine persönlichen Gegenstände! Ich bin ein Ghul! Ich habe Rechte!"

Die kleinen Dämonen kichern mit hundert flüsternden Stimmen. Eine Gruppe von ihnen packt ein Ende des Schnurrbarts des Old Timers und zieht daran, kräftig. Mit einem Ruck reisst er ab.

Die graue Hand des Old Timers tätschelt seine Oberlippe. "Wie könnt ihr es wagen!"

Die Dämonen kichern noch lauter, dann schwärmen sie aus dem Zimmer und den Flur hinunter. Der Old Timer folgt ihnen und schüttelt seine knochige Faust schulterhoch.

Ich rutsche zurück auf meinen Stuhl, ein zufriedenes Grinsen umspielt meinen Mund. All unsere durchgefallenen Testarbeiten und schlechten Zeugnisse liegen in Fetzen auf dem Boden des Klassenzimmers. Das ist gut, aber noch besser ist es, einem Ghul dabei zuzusehen, wie er herausfindet, wie Dämonen wirklich sind.

Wie ich schon die ganze Zeit gesagt habe, sie sind alles andere als unsere edlen Verbündeten.

Ich marschiere über den grünlich-gelben Rasen der Schule. Den Daumen in den Mund nehmend, beiße ich auf den Nagel und zucke zusammen. Igitt. Ich habe jeden Fingernagel bis auf einen Stummel abgekaut. Das blöde Thrax-Turnier steht dieses Wochenende an. Es ist eine Woche, vier Tage und sechs Stunden her, seit ich zuletzt mit Cissy sprach.

Ich beginne daran zu zerbrechen.

Ich schaue auf meine Uhr. Ich muss in zwei Minuten auf dem schlammigen Feld hinter der Schule sein. Ich gehe um das Gebäude herum und suche nach meiner Klasse. Mein Auge zuckt, als ich eine Gruppe von Kindern entdecke, die in der Mitte des matschigen Grüns steht.

Ich jogge zu meiner Sportklasse und stecke die Hände in die Taschen meines Kapuzenpullis. Ich grüße niemanden und es grüßt mich auch niemand. Man sollte meinen, dass ich nach fast zwei Wochen anfangen würde, neue Freunde zu finden. Klar, ich habe versucht, mit anderen Kindern zu reden, aber wir bilden Gruppen nach unseren Todsünden-Kräften, und Zorn ist ziemlich selten. Und Furor-Wrath, wie ich? So selten, dass es schon fast unheimlich ist.

Ich habe versucht, die wenigen Zorn-Quasis in der Schule anzusprechen, aber sie wollten mir nur in den Hintern treten. Das ist eine Zorn-Sache; man will sehen, wie man in der Hierarchie steht. Leider hätte das mit ihnen im Krankenhaus geendet, nicht mit einem neuen besten Freund für meine Wenigkeit. Zekes Lusthasen-Kumpels bitten mich immer, an ihren Mittagstisch zu kommen, aber Cissy ist auch dabei. Und jedes Mal, wenn wir Augenkontakt haben, erwacht ihr Neid-

Dämon zum Leben. Es ist einfach seltsam. Alles in allem habe ich viel Zeit damit verbracht, Dämonenriegel in einer Ecke zu essen.

Der Old Timer und Tank treten in die Mitte der Gruppe. Tank stößt einen langen Pfiff aus seiner Pfeife aus. Alle verstummen.

Unser Sportlehrer stemmt seine monströsen Hände in die Hüften. Mit seiner Wolkenkratzer-Statur, der Glatze und dem massiven Kinn ist er ein Turm in seinem schwarzen Gewand. Neben ihm sieht der Old Timer aus wie ein grauer Knüppel mit halbem Schnauzbart.

"Wir haben heute eine große Neuigkeit für euch", sagt Tank. "OT-42 wollte unsere Klassen für diese besondere Ankündigung zusammenlegen, weil..." Er blickt auf den Old Timer hinunter. "Warum machen wir das noch mal?"

Der Old Timer tätschelt die raue Haut über seiner Lippe. "Sicherheit." Er scannt nervös das Feld. "Man weiß nie, wer vorbeikommt."

Ich verstecke ein bissiges Lächeln hinter meiner vorgehaltenen Hand. Seit dem Angriff der Papilio-Dämonen ist der Old Timer nicht mehr derselbe Ghul, auf eine gute Art. Die unausstehlichen Lektionen über das "Dienen unserer Meister" sind verschwunden und durch Lerngruppen ersetzt worden, in denen wir Dämonen-Selbstverteidigungsbücher lesen. Er schreibt nicht mal mehr Tests.

Tank klopft dem Old Timer mit solcher Wucht auf den Rücken, dass der klapprige Ghul fast in die Menge purzelt. "So ist es richtig", sagt Tank. "Sicherheit in Zahlen. Sehr wichtig." Er presst seine riesigen Hände zusammen. "Wie ihr wisst, werden die Quasis im letzten Jahr getestet und ihnen wird ein lebenslanger Dienst zugewiesen. Für diese Klasse hat die Prüfung noch nicht begonnen." Ein leises Stöhnen erhebt sich aus der Gruppe der Schüler. Tank hebt die Arme. "Macht euch keine Sorgen. Heute wird es keine Tests geben."

Der Old Timer wickelt seinen Mantel fester um sich. "In der Tat sind wir hier, um euch zu sagen, dass es dieses Jahr keine Tests geben wird."

Das Stöhnen geht in fröhliches Geplapper über.

Keine Tests? Ich schlage mit meiner Faust in die Luft. Das ist verdammt geil!

Tank verschränkt seine riesigen Arme über seiner Tonnenbrust. "Also, Ruhe jetzt." Die Schüler verstummen augenblicklich. "Die Abteilung für Quasi-Lernen hat beschlossen, dass in diesem Jahr alle Schüler den gleichen Dienst erhalten werden. Jeder wird der neuen Ghul Protektion League beitreten. In Zukunft wird der Sportunterricht euch für diesen Dienst ausbilden."

Im Hinterkopf erinnere ich mich, dass Cissy mir etwas über die

Änderung des Sportunterrichts erzählt hat. In einer Schutzliga zu kämpfen, klingt ziemlich cool.

Ich hebe meine Hand. "Welche Kampffähigkeiten werden wir lernen?"

Der Old Timer schüttelt seinen kahlen Kopf. "Keine. Die GPL lehrt euch, wie ihr am besten euer Leben für eure Ghul-Meister gebt, damit wir im Falle eines Angriffs Zeit haben zu fliehen."

Ein fassungsloses Schweigen ergreift die Gruppe. Keiner bewegt sich.

Heiliger Strohsack! Ich wollte, dass die Ghule erkennen, dass Dämonen keine Verbündeten sind, aber ich dachte, sie würden etwas Logisches tun, wie das Fegefeuer verlassen oder eine Armee aufbauen. Aber dass wir unser Leben lassen sollen, während sie ihre Ärsche hier raustransportieren? Unglaublich arm.

"OT-42 übertreibt", sagt Tank schnell. "Du wirst auch andere Dinge lernen. Die Engelskrieger werden dir einige Verteidigungsfähigkeiten beibringen."

Meine Stirn wölbt sich. Engelskrieger? Kampffertigkeiten? Diese Klasse wurde gerade zu etwas Armseligen hochgestuft.

Der Old Timer nickt energisch. "Die Engel haben uns Ratschläge gegeben, wie wir uns vorbereiten sollen, na ja, einfach um uns generell vorzubereiten. Sie helfen uns beim Training."

Eine Erinnerung kommt mir in den Sinn: der Tag, an dem der Old Timer mich bat, Wurmauflauf zu machen. Cissy zeigte auf Engel auf dem Rasen. Alle waren schockiert, aber ich war zu aufgeregt, weil ich keine Würmer zerquetschen wollte, um zu viel darüber nachzudenken. Meine Augen weiteten sich vor Verständnis. Deshalb trieben sich also Engel in der Schule herum. Sie helfen den Ghulen, sich - wie nannte es der alte Timer noch mal - "allgemein vorzubereiten"?

Ja, natürlich. Die Engel sind hier, um den Ghulen zu helfen, sich auf eine weitere Dämoneninvasion vorzubereiten. Ein Schauer läuft mir über die Schultern. Mama sagte, Armageddon würde nie mit der Marionettenherrschaft des Fegefeuers glücklich werden, und sie hatte recht. Schon wieder.

Cissy hebt ihre Hand. Ich spüre einen Stich in der Brust; ich vermisse sie. Es muss einen Weg geben, sie aus dieser Dämonen-Neid-Sache herauszuholen. Sie räuspert sich. "Wen genau beschützen wir und auf wen bereiten wir uns vor? Dämonen?"

Der Old Timer streckt seine Arme aus, Handflächen nach vorne. "Nein, nein, nein. Nichts dergleichen. Dämonen sind unsere Freunde. Das weiß jeder." Seine Augen glühen hellrot.

Ich rolle mit den Augen. Sisisisicher sind sie das.

"Lasst uns loslegen." Tank bläst wieder in seine Trillerpfeife. "Ich möchte, dass ihr alle übt, über den Hof zu rennen, mit den Armen zu fuchteln und zu schreien: 'Nimm mich! Nehmt mich!' Auf mein Zeichen. Fertig. Los!"

Die anderen Kinder teilen sich in kleine Gruppen auf und fangen an, um das Feld zu laufen. Einige sind mit Feuereifer bei der Sache und legen sich richtig ins Zeug. Cissy und Zeke schlendern in der Nähe, plaudern und lächeln. Mein Herz zerbricht endgültig.

Ich gehe zu Cissy hinüber und stelle mich direkt in ihren Laufweg. Unsere Blicke treffen sich. Ihre Iris färbt sich knallrot.

Zeke kratzt sich mit der Hand im Nacken. "Ich lasse euch beide allein, damit ihr reden könnt." Schnell schleicht er sich davon.

Cissy starrt mich weiter an, ihre Augen flackern heller. Das muss so was von ein Ende haben, und so sehr ich es hasse, es zu tun, denke ich, dass es nur einen Weg gibt, ihren Neid-Dämon zum Verschwinden zu bringen.

"Vielleicht überlege ich, zum Turnier zu gehen. Vielleicht." Ich schnippe mit dem Finger zwischen ihren Augen hin und her. "Aber ich muss mit meiner Freundin Cissy reden und nicht mit dem Neid-Dämon-Mädchen."

Cissy atmet tief ein, ihre Augen werden langsam wieder braun.

Das ist gut. Jetzt kommen wir doch noch weiter.

Sie schüttelt den Kopf von einer Seite zur anderen. "So ist es schon besser." Sie atmet ein paar Mal aus. "Ich glaube, mein Neid-Dämon ist da ein wenig außer Kontrolle geraten."

Ich stemme meine Fäuste in die Hüften. Jetzt ist es an der Zeit, loszulassen. "Ein bisschen außer Kontrolle? Du hast zwei Wochen lang nicht mit mir geredet. Du warst eine Bitch auf Rädern. Und warum? Einem Typen." Ich fuchtle mit dem Finger vor ihr herum. "Ich war total geduldig mit dir während des ganzen Zekie-Turteltäubchen-Liebes-Festivals. Alles, was ich tat, war mich mit einem Kerl zu streiten und du KAPIERST es nicht. Fürs Protokoll, du bist gerade total und vollkommen scheiße als Freundin."

Sie schlägt die Hände vor den Mund. "Ach du meine Güte. Ich bin wirklich scheiße."

"Völlig."

"Ich weiß nicht, was ich sagen soll, Myla." Ihre Augen sind von Tränen gesäumt. "Ich habe die Kontrolle verloren." Sie schüttelt den Kopf. "Du musst nicht zu dem Turnier gehen, wenn du nicht willst."

Ich kratze mich am Hals und runzle die Stirn. "Nein, ich gehe zu dem blöden Turnier."

Cissy grinst und hüpft auf ihren Fersen. "Danke, Myla, danke!" Sie umarmt mich fest.

Ich bleibe wie angewurzelt stehen, erlaube ihr, mich zu umarmen, erwidere die Umarmung aber nicht. "Unter einer Bedingung."

"Nennen sie mir."

"Ich will eine ernsthafte Entschuldigung für diesen völlig unangemessenen Anfall von ausgedehnter Eifersucht."

Cissy nickt weise. "Du hast recht. Weit übertrieben." Sie zwinkert mit den Augenbrauen auf und ab. "Wie viele denn? Zwei? Drei?"

"Fünf." Ich verschränke die Arme vor der Brust. "Du machst mir fünf Bleche mit Brownies. Verschiedene Geschmacksrichtungen. Und nicht deine Mutter überreden, dass sie es macht."

"Geht klar. Ich danke dir. So sehr." Sie macht Anstalten, mich noch einmal zu umarmen; ich hebe meine Hände hoch um sie davon abzuhalten.

"Und eine letzte Sache. Wenn ich gehe, mache ich es auf meine Art."

~

Ich schleiche aus meinem Zimmer und gehe auf Zehenspitzen zur Haustür, die Schlüssel zu Betsy in der Tasche meines Kapuzenpullis. Mit angehaltenem Atem lege ich meine Finger um den Türgriff.

Mama steckt ihren Kopf aus der Küche. Ich bin wie ertappt.

"Wo schleichst du dich denn hin?" Sie kommt auf mich zu und lässt die Schultern hängen. "Willst du dich mit anderen Top-Arena-Kämpfern treffen?" Ihr Schwanz wickelt sich um ihre Hand. "Ich weiß, dass sie auch alle teilweise Furor-Dämone sind."

Heimliche Treffen mit Furor-Kämpfern? Wie kommt sie nur auf diesen Blödsinn, um sich Sorgen zu machen?

"Ich habe die anderen Arenakämpfer kennengelernt." Ich zucke mit den Schultern. "Die sind in Ordnung."

Sie stützt ihre Hand auf die Hüfte. "Du schleichst dich also nicht davon, um sie zu treffen?"

"Warum sollte ich das tun?" Ich drehe die Schlüssel um meinen Finger. "Versteh mich nicht falsch, sie sind gute Kämpfer, aber ..."

"Nicht so gut wie du."

"So in etwa." Meiner bescheidenen Meinung nach sind sie ein Haufen gescheiterter Existenzen. Versteh mich nicht falsch, sie könnten jeden im Fegefeuer fertig machen, nur nicht mich.

"Also, was hast du vor?"

"Ich treffe mich nicht mit Furor-Kämpfern." Aber ich gehe zum

Thrax-Turnier. Ich bin so eine schlechte Lügnerin, dass ich gehofft habe, mich ohne mütterliche Inquisition rausschleichen zu können.

Ihre Schokoladenaugen verengen sich. "Also, wo gehst du hin?"

"Ich hänge mit Cissy ab." Bei einem Thrax-Turnier, aber den Teil lasse ich aus.

Mama starrt mich einen langen Moment an, dann nickt sie. "Okay, viel Spaß."

"Danke, Mama. Ich bin bald wieder da." Denn sobald sie sehen, dass ich eine Jogginghose trage und nicht so ein blödes Ballkleid, darf ich gehen. Mein Grinsen wird extrabreit.

Mein Plan ist so verdammt genial.

Ich fahre Betsy zum Thrax-Gelände, parke sie auf einem trockenen Stück Feld und folge der Menge. Alle sind in traditioneller Thrax-Kleidung und starren auf meine lumpige Jogginghose und den grauen Kapuzenpulli. Ich werfe einen Blick auf meine Uhr. Wenn ich in den nächsten zehn Minuten gehe, kann ich immer noch Wiederholungen von I Love Lucy auf dem Human Channel sehen. Klasse.

Ich folge der Thrax-Gruppe. Wir wandern durch die Bäume und auf eine breite, mit Schlamm bedeckte Wiese. Am Rande des Waldes stehen fünf große Zelte. Jedes ist größer als mein Haus und in einer anderen Farbe: gelb, bronze, lila, blau oder schwarz. Hinter den Zelten liegt ein ovales grünes Tuniergelände - es ist der einzige Platz in der Umgebung, der grün ist - und er ist von einem schulterhohen Holzzaun umgeben. Zwei lange Zuschauerpavillons überblicken das Grün, einer auf jeder Seite.

Blinzelnd schaue ich mir die Pavillons genauer an. Es sind erhöhte Plattformen, die mit gestuften Sitzreihen bestückt sind. Holzstangen halten eine Stoffdecke über den Köpfen der Zuschauer. Überall hängen Fahnen und Laternen.

Cissy steht in der Nähe des grünen Tuniergeländes und sieht hübsch aus in einem einfachen mittelalterlichen Kleid aus smaragdfarbenem Stoff mit langen, geschlungenen Ärmeln. Ich winke. "Hey, Cissy!"

Ihr fällt die Kinnlade herunter, als sie an meine Seite rennt. "Myla, du bist aufgetaucht."

"Das bin ich." Ich gestikuliere zu meiner Jogginghose. "Und das hier habe ich an. Mit wem muss ich reden, damit ich rausgeschmissen werde?"

"Du solltest eine traditionelle Robe tragen. So wie ich."

"Verflixt." Ich schnippe mit den Fingern und mache mein 'Aha'-Gesicht. "Dann muss ich wohl nach Hause gehen."

Cissy kichert, sie schüttelt ihren Kopf hin und her. "So leicht kommst du da nicht raus. Die haben hier Notfallkleider."

"Haben sie?" Ich erstarre.

"Oh, ja. Im Gegensatz zu dir habe ich ein paar Hausaufgaben über das Thrax gemacht." Sie seufzt. "Warum hast du nicht die Schneiderin angerufen, die ich dir gesagt habe?"

Ich runzle die Stirn und trete mit meinem Turnschuh in den Dreck. "Weil ich mir diesen genialen Plan ausgedacht habe." Okay, vielleicht ist mein Plan nicht so verdammt genial.

Cissy ergreift meine Hand und führt mich zum Rixa-Zelt. Ein Spannungsgefühl erfasst meine Schultern. Lincoln könnte da drin sein. Ich beiße die Zähne zusammen und warte darauf, dass die vertrauten Wellen der Wut mich durchströmen. Sie erscheinen nicht. Stattdessen fühle ich mich aufgeladen mit nervöser Energie, mein Magen macht Flip-Flops.

Was zum Teufel ist los mit mir?

Meine Freundin hält neben der Stoffklappe, die als Zelteingang dient, inne. Mein Atem stockt.

Cissy räuspert sich. "Hallo!"

Eine ältere Frauenstimme ertönt von drinnen. "Ja?"

"Wir sind zwei weibliche Gäste für das Haus Rixa. Dürfen wir eintreten?"

Die Zeltklappe öffnet sich. Eine korpulente Frau in einem schlichten schwarzen Gewand blickt uns mit einem zwinkernden Gesicht an. "Außer mir ist niemand hier drin. Kommen Sie rein."

Mein Körper entspannt sich ein wenig. Keine unmittelbare Begegnung mit Prinz Pompös. Uff.

Cissy führt mich rein. "Ich heiße Cissy und das ist Myla. Sie braucht ein Begrüßungsgewand."

Die Frau stützt ihre plumpen Hände in die Hüften und mustert mich. Sie hat braunes, grau durchzogenes Haar, ein rundes Gesicht und ungleiche Augen von eisblau und weizenbraun. "Ist sie diejenige, die Lincolns, äh, Gast ist?"

Ich hebe meinen Zeigefinger. "Technisch gesehen, bin ich eher eine Gefangene."

"Benimm dich, Myla." Cissy verkneift sich ein Lächeln. "Ja, sie ist diejenige."

"Ich bin Königin Octavias Dienstmädchen, Bera."

Cissy macht einen Knicks. "Schön, Sie kennenzulernen." Sie stößt mich sanft in die Rippen.

"Schön, dass, äh..." Ich beäuge das Innere des Zeltes. Mein Mund öffnet sich weit vor Überraschung. Dieser Ort ist vollgepackt mit jeder

Art von Rüstung und Waffen, die man sich vorstellen kann, einschließlich Baculum. Ich zeige auf eine Reihe von silbernen Schwertern mit Zickzackklingen. "Die sind zum Töten von Viperons, nicht wahr?" Ich hüpfe auf den Fußsohlen. "Ich war mir nicht sicher, ob sie wirklich existieren."

Beras dicke Wangen verziehen sich zu einem Lächeln. "Eigentlich töten sie Viperons und Simia-Dämonen."

Okay, ich habe Gerüchte über diese Klingen gehört, aber ich dachte, sie wären Legenden, wie ein fliegender Teppich oder Excalibur. Ich sehe die Waffen an den Zeltwänden schimmern und meine Finger jucken danach, sie zu berühren. "Wow. Kann ich eine halten?"

"Nein, kannst du nicht", Cissy wirft mir einen Blick zu, der sagt: "Konzentrier dich, Myla. 'Wir brauchen nur ein Begrüßungskleid, dann sind wir schon weg." Sie blickt bedeutungsvoll zum Zelteingang.

Sie hat recht. Lincoln könnte jeden Moment hindurchgehen. "Ja, eine Robe wäre toll."

Bera nickt. "Ich glaube, wir haben etwas." Sie watschelt hinüber zu einer großen Truhe an der Rückwand des Zeltes. Cissy folgt ihr und lässt meinen Arm los. Bera zieht den schweren Holzdeckel der Truhe hoch und wühlt sich durch Lagen von Stoff. Sie zieht etwas heraus, das man nur als einen großen Haufen weißer Puffs bezeichnen kann. "Hier, bitte sehr."

Cissy schnappt sich das Kleidungsstück. "Danke."

Bera beugt sich wieder in die Truhe und holt ein Paar weiße Stöckelschuhe heraus. Sie mustert meine Füße. "Die sollten passen."

Cissy hält das Kleid hoch. Es ist ein riesiges Marshmallow von einem Kleid, bedeckt mit Schichten von bauschiger Spitze.

Meine Oberlippe kräuselt sich. "Das ziehe ich nicht an."

"Du kannst niemandem außer dir selbst die Schuld geben, Myla."

Eine Stimme ertönt von außerhalb des Zeltes. "Ich bin ein Krieger des Hauses Rixa. Darf ich eintreten?"

Mein Körper erstarrt. Verdammt! Ich würde diese Stimme überall erkennen: Lincoln. Die Sehnen schnüren sich um mein Rückgrat und arbeiten sich zu meinen Hals hinauf.

Heute eine Jogginghose zu tragen? Offiziell mein am wenigsten genialer Plan, jemals.

Bera watschelt zum Zelteingang hinüber. "Einen Moment, Eure Hoheit." Sie hält die Stofflaschen zusammen und dreht sich zu mir um. "Beeilen Sie sich jetzt. Das Turnier fängt gleich an."

Es hat keinen Sinn, sich zu streiten. Hätte ich ein bisschen recherchiert, säße ich nicht in diesem Schlamassel. Ich ziehe mein Sweatshirt aus und schlüpfe in das Marshmallow-Ungetüm. Mein Schwanz sticht schnell ein Loch in den Rücken und peitscht um das Kleid herum, wobei er den Stoff streichelt, als wäre er ein seltsames Tier. Ich schlüpfe mit den Füßen in die weißen Stöckelschuhe und werfe einen Blick auf Cissy. "Ich werde dich nicht einmal fragen, wie ich aussehe."

Sie zuckt zusammen. "Tu's nicht."

Ich winke Bera zu. "Ich bin so weit. Gibt es einen anderen Weg hier raus?"

"Nein." Bera lässt die Stofflasche los und reißt die Zelttür auf. Sie hält ihre Hand hoch. "Nur einen Moment, Eure Hoheit. Ein paar junge Mädchen müssen zuerst gehen."

Ich habe nur eine Möglichkeit: lächeln und das Kleid bearbeiten, als wäre es das Beste überhaupt. Ich setze ein breites Grinsen auf, schlendere zur Zeltklappe und trete hinaus. Lincoln steht da, er trägt einen schwarzen Schutzanzug mit einem Adlerwappen auf der Brust. Unsere Blicke treffen sich; die Luft um uns herum knistert mit einer Art Energie. Er mustert mich von Kopf bis Fuß, sein Gesicht ist unleserlich.

"Miss Lewis." Er verbeugt sich leicht.

"Eure Hoheit." Ich versuche, einen Knicks zu machen und schleife das Kleid durch den Schlamm. Hinter mir tritt Cissy ins Freie.

"Entschuldigen Sie mich." Lincoln verschwindet im Zelt und schließt die Klappe hinter sich.

Cissy legt ihren Arm um meinem. Wir gehen ein paar Schritte vorwärts, dann lehnt sie sich vor, ihre Stimme ist kaum ein Flüstern. "Also, wie ist es da hinten gelaufen? Irgendwelche Schreie, Tritte, Spucke?" Sie muss nicht, "mit dem Prinzen" dazusagen.

"Nein, wir haben uns gegrüßt und das war's."

Cissy runzelt die Stirn. " Hm...."

"Was meinst du mit ' hm...'?"

"Ich meine, wenn du meinen Neid-Dämon fernhalten willst, sollten wir dieses Gespräch sofort beenden." Sie hält inne und reibt sich dann mit den Fingerknöcheln die Augen.

Ich zucke zusammen und fürchte mich vor dem, was ich sehen werde, wenn sie ihre Hände wegzieht. Ich kann jetzt nicht mit einem großen Neidausbruch umgehen. Ich trete etwas näher an Cissy heran. "Geht es dir gut?"

Meine beste Freundin lässt ihre Hände sinken. Ihre Augen sind wie immer braun, Gott sei Dank. "Lass uns das Thema wechseln." Sie gestikuliert zu meinem Kleid. "Kannst du dich in dem Ding bewegen?"

Ich lege meine Hand auf mein Herz und hebe meine andere Handfläche auf Schulterhöhe. "Ich schwöre hiermit feierlich, von nun an auf Cissys Modetipps zu hören. Das macht zwei Monsterkleider, die ich hätte vermeiden können, wenn ich mir Hilfe von dir geholt hätte." Ich schaue auf den schlammigen Saum meines Kleides hinunter. Wenigstens drückt das Gewicht des Schmutzes etwas von das aufgebauschten Kleid etwas runter.

"Das nächste Mal, wenn wir uns für wieder schick machen müssen, machen wir uns zusammen fertig." Sie zwinkert. "Wir können aber heute noch etwas Schadensbegrenzung betreiben. Ich sage, wir setzen uns in den Pavillon." Sie mustert wieder mein Kleid. "Hintere Reihe."

"Ausgezeichnete Idee. Gehst du voran."

Wir wandern durch den Schlamm zum nächstgelegenen Pavillon. Ich bleibe an der Treppe zu den Sitzplätzen stehen und sehe, dass in der letzten Reihe nichts mehr frei ist. Mein Herz sinkt. Es gibt tatsächlich nur einen einzigen freien Stuhl im ganzen Pavillon, und der steht neben den Großen Damen. Igitt.

Ich drehe mich auf dem Absatz um. "Vielleicht sollten wir uns den Pavillon auf der anderen Seite ansehen."

Eine weinerliche Stimme ruft. "Miss Lewis, kommen Sie, setzen Sie sich zu uns!" Ich schaue auf und sehe die Scala-Erbin weiße Kleidung trägt und in meine Richtung winkt. Ich unterdrücke den Drang, ihr meinen Schuh an den Kopf zu werfen.

Die Sitzordnung bei einem Thrax-Turnier ist diplomatisches Zeug. Girly-Girl-Zeug. Crissy-Zeug. Ich lehne mich rüber und flüstere ihr ins Ohr. "Hilfe?"

Cissy nickt und spricht mit tiefer Stimme, die nur ich hören kann. "Ich schaffe das." Cissy wendet sich an die Großen Damen und knickst tief. "Wir danken euch für das freundliche Angebot, aber Myla und ich müssen zusammensitzen. Es ist quasi eine Tradition." Sie flüstert mir ins Ohr. "Das sollte sie zum Schweigen bringen. Thrax haben alle möglichen Regeln, was das Befolgen von Traditionen angeht, ihre und der andere Reiche."

Adair erhebt sich auf die Füße. "Für unser Volk kommt keine Tradition vor dem Wunsch der Scala-Erbin. Und ich wünsche mir sehr, mit Miss Lewis zu sprechen." Sie schnippt mit den Fingern. Drei blonde Mädchen in gelben Kleidern erscheinen an unserer Seite. "Dies sind Damen meines Hauses. Sie werden Sie zu einem ausgezeichneten Platz im gegenüberliegenden Pavillon begleiten. Miss Lewis bleibt hier."

Meine Oberlippe kräuselt sich vor Abscheu. Ich spreche mit Cissy aus einer Seite meines Mundes. "Optionen?"

Cissy stößt ein leises Stöhnen aus. "Ich habe keine." Sie drückt meine

Hand. "Es tut mir so leid, Myla. Ich bin neu in diesem Diplomatie-Kram. Die Ausrede mit der Tradition war alles, was ich hatte."

Panik macht sich in mir breit. Neben einem Haufen Mädels zu sitzen, für wer-weiß-wie-lange? Ich habe diesen Albtraum schon ein paar Mal in der Schule erlebt. Sie werden über Sachen wie Wimpernverlängerungen, Slipeinlagen und Nagelhautcreme reden wollen. Das ist die reinste Folter.

Cissy packt mich fester am Arm. "Lass uns abhauen. Dieses Turnier ist sowieso ein Haufen Blödsinn."

Abhauen? Das klingt nach einem tollen Plan. Ich will gerade "Ja, ja, ja" sagen, als ich Adairs Blick auffange. Ihr Mund verzieht sich zu einem selbstgefälligen Grinsen, während ihre linke Augenbraue mit einem Blick zuckt, der sagt: Ich wusste, du würdest einknicken, du niedere Lebensform.

Ich erstarre. In ihren Augen lauert eine Herausforderung, und ich bin immer für eine Herausforderung zu haben. Ich nehme meine Schultern zurück und setze ein breites Grinsen auf. "Ich würde mich Ihnen gerne anschließen, oh Scala-Erbin."

Ihr fieses Grinsen verwandelt sich in ein angewidertes Spötteln. Nett. "Wie schön, dass Sie sich uns anschließen." Adair gestikuliert zu dem freien Stuhl neben ihr. "Bitte, setzen Sie sich hierher."

Ich wende mich an das Mädchentrio, das meine beste Freundin umgibt. "Passt gut auf sie auf, sonst tue ich euch weh." Ich gebe Cissy einen Klaps auf die Schulter. "Wir sehen uns nach dem Spiel."

Cissy grinst. "Schnappt sie dir." Ihre Begleiterinnen führen sie weg; ich sehe, wie sie in der Menge verschwindet. Ich atme tief durch, setze mein Lächeln wieder auf, gehe die Stufen hinauf und nehme neben dem Scala-Erben Platz.

"Hallo, ich bin-"

"Miss Lewis", beendet die Scala-Erbin. "Den Teil kennen wir alle, Dummerchen." Sie lächelt und wirft den Kopf, wobei sie ihr langes blondes Haar in einem perfekten Bogen über ihre Schulter wirft. "Und Sie kennen mich. Ich habe Sie bei der Zeremonie gesehen."

Ja, als du mich eine minderwertige Lebensform genannt hast. Was hat sich seither geändert? Mein Gesicht erwärmt sich zu einem echten Grinsen. Ja, das ist richtig. Ich habe mich gegen all diese Lords behauptet. Jetzt bekomme ich ein wenig Thrax-Respekt.

"Lass Sie mich Sie den anderen vorstellen." Adair gestikuliert zu einem Mädchen, das in einem lila Kleid neben ihr sitzt. Sie ist knochendürr, hat olivfarbene Haut und ein kräftiges Kinn. Ihr langes braunes Haar wird von einem Netz aus lila Perlen zurückgehalten. "Das ist Lady Gianna aus dem Hause Striga."

Ein bekannter blonder Kopf winkt mir vom Ende der Reihe her zu. "Hi, Myla!" Ich winke Avery freundlich zu. Sie wippt ein wenig auf ihrem Platz. "Ist es nicht toll, dass Gianna und Adair jetzt Freunde sind? Normalerweise hassen sich Acca und Striga gegenseitig."

Die anderen Großen Damen tauschen einen wissenden Blick aus, während Adair die Zähne zusammenbeißt und ein Muskel entlang ihrer Kieferlinie zuckt. "Ruhig, Avery! Ich komme gleich zu dir." Die Scala-Erbin atmet tief ein und gestikuliert dann zu dem Mädchen, das neben Gianna sitzt.

"Das ist Lady Keisha aus dem Haus des Horus." Adair zeigt auf ein Mädchen in einer bronzenen Robe mit ebenholzfarbener Haut, großen, ungleichen Augen und Dreadlocks, die ihr bis zur Taille reichen. Keisha schickt mir ein Lächeln, das irgendwie warm und eisig zugleich ist.

Adair nickt dem nächsten Mädchen in der Reihe zu, dass eine blaue Robe trägt. "Hier haben wir Lady Nita aus dem Hause Kamal." Sie hat cremefarbene Kakaohaut, einen markanten Knochenbau, langes braunes Haar und ein fieses Grinsen im Gesicht. Adair macht sich nicht die Mühe, auf das Mädchen am Ende der Reihe zu zeigen. "Ich schätze, du hast Avery schon kennengelernt. Sie ist aus dem Haus Acca, wie ich."

Avery winkt wieder. "Hallo, Myla! So schön, dich wiederzusehen."

Ich zwinge mein bestes Lächeln auf. "Hallo, alle zusammen."

Adair richtet ihre Aufmerksamkeit auf mein Kleid. Sie mustert mich von Kopf bis Fuß. Zweimal.

Ich beiße mir auf die Unterlippe. Jetzt kommt's.

"Sie sehen sehr festlich aus, Miss Lewis." Der Rest der Großen Damen kichert.

Ich bin kurz davor, einen weiteren Zwischenfall zwischen den Reichen zu verursachen, als ein älterer, molliger Mann mit zurückweichendem rotem Haar auf den Tunierplatz tritt, eine Armbrust in der Hand. Seine Tonnenbrust platzt fast aus seiner schwarz-gelben Tunika. Avery klatscht in die Hände und zeigt auf ihn. "Schau, da ist Vater!"

Die Scala-Erbin tauscht einen abfälligen Blick mit Gianna. "Wir können ihn alle sehen, Avery."

Der Earl von Acca hebt seine dicken Arme hoch. "Willkommen zum Herbstturnier und zur Vorführung! Diese Vorführung der Kampfkünste bereitet uns auf das eigentliche Ereignis vor, das Winterturnier, bei dem der größte Krieger von Antrum gekürt werden wird!" Die Menge bricht in wilden Beifall aus. "Natürlich hoffe ich, dass es dieses Jahr Accas Ehre sein wird." Der Beifall verebbt.

Der Earl hebt seine Armbrust. "Ich werde die heutige Vorführung mit einer Demonstration meiner eigenen Kampfkunst gegen einen gefürchteten Limus-Dämon beginnen!"

Ich ziehe eine Grimasse. Ich hoffe, dass es nicht Sheila ist.

Die Schranke an einem Ende des Turniergeländes öffnet sich. Ein Limus-Dämon schwebt hindurch, sein Körper ist eine riesige Masse aus grünem Glibber. Ich betrachte das Gesicht. Nicht Sheila, puh.

Der Earl von Acca lädt einen Metallbolzen in seine Armbrust und beginnt zu feuern. Die Geschosse fliegen harmlos durch den glibberigen Dämon und prallen in die Holzwand um das Feld.

Ich stoße die Scala-Erbin mit meinem Ellbogen an. "Er benutzt nicht wirklich eine Armbrust gegen einen Limus, oder?"

"Was ist ein Limus?" Sie runzelt die Stirn. "Oh, dieses grüne Ding. Vater weiß, was er tut. Er ist ein Thrax, Miss Lewis."

Der Limus rast auf sein Opfer zu. Der Earl von Acca festigt seine Haltung und schießt einen Bolzen nach dem anderen in den Körper des Dämons. Ich schaue um mich. Eine Laterne hängt an einem der Pfosten, die die Stoffdecke des Pavillons hochhält.

Ja, das würde genügen.

Der Limus knallt auf den Earl. Grüner Glibber umhüllt den Mann vollständig. Im Inneren des Dämons zappelt der Earl von Acca und versucht, sich mit der Armbrust den Weg freizuschlagen. Neben mir plaudern die Scala-Erbin und Gianna weiter. Ich stoße sie wieder in die Rippen.

"Dein Vater steckt in großen Schwierigkeiten."

Sie sieht mich an und wölbt eine Augenbraue. "Nein, ist er nicht. Und wenn du mich weiter unterbrichst, wird Gianna dich mit einem Fluch belegen." Sie dreht sich zu ihrer Freundin um und zeigt mir so viel Rücken wie möglich.

Auf dem Turniergelände tritt und schlägt der Earl von Acca kraftlos aus dem Inneren des Limus-Dämons. Einige Thrax stehen in ihren Pavillonsitzen auf, ihre Gesichter vor Sorge verzogen. Der Earl hört ganz auf, sich zu bewegen.

Das war's.

Ich reiße die Laterne vom Pfosten und schleudere sie mit all meiner Kraft. Das Feuer knallt in die Haut des Dämons. Der Limus explodiert in smaragdgrünen Flammen. Die Thrax in den Pavillons schnappen nach Luft. Das Feuer erlischt und lässt den Earl alleinstehen, keuchend und mit grünem Schleim bedeckt.

Er zeigt auf mich, Schleim tropft von seinem Finger. "DU! Wie kannst du es wagen!"

Für ein paar lange Minuten gibt es eine Menge Verwirrung, Keuchen und "Wie kannst du es wagen"-Rufe des Earls. Es ist alles ein großes Durcheinander, bis eine vertraute Hand meine ergreift. Ich drehe mich um und sehe Cissy neben mir stehen. Sie zerrt an meinem Arm. "Lass uns von hier verschwinden."

"Klingt nach einem Plan."

Sie zieht mich am Turnierfeld vorbei und bleibt hinter einem der Zelte stehen. Ihre Augen werden groß vor Sorge. "Was ist da hinten passiert, Myla?"

"Ich habe dem Typen das Leben gerettet."

"Alle sagten, es ginge ihm gut."

"Alle haben sich geirrt. Ein Limus-Dämon war kurz davor, ihn ganz zu verdauen. Es ging ihm nicht gut." Ich verschränke die Arme vor der Brust. "Er ist nur ein aufgeblasener Angeber, der sich nicht von einem Mädchen vorführen lassen wollte, selbst wenn dieses Mädchen ihm das Leben gerettet hat."

Cissy knirscht mit den Zähnen. "Das Haus von Acca flippt aus. Ich muss etwas Schadensbegrenzung betreiben." Sie zuckt zusammen. "Das könnte eine Weile dauern." Cissys Stirn legt sich vor Sorge in Falten, derselbe Ausdruck, den sie trägt, wenn sie streunende Katzen füttert oder sich um ihren Schuhkarton mit Mottenkokons kümmert. Sie will nicht, dass diese Explosion Zeke und seine Familie in Schwierigkeiten bringt. Was, da ich mit ihnen und ihrem Haus in Verbindung gebracht werde, sehr wohl möglich ist.

Ich werde sie das nicht alleine durchstehen lassen. "Ich werde mit dir gehen."

"Nein, am besten, du hältst dich bedeckt. Jeder Acca-Lakai in Rufweite schreit, wie du sie zum zweiten Mal entehrt hast."

Unehrenhaft, wirklich? Ich halte inne und reibe mir mit der Hand den Nacken. Nachdem ich mit Adair rumgehangen habe, ist das eigentlich nicht so überraschend. Das Haus von Acca ist eine schlechte Nachricht. Ich klopfe Cissy sanft auf die Schulter. "Mach dir keine Sorgen. Ich kann einfach zurückgehen."

Sie neigt den Kopf zur Seite. "Bist du sicher?"

"Klar, ich bin sicher." Wenn ich jemals den Weg zurück zum Parkplatz und zu Betsy finden kann. Das war eine Wanderung.

Cissy gibt mir einen Kuss auf die Wange. "Danke." Sie hebt ihren Rock etwas an, dreht sich um und rast davon. Als sie weg ist, sehe ich mir das Gelände an und versuche, mir den langen Weg zurück zu Betsy vorzustellen. Ich weiß nicht genau, wie ich anfangen soll.

In dem Moment höre ich es. Wütende Acca-Stimmen, die nach dem "üblen Dämon", "Abschaum Kämpfer" und der "Quasi-Hure" rufen, die ihren Grafen erniedrigt hat. Ich habe dem Kerl das Leben gerettet, und das ist es, was passiert war? Meine Kehle schnürt sich zu. Traurigkeit und Enttäuschung winden sich um meine Rippen. Was habe ich versucht zu beweisen, indem ich gegen diese Leute kämpfte? Habe ich gedacht, sie würden erkennen, dass ein Quasi-Mädchen genauso viel Wert hat wie ein Thrax-Krieger? Egal, was ich tue, sie werden mich nie als etwas anderes als einen üblen Dämon sehen.

Meine Augen brennen. Er wird mich niemals als etwas anderes sehen, als einen üblen Dämon .

Eine bittere Schwermütigkeit setzt sich in meinen Knochen fest. Ich muss nach Hause, sofort. Ich versuche, mich zurück zum Parkplatz zu schleppen, aber ich bin das bauschige Kleid und die Absätze nicht gewohnt. Ich rutsche im Schlamm aus und lande mit einem dumpfen Aufprall auf meinem Hintern. Warme Tränen trüben meine Sicht.

Hinter mir schwappen Schritte heran. Selbst im Schlamm kann ich die militärische Präzision des Gangs des Besitzers nicht übersehen. Lincoln.

Ich hebe meine Hände und sehe, wie der Schlamm durch meine Finger rinnt. " Hör zu, Kumpel. Wenn du hier bist, um dich zu beschweren- ich habe es schon gehört. Das Haus von Acca schreit viel besser, als dass es kämpft."

Lincoln räuspert sich. "In meinem Namen und dem meines Volkes danke ich Ihnen, dass Sie das Leben des Earls gerettet haben."

Ich schüttle den Kopf, nicht sicher, ob ich ihn richtig verstanden habe. War das tatsächlich eine Nettigkeit aus dem Mund des Prinzen? Ich beobachte seine Umrisse, als er weggeht.

Mein Kopf neigt sich zu einer Seite. "Gern geschehen."

Ich schleppe mich langsam auf die Beine. Mein Kleid ist so mit Schlamm beladen, dass es jetzt eine Tonne wiegt. Ich runzle die Stirn. Ich werde ewig brauchen, um zurück zu Betsy zu schleichen, selbst wenn ich herausfinde, wo ich sie geparkt habe.

Ein Wiehern ertönt aus einer nahen Baumreihe. Ich begutachte den schummrigen Wald. Nightshades bläulich-graues Fell schimmert in den Schatten. Ich lächle.

"Perfektes Timing, Night. Ich könnte eine Mitfahrgelegenheit gebrauchen."

Cissys fröhliche Stimme dringt von der Haustür in mein schmuddeliges Schlafzimmer. "Hallo, Mamama Lewis. Ist Myla zu Hause?"

Ich setze mich aufrecht im Bett auf und schlage das Schulbuch in meinen Händen zu.

Cissy ist da. Wie schön.

Ich werfe einen Blick auf meinen Darth-Vader-Wecker; das Thrax-Herbstturnier endete vor Stunden. In einer Meisterleistung der Super-Tarnkappe konnte ich mich nach Hause schleichen, ohne dass Mama mich oder mein schlammiges Kleid gesehen hat, zum großen Teil dank des weltgrößten Badezimmer-Fenster-Schiebe-Not-Eingangs. Seitdem warte ich sehnsüchtig auf Neuigkeiten von Cissy.

Mama spricht als Nächste. "Ich dachte, du und Myla wärt bei euch zu Hause."

Ich springe auf und stürme durch meine Zimmertür. "Hi, Mama! He, Cissy!" Ich finde beide in der geöffneten Tür stehen. Cissy trägt eine Jogginghose und ein T-Shirt; Mama hat einen Blick, der sagt: "Ihr zwei führt etwas im Schilde.

Mamas Schokoladenaugen verengen sich. "Was machst du denn zu Hause, Myla?"

Ich schleiche mich an die Haustür und versuche, cool zu wirken. "Oh, ich bin vor einer Weile hierher zurückgekommen, um ein paar Hausaufgaben zu machen. Hast du mich nicht reinkommen hören?"

"Ah, nein." Ihr Mama-Radar scannt jetzt die Situation mit Vollgas. Ich bin sicher, sie ahnt, dass hier etwas nicht stimmt, aber hoffentlich errät sie nicht, was es ist.

Ich nehme die Hand meiner besten Freundin. "Cissy ist hier, um mir bei den restlichen Hausaufgaben zu helfen." Ich ziehe sie in Richtung meines Zimmers. "Bis später, Mama!" Wir stürmen durch die Zimmertür und schließen sie schnell hinter uns.

Ich platze vor Neugierde. "Also, was ist passiert, nachdem ich gegangen bin?"

"Dieser Earl ist ein Stück Dreck. Er hat nur darüber gejammert, wie du ihn gedemütigt hast." Cissy rollt mit den Augen. "Er wollte eine offizielle diplomatische Beschwerde einreichen."

"Dieser Mistkerl! Ich habe sein verdammtes Leben gerettet!" Meine Augen flackern rot vor Wut. Eine offizielle Beschwerde könnte mir, Mama und den Ryders eine Menge Ärger einbringen.

Sie reibt sich nachdenklich das Kinn. "Alle im Haus von Acca haben danach geschrien."

"Ich habe sie gehört." Meine Stimme stockt. "Jemand sollte ihre Münder mit Seife auswaschen." Die Erinnerung an ihre Schreie hallt in meinem Kopf wider. Meine Brust spannt sich vor Demütigung und Wut.

Cissy schenkt mir ein verschmitztes Grinsen. "Nimm den Teil nicht zu ernst. Sie haben sich beschwert, aber nicht gejammert, wenn du weißt, was ich meine."

Aha. "Das ist doch klar wie Kloßbrühe."

Cissy schaut sich im Raum um, als ob sie nach den Worten sucht. "Es ist, als würden die Leute des Grafen ihn nicht respektieren, aber sie haben zu viel Angst vor ihm, um sich zu wehren, wenn er ein Versager ist." Sie runzelt die Stirn. "Der Earl ist nicht wirklich ein Thrax, wenn du weißt, was ich meine."

Ich schnippe mit den Fingern. "Das verstehe ich jetzt. Für einen Anführer von Dämonenjägern benimmt er sich wie ein totales Weichei. Außerdem hat er keine Ahnung, wie man Dämonen bekämpft. Eine Armbrust mit einem Limus?"

Cissy gluckst. "Ich glaube nicht, dass viele von ihnen das wussten."

Ich hebe den Zeigefinger. "Viele von ihnen sind kein Earl."

"Stimmt." Sie mustert mich aufmerksam. "Jedenfalls musst du dir keine Sorgen um eine offizielle Beschwerde machen. Lincoln hat sich für dich eingesetzt."

Mein Herz schlägt so wild, dass ich denke, es könnte sich aus meiner Brust lösen. "Oh, hat er das?" Ich beschließe, dass jetzt ein wirklich guter Zeitpunkt ist, um alles auf meiner Kommode in Ordnung zu bringen. "Was hat er gesagt?"

"Du hast dem Earl das Leben gerettet und sie schulden dir Dank, keine Beschwerde. Er hat die Diskussion einfach so beendet." Sie schnippt mit den Fingern.

Plötzlich ist mir danach, einen Freudentanz im Zimmer aufzuführen. "Hat er noch etwas gesagt?"

"Er hat gesagt, dass es nicht die Art der Thrax ist, ihre Freundlichkeit mit Grausamkeit zu vergelten, selbst wenn ..." Ihre Hand fährt über ihren Mund.

Mein Herz klopft noch aufgeregter, wenn das möglich ist. "Komm schon. Selbst wenn was?"

"Selbst wenn du ein Dämon bist." Cissy zuckt zusammen.

Da ist wieder dieses Wort: Dämon.

"Oh." Ich lasse mich auf die Bettkante plumpsen und falte die Hände in meinem Schoß. Traurigkeit umhüllt mich wie eine schwere Decke.

Cissy setzt sich neben mich. "Lass dich von ihm nicht unterkriegen. Ihr seid aus völlig verschiedenen Welten, das ist alles." Sie legt ihren Arm um meine Schulter. "Hör zu, ich bin froh, dass du dich für jemanden interessierst, aber wirklich? Es sollte nicht er sein."

Autsch. Das tat weh.

"Ich habe nicht gesagt, dass ich interessiert bin." Meine Augen fangen an zu brennen. *Was auch immer du tust, weine nicht, Myla.*

"Komm schon, Süße." Sie gibt mir einen sanften Druck auf die Schulter. "Eine Menge Jungs würden alles dafür geben, mit dir auszugehen. Tatsache ist, du bist ein Quasi, kein Thrax. Daran ist nichts auszusetzen." Ihre Stimme nimmt einen scherzhaften Ton an. "Es ist ja nicht so, als wärst du zum Teil ein Ghul oder so."

Und dann raste ich aus: ein richtiges Rotzfäden-aus-der-Nase-Festival, bei dem ich mir die Augen auskugle. Cissy braucht eine Weile, um mich so weit zu beruhigen, dass ich erklären kann, warum ich so wütend bin.

"Die Sache ist die. Ich glaube, mein Dad ist ein Ghul."

Cissy schnappt nach Luft. "Das tut mir leid, Myla."

Mein Gesicht errötet vor Peinlichkeit und Schmerz. "So lange wollte ich nur zwei Dinge wissen: was Mama vor dem Krieg gemacht hat und wer mein Vater ist. Jetzt wünschte ich, ich hätte nie gefragt."

Cissy dreht sich so, dass sie mich von Angesicht zu Angesicht sehen kann. "Falls es einen Unterschied macht, es ändert nichts an meinen Gefühlen für dich oder unsere Freundschaft. Nicht ein bisschen."

Mein Mund verzieht sich zu einem zittrigen Lächeln. "Danke, Cissy. Das macht wirklich einen Unterschied."

~

Ich stehe auf einer geschwungenen Düne des Grauen Meeres, die warmen Sandkörner wärmen die zarten Sohlen meiner nackten Füße. Der Wind peitscht mein langes Baumwollnachthemd um meine Beine. Obwohl ich tief schlafe, bin ich wach und aufmerksam in dieser Traumwelt. Es ist mein erster, der seit das Thrax-Herbstturnier vor einer Woche stattfand.

Vor einer Woche? Diese Katastrophe ist noch so frisch, als wäre sie gestern gewesen.

Ich lege meine Hände auf den dunklen Boden und erzeuge einen Kreis aus weißer Flamme. Die Gestalt meiner Mutter erhebt sich aus der Erde, ihr Körper besteht aus Sandkörnern. Der Feuerring blinkt höher, dann verschwindet er. Mutter erscheint nun in Fleisch und Blut. Sie trägt ihr violettes Kleid und steht vor dem Rednerpult im Senatssaal.

"Ich stehe heute vor Ihnen, um ein Thema anzusprechen, das für viele von Ihnen schwer zu akzeptieren sein wird." Mama räuspert sich. "Viele glauben, dass die Unterschiede zwischen Ghulen und Dämonen so tief sind, dass es niemals ein Bündnis zwischen ihnen geben könnte." Sie mustert den Plenarsaal. Die meisten Senatoren tuscheln in kleinen Gruppen. Eine Handvoll schaut ihr mit mildem Interesse zu. Xavier lehnt in seinem grauen Anzug an der Rückwand, sein Gesicht ist von Sorgenfalten gezeichnet. Tim steht in der Tür, seine Augen sind groß vor Angst.

Mama knallt ihre Faust auf das Podium. Weitere Senatoren blicken in ihre Richtung. "Ich werde kein Blatt vor den Mund nehmen. Ich glaube, dass Botschafter Armageddon eine Allianz mit den Ghulen für die Invasion des Fegefeuers schmiedet. Wir müssen handeln!"

Ein grauhaariger Senator mit schlaksigem Körper und Elefantenschwanz erhebt sich. "Senatorin Lewis, wir haben das schon einmal besprochen. Diese Anschuldigungen sind nicht das Werk eines gesunden Verstandes. Man hat Sie gewarnt. Wenn Sie so weitermachen, müssen wir Ihr Amtsenthebungsverfahren beantragen."

Mir stockt der Atem. Meine Mutter ... Angeklagt? Das Wort schwirrt in meinem Gehirn herum und schickt Schock- und Alarmsignale durch meinen .

Der Senatssaal erwacht zum Leben. Alle Aufmerksamkeit richtet sich auf Mama, die sich mit dem älteren Senator ein Wortgefecht liefert.

Xavier stürmt nach vorne und stellt sich neben Mama. "Das Thema Armageddon wird für den heutigen Tag vertagt, danke." Er legt seinen langen Arm um Mamas Schulter und führt sie zur hinteren Wand des Senatssaals.

Mein Körper entspannt sich. Katastrophe abgewendet.

Mama und Xavier drängen sich an die Kammerwand. Sie schubst seine Hand von ihrer Schulter. "Warum haben Sie das getan?"

"Senator Adams war kurz davor, ein Amtsenthebungsverfahren einzuleiten."

Ihre Augen glühen rot. "Und ich war kurz davor, Ihre Ablösung zu fordern."

Er grinst. "Ich nehme an, ich sollte Senator Adams einen Geschenkkorb schicken." Seine Augen leuchten blau auf. " Meinen Sie, er mag Erdnüsse?"

Mamas Stirnrunzeln erwärmt sich zu einem traurigen Lächeln; ihre Augen verblassen zu Schokoladenbraun. "Wenn Sie 'Ich habe es Ihnen ja gesagt' sagen wollen, dann bringen Sie es hinter dich."

"Das werde ich nicht." Xavier hält inne. "Wie wäre es, wenn wir eine Pause machen? Ich habe gehört, dass es hinter Ihren diplomatischen Büros einen schönen Garten gibt. Wir könnten uns auf dem Weg dorthin ein Eis holen." Er lehnt sich näher an sie heran und flüstert ihr ins Ohr. "Wann haben Sie das letzte Mal ein Eis gegessen?"

Okay, dieser Typ ist ein totaler Süßer. Warum konnte Mama sich nicht mit ihm einlassen? Ein Teil von mir fragt sich, ob sie es irgendwann mal getan hat. Mein felsenfestes Vertrauen in Mamas Unfähigkeit zu lügen, beginnt offiziell zu bröckeln.

"Es ist lange her, das steht fest." Sie errötet. "Ich weiß es nicht, Xavier."

Ich kann von hier aus sehen, wie Mamas Knie zu Wackelpudding werden. Ich schließe die Lippen und überlege. Vielleicht hat sie ja doch was mit ihm angefangen.

"Kommen Sie schon, verlassen Sie das Senatsgebäude für nur einen Nachmittag. Ich bin schließlich Botschafterin. Wir können über nichts anderes als die Arbeit reden, wenn wenn Sie wollen."

Ihre Blicke treffen sich für einen langen Moment. Mama leckt sich die Lippen. "In Ordnung."

Ich lächle. Eiscreme und ein Spaziergang. Das ist so süß, dass ich sie in die Wangen kneifen möchte.

Die beiden gehen zur Hintertür der Senatskammer. Mama winkt Tim zu. "Ich bin so froh, dass du hier bist. Kannst du meinen Terminplan für heute Nachmittag freimachen? Der Botschafter und ich gehen aus."

Tim nickt. "Ja, Senatorin Lewis." Ein Muskel zuckt in seinem Nacken. Er sieht zu, wie sie gehen, seine Iris flackert dämonisch rot.

Also, Tim hatte definitiv Eifersuchtsprobleme. Ich erwäge, Mama danach zu fragen, entscheide mich dann aber dagegen. Bei meinem Glück finde ich heraus, dass er durchdrehte und wegen ihr die Senatskanzlei in die Luft jagte.

Vor mir verwandelt sich die Szene im Grauen Meer wieder in Sandkörner. Die Figuren von Mama, Xavier und Tim lösen sich im Boden auf.

Ich wache auf und höre, wie Mama eine unsinnige Melodie summt. Ich strecke mich und gähne, dann schlüpfe ich aus dem Bett und tapse in die Küche. Mama steht am Herd und klickt den Gasbrenner unter einer Bratpfanne an. Sie lächelt. "Was willst du in deinem Omelett?"

"Ich werde Müsli essen, danke."

"Lass uns eine Pause von Frankenberry einlegen. Wie wäre es mit Paprika und Zwiebeln?"

"Lecker." Ich lasse mich auf meinen Lieblingssitz am Küchentisch fallen. "Ich hatte letzte Nacht wieder eine Traumlandschaft."

Mama schlägt ein paar Eiweiße in einer kleinen Schüssel auf. "Hast du irgendwelche Fragen an mich?"

Ich kneife meine Augen fest zusammen. Ich will die Frage nicht stellen, ich will sie nicht stellen, ich will sie nicht stellen.

Ich öffne sie. Eh, ich werde die Frage stellen.

"Hast du was mit diesem Xavier angefangen?"

Mama hält einen Moment inne, dann stochert sie mit ihrem Pfannenwender im Omelett herum. "Ja."

"Xavier ist nicht mein richtiger..."

"Nein." Ihr Ton sagt, dass das nicht kampflos zur Diskussion steht. Und heute Morgen bin ich nicht in Kampflaune.

Ich seufze. Na ja, einen Versuch war es wert.

"Warum sehen wir Tim nie?"

Ich zucke zusammen. Hier kommt die schlechte Nachricht. Er ist tot oder ein Irrer oder hat sich dem bösen Clown-Pavillon der Hölle angeschlossen.

Mama brummt und schüttet die Eiermasse in die Pfanne. "Er und ich hatten einen Streit. Er wollte mehr von unserer Beziehung. Ich sagte ihm, es sei eine einmalige Sache."

"Das war's? Er will seine fantastische Tochter nicht sehen?"

"Nein, es tut mir leid, Myla."

Ich stütze mich ab, warte auf die Wellen der Traurigkeit, weil Ghul-Dad nicht an meinem Leben teilhaben will. Aber meine Gefühle lassen sich in einem Wort zusammenfassen: Mhm. Ich bin seltsamerweise mit der ganzen Sache einverstanden. Ich zucke mit den Schultern.

Mama rüttelt mit einer Hand an der Pfanne. "Jetzt habe ich eine Frage an dich."

"Schieß los."

"Als du neulich mit Cissy rumgehangen hast, was hast du da eigentlich gemacht?"

Ich mustere den Raum, als würde eine gute Geschichte auf die Tapete geschrieben werden. "Ah, nichts." Könnte ich eine schlechtere Lügnerin sein?

Mama hebt einen Umschlag vom Tresen auf. "Walker hat heute früh einen Brief abgegeben. Von der Königin der Thrax."

Verdammt.

"Warum spielt Walker den Postboten für die Thrax?"

"Wechsle nicht das Thema." Mama streut Gewürze in die Pfanne. "Bist du sicher, dass es nichts gibt, was du mir sagen willst?"

"Jep."

"Ich verstehe." Sie schaltet den Brenner aus. "Die Königin der Thrax ist eine diplomatische Angelegenheit. Vielleicht rufe ich die Ryders an; vielleicht haben sie einen Hinweis." Sie schenkt mir ein verschmitztes Grinsen.

Ich bin wie festgenagelt. Das Letzte, was ich will, ist, dass sie mit den Ryders plaudert und von den drei Lords erfährt, die ich plattgemacht habe, von meinem Schreikampf in der Bibliothek und wer weiß, was noch alles.

"Ok, ich war mit Cissy bei diesem Dämonenjäger-Turnier. und ich kann es kaum erwarten, bis sie wieder unter den Stein kriechen, aus dem sie kamen. Das war's."

Mama stellt meinen Teller vor mich hin. Das Omelett riecht wirklich lecker. "Die Königin möchte, dass du an einem weiteren Turnier teilnimmst. Bei diesem wird der Winter gefeiert und der größte Krieger von Antrum gekürt."

Ich stopfe mir einen Bissen des Omeletts in den Mund. "Das schmeckt wirklich gut, Mama." Ich schlucke hinunter. "Ich weiß nicht, warum die Thrax sich die Mühe machen, die Jahreszeiten im Fegefeuer zu feiern. Wir haben zwei davon: schlammig und nicht so schlammig."

Mama rutscht auf den Stuhl gegenüber von meinem. "Das war keine Antwort auf meine Frage."

Verdammt noch mal. Sie ist heute in fantastischer Form. "Ich werde nicht gehen."

Sie stößt einen leisen Pfiff aus. "Du hast den Thrax wirklich, hm?"

"Da hast du recht." Ich schlinge noch mehr von meinem Frühstück hinunter.

"Myla, es ist ein Novum, dass die Thrax überhaupt im Fegefeuer sind, geschweige denn mit Quasis interagieren. Normalerweise töten sie jeden mit Dämonenblut, sobald sie ihn sehen."

"Du stellst dich also auf die Seite der Thrax? Du hast den Spielverlauf nicht durchschaut. Dieser Thrax-Prinz war total beleidigend." Ich weiß noch, wie er sagte, ich verdiene Dank für die Rettung des Grafen, obwohl ich ein Dämon bin. Danke für nichts, Arschloch. Ich tippe mit dem Zeigefinger auf die Tischplatte. "Und noch etwas. Selbst wenn man denkt, dass er nicht beleidigend ist, ist er am Ende doch beleidigend. Es ist mir egal, wie sein Titel lautet, er wird mich mit Respekt behandeln."

"Wir reden hier nicht über den Prinzen. Für jemanden wie die Königin ist es unerhört, einem Quasi die Hand zu reichen. Die Ablehnung ihrer Einladung könnte die diplomatischen Beziehungen zu den Thrax um Jahrzehnte zurückwerfen."

"Buuhuu."

"Hier geht es nicht nur um dich, Myla. Angenommen, wir brauchen Thrax-Verbündete auf der Straße. Du musst an das Allgemeinwohl denken."

Ich stelle mir die Dämoneninspektionen in der Schule vor. So schlimm war es noch nie.

"Na schön." Ich runzle die Stirn. "Aber ich hasse es, wenn du vernünftig wirst."

Mama lächelt. "Ich werde versuchen, es in Zukunft nicht mehr zu tun." Sie tippt die Karte an ihr Kinn. "Sie muss ganz schön clever sein, diese Königin."

Ich erstarre mit einem Bissen Omelett auf halbem Weg zu meinem Mund. Lincolns Mutter ist hinterhältig? "Wie kommst du darauf?"

"Sie hat dir die Einladung persönlich zukommen lassen, von mir aus. Sie muss gewusst haben, dass du nicht ohne eine kleine Aufmunterung kommen würdest." Sie klappt die Karte um. "Sie hat auch eine Notiz geschrieben, dass sich eine Schneiderin bei uns melden würde. Ich nehme an, Sie brauchen diesbezüglich Unterstützung?"

Während ich mein Omelett mampfe, denke ich über die beiden Kleider nach, die ich im letzten Jahrzehnt getragen habe: das neonfarbene Karottenkleid und das große weiße Tüllkleid. Was für ein Paar von Katastrophen. Wenn ich meinen Kampfanzug rund um die Uhr tragen könnte, würde ich es tun. "Wenn es um Kleider geht, habe ich nur eines zu sagen: igitt."

"Ich fasse das als einen Schrei nach Kleiderschrank-Hilfe auf. Ich werde dem Schneider deine Maße geben."

Ich atme lange aus. "Danke, Mama." Ich knirsche frustriert mit den Zähnen. Ein weiteres Thrax-Turnier. Noch mehr Herumsitzen in übergroßer Abendgarderobe, um mit einem Haufen Idioten Unsinn zu reden. Wenn nur Cissy dabei sein könnte. Ich halte inne, eine Idee formt sich.

"He, kann ich die Einladung sehen?"

"Klar." Sie gibt sie mir.

"Cool, da steht, ich kann einen Freund mitbringen. Cissy wird begeistert sein." Und ich habe einen Flügelmann für die Veranstaltung. Toll.

Mama erhebt sich. "Ich muss heute noch ein paar Besorgungen machen, also werde ich dich an der Schule absetzen." Sie wirft einen Blick auf die Wanduhr. "Wir gehen besser bald."

Ich stelle meinen Teller in der Spüle ab. "Kann Walker dich nicht herumführen?"

"Ich kann selbst gehen. Es gibt keinen Grund, Walker weiter zu belästigen."

Ich grinse. Mama zeigt etwas von ihrem alten Elan und ihrer Unabhängigkeit. "Hört sich gut an, Senatorin."

Während Mama mich zur Schule fährt, erzählt sie von ihrer Arbeit mit den Thrax als Senatorin der Diplomatie. Im Grunde genommen belästigen sie ihr Büro nur, wenn etwas passiert, das sie dazu bringen könnte, Antrum zu verlassen oder, was noch schlimmer für sie ist, ihre übertriebenen Sicherheitssysteme zu gefährden. Sie leben aus einem bestimmten Grund im Untergrund: Die Dämonen würden sie gerne auslöschen und versuchen es auch, oft.

Ich fummle an Betsys Lüftungsschlitzen herum. "Erinnerst du dich an noch etwas?"

"Mal sehen. Die jetzige Herrscherfamilie kam im Mittelalter an die Macht."

"Ergibt Sinn. Sie sind dort ein wenig steckengeblieben, glaube ich."

Sie gluckst. "Das war vor siebenhundert Jahren, glaube ich. Dämonen waren gerade in Antrum eingefallen. Der Erzengel Aquila wurde zu Hilfe gerufen."

"Warum sie?"

"Erzengel sind sehr selten und sehr mächtig. Die Geschichte besagt, dass Aquila sich in einen Thrax verliebte und ihre Kinder das Haus Rixa wurden. Sie sind die Einzigen, die diese speziellen Waffen benutzen können, ich weiß den Namen nicht mehr."

Ich stelle mir Lincoln mit seinem feurigen Breitschwert vor. "Baculum."

"Das ist es. Die Rixa haben die Dämonen vertrieben und herrschen seither über Antrum."

Ich atme mit einem frustrierten Schnaufen aus. Damals auf Zekes Party war ich begeistert, dass Miss Thing mir beigebracht hatte, dass

Thraxe ungleiche Augen hatten. Wer hätte gedacht, dass es noch so viel mehr gab, was ich nicht lernte? "Wow. So was lernt man nicht in der Schule."

"Natürlich nicht. Die sind zu sehr damit beschäftigt, euch eine Gehirnwäsche zu verpassen, damit ihr Sklaven werdet."

Meine Augenbrauen gehen in die Höhe. Das ist eine ziemlich freche Bemerkung von Mama.

"Ich mache dir eine Liste mit Büchern für deinen nächsten Besuch in der Ryder-Bibliothek. Ich habe zugelassen, dass sie deinen Kopf schon zu lange mit Schund füllen." Sie fährt auf den Abstellplatz vor der Schule. "Und hier sind wir."

"Danke, Mama. Wir sehen uns später."

"Mach's gut."

Als sie wegfährt, merke ich, dass Mama sich verabschiedet hat, ohne zu hyperventilieren und mich zu bitten, vorsichtig zu sein. Wahnsinn.

Ich gehe in die Schule und finde meine beste Freundin, wie sie das Zimmer der Kleinen verlässt.

"Morgen, Cissy."

"Hey, Myla."

Ich wedle mit der Einladung neben meinem Ohr. "Ich habe eine Überraschung für dich!" Ich drücke ihr den Umschlag in die Hand. "Und du kommst mit mir."

Cissy öffnet den Brief, liest und hüpft auf und ab.

"Das ist ja unglaublich! Die Königin der Thrax, wow. Die Ryders werden so begeistert sein. Darf ich ihn Zeke zeigen?"

"Klar, hau rein. Ich komme später zu dir."

Meine erste Stunde ist bei meiner schlimmsten Lehrerin, Miss Thing. Ich setze mich in die letzte Reihe, ziehe mein Notizbuch heraus und kritzle "Ich hasse Prinz Lincoln", immer und immer wieder.

Miss Thing hebt die Arme. " Schüler, heute werden wir etwas über den wichtigsten Feiertag der Erde lernen. Es ist ein einmonatiges Fest der Ghul-Überlegenheit namens Halloween." Sie zieht ihre oberste Schreibtischschublade auf. "Ich habe einige wertvolle Artefakte dieses heiligen Festes, die ich herumreichen werde. Aber zuerst: Wer kann mir sagen, warum Halloween für die Quasis so wichtig ist?"

Der Raum ist still.

"Was ist mit dir, Paulette?"

Paulette schaut von ihrer Prada-Tasche auf. "Was?"

Miss Thing stöhnt. "Warum ist Halloween wichtig für Quasis?"

"Weil es um Ghule geht?"

"Genau! Und was für die Ghule wichtig ist, ist auch für dich wichtig."

Ich runzle die Stirn. Ich habe genug Wiederholungen auf dem Human Channel gesehen, um zu wissen, dass Miss Thing in diesem Fall falsch liegt. Ich hebe meine Hand.

"Ja, Myla?"

"Ist Halloween nicht ein menschlicher Feiertag, an dem sie sich verkleiden und von Tür zu Tür gehen, um Süßigkeiten zu bekommen?"

Sie stößt ein übertriebenes Keuchen aus. "Du hast dir diesen Klatschspalten-Menschen-Kanal im öffentlich-rechtlichen Fernsehen angesehen." Sie zittert. "Das ist alles ein Haufen Lügen und du bist ein Narr, wenn du auch nur ein Wort davon glaubst."

Ich schmatze mit den Lippen. Ich bin hier der Narr? Und das von der gleichen Frau, die sagt, dass alle Oligarchen heiße Typen sind. Ich konzentriere mich wieder auf mein wichtiges Notizbuch und kritzle. Scheiß auf sie.

Miss Thing hebt eine Tüte mit winzigen gelben und orangen Bonbons von ihrem Schreibtisch. "Kann jeder diese sehen? Man nennt sie Candy Corn. Jedes Jahr zu Halloween füllen die Menschen große Schüsseln mit Candy Corn und essen nichts davon. Warum eigentlich? Der Mais symbolisiert die Goldnuggets, die sie eines Tages den Ghulen geben werden." Sie reicht die Tüte an einen Schüler in der Nähe. "Gebt die hier weiter und seid vorsichtig damit."

Zeke schlendert in den Raum und zwinkert unserer Lehrerin zu. "Hallo, meine Liebe."

"Hallo, Zeke." Sie macht ihm Glubschaugen, was einfach nur eklig ist.

Ich sinke tiefer auf meinen Stuhl und knirsche mit den Zähnen. Wenn ich zu spät komme, häutet mich Miss Dingsda praktisch bei lebendigem Leib.

Zeke schlüpft auf den Stuhl neben meinem. "He, Myla."

"Hi, Zeke."

Miss Thing holt einen Plastikkürbis hervor. Auf ihm ist ein einfaches Gesicht mit geometrischen Formen aufgemalt. "Schüler, das nennt man eine Kürbislaterne." Sie hält den Kürbis ehrfürchtig über ihren Kopf. "Auf der Erde schnitzen die Menschen aus den Kürbissen Abbilder ihrer Lieblingsgeister. Dieser hier bin ich."

Ich betrachte die Kürbislaterne. Die Glatze ist genau richtig, aber sie braucht roten Lippenstift.

Während Miss Thing weitere Artikel aus ihrem Schreibtisch durchgeht, beugt sich Zeke über den Gang. "Es ist so toll, dass du endlich erwachsen mit all dem umgehst."

"Worüber?"

"Die Thraxe. Du weißt schon, zum Winterturnier zu gehen und Cissy mitzunehmen. Das bedeutet meiner Familie sehr viel. Danke."

"Nun, es geht nur um dich, Zeke." Ich schmatze mit den Lippen. "Wie immer."

Zeke tippt mit seinem Stift auf seinen Schreibtisch. "Hey, ich bin's." Ich bin mir nicht sicher, ob er meinen Sarkasmus ignoriert oder ihn nicht versteht. So oder so, er ist es. "Also, bestellst du diesmal ein normales Kleid?"

Meine Oberlippe verzieht sich. Das ist nicht mein Lieblingsthema. "Jep."

"Du musst es bald bestellen. Die Veranstaltung ist in drei Wochen."

"Meine Mutter ist dabei."

"Und du bereitest dich mit Cissy vor, damit es keine zweifelhaften Vorkommnisse gibt?"

Mein Blut beginnt zu kochen. "Ich mache mich mit Cissy fertig, weil sie meine Freundin ist."

"Und du wirst..."

"Entschuldige, Zeke, aber ich verpasse gerade eine wirklich wichtige Vorlesung über Zagnut-Riegel." Ich zeige auf Miss Thing. "Hören wir einfach auf zu reden und achten wir auf Miss Thing, ok?" Sonst endest du mit einem weiteren blauen Auge.

"Wie auch immer." Zeke dreht sich zu unserer Lehrerin um. Ich beobachte ihn einen Moment und frage mich, ob es richtig war, Cissy einzuladen.

Tja, nun. Das werde ich noch früh genug herausfinden.

*I*ch trete vor ein typisch aussehendes Ranch Haus in Middle Purgatory und klingle an der Tür. Draußen sieht es genauso aus wie bei mir zu Hause: ein einstöckiges graues Ranch Haus in einer langweiligen Straße mit anderen einstöckigen grauen Ranch Häusern. Ein paar Sekunden vergehen, bevor ein hübsches blondes Paar die Tür öffnet.

Eine hochgewachsene Frau neigt den Kopf zur Seite und lässt ihre blonden Locken wackeln. "Hallo, Myla."

Verdammt, Cissys Mutter hasst mich total. "Hallo, Mrs. Frederickson."

"Ich bin auch da." Das hübsche Gesicht von Cissys Vater verzieht sich zu einem frustrierten Stirnrunzeln. Er hasst mich auch. Es ist der Schwanz. Die meisten Quasis sehen Furor nicht als Dämonen an, da sie zwei Todsünden haben und so. Wir sind eher Freaks der Natur, und so starrt mich Mr. Frederickson auch gerade an.

"Hallo, Mr. F." Es macht keinen Sinn, seinen vollen Namen zu benutzen; er verabscheut mich sowieso. Ich stelle mich auf die Zehenspitzen und spähe über ihre gemeinsamen Schultern. "Ist Cissy zu Hause?" Ich blicke über ihre Eltern hinweg und sehe das vertraute Interieur mit orientalischen Teppichen, vergoldeten Möbeln und moderner Kunst.

"Myla!" Cissy stürmt durch die Wand ihrer Eltern und ergreift meine Hand. "Die Kleider sind gestern Abend angekommen!" Sie zerrt mich an den elterlichen Torwächtern vorbei und durch ihr kunstvoll geschmücktes Haus. Ich war schon hundertmal hier, aber ich bin immer noch schockiert, dass irgendwelche Wände so viele winzige Regale, Statuen und teuren Schnickschnack aufnehmen können. Cissy führt mich in ihr Zimmer und tritt die Tür hinter uns zu. "Ich musste meinen halben Kleiderschrank ausräumen, um Platz für sie zu schaffen."

Etwas Buntes an der Wand sticht mir ins Auge. "Hey, du hast ein neues Bild." Ich starre es an und zucke zusammen. "Was ist es?"

"So eine Art menschliches, modernes Kunstding, das mein Dad aufgetrieben hat. Jackson Polly-irgendwas. Dad hat ein Geschäft damit gemacht." Sie legt den Kopf schief und lässt ihre blonden Locken hüpfen. "Ich glaube, es könnte von einem Lastwagen gefallen sein, wenn du weißt, was ich meine."

Ich checke ihr Zimmer und suche nach allem, was anders ist. Mein Zimmer ist die Standard-Ghul-Ausgabe: trister Teppich, langweiliges Bett und unscheinbare Kommode. Es hat sich nicht verändert, seit ich zwei Jahre alt war. Cissys Zimmer sieht aus wie ein Musterhaus aus der Zeit der Quasi-Republik. Es gibt eine passende Bettgarnitur, einen Plüschteppich und eine Reihe flippiger Bilder an den Wänden. Ihr Vater bringt ständig neue Sachen aus seinen Schwarzmarktgeschäften mit.

Meine beste Freundin zieht den Bezug von ihrem Kleid. Es ist ein smaragdgrünes Kleid mit langen, geschlungenen Ärmeln, die mit schwarzem Samt abgesetzt sind.

Ich lehne mich auf meinen Fersen zurück und starre sie an. "Das sieht wunderschön aus. Was bedeuten die Farben?"

"Grün bedeutet, dass ich eine alleinstehende Frau in einer Beziehung bin. Die schwarze Schleife sagt, dass ich ein Gast des Hauses Rixa bin." Sie zieht die Hülle von meinem Kleid. Es sieht aus wie das erste, nur ist es blutrot.

"Was bedeutet rot?"

"Dass du eine alleinstehende Dame bist, die ungebunden ist."

"Warum muss ich nicht auch eine Preisliste mit mir rumtragen? Oh, Mann." Ein paar gestapelte Kisten fallen mir ins Auge. "Was ist da drin?"

"Schuhe und so." Cissy hält ihr Kleid an ihren Oberkörper und modelt vor dem Spiegel. "Das ist noch schöner als das, was ich zum Herbstturnier getragen habe."

Ich trete zu den Kisten hinüber und ziehe meine passenden Schuhe heraus. In der Schachtel finde ich auch ein kompliziertes Set aus Wickelstreifen, die wie Mumienwickel aussehen. Ich hebe meine mit zwei Fingern auf. "Was sind das für welche?"

Cissy wirft einen Blick über ihre Schulter auf mich. "Deine Unterwäsche."

"Das soll wohl ein Scherz sein."

Sie stützt eine Hand auf die Hüfte. "Siehst du? Wenn du mit mir zum Schneider gegangen wärst, anstatt deine Mutter Maß nehmen zu lassen, wüsstest du das alles. Thrax sind verrückt nach ihren Traditionen, und das sind traditionelle Thrax-Unterhosen."

"Ich werde sie nicht anziehen." Ich lasse die Streifen zurück in die Schachtel fallen und betrachte sie mit meinem rechten Auge. "Ich weiß nicht mal, wie ich die Dinger anziehen soll."

"Du trägst sie, und ich weiß genau, wie man sie dir anlegt." Cissy starrt mich an. "Sie sehen aus wie typische Unterwäsche, wenn sie dran sind, keine Sorge. Nach dem, was die Ryders mir erzählt haben, sind Thrax verrückt nach solchen Sachen. Wenn dich jemand im Bad mit etwas anderem sehen würde, könnte das zu einer diplomatischen Horrorgeschichte werden."

Meine Oberlippe kräuselt sich. "Ich weiß es nicht, Cissy."

"Oh, hör auf, ein Baby zu sein, und zieh dein kostenloses wunderschönes Kleid an. Wir wollen ja nicht zu spät kommen."

Wir schlüpfen in unsere Kleider, und ich muss zugeben, ich mag meins wirklich. Die letzten beiden Kleider, die ich trug, waren das neonfarbene "Carrot" und das "Marshmallow Nightmare". Dieses hier ist einfach, hübsch und passt mir tatsächlich.

Und ja, ich trage die traditionellen Thrax-Unterhosen. Wie auch immer.

Ich fahre Betsy rüber zur Thrax-Zentrale. Cissy beschwert sich während der Fahrt, dass mein schöner grüner Kombi kaum funktionierende Lüftungsschlitze und ein unzureichendes Radio hat. Ich erinnere sie an Betsys Loyalität und daran, dass sie selbst kein Auto hat. Als wir auf dem Thrax-Gelände ankommen, dauert es ewig, einen Parkplatz zu finden. Das Winterturnier ist ein viel größerer Rummel als im Herbst. Ich finde einen Platz für Betsy, und dann folgen Cissy und ich der Menge durch einen gewundenen Waldweg, der auf ein großes Feld führt.

Cissy schüttelt den Kopf. "Die müssen einen halben Wald abgeholzt haben." Verglichen mit dem Herbstturnier ist dieses Feld riesig und mit schicken Zelten bedeckt. Es müssen insgesamt zwei Dutzend sein, alle in verschiedenen Farben.

Ich stupse Cissy am Arm an. "Es gibt fünf große Häuser, also müssen die anderen Zelte die kleineren sein."

Sie lächelt. "Du hast gut recherchiert."

"Mama gab mir ein paar Bücher."

Wir nähern uns dem Tunierplatz. Es ist jetzt von mehr und größeren Sitzpavillons umgeben. Ein Netz aus Holzstegen verhindert, dass alle durch den Schlamm waten. Die Thrax haben sich dieses Mal wirklich ins Zeug gelegt.

Bei all den zusätzlichen Menschenmassen und der Hektik sind Cissy und ich wirklich spät dran. Die Pavillons sind voll, es gibt keine Chance, einen Sitzplatz zu bekommen. Wir beschließen, an dem hohen Holzzaun zu stehen, der den Tunierplatz umgibt.

Ich lasse mich auf einem Platz nieder, stütze meine Ellbogen auf den Zaun und betrachte das Kampffeld. Der Earl von Acca steht in der Mitte, die Armbrust hochgehalten. Er schlägt damit auf einen Ghul ein. Mein Atem stockt.

Ich tippe Cissy auf die Schulter. "Ich kenne diesen Ghul. Das ist XP-22. Ich sehe ihn bei Arenakämpfen."

Ihr hübscher Mund verzieht sich zu einem Stirnrunzeln. "Warum kämpft der Earl gegen einen Ghul?"

"Ich bin gezwungen, in der Arena zu kämpfen. Es ist ein Job für XP-22. Sie müssen ihn für sein Erscheinen bezahlt haben." Ich beobachte, wie der Earl auf XP-22 einhämmert, als dieser versucht, wegzulaufen. Wut steigt mir in die Glieder. "Das ist nicht richtig. Selbst du könntest XP-22 in den Hintern treten. Und er greift eindeutig nicht den Earl an."

"Pst, Myla. Es steht uns nicht zu, zu urteilen."

"Na schön." Ich knirsche mit den Zähnen und schaue weg. Die Menge bricht in wilden Beifall aus. "Ist es vorbei?"

"Ja."

"Ist der Ghul tot?"

Cissy holt tief Luft. "Oh, ja."

Der Earl von Acca stolziert vom Feld. Einige Thrax-Lakaien räumen die Leiche weg. Meine Augen flackern rot vor Wut und Entsetzen. XP-22 hatte es nicht verdient, sein Leben nach dem Tod auf diese Weise zu beenden.

Auf der anderen Seite des Tunierplatzes öffnet sich der Holzzaun auf. Ein Drache krabbelt auf das Schlachtfeld. Sein Körper ist so groß wie eine Kuh, sein Schwanz doppelt so lang. Er hat stummelige Flügel, rote Augen, eine lange dünne Schnauze und schwarze Schuppen, die im Licht violett glitzern. Es ist ein Schattendrache, ein seltener Dämon, der unglaublich schwer zu töten ist.

Ich stoße einen leisen Pfiff aus. Es tut mir leid für den Trottel, welcher auch immer hinter diesem Ding her ist.

Der besagte Trottel betritt das Schlachtfeld: Lincoln. Er trägt eine schwarze Rüstung mit dem Rixa-Wappen und sein Baculum-Breitschwert in der einen Hand. Er marschiert auf den Drachen zu, wirft seine Klinge von einer Hand in die andere und beäugt seinen Gegner.

Der Drache bäumt sich auf, reckt seinen Kopf in den Himmel und spuckt einen roten Feuerstrahl aus. Mit bedächtigen Schritten nähert sich Lincoln dem Maul des Tieres. Er hebt sein Baculum hoch über seinen Kopf und blockiert den Feuerstrahl des Drachen mit seinem Schwert. Ein Schauer aus rotglühenden Funken vernebelt die Luft. Der Drache würgt, schüttelt den Kopf und hüpft rückwärts. Sein Hals bildet eine Ebene mit dem Boden des Tunierplatzes.

Lincoln macht eine Rolle, gleitet unter dem Bauch des Ungeheuers hindurch und taucht am Schwanz des Tieres wieder auf.

Meine Augenbrauen gehen in die Höhe. Das ist ein ziemlich toller Schachzug.

Mit dem Schwert in der Hand erklimmt der Prinz den Rücken des Drachens, während die Bestie unter ihm heult und zappelt. Ich beobachte das Muskelspiel auf Lincolns Brust und Beinen, während er den Körper des Drachen hinaufklettert. Meine Haut errötet vor Verlangen und Hitze. Verdammt, das ist ein hinreißender Mann, auch wenn er manchmal ein Widerling ist.

Cissy berührt meine Schulter. "Geht es dir gut, Myla?"

"Was meinst du?"

Sie deutet auf den Holzzaun. Ich habe ihn so fest umklammert, dass jetzt ein Riss im Holz zu sehen ist. Ich lockere meinen Griff und zucke mit den Schultern. "Ja, mir geht's gut. Das ist nur ein echt cooler Dämon."

"Du und Dämonen." Cissy schnieft. "Nun, sei vorsichtig mit dem Zaun. Er sieht nicht sehr stabil aus."

"Klar." Mein Blick schweift über die Menge. Königin Octavia sitzt in der ersten Reihe des größten Pavillons, ihre ungleichmäßigen Augen sind auf mich gerichtet. Ich erschaudere und richte meine Aufmerksamkeit wieder auf den Kampfplatz. Der Prinz reitet immer noch auf dem Rücken des Drachens, während sich die Bestie windet und aufbäumt.

"Nat!" Lincoln winkt einem stämmigen Thrax an der Seitenlinie zu. "Wirf mir einen Maulkorb zu!"

Der Mann wirft Lincoln etwas zu, das wie ein dickes Ledernetz aussieht. Der Prinz stülpt es über das Maul des Drachens und zieht an der angebrachten Leine. Das Tier beruhigt sich. Den Kopf hin und her schüttelnd, gleitet Lincoln vom Rücken des Drachen, das Feuerschwert noch immer fest im Griff.

Ein Schrei erhebt sich aus den Pavillons. "Töten! Töten!"

Lincoln tritt um den Drachen herum, prüft seinen Kiefer und seine Hinterbeine. Er hebt eine Hand; die Menge wird still. "Nat, komm her!"

Der fassförmige Mann joggt auf das Schlachtfeld. Er ist stämmig und durchtrainiert und trägt einen schwarzen Körperpanzer wie Lincoln.

Der Prinz nickt dem Drachen zu. "Nat, was schätzt du, wie alt dieses Biest ist?"

Blinzelnd schaue ich mir den Körper des Drachen ebenfalls genauer an. Er hat Recht. Dieser Drache ist viel zu jung für einen Turnierkampf. Ein echter Krieger nimmt es nur mit einem ausgewachsenen Gegner auf, der sich im Angriffsmodus befindet. Eine Lektion, die der Graf von Acca lernen sollte, Pronto. Ich neige meinen Kopf zu einer Seite. Es braucht eine Menge Kontrolle, um mitten im Kampf anzuhalten. Ich gebe es fast ungern zu, aber ich bin beeindruckt.

Ich richte meine Aufmerksamkeit wieder auf den Kampfplatz, wo Nat die Zähne der Kreatur überprüft. "Die Bestie ist vier, vielleicht fünf Jahre alt, mein Prinz. Immer noch ein Welpe."

Lincoln tätschelt das Hinterteil der Bestie. "Was würdest du zu dieser Schramme sagen?"

Nat pfeift durch seine Zähne. "Brennnessel, sehr schmerzhaft. Hätte das arme Tier in den Wahnsinn getrieben."

Brennnessel? Das ist grausames Zeug. Selbst einige Dämonengemeinschaften verbieten es.

Lincoln hebt die Hände und wendet sich an die Menge. "Diese Bestie ist noch nicht volljährig und wurde misshandelt. Sie zu töten, wäre unehrenhaft." Die Menge antwortet mit einem mürrischen Gemurmel. Lincoln reicht die Leine des Maulkorbs an Nat weiter. "Bringt ihn zurück in die Menagerie. Sagen Sie dem Meister der Kreaturen, dass ich in Kürze mit ihm sprechen werde."

Ich sehe zu, wie Lincoln vom Tunierplatz abmarschiert. Anders als der Earl of Acca weiß Prinz Pompös, dass es keinen Ruhm bringt, einen Schwächeren zu verprügeln, der einem nicht angreift. Wer hätte das gedacht?

Eine weitere Berührung streift meine Schulter. "He, Cissy." Als ich mich umdrehe, sehe ich, dass nicht meine beste Freundin neben mir steht, sondern Bera, die Magd von Königin Octavia.

"Die Königin würde gern mit Ihnen sprechen."

Schock schießt durch meinen Körper. "Die Königin möchte mit mir sprechen?" Ich werfe einen erschrockenen Blick auf Cissy. Ihre gelbbraunen Augen weiten sich.

"Ja." Bera packt mich am Ärmel und reißt mich vom Holzzaun weg. "Jetzt."

Meine Hand wackelt zum halbherzigen Abschied zu Cissy. "Wir

sehen uns wohl später." Was zum Teufel will die Königin von mir? Angst schießt durch mein Nervensystem.

Cissys Stimme kommt als Quietschen heraus. "Klar, bis dann."

Bera dreht sich in Richtung des königlichen Pavillons. "Folgt mir."

Die Menge teilt sich für uns, als wir weitergehen. Mein Herz hämmert ängstlich in meiner Brust. Was in der unheiligen Hölle ist hier los? Ich gehe die Stufen zur Hauptplattform des Pavillons hinauf. König Connor und Königin Octavia sitzen Seite an Seite in thronartigen Stühlen. Die Scala-Erbin lümmelt neben der Königin, einen bösen Blick auf dem Gesicht.

"Kommen Sie her, Miss Lewis." Die Königin schnippt mit den Fingern und starrt die Scala-Erbin an. Adair huscht davon. Octavia nickt zu dem nun freien Stuhl. Ihre Krone rutscht bei der Bewegung ein wenig nach vorne.

Ich schlüpfe in den hochlehnigen Sitz neben ihr. "Hallo, Eure Hoheit." Ich winke dem König zu. "Und Eure Hoheit."

Der König nickt leicht mit dem Kopf. "Miss Lewis." Er sieht königlich aus mit seinem Schopf aus weißem Haar und der silbernen Krone.

Die ungleichmäßigen Augen der Königin verengen sich. " Sie dürfen mich Octavia nennen." Aus der Nähe bemerke ich ihre Porzellanhaut, die hohen Wangenknochen und die zarten Lachfältchen. Ihr sandbraunes Haar ist im Nacken zu einem geflochtenen Dutt gewickelt.

"Danke. Nennen Sie mich Myla." Ich beäuge die Szene. Die Großen Damen stehen in der Nähe der Stufen zum königlichen Pavillon. Sie scharen sich alle um Adair, zeigen auf mich und kichern. Igitt. Meine Hände ballen sich zu Fäusten.

Mit langen Fingern hebt die Königin einen goldenen Weinkelch von einem nahen Tisch. Sie blickt über die Menge hinaus. Ich kann fast sehen, wie sich die Rädchen in ihrem Kopf drehen. "Die Großen Damen starren Sie an, Myla."

Ich drehe mich in ihre Richtung und strahle sie an, meine Augen flackern dämonenrot. Ihre Gesichter werden bleich. Schnell wie ein Herzschlag drehen sie sich alle weg.

Ich schmatze mit den Lippen. "Jetzt haben sie aufgehört."

Octavia verkneift sich ein Lächeln. "Ich wünschte, ich könnte diesen Trick auch." Sie gestikuliert über das Turniergelände, wo Lincoln herumstolzieren muss. "Mein Sohn sieht Sie überhaupt nicht an."

Ich bemühe mich, nicht in ihre Richtung zu blicken. "Das ist für mich in Ordnung."

"Ich verstehe." Sie nippt an ihrem Wein und beobachtet mich genau. "Genießt du das Turnier?"

"Ehrlich gesagt, nein. Ich kannte den Ghul, der gegen den Grafen von Acca gekämpft hat. Ihn zu töten war nicht..." Ich räuspere mich. "Er war kein würdiger Gegner, das ist alles."

Ein Lächeln umspielt die Lippen der Königin. "Gesprochen wie ein wahrer Thrax."

Meine Backenzähne klappern vor Wut. "Ich bin ein Quasi-Dämon... wie der Graf von Acca schnell feststellte." Und Ihr Sohn auch, obwohl ich Ihnen das nicht ins Gesicht sagen werde.

"Ich weiß. Ich habe deinen Schwanz gesehen." Ich schaue in ihre ungleichen Augen. Hinter ihnen wirbeln die mentalen Zahnräder und drehen sich noch schneller. Ich habe das seltsame Gefühl, dass sie genau weiß, was ich über Lincoln gedacht habe.

Ich seufze. Es ist schon schlimm genug, ein weiteres dieser langweiligen Turniere durchzustehen, geschweige denn, Smalltalk mit Lincolns berechnender und etwas gruseliger Mama zu führen. Ich zapple auf meinem Stuhl und beobachte, wie das Tor auf dem Tunierplatz aufgeht. Ein Arachnoiden-Dämon krabbelt auf das Schlachtfeld hinaus. Arachnoiden sind drei Meter große Daddy-Langbein-Spinnen mit zusätzlicher Panzerung und einer schlechten Einstellung. Sie haben winzige Körper, fadendünne Beine und riesige Zangenmäuler mit einem giftigen Biss. Auf der anderen Seite des Rasens marschiert der Earl von Kamal auf das Feld, einen Tiger an seiner Seite.

Ich schüttle den Kopf. "Er hätte einen Falken mitbringen sollen."

Octavia nippt an ihrem Wein. "Und wieso das?"

"Der Tiger kann den ganzen Tag gegen die Beine der Arachnoiden kämpfen; er wird keine Delle hinterlassen. Sie haben eine leichte Panzerung, die so gut ist wie Drachenschuppen. Aber der Körper des Dämons ist ziemlich ungeschützt, besonders von oben. Ein Vogel könnte ihn ziemlich leicht angreifen."

Am Rande meines Gesichtsfeldes sehe ich, wie mein Schwanz Octavias Krone richtet. Das Ding braucht dringend eine Leine. Stirnrunzelnd gebe ich ihm einen Klaps.

Octavia wölbt eine Augenbraue. "Ich wollte mich gerade bei Ihnen bedanken, dass Sie das getan haben."

"Das war ich nicht. Mein Schwanz hat manchmal seinen eigenen Willen."

Ihre Lippen verengen sich. "Interessant." Sie mustert mich von Kopf bis Fuß. Plötzlich verstehe ich, wie sich Tiere im Zoo fühlen.

Ich stoße einen verärgerten Seufzer aus. "Warum hast du mich hierher eingeladen, Octavia?"

Sie gluckst. "Ich habe mich gefragt, ob Sie die offensichtliche Frage stellen würden. Würden Sie mir glauben, wenn ich sage, dass es sich um eine Frage der Quasi-Diplomatie der Thrax handelt?"

"Nein."

"Das ist weise." Sie nippt an ihrem Wein, mustert mein Gesicht und setzt dann den Kelch ab. "Ich habe Sie hergebracht, weil ich glaube, dass mein Sohn Sie interessant findet."

Meine Augen fallen mir fast aus dem Kopf. Ich schaue hinter mich. Jemand anderes muss sich in den Pavillon geschlichen haben. "Ich?" Ich klopfe auf meinen Brustkorb.

Sie nickt.

"Sie kennen ihren Sohn nicht besonders gut." Er ist ein aufgeblasener Trottel, der sich nie für einen 'Dämon' wie mich interessieren würde.

"Vielleicht." Ihre Mundwinkel ziehen sich leicht nach oben. "Ich glaube aber, ich kenne Sie." Octavia schnippt mit den Fingern. Bera eilt herbei, um vor ihr zu stehen.

Das Dienstmädchen verbeugt sich. "Eure Hoheit."

"Begleitet Myla zum Zelt meiner Familie." Sie tätschelt meine Hand. "Ich habe Ihre Maße meinem Schmied gegeben. Er hat Ihnen eine Rüstung angefertigt. Ich möchte, dass Sie im Turnier unter dem Wappen meiner Heimat, dem Haus Gurith, kämpfen." Sie deutet auf das Turnierfeld, wo der Graf von Kamal gegen den Arachnoiden kämpft. "Wer diesen Dämon zuerst tötet, gewinnt das Turnier und wird zum größten Krieger in Antrum ernannt. Ich denke, das werden Sie sein."

Mein Herz hüpft in meiner Brust. "Ja!" Ich springe auf und stelle mich neben Bera, dann halte ich inne. Ich betrachte das maskenhafte Gesicht der Königin. Die Rädchen in ihrem Kopf drehen sich immer noch und wirbeln durcheinander. "Warum helfen Sie mir?"

"Bera, wartest du am Fuße der Treppe auf Myla?" Ihre Magd nickt und tritt weg.

Die Königin lockt mit gekrümmten Finger in meine Richtung. "Kommen Sie näher."

Ich lehne mich vor; Octavia flüstert mir ins Ohr. "Ich helfe Ihnen, meine Liebe, weil Sie und ich die einzigen beiden Frauen in dieser Gegend sind, die keine Schwachköpfe sind."

Mein Gesicht verzieht sich zu einem breiten Grinsen. "Ich mag Sie, Octavia."

"Tun Sie das?" Ein Lächeln tanzt in ihren Augen. "Gehen Sie und ziehen Sie Ihre Rüstung an."

Ich treffe Bera am Fuße der Treppe. Sie führt mich durch das Gedränge der Menge zu einem kleinen goldenen Zelt, das mit einem Drachenkopf im Wikinger-Stil verziert ist. Bera zieht die Eingangsklappe hoch; wir treten ein. Es ist ein leerer und gemütlicher Raum, gefüllt mit einem kleinen Waffenlager. An einer Wand steht ein großer Holzstamm.

" Kommen Sie her, Mädchen." Bera zieht den Deckel der Truhe hoch. Darin liegt ein passender Unterpanzer aus braunem Leder und ein goldener Brustpanzer. Ich streiche mit den Fingern über das in das Metall gehämmerte Insignium des Drachenkopfes. "Es ist so schön."

Bera strahlt. "Es ist wie das, das Octavia trug, als sie vor so vielen Jahren in diesen Spielen kämpfte. Das Haus Gurith ist eines der wenigen, das Frauen als Kriegerinnen zulässt."

"Hat sie das Turnier gewonnen?"

"Zweiter Platz. Connor hat den ersten Platz belegt." Sie zwinkert. "Aber Sie werden heute gewinnen, Mädchen."

Ich ziehe vorsichtig die Rüstung aus dem Inneren des Koffers. "Wenn nicht, werde ich beim Kämpfen gut aussehen." Ich starre mein Spiegelbild in glänzenden Gold an und grinse. Ich werde gleich im Turnier kämpfen. Ich, das Dämonenmädchen. Mein Schwanz schwirrt in einem aufgeregten Rhythmus. Ich weiß auch genau, wie ich diesen Arachnoiden zu Fall bringen kann.

Schnell ziehe ich die Rüstung an. Sie passt perfekt. Bera bindet mein langes kastanienbraunes Haar mit einem goldenen Band zurück.

"So, jetzt. Sie sind bereit." Bera deutet auf das Waffenlager. "Was hätten Sie gerne? Eine Klinge? Armbrust?"

"Nichts, nur mich."

Das Blut rinnt aus Beras Gesicht. "Womit wollen Sie kämpfen?"

Mein Schwanz springt über meine Schulter und winkt in ihre Richtung. "Einmal raten. Los geht's."

Wir marschieren aus dem Zelt und durch die Menge. Blicke und Geflüster umgeben mich. Es ist fantastisch. Bera führt mich zu einem Ende des Tunierplatzes. Auf dem Feld kämpft der Earl von Horus gegen den Arachnoid. Er hat es auch auf die Beine abgesehen. Blödmann.

"Nun, warten Sie hier, Mädchen. Der Earl hat noch ein paar Minuten Zeit. Wenn er den Dämon bis dahin nicht getötet hat, sind Sie dran."

Ich sehe zu, wie der Earl von Horus auf das Schienbein des Arachnoiden einhackt. Dann bin ich an der Reihe.

Während ich warte, strecke ich mich und lasse meinen Nacken knacken. Cissy tritt neben mich, ihre Augen groß vor Schreck.

"Myla, was machst du hier? Was hast du da an?"

"Eine Rüstung."

"Du sollst traditionelle Kleidung tragen."

"Ich folge der Tradition. Die Königin hat mir befohlen, den Arachnoiden zu bekämpfen, und es ist Tradition, das zu tun, was die Königin einem sagt, richtig?" Ich wackle mit den Augenbrauen auf und ab.

Cissy packt mich am Oberarm. "Du meinst das fiese Spinnenmonster da draußen? Das bringt dich noch um!"

"Nein, ich werde mich amüsieren." Ich kneife ihr in die Wange. "Du machst dir zu viele Sorgen. Arachnoiden sind kinderleicht."

Eine silberne Trompete schmettert. Der Earl von Horus verlässt unter ermutigendem Jubel der Menge den Tunierplatz.

Bera tritt vor, legt eine Hand auf den Holzzaun und macht ihn auf. "Sie sind dran, Mädchen. Mach Gurith stolz."

Ich schreite auf den Tunierplatz. Die Menge verstummt. Irgendwo in der Ferne muht eine Kuh. Besorgte Stimmen flüstern, dass ich keine Waffe trage.

Ich grinse. Das denken sie auch.

Der Arachnoid stürmt auf mich zu, seine langen Beine flattern in der Bewegung. Ich warte, bis er einen Schritt entfernt ist, springe hoch und greife die obere Hälfte des nächsten Beins. Arachnoide halten die Oberseite ihrer Gliedmaßen waagerecht; man kann sie wie die parallelen Stäbe eines Turners benutzen. Ich ziehe mich hoch, bis mein Bauch auf dem Oberschenkel der Spinne ruht. Ich schwinge meinen Körper um 360 Grad, drehe mich um das Spinnenbein und springe in die Luft. Ich mache einen Salto nach oben und lande auf dem winzigen Körper des Dämons.

Im Augenwinkel sehe ich Lincoln am Rande des Turnierplatzes stehen, einen leeren Maulkorb in der Hand. Er starrt mich aufmerksam an, sein Gesicht ist unleserlich

Was zum Teufel will er denn?

Ich verliere den Halt, rutsche geradewegs von dem Dämon ab und lande mit einem Aufprall auf dem Boden. Ein Keuchen ertönt aus der Menge.

Konzentriere dich, Myla.

Ich hüpfe wieder auf meine Füße und warte darauf, dass der Arachnoid einen weiteren Versuch unternimmt. Er huscht herum und dreht sich zu mir, seine Beine bewegen sich in einem seltsamen Rhythmus. Die Gliedmaßen sind jetzt angewinkelt, so dass sie nicht mehr waagerecht sind. Clevere Spinne. Ich kann mich nicht mehr auf ihren Körper stürzen.

Ich brauche eine neue Strategie.

Der Arachnoidus trippelt auf mich zu, zwei lange Zangen bewegen sich in seinem hungrigen Maul. Mein innerer Dämon schaltet auf Hochtouren. Stromstöße der Wut schocken mein System. Mein Schwanz schnippt eifrig neben meiner Schulter.

Als die Spinne näher kommt, lasse ich mich auf den Boden fallen und rolle zur linken Außenseite des Dämons. Mein Schwanz schlingt sich um zwei seiner acht Beine. Ich springe auf die Füße und renne direkt unter den Bauch der Kreatur, um sie auf den Rücken zu drehen. Der Arachnoid liegt betäubt und unbeweglich da. Ich laufe schnell um den kleinen Körper der Spinne herum und wickle meinen Schwanz um ihre acht Gliedmaßen.

Mit einem Schwung meiner Hüften ziehe ich alle Beine der Spinne zusammen.

Hab ich dich.

Trompeten schmettern. Die Menge jubelt. Der Ruf "Töten! Töten!" bricht aus den Pavillons hervor.

Ich verschränke die Arme vor der Brust. "Warum ihn töten? Er hat mir doch nichts getan."

Der Arachnoid erholt sich von seinem Schock und beginnt mit meinem Schwanz zu kämpfen. Eines der Beine des Dämons bricht aus, schneidet durch meine Lederrüstung und zerkratzt meinen Rücken. Schmerz schießt durch meine Wirbelsäule. Meine Augen leuchten dämonenrot.

"Okay, jetzt hat er etwas bewirkt." Ich wirble herum und ziehe den Arachnoiden mit mir. Sobald der Dämon genug Schwung hat, lässt mein Schwanz ihn los und schleudert die Spinne auf die andere Seite des Turniergeländes. Das Monster knallt mit einem Aufprall gegen die schützende Wand und hinterlässt eine lange, gelbe Schleimspur, während es zu Boden gleitet.

Ich runzle die Stirn. "Tja, jetzt ist es tot. Igitt."

Die Menge bricht in einen weiteren Jubel aus. Cissy rennt auf die Wiese und umarmt mich fest.

"Myla, das war unglaublich!"

"Danke, Cissy." Es ist verlockend zu sagen: "Ich hab's dir ja gesagt", aber ich will kein schlechter Gewinner sein.

Die Königin winkt mich in Richtung des königlichen Pavillons. Ich gehe hinüber und stelle mich vor sie und König Connor.

Octavia grinst. "Das hast du gut gemacht." Sie und der König tauschen einen Blick aus, der eine ganze Unterhaltung für sich ist.

König Connor hebt seinen Arm. "Hiermit erkläre ich Myla Lewis aus dem Hause Gurith zur größten Kriegerin in ganz Antrum!" Die Menge spendet einen herzlichen Applaus.

Octavia wendet sich an die Menge, eine goldene Stoffbahn in ihrer

Hand. "Wie es unsere Tradition ist, überreiche ich dem Gewinner ein seidenes Halstuch." Sie bietet mir das Kleidungsstück an. "Ich dachte jedoch, Sie würden dies vorziehen."

Ich nehme den Stoff in die Hand. Es ist ein zartes goldenes Tuch mit winzigen Perlen. "Danke, Octavia. Das ist wunderschön."

Die Königin lächelt. "Die Rüstung darfst du auch behalten."

"Wow. Danke, noch mal." Ich reibe den zarten Stoff zwischen meinen Fingerspitzen. Die Königin hat das die ganze Zeit geplant. Meine Augen brennen, aber nicht vor Wut. Ich bin es nicht gewohnt, dass Mutti-Figuren so viel Vertrauen in mich haben.

König Connor senkt seinen Arm. "Es ist Tradition, dass der Sieger jedes Haus im nächsten Jahr auf eine Dämonenpatrouille begleitet. Ich hoffe, das findet Ihren Gefallen?"

Dämonentötung auf Erden? Mein Herz und mein Mund schalten beide auf Hochtouren. "Das wäre toll!" Ich räuspere mich und atme tief ein. "Ich meine, es wäre mir eine Ehre, mich der Dämonenpatrouille anzuschließen, Eure Hoheit."

Connors Lachfalten kräuseln sich bei seinem Lächeln. "Der Gewinner darf auch einen einzigen Wunsch an den König und die Königin richten. Solange es im Rahmen des Möglichen liegt, wird der Wunsch erfüllt."

Es ist keine Frage, was ich will. "Ich würde Nightshade gerne behalten."

Ein Lächeln umspielt den Mund der Königin. "Eine verwandte Seele, was?"

Ich verlagere mein Gewicht von einem Fuß auf den anderen. Ich hoffe, das ist keine unhöfliche Bitte. "Ja. Nightshade ist etwas ganz Besonderes."

Der König und die Königin tauschen einen langen Blick aus.

"Erteilt." Octavia deutet auf einen Diener in der Nähe. "Bitte sorgt dafür, dass Mylas Pferd gesattelt und bereit ist, damit sie heute Abend nach Hause reiten kann." Sie gestikuliert zu dem offenen Stuhl neben ihrem. "Und jetzt komm mit mir zur Abschlusszeremonie." Ich trete in den Pavillon und nehme meinen Platz an ihrer Seite ein.

Der Rest des Turniers besteht aus viel Schnickschnack und Herummarschieren. Trompeten spielen, Lords paradieren, und Damen kichern. Der Earl von Acca stolziert herum wie ein Pfau mit einem neuen Satz Federn. Alle bleiben stehen, um der Königin "Guten Abend" und mir "Herzlichen Glückwunsch" zu sagen. Schließlich gehen die Gäste nach Hause, der Himmel verdunkelt sich, und Octavia erhebt sich . Sie tätschelt meine Hand.

"Gut gemacht, Myla. Sie sind eine Zierde für das Haus Gurith."

"Ich danke Ihnen."

"Lag ich richtig in der Annahme, dass Sie Nightshade heute Abend zu den Ryder-Stallungen reiten?"

"Das würde ich gerne."

"Natürlich. Sie finden sie hinter dieser Baumreihe." Sie gestikuliert über das Turniergelände. "Gute Nacht, meine Liebe."

"Gute Nacht, Octavia."

Die Königin geht auf die andere Seite des Pavillons. Connors stämmige Gestalt wartet dort an der Ausgangstreppe. Der König nickt in meine Richtung, schlingt Octavias Arm durch seinen, und die beiden gehen davon.

Ich muss ein wenig im Dunkeln herumirren, aber ich finde die Ställe problemlos. Es ist ein langes hölzernes Gebäude in den Bäumen. Das vordere Tor steht offen. Ich trete hinein und sehe einen Mittelgang mit einem Dutzend Boxen auf jeder Seite. Nightshade steht am Ende des Gebäudes. Eine Öllampe wirft einen Lichtkreis neben ihr, während sie sich an eine geduckte Gestalt schmiegt. Wer auch immer es ist, er sitzt halb in der letzten Kabine.

Der Fremde erhebt sich, und ich sehe die vertrauten Umrisse von Lincoln: breite Schultern, erdbraunes Haar und militärische Haltung. Mir dreht sich der Magen um. Mit dem Rücken zu mir durchsucht er ein Regal mit Gläsern an der hinteren Wand. Er nickt und zieht einen weißen Behälter heraus. Er hockt sich auf die Fersen und lehnt sich über etwas in der letzten Kabine.

Ich trete näher. Nightshade streicht mit ihrer Schnauze gegen Lincolns Rücken. Der Prinz greift hinter sich und streichelt abwesend die Wange des Pferdes. "Ich weiß, dass du da bist, Night. Ich freue mich auch, dich zu sehen."

Ich erstarre auf der Stelle. Nightshade ist das Pferd von Lincoln? Mein Mund beginnt von selbst zu sprechen. "Hallo, Sie."

Lincoln erhebt sich auf seine Füße. "Oh, hallo." Er steht gerade und wachsam, sein schwarzer Körperpanzer ist am Hals offen. Das Kerzenlicht wirft Schatten auf seinen vollen Mund und die ausgehöhlten Wangen.

"Ich bin wegen Nightshade hier."

Das Pferd neigt seinen blaugrauen Kopf in Richtung Lincoln. "Sie weiß es. Wir haben uns schon verabschiedet."

"Ist sie Ihr Pferd?"

"Eines von meinen. Das Haus von Striga züchtet sie; ich habe sie als Fohlen aufgezogen. Jedes Striga-Pferd ist verzaubert, aber Night bringt es auf ein neues Niveau."

Ich lächle. "Ich weiß, sie hält mich ohne Sattel auf ihrem Rücken. Ich brauche nicht einmal zu fragen, sie bringt mich dorthin, wo ich hin muss. Oder sie wartet auf mich, wenn ich dort ankomme. Ich glaube, sie kann zaubern." Night dreht sich zu mir, ihre schwarzen Marmoraugen blinzeln auf eine Art, die sagt: "Kein Scherz."

Lincoln fährt mit den Fingern über ihre Mähne. "Das Haus von Striga ist auf Hexerei spezialisiert. Nightshade spricht Zaubersprüche für alles, was Sie beschrieben haben. Sie hat auch die Macht, kleine Dinge erscheinen und verschwinden zu lassen. Oh, und sie liebt es, im Kampf Feuerbälle auf ihre Feinde zu schicken." Das Pferd wiehert; Lincoln grinst. "Wir haben uns auf diese Weise schon aus so mancher Klemme befreit."

"Hören Sie, ich hätte nie nach ihr gefragt, wenn ich gewusst hätte-"

"Es war eine faire Bitte. Sie haben heute gut gekämpft." Er reibt Nightshade in langen Strichen den Hals. "Meine Mutter stammt aus dem Haus Gurith. Es ist ein weniger bedeutendes Haus, aber eines der wenigen, die weibliche Krieger zulassen. Sie wünscht sich seit Jahren einen weiblichen Turnierchampion. Sie haben sie sehr glücklich gemacht." Er seufzt. "Außerdem hat Nightshade Sie ausgewählt, nicht wahr?"

"Ja. In den Ryder-Stallungen."

"Ich ritt sie dorthin, um den Minister zu treffen. Normalerweise kommt sie von allein zurück." Night schüttelt den Kopf und schnaubt. "Ich nehm's nicht persönlich, Mädchen."

Lincoln greift in seine Tasche und holt ein paar kleine Kekse heraus. Nightshade isst sie aus seiner ausgestreckten Hand. Ich beobachte ihn genau und ziehe verwirrt die Stirn kraus. Ist das derselbe Typ, der Quasis beleidigt und mich in der Ryder-Bibliothek angeschrien hat?

Lincoln streicht Night sanft über die Stirn. "Ich habe noch nie jemanden so kämpfen sehen, wie Sie es heute getan haben. Deine Augen sind rot geworden."

"Das ist meine dämonische Seite. Alle Quasis haben eine Kraft mit einer der sieben Todsünden. Meine ist der Zorn."

" Machen Sie ein Kampftraining?"

"Nö. Ich habe mit zwölf Jahren angefangen, in der Arena Todeskämpfe zu bestreiten. Ich habe es sozusagen von Kindesbeinen an gelernt."

Ein leises Stöhnen ertönt aus der Kabine hinter Lincoln.

Ich mache einen Schritt nach vorne. "Was ist da drin?"

"Der Schattendrache. Er war zu krank, um ihn zurück in die Menagerie zu schleppen." Lincoln öffnet das weiße Gefäß, schnuppert am Inhalt und zuckt zusammen. "Das riecht vielleicht schlecht, kleiner Mann, aber es wird helfen." Er hockt sich hin.

Ich trete näher. Die schwarzen Schuppen des Drachens sehen kreideweiß aus. Seine feuerroten Augen sind jetzt verdunkelt. Mein Schwanz streicht über seinen Rücken, sein langsamer Herzschlag pocht durch mich, als wäre es mein eigener. Die Verbindung zwischen uns kann nur eines bedeuten. "Das ist kein Schattendrache. Er ist ein Furor." Obwohl sie die Gestalt eines Drachens annehmen können, sind Furore zum Teil auch Menschen. Es verstößt gegen das interreligiöse Gesetz, gegen sie in der Arena zu kämpfen, geschweige denn bei einem Turnier wie diesem.

Lincoln schöpft mehr Salbe auf seine Finger und reibt sie in die Flanke des Tieres. "Woher wissen Sie das? Es hat noch nie die menschliche Form angenommen."

Ich drehe mich zu ihm und wölbe die Brauen. "Eine Vermutung." Mein Schwanz winkt ihm über meine Schulter zu.

Er gluckst. "Okay, ich nehme Sie beim Wort." Er lehnt sich auf seine Fersen zurück. "Warum denken Sie, dass er seine Form nicht geändert hat?"

"Ich glaube, er ist zu verängstigt." Ich hebe das Hinterbein auf und sehe mir die Krallen an. "Seine ersten Krallen sind noch nicht gewachsen. Er kann nicht fünf Jahre alt sein." Die Kreatur im Stall wirft mir einen verschlafenen Blick zu. "Armes kleines Ding."

"Ich schicke heute Abend eine Nachricht an den Furor-Botschafter." Er klopft dem Drachen mit langen Strichen auf den Rücken. "Sind Sie absolut sicher?"

"Ja. Inzwischen hätte ein Schattendrache versucht, uns mit seinem Schwanz aufzuspießen. So verzehren sie Ihre Seele." Ich lächle. "Oder versuchen es."

Er grinst zurück. Meine Knie werden ein bisschen wackelig. " Sie wissen eine Menge über Dämonen."

"Arenakämpfer wie ich sehen so viele Kämpfe, wie sie wollen. Letzten Monat habe ich eine Horde Cellula gesehen."

"Wirklich? Diese Rasse habe ich seit Jahren nicht mehr gesehen." Er verschließt das Salbentöpfchen und stellt es beiseite. "Daher wussten Sie es also."

"Was gewusst?"

"Wie man den Grafen von Acca vor dem Limus rettet. Er ist ein aufgeblasener Angeber, aber er ist einer unserer wichtigsten Grafen." Er sieht mich eindringlich an. Sein weizenbraunes und sein schieferblaues Auge schimmern. "Nochmals vielen Dank, dass Sie ihm das Leben gerettet haben."

Ich verlagere mein Gewicht von einem Fuß auf den anderen. Es fühlt sich seltsam an, etwas anderes zu tun, als diesen Kerl anzuschreien. "Gern geschehen." Ich wende meine Aufmerksamkeit der verwundeten Kreatur zu. "Armer kleiner Kerl."

Lincoln knirscht mit den Zähnen. "Schattendrachen sind selten, der Meister der Kreaturen wollte etwas, um die Menge zu blenden. Aber eine Kreatur, die so jung ist, das ist nicht-" Der Drache zuckt zusammen, Lincoln tätschelt ihm die Seite. "Beruhige dich, Junge."

Ich beende den Gedanken. "Ehrenhaft."

"Ja." Lincolns ungleiche Augen finden wieder die meinen. Mein Magen kribbelt mit etwas, von dem ich nicht weiß, wie ich es benennen soll.

Es ist Zeit, zu gehen.

"Es ist schon spät. Ich mache mich besser auf den Weg." Ich greife nach Nightshade, sie wiehert und tänzelt davon. Ich folge ihr durch den Hauptgang des Stalls. "Komm schon, Mädchen."

"Myla, was haben Sie mit Ihrem Rücken gemacht?"

Ich schaue über meine Schulter. "Oh, das war der Arachnoid. Ich habe vergessen, dass es einmal gut reingehauen hat."

Lincoln erhebt sich. "Kommen Sie mal her."

Was für ein Angsthase. "Es ist in Ordnung, wirklich."

Lincoln stellt sich hinter mich. "Das sieht übel aus. Arachnoide sind giftig. Warten Sie einen Moment." Er eilt hinüber zu den Regalen an der gegenüberliegenden Wand, zieht ein weißes Handtuch herunter und joggt zurück an meine Seite. "Ich werde die Wunde abtupfen, in Ordnung?"

"Okay." Ich spüre den Stoff kaum auf meiner Haut.

Lincoln tritt vor mich hin, das Handtuch in den Händen. Sie ist mit grünem und gelbem Eiter bedeckt. "Sehen Sie, was ich meine? Schlimm."

"Verflixt noch mal! Aber ich spüre nichts."

"Das ist das Neurotoxin." Lincoln joggt zurück zum Regal mit den Gläsern. "Wenn Sie den Schmerz spüren, ist es schon zu spät." Er zieht eine gelbe Dose aus dem Regal und begutachtet das handgeschriebene Etikett. "Keine Sorge, das hier wird reichen."

"Woher wissen Sie das?"

"Ich habe Dämonen gejagt, seit ich sechs Jahre alt war. Ich habe schon jede Verletzung gesehen, die man sich vorstellen kann. Das ist ein Arachnoidalschnitt, und diese Salbe ist das Heilmittel." Eine grüne Pferdedecke hängt von einem Pflock an einer nahe gelegenen Wand. Lincoln zieht sie mit seiner freien Hand herunter. "Sie müssen die obere Rüstung ablegen. Decken Sie sich damit zu."

Er wirft mir die Decke zu; ich fange sie mit der rechten Hand auf. Ich schaue auf das einst weiße Handtuch, das auf dem Stallboden liegt. Vielleicht bilde ich mir das nur ein, aber der klebrige Fleck scheint langsam über den Stoff zu kriechen. Lincoln hat recht; das ist schlecht.

"Geben Sie mir eine Minute." Ich trete in einen nahe gelegenen Stall und ziehe meinen Brustpanzer und die Unterrüstung aus. Ich wünschte, ich hätte meinen Kampfanzug mitgebracht - dieser Arachnoid hätte niemals die Drachenschuppen durchdringen können. Aber gut. Ich halte mir die Decke vor die Brust und trete zurück in den Hauptgang.

Lincoln tritt näher. "Sie setzen sich jetzt besser."

Ich beuge meine Knie und verschränke meine Beine unter mir auf dem Stallboden. Lincoln hockt sich hinter mich. Er beugt sich vor, sein Atem kitzelt an meiner Ohrmuschel. "Das wird am Anfang wehtun."

Ich höre das Kratzen des Deckels des Glases, dann spüre ich Lincolns vage Berührung auf meinem Rücken.

"Ich spüre gar nichts."

"Geben Sie dem Ganzen ein paar Sekunden Zeit."

Plötzlich brennt die Haut auf meinem Rücken vor Schmerz. Der Schmerz explodiert in meinen Schultern, bis jedes Nervenende in meinem Körper vor Qualen schreit. "Verdammte Scheiße!" Ich stopfe mir die Decke in den Mund und beiße kräftig zu. Ich hocke mich nach vorne, mein Kopf berührt fast den Stallboden.

"Das machen Sie gut. Nur noch ein bisschen länger."

Wieder schießt die Qual durch mich hindurch, dann kehren meine Nervenenden nach und nach in den Normalzustand zurück. Der Schmerz schmilzt dahin. Ich ziehe die Decke von meinem Mund und atme langsam aus. "Okay, jetzt ist es besser."

Lincoln lehnt sich näher heran. Sein warmer Atem gleitet über meinen nackten Hals. "Gut."

In dem Moment trifft es mich.

Es ist mitten in der Nacht; ich bin halbnackt in einem verlassenen Stall; der Kerl, den ich am meisten hasse, massiert mir den Rücken; und verdammt, seine Berührung fühlt sich wahnsinnig gut an.

Ich versuche, aufzustehen. "Mir geht's jetzt total gut."

Lincolns Hände packen die nackte Haut an meiner Taille und ziehen mich zurück auf den Boden. Die Berührung entfacht ein Feuer in mir; ich zittere.

"Ihnen geht es nicht gut. Halten Sie still." Die Finger des Prinzen bewegen sich in einem unerbittlichen Rhythmus, beginnen an meinen Schultern. Dort erröten meine Muskeln vor Hitze und lockern sich. Seine Handflächen gleiten an den Seiten meines Oberkörpers hinunter, dann drücken sie gegen meinen Rücken. Ich beiße wieder in die Decke, aber nicht vor Schmerz. Hitze und Verlangen bündeln sich an Stellen, von denen ich nicht einmal wusste, dass ich Nervenenden habe. Mein innerer Furor-Dämon heult auf mit einem neuen Gefühl:

Lust.

Die Situation bewegt sich schnell auf unbekanntes Terrain für meine Wenigkeit. Abgesehen von den Massage-Fähigkeiten ist der Typ immer noch ein aufgeblasener Idiot. Und seit wann werde ich bei irgendjemandem lustvoll? Ich habe nur die Zornseite der Furor-Lust-und-Zorn-Kombination geerbt, oder? Mit jedem geschickten Fingerschnippen des Prinzen schießt mir ein anderes Bild durch den Kopf: Lincolns Hände, die meine Brüste umschließen, über meinen Bauch gleiten, meine Oberschenkel hinauf. Was zum Teufel passiert mit mir? Ich gerate regelrecht in Panik.

"Ich glaube, ich kann..." Ich versuche, wieder aufzustehen. Wellen der Übelkeit überfallen mich. Die Welt wird unscharf, dann verschwimmt alles zu einem weißen Schleier.

15

*L*ange Zeit schwebt mein Geist in einem leeren Raum zwischen Schlaf und Traum. Der Schmerz in meinem Rücken ist weg. Das Turnier und die Ställe scheinen tausend Meilen entfernt zu sein.

Endlich rücken meine Träume ins Blickfeld. Ich stehe auf dem windigen Boden des Grauen Meeres. Traumlandschaft. Ein Kreis aus weißen Flammen flackert auf dem Boden neben meinen Füßen. In dem Feuer erhebt sich Sand in der Form meiner Mutter in ihrer Senatsrobe. Der Flammenring flackert höher, dann verschwindet er. Mamas sandgeformter Körper verwandelt sich in lebendige Realität.

Mutter sitzt auf einer Bank im marmornen Senatssaal. Sie hat die Hände fest im Schoß verschränkt, ihr Rücken ist steif und gerade. Um sie herum drängen sich die Senatoren, Adjutanten und Botschafter auf den Bänken und an den Wänden. Es ist kaum Platz zum Atmen, geschweige denn zum Bewegen. Vorne im Saal steht Senator Adams vor dem Rednerpult, sein Elefantenschwanz schwingt langsam hinter ihm. Er spricht mit tiefer, rauer Stimme.

"Niemand wünscht sich, dass Senatorin Lewis angeklagt wird, aber ihre Worte gegen Botschafter Armageddon zeigen einen schlechten Bezug zur Realität. Sie braucht eine Therapie, keine Position in der Regierung."

Eine handvoll Senatoren springt auf und schreit nach Mamas Amtsenthebungsverfahren.

Ein fassungsloses Schnaufen entweicht meinen Lippen. Sie werden es wirklich tun: meine Mutter anklagen, weil sie die Wahrheit über Armageddon gesagt hat.

" Nun, nun." Senator Adams hebt seine verdorrten Hände auf Schulterhöhe. "Geben wir Senatorin Lewis eine Chance, sich zu erklären. Vielleicht sind ihre Worte aus dem Zusammenhang gerissen worden." Er gestikuliert zu Mama. "Wenn Sie so freundlich wären."

Mama erhebt sich langsam , den Mund zu einer festen Linie verzogen. "Ich danke Ihnen für die Gelegenheit, vor dieser Kammer zu sprechen." Sie beobachtet den Raum, ihre braunen Augen sind von stählerner Entschlossenheit erfüllt. Xavier lehnt in seinem knackigen grauen Anzug an der Rückwand, sein Gesicht ist blass vor Sorge. Tim schwebt am Ausgang der Kammer. Ein Muskel zuckt entlang seines grauen Halses.

Mama atmet langsam ein. "Ich wurde gebeten, meine Worte über Armageddon und die Ghule zu widerrufen. Wenn nicht, bin ich die erste Lewis-Senatorin seit achthundert Jahren, die angeklagt wird." Mama beäugt den überfüllten Senatssaal. "Die Wahrheit mag etwas sein, das Sie als Irrsinn ansehen, aber ich werde nicht klein beigeben. Dies ist eine legitime Drohung. Was auch immer der Preis sein mag, ich akzeptiere ihn." Sie nimmt wieder ihren Platz ein.

Der ganze Atem verlässt meinen Körper. Das ist so ziemlich das Mutigste, was ich je jemanden habe tun sehen. Ich bin hin- und hergerissen zwischen dem Wunsch, ihr ein High Five zu geben und sie in eine tröstende Umarmung zu ziehen.

Senator Adams schüttelt seinen grauhaarigen Kopf. "Dann ist es die traurige Pflicht dieses Gremiums, Ihnen, Camilla Lewis, zu erklären..."

Ein leises Summen erfüllt den Saal. Neben Senator Adams öffnet sich ein Portal. Durch das Portal treten Armageddon, O-72 und zwei riesige Manus-Dämonen. Die Manus sind zwei Meter hoch und fast genauso breit und mit einem zotteligen schwarzen Fell bedeckt. Ihre kräftigen Arme schrammen über den Boden. Spitze gelbe Stoßzähne hängen an ihren Kinns herunter.

Heilige Hölle! Ich habe schon öfter Manus-Dämonen auf dem Arenaboden gesehen, aber noch nie so nah. Diese Biester sind die Schläger der Dämonenwelt: massiv, rücksichtslos und absolut furchterregend. Im Kampfmodus haben sie eine Regel: keinen am Leben zu lassen. Adrenalin durchströmt mich. Lauf, Mama!

Senator Adams räuspert sich. "Botschafter Armageddon, welch perfektes Timing. Wir entheben Senatorin Lewis ihres Amtes aufgrund ihrer instabilen Einstellung Ihnen und unseren Ghul-Verbündeten gegenüber."

Armageddon langes schwarzes Gesicht verzieht sich zu einem

Lächeln. Er verschränkt seine schlaksigen Arme über seiner dünnen Brust. "Oh, dafür gibt es keinen Grund."

Adams lächelt. "Sie sind zu gütig, Botschafter, aber wir sind um die geistige Gesundheit der Senatorin besorgt."

Armageddon berührt sanft Adams' Schulter. "Nein, ich bin ganz und gar nicht gnädig. Senatorin Lewis hat recht. Ich bin im Begriff, das Fegefeuer anzugreifen." Armageddon Augen leuchten knallrot auf, seine dreiknöcheligen Finger krallen sich in die Schulter des Senators. Adams erstarrt auf der Stelle. Nach und nach werden der Körper und die Kleidung des Senators glatt und schwarz wie Stein. "Angefangen mit Ihnen." Armageddon hebt seine Hand. Adams zerbröselt zu einem Häufchen Asche.

Meine Glieder zittern vor Schreck. Ich wusste, dass Armageddon die Seelen seiner Opfer aussaugt, aber ihn dabei zu beobachten? Das war etwas ganz anderes.

Schreie ertönen aus dem Senatssaal. Die Menge strömt wie wild zum Ausgang. Ich versuche, meine Mutter in der hektischen Menge zu entdecken, aber ich kann sie nicht finden. Der Schrecken zerquetscht meinen Brustkorb und verkürzt meinen Atem.

Armageddons Augen flackern hell auf. "Geht an die Arbeit." Er winkt mit seinen dreiknöcheligen Händen der Meute von Manus-Dämonen zu, die ihn umzingelt. "Lasst keinen am Leben."

Die Dämonen schwingen ihre schweren Arme hoch und greifen Senatoren in der Nähe an. Weitere Portale öffnen sich. Ghule treten heraus, rotäugige Manus-Dämonen neben ihnen.

Irgendwo in dem Gewimmel von Leichen taucht Xavier auf, seinen Arm schützend um Mamas Schultern gelegt. Ich atme tief ein und aus. Es geht ihr gut, zumindest im Moment.

Xavier zerrt sie durch das hektische Gedränge von Körpern und Dämonen. Es sind so viele Menschen in hektischer Betriebsamkeit, dass sich niemand zu bewegen scheint. Eine Gruppe von Senatoren kämpft sich durch den Hauptausgang, ihre Körper stecken fest, da jeder versucht, die Kammer auf einmal zu verlassen. Ein Manus-Dämon hebt seine massiven Arme hoch und zerschmettert sowohl die Senatoren als auch die Granitwand, wodurch ein größerer Ausgang entsteht. Mama und Xavier quetschen sich durch den neuen Ausgang und rennen die Marmorkorridore dahinter hinunter. Tim folgt dicht dahinter.

Ich beobachte meinen Vater, wie er hinter meiner Mutter und Xavier herhuscht, und meine Oberlippe verzieht sich vor Ekel. Als Mama ihn brauchte, war Tim nirgends zu sehen. Aber jetzt, wo sie einen Ausweg hat, ist er der Erste, der ihr folgt. Es ist erniedrigend, die DNA mit diesem Wurm zu teilen.

Mama, Xavier und Tim rasen den Korridor entlang, als sich um sie herum Portale öffnen. Manus-Dämonen und Ghule strömen in die Gänge und greifen jeden Quasi an, den sie finden. Die Luft ist erfüllt von Schlägen und Schreien. Xavier biegt in einen ruhigen Korridor ein und drückt auf die Marmorwand.

"Hier müsste irgendwo ein Panikraum sein." Eine Marmorplatte springt auf und gibt einen kleinen staubigen Raum hinter der Wand frei. Xavier zerrt Mama hinein.

"Warten Sie hier auf mich!" Tim quetscht sich hinter ihnen ein.

Ich knirsche mit den Zähnen. Was für eine blöde Aktion von Tim.

Xavier knallt die Marmortür zu. "Hier sind Sie für eine Weile sicher."

Mama hält Tims Arm fest. "Meine Familie wartet vor der Garderobe auf mich. Kannst du dich zu ihnen portieren und sie rausholen?" Dämonengebrüll hallt durch die Luft. Das ganze Blut fließt aus Mamas Gesicht. "Beeil dich."

Ein Bild erscheint vor meinem geistigen Auge: die lächelnden Lewis-Gesichter von Mamas Vereidigungszeremonie. Mein Herz sinkt. Natürlich wären sie heute hier und würden sie bei einem Amtsenthebungsverfahren unterstützen. Es muss einen Weg geben, sie zu retten. Mamas Familie darf nicht hier sterben.

Tim schließt seine großen schwarzen Augen. "Unser Gruppendenken hat sich verändert. Neue Stimmen behaupten, die Oligarchie zu sein." Seine Stirn legt sich in Gedankenfalten. "Dämonen haben das Fegefeuer überrannt. Alle Senatoren und ihre Familien werden getötet." Seine Augen öffnen sich langsam. "Ich bin nicht mehr autorisiert, Portale zu öffnen." Das Heulen der Manus wird lauter. Die Wände und der Boden beben, während sie umherstreifen und angreifen. Tim tritt an die Wand, seine Unterlippe zittert vor Angst. "Es tut mir leid, Camilla."

Ich habe das unladylike Bedürfnis, ihn anzuspucken. Feigling.

"Gut. Ich werde sie holen." Mama wendet sich der Marmortür zu und beginnt, sie mit ihren Fingernägeln aufzuhebeln.

Xavier schlingt seine Arme um ihre Schultern und zieht sie zurück. "Im Flur wimmelt es von Dämonen. Sie können da nicht rausgehen."

"Aber ich muss meiner Familie helfen!" Mama krümmt sich unter Xaviers Griff. Ihre Augen sind wild und tränenüberströmt.

Ich stütze mich auf meine Ellbogen. Schmerzen der Traurigkeit treffen meinen Körper wie so viele Steine. Es gibt keine Möglichkeit, das aufzuhalten. Bald wird Mamas Familie - meine Familie - zerstört sein.

Die Schreie eines jungen Mädchens hallen im Gang draußen wider. Mama kratzt verzweifelt an der Tür, ihre Iris flackert rot. "Dani!"

Ich erinnere mich an die kleine Strähne eines Mädchens, die Vizepräsidentin für Spaß bei der Lewis Familie war. Das Gewicht meines Kummers drückt immer stärker und schwerer und zerdrückt etwas tief in mir. Bitte, nein.

Xavier reißt Mama von der Tür weg. "Camilla, Sie können da nicht rausgehen. Man wird Sie umbringen."

"Das ist meine Nichte. Sie ist noch ein Kind. Ihr müsst mich gehen lassen!"

Danis Schreie werden lauter, dann verstummen sie. Das Hämmern und Heulen der Manus-Dämonen verklingt.

Mama bricht schluchzend auf dem Boden zusammen. "Sie kamen her, um mich bei der Anklageerhebung zu unterstützen. Was habe ich getan?"

Ich umklammere meine Ellbogen so fest, dass ich mich wundere, dass meine Knochen nicht brechen. Meine Arme schmerzen, um in diese vergangene Realität hineinzugreifen und sie in die Arme zu schließen und ihr zuzuflüstern: "Es tut mir leid, Mama, so leid. Ich hätte mir das Grauen des Krieges von Armageddon nie vorstellen können.

Xavier kniet neben ihr, seine Hand streichelt sanft ihren Rücken. "Es hätte keinen Unterschied gemacht, wo sie waren. Du hast Walker gehört. Die Dämonen haben das Fegefeuer überrannt. Alle Familien der Senatoren wurden zur Zielscheibe." Er erhebt sich und legt seine Hand auf die Marmortür. "Mein Herz schlägt für Sie, Camilla."

Mama sieht zu ihm auf, Tränen kullern über ihre Wangen. "Wo wollen Sie hin?"

Tim drückt sich an die Wand. "Sie werden Sie auch töten, Xavier. Du bist quasi ein Sympathisant, ein Feind des neuen Staates." Seine Stimme bricht. "Wir sind jetzt alle Feinde des Staates. Ich höre es im Gruppendenken." Seine Finger zittern, als sie seinen Mantel umklammern.

Ich beobachte, wie mein Ghul-Vater zittert und erkenne, dass Tim etwas Mutiges getan hat, indem er mit Mama zusammenarbeitete. Die meisten Ghule halten Quasis nicht für eine legitime Lebensform, geschweige denn für einen potenziellen Boss. Er ist ein Risiko eingegangen, weil er sich um sie sorgte, und jetzt ist sein Leben in Gefahr.

Xavier drückt sein Ohr an die Marmorwand. "Ich habe diesen Ort mit aufgebaut, erinnern Sie sich? Ich kenne Wege, um zu verschwinden, ohne gesehen zu werden. Ich werde zu Armageddon gehen und sehen, was ich tun kann."

Mama sieht auf, ihre Unterlippe zittert. " Sie meinen die Engel, richtig?"

Xavier schüttelt den Kopf. "Das verstehe ich nicht."

"Sie haben gesagt, Sie würden mit Armageddon sprechen. Sie meinten wohl, Sie sprechen mit Ihren Leuten. Den Engeln."

Xavier schenkt Mama ein trauriges Lächeln. "Ja, natürlich. Die Engel."

Meine Stirn legt sich vor Verwirrung in Falten. Mama ist viel zu aufgeregt, um es zu bemerken, aber die Art und Weise, wie er ihre Frage beantwortet hat, war ein wenig verdächtig. Was wollte er damit sagen, dass er mit Armageddon sprechen würde?

Mama erhebt sich . "Ich gehe mit Ihnen."

"Nein, ich mache das allein oder gar nicht." Seine Finger gleiten über die Marmorplatte, suchen nach dem Mechanismus, um die Tür zu öffnen. "Ich komme zurück, so schnell ich kann."

Die Szene vor mir erstarrt. Die Figuren verwandeln sich von Fleisch und Knochen zurück in Sand. Nach und nach zerbröseln ihre Körper auf dem Grauen Meer. Mein Traum verblasst zu einem Ort, der schwarz und leer ist. Traurigkeit sickert in mein Herz.

Mamas Stimme ruft aus der Dunkelheit meines Traums nach mir. Ich wache auf.

"Myla, kannst du mich hören?"

Ich öffne meine Augen. Ich liege auf einem Plüschbett in einem kleinen, stabilen Holzhaus. Der Raum ist gefüllt mit vergoldeten Möbeln und zarten Skulpturen. Orientteppiche bedecken den Boden. Mama steht neben mir. Das leise Geplapper vieler Stimmen hallt durch die geöffneten Fenster und die Tür herein.

Ich schüttele meinen Kopf hin und her, mein Gehirn ist noch vom Schlaf verwirrt. "Wo bin ich?"

"In der Hütte der Königin", sagt Mama. "Die Thrax haben hier in der Gegend gezeltet."

Ich ziehe mich zum Sitzen hoch. "Wie lange bin ich schon hier?"

"Seit letzter Nacht. Ich bin sofort gekommen, als ich von deiner Verletzung erfahren habe."

Mein benebeltes Gehirn versucht, Mamas Worte zu verarbeiten. Ich muss ohnmächtig geworden sein, nachdem Lincoln meinen Rücken geheilt hatte. Und ich wache erst jetzt wieder auf? "Was war mit mir los?"

"Du hattest hohes Fieber, weil du die Infektion bekämpft hast." Mama drückt ihre Hand auf meine Stirn. "Aber es ist vor etwa einer Stunde gesunken. Hast du gut geschlafen?"

Erinnerungen an den Angriff von Armageddon flackern in meinem Kopf auf. Ich halte Mamas Hand fest. "Ich hatte letzte Nacht eine Traumwandlung."

Ich hätte genauso gut eine Bombe im Gemach der Königin zünden können. Beim Klang des Wortes "Traumwandler" verfällt das lebhafte Geplapper der Dienerschaft in vollkommene Stille. Die Figuren, die sich vor meinem Fenster bewegen, erstarren. Erwartung erfüllt die Luft.

Mein Mund verzieht sich zu einem Stirnrunzeln. Netter Zug, Myla. Ich bin im Schlafzimmer der Königin, weil der Hohe Prinz mich hierher geschickt hat. Jeder muss unbedingt wissen wollen, warum. Jetzt rede ich von Traumlandschaften, auch bekannt als super seltenes Engelszeug. Wenn ich einen Marktschreier anheuern würde, der vor meinem Fenster steht und Eintrittskarten verkauft, könnte ich kein interessierteres Publikum haben.

Ich beuge mich vor und Mama flüstert mir ins Ohr. "Kann es warten, bis wir zu Hause sind?"

Sie muss mich nicht zweimal fragen. "Ja, das ist in Ordnung."

Mama richtet sich auf, ihre Stimme ist fest und stark. "Du hattest großes Glück, Myla. Die Ärzte sagten, du hättest sterben können." Sie hält inne, hält eine Hand hoch und wartet auf eine Reaktion unseres verborgenen Publikums.

Die Stille um uns herum wird ohrenbetäubend. Hells Bells. Ich bin immer noch der Hauptdarsteller in der heutigen Aufführung von "Was will der Prinz von diesem Mädchen?

Mama stößt einen frustrierten Atemzug aus. "Die Show ist vorbei, Leute. Zurück an die Arbeit oder ich rufe die Königin."

Sofort beginnen sich wieder Körper vor meinem Fenster zu bewegen. Leises Geschnatter geht im Flur weiter. Ich schieße Mama einen herzlichen Daumen hoch. Sie verhält sich jeden Tag mehr und mehr wie ihr altes Ich. Es ist fantastisch.

Ich schlage die Decke weg und setze meine nackten Füße auf den kalten Boden. "Also, wann gehen wir?"

Mama eilt an meine Seite und führt meinen Körper zurück, um mich hinzulegen. "Die Ärzte sagen, du sollst hier bleiben und dich ein paar Tage ausruhen." Sie schiebt mir die Decke unter das Kinn.

"Ich fühle mich gut. Wirklich."

Mama setzt sich auf die Bettkante, ihre Stimme ist leise. "Hat das etwas mit diesem Thrax-Jungen zu tun, von dem du mir erzählt hast? Ich kann mir nicht vorstellen, dass du begeistert bist, deine Genesung hier zu beenden."

"Nein, es geht nicht um ihn." Aber wenn ich ehrlich zu mir selbst bin, geht es total um ihn. Nach meiner seltsamen, lustvollen Begegnung gestern Abend möchte ich so viel Abstand wie möglich zwischen uns haben. "Ich bin bereit, nach Hause zu gehen, das ist alles."

Mama schiebt mir ein Kissen unter den Kopf. "Ärztliche Anweisung,

Myla-la. Ich komme morgen wieder, um nach dir zu sehen. Vielleicht kannst du dann nach Hause gehen." Sie erhebt sich . "Ruh dich ein bisschen aus, versprochen?"

Ich kuschle mich unter die Decke und grinse. "Versprochen."

Sobald Mama weg ist, schlüpfe ich aus dem Bett, strecke mich und betrachte mich im Spiegel. Ich trage jetzt ein weißes Leinennachthemd. Wann ist das passiert?

Ich zucke mit den Schultern. Ich nehme an, es ist besser, als in meiner Rüstung aufzuwachen. Ich gehe durch den eleganten Raum, streiche mit den Fingern über die schwere Tapete und betrachte die zarten Skulpturen. Ich gehe auf das geöffnete Fenster zu. Reihen von Cottages erstrecken sich in die Ferne, gefolgt von einem viel größeren Netz von schicken Zelten.

Ein Klopfen ertönt an der Tür. "Darf ich reinkommen?" Es ist Lincoln.

Mein Atem stockt. "Klar."

Die Tür öffnet sich und Lincoln tritt ein. "Hallo, Miss Lewis." Mein Körper wird glibberig. Das kann meiner Genesung nicht zuträglich sein.

"Hi." Ich begutachte sein Outfit: Jeans, ein schwarzes, tailliertes T-Shirt und Lederstiefel. "Wow. Sie kennen sich mit dem einundzwanzigsten Jahrhundert aus."

"Stimmt, Sie haben mich bisher nur bei offiziellen Veranstaltungen am Hof gesehen." Er gestikuliert an seinem Oberkörper herunter. "Willkommen an meinem freien Tag."

"Das gefällt mir." Ich mache die gleiche Geste über meinem weißen Leinennachthemd. "Willkommen in diesem zufälligen Nachthemd, das mir jemand angezogen hat." Ich runzle die Stirn. "Das waren nicht Sie, oder?"

Er grinst. "Das werde ich nie verraten."

Ein dummer Teil von mir will zurücklächeln, aber ich halte mich zurück und schaue wieder aus dem Fenster. Er ist immer noch ein Fiesling.

Lincolns Stimme ertönt hinter mir. "Ich wollte nachsehen, ob es Ihnen gut geht. Die Dinge waren gestern Abend ein bisschen kaotisch." Er stößt einen langen Atemzug aus. "Und Sie sehen gut aus." Es gibt eine lange Pause, in der ich weiter aus dem Fenster starre und nicht mit Lincoln spreche. Vergiss nicht, dass er ein Arsch ist, Myla. Ganz zu schweigen von den seltsamen Vorfällen in den Ställen letzte Nacht. Ich muss eine allergische Reaktion auf das Neurotoxin gehabt haben. Mein innerer Dämon ist nur der Zorn, Ende der Geschichte.

Die Dielen knarren leise, als der Prinz sein Gewicht von einem Fuß auf den anderen verlagert. "Ich werde mich jetzt verabschieden."

Seine Schritte donnern, als er weggeht. Etwas in meinem Brustkorb spannt sich an. Aus irgendeinem Grund will ich nicht, dass er geht.

"Hey." Ich drehe mich um und sehe ihn an. Er steht an der Tür; seine Hand umklammert den Griff. Unsere Blicke fixieren sich. "Danke für... Sie wissen schon."

Er wölbt seine Brauen. "Dass ich Ihr Leben gerettet habe?"

"Ja, das." Ich lächle halb und merke etwas: Es ist schwer, jemanden zu hassen, der einem das Leben gerettet hat, vor allem, wenn dieser jemand einem eine gemeine Massage gibt.

"Kein Problem." Er verschränkt seine Arme vor der Brust. "Wir haben diesen Monat ein Special über magische Pferde und Lebensrettung."

Ich grinse aus vollem Herzen. "Du hast einen Sinn für Humor. Irgendwie habe ich das nicht erwartet."

Er sieht mich aus seinem schieferblauen Auge an. "Nun, es ist ja nicht so, dass ich Sie mit meiner schillernden Persönlichkeit begeistert hätte, als wir uns kennengelernt haben."

Ich kann mir ein Kichern nicht verkneifen. "Nein, das haben Sie nicht."

"In der Tat war ich viel zu lange verschlossen und schrecklich. Das tut mir sehr leid."

Ich verziehe den Mund zu einer Seite des Gesichts. So leicht kommt er nicht vom Haken. "Keine fiesen 'Dämonenmädchen'-Kommentare mehr?"

Er richtet sich auf und legt seine Hand auf sein Herz. "Nie wieder." Er zwinkert. "Da hat mir meine Mutter eine strenge Standpauke gehalten." Sein voller Mund verzieht sich zu einem hinterhältigen Grinsen. "Und Sie wissen ja, wie sie sein kann."

Verdammt, er hat sich gerade aus dem Staub gemacht. "Ja, das weiß ich." Ich lache.

Er tritt näher. "Wie wäre es, wenn wir von vorne anfangen?" Er verbeugt sich leicht. "Hallo, ich bin Lincoln."

Ich halte inne und beobachte ihn genau. Warum eigentlich nicht?

"Myla Lewis."

Er reicht mir die Hand. "Freunde?"

Ich lege meine Handfläche auf seine. "Freunde." Seine Haut fühlt sich warm und fest an. Ich erinnere mich an seine Berührung auf meinem Rücken, dann lasse ich seine Hand schnell fallen. "Ich schätze, ich sitze hier für die nächsten paar Tage fest." Ich zucke mit den Schultern. "Ich fühle mich aber gar nicht so krank."

"Ich habe einen sehr übervorsichtigen Hofarzt." Unfug tanzt in seinen ungleichen Augen.

Ich stupse ihn an der Schulter an. "Hey, also. Hast du mich in der Schule entschuldigt?"

Er lehnt sich gegen die Wand und schlägt das rechte Bein über das linke. "Wenn ich es getan habe, wäre es als zusätzliche Turnierbelohnung gerechtfertigt."

"Also, was gibt es hier zu tun, mein Freund?"

"Willst du mit Nightshade eine Runde drehen?"

Ich halte inne und lege meinen Kopf zur Seite. Erinnerungen an seine Berührung schwelen in meinem Hinterkopf. Ich muss vorsichtig sein. Keine bizarren Lustdämonen-Episoden mehr, besonders nicht mit Typen, die gerade erst bewiesen haben, dass sie keine totalen Idioten sind. Aber hey, Freunde machen so Sachen wie auf Pferden herumreiten. Das können wir auch machen.

Ich nicke einmal. "Klar."

"Gut. Ich lasse dir ein paar Reitklamotten rüberschicken."

"Hosen, bitte." Ich habe diese Thrax-Damen schon im Damensattel in langen Kleidern reiten sehen. Nicht mein Ding."

Er grinst. "Ich sorge dafür, dass sie dir eine große Auswahl anbieten."

"Großartig." Ich gähne und strecke mich. "Sehen wir uns in einer Stunde bei den Ställen?"

"Brauchst du nicht mehr Zeit, um dich fertig zu machen?"

Ich schnaube. "Sehe ich aus wie dieses Mädchen?"

Er gluckst. "Nein, tust du nicht." Er macht die Tür auf. "In einer Stunde also."

Lincoln geht zur Tür hinaus. Eine Armee von Dienern strömt in die Unterkunft, alle in traditionellen Gewändern und Tuniken. Sie bringen mir Essen, Sachen zum Anziehen und füllen eine Kupferwanne für ein Bad. Ich wasche mich, esse eine Kleinigkeit und beschließe, braune Lederhosen, hohe schwarze Stiefel und eine rote Bluse mit Korsett anzuziehen. Mein langes kastanienbraunes Haar ist mit einem schwarzen Samtband zurückgebunden.

Ich finde die Ställe. Lincoln steht draußen mit Nightshade und einem geschmeidigen schwarzen Araberpferd.

"Ich möchte dir Bastion vorstellen." Er gestikuliert zu dem schwarzen Pferd.

"Er ist eine Schönheit." Ich streichle den Hals des Pferdes. "Noch einer aus dem Hause Striga?" Ich streiche mit den Fingern durch seine seidige Mähne.

"Ja. Ich habe ihn nicht aufgezogen, aber wir stehen uns trotzdem sehr nahe." Er rückt Bastions Sattel zurecht und fährt dann mit seiner Hand auch durch die Mähne des Pferdes. Unsere Finger berühren sich; die Berührung ist ein Schock der Verbundenheit.

Ich ziehe meine Hand schnell weg, mein Herz pocht mit doppelter Geschwindigkeit. Ich fange Lincolns Blick auf und erkenne dort eine Intensität. Seine Hand hat sich nicht zufällig gegen meine bewegt. Plötzlich kann ich nicht mehr aufhören, daran zu denken, wie es wäre, ihn zu küssen. Konzentrier dich, Myla. Du willst nur mit diesem Typen befreundet sein. Zeit, das Thema zu wechseln. "Wie geht's dem Furor?"

Ein Lächeln tanzt in Lincolns Augen. "Viel besser. Er hat seine Form immer noch nicht geändert, aber wir haben ihn trotzdem in die Palast-Krankenstation verlegt."

"Da bin ich aber froh."

Nightshade trabt neben mir her und wirft ihren blaugrauen Kopf hin und her. Ich habe das Gefühl, dass sie darauf brennt, zu laufen. Ich greife ihren Rücken und Schwinge mich darauf.

Lincoln macht das Gleiche mit Bastion. "Bereit?"

Mein Herz beschließt, dass jetzt ein guter Zeitpunkt ist, um so stark zu schlagen, dass ein Rauschen des Blutes in meinen Ohren ertönt. Bereit für was genau? Freundschaft, Ärger, etwas anderes?

Ich packe die Zügel fester und bemühe mich, cool zu wirken. "Sicher. Wohin?"

"Folge mir." Lincoln schnalzt mit der Zunge. Unsere Pferde laufen im Galopp los.

Die Hufe von Nightshade donnern unter mir, als Lincoln und ich durch das Gelände rasen. Thrax stecken ihre Köpfe aus Zeltklappen und Fensterbrettern, während wir vorbeireiten. Hier draußen bekommen sie kein Kabelfernsehen, also schätze ich, dass der Nachmittagsritt des Prinzen als Unterhaltung gilt.

Der Boden öffnet sich zu sanften Hügeln, die mit grünlich-gelbem Gras bedeckt sind. Sanfte graue Wolken bedecken den Himmel. Nightshade und Bastion fallen in einen langsameren Rhythmus, jeder Atemzug und Hufschlag in perfekter Synchronisation. Eine Reihe von Hecken taucht vor ihnen auf.

Lincoln blickt über seine Schulter und lächelt auf eine Weise, die ich bis in die Zehen spüre. Sein gewelltes braunes Haar tanzt über sein Gesicht und hebt seine kräftigen Wangenknochen und die feste Kieferlinie hervor. Er nickt in Richtung der niedrigen grünen Wand. "Glaubst du, es ist zu gefährlich, um..."

Ich grabe meine Schenkel in den Lauf von Nightshade. "Hyah!" Mein Pferd rast auf die Hecke zu.

Hinter mir schnalzt Lincoln mit der Zunge. Das Dröhnen von Bastions Hufschlägen ertönt hinter mir und kommt sekündlich näher. Die Hecken kommen näher. Nightshade verlagert ihr Gewicht auf die Hinterbeine und springt dann vorwärts. Da ist die unbeschwerte Freude, durch die Luft zu fliegen, gefolgt von dem heftigen Aufprall, als wir auf dem Boden aufschlagen. Lincoln landet eine Sekunde hinter mir. Ich ziehe Nightshade an den Zügeln, damit wir Lincoln und Bastion umkreisen. "Und das bin ich, der dir in den Hintern tritt!"

Er lacht. "Ich wusste nicht, dass es ein Wettbewerb ist."

Mein Gesicht strahlt. Okay, wie geil ist das denn? Normalerweise hänge ich mit Leuten ab, die besessen davon sind, dass ich mich selbst - oder sie - mit dem Kriegerkram, den ich mache, verletze. Ein Beispiel: Wenn Cissy sich noch einmal beschwert, dass ich ihr in der Grundschule einen Zahn ausgeschlagen habe, schreie ich. Hier ist Lincoln, der versucht, mich über die Heckenmauer zu schlagen, und dann lacht, wenn er verliert.

Ich führe mein Ross so, dass wir Seite an Seite stehen. "Für einen Krieger ist alles ein Wettkampf."

Lincoln mustert mich aufmerksam. "Bist du wirklich bereit, dich mit mir zu messen?"

Ich strecke ihm die Zunge raus. "Gib dein Bestes."

"Gut. Das werde ich." Grinsend schnalzt Lincoln wieder mit der Zunge. Nightshade und Bastion gehen in eine neue Richtung.

Wir klettern einen hügeligen Pfad hinauf. Die Pferde gehen langsam. Der Pfad wird schmaler und endet an einer Klippe, die das graue Meer überblickt. Wir steigen ab und führen die Pferde zu einem nahegelegenen Teich, aus dem sie trinken können. Ich lasse mich am Rande der Klippe nieder und lasse meine Füße von der Felskante baumeln. Die Wüste erstreckt sich bis zum Horizont, ihr kohlegrauer Boden wird von einem silbernen Himmel berührt. Ich fühle mich, als würde ich an diesem Ort leben, ich sehe ihn so oft in meinen Traumlandschaften von Verus.

Ich schütze meine Augen vor dem Aufwind des Sandes. "Wie oft kommst du hierher?"

Lincoln setzt sich neben mich auf den Felsvorsprung. "Wann immer ich eine Pause vom Gericht brauche. Vielleicht einmal in der Woche."

"Das Graue Meer ist wunderschön auf eine ..." Ich wippe mit dem Kopf auf und ab und versuche, die richtigen Worte zu finden.

"Auf eine Art und Weise, wie eine einsame Wüste?"

"Ganz genau." Ich lächle sanft. Noch nie hat jemand einen Gedanken für mich zu Ende gedacht. Das ist irgendwie cool. "Also, wie ist es, auf der Erde Dämonen zu jagen?"

Lincoln zuckt zusammen. "Ein bisschen grässlich. Die meisten der Damen im Gericht bitten mich, die grausamen Stellen auszulassen, also kürze ich die Beschreibung normalerweise ab und sage einfach, dass-"

"Nun, wenn eine dieser Damen erscheint, kannst du aufhören zu reden." Ich werfe ihm einen verschmitzten Blick zu. "Ich bin es , Lincoln."

"Richtig." Er springt auf . "Sagen wir mal, ich bin der Dämon. Ich bin auf der Erdoberfläche und verursache allen möglichen Ärger, nur die Menschen halten mich für einen Sturm oder eine ausbrechende Krankheit oder was auch immer."

Mir fällt die Kinnlade runter. "Die Menschen können keine Dämonen sehen?"

"Nö." Er deutet auf sein blaues Auge. "Thrax sehen sie nur als Teil unserer Engelsnatur, und du siehst sie wahrscheinlich durch den Dämonenanteil in dir. Du bist der Thrax."

Ich erhebe mich. "Grr."

Lincoln gluckst. "Und auch ein 'grr' für dich." Er gestikuliert in meine Richtung. "Du findest also heraus, dass Dämonen irgendwo Ärger machen, sagen wir, es ist ein Wald. Ihr trommelt euer Team zusammen und zieht euch für die Dämonenpatrouille an."

"Trägt man diese Tuniken, um Dämonen zu bekämpfen?"

"Nö. Der einzige Ort, an dem die Thrax Hightech einsetzen, ist auf Dämonenpatrouille. Wir haben die neueste Körperpanzerung, Nachtsichtgeräte und so weiter. Die Rixa bringen ein traditionelles Stück Ausrüstung mit." Er zieht zwei kleine silberne Stöcke aus dem Gürtel seiner Jeans.

Ich breche in ein Grinsen aus. "Ich hatte gehofft, dass wir zu diesem Teil kommen würden."

"Man nennt sie Baculum." Er wirft sie mir zu.

"Das weiß ich." Ich halte die beiden Stöcke in einer Hand, so wie ich es bei Lincoln auf dem Turnier gesehen habe. Ich stelle mir vor, wie sich das Baculum in ein breites Schwert aus weißem Feuer verwandelt, sie werden eins in meiner Handfläche. Ich verwandle das Feuerschwert in ein Netz, einen Speer, einen Dreizack und amüsiere mich ganz allgemein.

"Diese Dinge sind erstaunlich." Ich springe auf ihn zu, wedle mit dem Dreizack vor seiner Brust. "Koste den Tod, böser Dämon!"

Lincoln schenkt mir ein verschmitztes Grinsen, seine rechte Augenbraue gewölbt. "Hast du mich gerade gebeten, 'den Tod zu schmecken'?"

Ich erröte. "Vielleicht habe ich mich hinreißen lassen."

Er grinst. "Kein Grund, rot zu werden, obwohl es dir gut steht."

Fuuuuuuck. Dieser Kommentar ließ mich nur noch mehr erröten.

"Koste den Tod." Er tippt sich nachdenklich ans Kinn. "Damit kann ich arbeiten." Lincoln taumelt herum und klammert sich an sein Herz. Er fällt auf den Rücken, zuckt dramatisch und schweigt.

"Ausgezeichnete Leistung, Eure Hoheit." Ich stelle mir vor, wie der Feuer-Dreizack verschwindet, und das tut er auch. Ich beuge mich über Lincoln und lege die silbernen Stäbe auf seinen Bauch. Das Licht reflektiert von den komplizierten Runen, die in die Oberfläche geritzt sind. "Danke."

Er sieht mich aus seinem rechten Auge an. "Gern geschehen." Der Prinz setzt sich auf und reibt sich das Kinn. "Wie hast du das gemacht? Nur ein Rixa kann das Baculum benutzen."

Ich zucke mit den Schultern. "Ich weiß es nicht. Habt ihr das mal mit Quasis getestet? Vielleicht konnten wir das schon immer."

Er nickt langsam. "Klar, vielleicht."

Ich setze mich neben ihn, das trockene Gras kratzt an meinen Händen. Wir sprechen eine Zeit lang nicht. Energie knistert um uns herum. Ein Gedanke geht mir immer wieder durch den Kopf: Ich strecke meine linke Hand nur ein paar Zentimeter aus, ich könnte seinen Oberschenkel berühren. Meine Finger zucken ängstlich.

Brrr, da. Such dir etwas anderes, was du mit deinen Händen machen kannst, Myla. Ich ziehe einen dicken, gelben Grashalm hoch. Ich halte ihn gerade zwischen den Daumen und blase durch die Handflächen. Der Halm gibt einen Ton von sich, wie eine behelfsmäßige Trompete.

Lincoln starrt einen Moment lang auf meine Hände. Dann wandert sein Blick zu mir. Sein Blick ist voll vor Verlangen, und mein Puls geht durch die Decke. Der Prinz verzieht seinen Mund zu einem verschmitzten Grinsen, und ich habe das ungute Gefühl, dass er genau weiß, warum ich eine falsche Trompete gebastelt habe: damit ich ihn nicht berühren würde. Ich beschließe, dass es das Beste ist, es lässig anzugehen. Ich lasse einen weiteren Schlag aus meiner Behelfstrompete ertönen.

Lincoln reißt seinen eigenen Grashalm hoch. "Ich wusste nicht, dass Gras so etwas kann."

Ich zwinkere. "Du weißt eine Menge Dinge nicht." Das wird mir zu intensiv, also lehne ich mich im Gras zurück und starre in den bewölkten Himmel. Der zusätzliche Abstand zwischen uns fühlt sich besser an. Ein anderer Themenwechsel könnte auch helfen. "Also, was machst du heute Abend?"

Lincoln legt sich neben mich und starrt auf die gleiche bewölkte

Aussicht. Das war's mit meiner sicheren Zone und dem zusätzlichen Raum. Meine Finger beginnen wieder zu zucken.

Der Prinz seufzt. "Offizielles Staatsdinner. Prinzenkram. Langweilig."

Ich drehe mich zu ihm um. "Du hast mich in der Schule entschuldigt. Das Mindeste, was ich tun kann, ist, den Gefallen zu erwidern." Sein Gesicht neigt sich zu meinem. Wir teilen uns ein Lächeln. Mein Magen kribbelt.

Er zieht die Augenbrauen hoch. "Was genau wirst du tun?"

Mein Mund verzieht sich zu einem Grinsen wie bei einer Grinsekatze. Sicher, ich hatte in der Vergangenheit schon einige lahme Masterpläne. Aber der, der jetzt in meinem Kopf aufgetaucht ist, ist so unglaublich genial, dass er nur noch den letzten Schliff der Geheimhaltung braucht, um absolut perfekt zu sein. "Ich habe ein paar Ideen... aber ich will, dass es eine Überraschung ist."

"Schön. Bring uns einfach beide in große Schwierigkeiten."

"Du hast es erfasst." Ich starre ihn einen langen Moment lang an, dann schüttle ich den Kopf. "Ich kann nicht glauben, dass du derselbe Typ bist, den ich vorhin getroffen habe."

"Bin ich nicht." Sein Mund verzieht sich zu einer anderen Art von Lächeln. Ich werde rot.

Er verschränkt die Hände hinter dem Kopf. "Ich habe dich einmal vor dem Ryder-Ball gesehen, weißt du."

Ich rolle mit den Augen. "Klar hast du das."

Er gluckst. "Du hast ein Rudel Doxy-Dämonen durch den Wald bei den Ställen des Anwesens gejagt, wenn ich mich recht erinnere."

Ich schenke ihm ein verschmitztes Grinsen. Als wir uns auf dem Ball getroffen haben, hat er mich deshalb gefragt, ob ich die Ryder-Stallungen besuche. Er wusste, dass ich eine Nebenbeschäftigung hatte, Doxies zu töten. Und warum hat das so einen Eindruck auf ihn gemacht? Es gibt nur einen Grund. "Ich habe die Dämonen zuerst getötet, oder?"

Er runzelt spöttisch die Stirn. "Ja."

Ooooh, ich liebe es, wenn ich gewinne. " Mal sehen. Das heißt, ich habe dich beim Springen über die Hecke und beim Töten der Doxies geschlagen. Das macht nicht nur einmal, sondern zweimal."

Lincoln zieht die Stirn in Falten. "Ist das eine Herausforderung, Myla?"

Ich rolle mit den Augen. "Mit dir? Immer."

Im Handumdrehen dreht er seinen Körper so, dass er auf dem meinen liegt. Ich schnappe nach Luft und spüre, wie sich seine festen Muskeln auf die richtige Art und Weise gegen meine weichen

Rundungen drücken. Wärme sammelt sich in meinem Inneren. Sein Mund schwebt knapp über meinem. "Bist du sicher?"

Eine Sekunde lang überlege ich, ihm in die Leistengegend zu treten, aufzuspringen und nach Nightshade zu rennen, aber nur eine Sekunde lang. Ich bin Myla Lewis, und ich gebe nicht nach. Ich kann damit umgehen. Freunde ringen und albern herum. Das ist in Ordnung. "Klar, ich bin sicher."

Er hebt seine Hand und lässt seinen Finger über meine Wange gleiten. Hitze sammelt sich zwischen meinen Schenkeln. "Der Gedanke, dass du mich schlägst, macht mir nichts aus, Myla." Seine Arme sind auf beiden Seiten meines Kopfes verschränkt, seine Knie stützen sich auf beide Seiten meiner Hüften. "Ganz und gar nicht."

Ich starre auf seinen vollen Mund. Jede Zelle in meinem Körper will ihn berühren, ihn küssen. Was zum Teufel geschieht mit mir?

Er schenkt mir ein hinterhältiges Lächeln. "Willst du wissen, warum mich das nicht stört?"

Ein Donnergrollen erschüttert die Luft. Vielleicht zieht ein Gewitter auf. Vielleicht werde ich von einem Blitz in Millionen Stücke zerfetzt. Vielleicht ist es mir auch egal. Mein innerer Lustdämon ist mit voller Wucht zum Leben erwacht. Ich öffne meinen Mund, in der Hoffnung, dass etwas Schnippisches und Niedliches herauskommt. Stattdessen nicke ich nur. Totaler Reinfall.

Lincoln lehnt sich näher heran, leckt sich über die Lippen. "Es ist mir egal, weil..." Es gibt einen Moment, in dem ich mir sicher bin, dass ich meinen ersten Kuss bekomme. "Weil ich deinen Arsch gleich zurück zu den Ställen prügeln werde." Er springt auf, rast zu Bastion und steigt auf sein Pferd.

Ich springe auf , eine Mischung aus sexueller Hitze und Wut durchströmt mich. "Du Mistkerl! Du verlogener, hinterhältiger, bösartiger Mistkerl!"

Lincoln bäumt Bastion auf, das Pferd balanciert fest auf seinen Hinterbeinen. "Man sieht sich später." Er zwinkert.

Ich stampfe mit dem Fuß auf und werfe ihm dreckige Blicke zu, aber die ganze Fast-Küsserei hat mich aus der Fassung gebracht.

Lincoln drückt Bastion auf den Boden, blickt dann über seine Schulter und grinst. Er setzt seine Fersen in Bastions Lauf und läuft im Galopp los.

Das macht meinen Kopf schnell wieder frei.

Ich lasse mich nicht von irgendeinem heißen Prinzenbastard ablenken, der mich mit fiesem Gerede dazu bringt, mich zu fragen, wie er wohl nackt aussieht. Und zu diesem Thema, seit wann denke ich an jemanden, der nackt ist? Naja, außer an Lincoln, dessen nackter Bauch besonders hinreißend sein muss.

Ich schüttle meinen Kopf von einer Seite zur anderen. Konzentrier dich, Myla.

Ich rase über das offene Gelände und ziehe mich auf Nightshade. "Schnappen wir ihn uns, Night." Bevor die Worte aus meinem Mund kommen, ist sie im Galopp unterwegs. Ich treibe sie an, aber bald verlieren wir Lincoln und Bastion im Wald. Ich hole die beiden bei den Ställen wieder ein.

Der Prinz steht neben Bastion, ein überzufriedenes Grinsen auf seinem prallen Mund. "Hey, Loser."

Ich ziehe Nightshade an den Zügeln, damit wir Lincoln und sein Pferd umkreisen. "Hey, Betrüger." Mit diesem Mister-Sexy-Trick kommst du nie wieder durch, mein Freund. Ich zeige direkt auf seine Nase. "Außerdem würde ich mich an deiner Stelle nicht über jemanden lustig machen, der dabei ist, dich aus einem beschissenen Abend zu holen."

"Stimmt. Und du bist mir immerhin noch einen Schritt voraus." Er beugt sich leicht in der Hüfte.

"So ist es besser." Ich neige meinen Kopf. "Wenn du mich jetzt entschuldigen würdest, ich habe eine Menge Vorbereitungsarbeit für heute Abend zu erledigen." Ich lehne mich im Sattel zurück und schinppe mit den Fingern nach ihm.

Er gluckst. "Viel Spaß."

"Werde ich haben." Ich tätschle Nightshades Hals. "Mädchen, bring mich zu..." Sie rennt los, bevor ich meinen Satz beenden kann. Während wir durch die Landschaft rasen, denke ich nur eins: Das wird gaaanz toll.

$\mathcal{E}$s ist schon dunkel, als ich zum Thrax-Gelände zurückkehre. Ich bringe Nightshade in ihrem Stall unter, dann schleiche ich mich zur Met-Halle, meine böse Fracht im Schlepptau: eine Kühlbox, gefüllt mit den Reperio-Dämonen aus meinem Biologieunterricht.

Das ist so geil; ich kann mich selbst nicht ausstehen.

Ich schleiche auf Zehenspitzen zu einem langen Holzgebäude mit einem gewölbten Dach. Die einzigen Fenster sind zwei hohe Lüftungsöffnungen, eine auf jeder Seite des Gebäudes. Ich halte inne und richte den Kragen meines Kampfanzugs. Licht flackert durch die Fensterlöcher herein. Aus dem Inneren der Halle hallt Stimmengewirr und das Klirren von Silberbesteck wider. Die Thrax feiern drinnen ein Festmahl.

Ich atme tief ein und positioniere mich unter einem der Lüftungslöcher. Mit Hilfe der dicken Außenbohlen klettere ich an der Seite des Gebäudes hoch und lasse mich auf dem Fenstersims nieder. Vor mir ist die Decke mit einem Netz aus schweren Holzbalken ausgefüllt.

Ich lächle. Es wird ein Leichtes sein, am Hauptbalken entlang zu krabbeln.

Ich sichte die Halle unter mir, vorsichtig, um mich im Schatten der Decke zu verstecken. Zwei lange Holztische säumen den Boden, beide umgeben von Thrax. Die Männer tragen Wappentuniken; die Damen sind in formellen Kleidern in der Farbe ihres Hauses gekleidet. Am anderen Ende des Gebäudes sitzt ein Minnesänger neben einem knisternden Kamin und spielt eine leise Melodie auf seiner Laute. Diener wuseln umher und füllen Weingläser und Teller nach. In der Mitte des

Tisches ganz rechts sitzen der König, die Königin und der Hohe Prinz auf thronähnlichen Stühlen. Lincoln trägt seine schwarzen Lederhosen, das silberne Kettenhemd und die schwarze Tunika.

Der Graf von Acca erhebt sich . Er fährt sich mit der plumpen Hand durch sein schütteres rotes Haar. "Vielleicht wird uns die Scala-Erbin mit einem Lied beehren?"

"Natürlich, Vater." Adair rutscht von der Bank und geht hinüber zu dem Spielmann. Sie trägt einen langen weißen Umhang, genau wie die alte Scala. Im Raum wird es still. "Ich weiß, dass ihr euch alle fragt, wie es ist, die Scala-Erbin zu sein." Sie blickt dramatisch in die Runde. "Natürlich bedeutet es eine massive Machtverschiebung für das Haus Acca." Sie gestikuliert in Richtung ihres Vaters. Er grinst so breit, dass seine Wangen schmerzen müssen.

Adair faltet ihre Hände in den langen Ärmeln ihres Umhangs. "Ich bin jetzt mehr als ein Thrax, vielleicht sogar mehr als ein Sterblicher."

Ich rolle mit den Augen. Das ist schlimmer als die 'Kann ich deine Muskeln spüren'-Linie. Dieses Mädchen braucht eine gesunde Dosis Realität.

"Heute Abend wollte ich meine persönliche Scala-Reise mit euch allen teilen." Adair atmet einen langen Atemzug ein und sieht den Barden an. "Ich habe ein Lied zur Melodie von 'Are you going to Scarborough Fair?' geschrieben." Sie macht eine Geste zum Lautenspieler, der eine leise Melodie anstimmt. Alle Gesichter sind auf Adair und ihr Lied fixiert.

Jetzt ist meine Chance.

Ich schleiche am Hauptdeckenbalken des Speisesaals entlang, meine böse Fracht in der Hand.

Adair räuspert sich, dann singt sie mit einer trällernden Altweiberstimme:

Wer wird die Scala Adair verehren?

All die Thrax, wenn sie die Zeit haben

Meine Kräfte sind groß, mein Gesicht ist so schön

Wer wird nicht die Liebe wollen, die meine ist?

Sie starrt direkt in Lincolns Gesicht, als sie den " die Liebe, die meine ist"-Teil singt. Seine Gesichtszüge verziehen sich unmerklich zu einem 'Pfui'-Gesicht, eine Bewegung, die ihn die Augen heben lässt. Er sieht mich und zwinkert.

Wärme durchströmt meine Brust; ein Lächeln kräuselt meine Lippen. Lincoln ist ganz anders, als ich dachte. Lustig, gut aussehend, sexy und - vergessen wir nicht meine Lieblingsattribute - fähig, sich zu behaupten und mit mir zu konkurrieren. Ein Teil von mir fragt sich, ob ich zu schnell zu weit gehe und etwas für einen Typen empfinde, den ich noch vor ein paar Tagen für einen Vollidioten hielt. Gut, dass ein anderer Teil von mir den besorgniserregenden Teil hinten anstellt und ihm die Scheiße aus dem Leib prügelt.

Der Lautenspieler klimpert noch ein paar Takte, dann singt Adair wieder.

Meine Kräfte sind groß, mein Gesicht ist so schön

Wer will nicht die Liebe, die meiiiiiiiiiiiiiiiiiiiiiine ist?

Lincoln blickt in meine Richtung und murmelt die Worte 'auf keinen Fall'. Ich grinse. Eine Last fällt von meinen Schultern, von der ich gar nicht wusste, dass ich sie trug. Ich schätze, ein Teil von mir hat sich Sorgen gemacht, was es bedeutet, dass Lincoln und Adair engelsgleich sind. Ich würde es hassen zu denken, dass er für immer mit dieser Dumpfbacke zusammen ist.

Apropos Idiot ... ich lächle und tue dann so, als würde ich Lincoln meine Armmuskeln zeigen. Ich bewege lautlos meine Lippen, während ich sage: "Darf ich dich anfassen?"

Lincoln schaut finster drein und schüttelt den Kopf von einer Seite zur anderen. Er hebt die Stirn in meine Richtung und streicht sich mit dem Mittelfinger über die Augenbraue. Ich muss mir auf die Faust beißen, um nicht laut loszulachen.

Adair hebt die Arme. "Ich danke euch, mein Volk!" Der Raum bricht in begeisterten Applaus aus, niemand mehr als der Earl von Acca. Lincoln klatscht höflich. Danach nimmt er einen Schluck Wein zu sich.

Ich winke, um seine Aufmerksamkeit zu erregen. Ich zeige auf die Kiste in meinen Händen und dann auf das kleine Fenster am anderen Ende des Holzbalkens.

Lincoln nickt leicht und unterdrückt ein Lachen, seine Wangen sind noch voller Wein. Er versucht, seinen Schluck herunterzuschlucken und fängt stattdessen an zu husten.

Avery eilt an seine Seite. "Geht es Ihnen gut, Eure Hoheit?"

Lincoln räuspert sich. "Es geht mir gut, danke."

"War da etwas in den Dachsparren, das Sie beunruhigt hat?" Sie neigt den Kopf nach oben. Ich erstarre.

Mist, man wird mich erwischen.

Er ergreift Averys Hand. "Nein." Ihre Aufmerksamkeit bleibt an seinem Gesicht hängen. "Es gibt da eine Frage, die ich Ihnen stellen wollte, ähm, Avery."

Averys bereits große Augen öffnen sich weiter. "Oh, Mann. Was immer Sie wollen, Eure Hoheit."

"Wie geht es Ihnen..." Er beißt die Lippen zusammen.

"Ja? Ja?"

"Genießen Sie ... Ihr Abendessen?"

"Oh, es ist sehr gut, Eure Hoheit. Ich mag immer gerne Rinderbrust."

"Nun, okay dann." Er lässt ihre Hände los und nickt ernsthaft.

Ich grinse von einem Ohr zum anderen und öffne meine kleine Kiste mit Reperio-Dämonen.

Jetzt geht's los.

Die fiesen kleinen Biester hüpfen über die Deckenbalken und an den Wänden entlang. Die winzigen Papiermännchen hüpfen auf die Festtafeln, treten Weingläser um und stapfen durch die Brüste. Die Bleistift-Ladys verdrehen das Tafelsilber zu kleinen anzüglichen Skulpturen.

Die Thrax laufen völlig aus dem Ruder. Niemand hat Waffen mitgebracht, und alle haben geschworen, die Dämonen zu bekämpfen, obwohl die Reperio mehr Unfug als Gefahr sind. Es wird viel mit Gabeln geworfen und mit Kartoffeln geschmissen.

Ich schleiche schnell über den Balken, springe aus dem gegenüberliegenden Fenster und lande außerhalb der Halle. Lincoln schlüpft in dem Durcheinander einfach durch die Tür. Ich renne auf ihn zu und ergreife seine Hand . Sein Griff ist warm und fest und jagt mir ein Kribbeln der Erregung über den Rücken. Wir erreichen die Ställe und halten inne.

Ich lache so sehr, dass ich meine Arme um meinen Bauch schlinge, damit ich nicht umkippe. "Hast du den Blick von Adair gesehen?"

"Adair? Ich habe den Grafen von Acca beobachtet. Ich glaube, er war kurz davor zu weinen."

"Musst du zurückgehen und helfen?"

"Auf keinen Fall. Ich bin geflohen. Gibt es einen zweiten Teil für diesen Plan?" Seine Augenbrauen heben sich, und die Wärme kehrt mit Wucht in meinen Bauch zurück.

"Natürlich." Ich gestikuliere zu Nightshade und Bastion, die gesattelt und bereit zum Reiten sind. "Wir werden in die botanischen Gärten von Ryder einbrechen." Es gibt eine Pause, in der Lincolns Gesicht nicht zu lesen ist, dann verzieht sich sein Mund zu einem Lächeln.

"Schön."

Wir galoppieren über die verdunkelte Landschaft zu einem großen Gewächshaus, das drei Stockwerke hoch und komplett aus Glas ist. Ein riesiger Baum ragt durch die Decke des Gebäudes und endet in einem gewaltigen Blätterdach.

"Da wären wir." Ich gleite von Nightshade herunter und versuche die Tür zu öffnen. Sie ist verschlossen.

Ich runzle die Stirn. "Tja, das hätte ich kommen sehen müssen."

Lincoln wendet sich an Nightshade: "Kannst du uns helfen, Mädchen?"

Das Pferd wiehert und der Türknauf verschwindet. Stimmt, ich vergaß, dass Nightshade zaubern kann.

Ich stoße die Tür auf und gehe hinein. Das Mondlicht glitzert auf den Bäumen, Lianen und Sträuchern, die das Gewächshaus säumen. Mein Mund verzieht sich zu einem zufriedenen Grinsen. Dieser Ort ist für die Öffentlichkeit geschlossen, also wollte ich natürlich schon seit Ewigkeiten einbrechen. Ich werfe einen Blick auf Lincoln; mein Herz klopft. Es ist schön, einen Komplizen zu haben. Ich führe ihn auf Zehenspitzen um das Grün herum zu dem massiven Baum in der Mitte des Gebäudes und denke die ganze Zeit daran, dass wir allein sind, es dunkel ist und er im Mondlicht sehr gut aussieht. Mein Herzschlag geht durch die Decke.

"Und da wären wir." Ich verbeuge mich leicht. "Der sehr seltene und schöne Tumtum-Baum." Ich strecke meine Hände aus und streiche über die knorrige Rinde des alten Baumes, spüre das Leben und die Energie unter seiner Haut. "Man findet sie nur im Fegefeuer."

Lincoln stößt mich mit seinem Ellbogen an. "Du machst nur Ärger, Myla Lewis." Er lehnt sich nach vorne, sein Mund verzieht sich zu einem höhnischen Grinsen, das mein Inneres zu Glibber werden lässt.

Meine Augen verengen sich. Aber ich bin nicht klebrig genug, um mir diesen Kommentar entgehen zu lassen.

Ich trete zurück, verschränke die Arme vor der Brust und setze einen Blick rechtschaffener Empörung auf. "Ich mache keinen Ärger. Wir sind hier auf einer Mission der Barmherzigkeit."

"Wirklich jetzt?"

Ich zeige auf ein weißes Schild, das in die Mitte des Stammes genagelt ist. " Siehst du? Dieses arme Ding hat ein riesiges 'Klettere nicht auf mich'-Schild, und das ist einfach nicht richtig. Wenn etwas jemals geschrien hat 'Klettere jetzt auf mich ', dann ist es dieser Baum."

Lincoln lehnt sich auf seinem Absatz zurück. "Da hast du recht."

"Natürlich, habe ich." Ich greife den knorrigen Stamm und fange an zu klettern. Lincoln erklimmt die gegenüberliegende Seite.

Ich schwinge mich so, dass ich auf einem horizontalen Ast stehend balanciere. "Wer zuerst die Decke berührt, hat gewonnen."

Lincoln findet einen neuen Halt in der Rinde und klettert nach oben. "Du bist dran."

Ein Ruck der Aufregung durchfährt mich. Er sagt mir nicht, ich solle gehen und in Sicherheit sein, er kneift nicht; er rennt tatsächlich mit mir um die Wette nach oben. Ich bin so abgelenkt und glücklich, dass ich fast vom Ast stürze und mich in letzter Sekunde fange. Ich richte meine Aufmerksamkeit wieder auf den Stamm und beginne zu klettern.

Während wir weiter hoch klettern, weiß ich, dass ich diesen Wettbewerb leicht gewinnen sollte: Immerhin habe ich ein zusätzliches Anhängsel. Aber ich halte mich zurück, um einen besseren Blick auf Lincolns feste Schenkel und seinen muskulösen Rücken zu haben, während er höher klettert. Hitzewellen wallen in meinem Inneren. Schließlich höre ich auf, mich zu bewegen und gebe die offensichtliche Wahrheit zu. Mein innerer Furor-Dämon ist Zorn und Lust. Aus irgendeinem Grund ist Lincoln der Typ, der beides zum Leben erweckt.

Mann, stecke ich in Schwierigkeiten.

Stimmen ertönen vom Lande. "Prinz Lincoln!" Ich schaue aus dem Gewächshausfenster. Fackellicht erscheint am Horizont.

Da ist ein Suchtrupp auf der Suche nach Lincoln. Jippie.

Lincoln rutscht den Stamm hinunter und landet am Fuß des Baumes. Er dreht sich zu mir um und greift nach oben. "Brauchst du eine Hand, Myla?"

Ehrlich gesagt, bin ich durchaus in der Lage, ganz allein von diesem Baum zu springen. Ich starre auf Lincolns stramme Arme und seine feste Brust, mein Lustdämon brüllt immer lauter in mir. Plötzlich will ich ihn so sehr anfassen, dass ich jede Ausrede nutzen würde.

"Klar." Ich wiege mich ein wenig, dann steige ich vom Stamm und in Lincolns Arme. Mein Körper gleitet langsam an seinem herunter. Jede Kontur seiner Brust streift über meine Brust und meinen Bauch. Verlangen prallt an mir ab und erhitzt mein Innerstes.

Hallooooo, Lustdämon.

Ich lecke mir langsam über die Lippen. "Danke, Lincoln."

"Gern geschehen." Aus der Nähe riecht er erdig, ganz nach Waldkiefer und Leder. Er schlingt seine Hände um meine Taille. "Ich habe das, was ich heute gesagt habe, ernst gemeint, Myla."

Mein Gesicht errötet vor Überraschung und Hitze. Er redet doch nicht schon wieder davon, oder? Von unserem Fast-Kuss? "Du meinst, als wir über das Schlagen gesprochen haben?"

Seine Hand gleitet meinen Rücken hinauf; ein Schauer der Lust durchfährt mich. "Über das Schlagen als Herausforderung. Meine Untergebenen beschweren sich, aber niemand drängt mich, besser zu werden. Das hast du getan, selbst als du mich gehasst hast." Er lächelt. "Besonders, als du mich gehasst hast." Seine Finger wandern durch das Haar an meinem Nacken. "Ergibt das einen Sinn?"

Ich begegne seinen ungleichen Augen und merke, ja, ich weiß genau, was er meint. Ich habe mein Leben damit verbracht, zu hoffen, dass die

Art und Weise, wie meine Welt läuft, toleriert wird, und nicht nach jemandem gesucht, der gegen mich antritt. Wer hätte gedacht, dass jemand wie Lincoln möglich ist? Ich möchte all das sagen, aber meine Kehle schnürt sich zu. Ich schaffe nur fünf Worte: "Ja, das tut es. Sehr sogar."

Seine Augen glühen fast vor Intensität. "Ich mag das. Das Gefühl, einen Gleichgesinnten zu haben, einen Partner." Er nimmt mein Gesicht in seine Hände. "Ich mag dich, Myla." Meine Knie werden weich und schlottern. Ich mag dich auch.

Er presst meinen Mund auf seinen und verdammt, es fühlt sich gut an. Seine Lippen sind weich und die Berührung seiner Zunge an meiner ist elektrisch. Mein Herz beginnt wie verrückt zu pochen. Ich greife sein T-Shirt und balle den Stoff in meinen Fäusten. Unser Kuss vertieft sich. In der Ferne am Horizont schlägt ein Blitz in die Erde ein, gefolgt von einem tiefen Donnergrollen. Der Lichtblitz reißt uns aus dem Moment. Wir gehen auseinander.

Ich schüttle den Kopf. "Das ist seltsam. Es soll heute Nacht nicht gewittern."

"Prinz Lincoln!" Die Stimmen draußen werden lauter.

Lincoln seufzt. "Wir sollten besser gehen."

Wir verlassen das Gewächshaus, steigen auf unsere Pferde und reiten zurück zum Thrax-Gelände. Ringsum rufen Stimmen nach Prinz Lincoln. Weitere Fackeln blinken in der Dunkelheit. Lincoln reitet neben mir her und packt Nightshade an den Zügeln. " Deine Unterkunft ist hinter diesen Bäumen. Du solltest gehen; ich kümmere mich um Night."

Ich gebe Lincoln einen stummen Daumen hoch und gehe auf Zehenspitzen zur Tür meiner Unterkunft. Der Raum ist gemütlich, warm und einladend. Ich ziehe mein neues Nachthemd an, schlüpfe unter die Decke und schlafe schnell ein, wobei ich die ganze Zeit über ein Lächeln im Gesicht habe.

Am nächsten Morgen wache ich durch den Klang von Mamas Stimme auf. Sie ist nicht glücklich, was nur eines bedeutet: Ich stecke in Schwierigkeiten.

"Myla." Mama tippt mir auf die Schulter. "Komm schon, wach auf."

Ich öffne meine Augen und schaue so unschuldig wie möglich. "Guten Morgen, Mama."

Ihr Mund verzieht sich zu einer wütenden Linie. "Was ist gestern passiert?"

Sie kommt direkt zur Sache. Ich korrigiere: Ich stecke in großen Schwierigkeiten.

"Nichts. Ich saß nur hier drin und habe mich um meine Angelegenheiten gekümmert." Ich zwinge mich zu husten. Zweimal. "Ich erhole mich. Warum?"

"Reperio-Dämonen wurden gestern Abend auf dem Scala-Winterfest freigelassen. Dieselben, die gestern in eurer Schule verschwunden sind. Das hat einen ziemlichen Aufruhr verursacht."

"Ein Aufruhr, hm? Die sollten bessere Sicherheitsvorkehrungen treffen." Ich tue mein Bestes, um zu zittern. "Ich hörte die Schreie um die Essenszeit. Es war so beängstigend, dass ich hier drin geblieben bin und Hausaufgaben gemacht habe."

Mamas braune Augen verengen sich. "Ich verstehe. Was für Hausaufgaben?"

"Sehr wichtige ... Hausaufgaben." Ich bin nicht gerade ein Genie, was das Denken angeht, es sei denn, es geht darum, etwas zu töten.

"Humph. Die Ryders haben berichtet, dass letzte Nacht auch jemand in ihren botanischen Garten eingebrochen ist."

"Das gibt's doch nicht. Das ist schockierend!"

"Du bist eine schreckliche Lügnerin, Myla."

Ich werfe ihr ein Grinsen zu, das vielleicht ein bisschen zu großspurig ist. "Hey, ich habe meine Geschichte und ich bleibe dabei."

"Wir gehen nach Hause. Jetzt."

Mein Lächeln verblasst. Ich schätze, ich wusste die ganze Zeit, dass es so enden würde, aber es ist trotzdem schade, früher zu gehen.

Mama schnappt sich meinen kleinen Stapel Sachen und geht aus dem Haus. Ich schlüpfe in meine Jogginghose und folge ihr nach draußen. Alle sind wach und stecken ihre Köpfe aus den Fenstern oder aus ihren schicken Zeltklappen. Lincoln steht vor seiner Hütte und lehnt sich gegen den Türpfosten. Er trägt ein tailliertes weißes T-Shirt und eine Flanell-Pyjamahose. Meine Hände sehnen sich danach, seine Brust zu berühren. Und jetzt.

Mama marschiert rüber zu Betsy und lässt den Motor aufheulen. Ich folge ihr zum Auto und spüre Lincolns Augen auf mir. Ich werfe ihm einen Blick zu, als ich auf den Vordersitz rutsche. Er zwinkert; ich werde rot. Verdammt, gestern hat es eine Menge Spaß gemacht.

Wir fahren an einer langen Reihe von Häusern vorbei. Die Großen Damen stehen vor ihnen, jede trägt ein langes Nachthemd in der Farbe ihres Hauses. Wenn Blicke Nadeln wären, wäre ich jetzt ein Nadelkissen.

Ich fahre einen Tag früher nach Hause, aber das war es wert. Auf jeden Fall.

Mama tippt mit ihren Fingernägeln auf das Lenkrad. "Wenn du gesund genug bist, um Ärger zu machen, bist du auch gesund genug, um zu lernen. Ich setze dich an der Schule ab."

Ich öffne meinen Mund, bereit zu erklären, warum ich den Nachmittag damit verbringen muss, mich zu erholen und fernzusehen. "Nun, ich ... Du musst verstehen, es ..."

Mama spitzt die Lippen. "Ich kann das nicht hören wollen."

"Weißt du was?" Ich lehne mich in meinem Sitz zurück. "Ich habe nichts. Setzt mich an der Schule ab."

Mama schenkt mir ein winziges Lächeln. " Ihr solltet sowieso keine Dämonen in einem Klassenzimmer haben."

"Heißt das, ich muss nicht zur Schule gehen?"

"Netter Versuch."

Irgendwann nach dem Mittagessen komme ich zur Schule. Cissy sieht mich, sobald meine Turnschuhe den Flur betreten. "Schön, dass es dir besser geht, Süße." Sie drückt mir einen kurzen Kuss auf die Wange.

"Danke, Cissy."

"Ich dachte, du kommst erst morgen wieder in die Schule. Was ist passiert?"

Was passiert ist? Lincoln ist passiert. Mir wird heiß, als ich mich an den Kuss des Prinzen und seine süßen Worte erinnere. Nicht, dass ich Cissy etwas davon erzähle. Das Letzte, was ich brauche, ist die Rückkehr des Neidmonsters. Ich räuspere mich. "Ich fühlte mich besser."

Cissy legt ihre Hand auf meinen Arm. "Geht es dir gut? Du siehst errötet aus."

Ich erzwinge ein Husten. "Ja, mir geht's gut. Ich erhole mich noch." Verdammt, könnte ich noch verdächtiger sein?

Cissy gibt mir einen sanften Klaps auf den Arm. "Überanstrenge dich nicht, Süße."

Ich atme aus. "Du hast ja so recht." Und so gar keinen Verdacht zu schöpfen. Süß.

"Oh, du wirst nicht glauben, was in der Schule passiert ist. Jemand hat alle Biologie-Dämonen gestohlen."

"Nein. Sowas." Ich grinse, meine Augen flackern rot. Über das Küssen von Lincoln zu reden? Eine schlechte Idee. Mit dem Diebstahl von Reperio zu prahlen? Ein Muss.

"Hells Bells! Myla, hattest du etwas damit zu tun?"

"Das habe ich ganz sicher." Ich wackle mit den Augenbrauen auf und ab. "Ich habe die Reperio total gestohlen und sie bei einem Thrax-Dinner freigelassen. Ist das nicht die beste Idee in der Geschichte aller Zeiten?"

Cissy seufzt. "Ich werde dir keinen Vortrag darüber halten, warum das völlig verrückt war. Wärst du erwischt worden, wäre das ein weiterer diplomatischer Albtraum gewesen. Ganz zu schweigen von der Tatsache, dass Stehlen in der Schule illegal ist."

Ich schnalze mit der Zunge. "Das ist einer deiner Nicht-Vortrags-Vorträge, oder?"

Cissy versucht, eine Grimasse zu schneiden, lächelt aber stattdessen. "Du machst nur Ärger, Myla Lewis."

Komisch, das hat Lincoln auch gesagt. Ich erinnere mich an den Kuss des Prinzen und fühle mich ganz kribbelig. Ich muss einen ziemlich albernen Gesichtsausdruck haben, denn als ich meine Aufmerksamkeit wieder auf Cissy richte, schöpft sie nun Verdacht.

"Warum hast du bei einem Thrax-Dinner Dämonen freigelassen?" Sie schmatzt mit den Lippen. "Hat das etwas mit Prinz Lincoln zu tun?"

Bleib cool, Myla. "Ach, der? Er ist nur ein Freund." Ein Freund, den ich einmal geküsst habe und jetzt ausziehen und lecken will, das ist alles.

"Verheimlichst du mir etwas?" Ihre Augen leuchten rot auf.

Wooo-ee. Ich muss abhauen, bevor sie einen auf Neiddämon macht. "Tut mir leid, Cissy. Ich muss los, sonst komme ich zu spät." Ich mache auf dem Absatz kehrt und renne los, bevor sie mich aufhalten kann.

Puh. Das war knapp.

17

"**G**uten Morgen, Myla. Du wirst zum Dienst gerufen."

Ich öffne meine Augen und gähne. "Hallo, Walker. Ich habe dich ewig nicht gesehen." Tatsächlich habe ich ihn das letzte Mal vor drei Monaten gesehen, als ich mit Deacon in der Arena gekämpft und Lincoln fast angegriffen habe. Wer hätte gedacht, dass ich den Kerl am Ende küssen würde? Seitdem war ich sowohl beim Thrax-Herbst- als auch beim Winterturnier. Die Zeit ist wie im Flug vergangen.

Jetzt sind es nur noch ein paar Tage bis zu den Neujahrsfeiern. Eigentlich zu lange, zwischen den Besuchen meines ehrenamtlichen untoten älteren Bruders. Normalerweise schmuggelt er mich mindestens einmal im Monat in die Arena, um ein Spiel von jemand anderem zu sehen.

Ich runzle spöttisch die Stirn. "Ich habe dich vermisst, Walker."

Mein Herz klopft traurig. Ich vermisse Lincoln auch. Ich habe seit dem Winterturnier vor zwei Wochen kein Wort mehr von ihm gehört. Es macht mich echt fertig, dass ich so eine Art One-Kiss-Status für ihn war. Nightshade ist jetzt ein ständiger Bewohner der Ryder-Stallungen; ich nehme sie regelmäßig zu Ausflügen in die Nähe des Thrax-Geländes mit. Jedes Mal hoffe ich, einen bestimmten Menschen zu treffen, aber ich habe kein Glück. Ich bin zu stolz, um mehr als das zu tun.

Ich stieß einen tiefen Seufzer aus. Okay, eigentlich bin ich nicht zu stolz, um mehr als das zu tun, aber die Thrax haben ihren kleinen Zeltplatz in diesen Tagen unter einer Art Mega-Absperrung.

Walker mustert mich aufmerksam. "Ich habe dich auch vermisst." Er reibt sich seine langen Koteletten. "Ich höre, Glückwünsche sind angebracht."

Ich schlage die Decke weg und setze meine Zehen auf den kühlen Boden. "Warum das?"

"Du bist der größte Krieger in Antrum."

"Oh, ja." Ich gehe zu meiner Kommode hinüber, öffne die oberste Schublade und ziehe meinen goldenen Brustpanzer heraus. "Königin Octavia hat mir eine Rüstung und einen Platz im Turnier verschafft." Ich lege den Brustpanzer über mein graues Nachthemd und modelliere ihn für Walker. "Damit habe ich einen Arachnoiden ausgeschaltet."

Walker grinst. "Ich wünschte, ich hätte es sehen können."

Ich zwinkere. "Vielleicht ein andermal." Ich lege den Brustpanzer vorsichtig zurück in meine Schublade. "Also, gegen wen kämpfe ich heute?"

Walker senkt seine Stimme. "Ich habe eine Überraschung für dich. Wir treffen uns tatsächlich mit einer Ikonenwanderung."

Ich falte meine Hände. "Nein. Unglaublich." Ikonenwanderungen sind, wenn die Scala mehrere Seelen auf einmal in den Himmel oder die Hölle befördert. Die habe ich erst ein paar Mal gesehen. Mega cool.

"Oh, ich habe einen Weg gefunden." Er legt einen Finger auf den Mund und macht ein "Psst"-Gesicht. "Erzähl deiner Mutter einfach nicht, was wir vorhaben."

Ich tue so, als würde ich meinen Mund verschließen. "Verstanden." Mama flippt aus, wenn ich etwas anderes mache. Ich habe das Gefühl, dass eine Ikonenwanderung sie durch die Decke gehen lassen würde.

"Wir sehen uns gleich." Walker geht aus meiner Zimmertür und schließt sie sorgfältig hinter sich.

Ich dusche, ziehe meinen Kampfanzug an und gehe in die Küche, ein verschmitztes Lächeln auf meinem Gesicht. Ikonen sind die besten.

Mama sitzt am Tisch, in der Hand eine Tasse mit dampfendem Kaffee. Sie wirft einen Blick auf mich und runzelt die Stirn. "Was ist hier los, Myla?"

Ich setze mein bestes 'Unschuldsgesicht' auf: die Augen weit aufgerissen und blinzeln wie verrückt. "Walker nimmt mich mit in die Arena zu einem weiteren Todeskampf. Du weißt schon, das Übliche." Ein Stapel Dämonenriegel liegt auf dem Tresen. Ich schnappe mir einen und ziehe ihn rein.

"Hattest du letzte Nacht irgendwelche seltsamen Träume?"

"Nö."

"Hast du irgendwelche neuen Freunde gefunden?"

Außer dem hohen Thrax Prinz?

"Cissy ist immer noch meine beste Freundin, Mama." Irreführend, aber wahr.

Mama kommt auf Walker zu sprechen. "Mit welcher Seele kämpft sie heute Morgen?"

"Den CEO eines Finanzkonglomerats auf der Erde. Ein fieser Kerl." Im Gegensatz zu mir ist Walker ein wirklich guter Lügner.

Mama mustert mich eine ganze Minute lang aufmerksam. Ihre Finger trommeln langsam auf die Tischplatte. "Ich nehme an, es ist alles in Ordnung."

Sweeeeeeeeeet.

Ich schlucke den letzten Bissen meines Frühstücks hinunter. "Lasst uns loslegen."

Walker senkt seinen Kopf. Ein knisterndes Geräusch erfüllt die Luft, als sich ein Portal neben unserem Kühlschrank öffnet. Ich nehme Walkers Hand in meine.

"Wir sehen uns später, Mama."

Sie sieht mich aus ihrem rechten Auge an. "Aha." Nach meinem kleinen Auftritt mit den Reperio-Dämonen ist sie ständig auf der Hut vor allem, was ich tue. Ich kann es ihr nicht verdenken.

Walker und ich treten in das Portal, stolpern durch den leeren Raum und kommen in einem dunklen Torbogen am Rande der Arena wieder heraus. Ich fange tatsächlich an, Portalreisen zu mögen.

Ich lehne mich an die Steinwand und schaue über das Stadion. Alles ist menschenleer.

"Früher gab es große Zeremonien vor einer Ikonenwanderung", sagt Walker. "Jetzt taucht die Scala auf, erschafft Seelensäulen und geht wieder."

Ein leises Zischen hallt durch die Luft. Ein Portal öffnet sich auf der obersten Ebene der Arena. Durch es tritt der größte Ghul, den ich je gesehen habe, und jemand, den ich nie wieder sehen wollte: Armageddon.

Ich wende mich an Walker. "Was macht der Große, Dunkle und Dämonische hier?"

Er zuckt mit den Schultern. "Er kommt manchmal, um seinen Sohn zu sehen."

Mein Schwanz wölbt sich über meine Schulter. Mein Körper geht in volle Alarmbereitschaft.

Eine weitere Gestalt tritt aus dem Portal: eine winzige Frau in einem hochgeschlossenen roten Seidenkleid mit einer Büste am Rücken. Sie sieht aus wie etwas von der Erde um 1800, abgesehen von ihrer rosafarbenen Haut, der Schweineschnauze und den winzigen schwarzen Augen.

Ihr Haar ist ein langer Schweineschwanz, der sich hinter ihrem Kopf zu einem Dutt windet. In ihrer Hufhand hält sie eine silberne Aktentasche.

Armageddon, ein Ghul und ein paar Manus-Dämonen setzen sich auf den schwarzen Marmorbalkon. Der König der Hölle schnippt mit den Fingern über seine Schulter. "Clementine. Jetzt." Die Schweinedämonin stürmt auf den Balkon und nimmt neben Armageddon schwarzem Steinthron Platz. Sie öffnet die Aktentasche auf ihrem Schoß und fummelt an dem, was sich darin befindet. Ein hochfrequentes Summen ertönt leise in der Luft.

Ich nicke Walker zu. "Was denkst du, was Armageddon vorhat?"

"Wer weiß? Er macht immer seltsame Dinge. Ich würde mir keine Sorgen machen."

Humph. Wegen dieser Einstellung wurde das Fegefeuer überhaupt erst überrannt.

Ein langes Portal öffnet sich in der Mitte des Arenabodens. Durch es treten sechs Ghule, die eine schicke Bahre tragen. Der alte Scala liegt in seinen weißen Gewändern auf der behelfsmäßigen Pritsche und schläft fest. Eine dünne weiße Decke ist unter sein Kinn gelegt.

Ein Träger- Ghul berührt sanft die dünne Schulter des Scala.

Die trüben Augen des alten Mannes öffnen sich einen Spalt. "Ah, J-27."

Der Ghul verbeugt sich. "Es ist an der Zeit, die Seelen in den Himmel zu rufen, Großer Scala."

Walker tippt mir auf die Hand. "Er hat gerade gesagt..."

"Ich habe ihn verstanden." Mein Körper erstarrt. Hey, also, ich habe gerade verdammtes Latein verstanden. "Wie zum Teufel soll ich Latein verstehen?"

Walker scheint furchtbar daran interessiert zu sein, auf den Boden der Arena zu starren. "Wenn er will, kann der Scala dafür sorgen, dass die Menge ihn versteht."

Ich schmatze einmal mit den Lippen. Das klingt mega-schick. Ich habe nie gehört, dass der Scala diese Fähigkeit hat. Ich neige meinen Kopf zur Seite und versuche herauszufinden, ob Walker die Wahrheit sagt. "Lügst du mich an?"

Er dreht sich zu mir um, sein Gesicht ist ein Abbild der Coolness. "Warum sollte ich lügen?"

Okay, da hat er recht. Zurück zur Beobachtung des Scala.

Auf dem Arenaboden hebt der Scala kraftlos seine rechte Hand. Ein Schwall von Igni-Blitzen wirbelt um seine Handfläche. Zwei Dutzend Geister erscheinen auf dem Boden des Stadions. Ich untersuche den, der mir am nächsten ist. Seine Form wechselt schnell zwischen tausenden von verschiedenen Gesichtern und Körpertypen. Ikonen. Jede von ihnen enthält Tausende von menschlichen Seelen.

Ich beobachte, wie sich die Körper der Ikonen in einem blendenden Flimmern verwandeln. Es ist wunderschön.

Der Scala lässt seine zitternde Hand fallen. Die Igni verschwinden. Er schnappt nach Luft, sein knochiger Brustkorb wippt auf und ab. Die Ghule stützen ihn aufrecht. Er kommt wieder zu Atem.

Ich schüttle den Kopf. Das ist ein wirklich alter Kerl. Er sieht aus, als könnte er jeden Moment kollabieren.

"In der Quasi-Republik hat der Scala Hunderte von Ikonen auf einmal in den Himmel gebracht. Jetzt sieht man selten mehr als ein paar Dutzend." Walker seufzt. "Heute sind es die Ikonen für die Hölle, die überfüllt sind."

Ich blicke zu Armageddon und Clementine. Ein sanftes scharlachrotes Glühen leuchtet aus dem Inneren ihrer Aktentasche. Seltsame rote Schatten krabbeln unter ihre Wangen und ihre Schnauze. Das surrende Geräusch wird lauter.

J-27 berührt erneut die Schulter des Scala. "Sie müssen sie bewegen."

Der alte Mann nickt, sein Atem kommt in rauen Stößen. Er hebt wieder seine faltige Hand; winzige Blitze wirbeln um seine Handfläche. Die Igni fliegen aus seinen Fingerspitzen und schwirren auf dem Boden der Arena herum. Sie lassen sich um jedes Symbol nieder und kreisen in immer schnelleren Schleifen um die morphenden Geister. Die Igni vermehren sich und werden zu Säulen aus weißem Licht.

Ich liebe es, diese in Aktion zu sehen. Seelensäulen. Wie der Scala die Geister bewegt.

Der Scala keucht; seine Augen rollen zurück in seinen Kopf. Die Seelensäulen werden gleißend hell, dann verschwinden sie und nehmen die Ikonen mit sich.

Der Scala lässt seine zitternde Hand fallen. Sein Atem kommt schneller und rauer als je zuvor. Wird er gleich hier tot umfallen?

J-27 legt seine Finger an die verdorrte Kehle des alten Mannes. Das graue Gesicht des Ghuls wird blass wie Milch. "Wir müssen sofort den Heiler aufsuchen."

Armageddon lehnt sich nach vorne und stützt die Ellbogen auf die Knie. Er starrt in den Aktenkoffer auf Clementines Schoß und grinst. Das Licht im Inneren des Koffers leuchtet jetzt hellrot. Das Brummen wird lauter.

Es ist mir egal, was Walker gesagt hat. Was auch immer in diesem Aktenkoffer ist, ist keine harmlose Verschwörung von Armageddon. Es ist B-A-D. Meine Haut kribbelt vor Alarm.

Der König der Hölle reibt seine dreiknöcheligen Hände aneinander. "Mal sehen, ob diese Vorrichtung den Preis wert ist, den wir bezahlt haben."

Die sechs Ghule packen die Bahre des Scala und neigen ihre Köpfe. Die Luft knistert vor Energie. Die Ränder eines Portals erscheinen und verblassen. Der Schweiß rinnt den Ghulen über die Wangen.

Ich werfe Walker einen Blick zu. "Was ist hier los?"

Walker schließt die Augen. "Ich weiß es nicht. Es gibt kein Gruppendenken. Das ist seltsam."

"Reden die Oligarchen in Ihrem Kopf ununterbrochen?"

"Immer." Walkers Gesicht verzieht sich vor Konzentration. "Obwohl ich sie abschalten kann, wenn ich will." Seine Konzentration wird noch intensiver. "Ich werde sie jetzt nicht abschalten."

Armageddon gluckst. "Das ist genug, Clementine." Die Schweinedämonin schnappt ihre Aktentasche zu.

Sofort erscheint ein Portal auf dem Boden der Arena. Die Ghule lächeln nervös, heben die Bahre des Scala an und treten durch das schwarze Türloch.

Der Dämonenanführer erhebt sich. "Wir gehen. Jetzt." Er marschiert zurück auf die oberste Ebene des Stadions, befiehlt seinem Ghul, ein Portal zu öffnen, und verschwindet darin zusammen mit Clementine und seinem Manus-Dämonenwächter.

Ich runzle die Stirn. "Er intrigiert wieder."

Walker winkt abweisend mit der Hand. "Er ist immer intrigant. Ich habe in den letzten zwanzig Jahren seltsame Dinge von ihm gesehen. Ich finde, dass es nicht produktiv ist, sich darüber Gedanken zu machen."

Ich öffne meine Klappe, bereit, meinen Standpunkt zu vertreten, beschließe aber, mir die Mühe zu sparen. Normalerweise würde ich mich mit Walker noch mindestens zehn Minuten lang darüber streiten. Aber in der Arena zu sein, erinnert mich daran, wie Lincoln mir mein Schwert verliehen hat. Ich schließe die Augen, erinnere mich an seinen Mund auf meinem im botanischen Garten und fühle mich wie ein totaler Narr. Wenn er mit mir in Kontakt sein wollte, hätte er es schon vor Wochen getan.

Zähneknirschend beiße ich den Drang zurück, Trübsal zu blasen. "Wir sollten zurückgehen."

Walker lehnt sich gegen die Wand des Torbogens, seine Augen glühen ein wenig rot. "Ich hasse es, euch beide so zu sehen."

Ich zupfe abwesend Moos von den unebenen Steinen, die die Mauer säumen. "Die zwei von wem wie?"

"Du und Lincoln. Miserabel."

Warte mal. Hat Walker gesagt, was ich dachte, dass er gesagt hat? "Du kennst Lincoln?" Mein Körper ist in höchster Alarmbereitschaft.

"Das tue ich." Walkers Mund verzieht sich zu einem Stirnrunzeln. "Aber ich habe geschworen, nie ein Wort davon zu sagen." Ein Muskel zuckt entlang seines Kiefers. "Das ist der Künstler in mir. Ein zu weiches Herz."

Ich trete näher an ihn heran und achte darauf, dass jeder Zentimeter von mir so flehend und erbärmlich wie möglich aussieht. " Komm lass dein Mädchen nicht hängen."

Er atmet einen langen Atemzug ein. "Ich kenne Lincoln schon so lange, wie ich dich kenne, Myla. Ich kann nicht erklären, wie oder warum. Jedenfalls noch nicht."

Erstens ist es total nervig, dass er immer noch so geheimnisvoll ist. Sag es mir schon! Aber irgendwie kann ich meine typische Angst über Mamas Schweigekodex nicht bei jedem in meinem Leben hervorrufen. Außerdem sind andere Themen viel interessanter.

"Hast du gesagt, Lincoln ist unglücklich?" Mein Gesicht bricht in ein breites Lächeln aus.

"Ja. Und das ist er schon, seit er dich zum ersten Mal gesehen hat."

Ich erinnere mich, wie Lincoln und ich uns auf der Klippe mit Blick auf das Graue Meer unterhalten haben. "Er hat mal etwas darüber gesagt. Er sah, wie ich Doxy-Dämonen bekämpfte." Aber er erzählte nichts das mit einem Myla-bezogenen Elend zusammenhängt. Das erklärt vielleicht sein "Du bist ein mieser Dämon"-Verhalten bei unserem ersten Treffen. Überkompensiert er zu viel?

Walker nickt weise. "Er hat dich kurz nach seiner Ankunft im Fegefeuer gesehen. Du bist aus einem See herausgekommen, glaube ich."

"Das ist richtig. Ich kämpfte gegen Doxy-Dämonen aus den Ställen. Sie wurden zu bissig, also habe ich sie zu einem See im Wald geführt." Meine Stimme wird tief und verträumt. "Wasser neutralisiert ihre Stiche." Und der Prinz war auch da? Ich blinzle dreimal und versuche mich zu zwingen, diese Information zu verarbeiten. Lincoln hat monatelang an mich gedacht; er denkt immer noch an mich.

Walker zieht seine linke Augenbraue hoch. "In Wahrheit war er ein wenig besessen von dir."

Ich hatte recht. Wir haben uns verbunden. Wärme blüht in meiner Brust auf. " No. Way." Mein Schwanz stößt gegen seine Schulter und schleudert ihn gegen die Wand.

"Vorsichtig, Myla." Er grinst. "Ich trage keine Rüstung."

"Eh, du bist viel zäher, als du aussiehst, Walker." Ich schreite den steinernen Gang entlang, eine Kombination aus Aufregung und Angst pulsiert in mir. Lincoln ist genau so unglücklich wie ich. Er sorgt sich um mich, ist sogar ein wenig besessen von mir.

Das. Ist. So. cool.

Ich halte inne und wende mich an Walker. "Das sind die besten Nachrichten, die ich seit Wochen bekommen habe." Ich runzle die Stirn. Irgendetwas daran ergibt keinen Sinn. "Hey, wenn er so in mich verliebt ist, warum habe ich dann keinen Pieps von seiner Majestät gehört?"

"Deshalb wollte ich mit dir reden."

Oh, oh... diesen Ton kenne ich von Walker. Er wird gleich etwas Schreckliches von sich geben. Mein Körper geht automatisch in Kampfstellung, um für den Aufprall gewappnet zu sein.

Walker atmet tief ein. "Ihr beide seid perfekt aufeinander abgestimmt." Er schüttelt den Kopf hin und her und runzelt die Stirn.

Mein Magen zieht sich zusammen. "Das wird normalerweise so gesagt, als sei es etwas Gutes."

Walkers schwarze Augen füllen sich mit Traurigkeit und Mitgefühl. "Ihr seid aus verschiedenen Reichen. Er ist ein Prinz. Deine Kampffähigkeiten sind entscheidend für das reibungslose Funktionieren der Arena." Er deutet auf Armageddons Platz in der Arena. "Und du lebst in einem Reich, das im Wesentlichen vom König der Hölle regiert wird. Keine stabile Situation." Er seufzt. "Match oder nicht, die Chancen, dass ihr beide eine gemeinsame Zukunft habt, sind gering."

Sagst du. Ich ziehe eine Grimasse. Er macht diese Walker-Sache, bei der er so tut, als würde er meine Frage beantworten. "Warum hat er sich nicht gemeldet?"

Walker sieht mich eine lange Minute an, dann spricht er. "Seit du weg bist, verhandelt Lincoln ununterbrochen mit dem Haus von Acca. Sie wollen Krieg. Der Prinz ist die einzige Person, auf die der Earl hört."

Ein kalter Schauer jagt mir durch den Körper. Jetzt kommt die schlechte Nachricht. "Und warum ist das so?"

Walker verschränkt die Arme in den Schlingenärmeln mit einem Hauch von Endgültigkeit. "Bis du aufgetaucht bist, waren Lincoln und Adair kurz davor, sich zu verloben."

Die Realität schlägt wie eine Faust in mir ein. Was habe ich mir dabei gedacht, dass Adair die ganze Zeit von Lincoln schwärmt? Dass sie ihn als Engel auswählte? Ganz zu schweigen von dem ganzen komischen Muskel-Grabschen. Sie waren dabei, sich zu verloben.

Nein, das kann nicht richtig sein. Ich schüttelte meinen Kopf von einer Seite zur anderen und trete heftig gegen die Wand. Ich erinnere mich an Adairs Gesang auf dem Winterfest. Sie sagte, Lincoln sei ihre

Liebe; er hätte fast gekotzt. "Lincoln scheint nicht zu glauben, dass er sie heiraten muss."

"Vielleicht hat er recht." Walker runzelt die Stirn. "Aber es spricht viel zu viel gegen euch beide. Glaube mir, es macht mir keine Freude, das zu sagen. Du musst jetzt nach vorne schauen, bevor eure Gefühle zu tief werden."

Ich rolle mit den Augen. "Bitte. Ich habe den Kerl einmal geküsst, das ist alles."

Walkers Augenbrauen schießen ihm fast aus dem Kopf. "Du hast jemanden geküsst?" Sein Mund bleibt offen stehen. "Du. Myla Lewis." Er seufzt. "Ich sehe, meine Warnung kommt zu spät."

Ich verschränke die Arme vor der Brust. Er muss sich beruhigen. "Hör zu, ich weiß es zu schätzen, dass du den großen Bruder spielst und so, aber du machst dir umsonst Sorgen. Wenn Lincoln wirklich so in mich verliebt wäre, würde er einen Weg finden, mit mir in Kontakt zu treten." Fall abgeschlossen.

Walker schiebt seine Hand in die Taschen seines Mantels. "Das hat er bereits." Er legt mir einen silbernen Umschlag auf die Handfläche. Mein Name steht mit schwarzer Tinte darauf geschrieben.

Mein Herz klopft in meiner Brust, als ich den Brief aufreiße und eine Karte herausziehe. Darauf steht: "Morgen, Ballsaal der Ryder-Villa, 16 Uhr. Ziehen Sie sich leger an. Lincoln.' Ich grinse und wackle mit den Hüften zu einem kleinen Freudentanz.

Walker rollt mit den Augen. "Spiele nie Poker, Myla."

Ich fixiere ihn mit einem halben Stirnrunzeln. "Was soll das denn heißen?"

"Ich habe noch nie erlebt, dass du eine Emotion versteckt hast." Er steckt seine Hände zurück in die Taschen seines Mantels und seufzt. "Offensichtlich hast du bereits Gefühle für Lincoln."

Ich neige meinen Kopf zur Seite und überlege. Der Prinz ist witzig, gutaussehend, klug und tritt Dämonen in den Hintern. Warum sollte ich ihn nicht mögen? "Vielleicht tue ich das." Ich strecke Walker die Zunge raus. Naja.

"Oh, Mann." Walker gibt sich Mühe, sein Lächeln zu verbergen, aber ich merke, dass er insgeheim total darauf abfährt. "Ihr beide zusammen, das wird Ärger geben."

Mein Gesicht verzieht sich zu einem breiten Grinsen. "Das hoffe ich doch sehr."

~

Tank steht auf dem schlammigen hinteren Rasen der High und winkt die Schüler mit seinen kräftigen Händen heran. "Kommt alle her. Der Unterricht fängt gleich an."

Ich schaue auf meine Uhr. Sobald der Unterricht vorbei ist, kann ich zur Ryder-Villa gehen, um mein geheimnisvolles Was-auch-immer mit Lincoln zu erleben. Beklemmung brennt in meiner Brust.

Der "Old Timer" lauert am Ellenbogen unseres Sportlehrers. Seine Finger zittern, während er an seinem Halb-Schnurrbart herumzupft. Cissy und Zeke plaudern in der Nähe.

Der Old Timer streicht sich mit den Handflächen über sein graues Haar und bändigt die krausen Strähnen zu einem kleinen Pferdeschwanz. "Wir haben heute besondere Gäste." Er zwirbelt seine Schnurrbart-Hälfte extralang. "Engelskrieger. Sie werden jeden Moment eintreffen."

Mein Verstand entleert sich von allen Gedanken außer der reinen Freude. Ich springe auf und ab. "Ja! Ja! Ja!" Ich habe noch nie Engel kämpfen sehen. Die ganze Klasse dreht sich in meine Richtung, die Augen groß und die Münder klein. Die Schwänze hören auf zu wedeln.

Cissy rutscht neben mich und flüstert mir ins Ohr. "Du solltest dich vielleicht beruhigen. Die anderen Kinder haben Angst vor Engeln. Alle anderen sind-"

Ich hebe meinen Zeigefinger. "Ich bin nicht wie alle anderen, und ich will auch nicht wie alle anderen sein."

Cissy gluckst. "Ist mir aufgefallen. Okay, spring auf und ab. Tu dir keinen Zwang an."

Der Old Timer beginnt zu plappern, wie man sich vor Engeln verhält. Die anderen Schüler stehen mit großen Augen da und hängen an jedem seiner Worte.

Ich stoße Cissy mit dem Ellbogen an und versuche, ganz ruhig und cool zu wirken. "Und, schon Erfolg gehabt mit dem Forschungsprojekt?"

"Du meinst, herauszufinden, was Prinz Lincoln heute mit dir in der Ryder-Villa will?"

"Ja, genau das."

"Nö. Ich glaube, Zekes Eltern wissen es, aber sie sagen kein Wort." Sie wirft einen Blick auf ihre Uhr. "Der Unterricht endet in vierzig Minuten. Du wirst es früh genug herausfinden."

Zwei Engel erscheinen auf einem nahen Fleck schlammigen Rasens. Ein Mann und eine Frau, sie sind groß und schlank mit weiß-blondem Haar, das gerade und locker über ihren Rücken hängt. Sie haben milchige Haut, blassblaue Augen und große weiße Flügel. Ihre silberne Rüstung ist fein mit Schutzrunen verziert. Die Schüler schnappen nach Luft, als das

Paar auf Tank und den Old Timer zuschreitet. Keiner atmet, geschweige denn spricht.

Der weibliche Engel ergreift als erster das Wort. "Guten Tag, allerseits. Ich bin Rhiannon und das ist Levi. Wir sind Mitglieder der neuen Leibwache von Engel Verus."

Verus hat eine bewaffnete Wache? Das gab es noch nie. Es muss eine neue Ebene der Gefahr im Fegefeuer geben. Das und Armageddon seltsames Verhalten heute in der Arena? Irgendetwas läuft völlig verkehrt.

Levi stemmt die Hände in die Hüften. "Wir sind hier, um euch zu zeigen, wie ihr euch gegen Dämonen verteidigen könnt."

Der Old Timer räuspert sich. "Verzeihung, aber das ist die Ghul Protection League. Sie werden den Schülern sicher beibringen, wie man sich gegen Ghule verteidigt." Ein Krampf rollt über seine Oberlippe. "Besonders vor Papilio-Dämonen." Sein Kopf wackelt. "Sie haben meine persönlichen Besitztümer angegriffen. Ich habe zahlreiche Beschwerdeformulare bei der Oligarchie eingereicht, aber sie wollen den Angriff nicht einmal anerkennen." Er schlägt die Faust in seine offene Handfläche. "Du solltest den Studenten zeigen, wie man sie bekämpft." Seine Iris flackert scharlachrot.

Ich pfeife leise. Diese Papilio-Dämonen haben seinen untoten Kopf wirklich durcheinander gebracht.

Rhiannon begegnet dem Blick des Old Timers, ihre Iris flackert mit blauem Licht. "Nein. Das ist ein Verteidigungstraining, keine Anleitung zur Rache." Gerechte Macht rollt in Wellen von ihr ab.

Der Old Timer verbeugt sich so tief, dass er fast umkippt. "Natürlich, unterrichten Sie, was immer Sie wollen."

Levi reibt seine Hände aneinander. "Wir beginnen mit den Manus-Dämonen." Er hebt seine Handfläche vor den Mund und haucht auf seine Haut. Seine Hand füllt sich magisch mit klarem Wasser. Er atmet noch einmal. Das Wasser zerplatzt in einer weißen Flamme.

"Schauen wir uns einen Manus an." Levi kippt seine Hand um. Das brennende Wasser ergießt sich in die Form eines riesigen Manus-Dämons, nur dass dieser glasklar und in weiße Flammen gehüllt ist.

Ein paar der Schüler schreien auf, weitere atmen heftig ein. Engel sind so verdammt cool. Ich schlage mit meiner Faust in die Luft.

Rhiannon geht um den Dämon herum. "Wie ihr sehen könnt, sind die Manus mindestens einen Meter hoch und fast genauso breit." Sie zeigt auf verschiedene Teile des Dämons, während sie spricht. "Ihr Erkennungsmerkmal sind kräftige Arme, gelbe Stoßzähne, schwarzes Fell und kurze Beine. Sie sind extrem stark und werden oft für schwere Arbeiten eingesetzt, wie zum Beispiel das Einschlagen von Gebäuden oder das

Durchqueren von Menschenmengen. Ihre verwundbarste Stelle ist hier." Sie zeigt direkt unterhalb des Brustkorbs. "Ein Schlag in die Eingeweide betäubt sie und gibt dir Zeit zu fliehen."

Tank verschränkt seine dicken Arme vor der Brust. "Wie sollen die Schüler gegen sie kämpfen?"

"Das sollten sie nicht", sagt Rhiannon. "Das fällt unter die Kategorie 'sein Leben für seine Meister opfern'. Heute lernen wir Verteidigung. Was auch immer der Dämon ist, die beste Verteidigung ist, wegzulaufen." Sie mustert die kleine Gruppe von Schülern. "Irgendwelche Fragen?"

Stille.

Levi neigt den Kopf zu einer Seite. "Wollt ihr mehr sehen?"

Ich hebe meine Hand in die Luft. "Ja, unbedingt."

Ein paar Kinder nicken.

"Ausgezeichnet", sagt Rhiannon. "Als Nächstes sehen wir uns Armageddon an."

Der Old Timer quiekt. "Armageddon ist unser Freund."

Rhiannon lächelt. "Natürlich ist er das."

Ich knirsche mit den Zähnen und trete gegen den schlammigen Rasen. Natürlich ist er das nicht. Ich kann nicht glauben, dass jemand wie Rhiannon ein Lippenbekenntnis für die Dummheit des Old Timers ablegen muss. Er ist einmal ins Fegefeuer eingefallen. Warum sollte er es nicht wieder tun?

Rhiannon bewegt sich neben dem brennenden Manus-Dämon, hebt ihre Handfläche und pustet über ihre offene Hand. Mehr magisches Wasser erscheint, weiße Flammen lecken über die Oberfläche ihrer Haut. Rhiannon kippt ihre Hand, das Wasser ergießt sich in die Gestalt des Höllenkönigs. Er ist sieben Fuß groß, hat glatte Haut und einen schlaksigen Körper. Eine klingenartige Nase teilt sein langes Gesicht.

Ich schlucke. Ja, das ist er in der Tat.

Levi geht um das Modell von Armageddon herum. "Seht es euch genau an, Leute. Armageddon ist ein größerer Dämon. Sie sind herzlos, selten und unglaublich mächtig. Jeder entwickelt eine bevorzugte Angriffsmethode. Bei Armageddon ist es die Berührung. Wenn er seine Finger auf deine nackte Haut bekommt, zieht er dir die Seele aus dem Leib."

Ich erinnere mich an die Traumwelt, in der Armageddon Senator Adams in einen Haufen Asche verwandelt hat. Ich zittere.

Levis Kiefer wird zu einer festen Linie. "Armageddons Körper ist unverwundbar. Nur ein anderer größerer Dämon kann ihn bekämpfen. Einfach gesagt, deine beste Verteidigung ist es, zu rennen. Wenn ihr nicht fliehen könnt, bedeckt jede entblößte Haut."

Die Engel schütten mehr Dämonen aus ihren Handflächen. Die anderen Schüler fangen an, Fragen zu stellen und hören auf, sich ängstlich zu verhalten. Sogar Tank und der Old Timer machen mit. Der Rasen füllt sich mit Monstern aus klarem Wasser und weißer Flamme.

Also. Freaking. Cool.

Ich kneife mich fast. Das kann nicht wahr sein: Ich rede in der Schule über den Kampf der Dämonen, und keiner starrt mich an, als sei ich verrückt. Wahnsinn.

Rhiannon und Levi beenden die Vorlesung. Ich sehe zu, wie sie gehen und schaue auf meine Uhr: 15:45 UHR.

Unheilige Hölle. Die Vorlesung ist vorbei und ich komme zu spät zu meiner geheimnisvollen Begegnung mit Lincoln. Ich winke Cissy und Zeke zum Abschied, renne rüber zu Betsy und fahre los ins Obere Fegefeuer.

Es dauert mindestens eine Million Jahre, um zur Ryder-Villa hinüber zu stampfen. Ich parke den Wagen, jogge zur Haustür und teste den Griff. Sie geht auf.

Ich trete in die Empfangshalle.

"Hallo? Ist jemand da?" Ich schaue auf meine Uhr. Fast 5 Uhr. Sie müssen schon weg sein. "Hells Bells." Frustration schießt durch meine Arme und Beine. Mein Blick ruht auf den zierlichen Porzellanstatuen, die die vergoldeten Tische der Empfangshalle säumen. Verdammt, am liebsten würde ich ein paar davon gegen die Wand schmettern. Meine Hände ballen sich zu Fäusten.

Stimmen hallen aus dem Ballsaal des Ostflügels herein.

Meine Fäuste lockern sich. Vielleicht bin ich doch nicht zu spät.

Mit stockenden Schritten folge ich den Geräuschen den Gang hinunter. Am Ende des Korridors liegt das gewölbte Tor zum Ballsaal offen. Ich spähe hinein.

Lincoln steht in der Mitte des Ballsaals, ein Quadrat aus gepolsterten Matten unter seinen Füßen. Er steht Nat gegenüber, dem Mann, der den Furor-Drachen beim Winterturnier inspiziert hat. Die beiden gehen Kampfbewegungen mit Holzschwertern durch. Lincoln trägt schwarze, knielange Spandex-Shorts und, nun ja, sonst nichts. Ich beobachte das Spiel der Muskeln auf seinem Rücken, seinen Armen und Beinen. Verdammt, er sieht lecker aus. Mein Lustdämon schnurrt in mir.

Ich hebe meinen Arm. "Hallo!"

Nat hält inne und winkt. "Hallöchen!" Er hat ein kantiges Gesicht mit einer runden Nase, ungleichmäßigen Knopfaugen und einem griesgrämigen Kinn. Sowohl seine tonnenförmige Brust als auch seine stämmigen Gliedmaßen sind fest mit Muskeln. Wie Lincoln trägt er eine Kompressionshose, nur ist seine mit einem olivgrünen T-Shirt gepaart.

Als sein Gegner abgelenkt ist, fällt Lincoln auf sein Knie und schwingt sein freies Bein gegen Nats Schienbein. Der ältere Mann fällt und schlägt mit dem Gesicht voran auf die Matte.

Lincoln hüpft auf die Beine. "Bleib immer auf den Kampf bedacht, Nat. Das hast du mir beigebracht." Er joggt zum Rand der Matten, zieht sich ein weißes T-Shirt über und winkt in meine Richtung. "Hallo, Myla!"

"Hi. Tut mir leid, dass ich zu spät bin." Auf was auch immer das für eine Verrücktheit ist.

"Kein Problem. Das gab mir und Nat die Möglichkeit zu üben." Er gestikuliert zu dem älteren Mann neben ihm. Nat ist wieder auf den Beinen und lächelt. "Ich glaube, Sie beide kennen sich noch nicht offiziell. Myla, ich möchte dir Nathaniel Archer vorstellen, meinen Waffenmeister."

"Waffenmeister?"

Nat verbeugt sich halb. "Das heißt, ich lehre den jungen Prinzen, wie man Dämonen bekämpft, Mylady." Er hat eine kieselige Stimme mit einem niedlichen Cockney-Akzent.

Lincoln zwinkert. "Und dabei am Leben zu bleiben." Er tritt an den Rand der Matten, dann hält er inne. Unsere Blicke treffen sich; Energie schwingt in dem Raum zwischen uns. Wir teilen ein langsames und warmes Lächeln. Ich habe dich auch vermisst, Lincoln. Es schmerzt mich, meine Arme um ihn zu legen.

Nat tritt zwischen uns. "Ich bin auch als königlicher Anstandswauwau hier." Er räuspert sich. "Für den Fall, dass irgendwelche Ladys hier vorbeischauen sollten, was offiziell ein Training nur für Jungs ist."

Ich neige meinen Kopf zu einer Seite. "Du hattest noch nie eine Anstandsperson, Lincoln."

Sein Lächeln wird schwächer. "Dazu kommen wir gleich noch."

"Gut." Ich habe im Moment null Lust, etwas über den Earl von Acca zu hören. Für diesen Albtraum wird noch genug Zeit sein. Später.

Lincoln reibt seine Handflächen aneinander, sein volles Lächeln kehrt zurück. "Ich habe zuerst eine Überraschung für dich. Nat wird dir beibringen, wie du mit etwas anderem als deinem Schwanz kämpfen kannst."

Mein Herz fühlt sich an wie ein Ballon, der kurz davor ist, an die Decke zu fliegen. "Wirklich?" Ich renne an den Rand der Matten und wippe auf den Fußballen. Ich hatte noch nie ein richtiges Kampftraining.

Die Beste. Überraschung. Überhaupt.

Nat stemmt die Hände in die Hüften. "Nun, seid fair, mein Prinz. Ich habe nie zugestimmt, das junge Fräulein anzugreifen."

"Ich habe es dir gesagt, Nat. Sie ist nicht wie die Damen des Hofes." Er hebt ein Holzschwert auf und schnippt es direkt auf meinen Kopf. Ich fange es mit der linken Hand auf, nur wenige Zentimeter von meiner Nase entfernt. Lincoln grinst. "Es ist eine Schande, dass du sie beim Turnier verpasst hast. Sie war unglaublich."

Meine Haut errötet etwas heftig. "Danke." Ich wende mich an Nat. "Ich kämpfe in der Arena, seit ich zwölf bin." Ich lege die stumpfe Spitze des Schwertes auf meine Fingerspitze und balanciere sie dort. "Hand-zu-Hand-Kampf, bis zum Tod."

Nat zeigt mit einem fleischigen Finger auf Lincoln. "Ich werde es nicht tun, egal, ob du der Prinz bist und das junge Fräulein sagt, es sei alles in Ordnung. Damen haben keine Chance im Kampf gegen einen Thrax, und das ist die Wahrheit." Er starrt mich an und runzelt die Stirn. " Sehen Sie sie an, so ein hübsches junges Ding. Das kann nicht Euer Ernst sein, mein Prinz."

Humph. Ein hübsches junges Ding, das dir in vier Sekunden oder weniger das Genick brechen könnte. Diesem Kerl zeigen, wie Mädchen kämpfen können? Klingt nach einer Herausforderung. Meine Lippen verziehen sich zu einem verschmitzten Grinsen. Ich bin immer für eine Herausforderung zu haben.

Lincoln schnippt sein Schwert in die rechte Hand, seine ungleichen Augen finden meine. "Ist es das, was du denkst, Nat?" Er festigt seinen Stand, sein Rücken wölbt sich in Kampfstellung.

Nat verschränkt seine schweren Arme über seiner fassförmigen Brust. "Es geht nicht darum, was ich denke, junger Prinz. Es geht darum, was ich weiß."

Ich ziehe meine Turnschuhe aus und trete barfuß auf die Übungsmatten, das Holzschwert fest in der Hand. Mein Herz klopft so heftig, dass mein Puls durch Hals und Schläfen pocht. An diesem Punkt wäre es mir egal, wenn wir eine Operation am offenen Herzen üben würden, solange ich Lincoln nur näher käme. Ich halte den Blick des Prinzen und nicke ihm knapp zu.

"Das ist, was ich weiß, Nat." Lincoln hebt sein Schwert auf Schulterhöhe und stürzt sich direkt auf mich.

Mein Geist klärt sich, als das Schwert des Prinzen auf meinen Kopf zufliegt. Der Kampfmodus schaltet sich in meinem Gehirn ein. Lincoln ist nicht mehr der Typ, den ich küssen will, er ist ein zwei Meter großer, massiver Muskel, der mit einer Waffe und einem Plan auf mich zukommt.

Zum Glück für mich, ist sein Plan irgendwie scheiße.

Ich lehne mich in letzter Sekunde nach vorne. Sobald sein Körper in meine Seite knallt, packt mein Schwanz Lincolns Hals und wirft ihn um. Er dreht sich um 360 Grad durch die Luft und landet mit einem Aufprall flach auf dem Rücken. Er sieht zu mir auf und hebt seine rechte Augenbraue.

"Du benutzt Wrestling-Moves in einem Schwertkampf, Myla."

Ich schnaube. "Sagt der Typ auf der Matte."

Lincoln wölbt seinen Rücken und springt auf die Beine. Mein Verstand kalkuliert die möglichen Bewegungen aus dieser Haltung heraus. Der Prinz stürzt sich wieder mit seinem Holzschwert auf mich; ich blocke seinen Schlag mit einem Aufwärtshieb. Als er aus verschiedenen Winkeln zuschlägt, blocke ich weiter ab.

Egal, was ich tue, ich bleibe in der Defensive stecken. Grr. Ich muss seine Schläge durchbrechen und in den Angriff übergehen.

Als Lincoln sich für einen weiteren Schlag herumdreht, sehe ich meine Chance. In der Millisekunde, in der er mir den Rücken zudreht, springe ich in die Luft und trete mit den Füßen nach vorne, um seine Schultern zu treffen und ihn mit dem Gesicht nach vorne auf die Matte zu schleudern.

Lincoln spürt meine Bewegung und weicht aus, bevor ich zuschlage. Anstatt auf Lincolns Schultern einzuschlagen, trete ich in die leere Luft und falle auf den Boden, wo ich flach auf dem Rücken lande. Lincoln springt vor, drückt mich auf die Matte, seine Hände halten meine unbeweglich.

"Ich habe dich vor Wrestling-Moves gewarnt, Myla."

"Und ich hätte dich vor meinem Schwanz warnen sollen." Mit all meiner Konzentration bringe ich die Pfeilspitze dazu, sich zu krümmen und Lincoln einen kräftigen Schlag in den Bauch zu versetzen.

Aber mein Schwanz hat seinen eigenen Willen. Meine Befehle ignorierend, gleitet die Pfeilspitze an Lincolns Arm hinauf und beginnt, sein Haar zu zerzausen. Lange braune Strähnen fallen über das schieferblaue und das weizenbraune Auge des Prinzen. Sein halber Mund verzieht sich zu einem Grinsen.

"Was für eine Geheimwaffe du da hast."

Ich stöhne. "Mein innerer Dämon und ich sind nicht immer einer Meinung."

Plötzlich verlässt mein Gehirn den Kampfmodus und taucht in das sehr angenehme Gefühl von Lincolns Körper auf meinem ein. Ich verdrehe meine Handgelenke; er hält mich fest auf der Matte. Verdammt, ist das heiß. Ich starre auf seinen Mund. Er küsst mich.

Nat stellt sich neben uns. "Du hast deinen Standpunkt bewiesen, mein Prinz. Ich werde mit dem jungen Fräulein kämpfen." Er scannt nervös den Raum. "Ihr beide solltet aufstehen."

Meine Augen bleiben auf Lincolns fixiert. "Nein." Meine Stimme kommt als leises Flüstern heraus. "Nur einen." Ich bewege meine Hüften, sodass mein Bein zwischen seinen Schenkeln streift. Na los.

Lincoln grinst, dann lehnt er sich näher zu mir. Sein Mund presst sich auf meinen und verdammt, er schmeckt besser, als ich es in Erinnerung habe. Unsere Zungen gleiten und erkunden sich, während er mich fest auf der Matte hält. Das Verlangen brennt in mir, in Körper und Seele.

Irgendwo auf dem Gelände des Herrenhauses schlägt ein Blitz in die Erde ein, gefolgt von einem tiefen Donnergrollen. Ich ignoriere aktiv die Tatsache, dass dies bereits das zweite Mal ist, dass ein Blitz in dem Moment einschlägt, in dem ich starke Gefühle für Lincoln empfinde. Ihn zu küssen ist einfach zu gut.

Nat beugt sich vor und zerrt an Lincolns Schulter. "Das reicht jetzt, Sie zwei."

Der Prinz rollt zur Seite, dann erheben wir uns beide langsam auf die Beine. Verdammt, verdammt, verdammt. Nachdem ich seine Berührung gespürt habe, tut es fast weh, so weit weg von ihm zu sein.

Nat führt Lincoln von den Übungsmatten. "Lasst uns mit der Lektion beginnen." Er hebt eine hölzerne Waffe vom Boden auf und wirft sie zwischen seinen Händen hin und her. Er hält inne und beäugt mich genau. " Sie sind ein kleines Stückchen Höllenfeuer, nicht wahr, junges Fräulein?"

Ich grinse. "Das hoffe ich doch."

Nat und ich gehen in Kampfstellung. Er zeigt mir einige grundlegende Bewegungen, und dann gleiten wir in einen Rhythmus von Stößen und Paraden mit unseren Holzschwertern. Nach ein paar Minuten lustvoller Gedanken über Lincoln, schaltet mein Kopf wieder in den Kampfmodus. Es gibt nichts als Herausforderung und Gegenherausforderung, Ausweichen und Schlagen. Lincoln schaut vom Rand aus zu, die Arme vor der Brust verschränkt. Die Stunden vergehen wie im Flug.

Nat klopft mir auf die Schulter. "Mehr Zeit haben wir nicht, kleines Fräulein. Das haben Sie gut gemacht."

"Danke, Nat. Das war toll."

Er hebt seinen fleischigen Zeigefinger in meine Richtung. "Vergessen Sie nicht zu üben. Eine Stunde mit dem Schwert, jeden Tag."

"Werde ich nicht." Ich schreite über den Boden, setze mich mit dem Rücken an die Wand des Ballsaals und ringe nach Luft.

Nat hievt die Übungsmatten umher, stapelt eine auf die andere. Lincoln setzt sich neben mich, seine Hände umklammern viel zu fest eine Wasserflasche. Mein innerer Kampfmodus endet augenblicklich. Sorge, Sehnsucht und Zuneigung duellieren sich in mir.

Ich weiß, was jetzt auf mich zukommt. Eine schlechte Nachricht.

"Willst du etwas Wasser?" Lincoln kippt die große Plastikflasche in meine Richtung.

"Ja, bitte." Mein Schwanz schiebt ihm das Wasser aus der Hand. "Und danke, dass du das Training mit Nat organisiert hast. Er ist fantastisch."

"Da bin ich froh." Lincoln trommelt mit den Fingern auf seinen Knien. "Ich habe dich auch aus einem anderen Grund hergebeten." Seine Stimme ist tief.

Mein Atem stockt. Ich werde ihn nicht dazu zwingen, das zu tun.

"Ich weiß, was du gleich sagen wirst, Lincoln." Ich nehme einen Schluck aus der Flasche, in der Hoffnung, dass etwas Wasser meine Nerven beruhigen wird. "Walker hat mir von dem Earl von Acca erzählt. Über Adair. Es ist ziemlich offensichtlich, warum Nat heute Anstandswauwau spielt." Lincoln durfte das Gelände nur mit einem Anti-Myla-Schutz verlassen.

"Walker hat es dir erzählt?" Die Muskeln entlang seines Kiefers spannen sich an. "Ich werde den Kerl umbringen. Ich habe ihm gesagt, er soll eine Nachricht überbringen, das war's. Er kennt dich nicht einmal."

Ähm, eigentlich kennt er mich doch. Nicht, dass ich jetzt darauf eingehen würde. "Er hat nur versucht zu helfen."

Lincoln dreht sich zu mir um, seine Augen sind weit aufgerissen vor Unglauben. "Und du bist heute trotzdem hergekommen?"

"Natürlich, das bin ich." Ich stoße ihn mit dem Ellbogen in den Arm. "Außerdem hat Walker gesagt, du hättest einen Masterplan, um den Earl zu besiegen."

Er zwinkert. "Den habe ich."

"Siehst du? Nichts worüber man sich sorgen müsste." Wenn ich Lincoln verliere, dann nicht gegen einen aufgeblasenen Schwätzer, der mit Armbrustbolzen auf einen Limus-Dämon schießt. Oh, Mann.

Er starrt mich eine gefühlte Million Jahre lang an. "Die meisten Menschen verkrümeln sich vor dem Earl, meine Eltern eingeschlossen." Er neigt den Kopf zu einer Seite. "Wie ist das möglich?"

"Das habe ich mich bei dir auch schon gefragt." Ich krümme meinen Finger in seine Richtung. Lincoln beugt sich für einen weiteren Kuss vor.

Von der anderen Seite des Ballsaals räuspert sich Nat. "Kommen Sie schon Sie beide."

Lincoln gluckst. "Nat nimmt seine Rolle als Anstandswauwau ziemlich ernst." Sein Mund verengt sich zu einer geraden Linie. "Es gibt noch eine Sache, die du wissen musst. Damit mein Plan funktioniert, müssen meine Leute sofort nach Antrum zurückkehren."

Traurigkeit legt sich um mich, schwer wie eine Decke. "Wann reist du ab?"

"Nächsten Samstag."

Ich nicke, um die Nachricht zu verarbeiten. "Wenn das unsere letzten gemeinsamen Tage sind", ich nehme die Schultern zurück, "dann will ich Spaß haben." Ich wackle mit den Brauen auf und ab. "Vielleicht noch ein bisschen mehr Ärger bekommen."

Er lacht; der Klang kitzelt in meinen Ohren. "Noch mehr Reperio-Dämonen?"

"Auf keinen Fall. Das ist so zwei Wochen her."

"Ich hab's." Lincoln erhebt sich. "Am Donnerstagabend gibt es eine Party, eine Art offizielle Verabschiedung. Da könnten wir lästig werden." Er bietet mir seine Hand an.

Ich lasse meine Finger in seine Handfläche gleiten. Die Wärme seiner Haut ist wunderbar. "Klingt nach einem Plan." Lincoln zieht mich auf die Beine.

Unsere Körper sind jetzt nur noch Zentimeter voneinander entfernt. Unsere Hände sind immer noch umschlungen; keiner von uns lässt sie los.

"Ausgezeichnet. Ich werde dich auf die Gästeliste setzen lassen."

"Kannst du auch meine Freunde Cissy und Zeke hinzufügen?" Wenn ich ohne sie gehe, werde ich nie ein Ende erleben.

"Natürlich." Er lässt meine Hand los, und dieses Mal schmerzt der Verlust seiner Berührung noch mehr. "Die Großen Damen des Hofes organisieren diese Veranstaltung; es wird traditionelle Thrax-Kleidung sein. Jemand wird sich mit dir in Verbindung setzen, um Ihnen ein anderes Kleid zu machen."

Ich zucke zusammen. "Das habe ich schon bei den Turnieren gemacht. Ich bin nicht wirklich ein Ballkleid-Mädchen. Vielleicht können wir wieder irgendwo einbrechen?"

Lincoln gluckst. "Bei den strengen Kontrollen, denen ich ausgesetzt bin, wird das wohl nicht möglich sein. Aber ich würde dich wirklich gern auf dem Ball sehen." Er legt den Kopf schief und sieht mich aus seinem schiefergrauen Auge an. Langsam fährt er mit dem Zeigefinger über meine Kieferpartie. "Sag ja, Myla."

Eine warme Röte krabbelt meinen Hals hinauf. "Ja."

~

Der Old Timer geht im Klassenzimmer auf und ab, einen riesigen Satz Nagelknipser in den Fingern. Mit der freien Hand zwirbelt er an den Resten seines Schnurrbarts. Cissy sitzt in der Nähe. Ein paar Tage sind vergangen, seit Lincoln mich - und Zeke und Cissy - zum Thrax-Ball eingeladen hat. Sie wollen nicht aufhören, darüber zu reden, was dieses nervenaufreibende Ereignis noch mehr an meinen Nerven zerren lässt. Ich frage mich langsam, ob ich sie überhaupt hätte einladen sollen.

"Schüler, bitte beachtet die richtige Ausrüstung für zugewachsene Nagelhaut."

Ein paar Schüler blicken in seine Richtung. Der Rest ist mit Flüstern beschäftigt.

"Habt ihr eure Maße eingeschickt?" Cissy hat sich zur Eventmanagerin für Lincolns Abschiedsball ernannt. Sie nervt mich schon damit, dass ich Thrax-Unterhosen tragen soll.

"Ja, Mama hat es sofort gemacht. Ich bin ein Gast des Hauses Gurith, also werde ich in Rot und Gold gekleidet sein."

"Ich bin eine alleinstehende Dame des Hauses Rixa, also trage ich Grün und Schwarz."

Ich trommle mit den Fingern auf meinem Schreibtisch. "Es ist seltsam, dass dein Leben farblich gekennzeichnet ist. Meinst du, die Thrax wollen immer nur Karos tragen und allen anderen sagen, sie sollen sich daran halten?"

Cissy zieht die Augenbrauen hoch. "Ah, nein. Ich glaube, sie stehen wirklich sehr, sehr auf ihre Traditionen, Punkt."

Ich seufze. Cissy hat recht. Und ganz oben auf der Liste der Traditionen steht, dass man mit achtzehn heiraten muss. Nicht, dass ich verbittert wäre.

Um die richtige Schertechnik zu demonstrieren, zieht der Old Timer seine schwarzen Stiefel und zerfledderten Socken aus. Seine Füße sind grün und holprig mit langen gelben Zehennägeln. Es ist mehr als ekelhaft.

Die Lautsprecheranlage erwacht zum Leben. Die Stimme des Schulleiters dröhnt durch einen winzigen Lautsprecher an der Wand des Klassenzimmers. "Alle Schüler begeben sich sofort in die Turnhalle."

Unser Schulleiter ist berühmt für seine stundenlangen Durchsagen, in denen er peinliche Details über seine Jugend auf der Erde an einem Ort namens Buffalo erzählt. Es ist das Zentrum der Ghule und er vermisst die scharfen Hähnchenflügel. Dass er nach nur sieben Wörtern die Klappe hält, ist ungewöhnlich.

Irgendwas geht hier vor.

Wir gehen aus dem Klassenzimmer in die Turnhalle. Innerhalb

weniger Minuten sitzt die Schülerschaft in ordentlichen Reihen auf Metallklappstühlen, unsere vielen Schwänze ragen durch die Rückenöffnungen. Vor uns steht die Lehrerschaft in einer geraden Linie entlang der vorderen Wand der Turnhalle, ihre kohlschwarzen Augen starren ausdruckslos nach vorne. Es könnte an mir liegen, aber sie sehen im Moment besonders grau und untot aus. Wenn ich es nicht besser wüsste, würde ich sagen, sie haben Angst.

Cissy setzt sich neben mich. "Was denkst du, was das alles soll?"

"Nichts Gutes."

Unser Schulleiter tritt auf ein kleines Holzpodest neben der Reihe der Lehrkräfte. Er hebt seine langen, knochigen Arme. Er ist groß, skelettartig und grauhäutig; eine neandertalerähnliche Stirn hängt über seinen wulstigen dunklen Augen. Er trägt zwar die schwarze Standard-Robe eines Ghuls, aber dazu trägt er immer eine rote, leicht verschnörkelte Fliege.

"Ich grüße Sie an der DL-19-Schule für Quasi-Dienerschaft." Der Schulleiter senkt seine Hände und versucht, seine Fliege zu richten. Stattdessen macht er sie noch ein bisschen schräger. "Zu Beginn möchte ich mich vorstellen..."

"Mich." Eine unvergessliche Stimme dröhnt aus dem hinteren Teil der Turnhalle. Dreihundert Schüler drehen sich um, alle Gesichter verwirrt verzogen. Das heißt, alle Gesichter, außer meinem. Ich weiß genau, wer den Raum betreten hat: Armageddon.

Der König der Hölle ist zwei Meter groß und bleistiftdünn; sein kurzer Torso, die schlaksigen Arme und die langen Beine passen alle in einen perfekt geschnittenen Smoking mit Frack. Sein spitzes Gesicht scannt die Halle, zwei karminrote Augen leuchten über einer klingenartigen Nase. Neben ihm steht ein Paar Manus-Dämonen, deren Körper mit zotteligem schwarzem Fell bedeckt sind. Lange gelbe Stoßzähne hängen über ihre Kinns.

Armageddon schreitet langsam den Hauptgang der Turnhalle hinunter. Links und rechts von ihm drängen sich die Schüler, die Gesichter vor Angst verzogen.

Ich lege meine Hände um die von Cissy und spreche mit leiser Stimme. "Denkt daran, größere Dämonen haben eine Aura, die Angst und Panik auslöst."

Sie nickt schnell. "Das haben die Engel neulich im Unterricht gesagt."

Armageddon tritt näher an unseren Gang heran. Ich werfe Cissy einen hoffentlich beruhigenden Blick zu, aber ich bin mir auch nicht sicher, ob ich dazu bereit bin. Ich war erst eine Handvoll Mal in der

Nähe von Armageddon. Und jedes Mal war es scheiße. "Mach dich bereit."

Dann schlägt es zu. Eine Wand des Schreckens stürzt auf meinen Körper ein und lässt mich erstarren. Cissys Hände zittern heftig unter meinen eigenen. Unfähig, mich abzuwenden, beobachte ich, wie Armageddon zum vorderen Teil der Turnhalle rast, seine Beine und sein Mantel sind ein Bewegungswirbel. Hinter ihm stapfen die Manus-Dämonen auf ihren stumpfen Gorillabeinen entlang, die Knöchel schleifend.

Die Haare in meinem Nacken kribbeln. Das ist schlecht, sehr schlecht.

Der Schulleiter weicht zur Seite, als Armageddon sich dem Podium nähert. Zwischen uns ist jetzt genug Abstand, dass ich die Angst vor der Anwesenheit eines größeren Dämons nicht mehr spüre. Ich scanne die steifen Körper der Lehrer. Einige ihrer Brauen sind von schwarzem Schweiß pockennarbig. Sie sind an der Reihe, die volle Wucht des Armageddon zu spüren.

Der König der Hölle hält sich an den Kanten des Podiums fest. "Dies ist eine Dämoneninspektion." Er scannt den Raum, die Oberlippe spöttisch geschwungen. Vielleicht bilde ich mir das nur ein, aber er scheint mich in der Menge zu finden, sein Blick glüht rot beim Wiedererkennen. "Ich bin Armageddon."

Mein Angstpegel steigt ein paar Stufen an. Das bilde ich mir auf keinen Fall ein. Zweimal habe ich Armageddon davon abgehalten, eine rein böse Seele in den Himmel zu bringen - zuerst mit dem Choker und dann mit Deacon - und er sieht wirklich wie der Typ aus, der einen Groll hegt. Mir geht der Gedanke durch den Kopf, dass ich hier vielleicht nicht lebend rauskomme. Ich umklammere Cissys Hände fester. Ein dünner Schweißfilm überzieht unsere Haut.

Armageddon dreiknöchelige Finger umklammern das Podium so fest, dass es in zwei Teile zu zerbrechen droht. "Ihr seht alle ... bereit aus."

Miss Thing schnieft ein wenig, ihr Gesicht ist mit langen schwarzen Schlieren von ihren Tränen übersät. Armageddon stolziert zu ihr hinüber und bleibt vor ihr in der langen Reihe der Lehrer stehen. Ihre Schultern zittern sichtlich. "Mache ich Ihnen Angst?"

Ihre Stimme kommt als raues Flüstern heraus. "Ja."

Armageddons Mund verzieht sich zu einem bösen Grinsen. "Ich verstehe." Der König der Hölle packt Miss Thing an der Schulter; sie keucht. Rotes Licht lodert unter ihrem grauen Fleisch hervor und lässt ihre Haut verkohlen und rissig werden.

Ein seltsamer Schauer durchfährt meinen Körper. Das kann nicht real sein. Der König der Hölle kann doch nicht vor allen Schülern die Seele eines Lehrers aussaugen. Warum tut nicht einer der Lehrer etwas, um sie zu beschützen? Oder besser noch, die Oligarchie?

Das Gesicht meiner Lehrerin verzieht sich vor Entsetzen, ihre langen roten Nägel krallen sich in ihre glühende Haut. Das ist alles zu real. Wellen von Übelkeit durchfluten mich, eine schlimmer als die andere.

Einen Moment später verwandelt sich ihr Körper in eine rote Flammensäule. Es geht alles so schnell, dass sie kaum noch schreien kann. Als das Feuer erloschen ist, hat sich Miss Thing in ein gefrorenes Abbild ihrer selbst verwandelt, nur dass es komplett aus grauer Asche besteht.

Die Turnhalle nimmt eine traumartige Qualität an. Keiner spricht. Keiner bewegt sich. Ein verkohlter Geruch hängt in der Luft. Ich halte mir Nase und Mund zu, damit ich nicht kotzen muss.

Armageddon nimmt seine Hand von der Schulter unserer Lehrerin; ihr Körper bricht zusammen. Der König der Hölle starrt bedrohlich auf den Aschehaufen auf dem Turnhallenboden. Er fletscht leicht die Zähne und zeigt glänzende, klingenartige Eckzähne in einem Gesicht aus glattem schwarzen Stein. "Danke für Ihre Antwort."

Armageddon wirbelt herum, umrundet die Schülerschaft und scheint uns allen gleichzeitig in die Augen zu starren. Ich habe das seltsame Gefühl, er greift in unsere Seelen, testet unsere Stärke, unsere Fähigkeit, ihn zu bekämpfen. Ein zufriedenes Grinsen umspielt seinen breiten Mund. "Meine Inspektion ist abgeschlossen."

Armageddon macht auf dem Absatz kehrt und marschiert zur Hintertür der Turnhalle hinaus, die Manus-Dämonen schleichen hinter ihm her. Die Gruppe stapft über die Schwelle, gefolgt von dem unüberhörbaren Summen eines sich öffnenden Portals im dahinter liegenden Gang. Die Tür der Turnhalle schwingt langsam mit einem langen Knarren zu.

Ich atme aus. Er ist weg. Anspannung sickert aus meinen Schultern. Mein Magen krampft sich zusammen.

Die Sekunden vergehen. Die Turnhalle bleibt still. Auf einmal brechen die Schüler in Schluchzen aus. Andere schreien. Ein Lehrer bricht zusammen. Noch mehr Kinder starren mit vor Panik geweiteten Augen durch den Raum. Der Schulleiter tritt zurück ans Podium.

"Alle kehren in den Unterricht zurück. Bis auf weiteres meldet sich die Geschichtsklasse bei TNK-XJ64 für Nachhilfestunden in der Ghul-Protection-League. Das ist alles." Er marschiert durch die Turnhalle, tröstet die hysterischsten Schüler und ermuntert alle, wieder in ihre Routine zu gehen.

Hm. Meine Augen leuchten rot, als ich den Schulleiter anstarre. Er hat nicht lange gebraucht, um zu entscheiden, dass die Lösung für ihr Armageddon-Problem mehr Ghul-Protection-League-Kurse für uns sind. Arschloch.

Cissy ergreift meine Hand, ihre Stimme ist tief und rau. "Bleib dicht bei mir, Süße." Wir folgen dem Andrang der Kinder aus der Turnhalle. Ich scanne die verängstigten Gesichter um mich herum. Etwas kommt, und es ist keine neue Ära freundschaftlicher Beziehungen zwischen Ghulen, Engeln, Dämonen, Thrax und Quasis. Es ist Armageddon.

Der Rest des Tages ist ein Mischmasch aus stotternden Lehrern und tränenüberströmten Gesichtern. Cissy schließt sich mir für den Rest des Unterrichts an. Sie fragt mich ständig, wie ich einen Manus-Dämon bekämpfen würde. Ausnahmsweise bin ich nicht begeistert, zu antworten.

Irgendwie finde ich Betsy, fahre nach Hause und stopfe mich mit Mamas selbstgemachten Spaghetti voll. Während des Essens beobachtet meine Mutter jede meiner Bewegungen mit Interesse.

"Wie waren die Nudeln?"

Ich stelle meinen Teller in der Spüle ab. "Lecker, Mama. Danke."

Ihre Schokoladenaugen verengen sich. "Kannst du mir bei ein paar Änderungen am Kleid helfen?"

"Klar."

Wir treten in ihr Zimmer. Ich stehe auf einem Hocker vor einem mehrtürigen Spiegel. Mama streift mir eine Ghul-Robe über den Kopf und prüft den Saum. Ich starre in das reflektierende Glas und sehe die großen braunen Augen, die hohen Wangenknochen und den vollen Mund, die so viele Menschenseelen davon überzeugt haben, dass ich harmlos bin.

Mama sitzt zu meinen Füßen, einen silbernen Stift fest zwischen die Lippen geklemmt. Sie spricht von einer Seite ihres Mundes. "Willst du schon darüber reden?"

Ich kann mir ein Lächeln nicht verkneifen. Mama hat gemerkt, dass ich aufgeregt bin. Das hat sie in letzter Zeit öfter getan. "Wow. Wie lange weißt du es schon?"

Sie wippt mit dem Kopf hin und her. "Seit du durch die Tür gekommen bist, ziemlich genau."

" Versteh mich nicht falsch, aber ich kann nicht glauben, dass du mir nicht schon eine Million Fragen gestellt hast."

"Habe ich nicht, oder?" Sie lehnt sich auf ihren Fersen zurück, ihr Blick ist in Gedanken versunken. "Die Traumlandschaften von Verus waren gut für mich." Sie nickt, entschlossen. "Mir war nicht klar, wie sehr ich es brauchte, über Dinge zu reden." Sie stupst mit dem

Zeigefinger meine Ferse an und lächelt. "Viel wichtiger ist, dass sie gut für uns waren."

Ich erwidere ihr Grinsen. "Ja, das waren sie." Die Hälfte der Zeit überspringt Mama ihre zermürbenden morgendlichen Frage-und-Antwort-Sitzungen. Das allein ist schon ein großer Beziehungsbaustein. "Vielleicht sollten wir auf Tim zugehen und die Familie zusammenbringen."

Sie sieht mich aufmerksam an. "Vielleicht solltest du mir erzählen, was heute passiert ist?"

Da hat sie mich erwischt. Ich atme einen langen Atemzug ein. "Die Dinge in der Schule waren schon lange seltsam. Es fing im September an, als die Engel anfingen, sich um unseren Schulleiter und Superintendenten herumzutreiben. Es stellte sich heraus, dass sie Ratschläge gaben, wie man sich vor Dämonen schützen kann. Deshalb hat die Schule die Ghul Protection League gegründet."

Mama rollt mit den Augen. "Ich erinnere mich, dass du mir von dieser dummen Liga erzählt hast."

"Ich habe es anfangs auch nicht allzu ernst genommen."

Mama neigt den Kopf zur Seite und betrachtet den Faltenwurf des Kleides. Sie zieht die Nadel aus dem Mund und steckt sie in den Saum des Stoffes. "Die Dämonen verhalten sich nicht wie die guten kleinen Verbündeten, die sie einmal waren. Die einfachen Ghule wissen, dass etwas vor sich geht, auch wenn ihre Anführer es nicht wissen."

Mama erhebt sich und packt sanft die Schultern des Kleides. "Wir sind so weit. Lass mich das von dir runterziehen." Der Stoff gleitet über meinen Kopf. "Pass auf die Nadeln auf." Sie legt das neue Kleid über einen Stuhl in der Nähe, dann setzt sie sich ans Fußende ihres Bettes. "Also, es sind seltsame Dinge passiert, und du hast sie nicht ernst genommen. Aber jetzt tust du es. Warum?"

Ich steige von dem Stuhl herunter und setze mich neben Mama. "Armageddon hat heute unsere Schule 'inspiziert'." Ich mache kleine Anführungszeichen mit meinen Fingern, wenn ich 'inspiziert' sage. "Er hat einen der Lehrer ohne Grund getötet."

"Oh, Mann. Ist die Oligarchie aufgetaucht?"

"Nein."

"Das hätten sie aber tun sollen. Mit ihrem Gruppendenken wussten sie auf die Sekunde genau, was passierte. Armageddon hat sie getestet."

"Nun, den Test haben sie nicht bestanden, und zwar gründlich." Was für ein Haufen von Idioten die Oligarchie doch ist.

"Diese vier, sagen wir einfach, sie mögen es nicht, sich unangenehmen Realitäten zu stellen."

Ich zappele. "Wenn die Dämonen jemals angreifen, was würden wir dann tun?"

Mama sieht sich eine Zeit lang im Raum um, dann nickt sie. "Damals, als ich Senatorin war, haben wir eine Reihe von Bunkern gebaut, in denen sich die Regierung verstecken konnte. Darin hatten wir alles, was wir brauchten, um weiterzuarbeiten: Nahrung, Wasser, Rüstung, Kommunikationsausrüstung und sogar Senatsroben. Die Bunker waren streng geheim und so gebaut, dass kein reiner Dämon hinein oder hinaus gelangen konnte."

"Das klingt toll, nur haben sie beim letzten Mal nicht wirklich funktioniert, oder?"

"Der Senat dachte, dass es Ghule oder Dämonen sein würden, die angreifen, niemals, dass sie sich zu einer einzigen Dämonen- und Ghul-Armee zusammenschließen würden. Aber sie haben sich vereinigt. Die Ghule schufen Portale, um die Dämonenarmee hereinzubringen. Es war alles vorbei, bevor jemand die Bunker erreicht hatte. Die Engel und Thraxe kamen, um für uns zu kämpfen, aber am Ende konnten sie nicht viel tun. Alles, was wir bekamen, waren etwas bessere Bedingungen im endgültigen Friedensvertrag."

"Weißt du was, Mama?" Ich lege meinen Kopf auf ihre Schulter. "Ich glaube, wir werden bald einen dieser Bunker brauchen." Unruhe kribbelt auf meiner Haut.

Mama tätschelt meine Hand. "Das glaube ich auch, Myla-la."

19

Cissy eilt durch die geöffnete Tür ihres großzügigen Zimmers, zwei riesige Kleidersäcke in der linken Hand. In der rechten hält sie ein paar mit Schnur umwickelte Kartons. "Unsere Kleider sind endlich da!" Behutsam legt sie die Pakete auf ihre rosa Bettdecke. "Die Großen Damen haben sie vorbeigebracht."

Ich schaue auf meine Uhr. Nur noch wenige Stunden bis zum Beginn von Lincolns Abschiedsball. Gut, dass ich nicht zu den Typen gehöre, die eine Million Jahre brauchen, um sich vorzubereiten. Ich werfe einen Blick auf die Kleider und runzle die Stirn. "Das ist seltsam. Man sollte meinen, sie hätten etwas Besseres zu tun."

Cissy hängt die Kleider nebeneinander in ihrem Schrank auf. Ihres ist grün und schwarz, meines rot und gold. "Woher weißt du das? Vielleicht ist es eine alte Thrax-Tradition."

"Vielleicht." Bei den Thrax kann man nie wissen. Ich wäre nicht schockiert, wenn sie eine Tradition hätten, wie das Klopapier von der Rolle fällt.

Cissy klatscht in die Hände. "Los, ziehen wir uns an!" Schnell schließt sie die Zimmer, dann ziehen sie und ich uns bis auf die Unterwäsche aus.

Bei Cissys Kleiderschrank erscheint ein Portal; Walker tritt hindurch. "Guten Abend, Myla. Du wurdest zum Dienst gerufen."

Cissy schreit auf, schnappt sich schnell ihre Kleider und hält sie vor ihren Körper . Ich tue dasselbe.

"Walker!" Ich rolle mit den Augen. "Es gibt eine neue Modeerscheinung namens Anklopfen. Schon mal davon gehört?"

Walker verlagert sein Gewicht von einem Fuß auf den anderen. "Sie waren, ähm, besorgt, dass ich dich vor einem Wettkampf nicht vorgewarnt habe. Du hast einen an diesem Samstagmorgen, 5 Uhr. Da es Donnerstagabend ist, dachte ich, du würdest dich freuen, das zu erfahren."

"Das ist nett, Walker. Du kannst jetzt gehen."

Wenn Walker Blut hätte, würde er jetzt rot werden. "Ich muss, ähm, mich für die Störung entschuldigen. Ich werde deine Mutter über den Wettkampf informieren."

Cissy nickt in Richtung des Stapels von Kartons. "Sagen Sie bitte, dass die Kleider rechtzeitig angekommen sind."

"Nein!" Ich versuche, Cissy gegen das Schienbein zu treten und verfehle sie. "Sie denkt, wir hängen wieder bei Zeke rum, sie weiß nichts von dem Ball." Ich drehe mich zu Walker, meine Augen flehend. "Bitte sag kein Wort zu Mama. Du weißt, wie sie ist."

Walker scannt die Kleider mit einem fachkundigen Auge. "Lincoln hat dich für den Ball heute Abend eingeladen." Es ist keine Frage.

"Sie sind Freunde", sagt Cissy schnell. Ich habe viel Zeit damit verbracht, sie von dieser Tatsache zu überzeugen. Es bringt nichts, ihren Neid-Dämon zu wecken, wenn Lincoln in ein paar Tagen abreist.

"Ich werde dein Geheimnis bewahren." Walker zieht seine Kapuze hoch. "Ich wünschte nur, ich hätte eine Einladung zu den Festivitäten heute Abend." Er schließt die Augen; ein weiteres Portal erscheint bei Cissys Kleiderschrank. Walker will gehen, dann hält er inne. Er wendet sich mir zu, seine Augen glühen rot unter seiner Kapuze. "Ihr zwei werdet eine Menge Ärger machen, wisst ihr."

"Das kann man nur hoffen." Ich strecke ihm die Zunge raus. "Ich mache mir keine Sorgen, dass ein gewisser dämlicher Earl mein Leben ruiniert."

"Nur du, Myla." Walker schreitet durch das Portal und verschwindet.

Cissy wirft ihre Klamotten zurück auf den Boden und richtet ihren Blick laserartig in meine Richtung. "Was sollte das denn?"

"Versprichst du, dass du deinen Neid-Dämon im Zaum hältst?"

Cissy knirscht mit den Zähnen. "Ja."

Ich zeige ihr mit Zeigefinger und Daumen einen kleinen Abstand vor meiner Nase als Zeichen für ' klein'. "Es könnte ein kleines bisschen sexuelle Spannung zwischen mir und Lincoln geben." Das Beste, um sie sanft in die Realität zu holen. "Und dieser Earl-Typ hasst mich immer noch, weil ich ihn mit grünem Dämonenschleim übergossen habe."

"Oh." Cissy verzieht den Mund zu einer Seite ihres Gesichts. "Aber Lincoln fährt doch zurück nach Antrum, oder?"

"Ja. Am Samstag." Normalerweise wäre diese Tatsache unglaublich deprimierend. Aber da ich mich in wenigen Minuten mit Lincoln treffen werde? Kann mich das nicht kümmern.

"Verstanden." Sie wippt fröhlich mit dem Kopf und widmet ihre Aufmerksamkeit wieder den Kleidern. Ich stoße einen langen Seufzer aus.

Ich gehe zu den Kisten rüber und hole meine passenden Schuhe und Thrax-Unterwäsche heraus. Meine sehen aus wie Mumienhüllen mit dicken schwarzen Linien, die aufgenäht sind. "Die sehen noch komischer aus als letztes Mal. Muss ich das wirklich anziehen?"

"Glaubst du wirklich, dass du mein Zimmer in etwas anderem verlässt?"

Nun, das ist die Wahrheit.

Es gibt viel Tumult um Schminkpinsel und Haarspray, dann schlüpfen wir beide in unsere Kleider.

Cissy stützt ihre Hand auf die Hüfte und mustert mich von oben bis unten. Mein Kleid ist aus rot-goldenem Brokat mit einem taillierten Mieder, das meine Schultern freilässt; die niedrige, spitze Taille hat hinten ein Loch für meinen Schwanz. Der Rock des Kleides ist bodenlang und in Abschnitte geschnitten, die schimmern, wenn ich mich bewege. Mein langes kastanienbraunes Haar hängt lose über meine Schultern.

Ich ziehe einen zittrigen Atemzug ein. Ich bin ein kurviges Mädchen, und normalerweise trage ich Sweatshirts, die diese Tatsache ziemlich gut verbergen. Aber in diesem Kleid sehe ich aus wie eine Sanduhr. Tatsächlich hat das Mieder dieses Korsett-Ding drin, das mir eine Wespentaille verleiht. In der Summe fühle ich mich sehr unwohl. Ich wende mich an Cissy. "Ok, was denkst du?"

"Myla, du siehst umwerfend aus."

Ich atme aus. Sie übertreibt vielleicht, aber ich brauche das jetzt. "Danke." Ich gestikuliere zu ihrem Kleid. "Zeig mir deins." Cissy wirbelt herum und zeigt ein schimmerndes schwarzes Unterkleid mit einem grünen Samtüberkleid und langen Schleifenärmeln. Der Samt ist auf der Brust mit langen grünen Bändern locker zusammengebunden, dann fällt er an den Röcken auf und gibt den Blick auf das schwarze Unterkleid frei. Ihr Haar hängt in goldenen Locken bis zu ihren Schultern. Ihr Schwanz schwingt fröhlich hinter ihr her. Ich grinse. "Du siehst wunderschön aus."

"Danke." Sie macht einen Knicks. "Wir gehen jetzt besser. Wir sind schon zeitlich knapp ."

Wir verabschieden uns von Cissys Eltern und setzen uns in meinen grünen Kombi, vorsichtig, um unsere neuen Kleider nicht zu zerknittern. Betsy ist heute besonders launisch und stößt zusätzlichen Rauch und Lärm aus, bevor der Motor endlich zu brummen beginnt. Endlich beginnen wir die kurze Fahrt von Cissy's Villa zur Ryder-Villa. Mit jeder Meile steigt mein Blutdruck ein paar Punkte an. Ich kann nicht WARTEN.

"Warum lässt du das Auto nicht reparieren?" Cissy klappt den Rückspiegel herunter und überprüft ihr Make-up.

"Machst du Witze?" Ich steuere Betsy die Nebenstraßen zur Ryder-Villa hinunter. "Das Ausfüllen des Papierkrams für einen offiziellen Wartungsantrag dauert Wochen." Ich tätschele das Armaturenbrett. "Solange Betsy sich bewegt, geht es ihr gut."

Mit zusammengekniffenen Augen starre ich durch die Windschutzscheibe. In der Ferne liegt die Ryder-Villa auf einem graugrünen Hügel, ihre weißen Ziegel glitzern im Dunst der Dämmerung. Rundherum liegt ein Meer von dunklen, mit Brettern verkleideten Häusern. Aufregung steigt in mir auf.

Myla und Lincoln... Verbündete auf einer neuen Mission, um überall Ärger auf geizige Thrax zu regnen. Juhu.

Wir fahren näher heran und sehen hunderte von Pferden, die den Kopfsteinpflasterweg zur Villa säumen. Jedes schöne Tier trägt eine reizende Dame in einem wallenden Kleid. Von allen Pferdeköpfen hängen samtene Zaumzeuge; bunte Bänder sind in die Haare der Damen geflochten. Neben jedem Reiter steht ein Mann in braunen Lederhosen, silbernem Kettenhemd und einer samtenen Übertunika mit einem farbigen Wappen.

"Wow." Ich verlangsame den Wagen auf einen Kriechgang.

"Ich weiß, die Thrax sind verrückt nach Pferden. Die Ryders sagen, dass sie all diese Hütten und so im Wald gebaut haben, damit sie ihre vierfüßigen Freunde in der Nähe haben können."

Der Kombi nähert sich der Einfahrt. Seine Auspuffanlage tritt aus und stößt eine riesige schwarze Rauchwolke aus. Einige Pferde wiehern, woraufhin ihre Reiter und Begleiter mir einen bösen Blick zuwerfen.

Ich scanne die Straßen. Weit und breit ist kein anderes Auto zu sehen. "Sind wir die einzigen Nicht-Thrax auf diesem Rummel?" Mein Herzschlag schaltet auf Hochtouren.

"Ja. Das ist keine diplomatische Veranstaltung; sie haben im Grunde darum gebeten, das Haus für eine private Party zu nutzen." Sie klappt die Sonnenblende herunter und überprüft ihr Make-up. "Ich dachte, Lincoln hätte dir das alles erzählt."

Was soll ich hier sagen? Lincoln hat zwei Wochen gebraucht, um herauszufinden, wie er sich davonschleichen und ein paar Stunden mit mir kämpfen kann; von langen Plaudereien und Partyplanung kann keine Rede sein. Ich runzle die Stirn. "Ich sagte sexuelle Spannung, Cissy, nicht beste Freunde."

Der Kombi spuckt einen weiteren Rauchpilz aus. Weitere Blicke folgen. Wir rasen am Hauptparkplatz vorbei. Er wurde abgesperrt, um Platz für provisorische Ställe zu schaffen.

Wo soll ich dieses Ungetüm parken?

"Sag mir, dass es eine andere Möglichkeit gibt, zu parken, als diese Schrottkiste an jedem Mitglied des Thrax-Adels vorbeizufahren."

Cissy runzelt die Stirn. "Willst du, dass ich dir das sage ... oder willst du die Wahrheit hören?"

"Igitt."

"Das Grundstück ist das erste rechts nach dem Haupteingang. Wir sind fast da." Die Auspuffanlage kickt wieder; ich zucke zusammen. Ein weiteres Pferd wiehert und bäumt sich leicht auf den Hinterbeinen auf. Diesmal werde ich noch mehr angestarrt. "Fahr langsam, Myla. Ich glaube, du erschreckst die Pferde ein bisschen."

Ich beiße die Zähne zusammen und konzentriere mich auf die Straße. Die Pferde sind nicht die Einzigen, die sich ein wenig erschrecken.

Ich parke den Wagen auf dem leeren Parkplatz neben der Villa. "Das war scheiße."

In der Ferne ertönen Trompeten. Cissy reißt die Autotür auf. "Die Einführungen haben begonnen. Wir kommen zu spät!"

Cissy und ich eilen zur Eingangstür der Villa. Ein paar Thraxe verweilen am Eingang, ihre Lakaien führen die letzten Pferde die kopfsteingepflasterte Auffahrt hinunter. Wir stellen uns hinter den letzten Partygästen auf, glätten unsere Kleider und versuchen, unseren Atem zu verlangsamen.

Eine männliche Stimme brüllt aus dem Inneren der Empfangshalle. "Miss Cecilia Frederickson, Begleiterin von Mister Ezekiel Ryder."

Cissy drückt mir die Hand. "Das ist mein Stichwort." Sie tritt durch die geöffnete Tür und in die Empfangshalle. Der Raum ist voll mit Thraxen in ihren bunten Outfits. Cissy gleitet in die Mitte des Raums und wartet. Zeke schlendert aus der Menge heraus, er trägt eine schwarze Samttunika über einem Kettenhemd und eine Lederhose. Er nimmt Cissys Arm, sie marschieren unter dem Trillern silberner Trompeten in den Ballsaal.

Ich hänge an der Eingangstür und beobachte, wie sie gehen, ein nervöses Stechen frisst sich in meine Seite. Die Trompeten verstummen, gefolgt von einer Pause, die eine Million Milliarden Jahre dauert, mindestens. Mein Herz schlägt so laut, dass ich sicher bin, ganz Ober-Fegefeuer kann es hören.

Der Herold senkt seine silberne Trompete. "Miss Myla Lewis ohne Begleitung."

Ich unterdrücke den Drang, zu stöhnen. Ohne Begleitung? Wirklich?! Wie wäre es mit der Fähigkeit, in den Arsch zu treten? Sie müssen das Mittelalter verlassen, SOFORT.

Ich nehme meine Schultern zurück, trete durch die Tür und gehe in die Mitte des Empfangsraums. Vielleicht liegt es an mir, aber es scheint, als ob die Halle plötzlich superstill wird. Jedes Klick-Klack meiner Absätze auf dem gefliesten Boden klingt ohrenbetäubend. Obwohl mich Hunderte von Augen anstarren, konzentriere ich mich nur auf zwei: ein schiefergraues und ein weizenbraunes.

Lincoln steht inmitten des Meeres von Gesichtern, sein Körper flankiert von einer Gruppe schöner junger Damen. Er trägt eine schwarze Lederhose, ein silbernes Kettenhemd und eine schwarze Samt-Tunika. Auf seiner Brust ist ein schimmernder Adler aufgenäht, auf seinem braunen Haarschopf glänzt eine silberne Krone. Er starrt mich mit Feuer in den Augen an, der volle Mund ist leicht geöffnet.

Eine Minute vergeht, bis mir klar wird, dass ich etwas anderes tun sollte, als wie ein Trottel in der Empfangshalle zu stehen. Die Gäste werfen sich besorgte Blicke zu und kichern. Ich suche nach Cissy und einer Anweisung, was ich als Nächstes tun soll, aber sie ist bereits im Ballsaal verschwunden.

Der Herold bläst noch einmal in seine Trompete. "Miss Myla Lewis ohne Begleitung." Mein Gehirn gefriert. Ich habe das Gefühl, dass er auf etwas anspielt, kann aber nicht erraten, was.

Das Gekicher wird lauter, die Blicke werden ungläubiger. Ich blicke in Richtung Eingangstür und überlege, wie lange es dauern würde, zu meinem Auto zu sprinten.

Lincoln tritt aus der Menge heraus und bietet mir seinen Arm an. Wenn ich dachte, dass das Kichern laut war, ist das nichts im Vergleich zu den unverblümten Rufen, die jetzt durch den Raum hallen. Lächelnd ergreife ich seinen Arm und spüre die Wärme und den festen Muskel unter meiner Handfläche. Wir betreten den Ballsaal.

"Ich glaube, wir haben deinen Adel schockiert."

Lincoln grinst. "Sie müssen ab und zu geschockt werden; das hält sie auf Trab." Er nickt in Richtung der Tanzfläche. "Wo wir gerade dabei sind ..."

Ich starre auf die synchronisierten Reihen von Tänzern auf der

Tanzfläche. Während ein Geiger einen Jig spielt, hüpfen die Thrax alle in einem mittelalterlichen Reigen komplexer Bewegungen herum.

"Ich kenne diesen Tanz nicht, Lincoln. Ich setze diesen aus."

"Dann wollen wir mal sehen, was wir dagegen tun können." Lincoln schnippt mit den Fingern nach dem Geiger. Der Musiker schaut sofort in unsere Richtung. Der Prinz macht eine schneidende Bewegung über seine Kehle. Der lebhafte Jig verwandelt sich in eine sinnliche Melodie.

"Ah, ein langsamer Tanz." Lincoln führt mich auf die Tanzfläche. "Das kann doch jeder."

Ich verkneife mir ein Grinsen. "Das ist ein netter kleiner Trick."

Er wölbt die Brauen. "Es ist gut, der Prinz zu sein." Wir erreichen die Mitte der Tanzfläche. "Sollen wir?" Nach und nach zieht Lincoln meine Hände zu seinem Nacken; ich fahre mit den Fingern durch sein gewelltes braunes Haar. Seine Fingerspitzen gleiten meinen Rücken hinunter, seine Hände legen sich um meine Taille. Ich erschaudere, erinnere mich an seine Berührung in den Ställen, an seinen Kuss im botanischen Garten. Meine Haut errötet. Unsere Körper wiegen sich zu einer langsamen Melodie.

Ein neues Meer von Gesichtern starrt uns an, aber ich sehe nur die Augen des Prinzen und das Spiel des Lichts auf seinen hohen Wangenknochen und seiner starken Kieferlinie. Der Raum fühlt sich leer an, nur wir zwei. Ein Lächeln zupft an Lincolns vollem Mund. "Ich habe ein Geheimnis für dich, Myla."

"Wirklich? Was ist es?"

"Ich kann es nicht flüstern, wenn du so weit drüben stehst. Komm näher."

Ich bewege meinen Körper näher an seinen heran; wir berühren uns fast. "Wie ist das?" Ich neige meinen Kopf, damit er in mein Ohr sprechen kann.

"Näher."

Sanft lächelnd presse ich meinen Körper gegen seinen, spüre jede feste Kontur seiner Brust und Hüfte. Wir erstarren. Mein Atem stockt. Ich scanne Lincolns Gesicht, spüre die Intensität seines Blickes. Seine Handflächen streichen über meinen Rücken und wir wiegen uns wieder einmal zur Musik. Es kostet mich alles, was ich habe, ihn nicht zu küssen.

Ich neige meinen Kopf zu einer Seite. "Und jetzt?"

Lincolns Atem kitzelt an meiner Ohrmuschel. "Ein Mädchen wie du ... in einem Kleid wie diesem ... sollte immer so nah tanzen."

Ich werfe einen Blick in den Raum und stelle fest, dass viele große Augen, lautes Getuschel und nicht ganz so höfliche Blicke in meine Richtung gerichtet sind. Der Earl von Acca sieht rotgesichtig aus und bereit, vor Wut zu platzen. Adair sitzt an einem Tisch in der Nähe, ihr Blick ist auf mich gerichtet und von Abscheu erfüllt. "Ich bin mir nicht sicher, ob die Thraxe damit einverstanden sind, Lincoln."

Der Prinz lässt seine Hand über meinen Rücken gleiten. Seine Fingerspitzen streifen die nackte Haut an meinen Schultern. Ich beiße mir auf die Lippe und unterdrücke den Drang, ein "mmm"-Geräusch zu machen. Der Prinz setzt seine Lippen an mein Ohr. "Zeit, Ärger zu machen, nicht wahr?"

"Prinz Lincoln!" Es ist Gianna, die in einem lila Kleid auf uns zustürmt. "Es ist dringend! Eine Dämonenpatrouille liegt im Hinterhalt!" Sobald auch nur ein Zentimeter Platz zwischen uns ist, schiebt sich Gianna dazwischen, ergreift Lincolns Hand und versucht, ihn von der Tanzfläche zu ziehen.

Ein Mann mit einer purpurnen Kammertunika tritt zu unserer Gruppe. "Wenn es Eurer Hoheit recht ist, leiste ich der jungen Dame heute Abend Gesellschaft."

"Danke, Aldo." Lincoln dreht sich zu mir um. "Wenn die Patrouille angegriffen wird, kann ich nicht zurückkehren." Sein Gesicht wird steinern und feierlich. "Die Reise zur Erde braucht einige Zeit."

"Ich verstehe." Mein Körper und mein Geist fühlen sich taub an. "Beschütze deine Leute, das ist doch selbstverständlich." Ich sehe zu, wie er mit Gianna den Raum verlässt, und runzelte verwirrt und nicht wenig geschockt die Stirn. Wie konnten sich die Dinge so schnell ändern?

Meine Haut kribbelt bei dieser Wahrnehmung. Irgendetwas daran fühlt sich nicht ganz richtig an. Ich beobachte den Ballsaal und entdecke den Earl und Avery, die in der Nähe stehen. Beide sehen jetzt geradezu glücklich aus. Das kann nicht gut sein.

Bevor ich herausfinden kann, was los ist, steigert sich die langsame Musik wieder zu einem furiosen Jig. Aldo ergreift meine Hand und wirbelt mich auf der Tanzfläche herum. Während ich mich drehe und wiege, werde ich an eine Reihe von Männern mit gelben, blauen, lilafarbenen und rosa Wappen weitergereicht. Adair, Nita und Keisha scheinen immer in der Nähe zu sein. Entweder sind diese Großen Damen die schlechtesten Tänzerinnen in Antrum, oder sie treten mir alle paar Sekunden absichtlich auf den Rücken meines Kleides. Das geht eine Weile so weiter, bis mir etwas auffällt.

Es ist sehr kühl im Ballsaal ... aber nur an meinem Hintern.

Ich greife herum, um die Rückseite meines Kleides zu testen, nur um festzustellen, dass sie nicht mehr da ist. Ich erschrecke. Alle Rückenteile meines Kleides sind weg. Diese kleinen bunten Fieslinge haben herausgefunden, wie sie die Nähte an meinem Kleid herausziehen können. Kein Wunder, dass sie bis ein paar Stunden vor dem Ball damit herumgespielt haben. Adair, Nita und Keisha hören auf zu tanzen und fangen an, sich kaputt zu lachen.

Ich drehe mich herum und versuche, die beiden Seitenteile meines Kleides zusammenzuziehen, um meinen Hintern zu verstecken, aber es ist einfach nicht genug Stoff da. Die ganze Tanzfläche fängt an zu lachen. Mein Gesicht färbt sich mindestens 18-mal rot.

Wie aus dem Nichts taucht Cissy auf. Sie stellt sich hinter mich, um meinen Hintern zu verdecken, legt ihre Hände auf meine Schultern und schiebt mich in Richtung einer Fensterreihe an der hinteren Wand. Dort angekommen, zeigt sie auf eine gewölbte Glasscheibe. "Das ist eine Tür zum Heckenlabyrinth. Klapp das Schloss auf und dreh den Griff."

Ich tue, was sie mir sagt, und wir treten schnell hinaus. Cissy ergreift meine Hand und führt mich in den gegenüberliegenden Flügel des Hauses. Dort, im Schutz der Schatten, setzt sie mich auf eine Bank neben einem der Eingänge zum Labyrinth.

"Es tut mir so leid, ich habe nicht nachgedacht." Cissy runzelt die Stirn.

Mein Körper fühlt sich taub an. Ist das wirklich passiert? Wer reißt schon Kleider von hinten auf, ganz ehrlich? "Mach dich nicht fertig. Wie konntest du wissen, dass sie so etwas tun würden?"

"Das ist es nicht, es ist..." Cissy beißt sich auf die Unterlippe.

Ein Schauer läuft mir über den Rücken. "Da ist mehr an der Geschichte, nicht wahr?" Ich presse mir die Handflächen an die Augen und spüre, wie mir der Magen umkippt. "Schieb's auf mich."

"Weißt du noch, dass deine Thrax-Unterwäsche dieses Mal schwarze Linien aufwies?"

"Yeeeeeeeeah."

"Als deine an waren, buchstabierten sie etwas in Latein."

"Latein?" Diese verlogene, hinterhältige, heimtückische Adair und ihr idiotischer Vater.

"Ja. Ich schätze, alle Thraxe können es sprechen."

Ich öffne meine Finger und schaue sie aus meinem linken Auge an. "Und was genau steht da gerade auf meinem Arsch?"

"Cunnus. C-U-N-N-U-S. Ich habe den Thrax reden hören. Ich schätze, es bedeutet ..."

"Ich weiß, was es bedeutet." Ich vergrabe meinen Kopf wieder in den Händen. "Cissy! Du hättest etwas sagen sollen!"

"Okay, es sah total seltsam aus. Aber du warst so gereizt wegen der

Unterwäsche. Ich wollte nicht noch ein diplomatisches Chaos." Cissy zieht die Unterlippe zusammen.

Ich klammere mich an die Kante der Bank, als würde ich sie entzwei brechen. Wut kocht durch meine Blutbahn. "Ich liebe dich, Cissy, aber du bist schon seit Monaten ein pflegeintensiver Albtraum." Ich zähle ihre Missetaten an den Fingern ab. "Erstens drehst du durch vor Neid, dass Lincoln meine Aufmerksamkeit bekommt, während du gaaaanz viel mit Zekie zusammen bist. Zweitens, du behandelst mich mit Schweigen, was im Grunde kein guter Grund ist. Und drittens vergisst du zu erwähnen, dass ich mit dem Schriftzug CUNNUS auf meinem Hintern aus der Tür gehe. Das tut ernsthaft weh, und das muss aufhören." Meine Augen leuchten rot auf. "Ganz zu schweigen von der Tatsache, dass es meine letzte Nacht mit Lincoln ruiniert hat."

Cissys Augen werden groß; sie hält sich die Hand vor den Mund. "Es tut mir soooo leid, Myla." Ihre Unterlippe zittert. "Du hast recht; ich war eine wirklich schlechte Freundin." Sie setzt sich neben mich auf die Bank. "Rede mit mir. Bitte. Was kann ich tun, um es wieder gut zu machen?"

Ich spreche durch meine knirschenden Zähne. "Geh zurück zum Ball und lass dich von Zeke nach Hause fahren. Ich möchte eine Weile allein sein." Ein schweres Gewicht legt sich auf meine Brust. Lincoln ist auf Dämonenpatrouille, irgendwo auf der Erde. Wir hatten einen lustigen Abend geplant und jetzt das. Mann, habe ich je das Bedürfnis, etwas zu töten.

Cissy knabbert an ihrem Daumennagel. "Es tut mir wirklich leid."

"Ich weiß." Meine Stimme trieft vor Frustration und Wut. "Ich brauche nur etwas Zeit, das ist alles."

"Okay." Sie blickt in Richtung der fernen Lichter der Villa. "Wenn ich mit Zeke nach Hause fahre, ist es dir wirklich recht, Betsy allein zurückzufahren?"

"Ja." Schon weg.

Sie geht ein paar zögernde Schritte weg. "Ich rufe dich morgen an?"

Ich balle meine Hände zu Fäusten und nicke. Wenn ich noch etwas sage, verliere ich mit Sicherheit die Beherrschung. Dann hat Cissy ein ebensolches blaues Auge, wie ich es Zeke vor all den Jahren verpasst habe. Cissys Schritte schlittern durch das schlammige Gras und entfernen sich mit jedem Schritt mehr. Bald sind sie ganz verschwunden.

Ich springe auf . Dieser verdammte Scheißkerl Earl und seine dämliche Tochter, die alles kaputt machen. Die Feuer des Zorns entfachen und wallen in mir. Ich stütze mein Gewicht auf mein rechtes

Bein und trete mit aller Kraft gegen die Bank, sodass die Holzbretter in zwei saubere Hälften zerbrechen. Dann fühle ich mich besser.

"Schöner Tritt", sagt eine vertraute Stimme. Ich scanne die Schatten und sehe eine Gestalt auf die Lichtung treten: Lincoln.

Ich bin mir ziemlich sicher, dass ich keuche. Lautstark. Was zum Teufel macht er hier?

"Hallo, Myla." Er streicht sich mit einer Hand durch sein braunes Haar. Er hat seine Krone in der Villa vergessen. Ich habe das Gefühl, dass das etwas bedeutet, aber ich bin mir nicht sicher, was.

Ich grinse von Ohr zu Ohr. "Solltest du nicht gerade auf der Erde sein?" Meine Wut schmilzt dahin, ersetzt durch ein kribbelndes Gefühl im Magen.

"Warum sollte ich das jemals tun?" Er lächelt, und die Schmetterlinge in meinem Bauch werden unruhig. "Das war der schlimmste vorgetäuschte Notfall, den ich je gesehen habe." Er wechselt die Haltung und begutachtet mein Kleid, oder das Fehlen davon. "Sieht aber so aus, als wäre mehr an ihrem Masterplan dran gewesen." Er stößt einen Hauch von Luft aus. "Ich will ehrlich sein. Das habe ich nicht kommen sehen. Ziemlich ausgeklügelter Plan, findest du nicht?" Sein Blick streift über meinen Hintern, Begierde flackert in seinen Augen auf. "Nicht, dass ich mich beschweren würde."

Das Feuer in seinen Augen erweckt meinen Lustdämon. Er schnurrt in mir, pumpt Hitze durch meine Adern. Dann erinnere ich mich daran, was auf meinem Arsch geschrieben steht. Igitt.

"Kein faires Gucken." Ich drehe mich und versuche meinen Hintern mit dem zu bedecken, was von meinem Kleid übrig ist. Nicht, dass es mich stören würde, wenn Lincoln auf meinen Hintern starrt, aber das CUNNUS-Zeichen ist ein bisschen unangenehm. Okay, sehr unangenehm.

"Sie haben uns einen Gefallen getan, weißt du." Er tippt sich an die Schläfe. "Deshalb habe ich mitgespielt."

Ich rolle mit den Augen und kichere. "Ich bin mir so sicher."

"Denk doch mal nach. Wir hätten ein paar Stunden auf dem Ball verbringen können, um gewisse Leute zu ärgern. Aber so können wir allein sein." Er tritt näher. "Es wird einige Zeit dauern, bis sie herausfinden, dass ich nicht auf der Erde bin." Sein voller Mund verzieht sich zu einem verschmitzten Grinsen. Mein Inneres wird ganz klebrig. "Willst du Ärger bekommen?"

Ja und nein. "So angezogen gehe ich nirgendwo hin, außer nach Hause." Auf keinen Fall laufe ich mit der Aufschrift "CUNNUS" auf meinem Hintern über das Gelände des Anwesens. Die gesamte Thrax-

Nation lauert in der Nähe, ganz zu schweigen von Cissy, Zeke und seinen Eltern. Nein, nein.

Lincoln spitzt seine Lippen. "Also, wenn du etwas zum Anziehen hättest, hättest du Lust auf einen kleinen Spaziergang?"

" Hätte ich." Ich bin mir nicht sicher, worauf er hinaus will.

Lincoln beugt sich vor und zieht sich seine Samttunika über den Kopf. "Das sollte gut funktionieren." Er trägt nur ein silbernes Kettenhemd über einer schwarzen Lederhose.

"Was?" Ich stupse mit dem Finger auf das lange Überhemd. "Du willst, dass ich das trage?"

"Warum nicht? Du wirst bedeckt sein." Er zwinkert. "Größtenteils." Er streckt eine Hand aus und bietet mir das Kleidungsstück an.

Ich betrachte es sorgfältig. Es könnte mir tatsächlich ziemlich gut passen. Ich verziehe den Mund zu einer Seite meines Gesichts. "Wo soll ich mich umziehen?"

"Wie wäre es hinter der Hecke?" Er wirft mir die Tunika zu, dann dreht er mir den Rücken zu. "Ich verspreche, nicht zu gucken."

Ich jogge hinter die grüne Wand und tausche mein Kleid gegen Lincolns Tunika aus. Ich drehe mich und begutachte die Passform. Sie sieht gut aus, aber ich zeige eine Menge nacktes Bein.

Ich beiße mir auf die Unterlippe. "Ich fühle mich ein wenig entblößt, Lincoln." Ich kicke meine Stöckelschuhe von den Füßen. Der Boden kühlt meine nackten Füße.

"Keine Sorge, das wird schon wieder."

Ich schleiche auf Zehenspitzen an der Heckenreihe vorbei. Da sehe ich Lincoln stehen, in seinen schwarzen Lederhosen und ... sonst nichts. Sie hängt tief auf seinen Hüften und zeigt die Muskelpakete unter seinem Bauch. Wow. Begierde schießt durch meinen Körper.

Lincoln mustert mich von Kopf bis Fuß, sein Blick verweilt auf meinen Beinen. "Jetzt sind wir beide ein bisschen entblößt."

Ich gestikuliere zu ihm in einer Art 'Hey, du trägst kein Shirt'. "Bist du sicher, dass das eine gute Idee ist?" Es ist ja nicht so, als würde nicht die Hälfte der Thrax in der Nähe Party machen.

"Warum nicht? Ich werde nicht zum Ball zurückkehren." Stimmt, und ich werde wahrscheinlich auch noch seine Tunika ruinieren.

Grinsend tritt Lincoln mit seinem nackten Fuß gegen den Stapel Kettenhemden. "Außerdem wiegt das Zeug eine Tonne." Er verschränkt die Arme vor der Brust. "Und mir wurde etwas Ärger versprochen, erinnerst du dich?"

Damit ist die Sache erledigt.

Ich verbeuge mich leicht. "In Ordnung, du hast mich erwischt. Wohin?"

"Ich habe einen bestimmten Ort im Sinn." Er verschränkt seine Finger mit meinen. Ein Kribbeln der Verbindung durchzuckt meine Handfläche. "Los geht's." Seine ungleichen Augen glitzern im Mondlicht. Mein Bauch wird wieder kribbelig.

Zu diesem Zeitpunkt würde ich ihm so ziemlich überall hin folgen. Während wir gehen, klopft mein Herz eine Meile pro Minute, meine Atmung wird tief und flach, und mein Lustdämon will unbedingt herauskommen und spielen. Lincoln schreitet durch das Heckenlabyrinth und wählt seinen Weg mit unheimlicher Genauigkeit. Bald erreichen wir den Springbrunnen in der Mitte des Labyrinths. Er ist jetzt ausgeschaltet, so dass es aussieht wie ein großes, stilles Wasserbecken.

Meine Augenbrauen wölben sich verwirrt. Von allen Orten auf dem Ryder-Gelände, warum sollte Lincoln mich hierher bringen?

Der Prinz führt mich dazu, mich auf den Rand des Brunnens zu setzen. Ich hüpfe auf den Rand, spüre den warmen Stein unter mir, meine Beine baumeln darunter. Lincoln tritt zurück und mustert mich, seine Augen glitzern vor Erstaunen.

"Da." Er krallt seine Daumen in den Bund seiner Lederhose. "So hast du ausgesehen, als ich dich das erste Mal am See gesehen habe."

Ich nicke. Das stimmt; er hat mich beim Kampf mit Doxy-Dämonen im Wasser gefunden. "Deshalb hast du mich also hierher gebracht?" Ich kratze mich an der Wange. Das ist ein bisschen seltsam.

"Na ja, ich denke ständig an diese Nacht. Vielleicht zu oft." Er schenkt mir ein schüchternes Lächeln. "Das klingt irgendwie verrückt, oder?"

"Kommt drauf an." Ich bewege meinen Mund zu einer Seite und überlege. "Was ist das Interesse?"

Er reibt sich mit der Hand den Nacken. "Es ist eigentlich eine kleine Geschichte. Ich habe ein paar Doxy-Dämonen bei den Ryder-Stallungen gejagt. Ich dachte, du wärst ein anderer Thrax, der das gleiche Rudel verfolgt."

Ich runzle spöttisch die Stirn. "Ein anderer Kerl, natürlich."

Er legt die Hand auf seine nackte Brust. " Schuldig im Sinne der Anklage." Er tritt näher, und mein Herz pocht kräftiger in meiner Brust. "Du bist im Wasser verschwunden. Ich dachte, du wärst ertrunken, aber du bist kämpfend herausgekommen." Er hält vor mir inne und legt seine warmen Hände auf meine nackten Knie. Ein Kribbeln der Hitze wirbelt in meinem Bauch. Seine Handflächen sind gehärtet, wie es sich für einen Krieger gehört.

Mit sanftem Druck führt Lincoln meine Beine auseinander. Mein Herzschlag geht durch die Decke. "Du hast selbst wie ein Dämon gekämpft, die Augen glühten rot in der Dunkelheit. Und du hast gelacht." Der Prinz presst seinen festen Körper gegen meine weichen Rundungen. Mein Atem stockt. Verdammt, das fühlt sich gut an.

Lincoln bemerkt mein kleines Keuchen und lächelt. "Ich habe gesehen, dass du eine Frau bist, eine Kriegerin." Er lehnt sich nahe heran, sein Mund einen Hauch über meinem. "Eine Naturgewalt. Seit diesem Tag denke ich an dich, an jene Nacht und an das Wasser."

Ich atme tief ein, bereit zu sagen: "Ich habe auch noch nie jemanden wie dich getroffen. Du machst mich auch verrückt. Auf eine gute Art.' Ich spreche, aber nur zwei Worte: "Ich verstehe."

Seine Stimme kommt tief und heiser heraus. "Gut."

Unsere Münder treffen sich, wild und rau, jedes Schnippen der Zunge des Prinzen treibt mehr Hitze zwischen meine Beine. Meine Arme gleiten um Lincolns nackte Schultern, ich spüre seine samtweiche Haut über festen Muskeln. Plötzlich möchte ich mit meinen Händen über jeden Zentimeter seines Körpers streichen. Lincolns Finger legen sich um meine Oberschenkel und zeichnen den Saum meiner Tunika nach. Verlangen schießt durch mich hindurch.

Ein dünner Blitz schlägt ein paar Meter entfernt in den Boden ein. Leises Donnergrollen erschüttert die Luft.

Mein Kopf schnellt zu der Stelle im Gras, wo der Blitz eingeschlagen ist. Es ist ein schwelender, schwarzer Fleck am Rande des Brunnens. "Hast du das gesehen?" Das ist das dritte Mal, dass ein Blitz einschlägt, wenn ich starke Emotionen um Lincoln spüre. Selbst mir fällt es schwer, so zu tun, als wäre das ein Zufall.

"Nein." Lincoln küsst meinen Hals, dann beißt er sanft in mein Ohrläppchen. Meine Beine werden wackelig unter mir.

"Aber Lincoln, bist du nicht besorgt über die-"

Er umrahmt mein Gesicht mit seinen Fingerspitzen. "Nein." Feuer brennt in seinen unpassenden Augen. "Küss mich, Myla."

Ein Lächeln zerrt an meinen Mundwinkeln. Das ist eine verdammt gute Idee. Ich beuge mich vor und koste ihn, mein Bedürfnis flammt heißer auf. Lincoln umklammert meine Taille und lässt unsere Hüften im Rhythmus kreisen. Ich spüre sein langes erogenes Prachtstück, hart und bereit, das sich durch seine Lederhose gegen mich drückt. Jeder neue Stoß ist ein Ruck der rohen Lust. Die Welt bricht zusammen, bis es nichts mehr gibt außer unseren Mündern, unseren Körpern und unserer Sehnsucht. Er reist in zwei Tagen nach Antrum. Wer weiß, wann ich ihn wiedersehe, ihn wieder schmecke? Keine Zeit zum

Warten. Mein Lusttrieb ist unbändig, seine Macht überwiegt alles andere.

Ich gleite vom Rand des Brunnens und lande auf dem kühlen Gras. Ich schaue nach unten und fasse mit den Händen an den unteren Rand meiner Tunika, bereit, sie auszuziehen.

Da fühle ich es. Hitze um meine Augen. Meine Iris leuchtet rot. Das ist mir noch nie passiert, wenn ich Lust verspürte, nur Zorn. Obwohl, wenn ich so drüber nachdenke, habe ich noch nie wirklich Lust auf einen Kerl verspürt.

Ich höre auf, mich zu bewegen, und achte darauf, meinen Kopf unten zu halten. Das ist die dunkle Seite, wenn man beide klassischen Furor-Eigenschaften geerbt hat: Zorn und Lust. Ich starre auf meine Finger, wie sie den Saum der Tunika umklammern. "Ich denke, wir sollten jetzt aufhören." Mein Atem ist flach und zittrig. Ich bin kein Genie, wenn es darum geht, meinen Zorn zu kontrollieren, und ich habe mein ganzes Leben lang daran gearbeitet. Und jetzt Lust? Mein erster Kuss ist Wochen her. Heute Abend hätte ich mich fast ausgezogen und wer-weiß-was mit Lincoln gemacht. Das ist nicht das, was ich sein will.

Lincoln legt seine Hand auf meinen Arm. "Was ist los, Myla?"

Ich beiße mir auf die Unterlippe, achte darauf, meinen Kopf unten zu halten und die Augen zu verbergen. Ein Teil von mir will wegrennen, der andere Teil will ihn wieder küssen. Unbedingt. Blöder Lustdämon.

Lincoln legt seinen Fingerknöchel unter mein Kinn. Mit einem sanften Stupser versucht er, meinen Blick zu ihm zu lenken. Das lasse ich nicht zu.

"Das ist keine gute Idee, Lincoln."

Der Prinz beugt sich vor und dreht sich so, dass er mir ins Gesicht schauen kann. Ein Lächeln zerrt an seinen Mundwinkeln. "Deine Augen verändern sich. Es ist wunderschön."

"Das ist meine Furor-Lust-Seite." Meine Stimme zittert ein wenig. "Ich habe bisher immer nur Zorn gespürt."

Er verschränkt seine Finger mit meinen, seine Stimme ist sanft. "Dann lass es uns langsam angehen. Wir haben alle Zeit der Welt."

Ich atme aus. "Ja, das wäre gut."

Er neigt den Kopf zur Seite und hört zu. "Vor allem, weil sie noch keinen Suchtrupp losgeschickt haben." Er grinst. "Sollen wir uns einen anderen Weg suchen, um Ärger zu machen?"

"Klar." Ich gebe seinen Fingern einen Druck. "Wie wär's, wenn wir noch mehr vom Labyrinth erforschen?"

Er küsst meine Nasenspitze. "Das ist eine tolle Idee."

20

Ich sitze auf Betsys schäbigem Vordersitz, trage immer noch Lincolns Tunika. Der Abendhimmel geht in den Morgen über; ein sanftes Glühen säumt den Horizont. Ich denke an die letzte Nacht mit Lincoln und zaubere mir ein Lächeln ins Gesicht. Wir sind stundenlang durch das Labyrinth gelaufen und haben uns unterhalten. Ich kenne jetzt seine Lieblingsmusik (Jazz), sein unbeliebtestes Wort (feucht) und seine schlimmste Angst (Invasion von Antrum). Wir debattierten darüber, welche Dämonen am schwersten zu bekämpfen, am leichtesten aufzuspüren sind und die schlechteste persönliche Hygiene haben. Ich erklärte ihm ausführlich, warum Frankenberry-Müsli rockt, Cissy und Zeke nerven können und Wiederholungen auf dem Human Channel der Hammer sind. Der arme Kerl hat noch nicht einmal ein Telefon, so verrückt sind sie nach Sicherheit in Antrum, geschweige denn nach Fernsehen. Ich empfand es als meine moralische Pflicht, ihn aufzuklären.

Ich schlug mit der Faust auf das Lenkrad. Verdammt, ich habe vergessen, ihn zu fragen, woher er Walker kennt! Notiz an mich selbst: Das nächste Mal frage ich ihn auf jeden Fall.

Ich drehe den Schlüssel im Zündschloss und lasse den Motor laufen. Betsy ruckelt nicht und hustet keinen Rauch, als ich losfahre. Ich grinse. Manchmal läuft alles so, wie man es sich wünscht.

Das Glück setzt sich fort, als ich nach Hause komme. Ich schleiche um die Rückseite des Hauses und fummle am Badezimmerfenster herum. Es gleitet ohne Probleme auf. Na toll. Ich hangle mich hinein und schleiche mich in mein Zimmer. Ich streife Lincolns Tunika ab, werfe mir ein graues Nachthemd über und schlüpfe ins Bett.

Ich bin ziemlich stolz auf meine Heimlichtuerei, als meine Zimmertür aufgeht. Mamas Umriss erscheint in der abgedunkelten Schwelle. "Wo bist du gewesen, Myla Lewis?"

Sie benutzt meinen vollen Namen. Ich stecke in Schwierigkeiten.

"Ich war mit Cissy auf einer Party." Ich schiebe mein Kissen unter meinen Kopf. "Ich weiß, ich hätte es dir sagen sollen."

"Ja, das hättest du."

"Jetzt bin ich zurück und in Sicherheit. Ich habe morgen Schule. Können wir morgen früh darüber reden?"

Mama hält inne, dann atmet sie tief durch. "Ich denke schon." Sie wedelt mit dem Finger mit mir. "Aber du steckst in großen Schwierigkeiten, junge Dame."

Ihre Drohung prallt an meiner Wand der inneren Glückseligkeit ab. "Du hast es erfasst, Mama. Wir reden morgen früh." Ich schließe meine Augen und drifte in den Schlaf.

In meinen Träumen kehre ich zum Grauen Meer zurück. Ein Kreis aus weißem Feuer lodert auf dem Sand neben meinen Füßen. Mamas Gestalt erhebt sich aus den Flammen. Die Wände unseres Wohnzimmers bauen sich um sie herum auf.

Das Feuer flackert heller und verschwindet. Die Sandskulptur verwandelt sich in echtes Leben. Das Wohnzimmer sieht genauso aus wie heute, nur ist die Couch weniger fadenscheinig, der Teppich ist weicher, und die Wände weisen weniger Risse auf. Mama stapelt schwarze Stoffballen auf der Couch, einen Frotteebademantel locker um sich gewickelt. Ich seufze. Sie sieht bereits wie eine schäbige, ans Haus gefesselte Version ihres früheren Selbst aus. Traurigkeit kriecht mir in die Knochen. Senatorin Lewis ist weg.

Jemand klopft an unsere Haustür.

"Nur eine Sekunde." Mama geht zur Tür und macht sie auf. Draußen steht Xavier in seinem grauen Anzug. Ein Muskel zuckt in seinem Nacken.

Mama winkt ihn herein. "Xavier! Kommen Sie rein. Setzen Sie sich doch." Sie schiebt einen Stoffballen von der Couch und tritt in die Küche. " Möchten Sie ein Eis? Ich habe zwar nichts, was so gut ist wie früher, aber ich habe das hier gefunden." Sie steht in der Küchentür und blinzelt auf eine winzige Packung in ihren Händen. "Sie heißen 'Gefrorene Milchprodukt-Riegel'."

"Nein, danke." Xaviers Augen bleiben auf dem Boden kleben. Irgendetwas an ihm ist komisch, aber ich kann es nicht genau sagen.

"Sie haben recht. Ich weiß nicht, was ich mir dabei gedacht habe."

Mama kommt zurück in die Küche. "Übrigens, meine Papiere für den Dienst wurden genehmigt. Ich bin ab heute offiziell eine Näherin."

"Hab ich gehört. Quasis mit einem Dienst kann nicht gekündigt werden. Sie sind jetzt in Sicherheit."

"Dank Ihnen und Ihren Leuten." Mama tritt zurück ins Wohnzimmer und zieht ihren Morgenmantel enger um sich.

Xavier atmet scharf ein. "Wir müssen reden, Camilla." Der hohle Ton in seiner Stimme lässt mich die Zähne zusammenbeißen.

Mamas Gesicht verzieht sich vor Verwirrung. "Sicher, wollen Sie sich nicht setzen?" Sie deutet auf den leeren Platz auf der Couch.

Xavier schüttelt den Kopf. " Sie hatten die ganze Zeit recht. Mit Armageddon, der Oligarchie, mit allem." Er blickt zu Mama, seine Augen werden trüb. Könnte er krank sein? Ich habe den überwältigenden Drang, zu ihm zu eilen, seine Temperatur zu messen und seine Hand zu streicheln. Armer Kerl.

Mamas Stirn legt sich verwirrt in Falten. "Warum erzählen Sie mir das jetzt?"

"Ich hätte Ihnen Rückendeckung geben sollen. Ich möchte, dass Sie das wissen."

Mama zuckt mit den Schultern. "Selbst wenn Sie mir zugestimmt hätten, hätte es keinen Unterschied gemacht. Der Senat hat mir kein einziges Wort geglaubt, genau wie Sie es vorausgesagt haben. Sie hätten mich fast angeklagt." Ihre Stimme bricht, als sie den letzten Satz sagt. "Sie haben auch getan, was Sie für richtig hielten."

"Nein, das habe ich nicht." Xaviers linke Hand ballt sich zu einer Faust und er schlägt sich auf das Bein. "Ich habe nicht über richtig und falsch nachgedacht. Ich habe nur etwas gefühlt. Ich fühlte das Bedürfnis, Sie zu beschützen."

Ich schließe meine Lippen und runzle die Stirn. Hmm. Das ist ganz schön viel Liebesgeflüster von Xavier. Ich wende meine Aufmerksamkeit Mama zu, die viel zu sehr errötet und ihren Morgenmantel neu bindet. Da ist definitiv eine gewisse Anziehungskraft.

Xavier tritt näher. "Das sollte jemandem wie mir nicht passieren."

Mama schaut von ihrem Bademantel auf, den Kopf in ihrem 'verwirrten Blick' zur Seite geneigt. Sie ist nicht die Einzige. Ich bin auch verwirrt. Was soll dieser ganze "Jemand wie ich"-Kram? Er ist ein gewöhnlicher Engel, richtig?

Mama legt ihre Hand auf ihren Hals. "Wovon reden Sie?"

Blaues Licht flackert in Xaviers Augen auf. "Ich bin ein Erzengel."

Ich taumle ein paar Schritte zurück, mein Körper taumelt vor

Schreck. Ein verfluchter Erzengel? Die sind seltener als größere Dämonen, und total knallhart.

"Ein Erzengel? Aber es stand nichts in Ihrer Akte."

"Deshalb bin ich ins Fegefeuer gekommen. Hier kennen mich nur wenige. Nach den ersten paar Jahrtausenden der Berühmtheit, habe ich mich für ein niedriges Profil entschieden." Er schließt seine blauen Augen. Punkte aus weißem Licht funkeln um seine Schultern. Große goldene Schwingen erscheinen auf Xaviers Rücken.

Mamas Fingerspitzen streichen über die langen, schimmernden Federn. Ihre Stimme ist tief und gehaucht. "So schön."

Xavier zittert und öffnet seine Augen. Die Flügel verschwinden.

"Ein Erzengel." Mama schiebt ihre Hände in die Taschen ihres Bademantels. "Ich wusste nicht, dass es noch welche gibt."

Ich schniefe. Was Mama nicht über Engel und Dämonen weiß, ist eine ganze Menge. Ein größerer Dämon kann geboren oder erschaffen werden. Armageddon wurde einer, als er zum König der Hölle gekrönt wurde. Aber Erzengel? Begrenzter Vorrat seit Anbeginn der Zeit. Sie sind so alt und mächtig, dass sie nur selten mit Sterblichen zu tun haben. Die meisten gewöhnlichen Engel treffen nie einen. Meine Augen fallen mir fast aus dem Kopf.

Ich kann nicht glauben, dass Mama mit einem Erzengel gearbeitet hat. Cool.

Xavier stützt sich mit der Hand an die Wohnzimmerwand, um sich abzustützen. "Es gibt nicht viele von uns. Ich habe unsere Armeen in der Schlacht an den Toren angeführt, bei der die Dämonen aus dem Himmel vertrieben wurden. Armageddon war der General auf der gegnerischen Seite." Ein trauriger Ausdruck huscht über sein Gesicht. "Damals war er ein gewöhnlicher Dämon."

Ich erinnere mich an Xavier und Armageddon in der Sitzung des Senatsausschusses. Die beiden hassten sich bis aufs Blut. Ich schüttle ungläubig den Kopf. Sie kämpften im Krieg der Pforten, vor tausend Jahren. Das ist ein langer Groll.

Mama mustert sein Gesicht für gefühlte Jahre. "Warum erzählen Sie mir das jetzt?"

Xavier lächelt. "Ich wusste, dass Sie diese Frage stellen würden." Sein Grinsen verblasst langsam. "Ich muss gehen, aber nicht bevor ich etwas gesagt habe, nur einmal." Er geht auf Mama zu und legt seine Hand behutsam an ihre Wange. Sie lehnt sich in seine Berührung. "Ich bin schon lange hier. Ich habe gesehen, wie sich Berge bilden, Sterne erscheinen, Ozeane Leben gebären. Ich war Zeuge von Kriegen und Hochzeiten, von Barmherzigkeit und Hass, von Gier und Aufopferung.

In all dieser Zeit habe ich noch nie eine Frau geliebt." Seine Finger krümmen sich und ziehen ihren Mund zu seinem. Xaviers Lippen berühren ihre einmal, ganz sanft. "Bis zu dir."

Heilige Scheiße.

Ich wusste, dass es zwischen ihnen gefunkt hat, aber das? Wow. Und die Art, wie Mama ihn mit großen Augen anstarrt, macht deutlich, dass sie das auch nicht hat kommen sehen.

Xavier senkt seine Hand, macht auf dem Absatz kehrt und geht weg.

Mama stellt sich ihm in den Weg und versperrt ihm den Ausgang. Ihre Augen nehmen einen stählernen Ausdruck an, der bedeutet, dass sie nicht nachgeben wird. "Wo willst du hin?"

Er starrt an ihr vorbei und öffnet die Haustür. Mama stellt ihren Körper fest auf die Schwelle. "Wohin, Xavier?"

"Lass mich gehen." Er steht aufrecht und unbeirrt da, jeder Zentimeter von ihm ist von steinerner Entschlossenheit erfüllt.

Mama sucht sein Gesicht ab, ihre Augen öffnen sich übergroß. "Warte mal. Warum wurde ich nicht im Krieg von Armageddon getötet? Warum wurde ausgerechnet mir ein Dienst erwiesen?" Sie schließt die Tür hinter sich und starrt Xavier an.

"Das ist nicht wichtig, Camilla. Alles, was zählt, ist deine Sicherheit."

Meine Gedanken wirbeln durcheinander. Mama hat einmal gesagt, dass jemand ein großes Opfer gebracht hat, um uns in Sicherheit zu bringen. Damals war ich mir ziemlich sicher, dass dieser geheimnisvolle Jemand mein Vater war. Und jetzt ist da Xavier, der etwas Großes für Mamas Sicherheit tut.

Mir läuft eine Gänsehaut über den Rücken. Könnte Xavier mein Vater sein?

Das Getriebe meines Verstandes schaltet sich ab. Mama hat gesagt, mein Vater sei Tim, und egal, was sie sonst noch für Fehler hat, sie lügt nicht. Die Wahrheit verheimlichen und alle anderen dazu zwingen, dasselbe zu tun? Klar. Offenes Lügen? Nein. Zumindest habe ich das immer gedacht.

Mama tritt näher an Xavier heran, ihre Unterlippe zittert. "Was hast du getan, Xavier?" Sie nimmt seine Hände in ihre eigenen. "WAS HAST DU GETAN?!"

Xavier starrt auf ihre verschränkten Hände, seine Augen glänzen. "Ich habe dein Leben gegen meines getauscht. Ab heute Nacht um Mitternacht bringt mich Armageddon in die Hölle."

Mama legt ihre Hand auf ihre Kehle. Ihr Atem kommt in rauen Stößen. "Wann kommst du zurück?"

"Das werde ich nicht, Camilla."

"Aber die Dinge, die sie mit dir machen werden. Du darfst nicht gehen." Ihr Gesicht verhärtet sich. "Ich habe dem nie zugestimmt. Ich werde es nicht zulassen. Sie können mich stattdessen töten."

Ihre Worte trafen mich wie so viele Steine. Wenn Sterbliche in die Hölle kommen, verzehren Dämonen ihre Seelen. Aber Erzengel heilen sich von jeder Verletzung. Wenn Xavier in die Hölle kommt, dann nur aus einem Grund: eine Ewigkeit voller Schmerzen. Ich zittere. Die Dinge, werden sie ihm tatsächlich antun .

Xavier wiegt seinen Kopf von einer Seite zur anderen. "Es ist alles erledigt und unumkehrbar. Ich habe den Handel mit Armageddon an dem Tag abgeschlossen, als er ins Fegefeuer eindrang. Ein Ghul wird als dein Wächter fungieren, wenn ich weg bin. Sein Name ist WKR-7. Du kannst ihm vertrauen, er ist zum Teil ein Erzengel."

Mama fasst sich mit den Händen an die Taille. "Es muss doch etwas geben, was wir tun können."

"Nein, ich habe meine Entscheidung getroffen, und ich bin damit im Reinen." Er sieht sie an, seine blauen Augen sind voller Liebe und Sehnsucht. "Lass mich gehen, Camilla."

Mama tastet sein Gesicht ab. Ihr Atem wird langsamer. "Auf gar keinen Fall." Sie tritt näher und legt ihre Hände auf seine Schultern. Er bewegt sich nicht näher, also stellt sie sich mit ihren nackten Füßen auf die Zehenspitzen. Ihre Münder sind nur einen Zentimeter voneinander entfernt. "Ich liebe dich auch, Xavier." Allmählich legt sie ihre Lippen auf seine. Er erwidert den Kuss nicht.

Mama zieht sich zurück. "Was ist los?"

"Das macht alles nur noch schwieriger für dich."

"Blödsinn." Sie fährt mit ihrer Zunge langsam an seiner Unterlippe entlang. "Sei mit mir zusammen."

Meine Augenbrauen gehen hoch. Verdammt, Mama. Das ist ein toller Schachzug. Wer hätte gedacht, dass sie doch noch einen kleinen Lustdämon in sich hat?

Der Erzengel erwidert ihre Küsse langsam, zaghaft. Mamas Finger gleiten zu Xaviers Schultern, schlingen sich um sein Revers und schieben seinen Anzugmantel zu Boden. Er stöhnt, ergreift ihre Taille und zieht sie fest an sich. Ihr Kuss wird hungrig und wild. Xavier macht den Gürtel ihres Mantels auf.

Mama nimmt seine Hand, zieht ihn in ihr Schlafzimmer und schließt die Tür.

Ich nicke einmal vor mich hin. Ich werde morgen früh mit Mama eine Diskussion darüber führen, wer mein Daddy ist. Das ist doch lächerlich.

Das Bild von Mama und Xavier verschwindet im Sand. An seiner Stelle taucht eine andere Szene auf: unsere Haustür bei Nacht.

Mama öffnet die Haustür, den Bademantel fest um sich gewickelt. "Hallo? Ist da draußen jemand?" Sie sucht den Hof ab, ihr Gesicht ist blass vor Sorge.

Ich knirsche mit den Zähnen. Ich weiß, auf wen sie wartet: Armageddon. Ich werfe einen Blick durch die geöffnete Tür auf die Wanduhr in unserem Wohnzimmer. 5 UHR MORGENS. Der König der Hölle war um Mitternacht fällig.

Mama schaut eine Zeit lang auf den leeren Hof, die Muskeln entlang ihrer Kieferpartie sind angespannt. Insekten zirpen in der Dunkelheit. Eine sanfte Brise raschelt in den braun werdenden Blättern unserer Vorgartenbäume. Nach ein paar Minuten stößt Mama einen langen Seufzer aus, die Ränder ihres Mundes werden weicher.

Auch mein Körper entspannt sich. Es ist fast Morgen. Vielleicht kommt Armageddon doch nicht.

Sie knackt ihren Nacken und dreht sich zum Haus zurück. Sie macht einen Schritt auf die Tür zu und erstarrt, jeder Muskel in ihrem Körper wird starr.

Ich schnappe nach Luft, da ich diese Bewegung nur zu gut kenne. Mama wurde von einer größeren Dämonenaura getroffen, und das bedeutet nur eines. Das Armageddon ist da.

Der König der Hölle tritt aus der Reihe der Bäume hervor. "Guten Morgen, Camilla. Ich komme, um Xavier zu holen." Ich bekämpfe den Drang, in die Traumwelt zu springen und ihn zu verprügeln, oder es zumindest zu versuchen. Runter von meinem Rasen, Arschloch.

Mama dreht sich langsam um, ihr Gesicht ist starr wie Stein. Sie begegnet Armageddons Blick frontal. "Du kannst ihn nicht haben."

Der König der Hölle schlendert den Weg zu unserem Haus hinauf und hält am Fuß der Treppe inne. Sein breiter Mund verzieht sich zu einem Grinsen, während er sie von Kopf bis Fuß mustert. Er sagt ein Wort mit grollender Stimme: "Xavier."

Der Erzengel tritt aus der Haustür und stellt sich neben Mama.

Sie ergreift seine Hand. "Tu's nicht, Xavier. Geh einfach weg von hier." Der Erzengel schenkt ihr ein trauriges Lächeln. Dann geht er langsam an die Seite von Armageddon.

Mein Körper versteift sich vor Schock und Wut. Das kann doch nicht wahr sein.

Der König der Hölle legt seine dreiknöchelige Hand auf Xaviers Schulter. "Zeig mir mal die Flügel, die du so lange vor allen versteckt hast."

Xavier steht stoisch und still.

Armageddon lange rote Zunge flackert über seine glatten schwarzen Lippen. "Vielleicht würde es deine Konzentration auflockern, wenn du ein bisschen mehr Schmerzen hättest." Er packt Xaviers Arm und bricht ihn mit einem lauten CRACK. Das Gesicht des Erzengels verzieht sich vor Schmerz, seine goldenen Flügel erscheinen.

Meine Wut erreicht die Grenze des Möglichen. Verus und ihre Traumgestalten können mich am Arsch lecken; ich werde nicht danebenstehen. Mein Schwanz wölbt sich über meine Schulter, mein Körper geht in Kampfstellung. Ich renne auf die Traumwelt zu, der warme Sand gleitet unter meinen nackten Füßen, mein Blick ist auf Armageddon gerichtet. Du gehst sowas von unter, Kumpel.

Ich bin nur noch wenige Meter vom König der Hölle entfernt, als mein Körper gegen etwas prallt, das sich wie eine Mauer anfühlt. Es ist eine Art Kraftfeld, das die Vergangenheit von der Gegenwart fernhält. Meine Backenzähne beißen aufeinander. Alles, was ich erreicht habe, ist, dass ich einen besseren Blick auf Armageddon hämisches Lachen und Xaviers überwältigende Qualen habe.

"Ah, ich erinnere mich an diese Flügel." Armageddon kichert. "Du hast sie gezeigt, als du die Engel versammelt hast und meine Armee aus dem Himmel vertrieben hast." Der Höllenkönig stürzt sich auf Mama. "Tut es dir weh, zuzusehen, wie ich ihm wehtue?"

Mama starrt Armageddon an, die Arme vor der Brust verschränkt.

Ich presse meine Handflächen gegen die unsichtbare Wand. Jede Zelle in meinem Körper will durchbrechen und sich neben sie stellen. Bleib stark, Mama.

Der König der Hölle verdreht Xaviers gebrochenen Arm. Der Erzengel atmet tief ein und beißt die Zähne zusammen. Mamas Augen füllen sich langsam mit Tränen. Meine tun es auch.

"Es tut dir weh." Armageddons Mund verzieht sich zu einem unfassbar breiten Lächeln. "Gut. Denn ich werde das bis in alle Ewigkeit tun. Wann immer du an den Senat denkst oder an deine ermordete Familie oder daran, eine dieser albernen Roben zu nähen, möchte ich, dass du an Xavier denkst und daran, wie ich ihn genau in diesem Moment quäle. Nur für dich."

Ich schlage mit den Fäusten auf das Kraftfeld ein, es rührt sich nicht. Ich muss Armageddon töten, Xavier retten und meiner Mutter helfen. Lasst mich rein.

Mamas Schultern sacken ein, Sorgenfalten erscheinen um die Augen. Ich bemerke ein paar graue Haare, die ich vorher nicht gesehen habe.

Ich erstarre an Ort und Stelle, kann nichts anderes tun, als ihren

Kummer hinter der unsichtbaren Barriere zu beobachten. Mama tritt zurück und lehnt sich zur Unterstützung an die Außenwand des Hauses. Sie legt ihre Hand auf ihren Brustkorb und ich kann fast hören, wie ihr Herz vor Kummer zerspringt. Das war der Moment, in dem die weinerliche, überbesorgte Version meiner Mutter entstand. Es tut mir so leid, Mama. Ich hätte mir nie träumen lassen, dass das passiert. Ich verstehe es jetzt.

Armageddon winkt mit seiner langen, knochigen Hand. "Auf Wiedersehen, Näherin." Er und Xavier verschwinden. Einen Moment lang steht Mama still auf der Treppe, dann bricht sie auf dem Betonabsatz zusammen, ihre Schultern beben beim Schluchzen.

Mamas Körper verwandelt sich wieder in Sand, bevor er sich im Wüstenboden auflöst. Der Rest der Szene tut dasselbe. Die Traumlandschaft endet. Irgendwie weiß ich, dass dies der letzte ist.

Für eine gefühlte Ewigkeit starre ich auf das Graue Meer und beobachte, wie die rollenden Dünen aus kohlefarbenem Sand den blauen und grauen Himmel berühren. Der Wind heult durch mich hindurch; Schwefel erstickt meine Lungen. Es könnte mir egal sein.

Ein Gedanke schießt mir immer wieder durch den Kopf: In diesem Moment wird Xavier irgendwo in der Hölle gefoltert. Und das nur, weil er meiner Mutter das Leben gerettet hat. Und mir auch. Obwohl ich tief schlafe, weiß ich, dass mein Gesicht von Tränen überströmt ist.

Ich wache durch das elektronische Geheule meines Weckers auf. Nach und nach öffne ich die Augen und strecke mich. Mein Kopfkissen ist feucht an meiner Wange. Das war eine höllische Traumlandschaft. Wie soll ich nur anfangen, mit Mama darüber zu reden?

Mein Rucksack lehnt an der Wand meines Zimmers. Ich starre ihn einen Moment lang an. Dieses Gespräch sollte bis nach der Schule warten, um unser beider willen. Ich atme tief durch, ziehe mir eine Jogginghose an und gehe in die Küche. Mama sitzt am Tisch, eine dampfende Tasse Kaffee in den Händen. Ihr Mund ist ein schmaler Strich.

Ich habe es vergessen. Ich stecke in großen Schwierigkeiten.

"Guten Morgen." Ich eile durch den Raum und tue so, als wäre ich superinteressiert an dem Schrank an der gegenüberliegenden Wand.

Mamas Fingernägel klopfen auf ihren Porzellanbecher. "Was ist letzte Nacht mit dir passiert? Ich kann nur hoffen, dass es etwas Gutes ist."

Ich erinnere mich an Lincolns Küsse und sein Lächeln. Es war 'Wecke deinen Lustdämon' gut.

"Wie ich gestern Abend sagte, waren Cissy und ich auf einer Party." Ich schiebe Müslischachteln in einem Regal hin und her. "Es war in der Ryder-Villa. Es wurde spät. Ich wollte nicht, dass du dir Sorgen machst, also habe ich dir nicht alles darüber erzählt." Ich verschränke meine Finger und lege sie auf meinen Bauch. Bitte lass sie weitermachen, ohne die offensichtliche Frage zu stellen.

"Und was genau hast du nicht erwähnt?" Ich lasse die Schultern sinken. Sie hat die offensichtliche Frage gestellt.

Ich beginne, die Müslischachteln in alphabetischer Reihenfolge zu sortieren, wobei ich darauf achte, meiner Mutter den Rücken zuzuwenden. Wenn sie mein super-schuldiges Gesicht sieht, bin ich erledigt. Ich nehme meine Schultern zurück. "Cissy und Zeke waren die einzigen anderen Quasis dort."

Mama schnappt nach Luft. "Also, wer war in der Ryder-Villa?"

Ich verziehe das Gesicht zu einer Grimasse. "Thraxe." Jetzt kommt's.

Ein dumpfes Geräusch ertönt, als Mama ihre Kaffeetasse auf den Tisch knallt. "Nicht der Thrax-Junge, den du vor ein paar Monaten bei Zeke getroffen hast?" Was für ein Gedächtnis sie hat. Sie muss eine Liste mit allen Engeln und Thraxen führen, die ich je gesehen habe. "Hat er dich angefasst?"

Ich kann mir ein Lächeln nicht verkneifen. "Wir haben uns irgendwie berührt, Mama. Und es war Prinz Lincoln. Er ist derselbe Junge, den ich auf Zekes Party kennengelernt habe."

"Neiiiiin!"

Mamas Schrei erschüttert mein Rückgrat. Ich umklammere eine Cornflakes-Packung so fest, dass etwas davon auf den Tresen spritzt. Ich zwinge mich, langsam zu atmen. Denk daran, was sie durchgemacht hat, Myla. Meine Stimme kommt ruhig und gleichmäßig heraus. "Verus hat mir gezeigt, warum du dir Sorgen machst, Mama. Ich weiß, du hast Angst, dass mich jemand verschleppt, so wie es Armageddon mit Xavier gemacht hat. Aber Lincoln würde so etwas nie tun."

Mamas Stimme ist rau und leise. "Verus hat dir NICHTS erzählt." Sie eilt herbei, ergreift meinen Arm und wirbelt mich herum.

Ich atme heftig ein. "Beruhige dich, Mama. Du machst mir Angst."

"Bitte, lass es nicht zu." Sie klemmt mein Gesicht zwischen ihre Handflächen und zwingt mich, ihr direkt in die Augen zu sehen. Ihr Gesicht verzerrt sich vor Panik. " Du süßer Teufel, nein!" Sie lässt mich los und taumelt ein paar Meter zurück, die Hand an ihrer Kehle.

Meine Schultern verknoten sich vor Angst und Frustration. Ich habe Mama noch nie so handeln sehen. Vielleicht hat sie einen Anfall, wie einen Herzinfarkt oder Schlaganfall? Ich eile an ihre Seite. "Was ist los, Mama? Geht es dir gut?"

Mama hält sich mit der linken Hand den Mund zu, die rechte deutet auf unser Badezimmer. "Geh und sieh selbst nach."

Mein Körper erstarrt vor Schock. Ich habe Mama noch nie zuvor so extrem gesehen. Die Haut an meinem Hals kribbelt. "Okay, Mama. Ich werde nachsehen. Das wird schon wieder." Ich führe sie zur Couch und gehe dann ins Bad.

Als ich über den klapprigen Wohnzimmerteppich trete, scheint sich die Welt in Zeitlupe zu bewegen. Mein Herzschlag hämmert in meinen Ohren. Jeder Atemzug fühlt sich gezwungen und eng an. Lass dich von Mama nicht verrückt machen. Das ist ein weiteres Nichts, über das sie sich Sorgen macht, genau wie der ganze Rest. Ich trete ins Bad und betrachte mein Abbild im Spiegel.

Jetzt bin ich an der Reihe, zu hyperventilieren.

Kopfschüttelnd blinzle ich immer wieder, um meine Sinne zu testen. Aber das Bild im Glas verändert sich nicht. Ich kralle mich an das Spiegelbild und versuche, das, was ich sehe, wegzukratzen. Es kann nicht richtig sein:

Meine Augen waren schon immer schokoladenbraun. Heute Morgen sind sie beide türkisblau. *Engels-Blau.*

Unheilige Hölle.

Ich taumle zurück ins Wohnzimmer. "Was ist los, Mama?" Meine Gedanken rasen durch die Möglichkeiten, einer schlimmer als die andere. Hat Gianna mich auf dem Ball mit einem Zauberspruch belegt? Hat mein Lustdämon meine Augenhöhlen kurzgeschlossen? Panik schießt durch mein Nervensystem. Was auch immer das ist, es ist B-A-D.

Mama springt auf. "Walker, wo bist du?" Sie läuft über den schmutzigen Teppich und schreit nach Walker, als würde sie sich die Luftröhre zerreißen. Mein Puls beschleunigt sich.

Ein Portal öffnet sich neben der Eingangstür. Walker tritt hindurch, seine langen schwarzen Gewänder schwingen. "Das ist höchst ungewöhnlich, Camilla. Was was willst du?"

Mama zeigt auf mich, ihr Arm zittert. "Sieh sie dir an, Walker."

Seine dunkle Kutte senkend, tritt Walker an meine Seite. Seine schwarzen Knopfaugen starren einen Moment lang direkt in meine, der Geist eines Lächelns umspielt seinen Mund. "Wir wussten, dass es irgendwann passieren würde, Camilla."

Ich atme einen langen Atemzug aus. Was auch immer das für eine Verrücktheit ist, sie macht Walker keine Angst. Ich prüfe seinen Gesichtsausdruck und sehe eine Kombination aus Aufregung, Sorge und Stolz. Wenn das nicht etwas total Schlimmes ist, was dann?

Mama kommt auf ihn zu, ihre Augen leuchten rot. "Nein, Walker. Wir wussten nicht, dass das passieren würde. Falls du es nicht bemerkt hast, ich habe mein Leben gelebt, um diesen Tag zu vermeiden."

Hmm. Mama ist im Wutmodus, während Walker besorgt, aber zufrieden ist. Dieser mysteriöse Morgen wird regelrecht nervig. Ich stemmte meine Fäuste in die Hüften. "Würde mir bitte jemand sagen, was hier los ist?"

Walker wendet sich an Mama. Er spricht mit seiner eigenen Version der "Ich bin so sehr, sehr, sehr ruhhhigen"-Stimme. "Camilla, ich kann mein Schweigegelübde nicht ohne deine Erlaubnis brechen. Darf ich es tun, damit ich Myla alles erklären kann?"

"Auf keinen Fall!" Ein Muskel zuckt an Mamas Mund. " Sag kein Wort, Walker. Schick sie einfach weg." Mamas Worte erinnern mich an etwas, das sie letzte Nacht in meiner Traumwelt sagte. Tu's nicht, Xavier. Verschwinde einfach von hier.

Ich erstarre.

Erinnerungen wirbeln durch mein Gehirn. Die beiläufige Art, wie Mama Tim zu Drinks einlud. Die ruhigen Worte, mit denen sie ihren Streit beschrieb. Das Fehlen von Küssen, Turteltauben und jeglicher Flirtenergie zwischen ihnen, Punkt.

So gar nicht wie Xavier. Ein Schauer läuft über meinen Rücken. Plötzlich ist mir klar, warum meine Augen engelsblau sind. Xavier ist mein Vater und Mama hat mich in großem Stil belogen. Mein Blut kocht vor Wut. Ich wende mich an meine Mutter, meine Stimme tief und unheimlich ruhig.

"Tim ist nicht mein Vater. Ihr beide habt euch nicht einmal geküsst, oder?"

Mamas Stimme bleibt in ihrer Kehle stecken. "Das ist nicht wahr." Sie bricht halb auf der Couch zusammen. "TIM-29 ist dein Vater, Myla."

Wut steigt in meinen Knochen hoch. Es reicht jetzt. "Ich weiß, dass du mich anlügst, Mama. Xavier ist mein Vater."

Sie würgt ein Wort heraus. "Nein."

Meine blauen Augen verengen sich. "Dann lass uns mal sehen. Alle Quasis haben braune Augen, die rot leuchten. Engelsaugen leuchten blau." Ich gebe meinem Kinn ein paar dramatische Schläge. "Meine Augen werden rot, wenn ich im Zornmodus bin. Wenn mein Vater ein Engel ist, dann leuchten sie blau, wenn ich Liebe empfinde."

Mama umklammert die ausgefransten Armlehnen der Couch. "Myla, mach keine Dummheiten."

Damit ist die Sache erledigt. Ich schließe die Augen und stelle mir vor, wie Lincoln am Ryder-Brunnen steht und beschreibt, wie ich aus dem See springe, Doxy-Dämonen töte und lache. Von diesem Tag an habe ich an dich gedacht. Ich erinnere mich, wie seine ungleichen Augen glitzerten, wie köstlich sich sein Mund auf meinem anfühlte. Ein angenehmes Frösteln legt sich auf meine Haut. Seltsame elektrische

Empfindungen kribbeln in meinen Fingerspitzen. Ich öffne noch einmal die Augen.

"Myla, hör auf!" Mama keucht. "Keiner darf dich so sehen."

Mama hält mir einen Vortrag darüber, wie ich meine leuchtend blauen Augen verstecken kann, aber ich höre sie kaum. Stattdessen ist meine Aufmerksamkeit auf das jetzt angenehme Gefühl von Macht gerichtet, das sich um meine Finger legt. Das elektrische Gefühl breitet sich aus und verändert sich, bis es tausend kleine Stimmen sind, die zu mir rufen, einige singen, andere lachen, alle wollen zum Leben erweckt werden. Es ist hypnotisch. Ich schaue mich im Raum um; Mama und Walker sind in ein Gespräch vertieft. Nur ich kann die kleinen Stimmen hören.

Ich bin mir schwach bewusst, dass Walker sich neben Mama setzt. Einige seiner Worte durchbrechen den Dunst in meinem Gehirn. "Camilla, es hat keinen Sinn mehr, sich zu verstellen. Ihre Augen leuchten hellblau."

Mama atmet keuchend aus. "Ja, Myla. Dein Vater ist Xavier. Du hattest recht mit Tim. Wir haben nicht einmal Händchen gehalten."

Es ist das Geständnis meines Lebens, aber ich höre sie nur halb. Mein Fokus ist immer noch auf diese kleinen Stimmen und die Macht dahinter gerichtet. Ich hebe meine Hand vor mein Gesicht und drehe meine Handfläche von vorne nach hinten, immer wieder. Mein Mund scheint zu sprechen, ohne dass ich es will. "Ich habe das Blut eines Engels, eines Dämons und eines Menschen in mir." Erinnerungen schießen mir durch den Kopf: die Benutzung des Baculums mit Lincoln... das Verstehen von Latein während der Scala-Initiation... Blitzeinschläge, wenn ich starke Emotionen verspürte... und meine Augen, die blau wurden, nachdem ich jemanden mit Engelsblut geküsst hatte.

Die Stimmen werden lauter, hüllen mein Bewusstsein in ihre beruhigenden Worte und liebliche Musik ein. Ihr Wunsch, physische Form anzunehmen, wird fast überwältigend. Plötzlich ist es klar, wer sie sind: Igni.

Und wer ich auch bin.

Meine Stimme kommt leise und verträumt heraus. "Ich bin die Erbin der Scala." Bei diesen Worten materialisiert sich ein Igni vor meiner Handfläche: ein einzelner kleiner Blitz aus weißem Licht, der vor Schönheit und Kraft schimmert. Ein Teil von mir weiß, dass ich bei diesem Anblick erschrocken sein sollte. Stattdessen bin ich beruhigt, als mehr und mehr Igni neben meiner Hand erscheinen und dann wie ein Fischschwarm um meine Handfläche herumschwimmen.

Die Welt um mich herum verschwindet in einem träumerischen

Dunst, während sich die Igni vervielfachen und in ihrem Tanz um meine Fingerspitzen umeinander herumschweben und springen. Ihre vielen Gesänge vereinen sich zu einer Stimme und nehmen klare Worte und Bedeutung an. Sie singen von Seelen, die zu einem himmlischen Leben nach dem Tod aufsteigen, das selbst die Engel übersteigt. Sie besänftigen mich mit ruhigen Worten und helfen mir, ihre Macht und ihr Licht zu akzeptieren. Und sie warnen mich: "Jetzt musst du entdecken, wie und warum deine Kräfte so lange verborgen waren. Dein nächster Schritt wird dann klar sein.'

Danach verschwinden sie alle.

Ich lasse meine Hand sinken und taumle rückwärts, bis ich an der Wohnzimmerwand lehne. Meine Atmung ist hektisch und verkrampft. Ich scheine nicht genug Luft einatmen zu können. Mein Körper wird taub vor Schreck. Ist das wirklich passiert? Ich zwinge mich zu langsamen Atemzügen, bis Verstand klar wird. Das Wohnzimmer kommt wieder ins Blickfeld. Mama und Walker sitzen nebeneinander auf der Couch, keiner von beiden bewegt sich.

Minuten vergehen, bis Walker den Kopf senkt, seine Stimme feierlich und leise. "Die Scala-Erbin."

Mama fasst sich mit den Händen an die Taille, ihre Augen wild vor Panik. "Es ist noch nicht zu spät, Myla. Maxon Bane hat fast tausend Jahre gelebt; er könnte noch tausend weitere leben. Du hattest immer das Potential, die Scala-Erbin zu werden, aber du musstest nicht erweckt werden, geschweige denn engelsgleich. Jetzt, wo es passiert ist, kannst du dich immer noch verstecken. Irgendwohin gehen. Lauf weg. Und zwar sofort. Keiner wird wissen, dass du dich verändert hast."

Ich starre in ihre rotgeränderten Augen, Emotionen kämpfen in mir. Da ist die Frustration, dass sie mich immer noch wie ein Kind behandelt. Wut darüber, ein Leben lang belogen worden zu sein. Mitleid für alles, was sie mit dem Krieg und Xavier durchgemacht hat. Angst vor dem, was passieren wird, jetzt wo ich mich in die Scala-Erbin verwandelt habe. Anspannung kriecht meinen Körper hinauf. Eines ist sicher: Egal, welchen Weg die Zukunft nimmt, mir steht ein langer Kampf bevor.

Bei dieser Erkenntnis rundet sich mein Mund mit dem kleinsten aller Lächeln. Ein Kampf wie dieser? Klingt nach einer Herausforderung. Und ich bin immer für eine Herausforderung zu haben.

Mama lehnt sich nach vorne und stützt die Ellbogen auf ihre Knie. "Hast du mich gehört, Myla? Du musst dich verstecken. Irgendwo."

Ich trete von der Wand weg und stelle mich vor Mama und Walker. Meine Stimme kommt tief und fest. "Das ist nicht mehr deine Entscheidung, Mama. Von jetzt an treffe ich die Entscheidungen über meine

Zukunft. Und um das zu tun, brauche ich ein paar Antworten." Ich erinnere mich daran, was das Igni mir gesagt hat: Ich muss verstehen, warum und wie das alles passiert ist.

Mama sackt weiter in die Couch; ihre Augen fixieren den Boden.

Ich knie vor ihr nieder und nehme ihre Hand in meine. "Wie lange weißt du schon, dass ich die Scala-Erbin bin?"

Mama schaut weg, beißt sich auf die Unterlippe. Meine Augen verengen sich. Diesmal akzeptiere ich kein 'Nein' als Antwort.

Ich drücke ihre Hand. "Ich weiß, was mit Xavier und Armageddon passiert ist. Verus hat es mir letzte Nacht in einer Traumlandschaft gezeigt. Ich weiß, du hast Angst, mich zu verlieren, so wie du meinen Vater verloren hast. Aber du musst jetzt stark sein, so wie du es als Senatorin warst. Ich möchte, dass du meine Fragen beantwortest. Wie lange weißt du schon, dass ich der Scala-Erbin bin?"

Mamas Unterlippe zittert. "Nachdem Armageddon Xavier geholt hat, habe ich deinen Vater nie wieder gesehen. Drei Monate später wurdest du geboren."

"Drei Monate?" Ich zucke zusammen. "Das kann nicht richtig sein."

Mama atmet zittrig ein. "Die Scala-Erbin entwickelt sich bis zum dritten Lebensjahr schneller als andere Kinder. Das ist der früheste Zeitpunkt, an dem sie Seelen transferieren können. Ich wusste, dass du die Erbin bist, bevor du geboren wurdest." Ich stelle mir Mama in einer Nachkriegswelt vor, schwanger und allein. Ich stieß einen langen Seufzer aus. Wenigstens hatte sie Walker. Ich wende mich an ihn.

"Wusstest du auch, dass ich der Scala-Erbin bin?"

"Ja. Deine Mutter hat es mir erzählt." Er legt eine tröstende Hand auf ihre Schulter. "Ich hatte deinem Vater geschworen, sie zu beschützen und ihren Befehlen in allen Dingen zu folgen."

Ich nicke leise. Walker hat wahrscheinlich eine Art heiligen Engelsschwur geleistet. Die sind unzerbrechlich. Ich schwenke meine Aufmerksamkeit wieder auf Mama. "Und da hast du beschlossen, mich zu verstecken?" Sie muss schreckliche Angst gehabt haben, dass meine wahre Identität aufgedeckt werden würde. Die Liste der Bösewichte, die mich kontrollieren wollten, ist endlos. Oder in Armageddons Fall, mich umbringen.

"Ich habe versucht, dich zu verstecken." Sie lächelt. "Aber schon als du klein warst, war klar, dass du das Wesen deines Vaters hast. Kampfbereit. Furchtlos. Vom Dämonenkampf angezogen wie Stahl von einem Magneten. Du hast dich immer in Arenakämpfe geschlichen, hast dir Notizen über verschiedene Dämonenarten gemacht und wie man sie am besten tötet." Ihre braunen Augen leuchten vor Stolz. "Dein Vater hat die letzten Dämonen aus dem Himmel vertrieben, weißt du."

Ich lächle. "Ja, das habe ich in einer Traumwelt gelernt."

Ich hocke mich auf die Fersen und versuche, die Wahrheit sacken zu lassen: Mein Vater ist ein Erzengel. Das ist ein Geistesblitz. Ich wäre begeistert gewesen, in meinem Leben einen Erzengel zu treffen, geschweige denn mit einem verwandt zu sein. Und jetzt bin ich das einzige Kind, das Xavier in der ganzen Ewigkeit gezeugt hat. Wow. Mama beginnt zu sprechen und unterbricht meine Gedanken.

"Ich musste dich in Sicherheit bringen. Vor Armageddon. Vor den Ghulen. Vor allen. Ich wusste, was sie tun würden, wenn sie dich finden." Ihre Hände zitterten unter meinen.

Ich gebe ihren Fingern einen weiteren sanften Druck. "Das wird nicht passieren." Angst rattert in meinem Magen. Ehrlich, das könnte durchaus passieren. Konzentrier dich, Myla. Denk daran, was der Igni gesagt hat. Du brauchst Antworten, und aus Angst herumzusitzen, wird dir keine bringen. Ich konzentriere mich wieder auf meine Aufgabe, mein Gehirn wühlt sich durch die Informationen. "Außer dir und Walker, wer weiß noch, dass ich die Erbin bin?"

Mama atmet lange aus. "Verus. Sie hat es in einer Vision gesehen."

Ich beiße auf meinen Daumennagel. "Alle nennen Verus den Orakelengel."

Walker schüttelt den Kopf. "Ihre Visionen gehen nicht immer in Erfüllung. Manchmal kämpft sie gegen eine bestimmte Zukunft. In anderen Fällen arbeitet sie daran, dass sie eintritt."

Ich erhebe mich und lasse mich in den Ledersessel mit der hohen Rückenlehne gegenüber der Couch fallen, die Stirn konzentriert zusammengezogen. Mit all meiner Energie gehe ich alles durch, was ich gelernt habe. "Ich versteh's nicht. Die Engel besuchen die Arenakämpfe. Warum haben sie mich nicht schon früher erweckt und an die Engel gebunden?"

"Das mit dem Erwecken ist doch ganz einfach." Mama zwingt ein Lächeln. "Du atmest Engels-Sternenstaub ein, und schon ist es erledigt. Aber du kamst nicht sehr oft in die Nähe von Engeln, außer bei Arenakämpfen. Und Walker hat dich dort bewacht."

Meine Augen weiten sich vor Verständnis. "Deshalb hattest du also immer einen Herzinfarkt, wenn ich zum Dienst gerufen wurde. Wenn ich einem Engel zu nahe kam, konnte einer Sternenstaub in meine Richtung werfen und meine Scala-Kräfte aktivieren." Ich stelle mir die weiße Wolke bei der Scala-Einweihungszeremonie von Adair vor. Die Luft schmeckte so süß. Das war der Moment, in dem ich erwacht bin.

Walker verschränkt seine Finger unter seinem Kinn. "Andererseits ist es unglaublich schwer, engelsgleich zu sein."

Mama nickt. "Man kann sich nicht mit Magie oder engelhaftem Einfluss durchmogeln. Der Erbe muss echte, intensive Liebe für jemanden mit Engelsblut empfinden. Meistens ist es ein Elternteil." Sie schenkt mir ein trauriges Lächeln. "Aber du hast deinen Vater nie kennengelernt."

Ich verdrehe halb die Augen und stoße ein hohes 'ooooh' aus. "Deshalb wolltest du mich also nicht in der Nähe von Engeln, Thrax oder der Scala haben." In diesem Moment erschien es mir völlig verrückt, aber eigentlich hatte sie einen ziemlich guten Plan verfolgt. Höchstwahrscheinlich wäre ich nie in die Nähe von Engeln gekommen, wenn ich Lincoln nicht getroffen hätte.

Mamas Mund bildet eine dünne Linie. "Von allen Bedrohungen gegen uns, waren Engel die schlimmste. Ich lebte in der Angst, dass du engelsgebunden werden würdest." Sie schüttelt den Kopf. "So wie du Thraxe gehasst hast, dachte ich, du wärst auf dem Winterturnier sicher. Du hast vor allem Prinz Lincoln verabscheut. Als du dann bei einem königlichen Dinner Dämonen freigelassen hast, dachte ich, du wolltest ihn damit noch mehr verärgern."

Mein Mund verzieht sich zu einem hinterhältigen Grinsen. "Nein, Lincoln war mein Komplize in diesem Fall." Der Gedanke an ihn gibt mir einen netten Schubs an positiver Energie. "So vergehen die Jahre, und dann stellen die Engel die Frage nach dem Scala-Erben."

Mama stöhnt. "Ja, Verus bat mich um Erlaubnis, das zu tun. Wie ein Narr habe ich zugestimmt. Ich dachte mir, dass irgendein Einfaltspinsel aus dem Gebälk kriechen würde, um den Titel zu bekommen, und das könnte nur von dir ablenken."

Mein Kopf neigt sich zu einer Seite. Also, Verus hat das alles eingefädelt. Ich werde später auf das Thema ihrer Hinterhältigkeit zurückkommen müssen. "Ich verstehe, warum du es getan hast, Mama. Aber die Zeremonie hat mich erweckt, nicht Adair. Meine Kräfte hätten danach einsetzen müssen." Ich erinnere mich an die Blitze, als ich starke Gefühle für Lincoln empfand. Hey da, ich war diejenige, die diese Blitze ausgelöst hat. Es war alles Scala-Kraft. Aufregung ballt sich in meiner Brust. "Und das ist genau das, was passiert ist. Ich glaube, ich habe ein oder zwei Blitze ausgelöst."

Walker schnalzt mit der Zunge. "Wenn die Zeremonie nicht den Namen Adair trug, war es eine erstaunliche Fälschung. Ihre Augen haben sich vor aller Augen blau verfärbt."

Mama reibt sich mit den Fingerspitzen über die Stirn. "Als Walker mir davon erzählte, hoffte ich, es gäbe zwei Scala-Erben." Sie atmet langsam aus. "Wunschdenken."

Ich schließe die Augen. Denk nach, Myla. Mein Gehirn wühlt nervös die Fakten über Adair durch. Eine Minute vergeht, bevor meine Augen wieder aufspringen. "Gianna."

Mama lehnt sich auf der Couch zurück. "Wer ist Gianna?"

Ich kratze mich an der Schläfe, meine Gedanken schwirren immer noch. "Sie ist eine Große Dame der Thrax, die eine mächtige Zauberin ist. Das Haus Striga ist für Hexerei bekannt; sie züchten verzauberte Pferde. Gianna stand während der gesamten Zeremonie neben Adair und flüsterte ihr etwas zu. Ich wette, sie hat Zaubersprüche gesprochen, um Adairs Augen zu verändern. Und dann, um ihre Scala-Kräfte vorzutäuschen."

"So töricht." Mamas Mund verzieht sich zu einem missbilligenden Stirnrunzeln. "Lady Adair wusste die ganze Zeit, dass sie nicht die echte Scala-Erbin ist."

"Sie ist der Typ dafür." Ich starre angestrengt auf meine Handflächen und versuche, diesen ohnehin schon unvorstellbaren Morgen zu verarbeiten. Eine neue Frage taucht in meinem Kopf auf. "Hat Verus dich auch um Erlaubnis gebeten, mir Traumbilder zu schicken?"

"Ja, ich schätzte es, dass sie uns helfen wollte, unsere Beziehung wieder aufzubauen."

"Es war hilfreich." Ich ziehe eine Grimasse. Jetzt kommt es. Zeit, die ganze Frage von Verus und ihrer Heimlichtuerei wieder aufzugreifen. Ich trommele mit den Fingern auf meinen Knien. "Rekapitulieren wir hier. Verus überredet dich, mich zu Adairs Einweihung gehen zu lassen, aber ich bin derjenige, die tatsächlich erweckt wurde. Dann bringt sie dich dazu, Traumreisen zuzustimmen, und die helfen uns zwar, miteinander auszukommen, aber sie bereiten mich auch darauf vor, die Scala-Erbin zu werden. Was soll das?" Mein Magen dreht sich um vor Wut und Frustration. Mama, Walker, Verus... Wer hat mich nicht jahrelang belogen und manipuliert?

Mama spitzt die Lippen, wählt ihre Worte sorgfältig. "Engel lügen nicht direkt, aber sie sagen gerade genug Wahrheit, um ihre Ziele zu erreichen. Nimm die Initiationszeremonie. Verus sagte, ein falscher Scala-Erbe würde fälschlicherweise erweckt und engelsgebunden werden. Sie hat nicht gesagt, dass du auch erweckt wirst."

Walker stöhnt. "Engel. Ich werde sie nie verstehen."

Mama erhebt sich, geht zu meinem Stuhl hinüber und nimmt meine Hände in ihre. "Ich habe mich so sehr aufgeregt, dass ich nicht gesagt habe, dass ich mich für dich freue. Wenn du an Lincoln engelsgebunden bist, bedeutet das, dass du ihn liebst, zutiefst." Sie zieht mich auf die Beine und nimmt mich in eine warme Umarmung.

"Das tut es, nicht wahr?" Ich lege meinen Kopf an ihre Schulter. "Danke, Mama."

Wow ... eine halbwegs normale Mutter-Tochter-Interaktion. Klar, es geht um meinen halb-engelhaften, dämonenbekämpfenden Vielleicht-Freund, aber es ist trotzdem ein Fortschritt.

Mama setzt sich wieder auf die Couch. Ich lehne mich auch zurück in meinen Sessel. "Lass mich das klarstellen." Ich zähle die Reihenfolge der Ereignisse an meinen Fingern ab. "Erstens, ich werde erweckt und bekomme einige grundlegende Scala-Fähigkeiten, wie das Auslösen von Blitzen. Zweitens, ich werde an Lincoln engelsgleich. Jetzt sind meine Kräfte stärker, z.B. kann ich Igni um meine Hand erschaffen. Dann, drittens..."

Mama beendet meinen Gedanken. "Wenn Maxon stirbt, gehen seine Kräfte auf dich über." Sie reibt sich die Stirn. "Du wirst zur vollständigen Scala."

Ich atme so tief ein, dass ich es in meinen Zehen spüre. Volle Scala. Das bedeutet, dass jeder in den fünf Reichen voll darauf konzentriert sein wird, mich zu kontrollieren. Plötzlich scheint sich zu verstecken, keine so schlechte Idee zu sein. Ich drehe mich zu Mama, bereit, genau das zu sagen, als mir der Rat des Igni wieder in den Sinn kommt: Ich muss erst alles verstehen, bevor ich mich entscheide, was ich tun soll. Ich presse meine Handflächen auf meine Augen und versuche zu denken, denken, denken. Mein Gehirn tut fast weh von so viel Konzentration.

Ich runzle die Stirn. "Es gibt immer noch ein paar Dinge, die ich nicht verstehe. Lincoln sagte, die Engel hätten die Thrax ins Fegefeuer eingeladen; sonst hätten sie ihre Heimat nie verlassen. Das klingt vielleicht verrückt, aber ich frage mich, ob sie wollten, dass ich Lincoln treffe. Ob sie wollten, dass ich an ihn engelsgebunden bin."

Mama wippt mit dem Kopf. "Könnte sein. Obwohl es nur eine Frage der Zeit war, bis du dich in einen Quasi-Jungen verliebst." Sie lächelt. "Ich habe immer gehofft, dass es dieser Zeke Ryder sein würde, aber Cissy hat ihn zuerst bekommen."

Okay, ich habe mich gerade ein wenig in meinem Hals übergeben. Quasi-Jungs? Zeke Ryder?

Ich werfe einen klagenden Blick auf Walker. Er beißt die Lippen zusammen und versucht, nicht zu lachen.

"Glaub mir, Mama. Ich hatte nicht vor, in diesem Jahrtausend mit einem Quasi-Jungen zu kuscheln. Es ist zu praktisch, dass sie gleich, nachdem Verus einen Aufruf für den Scala-Erben veröffentlicht hat, eine

Schar Thrax-Jungen anweist, ihre Kadaver vor unserer Haustür zu parken."

Walker nickt. "Ich bin sicher, Verus wollte, dass du dich mit Lincoln verbindest. Ihr passt zu gut zusammen."

Stimmt. Aber was soll das bedeuten? Furcht verengt mir den Schädel. Ich reibe meine Schläfen mit den Fingerspitzen und versuche, den Druck abzulassen und neue Erkenntnisse zu gewinnen. Endlich tauchen welche auf. "Das lässt zwei große Fragen offen. Warum Lincoln? Und warum jetzt?"

"Warum Lincoln?" Mama zieht ein paar ausgefranste Fäden aus der Armlehne. "Engel brüten immer geheime Pläne aus, um das Universum zu reparieren, besonders Verus. Wenn du in einer ihrer Visionen bist - und diese Vision besagt, dass du Lincoln lieben musst -, wirst du den Grund nie erfahren, bis es zu spät ist."

Ich nicke. Das klingt wahr. Unglaublich deprimierend, dass ich Verus' nächstes Visionsopfer sein könnte, aber wahr.

Walker verschränkt seine langen Arme in den langen, schlingenförmigen Ärmeln. "Und warum jetzt? Vielleicht wollen die Engel einen Krieg anzetteln. Es ist kein Geheimnis, dass sie die Ghule aus dem Fegefeuer raus haben wollen. Eine Scala mit Rückgrat zu haben, würde ihnen in ihrem Kampf helfen."

"Um die Ghule zu bekämpfen, würden die Engel einen unbewaffneten Feind angreifen." Mama runzelt die Stirn. "Das würden sie nie tun." Ihre Kinnlade fällt leicht nach unten. "Aber sie würden sich auf einen Gegenangriff vorbereiten, wenn sie glauben, dass Dämonen eindringen wollen."

Ich stelle mir vor, wie die Engel unserem Schulleiter Ratschläge erteilen, meinen Sportunterricht trainieren und mir einen fantastischen Kampfanzug aus Drachenschuppen schicken. Ich zeige auf Mama. "Das ist es. Die Dämonen bereiten sich wohl auf eine Invasion vor. Und zwar bald." In dem Moment, in dem die Worte meinen Mund verlassen, ist es, als würde die Temperatur im Wohnzimmer unter Null sinken. Noch ein Krieg? Ich habe gesehen, was Armageddon anrichten kann. Die Angst dreht sich in meinem Bauch. Das ist eine neue Stufe der Scheiße.

Walker stößt einen frustrierten Seufzer aus. "Das sagen sie schon seit dem Ende des Krieges von Armageddon, und es ist nie passiert."

"Ich weiß nicht, Walker, es gab seltsame Dinge in der Schule." Ich zucke zusammen. "Extra-Inspektionen. Lehrer werden angegriffen oder sogar getötet. Es ist schlimm da draußen." Ich stelle mir den Aschehaufen vor, der einmal Miss Thing war, und erschaudere.

Mama tippt sich an die Wange. "Wir brauchen einen Fluchtplan."

Ich hebe meine Hände auf Schulterhöhe, Handflächen nach vorne. "Ich werde nicht weglaufen und mich verstecken." Trotz meiner besten Absichten, knallhart zu klingen, kommen die Worte eher wie eine Frage heraus.

"Überleg es dir, Myla." Mama erhebt sich . "Nur Engel haben so blaue Augen wie du. Wenn du hier bleibst, werden die Ghule und Dämonen schnell herausfinden, wer du bist. Sie werden versuchen, dich zu kontrollieren. Im Gegensatz zu Adair hast du keine Armee zum Schutz in der Nähe. Es gibt nur mich und Walker, das war's."

Ich kann mir ein Lächeln nicht verkneifen. Etwas in dieser Rede erinnerte mich an die Senatorin Lewis, die ich in so vielen Traumlandschaften gesehen habe. Ich lasse mich in meinen Hochlehner fallen und denke über diesen verrückten Morgen nach: herauszufinden, dass Xavier mein Vater ist, dass ich Scala-Kräfte habe, wie Verus mich mit Lincoln verbunden hat und dass Dämonen jeden Moment ins Fegefeuer eindringen können. Ich nehme an, dass ich jetzt weiß, was mit mir passiert ist und warum, so wie es mir das Igni aufgetragen hat. Grimmige Entschlossenheit sickert in meinen Körper. Leider ist mein nächster Schritt nur allzu offensichtlich.

Mama kommt näher, die Fäuste in die Hüften gestemmt. "Was willst du tun?"

Ich schaue auf und begegne ihrem Blick. "Von hier verschwinden."

Mama grinst. "Ja, aber wo soll ich hin?" Sie geht im Zimmer auf und ab. "Auf die Erde, in den Himmel, nach Antrum, irgendwo anders hin?"

Ich neige meinen Kopf von einer Seite zur anderen und wäge die Optionen ab. Ich bin im Begriff, wegzulaufen und mein ganzes Leben hinter mir zu lassen. Die abgenutzten Zahnräder meines Verstandes drehen sich und kreisen wieder und wieder um denselben Namen. "Verus kann heimtückisch sein, aber ich würde dorthin gehen, wo sie sagt, dass es sicher ist."

Walker verschränkt seine Finger in der Taille. "Es wird ein bisschen dauern, bis ich eine Audienz bei Verus bekomme. Du wirst in der Zwischenzeit ein sicheres Versteck brauchen." Er tippt mit den Daumenkuppen in einem schnellen Rhythmus. "Es gibt einen Bunker aus dem alten Quasi-Regime, ein geheimer Ort, an den sich die Anführer in Zeiten der Not begaben. Er liegt in der Grauen See." Er wendet sich an Mama. "Wir können Myla jetzt dorthin bringen, dann werde ich das Portal zu Verus um Rat fragen."

Mama nickt. "Ich kenne diesen Bunker. Er ist direkt unter einer..."

Ich beende ihren Gedanken. "-Wand aus schwarzem Stein." Die

unheilige Hölle. Das ist die Stelle, an der alle meine Traumlandschaften begonnen haben. Mein Körper wird kalt. Das kann kein Zufall sein.

Walker mustert mich aufmerksam. "Du kennst diesen Ort?"

"Ich sehe ihn immer wieder in meinen Traumlandschaften." Ich presse meine Hände an meinen Körper. Plötzlich war mir noch nie so kalt. "Das ist ein gutes Zeichen von Verus, denke ich. Ich fahre hin, kein Problem."

Mama setzt sich aufrechter hin. "Einverstanden, aber nicht jetzt. Du hast morgen ein Kampf. Wenn du nicht auftauchst, werden die Ghule sofort nach dir suchen. Walker hat Recht. Wir brauchen Zeit, um Verus zu kontaktieren und uns einen Plan auszudenken. Ich will nicht, dass du dich in noch größere Schwierigkeiten stürzt, als du schon hinterlässt."

Ich versuche, Mamas Blick zu erwidern, kann aber nur auf den Boden starren. Schlimmer Ärger, richtig. Ich weiß nicht, was das sein könnte, aber bei meinem Glück wird es mich finden. "Einverstanden. Ich werde zum Wettkampf gehen. Mit meiner Kapuze wird niemand sehen, dass sich meine Augen verändert haben." Außerdem habe ich so die Chance, mich heute Abend zu verabschieden. Eine düstere Last legt sich auf mich. All meine Freunde, die Schule, die Arenakämpfe ... Alles wird sich ändern.

"Dann ist es abgemacht." Walker verschränkt die Hände hinter dem Rücken. "Ich werde Myla gleich nach dem Kampf das Portal zeigen."

"Klar doch." Ich gebe Walker ein halbherziges Nicken. Morgen früh um 5 Uhr werde ich mich fertig machen, um das Fegefeuer zu verlassen, möglicherweise für immer. Ich blinzle angestrengt und versuche, mit den Ereignissen Schritt zu halten. Ich bin gerade von einem Arenakämpfer und Stubenhocker zu einer Scala-Erbin auf der Flucht" geworden. Ich schnappe mir eine Decke von der Couch und wickle sie um mich. Plötzlich brauche ich ein Nickerchen, als ob es mein Job wäre.

Mama streicht sich die Haare zurück. "Ich kenne den Bunker noch aus meiner Zeit als Senatorin. Es braucht einige Zeit, ihn einzurichten und mindestens vier Leute, um ihn zu öffnen. Gibt es eine Möglichkeit, dass ich früher hinkomme?"

"Ein anderer Ghul könnte dich portieren", sagt Walker. "Wie wäre es mit TIM-29?"

Ich ziehe meine Decke um mich und rolle mit den Augen. TIM-29 ist eine Niete. "Dieser Plan hat schon genug Blödsinn an sich, auch ohne diesen Typen einzuladen."

Der Gesichtsausdruck von Mama sagt, dass sie zustimmt. "Ich habe Tim seit - vor Mylas Geburt nicht mehr gesehen."

Walker zuckt mit den Schultern. "Aber vertraust du ihm, Camilla?"

Sie hält inne. "Ja, vollkommen."

"Dann werde ich mich an TIM-29 wenden." Walker runzelt die Stirn. "Du brauchst immerhin noch zwei weitere Leute."

Meine Augen sind halb geöffnet. Mein überfordertes Gehirn hat gerade noch genug funktionierende Zellen, um eine letzte Idee auszuspucken. "Wenn du nur Leute brauchst, um eine Tür zu öffnen und zurückzutransportieren, können Cissy und Zeke helfen."

"Gut." Walker wippt auf seinen Fersen zurück. "Ich werde auch mit deinen Freunden sprechen. Wir treffen uns morgen vor dem Kampf alle wieder hier." Er dreht sich zu mir um und grinst. "Engelsgebunden an Lincoln, was?"

Ich kuschle mich tiefer in meine Decke und werde rot. "Ja."

"Du erzählst ihm besser von den ..." Er deutet auf die ungefähre Gegend um meine Augen.

Ich erhebe mich und gehe kauernd in Richtung meines Zimmers. "Ich werde nichts tun, bevor ich nicht ein Nickerchen gemacht habe." Ich stoße einen Atemzug aus. Was für ein beschissener Morgen.

Mama verschränkt die Arme vor der Brust, ein Lächeln funkelt in ihren Augen. "Ich rufe in der Schule an und sage ihnen, dass du krank bist."

Ich schlinge mir die Decke über den Kopf. "Danke, Mama."

"Und Myla?"

Ich mache kleine schlurfende Schritte, um mich umzudrehen und sie zu sehen, die Decke immer noch um meine Ohren gewickelt. "Was, Mama?"

"Ich bin sehr stolz auf dich."

Mein Gesicht bricht in ein breites Lächeln aus. Ich hatte nicht erwartet, dass es sich so gut anfühlen würde, diese Worte von ihr zu hören. "Danke, Mama. Ich bin auch stolz auf dich."

22

Irgendwann nach dem Mittagessen beginnen Nightshade und ich den langen Ritt zum Thrax-Gelände. Mama hat mir ein Ghul-Gewand gegeben, das ich tragen soll; ich achte darauf, die Kapuze tief zu ziehen, um meine Augen zu verbergen. Während Night und ich dahin galoppieren, fällt ein leichter Nieselregen über die braun werdenden Bäume und das gelbe Gras. Die Wolken hängen tief und dunkel am Himmel.

Ich seufze. Das Wetter ist so düster wie meine Stimmung. Walker hatte recht. Lincoln und ich haben eine Menge gegen uns, und das war, bevor ich die Scala-Erbin wurde. Jetzt bin ich auf dem Weg nach wer-weiß-wohin, damit ich mich für wer-weiß-wie-lange verstecken kann. Ich kann mir nicht vorstellen, dass das gut für unsere Beziehung ist.

Night und ich überqueren bald die sanften Hügel zu den offenen Feldern der Thrax-Ländereien. Ich bin zu nervös, um den Ritt richtig zu genießen. Meine Gedanken kreisen immer wieder um die Erkenntnisse des Morgens und dass sie wahrscheinlich den Untergang für mich und Lincoln bedeuten. Night wiehert und reißt mich aus meinem Trübsinn. Ich schaue mich um und stelle fest, dass wir vor der Thrax- Festhalle stehen geblieben sind.

Ich beuge mich vor und streichle Nights Hals. "Hier drin, Mädchen?"

Night wiehert wieder.

"Danke." Ich gleite von ihrem Rücken, gehe zur Tür der Halle und ziehe an der hölzernen Klinke. Sie öffnet sich mit einem langen Knarren. Ich gehe hinein und stelle fest, dass alles still, leer und dunkel ist. Mein

Magen schlägt vor Nervosität Purzelbäume. Wie soll ich Lincoln auch nur ansatzweise alles erklären?

"Hallo? Ist hier jemand?"

Keine Antwort. In einer Ecke höre ich das Klick-Klack von Mauskrallen auf dem Holzboden. Es ist niemand da. Ich stehe am Festtagstisch und trommele mit den Fingern auf das raue Holz. Beklemmung steigt in mir auf. Das Einzige, was noch schlimmer ist, als Lincoln das erklären zu müssen? Erst auf dem Thrax-Gelände herumjagen zu müssen, um ihn zu finden. Vielleicht hat Nightshade einen Fehler gemacht.

Die Tür hinter mir geht langsam auf. Adrenalin pumpt in meinen Blutkreislauf. Mit schnellen Schritten ziehe ich meine Kapuze tief über mein Gesicht, schleiche durch den Raum und lehne mich an ein Stück Wand neben der Tür.

Eine Lichtsäule durchschneidet den abgedunkelten Festsaal. Lincoln tritt ein, zusammen mit zwei älteren Männern.

Mein Körper entspannt sich ein wenig. Night hatte recht.

Das Trio tritt in den abgedunkelten Raum; ich richte meine Kapuze, um sie besser sehen zu können. Lincoln trägt seine traditionelle Lederhose, Kettenhemd und Tunika. Neben ihm steht ein älterer Mann mit ebenholzfarbener Haut, langen Dreadlocks und dem Wappen eines ägyptischen Auges auf der Brust. Wahrscheinlich ist er der Graf des Horus. Neben ihm steht ein Mann mit kakaohaltiger Haut, hohen Wangenknochen und kurzen grauen Haaren. Auf seiner Tunika prangt das Bild dreier blauer Klauenzeichen: der Graf von Kamal.

Die Tür schlägt hinter ihnen zu und lässt den Raum im Halbdunkel. Horus sieht sich an der Festtafel um. "Verflucht, wo sind diese verdammten Kerzen?"

"Das ist egal", sagt Lincoln. "Du hast gesagt, du brauchst sie dringend."

Kamal ist der erste, der spricht, seine Stimme ist ein voller Bariton unter einem abgehackten Akzent. "Wir haben gehört, dass das Haus Striga aus der Allianz ausgetreten ist."

Ich ziehe die Brauen hoch. Allianz? Welche Art von Allianz?

Lincoln verschränkt die Arme vor der Brust. "Striga hat einige Fragen, aber ich habe immer noch ihr Siegel auf dem Pergament der Allianz. Wenn sie einen Rückzieher machen - wenn einer von euch einen Rückzieher macht - wird das den Zorn des Königs bedeuten." Seine Stimme wird zu einem tiefen Grollen. "Du hast dein Siegel gegeben. Du hast dein Wort gegeben."

Ich habe Lincoln noch nie wütend werden hören, und ich muss zugeben, dass ich ihn herrisch mag. Begierde beginnt zusammen mit dem Adrenalin durch meine Adern zu pumpen. Die Haut um meine Augen erwärmt sich. Verflixt und zugenäht. Mein dummer innerer Lustdämon ist dabei, mich zu erwischen. Ich schließe meine Augenlider und zwinge mich, an den Abschied von Lincoln zu denken. Nach ein paar Sekunden beruhige ich mich genug, um dem Gespräch wieder Aufmerksamkeit zu schenken.

Der Earl von Horus winkt mit der Hand. "Diese Allianz ist das Pergament nicht wert, auf dem sie geschrieben steht. Selbst mit Horus, Kamal, Striga und Rixa zusammen haben wir nicht genug Waffenstärke, um dem Grafen von Acca die Stirn zu bieten."

Ich stöhne innerlich auf. Walker hat mir das schon mal erzählt. Der Graf von Acca führt das mächtigste Haus in Antrum. Jetzt will er auch den Thron, was seiner Meinung nach bedeutet, dass Lincoln Adair heiraten muss. Grund Nummer 439, warum diese Beziehung wahrscheinlich dem Untergang geweiht ist.

Kamal schnippt mit den Fingern, ein Falke stürzt von den Dachsparren und landet auf seiner Schulter. Ich verkneife mir ein Schnauben, aber Lincoln und die Earls bemerken das Tier kaum. Ich schätze, das Haus von Kamal muss so etwas ständig tun. "Nehmen Sie meinen Rat an." Kamal fährt mit seinem kleinen Finger über den Kopf des Falken. "Geben Sie Acca, was er will."

Lincoln kichert, aber es ist kein Humor darin. "Wirklich? Ist es das, was er diese Woche will? Sie haben gesehen, was mit meinem Vater passiert ist. Einmal nachgeben und es gibt kein Ende." Er gestikuliert zwischen den beiden Männern. "Wir wissen alle, was hier passiert. Acca sieht meinen Vater als zahnlos an, also ist er jetzt hinter meinem Arsch her." Er ballt die Faust in die Hand. "Ich muss mich durchsetzen, sonst verdiene ich meine Krone nicht mehr."

Sein Satz "standhaft bleiben" hallt fröhlich in meinem Gehirn wider. Das bedeutet, dass er Adair nicht heiraten wird. Mein Mund verzieht sich zu einem Lächeln. Was auch immer passiert, zumindest wird er nie bei dieser Versagerin landen.

Lincoln starrt die beiden Earls kühl an. "Ihr sprecht von den großen Häusern. Aber sind sie die einzigen in Antrum? Die Häuser Gurith, Zerihun und Alura sind alle dem König treu ergeben, vielleicht noch viele mehr."

Ich erinnere mich, davon in einem Buch der Ryder-Bibliothek gelesen zu haben. Thrax leben tief unter der Erde. Die Länder unter der alten Welt - Europa, Australasien, Afrika - werden alle von Rixa regiert. Es gibt fünf große Häuser und Hunderte von kleineren. Alle befolgen die Gesetze des Königs, aber sie machen ihr eigenes Ding. Aufregung pocht in meiner Brust. Lincoln plant, die kleineren Häuser zu vereinen und eine große Armee zu schaffen, um Acca zu bekämpfen. Ich werfe einen Blick in seine ungleichen Augen und lächle. Wenn es jemand schaffen kann, dann er.

Horus zeigt auf Lincoln, die Andeutung eines Lächelns auf seinem breiten Mund. " Sie sind ein gerissener Typ, das muss ich Ihnen lassen. Genau wie Octavia."

Lincoln nickt. "Wir kehren morgen nach Antrum zurück. Ich werde mich an die kleineren Häuser wenden, sobald ich zurück bin." Er gestikuliert von Kamal zu Horus. "Vergessen Sie nicht, warum Sie diese Allianz überhaupt unterzeichnet haben. Sobald Acca mein Haus zerstört hat, wird er als nächstes hinter Ihnen her sein. Alles, worum ich bitte, ist ein wenig Zeit."

Kamal runzelt die Stirn. "Und Ihr Vater unterstützt das? Es heißt, er beugt sich jeden Tag tiefer vor Acca."

Lincolns Oberlippe zieht sich zusammen. "Haben Sie mich jemals verbeugen sehen?"

Kamal tritt an die Seite des Prinzen. "Nein, mein Prinz. Noch nie."

"Das werdet Ihr auch nicht." Lincolns Blick wandert zwischen den Earls hin und her. "Wir brechen morgen nach Antrum auf. Es gibt viel Arbeit zu tun. Wenn Sie mich entschuldigen würden." Er deutet auf den Ausgang.

Die Earls halten inne, tauschen einen langen Blick aus und nicken dann. Lincoln öffnet die Tür. Er ist nur noch ein paar Zentimeter von mir entfernt, aber die Earls sind es auch.

Yipes.

Kamal geht auf den Ausgang zu; dann bleibt er auf der Schwelle stehen. Mein Herz klopft so laut, dass ich sicher bin, sie können es hören. "Ich gebe Ihnen einen Monat. Mehr kann ich mit Acca nicht riskieren."

Der verzweifelte Blick in Kamals Augen lässt meine Nerven blank liegen. So wie alle über Acca reden, würde man nicht denken, dass dieser Dummkopf Armbrustbolzen auf einen Limus-Dämon schießt.

Als nächstes tritt Horus vor, um Lincolns Arm zu ergreifen, seine Gesichtszüge sind nervös. " Sie sind die letzte Chance, die wir haben."

Die Ränder von Lincolns Mund verziehen sich zu einem Grinsen. Er ist so unbesorgt, dass es nicht lustig ist. "Und habe ich Sie jemals enttäuscht?"

Kamal runzelt die Stirn. "Noch nicht." Schließlich gehen sie; die Tür knallt hinter ihnen zu. Lincoln atmet langsam aus.

Das war knapp.

Mit einer schnellen Bewegung bewegt sich Lincoln auf mich zu, sein Mund findet den meinen. Die Zunge des Prinzen spielt über meine Lippen und dringt vor Verlangen immer tiefer ein. Hitze fließt durch meine Adern und staut sich in meinem Inneren. Lincolns Körper verschiebt sich und drückt mich gegen die Wand, die Bewegung ist gerade rau genug, um mich stöhnen zu lassen. Verdammt, das fühlt sich gut an. Meine Beine zittern, als ich ihn wieder und wieder schmecke, seine Muskeln spannen sich an und lösen sich, während ich mich gegen ihn bewege.

Lincoln setzt seinen Mund an mein Ohr. "Du hast Glück, dass diese Earls nicht gut jagen können. Ich könnte dich vom anderen Ende des Raumes aus atmen hören."

Ich lecke mir über die Lippen und lächle. "Ich Glückspilz."

Der Prinz starrt mich einen langen Moment lang an. "Das war der Teil, in dem ich die Kontrolle verloren habe, weil ich nicht damit gerechnet habe, dich zu sehen." Er schenkt mir ein schüchternes Lächeln. "Als Nächstes kommt der Teil, in dem ich sage, wir sollten die Dinge langsam angehen."

"Danke." Obwohl, wenn ich nicht so einen furchtbaren Grund hätte, ihn zu besuchen, würde ich ihn überreden, zum ersten Teil zurückzukehren.

Lincoln verschränkt seine Finger mit meinen, und lehnt sich dann zurück. "Welchem Umstand verdanke ich das Vergnügen dieses Besuchs?" Unsere Arme schwingen in einer glücklichen Bewegung. Es fühlt sich wahnsinnig gut an, ihn zu sehen. Ich lächle zum ersten Mal seit gefühlten Jahren.

"Lincoln, wie haben meine Augen gestern ausgesehen?" Ich bleibe bündig an der Wand stehen, darauf bedacht, meinen Kopf und meine Kapuze im Schatten zu halten.

"Ach das." Er runzelt die Stirn, als er sich erinnert. "Sie haben die Farbe gewechselt. Braun, blau, rot. Du sagtest, das käme von deinem Lustdämon, der zum ersten Mal erwacht ist." Er beugt sich vor und krault meinen Nacken. "Habe ich erwähnt, wie sehr ich Rot mag?"

Ich lache. "Das hast du." Gestern Abend während unseres Spaziergangs haben wir Pausen gemacht und uns eine Weile geküsst, bevor einer von uns sagte: "Wir sollten es langsam angehen. Mit der Zeit wurde daraus (was sonst) ein Wettbewerb, um zu sehen, wie schnell Lincoln meine 'Augen zum Funkeln bringen konnte.' Heißer Prinz, der mir auf den Sack geht. "Nicht weniger als sechs Mal, wenn ich mich recht erinnere."

Er spitzt seine Lippen. "Solange ich konsequent bin, ist das die

Hauptsache." Er sieht mich aus seinem rechten Auge an. "Bist du deshalb hergekommen, um mich das zu fragen?"

Ich schwanke gegen die Wand. "Nein, ich bin hergekommen, um dir etwas zu zeigen."

Lincolns Gesicht verzieht sich vor Sorge. "Okay. Was ist es?"

Mein Magen verkrampft sich zu einem Knoten. "Was wäre, wenn ich anders wäre, als du denkst?"

Seine Stimme bleibt ruhig, sein Gesicht unleserlich. "Wie, anders?"

"Was, wenn ich jemand wäre, der ein Risiko darstellt, ein Ziel?" Nervöse Energie zischt durch meinen Körper. Ich habe das perverse Verlangen, ein Loch in den Tisch im Festsaal zu treten. "Jemand, der für eine sehr lange Zeit verschwinden muss."

Lincoln kommt näher und schlingt seine langen Arme um mich. "Und wovor genau hast du Angst?"

Ich schließe die Augen und kuschle mich an seine Schulter, atme seinen Duft von Waldkiefer und Leder ein. Mein Körper entspannt sich. Das ist es, was ich den ganzen Tag über gebraucht habe. Hier, mit ihm im Arm, habe ich das Gefühl, dass ich alles sagen kann. "Wir haben schon eine Menge gegen uns, Lincoln. Vielleicht bist du mit jemandem wie Adair besser dran."

"Wirklich?" Er küsst mich sanft auf den Scheitel. "Wusstest du, dass Adair Simia-Dämonen süß findet?"

Ich rolle mit den Augen. "Du lügst."

"Schön wär's." Er gleitet mit einer Hand meinen Rücken hinauf. "Du versteckst wieder deine Augen, Myla."

Verdammt, er ist ein guter Jäger.

Seine Finger umschlingen den Rücken meiner Kapuze und ziehen sie langsam von meinem Gesicht weg. "Ich habe es dir schon gesagt. Ich mag es, wenn deine Augen rot werden."

Ich knirsche mit den Zähnen und ziehe meine Schultern zurück. Es kostet mich alles, was ich habe, nur um meinen Blick auf gleicher Höhe mit seinem zu halten. Sobald er versteht, was ich wirklich bin, könnte das hier vorbei sein, und zwar endgültig.

Lincolns Stirn legt sich in Falten. "Deine Augen sind blau." Sein Mund verzieht sich zu einer wütenden Linie. "Hat dich jemand aus dem Hause Striga mit einem Zauber belegt? So wahr mir Gott helfe, ich werde..."

"Nein, das ist es nicht."

Er nimmt mein Gesicht in seine Hände, seine Züge sind von Sorge gezeichnet. "Bist du krank?"

"Nein, auch nicht so." Ich öffne meinen Mund, bereit, ihm zu sagen, dass ich die Scala- Erbin bin. Was herauskommt, ist ein Bruchstück der Wahrheit. "Mein Vater ist ein Engel namens Xavier."

Lincolns ungleiche Augen weiten sich. "Der Erzengel Xavier? Ich habe ihn in der Zitadelle studiert. Der größte Krieger der Geschichte. Die Legende besagt, dass er nie etwas anderes geliebt hat als den Kampf."

Ich stieß ein hohes Brummen aus. "Bis er meine Mutter traf."

"Das kann ich sehen. Wenn sie so ist wie du." Der Prinz mustert mich eine Minute lang aufmerksam, sein Gesicht verzieht sich vor Verwirrung. "Das verstehe ich nicht. Das würde Sie ..." Er schluckt. "Das ist unmöglich."

"Das dachte ich auch." Ich beiße meine Lippen zusammen. Wie überzeugt man einen Freund davon, dass man ein einzigartiges Superwesen ist, das die Seelen tauscht?

Da gibt es eigentlich nur einen Weg.

Tief einatmend schließe ich meine Augen und rufe die Igni zur Rückkehr Zuerst ist ihre Musik in meinem Kopf nur ein Geklimper und weit entfernt, dann wird sie schnell kräftig und laut. Kindliches Lachen klingt in meinen Ohren; mein Mund verzieht sich zu einem Lächeln. Ihre Rückkehr ist, als würde ich einen alten Freund zu Hause willkommen heißen.

Ich hebe meine rechte Handfläche auf Schulterhöhe und öffne meine Augen. In meinem Kopf weiß ich, dass Lincoln in der Nähe ist, aber er scheint hinter einem weißen Schleier verborgen. Die Haut auf meinem Gesicht kühlt ab; meine Iris leuchtet hellblau. Igni materialisieren sich um meine Hand und erscheinen diesmal noch schneller als bei meinem Anruf im Haus. Die winzigen Blitze wirbeln um meine Handfläche, bevor sie in einem großen Geysir an die Decke schießen. Sobald sie auf die hölzernen Dachsparren treffen, hüpfen und purzeln die Igni zu Boden wie viele Schneeflocken und verschwinden, bevor sie den Boden berühren.

Ich konzentriere mich auf Lincoln. Als sich der Dunst um ihn herum lichtet, sehe ich, dass er ein paar Meter entfernt steht, sein Gesicht ist starr wie Stein. Ich begegne seinem Blick. "Möglich oder nicht, ich bin die nächste Scala."

"Myla, ich-"

Ich hebe beide Hände gegen ihn, die Handflächen nach vorne. "Nein, ich muss zuerst etwas sagen. Jetzt, wo meine Scala-Kräfte aktiv sind, muss ich untertauchen. Ich weiß nicht, wann ich wieder auftauchen werde, wenn überhaupt. Walker hat mir von all den Dingen erzählt, die sich gegen uns auftürmen... Wie der Earl will, dass du Adair heiratest. Und ich habe gehört, was du vorher zu Kamal und Horus gesagt hast. Die niederen Häuser zu vereinen? Du hast schon genug Sorgen, ohne mich auf die Liste zu setzen." Ich stütze mich auf meine Ellbogen. Jetzt kommt der eklige Teil. "Was ich damit sagen will, ist, wenn du dich mit jemand anderem treffen willst, ist das okay für mich." Ich rolle mit den Augen. Was will ich damit sagen? "Nicht, dass wir in erster Linie wirklich zusammen sind."

Ich würde mich verplappern, wenn ich dadurch nicht dümmer aussehen würde. Das war so ziemlich die schlechteste Rede in der Geschichte aller Zeiten.

Lincolns Gesicht ist unlesbar. "Darf ich eine Frage stellen?"

Ich tue so, als wäre es sehr wichtig, meine Ghul-Roben auf Staub zu überprüfen. Ich tue alles, um ihm jetzt nicht in die Augen zu sehen. "Sicher."

"Liebst du mich?"

Heiliger Strohsack! Damit habe ich nicht gerechnet, ganz und gar nicht. "Ähm, nun, ich..."

Fuccccccck. Ich habe keine Ahnung, was ich jetzt sagen soll.

"Na gut, ich werde eine andere Frage stellen." Sein Gesicht bleibt starr wie Stein. Ich habe keine Ahnung, was er denkt, und verdammt, das ist ärgerlich. "Wann ist das passiert?"

Okay, diese Frage weiß ich zu beantworten.

"Es passiert schon seit einer Weile, aber ich wusste es nicht. Die Zeremonie in der Arena hat eigentlich mich erweckt, nicht Adair. Dann war ich letzte Nacht an einen Engel gebunden, als wir-" Ich beiße mir auf die Unterlippe.

Lincoln beobachtet mich eine lange Minute, dann tut sein Mund etwas Unmögliches: Er verzieht sich zu dem breitesten Grinsen, das ich je gesehen habe. Er stürmt auf mich zu, schlingt seine Arme um meine Taille und zieht mich an sich. "Das ist wunderbar, Myla."

Moment mal.

Ich sehe Lincoln aus meinem rechten Auge an. Das ist unglaublich. "Du bist also nicht besorgt über das, was ich gerade gesagt habe?"

"Nein. Sollte ich das sein?"

Obwohl es nicht in meinem Interesse ist, lasse ich diesen Punkt aus irgendeinem Grund nicht fallen. "Aber ich muss untertauchen. Wer weiß, wann ich wieder auftauchen werde? Willst du nicht, du weißt schon, weitermachen?"

Er packt meine Taille fester und dreht mich im Kreis. Ich kann mir ein Lachen nicht verkneifen. Er küsst mich einmal, ganz sanft. "Nein, natürlich nicht. Du hast mich sehr glücklich gemacht."

Bei diesen Worten schaltet die Glühbirne in meinem Gehirn auf 'an'.

"Du hast nur Blabla gehört, 'engelsgebunden zu werden bedeutet, dass Myla mich wie verrückt liebt', Blabla, Blabla. Habe ich recht?"

"Ja." Wir sind uns so nah, dass ich sein Herz gegen meine Brust schlagen spüren kann. "Und ich liebe dich auch, Myla. Wie verrückt." Sein Mund streift meine Kieferpartie entlang. Begierde durchzuckt mich. "Jetzt sagst du es mir zurück."

Ich verkneife mir ein Grinsen. Er kann manchmal so ein heißer Bastard sein. "Ich liebe dich, Lincoln."

"So, jetzt. Der Rest ist unwichtig." Seine Hand umschließt meinen Hinterkopf und führt meine Lippen sanft auf seine. Unsere Münder treffen sich in einem langsamen Kuss. Meine Knie werden wieder ganz wackelig.

"Hm." Eine Stimme ertönt von der anderen Seite des Raumes.

Lincoln runzelt die Stirn. "Das wäre Mutter."

Hat er gerade 'Mutter' gesagt? Mein Gesicht brennt in tausend Schattierungen von Rot. "Ich habe niemanden reinkommen hören." Ich ziehe meine Kapuze tief und mache einen großen Schritt von Lincoln weg. "Schleicht sie immer so herum?"

"Ziemlich oft."

Ich streiche mir über die Wangen; meine mörderische Röte wird so schnell nicht verschwinden. So hatte ich mir nicht vorgestellt, dass die Königin das mit mir und Lincoln herausfinden würde. Ich hatte eher auf ein "Lass uns nach dem Kampftraining treffen"-Szenario gehofft, als dass sie uns beim Knutschen im Dunkeln erwischt. Ugh. Ganz zu schweigen von meinen neuen Kräften. Lincoln macht es vielleicht nichts aus, dass ich die Scala-Erbin bin, aber wer weiß, was seine Eltern sagen werden?

Octavia steht an der geschlossenen Tür, ihr Körper steif und hochgewachsen in einem schwarzen Samtkleid, ihr braunes Haar zu einem Zopf zurückgebunden. "Es scheint, wir haben viel zu besprechen. Hier entlang."

Ich stehe in der Mitte des Festsaals, mein Körper ist vollkommen ruhig. Ein Knoten der Erregung bildet sich in meiner Kehle. Ich sage mir immer wieder, dass ich gehen soll, aber mein stures Ich ignoriert mich. Eine offizielle Audienz beim König und der Königin? Genau in dieser Sekunde? Ich hatte ohnehin schon vierundzwanzig sehr besondere" Stunden.

Lincoln stellt sich hinter mich und legt seine festen Hände auf meine Schultern. Sein Mund streift die Muschel an meinem Ohr. "Wir können das schaffen."

Ich verschränke meine Finger mit denen von Lincoln, spüre die Wärme seiner Haut. Ja, wir können das schaffen. Gemeinsam öffnen wir die Tür, überqueren die Schwelle und folgen Octavia zu einem massiven Zelt aus schwarzem Wandteppich, der mit silbernen Adlern gewebt ist. Hohe Holzstangen halten die Struktur aufrecht, jede gekrönt von einer Reihe dünner goldener Banner. Eine Wache in schwarzer Rüstung steht an der Eingangsklappe.

Octavia wedelt mit einem Finger zu ihm. "Niemand nähert sich diesem Ort auf weniger als 20 Meter, egal was passiert."

"Ja, Eure Hoheit."

Die Königin dreht sich zu mir um. "Wir benutzen das hier für offizielle Audienzen." Sie dreht sich um und verschwindet in den Falten des Zeltes.

Sobald Octavia weg ist, ergreift Lincoln meine Hand. "Nur eine Minute, Myla." Er zieht mich aus der Hörweite der Wache und bleibt ein paar Meter vor dem Zelteingang stehen.

Ich starre in Lincolns ungleiche Augen, mein Kopf neigt sich zu einer Seite. "Was ist los?"

Er legt seine Hand sanft auf meine Schulter, sein Daumen reibt beruhigend über meine Haut. "Ich will nicht, dass du überrascht bist. Mein Vater ist vielleicht ein bisschen ruppig zu dir."

Ich atme schnell ein. Diese kleine Tatsache war ein Schocker. Plötzlich bin ich sehr froh über die Mini-Schultermassage, die ich bekomme. "Wieso? Er kennt mich doch gar nicht."

Lincoln grinst. "Du bist der größte Krieger in Antrum, jeder kennt dich."

Ich runzle spöttisch die Stirn. "Das ist nicht das, was ich meine."

Er blickt sich um, sucht nach den richtigen Worten, die er sagen kann. "Mein Vater sucht nach einem Grund, Acca nachzugeben."

Das heißt, er will, dass Lincoln Adair heiratet... und mich aus dem Weg räumt. Oh, er wird ein wenig unwirsch sein, schon klar. Meine Oberlippe verzieht sich. "Müssen wir das tun?" Meine Stimme kam da ein wenig weinerlich heraus.

Lincoln schlingt seinen Arm um meinen Rücken, der andere legt sich um meine Schulter. Er zieht mich zu sich und legt seinen Mund auf meinen. Oh, ja. Seine Lippen sind so weich, warm und köstlich. Wir küssen uns langsam, tief. Der Rest des Universums verschwindet. Lincolns Hand schiebt sich in meinen Rücken, gleitet dann langsam um meine Taille zu meinem Bauch. Mein Verstand wird leer. Was wollte er noch mal von mir? Warum habe ich nicht ja gesagt?

Hey jetzt, Myla. So denkt man mit seinen Hormonen.

Ich breche den Kuss ab und tue mein Bestes, die Stirn zu runzeln. "Ist das deine Art, mich zu überreden?"

Er sieht mich mit diesem schelmischen Grinsen an. "Ja." Seine Handfläche gleitet an der Seite meines Oberkörpers hinauf und berührt fast - vielleicht - die Rundung meiner Brust.

Verdammt, verdammt, verdammt. Er hat mich gerade dazu überredet. "Gut. Los geht's."

Er küsst meine Nasenspitze. "Du wirst es nicht bereuen."

Ich versuche, den Knoten der Emotionen, der sich gerade in meinem Hals gebildet hat, herunterzuschlucken. "Kann ich das schriftlich haben?"

23

Ich stehe in einem großen quadratischen Raum, der mit stabilen Holzstühlen und Tischen gefüllt ist. Eisentruhen und orientalische Teppiche bedecken den Boden. König Connor sitzt auf einem Stuhl mit hoher Lehne in einer schwarzen Tunika, ein Blatt Pergament in der Hand. Sein weißes Haar hängt fein säuberlich bis zu den Schultern herab. Octavia steht neben ihm.

Der König erhebt sich, sein Gesicht verzieht sich zu einem Lächeln, als er seinen Sohn begrüßt. Connors Bassstimme ertönt: "Hallo, hallo!" Er tappt zu Lincoln hinüber und umarmt ihn wie ein Bär. Es fühlt sich an wie eine Million Jahre, als sich der König langsam zu mir dreht. Ich knirsche mit den Zähnen und versuche, ein Lächeln aufzusetzen.

"Was ist das?" Der König stemmt seine fleischigen Fäuste in die Hüften. "Ich wurde nicht informiert, dass Fremde zu Besuch kommen." Seine Stimme trieft vor Irritation.

Jetzt kommt es. Die Schroffheit.

Lincoln ergreift meine Hand. "Das ist Myla, Vater. Sie ist das Mädchen, von dem ich dir erzählt habe."

Wovon ich dir erzählt habe? Mein Herz klopft in meiner Brust. Lincoln hat mit seinen Eltern über mich geplaudert. Mein falsches Grinsen verwandelt sich in ein echtes.

Connor verlagert das Gewischt auf eine Ferse. "Ja, ich erinnere mich." Seine Augen verengen sich, als er mich von Kopf bis Fuß mustert. "Du bist der Quasi-Dämon."

Ich öffne meinen Mund, um ihn zu korrigieren, aber Lincoln kommt mir zuvor. "Ihr Name ist Myla." Sein Ton hat einen beschützenden Unterton. Mein Grinsen wird breiter. Seine beschützende Seite ist heiß.

Der König taumelt zurück zu seinem Tisch und lässt seinen stämmigen Körper in einen Stuhl mit hoher Lehne plumpsen. Octavia rutscht auf den leeren Platz neben ihm. Lincoln und ich stehen ein paar Meter entfernt, Hand in Hand.

Connor atmet tief aus. "Wenn Sie hier sind, nehme ich an, dass Ihr beide in Schwierigkeiten steckt." So wie er ' Schwierigkeiten' sagt, weiß ich, dass er nur eines denkt: Ich bekomme Lincolns Kind.

Wut schießt durch meinen Körper. Wow, Arschloch! Ich bin eine Menge Dinge. Schwanger gehört nicht dazu.

Octavia schnappt nach Luft. "Connor!"

Er klatscht mit den Handflächen auf die Tischplatte. "Sie stecken in Schwierigkeiten, nicht wahr?" Er dreht sich zu mir um. "Oder etwa nicht?"

Das war's. Was für ein fieses, arrogantes und beleidigendes Arschloch! Meine Augen flackern rot vor Wut. "Das wäre ein Nein, Euer Ekelhaftigkeit." Mein Tonfall trieft vor Gehässigkeit. "Behalten Sie Ihre schmutzigen Gedanken für sich."

Lincoln dreht sich zu mir um, sein Gesicht vor Sorge verzerrt. "Myla, was machst du da?" Er lehnt sich näher heran, seine Stimme ist kaum höher als ein Flüstern. "Niemand spricht so mit meinem Vater."

Ich knirsche mit den Zähnen. Wir brauchen also wieder "besondere Worte der Ehrerbietung", wenn wir mit dem Thrax-König sprechen, was? Ich habe nicht drei Monate lang mit Lincoln darüber gestritten, nur um seinem lieben alten Vater nachzugeben. Er wird mir auch etwas Respekt erweisen.

Ich nicke Lincoln zu. "Mach dir keine Sorgen. Ich schaffe das." Ich schließe meine Augen, ziehe meine Kapuze zurück, hebe meine Hand und rufe die Igni. Sie erscheinen schneller als je zuvor, ihre Musik und ihr Lachen übertönen schnell alles andere in meinem Kopf. Ihre winzigen Körper wirbeln um meine Hand und versperren mir fast die Sicht auf das Innere des Zeltes.

Ich beobachte, wie ihr Licht um meine Fingerspitzen wirbelt, dann befehle ich ihnen, sich zu befreien. Lasst uns diesem König zeigen, was wirklich Schwierigkeiten sind. . Mit einem lauten Lachen gehorchen sie.

In einem kleinen Knoten von Körpern bewegen sich die Igni durch das Zelt, stoßen Kerzenständer um und werfen Stühle um. Wie ein großes Windrad drehen sie sich in der Mitte des Raumes, schneller und schneller. Ein hohes Brummen erfüllt die Luft und dann - POOF - verschwinden sie alle.

Ich grinse. Was sind das für Schwierigkeiten?

Ein eisiger Schauer lässt meine Haut gefrieren, meine Augen glühen hellblau. Ich öffne sie langsam, blicke den König direkt an und spreche mit der fiesesten Stimme, die ich aufbringen kann. "Ich bin die Scala-Erbin, Connor. Ich bin nicht in Schwierigkeiten." Meine Augen lodern mit blauem Feuer. "Ich bin die Schwierigkeit ."

Das Innere des Zeltes wird wieder scharf. Lincoln steht neben mir, sein Körper ist starr und sein Ausdruck unlesbar. Octavia sitzt neben Connors Stuhl, ihr Gesicht eine steinerne Maske. Der König starrt mich eine lange Minute lang an, seine Gesichtszüge sind leer. Ich muss mich bewusst davon abhalten, ihm die Zunge herauszustrecken. Naja.

Der König durchbricht die Stille, indem er mit der Faust auf den Holztisch schlägt. Mein Körper schnellt in Kampfstellung, mein Schwanz wölbt sich über meine Schulter. Willst du ein Stück von mir? Das würdest du gerne sehen, Großer.

"So, so." Connors großer Kopf wackelt von einer Seite zur anderen. "Ich will verdammt sein." Er bricht in lautes, tiefes und schallendes Gelächter aus.

Er lacht? Wirklich?!

Ich blinzle den König an. Das Igni muss meine Sinne kurzgeschlossen haben; das kann kein echtes Gelächter sein. Ich drehe mich zu Lincoln, mein Gesicht vor Verwirrung runzlig. "Sind wir hier richtig?"

Lincoln nickt. "Oh, ja. Er liebt das." Der Prinz lehnt sich näher heran, Zufriedenheit und Stolz leuchten in seinen Augen. "Gut gespielt, Myla." Mein Inneres wird ganz glücklich und kribbelig, als er mich sanft auf die Wange küsst. Ich wusste nicht, dass ich ein Spiel spiele, aber es sieht so aus, als hätte ich einen Meisterstreich gelandet.

Connor reibt sich die Augen mit seinen fleischigen Fingern. "Lincoln, mein Junge. Was für ein Schatz du bist." Der König zeigt auf mich. "Und du! Ein Hitzkopf." Er gestikuliert zu den leeren Stühlen ihm gegenüber. "Nehmt Platz, ihr beiden. Lasst uns ein bisschen reden, mal sehen, was wir hier machen können." Er blickt zu seiner Linken. "Octavia, ich bin sicher, du steckst dahinter. Zumindest zum Teil?"

Ein Hauch eines Lächelns umspielt den Mund der Königin. "Immer, Connor." Sie ist gerissen, so viel ist sicher.

Die Königin setzt sich neben den König; ich schlüpfe in den Hochlehnstuhl neben Lincoln. Connor trommelt mit seinen Hand-flächen auf die Tischplatte. "Es scheint, dass wir heute die Scala-Erbin bei uns haben. Was macht das aus Lady Adair?"

Octavia runzelt die Stirn. "Eine Betrügerin. Ich kann nicht glauben, dass ich es nicht vorher gesehen habe. Adair hat nur Scala-Kräfte gezeigt, als Gianna in der Nähe geflüstert hat; solche Zauber sind nichts für das Haus Striga." Die Königin schnalzt mit der Zunge. "Giannas Hexenkraft könnte auch Adairs Augen verändert haben."

"Die Häuser Acca und Striga haben sich jahrhundertelang gestritten. Jetzt tun sie sich zusammen." Der König seufzt. "Dunkle Nachrichten."

Lincolns Augen nehmen einen stählernen Farbton an. Ich kenne diesen Blick: Er bereitet sich darauf vor, schlechte Nachrichten zu überbringen. "Ihr Verrat hat sich verschlimmert. Striga hat darum gebeten, die Allianz gegen Acca aufzugeben."

Der König runzelt die Stirn. "Und wann haben sie diese Bitte geäußert?"

Lincolns Gesichtszüge bleiben eiskalt und ruhig. "Vor zwei Tagen."

Connor knirscht mit den Zähnen. Der heitere König von vor ein paar Sekunden ist verschwunden. "Interessant, dass du bis jetzt gewartet hast, um es mir zu sagen, Junge." Kleine Stückchen Spucke fliegen aus seinem Mund, während er spricht.

Ich sinke ein wenig tiefer in meinem Stuhl. Connor hat ernsthafte Stimmungsprobleme. In der einen Minute ist er glücklich, in der nächsten? Spuckwütig.

"Du weißt, warum ich gewartet habe, Vater." Lincoln trieft förmlich vor Coolness. "Wenn ich es dir vor zwei Tagen gesagt hätte, hättest du etwas Unüberlegtes getan. Jetzt können wir die Neuigkeiten über Striga im Zusammenhang mit dem betrachten, was wirklich wichtig ist." Er verschränkt seine Finger mit meinen und legt dann unsere beiden Hände mit einem dumpfen Schlag auf die Tischplatte.

Wow. Bis jetzt haben Lincoln und ich in der Gegenwart seines Vaters eine freundliche Distanz zueinander gehalten. Mit dieser Bewegung hätte Lincoln sein Revier nicht deutlicher markieren können, als wenn er in ein Gebüsch gepinkelt hätte.

Die Stimme des Prinzen klang mit einer tiefen und gefährlichen Kante. "Ich dachte, du wolltest über mich und Myla reden?" Unter meiner Handfläche ist seine Haut glitschig vor Schweiß. Armer Kerl. Er macht ein gutes Gesicht, aber das muss ihn innerlich umbringen. Ich drücke seine Hand ein wenig.

Der König knurrt ein Wort heraus. "Vielleicht."

Ich gebe es nur ungern zu, aber ich verstehe, wie der König innerhalb von sechzig Sekunden oder weniger von glücklich zu unglücklich zu wütend zu liebevoll wechselt. Ich kenne jemanden, der so ist; ich sehe sie jeden Morgen im Spiegel.

Der Prinz und der König beginnen einen kleinen Wettstreit der Blicke, der zwei unerträglich lange Minuten dauert. Octavia verbringt die Zeit damit, ruhig und königlich auszusehen. Mein Gesicht verzieht sich zu einem ängstlichen Stirnrunzeln, während ich meinen Daumen in kleinen Kreisen auf Lincolns Hand reibe. Nach vielem Herumrutschen auf den Sitzen, Schnaufen und Starren, Starren, Starren, schaut der König endlich weg. Ich bin kein Ass im Spielen dieser Staatsspiele, aber ich betrachte das als einen großen Sieg" in der Lincoln-Spalte. Connor dreht sich zu mir um, seine Art wird sanft.

"Die Scala-Erbin muss mein Temperament entschuldigen." Der König räuspert sich. "Da Ihre Kräfte nun aktiv sind, wünschen Sie Asyl bei den Thrax?"

Asyl bei den Thrax? Das ist eine verlockende Idee, bei all dem leckeren Lincoln- Zugriff. Ich schaue mich am Tisch um. Traurigerweise weiß ich nicht, ob diese Leute sich selbst beschützen können, geschweige denn die Scala-Erbin. Nein, ich muss dahin gehen, wo Verus mich hinschickt. Ich schenke dem König ein anerkennendes Lächeln. "Ich bin hergekommen um Lincoln zu sehen. Mama und ich haben andere Pläne für das, was als nächstes passiert."

Octavia nickt Connor zu. "Du erinnerst dich an Senatorin Lewis aus der Zeit der Quasi-Herrschaft?"

"Auf jeden Fall. Sehr fähig. Die Einzige, die den Aufstieg von Armageddon vorausgesagt hat, wenn ich mich recht erinnere."

Octavia zeigt auf mich. "Das ist ihre Tochter."

Mein Rücken richtet sich auf. Es ist so verdammt cool zu hören, wie die Leute über die Unglaublichkeit von Senatorin Lewis sprechen. Mein Mund verzieht sich zu einem stolzen Lächeln.

"Interessant." Connor faltet seine Hände auf der Tischplatte. "Sehr interessant."

Die Königin sieht mich an und lächelt. " Wissen Sie, wie Connor und ich uns kennengelernt haben, Myla?"

Der König stößt ein lebhaftes Glucksen aus. "Nicht diese Geschichte, Octavia." Offensichtlich hat er wieder gute Laune. Ich fühle mich, als bräuchte ich eine Punktekarte, um den Überblick zu behalten.

Lincoln dreht sich zu mir. "Es war auf dem Ball zur Feier der Frühlings- Sonnenwende."

"Das ist die offizielle Geschichte", sagt Octavia. "Eigentlich war es auf dem Winterturnier. Bei dem habe ich immer gekämpft, wissen Sie."

Ich grinse. "Ja, Bera hat es mir erzählt."

Ich stelle mir den goldenen Brustpanzer vor, den Bera mir beim letzten Winterturnier geschenkt hat. Sie hatte gesagt, dass die Königin so einen trug, als sie antrat. Ich stelle mir Octavia in diesem Alter vor, rüstig, mit Muskeln und absolut tödlich. Mann, das hätte ich zu gern gesehen.

Die Königin tut so, als würde sie einen Pfeil abschießen. "Mein Können lag beim Bogen. Die Turnierbestie in diesem Jahr war ein Manus-Dämon. Ich schoss ihn mit Pfeilen voll - und war kurz vor dem Sieg, als mir die Zeit davonlief. Connor spazierte auf das Schlachtfeld, durchbohrte das Monster mit seinem Schwert und gewann das Turnier."

Der König lacht sich kaputt. "Es war ein bisschen mehr als das, Octavia." Er schenkt mir ein verschwörerisches Lächeln. "Das ist zwei-hundert Jahre her, und sie hegt immer noch einen Groll."

Meine Augen wölben sich. "Zweihundert Jahre?"

Lincoln nickt. "Thrax leben eine lange Zeit."

Ich kaue auf meiner Unterlippe und überlege. Die Scala lebt auch sehr lange. Ich schaue auf Lincolns kantiges Kinn, seine ausgeprägten Wangen und seinen vollen Mund. Er ist so verdammt umwerfend, dass ich es nicht aushalten kann. Wenn wir diesen fiesen Scala-Acca-Armageddon-Kram überstehen, könnten wir eine sehr lange und erstaunliche Zeit zusammen haben. Lincoln scheint zu lesen, was ich denke (bei meiner Fähigkeit, Emotionen zu verbergen, braucht man dafür kein Genie zu sein), und er reibt seinen Fuß unter dem Tisch an meinem. Ich tue so, als würde ich mich an der Nase kratzen und verstecke mein Grinsen unter meiner Handfläche.

Connor rollt seine Hände zu Scheinklauen zusammen. "Nie gab es eine schlimmere Turnierbestie und nie einen größeren Krieger, um sie zu bekämpfen, als Octavia." Sein Mund verzieht sich zu einem listigen Grinsen. "Danach besuchte ich meine Herrin im Zelt ihrer Familie. Ich wollte ihre Tapferkeit auf dem Schlachtfeld loben, aber ich habe es versäumt, mich formell anzumelden."

Octavia grinst. "Er kam herein, als ich allein und halb angezogen war. Erschien hinter mir aus dem Nichts."

Wow. Ich weiß, was ich tun würde - was jeder Krieger in so einer Situation tun würde. Ich zucke zusammen. "Was hat er abbekommen? Einen Ellbogen in den Bauch?"

Octavia wölbt ihre Augenbraue. "Ein Knie in die Leiste."

Ich knirsche mit den Zähnen. "Juhu."

Lincolns Schultern wippen vor Lachen. "Das hast du mir nie erzählt, Vater."

Connor kichert ebenfalls. "Es ist keine Erinnerung, an die ich mich gerne zurückerinnere." Er schlingt seine Hand um die von Octavia. "Aber nach diesem Moment wollte ich nichts anderes mehr. Sehen Sie, Myla, für die Thrax dreht sich alles um Stärke im Kampf."

Ich werfe Lincoln einen wissenden Blick zu. "Das habe ich bemerkt." Er beginnt ein weiteres Füßchenspiel mit mir unter dem Tisch. Ich erröte.

Der König nickt in meine Richtung. "Das, meine Liebe, ist der Grund, warum ich bereit bin, ein Risiko mit Ihnen einzugehen. Sie haben einiges an Kraft in sich." Er lehnt sich auf seinem Stuhl zurück. "Aber ich greife mir selbst vor. Wenn Sie die Scala-Erbin sind, brauchen Sie Engelsblut. Wer ist dann Ihr Vater?"

Lincolns Augen funkeln förmlich. Das war sein 'Ich lasse gleich eine Bombe mit guten Nachrichten platzen'-Gesicht. "Der Erzengel Xavier."

Ich glaube, die Augen des Königspaares platzen fast aus ihren kollektiven Köpfen. Der König stößt einen leisen Pfiff aus. "Sie sind also ein Erzengel der ersten Generation." Er reibt seine Handflächen aneinander. "Und nicht nur irgendein Erzengel, Xavier!"

Ich runzle verwirrt die Stirn. "Warum ist die erste Generation wichtig?"

"Mehr Engelsblut, mehr Macht", sagt Lincoln. "Der jetzige Scala ist ein gewöhnlicher Engel der fünften Generation. Ich bin Erzengel der dritten Generation. Vater ist die zweite. Wir stammen von dem Erzengel Aquila ab. Hast du die Geschichte gehört?"

"Ja, Mama hat mir erzählt, wie sie das Haus von Rixa gegründet hat."

Connor grinst. "Ich habe von dem Erzengel Xavier gehört. Erstaunlicher Krieger, der zum Diplomaten wurde. Hat die letzte Schlacht angeführt, um die Dämonen aus dem Himmel zu vertreiben."

Seine Worte schicken ein Bild vor mein geistiges Auge: der König der Hölle, der den gebrochenen Arm meines Vaters verdreht. Ein Anflug von Trauer und Wut durchfährt mich.

Octavias Augen verengen sich. "Aber er verschwand nach den Kriegen, glaube ich."

Ich zupfe unsichtbare Fussel von meinem Gewand. "Darüber möchte ich nicht sprechen." Ich knirsche mit den Zähnen. Unheilige Hölle. Ich klinge genau wie Mama.

"Natürlich, natürlich." Connor verschränkt die Arme vor der Brust. "Also, was genau sind deine Pläne?"

"Ich habe morgen früh einen Arenakampf. Gleich danach gehe ich in einen Unterschlupf, bis wir von den Engeln hören."

"Ich verstehe." Der König trommelt mit den Fingern auf die Tischplatte, sein Gesicht ist in Gedanken versunken. Plötzlich kocht die Atmosphäre im Zelt vor Spannung. Sowohl Lincoln als auch Octavia sehen besonders unnahbar aus, was bedeutet, dass definitiv etwas Großes im Gange ist.

Ich rolle mit den Augen. Für einen Tag habe ich genug vom Starren und Nicht-Reden. " Sie debattieren eindeutig über etwas, Connor. Was ist es?"

Er sieht mich an, seine pelzigen Brauen wölben sich. "Wenn Sie es unbedingt wissen müssen, geht es darum, ob ich Lincolns Plan, die kleineren Häuser zu versammeln, unterstützen soll."

Mein Mund beginnt von selbst zu sprechen. "Ich werde ihm helfen."

Der König stößt einen Hauch von Atem aus. "Und wie wollen Sie das aus dem Versteck heraus tun?"

"Ich werde einen Weg finden." Ich neige den Kopf. "Stärke im Kampf, Eure Hoheit. Wenn es dem Grafen nicht gefällt, werde ich ein paar Fäden ziehen und ihn in die Hölle schicken."

Der König nickt langsam. "Ich glaube, Ihr würdet es auch tun."

Ich schnippe mit den Fingern. "Im Handumdrehen."

"Gut, dann warten wir." Er deutet auf Lincoln. "Du hast einen Monat Zeit, Junge. Bring die kleineren Häuser zusammen." Er macht ein trauriges Gesicht. "Ich werde den Earl hinhalten."

Lincolns Mund verzieht sich zu einem zufriedenen Lächeln. "Ich danke dir, Vater." Er drückt meine Hand besonders lange. Wärme und Liebe erblühen in meiner Brust. Zusammen können Lincoln und ich das schaffen. Wir können alles schaffen.

Octavia tippt mit einem Fingernagel auf die Tischplatte. "Wir haben andere Dinge zu besprechen." Sie dreht sich zu mir um. "Dieser Wettkampf morgen früh. Wie werden Sie antreten, ohne Ihre Identität preiszugeben?"

"Mein Kampfanzug hat eine Gesichtsmaske, die meine Augen verbirgt."

Der Gedanke an meinen Kampfanzug ist irgendwie beruhigend. Das Ding ist so verdammt genial.

"Sehr gut." Octavia wendet sich an ihren Sohn. "Und du wirst auch dabei sein?"

"Es ist keine offizielle Thrax-Veranstaltung, aber ich werde den Minister kontaktieren. Ich bin sicher, ich kann von einem Torbogen aus zusehen."

Ich drehe mich zu ihm um, mit dem größten Lächeln überhaupt. "Du wirst dort sein?"

Er zwinkert. "Nirgendwo sonst."

Ich spüre, wie eine Last von meinem Körper abfällt. Süß.

Connors Stirn runzelt sich. "Werden Sie zusätzliche Soldaten mitbringen?"

Lincoln lehnt sich in seinem Stuhl zurück. Unsere gemeinsamen

Hände gleiten von der Tischplatte und schwingen lässig zwischen uns hin und her. "Nein, das würde nur unnötige Aufmerksamkeit erregen."

Octavia wedelt mit einem Finger auf ihren Sohn. "Du solltest auf jeden Fall die volle Dämonen-Patrouillenausrüstung tragen: Körperpanzer, Baculum, Dolche ..."

Lincoln nickt. "Ich werde sicher sein, Mutter."

Ich verkneife mir ein Grinsen. Ich bin froh, dass meine Mutter nicht die einzige ist, die eine überbeschützende Ader hat.

Der König reibt sich das Kinn. "Und bleib heute Nacht bei ihr."

Octavia schnappt nach Luft. "Connor!"

Mir fällt die Kinnlade runter. "Wow!" Erst denkt der König, ich sei schwanger. Dann nimmt er an, dass Lincoln in meinem Bett schläft? Ich möchte den Kerl so gerne verprügeln, das ist nicht lustig. Ich mag ein Teil eines Lustdämons sein, aber das bedeutet nicht, dass ich eine Schlampe bin. Oh, Mann.

Der König wackelt mit dem Kopf. "Ich meine, in einem separaten Raum, aber bereit für Ärger."

Ich verziehe den Mund zu einem finsteren Blick. Also, ich werde ihn nicht verprügeln. Vielleicht. Mein Blut kocht immer noch vor Wut.

Octavia räuspert sich und versucht, das Gespräch wieder in sicherere Bahnen zu lenken. "Nach dem Kampf wird sich Lincoln unserer Prozession nach Antrum anschließen."

Lincoln reist morgen ab. Dieser Gedanke ist ein einziger massiver Regenschauer auf meine Wutparade. Plötzlich denke ich nicht mehr daran, den König zu verprügeln. Stattdessen konzentriere ich mich darauf, wie Lincoln und ich getrennt werden, und für wer weiß wie lange? Und Antrum ist so fest verschlossen, dass ich nicht einmal weiß, wann oder wie wir Kontakt aufnehmen können. Eine schwere Traurigkeit macht sich in meinem Körper breit.

Meine Stimme kommt kaum über ein Flüstern hinaus. "Das ist der Plan."

Lincoln drückt meine Hand. "Bringen wir dich nach Hause. Bist du mit Nightshade hierher geritten?"

"Ja."

"Gut. Sie wartet wahrscheinlich schon draußen auf dich, zusammen mit Bastion." Er küsst mich sanft auf die Wange. "Ich treffe dich dort in einer Minute. Ich muss meine Sachen holen."

Die Traurigkeit in meinem Herzen hellt sich ein wenig auf. Wenigstens werde ich Lincoln in der Nähe haben, bis es Zeit ist, uns zu trennen.

Ich verabschiede mich von Connor und Octavia und gebe ihr eine extralange Umarmung. Das könnte das letzte Mal sein, dass ich sie für eine lange Zeit sehe. Die Königin beäugt mich aufmerksam, ihre mentalen Rädchen drehen sich.

"Machen Sie sich keine Sorgen", sagt Octavia. "Wir werden uns wiedersehen, meine Liebe."

Ich erzwinge ein halbes Lächeln. "Ich bin sicher, das werden wir." Aber wenn ich ehrlich zu mir selbst bin, ist es alles andere als eine sichere Sache, einen von ihnen wiederzusehen.

~

Es ist schon dunkel, als Lincoln und ich uns meinem Haus nähern. Nightshade und Bastion schreiten in perfektem Rhythmus die stillen Straßen hinunter. Traurigkeit dringt in die Luft und in unsere Herzen. Wir beide haben nicht viel gesprochen, seit wir das königliche Zelt verlassen haben.

Unaufgefordert halten unsere Pferde auf dem Stück Bürgersteig vor meiner Veranda an. Lincoln und ich steigen ab und weisen Night und Bastion an, zu den Ryder-Ställen zurückzukehren. Night starrt mich an, ihre übergroßen schwarzen Augen glatt und rund wie Murmeln, der Blick in ihnen sagt das Pferdeäquivalent von "Kein Scherz, Schwester". Lincoln und ich sehen zu, wie unsere Reittiere davon traben, dann schlendern wir Hand in Hand zur Haustür. Mama öffnet sie, bevor wir klopfen können.

"Myla! Ich habe mir schon Sorgen gemacht."

Ich stöhne innerlich auf. Sie hat ihr "wahnsinnig überfürsorgliches und nervöses" Gesicht aufgesetzt. Nicht, dass ich es ihr verübeln könnte, aber juhu. Das könnte hässlich werden.

Ich verlagere mein Gewicht von Fuß zu Fuß. "Hi, Mama. Das ist Lincoln." Ich kann mir ein Lächeln nicht verkneifen.

Lincolns Mund erwärmt sich zu einem schüchternen Grinsen. "Hallo."

Mama tippt mit dem Fuß. "Du bist Thrax?" Sie ist in seltener Form: besorgt und ängstlich mit einer Portion Verrücktheit. Jetzt kommt das Hässliche.

Der Prinz nickt. "Ja."

Mama mustert den schweren Rucksack, der über Lincolns Schulter hängt. "Hast du Rüstung und Waffen dabei?"

"Ja."

"Gut. Komm rein."

Meine Mutter, der Charmeur.

Wir treten alle ein. Mama schließt die Tür hinter uns, dann zeigt sie dramatisch auf die Couch. "Hier wirst du schlafen, Lincoln, der Thrax." Sie fixiert ihn mit genau demselben Blick, den Lincolns Vater mir zugeworfen hat, dem Blick, der sagt: "Ich weiß, was in deinem übersexualisierten kleinen Kopf vorgeht. Und hey, das ist nicht unwahr, aber wir haben es unter Kontrolle. Meistens.

Er verbeugt sich leicht. "Natürlich."

Mama hüllt mich in eine lange Umarmung. "Ich bin froh, dass du in Sicherheit bist, Baby. Bleib nicht zu lange auf." Sie blickt zu Lincoln und seufzt. "Danke, dass du auf Myla aufgepasst hast. Das sagt eine Menge über deinen Charakter aus." Sie küsst ihn sanft auf die Wange. "Gute Nacht."

Ich atme lange aus. Das war eine geradezu normale Interaktion zwischen Mama und Lincoln. Sie ist in letzter Zeit immer schneller von ihrem überfürsorglichen Modus in ihr altes Senatorin-Lewis-Ich zurückgekehrt. Was für eine Erleichterung.

Mama zieht ihren abgetragenen Bademantel fester an und geht in ihr Schlafzimmer, wobei sie die Tür mit einem leisen Klicken hinter sich schließt.

Lincoln und ich tauschen einen Blick aus, der eine Mischung aus Schock und Erleichterung ist, die Art, die ich normalerweise für Beinahe-Unfälle mit Betsy reserviere. Ich lächle halb. "Ich bin mir nicht sicher, wer für die seltsamste elterliche Interaktion des Tages gewinnt."

"Komm schon. Ich, definitiv." Er schließt mich in seine Arme. "Das tut mir übrigens sehr leid. Vater hätte sich auf deine Sicherheit konzentrieren sollen, nicht auf ein Machtspiel mit dem Earl. Er war mal ... ganz anders." Er gibt mir einen sanften Klaps auf den Rücken. "Aber genug über meine Familie für einen Tag." Der Prinz beugt sich vor, um seinen Mund auf meinen zu setzen.

"Ich bin mir nicht sicher, ob das eine so gute Idee ist." Stirnrunzelnd werfe ich einen Blick auf Mamas geschlossene Tür.

Lincoln lässt mich los und tritt einen Schritt zurück. "Ich verstehe."

Wir sind so kurz vor dem Abschied. Nach dem morgigen Arenakampf kehrt Lincoln nach Antrum zurück und Walker portiert mich in den Unterschlupf der Grauen See. Die Last, die ich auf der Heimfahrt gespürt habe, wird schwerer und setzt sich in jeder Zelle meines Körpers fest. Meine Augen brennen.

Ich schlinge meine Finger um Lincolns Hand und führe ihn in mein Zimmer. Traurigkeit hängt in der Luft wie Nebel. Lincoln sitzt auf meinem Bett, den Rücken gegen das Kopfteil gelehnt. Ich klettere auf die Matratze und rolle mich neben ihm zusammen. Meine Wange schmiegt sich an seine Brust; sein langer Arm legt sich locker um meinen Rücken. Meine Augenlider werden schwer.

In dieser Nacht träume ich von einem Büro, das ganz in Rot gehalten ist. Karminrote Wände erstrecken sich in die Ferne, kein Ende und keine Fenster in Sicht. Meine nackten Füße stehen auf einem blutroten Holzboden, auf dem kleine runde Teppiche im gleichen Farbton liegen. Zu meiner Linken stehen scharlachrote Lederstühle um einen großen Tisch aus rotem Kristall. Zu meiner Rechten erhebt sich ein massiver kirschroter Schreibtisch, und hinter diesem Schreibtisch sitzt Armageddon.

Mir stockt der Atem. Armageddon ist hier! Mein Körper ist in höchster Alarmbereitschaft und bereitet sich darauf vor, dass eine Wand des Schreckens auf mich einprasselt. Tut er aber nicht. Ich habe Angst, sicher, aber nicht so wie in der Schule, als Armageddon an mir und Cissy vorbeiging.

Was ist das überhaupt für ein Traum?

Armageddon faltet seine mit drei Knöcheln versehenen Hände ordentlich auf der Arbeitsfläche, sein Mund verzieht sich langsam zu einem unfassbar breiten Grinsen. Sein langes, spitzes Gesicht trägt eine messerscharfe Nase und zwei feuerrote Augen. "Willkommen, Maxon."

Ich sage nichts, mein Körper ist steif gefroren. Was zum Teufel ist hier los? Warum denkt er, ich sei sein Sohn Maxon?

Der Höllenkönig trommelt mit seinen dreiknöcheligen Fingern auf die Tischplatte. "Komm jetzt, Junge. Ich habe in den letzten tausend Jahren jede Woche in deinen Träumen zu dir gesprochen. Kein Grund, schüchtern zu sein."

Meine Augen weiten sich vor Verständnis. So wie Verus mir Traumbilder aus der Vergangenheit schickt, muss Armageddon mit seinem Sohn im Schlaf sprechen. Ich nicke. Das macht Sinn; größere Dämonen haben alle möglichen seltsamen Kräfte. Aber warum denkt er, ich sei Maxon?

Armageddon wölbt die rechte Augenbraue auf seinem steinglatten Gesicht. "Diesmal brauchst du dich nicht zu zeigen oder zu sprechen. Ich kann den Gestank deines Igni von hier aus riechen." Er lässt seine Handflächen auf die Tischplatte fallen und beugt sich vor. "Du bist so nah dran, mein Sohn."

Es ist das Igni. Ich habe die letzten acht Stunden auf einer Scala Erbin Sauftour verbracht und meine Kräfte Mama, Walker, Lincoln und seinen

Eltern gezeigt. Das Igni muss eine Art von Spur auf meinem Körper und meiner Seele hinterlassen haben. Irgendwie hat es Armageddon dazu gebracht, mich in meinen Träumen anzusprechen. Deshalb spüre ich nicht den Schrecken, ihm körperlich nahe zu sein.

Armageddon lehnt sich in seinem Stuhl zurück. "Wir wissen beide, was du denkst. Vor langer Zeit habe ich dich gebeten, mit mir die Hölle zu regieren. Du hast abgelehnt. Jetzt trägst du meinen Fluch." Seine glänzenden schwarzen Augen verengen sich zu Schlitzen. "Nur zu. Bitte mich, dir zu vergeben, mein Sohn. Bitte mich noch ein letztes Mal. Vielleicht ändere ich meine Meinung und gewähre dir die Gnade, die du so verzweifelt suchst."

Es gibt eine lange Pause, in der ich weiß, dass Armageddon darauf wartet, dass das Gnadengesuch losgeht. Das wird so was von nicht passieren. Niemals.

"Nicht in der Stimmung, heute zu kriechen, mein Junge? Wie lästig." Seine Augen leuchten karmesinrot. "Macht nichts. Ich werde meinen Fluch erfüllen und deinen Körper mit Gewalt in die Hölle schleppen, aber nicht um zu herrschen... sondern um zu leiden. Vielleicht wird deine Seele eines Tages in den Himmel kommen, aber nicht bevor ich deinen Körper in der Hölle gequält habe."

Der Dämon hält inne und schnippt dann mit den Fingern. "Wir sind hier fertig."

Das Büro und Armageddon verschwinden. Den Rest der Nacht driftet mein Bewusstsein in Dunkelheit und Stille umher.

Na toll. Eine beschissene Nachtruhe direkt vor meinem großen Kampf. Noch ein Grund, Armageddon zu hassen.

24

Ich wache auf und finde mich allein in meinem eigenen Bett wieder. Lincoln hat eine kleine Notiz auf dem Nachttisch neben mir hinterlassen. 'Bin weg, um die Couch zu zerwühlen, bevor deine Mutter aufwacht. Wir sehen uns beim Frühstück. L." Mit einem traurigen Lächeln schiebe ich den Zettel in die oberste Schublade meines kleinen Tisches. Er kam von Lincoln; ich kann mich nicht dazu durchringen, ihn wegzuwerfen.

Meine Zimmertür geht auf. Mama tritt ein, meinen Kampfanzug in der Hand. Die Sorgenfalten um ihre Augen haben sich über Nacht vertieft. Sie hält inne. "Du bist dran."

Ich hieve mich in eine sitzende Position und stelle meine Füße auf den kühlen Boden. "Ja. Ich habe letzte Nacht nicht besonders gut geschlafen."

"Es ist fünf Uhr morgens. Zeit, sich für die Arena fertig zu machen."

Ich reibe mir den Nacken und strecke mich. "Danke, Mama." Nervöse Energie kribbelt mir den Rücken hinunter. Meine Hände zittern leicht.

Komm schon, Myla. Das sollte ein Wettkampf wie alle anderen sein. Bleib ruhig.

Ich werfe meinen Anzug auf das Bett und Mama gibt mir einen sanften Klaps auf die Schulter. "Wir sind alle in der Küche. Wir sehen uns dort, wenn du bereit bist." Sie geht auf die Tür zu und hält inne. "Willst du etwas Frankenberry?"

"Klar, Mama." So wie sich mein Magen dreht, kann ich es aber nicht bei mir behalten.

Ich ziehe meinen Kampfanzug an und trete in unsere kleine Küche, in der an diesem Morgen nur Stehplätze frei sind. Mama, Cissy und Zeke sitzen alle an unserem winzigen Tisch. Lincoln und Walker stehen daneben. Tim wartet in einer entfernten Ecke, mit großen Augen und nervösem Blick.

Der Prinz zieht mich in eine gemütliche Umarmung. "Guten Morgen, Myla."

Ich lehne mich an seine Schulter und atme seinen köstlichen Duft von Waldkiefer und Leder ein. "Ich bin froh, dass du hier bist." Ich zwinge mich zu einem Grinsen.

Seine Stimme klingt tief und sanft in meinem Ohr. "Du wirst es heute richtig krachen lassen."

Ein echtes Lächeln umspielt meinen Mund. "Verdammt, ja." Ich trete einen Schritt zurück und betrachte Lincolns Ausrüstung: eine schwarze Schutzweste, Dolche an seinen Oberschenkeln und ein Baculum an der Basis seiner Wirbelsäule. "Du siehst auch bereit aus, in den Arsch zu treten."

Lincoln zuckt mit den Schultern. "Ein weiterer Tag im Büro."

Cissy und Zeke treten näher; sie achten darauf, nicht in meine neue blaue Iris zu starren. Es ist wie in den Träumen, in denen ich nackt in der Schule auftauche, nur dass ich nicht nackt bin, sondern ein blauäugiges, seelentauschendes Superwesen. Ich bin sicher, dass sie versuchen, sensibel zu sein, aber was soll's. Ich fühle mich schon genug wie ein Freak.

"Morgen, Myla." Cissy umarmt mich besonders fest. "Walker hat uns alles erzählt. Ich werde dich vermissen, Süße."

"Ich werde dich auch vermissen, Cissy." Ich stelle mir den kleinen Schuhkarton mit Motten in ihrem Spind vor. Ich verließ mich immer darauf, dass Cissy den gefährdeten Kokon der Verrücktheit, der mein Leben ist, beschützt. Ich weiß wirklich nicht, was ich ohne ihre Freundschaft tun würde. "Sehr sogar." Meine Stimme überschlägt sich.

Zeke tippt mir unbeholfen auf die Schulter. " Die nächste Scala, was? Das erklärt irgendwie, warum du dich in der Schule nie in andere Jungs verliebt hast."

Cissy unterbricht unsere Umarmung, dreht sich um und stößt ihm den Ellbogen in die Rippen. "Sei nett, Zeke. Hier geht es nicht um Eroberungen mit deinen Kumpels. Wir verabschieden uns heute von Myla."

"Oh, ja." Zeke starrt auf seine Turnschuhe. "Ist doch blöd, dass du weglaufen musst und so."

"Danke." Cissy, ich werde sie vermissen. Zeke, vielleicht nicht so sehr. Walker tritt vor, seine langen Roben schwingen bei der Bewegung. Er schwenkt seinen Arm weit und gestikuliert in Richtung Tim. Verglichen damit, wie Walker in seinen dunklen Roben herausragt, sieht Tim aus wie ein Zwölfjähriger in einem schwarzen Tuch. "Myla, ich möchte dir TIM-29 vorstellen."

"Hallo, Tim." Es ist seltsam, jemandem vorgestellt zu werden, von dem man monatelang geträumt hat. Vor allem, wenn der Betreffende ein ziemlicher Idiot ist. Zu schade, dass uns kein anderer einfiel.

"Es ist mir ein Vergnügen, dich kennenzulernen." Seine großen schwarzen Augen starren in meine. "Ich kann es nicht glauben. Du hast wirklich zwei engelsblaue Iris."

"Ja." Schnell schüttle ich seine kühle Hand. "Ich schätze, ich sollte mich daran gewöhnen, die neue Freakshow in der Stadt zu sein."

Er tippt mit seinem grauen Zeigefinger auf sein Kinn. "Vielleicht könntest du uns etwas zeigen. Mach ein oder zwei Tricks mit Igni."

"Tim!" Mama stemmt die Fäuste in die Hüfte. "Es ist ein Risiko für Myla, hier Igni zu erschaffen."

"Ah, natürlich." Tim kichert, aber es ist keine Freude darin. "Es ist so schwer zu glauben, dass du ein Kind mit Xavier hast. Ich meine, er hat noch nie in der Geschichte der Zeit Nachkommen gezeugt." Sein Mund verzieht sich zu einem listigen Lächeln. "Ich dachte, der Elternteil des Mädchens sei vielleicht Furor." Er greift nach meinem Gesicht. "Es gibt Zaubersprüche, mit denen man die Augenfarbe ändern kann."

Seine Hand bewegt sich näher zu meinen Augen, aber ich bin zu betäubt, um seine Finger zu brechen. Glaubt er, dass Mama sich das ausdenkt? Als ob es so toll wäre, die Scala-Erbin zu sein. Was für ein Trottel.

Mama stürmt durch den Raum und stellt ihren Körper zwischen mich und Tim. "Das Thema ist abgeschlossen."

"Entschuldigt meinen Enthusiasmus." Tim verbeugt sich. "Ich bin überwältigt, wieder in der Gegenwart von Senatorin Lewis zu sein und auch ihre reizende Tochter kennenzulernen."

Wow. Er ist also ein totaler Schleimer und ein Mistkerl. Juhu. Lincoln wirft mir einen fragenden Blick zu. Ich zucke mit den Schultern. "Es ist, was es ist" an diesem Punkt.

Mama versucht zu lächeln. "Danke, dass du uns heute geholfen hast, Tim."

Ich nicke mit dem Kopf, beeindruckt. Sie verhalten sich beide ziemlich erwachsen, wenn man die Vorgeschichte bedenkt. Mama hat mir erzählt, dass sie sich gestritten haben, als Tim herausfand, dass sie mit Xavier zusammen war. Ich schätze, es war eines dieser "Du liebst mich?

Dann ist es scheiße, du zu sein'. Jetzt kommt er zurück, um Xaviers Kind zu portieren. Peinlich!

Walker rollt einen Stapel Karten auf dem Küchentisch aus. "Seht euch das bitte alle an." Wir versammeln uns alle. Auf der obersten Karte erstreckt sich der dunkle Sand des Grauen Meeres über Meilen. Hier und da unterbrechen Linien aus schwarzem Fels die triste Wüste. Walker zeigt auf eine besonders große Wand aus dunklem Stein. "Unser Bunker ist genau hier versteckt."

Mir dreht sich der Magen um. Das ist mein neues Zuhause fern von zu Hause, zumindest für ein paar Tage. Also. Verdammt. Unheimlich.

Walkers Finger folgt der Linie aus dunklem Stein. "Hinter der Felswand gibt es eine riesige Düne." Seine Fingerspitze beginnt oben an der Steinwand, gleitet eine lange, rampenartige Düne hinunter und endet weit draußen in der Wüste.

Lincoln nickt. "Dort könnte es gute Deckung geben, falls wir sie brauchen."

"Genau." Walker tippt auf den Kamm der Düne. "Dieser Kamm wurde für Scharfschützen entworfen, um den Eingang des Bunkers zu schützen."

Walker zeigt auf den unteren Teil der Felswand. "Der Eingang des Bunkers ist hier unten."

Bilder aus meinen Traumwelten blitzen in meinem Kopf auf. "Ist die Tür des Bunkers eine Art großer Kreis im Sand, der sich mit Feuer öffnet?"

"Ja, das ist sie." Walkers kohlschwarze Augen richten sich auf meine. "War das in einer deiner Traumlandschaften?"

"In allen, eigentlich." Obwohl, was war so falsch daran, dass Verus sich hingesetzt und mir alles wie ein normaler Mensch erklärt hat? Abgesehen davon, dass sie ihr Versprechen an meine Mutter brach, was sie im Grunde sowieso tat. Hinterhältige Verus.

Walker zeigt auf die Stelle auf dem Wüstenboden, wo der Bunkerein- gang versteckt ist. "Wir brauchen vier Leute, die sich in jede der vier Himmelsrichtungen stellen. Wenn ihre vier Handpaare gleichzeitig den Sand berühren, wird ein Feuerkreis erscheinen. Von dort aus wird die Bunkertür langsam aufgehen."

Cissy kaut an ihrem Fingernagel. "Brauchen wir Handschuhe oder so?"

Walker schüttelt den Kopf. "Der Bunker ist mit Engelsfeuer umhüllt, um reine Dämonen abzuhalten. Es wird euch nicht verbrennen."

Ich öffne den Mund, bereit zu sagen, dass das Feuer des Bunkers mich in meinen Traumwelten nie verbrannt hat. Dann wird mir klar, dass ich ein seelentauschendes, halb engelhaftes Superwesen bin, das vielleicht nicht den typischen Gesetzen der Physik unterworfen ist. Ich seufze. Meine andauernde Suche nach persönlicher Entdeckung ist offiziell in einer Sackgasse gelandet. Ich weiß, wer ich bin, die Scala-Erbin, aber ich bin nicht allzu begeistert von dieser Tatsache. Seelen bewegen? Ein Ziel für jeden Fiesling zu werden, der das Leben nach dem Tod beherrschen will? Ein noch größerer Freak zu sein, als ich schon war? Ich bin mir nicht sicher, ob ich dazu bereit bin. Im Verborgenen zu bleiben, klingt nach einem tollen Plan, vielleicht sogar dauerhaft.

Mama stemmt die Hände in die Hüften. "Der Bunker schützt vor Ghul- oder Dämonenangriffen. Wenn Quasis und Ghule drinnen sind, können die Ghule Portale hinein und hinaus schaffen. Wenn keine Ghule drinnen sind, öffnen die Quasis die Haupttür manuell."

Lincoln stößt ein anerkennendes "Humph" aus. "Cleveres Sicherheitssystem."

"Hier gibt es noch mehr coole Sachen." Walker hebt die Hand und blättert zu einer weiteren Karte. Diese zeigt das Innere des Bunkers. "Es gibt einen Vorraum und einen Hauptraum im Inneren. In beiden Räumen gibt es genug Nahrung, Wasser und Kleidung, um mindestens ein paar Monate durchzuhalten. In der Hauptkammer gibt es außerdem eine Kommunikationskonsole und ein Periskop zum Wüstenboden."

Walker zeigt auf Cissy und Zeke. "Sobald ihr die Bunkertüren öffnet und hineingeht, wird Tim ein Portal schaffen, das euch nach Hause bringt." Walker wendet sich an meine Mutter. "In der Zwischenzeit wird Camilla die Kommunikationskonsole einrichten, damit wir mit der Außenwelt verbunden sind. Myla, Lincoln und ich treffen euch um 6 Uhr in der Hauptkammer." Walker verschränkt seine langen Arme in den Falten seiner Robe. "Ich glaube, das deckt alles ab. Irgendwelche Fragen?"

Nur ungefähr eine Million. Wohin werden mich die Engel schicken, um mich zu verstecken? Was passiert, wenn Armageddon ins Fegefeuer einfällt? Wann werde ich Lincoln, meine Freunde und meine Familie wiedersehen? Und, mein neuer persönlicher Favorit: Können wir jemand anderen zum Scala-Erben machen?

Jeder Muskel in meinem Körper quillt über vor nervöser Energie. Ich starre auf meine Hände, öffne und schließe sie immer wieder.

Walker räuspert sich. "Myla?"

Ich reiße mich aus meinen Gedanken und schaue auf. "Ja?" In dem Moment wird es mir klar. Jeder im Raum starrt mich an, und das wahrscheinlich schon seit einiger Zeit. Eine Gänsehaut kriecht mir in den Nacken. Soll ich jetzt eine Rede halten oder so? Dieser Scala-Erben-Kram ist totaler Schwachsinn. "Ich meine, wie war noch mal die Frage?"

Mama neigt den Kopf zur Seite, ihr Ausdruck ist sanft. "Sind wir bereit zu gehen?"

Oh, mir war nicht klar, dass das meine Entscheidung war. Ich setze ein, wie ich hoffe, super-selbstbewusstes Gesicht auf. "Ja, absolut. Los geht's. Cissy, Zeke, Tim und Mama öffnen den Bunker. Walker, Lincoln und ich gehen in die Arena. Dann bringt Walker mich zum Bunker. Ja."

Verdammt noch mal. Ich erinnere mich an die schreckliche Rede, die ich vor Lincoln am Brunnen gehalten habe. Diese sieht wie eine echte Rede aus, verglichen mit dem Klumpen Scheiße, der mir gerade über die Lippen kam.

Lincoln lässt seine warme Hand in meine gleiten. "Zusammen können wir alles schaffen, Myla."

Ich atme tief ein. Ich hoffe es, Lincoln.

Ich stolpere aus dem Portal und lande in einem der verdunkelten Torbögen der Arena. Licht flackert vom Stadionboden herein und wirft seltsame Schatten auf die Felswände. Lincoln und Walker treten als nächstes heraus und erscheinen ein paar Meter hinter mir.

Der Prinz legt seine Hand auf Walkers Schulter. "Bevor wir weitergehen, möchte ich Ihnen danken, dass Sie sich so gut um Myla und ihre Mutter gekümmert haben. Ich habe Sie nur gebeten, ein paar Nachrichten zu überbringen, und Sie haben sich weit darüber hinaus engagiert."

Mir wird ganz warm ums Herz. Walker ist immer so großartig und ich kann ihm nie genug danken. Ich trete an seine Seite, stelle meine Füße auf die Zehenspitzen und küsse ihn sanft auf die Wange. "Ich kann es nicht glauben, das könnte unser letzter gemeinsamer Arena-Kampf sein." Ich schaue an die Decke und versuche zu rechnen. "Das erste Mal, als du mich hier reingeschmuggelt hast, war vor acht Jahren?" Ich lächle und erinnere mich daran, wie Walker mich heimlich hereingeschleust hat, indem er mit seiner tiefen Stimme sagte: "Vielleicht wirst du eines Tages zum Dienst gerufen. Zusammen sahen wir einem Viperon-Dämonenkampf zu. Ich war sofort Feuer und Flamme.

Ich trete zurück, wippe auf meinen Fersen und lächle bei der Erinnerung. Dann merke ich, dass es still im Flur ist. Vieeeeeel zu still!

Walker und Lincoln schauen sich an, ihre Mienen sind nicht zu erkennen. Es gibt eine lange Pause, die durch das sanfte Prasseln von Kondenswasser auf dem unebenen Stein unterstrichen wird.

Hm. Was geht hier eigentlich vor?

Ich klopfe mir mit der Handfläche auf die Stirn. "Ich vergaß, ihr kennt euch ja auch. Wie ist das passiert?" Ich lächle. Zeit zum Geschichten erzählen! Nette Ablenkung.

Lincoln starrt Walker weiter an und sagt nichts. Die Temperatur im Flur wird ausgesprochen kühl. Irgendwas ist los.

Walker dreht sich zu mir um. "Erinnerst du dich daran, dass meine Urgroßmutter ein Erzengel war?"

Ich nicke. "Mama hat mir vor Ewigkeiten davon erzählt."

"Sie ist der Erzengel Aquila", sagt Walker. "Sie hat auch das Haus von Rixa gegründet. Lincoln und ich sind beide Mitglieder der Aquilinea, einer Gesellschaft für die Nachkommen von Aquila."

Ich kichere. "Ich sollte eine Gesellschaft für die Nachkommen von Xavier gründen. Dann habe ich etwas zu tun, wenn ich allein bin." Ich schaue zwischen Lincoln und Walker hin und her und warte auf eine Antwort. Das war nicht mein bester Witz, aber wie wäre es mit einem Höflichkeitslachen für das Mädchen, das in einen Arena-Todeskampf geht? Wo wir gerade davon sprechen, mein Inneres krampft sich vor Angst zusammen. Der Kampf sollte in ein paar Minuten beginnen.

Walkers Gesicht ist immer noch wie versteinert. "Deine Mutter hat mir verboten, meine persönliche Geschichte zu erwähnen, also habe ich ihren Wunsch respektiert. Aber jetzt ist es an der Zeit, dass du etwas über die Aquilinea erfährst."

"Danke." Mein Kopf wippt von einer Seite zur anderen. "Das erklärt, warum Octavia und Lincoln dir ihre Botschaften anvertraut haben." Ich stelle mir die Ghule vor, die Verus manchmal zu den Kämpfen begleiten; ich dachte immer, einige von ihnen sähen aus wie Walker. Das muss auch Aquilinea sein. Ich blicke hinaus auf den Boden der Arena. Vielleicht sehe ich heute einen von ihnen da draußen? Der Gedanke sollte tröstlich sein, aber das ist er nicht. Der Gedanke an das Stadion lässt mich nur noch nervöser werden.

Lincoln bewegt sich kaum, als er spricht. "Das erklärt dich und mich. Was ist mit dir und Myla?'

Ich beobachte ihn genau. Oooooooh, ich hab's verstanden. Der Prinz ist nie leicht zu durchschauen, aber ich habe das sichere Gefühl, dass er über etwas oder jemanden verärgert ist. Die kurze Liste der Möglichkeiten ist Walker, Walker und Walker. " Du wusstest nicht, dass Walker mich kennt?"

Lincoln's Blick bleibt auf Walker gerichtet. "Nicht über die paar Nachrichten hinaus, die ich ihm gegeben habe."

Ein Muskel zuckt entlang Walkers Kieferpartie. "Ich stehe unter einem unbrechbaren Schwur. Mylas Mutter muss alles absegnen, was ich über dich sage."

"Wie wäre es, wenn ich meine Mutter vertrete?" Ich schnipse mit den Fingern in Walkers Richtung. "Ich entbinde dich von deinem Schwur." Ich will auch hören, wie Walker in mein Leben gekommen ist. Außerdem ist die Mega-Spannung in diesem Flur nicht gerade förderlich für einen ohnehin schon unruhigen Morgen.

"Das sollte funktionieren." Lincoln's Augen verengen sich. "Sprich."

Walker atmet tief ein. "Xavier war vor langer Zeit mein Ausbilder, in der Zitadelle. Er wurde wie ein Vater für mich. Als er das Fegefeuer verließ, bat er mich, auf Camilla aufzupassen. Ich legte einen unbrechbaren Schwur ab. Als Myla geboren wurde, wachte ich auch über sie."

Lincolns Hände ballten sich zu Fäusten. "Myla ist also das geheimnisvolle Mädchen, das du all die Jahre besucht hast?"

Meine Augenbrauen schnellen nach oben. Wer hätte gedacht, dass ich ein Gesprächsthema zwischen Walker und Lincoln bin? Und das seit Jahren.

Walker reckt sein Kinn vor. "Ja."

Mein Mund verzieht sich zu einem "O". Mein ängstliches Gehirn hat ein bisschen gebraucht, aber jetzt verstehe ich endlich, was hier vor sich geht. Ich stelle mich direkt vor den Prinzen und umfasse sein Gesicht mit meinen Händen. Seine einen Tag alten Bartstoppeln kitzeln meine Handflächen, während er Walker stur weiter anstarrt. "So ist das nicht zwischen uns. Walker ist im Grunde mein Bruder." Ich führe seine Augen dazu, direkt in meine zu blicken.

Wut schwelt hinter den Zügen des Prinzen. "Also, habt ihr beide nie?"

" Psst!" Ich rolle mit den Augen. "Ich weiß die Eifersucht zu schätzen, aber wir verbrauchen wertvolle Zeit für den Abschiedskuss."

Lincoln grinst schließlich und lehnt sich näher heran. Wir teilen einen langsamen Kuss. Er ist süß, intensiv und viel zu schnell vorbei.

Der Prinz drückt seine Stirn an meine. "Pass auf dich auf."

Mein Schwanz streichelt sein Haar. "Das werde ich." Ich küsse ihn noch einmal, nur weil ich es kann.

Ich ziehe meine Maske über mein Gesicht, atme tief ein und drehe mich zu Walker. "Lass es uns tun."

Walker dreht sich zu Lincoln und legt seine Faust auf seine Brust. "Auf Wiedersehen, mein Schutzschild-Bruder." Ich vermute, dass dies ein traditioneller Abschied für die Aquilinea ist, aber so wie Walker es sagt, ist es eher eine Frage: "Sind wir in Ordnung?

Der Prinz hält inne, dann bewegt er seine Faust in der gleichen Bewegung. "Bis wir uns wiedersehen." So wie Lincoln die Worte sagt, ist es eine Antwort: "Alles klar."

Walker lächelt. Gemeinsam treten wir auf den Boden der Arena hinaus und gehen auf eine Gruppe von Quasis zu, die sich um Sharkie gruppieren. Sie alle haben lange schwarze Schwänze mit Pfeilspitzen.

Arena-Kämpfer. Alle Teil-Furor. Die Besten des Fegefeuers.

Das letzte Mal, als wir alle zusammen waren, war es die Scala-Initiation. Meine Stirn legt sich in Falten vor Fragen.

"Walker, gibt es heute eine Zeremonie?"

"Nicht, dass ich wüsste."

"Aha." Meine Schultern ziehen sich vor Unruhe zusammen. Irgendetwas an dieser Sache fühlt sich komisch an. Normalerweise gibt es in der Arena nur einen superstarken Quasi, zusammen mit einem Haufen kleinerer Dämonen. Warum versammeln sich heute alle Teil-Furor-Arena-Kämpfer des Fegefeuers - jeder Top-Krieger, den wir haben - in der Arena?

Ich scanne das Arenagelände. Noch mehr Merkwürdigkeiten sind im Gange. Normalerweise ist mindestens ein weiterer Ghul auf dem Stadionboden. Heute sind nur Walker und Sharkie da. Die Ausgangstorbögen sind ebenfalls leer, bis auf den direkt gegenüber von mir. Dort schreitet Lincoln im Schatten umher, sein Körper angespannt wie eine gespannte Feder. Er dreht sich in meine Richtung. Unsere Blicke treffen sich. Da ist keine Freude der Liebenden, die sich verbinden, nur die Konzentration zweier Krieger, die warten auf...Was?

Sharkie klopft mit seinem Stab auf den Boden. In jeder der vier Himmelsrichtungen erscheint ein Mitglied der Oligarchie am Rande des Stadions. Sie drehen sich gemeinsam um und öffnen vier riesige Portale entlang des oberen Ranges der Arena. Engel und Dämonen strömen auf die Tribüne.

Ich katalogisiere die Menge. Die Engel sehen aus wie immer: weiße Flügel, leinene Roben und blaue Augen. Ich inspiziere die Dämonen und erschrecke. Diese Gruppe ist nicht das übliche Sammelsurium an Farben, Formen und Größen. Heute sind die Dämonen alle groß, massig und mit Muskeln durchzogen. Große Flügel, so dunkel und angewinkelt, wie die einer Fledermaus, hängen sie von vielen ihrer Rücken herab. Ohne einen Laut von sich zu geben, nehmen sie mit militärischer Präzision ihre Plätze ein. Mindestens fünftausend von ihnen füllen die riesigen Tribünen.

Ich bin an ein heulendes Durcheinander von Dämonen gewöhnt. Mit den Jahren habe ich aufgehört, sie zu bemerken. Aber die heutige Stille setzt meine Nerven auf Messers Schneide.

Ich schaue zu Sharkie. Er hechelt aus seinen Nasenlöchern, schwarzer Schweiß tropft ihm über die Wangen. Walker tritt an meine Seite und legt seine Hand auf meine Schulter. In dem entfernten Torbogen verwandelt Lincoln sein Baculum in ein feuriges Breitschwert.

Unheilige Hölle. Was auch immer kommen mag, es ist schlimm.

ie Menge aus Engeln und Dämonen nimmt in Rekordzeit ihre Plätze ein. Verus und Armageddon sind die letzten, die das Stadion betreten. Engel in weißen Rüstungen flankieren an beiden Seiten von Verus. Ich erkenne Rhiannon und Levi. Zusätzlicher Schutz für Verus; kein gutes Zeichen.

Blinzelnd untersuche ich den dunklen Balkon. Armageddon ist von massiven, steingehäuteten Dämonen umgeben. Clementine sitzt auch dort, ein zufriedenes Grinsen verzerrt ihr schweinisches Gesicht. Ich verschränke meine Hände hinter dem Rücken, um zu verbergen, wie ich zittere.

Der Kampf kann beginnen.

Sharkie klopft ein weiteres Mal auf seinen Stab. "Engel, Ghule und Dämonen, ich bringe euch..."

Armageddon erhebt den Zeigefinger, seine Stimme hallt durch das Stadion. "Ich bitte um die Anwesenheit der Scala und des Scala-Erben." Er wirft einen abfälligen Blick auf die Oligarchen. "Seid ihr einverstanden?"

Huh. Als ob sie jemals nicht zustimmen würden.

Die Oligarchen sprechen unisono. "Ruft die Amtsinhaber."

Die Minuten vergehen. Ich hüpfe auf der Stelle und knacke mit dem Nacken hin und her. Mann, ich hasse es, hier zu warten. Das kotzt mich an. Mich. an. Mein innerer Zorndämon erwacht und schickt meinen Schwanz in einem Bogen über meine Schulter. Neue Emotionen - Wut und Frustration - mischen sich mit dem Schrecken, der mich vorher überwältigt hat. Dadurch fühle ich mich eigentlich besser. Meine Schultern lockern sich, ich bereite mich darauf vor, etwas zu treffen.

Schließlich öffnet sich ein langes Portal in der Mitte des Arenabodens. Daraus treten sechs Ghule, die eine Bahre tragen. Der Scala liegt darauf, tief im Schlaf. In der Nähe steht die Scala-Erbin in ihrer weißen Robe. Ihr Kopf ist hoch erhoben (ein wenig zu hoch, nach Meinung der echten Scala-Erbin), während sie die Menge abtastet.

Adair hebt ihre Hand. "Ich würde gerne etwas sagen, wenn ich darf?"

Sharkie verbeugt sich. "Natürlich, oh, Scala Erbin."

"Ich war so gerührt, als dieser zufällige Ghul mich besuchte und fragte, ob ich mich heute zu euch gesellen könnte. Es zeigt wirklich, dass ihr mich verehrt. Ich danke euch. Wirklich."

Ich werfe einen Blick in Richtung Lincoln. Sein Blick wechselt zwischen mir und Adair; er schüttelt den Kopf hin und her. Ich weiß genau, was er denkt: Sie sollte niemals hier sein, ohne dass ein Thrax sie beschützt.

Dingsbums.

Sharkie hämmert seinen Stab auf den Stadionboden. "Jetzt sollten wir..."

Armageddon schnieft. Sharkie und das Stadion verstummen. "Ich war noch nicht fertig."

Meine Muskeln spannen sich an, als die Angst meine Wirbelsäule hinaufkriecht. Mir gefällt das selbstgefällige Grinsen nicht, das Armageddon Mund umspielt. Was könnte er wohl zu sagen haben? Macht endlich mit dem Kampf weiter.

Die Muskeln im grauen Nacken des Moderators zucken. Auf ihrem Balkon umklammert Verus ihren Thron, ihre blauen Augen verengen sich zu Schlitzen. Es folgt eine lange Pause, dann stammelt Sharkie ein Wort heraus: "Ja... Ja?"

Armageddon erhebt sich und reißt seine dünnen Arme in die Höhe. "ANGRIFF!"

Mein Körper erstarrt vor Schreck. Fuuuuuuuuuuuuuck.

Was als Nächstes passiert, dauert nur Sekunden, aber jede einzelne fühlt sich wie Jahre an, beginnend mit den Dämonen, die aus den Tribünen auf den Boden der Arena strömen. Ich schnappe nach Luft und begreife plötzlich, warum alle Teil-Furor-Kämpfer des Fegefeuers - jeder Top-Quasi-Krieger, den wir haben - heute in der Arena versammelt wurden:

Um uns alle auf einmal auszulöschen.

Ich scanne die Oberkante des Stadions. Die Oligarchen stehen fassungslos da, ihre skelettierten Köpfe wackeln. Sie stolpern ein wenig herum, dann treten sie in ihre eigenen Portale und verschwinden. Der Hauptausgang geht mit ihnen.

Vielen Dank, Arschlöcher.

In der weißen Tribüne bilden die Engel eine Ad-hoc-Gruppe um Verus' Balkon, aber es ist unklar, ob sie sie beschützen wollen oder eine Fluchtmöglichkeit suchen. So oder so, das sind keine Krieger. Die Dämonenkämpfer nähern sich mit militärischer Präzision, metzeln sich durch die Engelszuschauer, um Verus und ihr Gefolge zu erreichen.

Mein Körper zittert vor eisigem Schock. Ich kann nicht glauben, was ich da sehe.

Verus breitet ihre Flügel aus und ergreift die Flucht. Einige ihrer Wächter bekämpfen die Dämonen im Nahkampf, andere erheben sich in die Luft und umzingeln ihre Königin. Ein Rudel Dämonen pumpt seine fledermausartigen Flügel auf und erhebt sich ebenfalls in die Luft. Die beiden Seiten krallen, stoßen und stechen sich in einem Hundekampf über meinem Kopf.

Der Anblick ist surreal, überwältigend. Die Welt zieht in Superzeitlupe an mir vorbei. Mein Herzschlag dröhnt in meinen Ohren. Ich inspiziere den Boden der Arena und suche nach dem Torbogen, in dem Lincoln wartete. Er ist nicht mehr da.

Walker berührt mich an der Schulter, was mich wieder aufhorchen lässt. "Ich habe Gruppendenken benutzt, um meine Brüder und Schwestern auf der Aquilinea zu rufen. Sie werden so viele Engel transportieren, wie sie können." Er scannt die Menge. "Wir müssen dich hier rausbringen." Er runzelt die Stirn. "Es sind zu viele Leute hier, um einfach ein Portal zu öffnen, aber ich muss es versuchen."

"Was ist mit Lincoln?" Ich scanne die Menschenmenge in der Nähe, sehe aber nur wenig durch das dichte Gedränge der Körper.

Walker schließt die Augen. "Er ist in der Arena-Etage." Er ergreift meine Hand. "Ich hole ihn sofort, nachdem ich dich verlegt habe."

"Verstanden." Ich spanne mich an und warte auf das vertraute Summen, wenn sich ein Portal öffnet.

Aber nichts passiert.

Um uns herum bricht das Stadion in Panik aus. Schreie hallen durch die Luft. Dämonen, Engel und Quasis wuseln umher, ihre Körper sind ein Durcheinander von blutigen Nahkämpfen. Lincoln ist irgendwo in diesem Wirrwarr des Krieges gefangen. Meine Brust spannt sich an. Wir müssen alle fliehen, sofort.

Ich suche Walkers Gesicht ab, Panik wirbelt durch mich hindurch. "Was ist los?"

Seine Gesichtszüge verzerren sich. " Warte einen Moment, es sind so viele..."

Aber Walker wird unterbrochen. Zwei dunkle und fiese Crini-Dämonen treten vor uns, die sechzehn riesige Krakenbeine auf einmal abwehren müssen.

Unheilige Hölle.

Der erste Crini packt Walker um den Bauch und drückt zu. Jetzt kann Walker kaum noch atmen, geschweige denn ein Portal öffnen.

Ich stürze mich auf den ersten Crini, meine Augen leuchten vor Wut. Wie kannst du es wagen, einen Tentakel auf meinen Walker zu legen?! Ich schlage mich auf die Fersen, bereit, aufzuspringen und ihm ins Gesicht zu treten, als der zweite Crini nach meinem Rücken schlägt.

Verdammte Scheiße! Der Walker wird warten müssen.

Ich ducke mich, während mein Schwanz seine Arbeit macht und zwei Arme meines Angreifers durchtrennt. Schnell werfe ich einen Blick auf Walker; seine Arme und Beine sind zwischen dem langen schwarzen Schnabel und den riesigen roten Augen der Kreatur eingeklemmt. Es kostet ihn all seine Kraft, nicht in das Maul des Crini gestopft zu werden.

Das bringt mich auf eine Idee.

Mein Crini stürzt sich wieder auf mich; diesmal bleibe ich stocksteif stehen. Der Arm der Kreatur schlingt sich um mich und zieht mich in Richtung seiner schnappenden Kiefer. Ich spiele den Besessenen, bis ich nur noch Zentimeter von seinem Schnabel entfernt bin, dann steche ich meinen Schwanz durch sein Auge und sein Gehirn. Der Dämon heult auf, dann fällt er tot um. Aha!

Ich lasse mich sofort fallen, nur um von Walkers Monster aufgeschnappt zu werden. Frische Wut schießt durch mich hindurch. Dieses schleimige Monster hat sich das falsche Mädchen ausgesucht. Der Crini wickelt zwei riesige Arme um meinen Körper, ein dritter hält meinen Schwanz fest in Position.

Verdammt, der ist clever.

Panik schießt durch mich hindurch. Ich kann meine Arme, Beine oder meinen Schwanz nicht bewegen. Die großen Augen des Crini wechseln zwischen mir und Walker hin und her und überlegen, welche Mahlzeit besser ist. Sein Blick bleibt auf mir haften. Nicht gut. Mit einer Krümmung seines Tentakels schiebt der Dämon Walker von seinem Maul weg. Danach zieht er stattdessen meinen Kopf zu seinem Maul.

Ich winde mich und wehre mich, aber es nützt nichts. Der Crini öffnet seinen langen Schnabel. Grüne, rasiermesserscharfe Zähne säumen sein Maul. Speichel tropft von seiner riesigen rosa Zunge. Alles nimmt eine traumhafte Qualität an. Ich scheine außerhalb meiner selbst zu schweben, als das Monster meinen Kopf tief in sein Maul zieht.

Jetzt ist es soweit. Ich werde gleich getötet werden. Irgendwie fühle ich mich wie betäubt, anstatt Angst zu haben.

Ich zucke zusammen, meine Hände ballen sich zu Fäusten. Ich kämpfe, um mich aus dem Griff des Monsters zu befreien, aber es ist sinnlos. Alles, was ich tun kann, ist auf das Knacken zu warten, wenn sich seine Zähne in meinen Schädel bohren.

Anstatt zuzubeißen, lockert sich der Kiefer der Kreatur. Seine Tentakelarme lassen nach, so dass ich mich aus seinem Griff herausdrehen kann. Ich gewinne festen Boden unter den Füßen und scanne die Arena.

Verdammte Scheiße, was ist da passiert? Ich sehe mir den Boden der Arena an. Lincoln steht in der Nähe, sein Baculum-Schwert lodert. Der Crini liegt in zwei sauberen Hälften neben seinen Füßen. Ich atme einen langen Atemzug aus, Erleichterung füllt jede Zelle in meinem Körper.

"Ich schulde dir was." Ich lächle.

Er grinst und wackelt anzüglich mit den Augenbrauen. "Ich weiß."

Ich kichere, mehr als dankbar für das Lächeln.

Der Prinz ergreift meine Hand; sein Feuerschwert verschwindet. "Walker ist frei, lass uns hier verschwinden."

Erleichterung durchströmt mich. Walker ist okay und wir können gehen! Ich sehe mich auf dem Stadionboden um. Walker steht in der Nähe, sein Arm umklammert seinen Bauch, sein Gesicht windet sich vor Schmerzen. Ein Portal liegt offen neben ihm, seine Form flackert auf und ab.

Wir haben nicht viel Zeit. Walker ist so verletzt, dass er kaum ein halbes Portal offen halten kann. Wir müssen ihm helfen und uns in Sicherheit bringen. Lincoln und ich rennen in Richtung des geöffneten Portals.

Ein hoher Schrei erschüttert unser Trommelfell und lässt uns beide erstarren. Lincoln zuckt zusammen. "Ich kenne diese Stimme."

"Ja, ich auch. Es ist Adair." Mein Herz schwächelt. Warum ist dieser anspruchsvolle Idiot nicht mit der Scala abgehauen?

Blinzelnd sehe ich Adair neben dem leblosen Rumpf eines Manus-Dämons stehen. Die Kreatur liegt mit dem Gesicht nach unten auf dem Boden der Arena, ihr Körper ist ein Haufen blutiger Wunden und verfilzten schwarzen Fells.

Als ich sehe, wie Adair schreit und um sich schlägt, verzieht sich mein Mund zu einer Seite des Gesichts. Das ist das, was man ein klassisches moralisches Dilemma nennt. Auf der einen Seite habe ich Walker, der offensichtlich verletzt ist und darum kämpft, ein Portal zu öffnen, damit er sich selbst, mich und den Mann, den ich liebe, retten kann. Auf der anderen Seite habe ich Adair, der sich wie ein Dummkopf in diese Situation begeben hat und es wohl verdient hat, zu sterben. Zu allem Überfluss bin ich zum Teil ein Dämon. Niemand erwartet wirklich, dass ich hier das Richtige tue. Ich könnte mir Lincoln schnappen, uns beide durch das Portal schieben und mich später einfach rausreden. Oh-oh, ich bin total in Panik geraten. Mein Fehler! In meiner Seele knurrt mein Zorndämon und ermutigt mich zu einem schnellen Abgang.

Ein schneller Abgang? Kein schlechter Gedanke, wirklich.

Wieder einmal schreit Adair, als würde ihr Kopf explodieren und, verdammt, sie tut mir leid. Schwachkopf oder nicht, sie hat es nicht verdient, allein auf dem Arenaboden zu sterben.

Mist, ich bin kurz davor, wieder das Richtige zu tun, so wie ich es für ihren Vater beim Winterturnier getan habe. Hoffentlich werde ich es nicht bereuen.

Ich mache eine Bewegung zu Walker. "Schließt das Portal. Wir müssen Adair holen." Walker nickt, die schwarze Tür verschwindet. Er bleibt einen Moment stehen, packt seinen Bauch fester und sackt dann auf den Boden der Arena.

Hells Bells.

Ich knie mich an Walkers Seite. "Bist du in Ordnung?" Meine Hände flattern ängstlich in die Nähe seines Bauches. Kindermädchen zu spielen ist nicht gerade meine starke Seite.

Walker spricht mit zusammengebissenen Zähnen. "Mir geht's gut. Der Crini-Dämon hat einige -" er zuckt zusammen "- innere Schäden verursacht. Ich habe die Gabe der Selbstheilung von meiner Großmutter. Ich brauche nur ein wenig Zeit." Sein Gesicht sieht milchig-blass aus.

Erzengel haben eine kilometerlange Liste von Kräften, ihre Nachkommen erben meist nur ein oder zwei davon. Ich lasse einen langen Atemzug aus. Wenn Walker sich selbst heilen kann, wird es ihm gut gehen. Ich wünschte nur, Lincoln oder ich hätten diese Fähigkeit auch.

Ich gebe Walkers Hand einen unbeholfenen Klaps. "Nimm dir so viel Zeit, wie du brauchst."

Der Prinz tippt mir auf die Schulter; ich erhebe mich. "Was gibt's?"

Er zeigt auf den Boden der Arena. "Tinea-Dämon." Ein Muskel zuckt entlang seiner Oberlippe. "Und er steuert direkt auf Adair zu."

"Natürlich, das ist er." Mir sinkt das Herz in die Hose. Der Tinea ist ein humanoider Wurm, etwa einen halben Meter groß, mit einem sehnigen Körper, fettiger brauner Haut und einem großen, klaffenden

Loch als Mund. Sein Kopf ist ein augenloser Klumpen, der mit feinen, haarähnlichen Stacheln bedeckt ist. An den Enden seiner seilartigen Arme und Beine drehen sich diamantscharfe Klauen in Form von Rotoren.

Dieses Ding ist so knallhart, dass es nicht mehr lustig ist. Und ich habe noch nie davon gehört, dass jemand einen umgebracht hat. Knoten der Anspannung kriechen meine Beine und meinen Rücken hinauf. Wir sind so am Arsch.

Tineas sind die Dämonen der Wahl, wenn man jemanden entführen oder töten will. Wenn sie sich einmal auf deine Stimme und deinen Gang eingeschossen haben, geben sie nicht mehr auf. Armageddon muss diesen hier hinter Adair hergeschickt haben. Ich inspiziere den Stadionboden und suche nach dem alten Scala. Es gibt kein Zeichen von ihm oder seinen Ghul-Trägern. Sie sind wahrscheinlich beim ersten Anzeichen von Ärger abgehauen und haben die Scala-Erbin vergessen.

Nun, Armageddon hat es nicht vergessen.

"Ich werde den Dämon hinhalten." Lincoln zündet sein Baculum neu. "Sorge dafür, dass sie sich nicht bewegt und keinen Lärm macht." Ich nicke. Tineas jagen durch Berührung und Geräusche. Wenn Adair ruhig und still bleibt, wird er sie nicht finden.

Ich schlage die Fäuste mit Lincoln zusammen und renne los in Richtung Adair. Während ich dahin rase, fällt mein Blick auf die oberen Ebenen der Arena. Ein eisiger Schock der Angst durchfährt mich. Die Oberkante der Arena ist mit Dämonen bedeckt, die sich krabbelnd, fliegend und demolierend ihren Weg aus dem Stadion bahnen.

Sie sind auf dem Weg, das Fegefeuer zu überrennen.

Übelkeit überkommt mich. Jeder, den ich je gekannt habe - Schüler, Lehrer und sogar der alte Mechaniker, der versucht, Betsy zu reparieren - könnte heute ermordet werden.

Ich schüttle meinen Kopf von einer Seite zur anderen. Keine Zeit, jetzt darüber nachzudenken.

Als ich das Gelände um mich herum scanne, stelle ich fest, dass sich der Boden der Arena größtenteils geleert hat, nur ein halbes Dutzend Quasis und Dämonen kämpfen noch in der Nähe. Eine Handvoll von Walkers Aquilinea-Brüdern und -Schwestern streifen über das Gelände und öffnen Portale für die verbliebenen Engel. Zu viele weiß-gewandete Körper liegen leblos auf den Steinsitzen. Meine Kehle schnürt sich vor Trauer zu.

Ich richte meinen Blick nach oben. Der Himmel ist jetzt klar; ich kann nur hoffen, dass Verus entkommen ist, während ich die Crinis bekämpft habe. Ich kreuze meine Finger. Bitte, lass sie leben.

Auf der Tribüne sitzt Armageddon still und groß auf seinem dunklen Thron. Er leckt sich die dünnen Lippen und katalogisiert das Stadion. Die Sitze sind zertrümmert, die Torbögen zerbrochen, und überall liegen Leichen aller Art. Sein Blick verweilt auf der Tinea und er lächelt. "Phase eins ist gut im Griff. Folgen Sie mir." Er und sein Gefolge schleichen aus der Arena.

Die Verspannung in meinem Rücken löst sich ein wenig. Wenigstens ist das eine Sache weniger, über die man sich Sorgen machen muss.

Adair ist nur noch ein paar Meter entfernt und sieht in ihrer weißen Robe gelangweilt aus, während sie über den Stadionboden stapft. Ich hebe meinen Arm. "Hey! Adair!"

Ihre kleinen Augen blicken mich über eine Mopsnase hinweg an. "Wer bist du?"

Ich bleibe vor ihr stehen und ziehe meine Maske ab. "Ich bin Myla Lewis."

"Ach ja, du bist die, die auf dem Ball gestrippt hat." Sie grinst. "Cunnus-Mädchen."

Normalerweise würde ich ihr an dieser Stelle den Kopf abschlagen. Stattdessen atme ich tief ein und balle meine Hände zu Fäusten. "Hör zu, Adair. Du bist in ernster Gefahr. Da ist ein Dämon hinter dir her."

Sie kichert. "Nein, gibt es nicht." Ein Crini rumpelt an uns vorbei, auf dem Weg aus dem Stadion. "Pass mal auf." Sie tippt mit dem Finger auf einen Tentakel. "Hallo!"

Der Crini mustert mich und Adair, seine roten Augen flackern dämonenhaft. Das Monster schleicht sich näher, die langen Tentakel hoch erhoben. Ich gehe in Kampfstellung, mein Schwanz wölbt sich über meine Schulter.

Auf der anderen Seite des Stadions kämpft der Tinea gegen Lincoln, seine Diamantklauen kämpfen mit dem Baculum-Schwert des Prinzen. Der Tinea neigt seinen Kopf in Richtung der Crini und stößt eine Reihe von wütenden Fiepsen aus. Ich spreche kein Tinea, aber ich vermute, es bedeutet so etwas wie: "Verschwinde, Kumpel, ich habe sie. Der Crini hält inne, zittert und schleicht sich davon.

Adair grinst. "Sehen Sie, was ich meine? Sie rühren die Scala-Erbin nicht an, obwohl dieses Ding -" sie tritt den toten Manus-Dämon - "mich fast zerquetscht hätte, als es umfiel."

"Die anderen Dämonen meiden dich, weil Armageddon die Tinea geschickt hat." Ich achte darauf, dass ich jedes Wort flüstere. "Solange Sie ganz still stehen und leise sprechen, kann der Tinea Sie nicht aufspüren. Also bleiben Sie ruhig und bewegen Sie sich nicht, okay?"

"Klar, wie auch immer." Adair blickt sich auf dem Stadionboden um, ihre Körpersprache schreit: "Sie gehört nicht zu mir."

Wut kocht in meinem Bauch auf. Ich versuche, Adairs Leben zu retten, und sie ist, wie ihr Idiot von Vater, zu hochnäsig und stur, um das zu erkennen.

Adair spricht mit voller Stimme. "Hören Sie, ich mache mir nur Sorgen um eine Mitfahrgelegenheit nach Hause. Ich hätte nie zustimmen sollen, heute Morgen in der Arena vorbeizuschauen, nur weil der Ghul so nett gefragt hat."

Eine Fahrt nach Hause? Ist das Ihr Ernst? "Dämonen greifen das Fegefeuer an, Adair."

"Und?"

Ich bin kurz davor, zu sagen: "Also haben sich Ihre Leute wahrscheinlich evakuiert", aber sie schweigt (irgendwie) und bewegt sich nicht. Warum es übertreiben? "Ich bin sicher, dass bald jemand hier sein wird."

Adair erstarrt. "Lincoln!" Sie springt auf und ab. "Mein Prinz ist hier, um mich zu retten."

Das reicht jetzt. Meine Hände packen ihren Oberarm. "Welcher Teil von 'Steh still und halt die Klappe' war unklar?"

"Lincoln! Oh, Lincoln!" Sie zerrt uns beide in Richtung des Prinzen und der Tinea.

Ich grabe meine Fersen in den Arenaboden und halte ihren Arm fest. "Adair, was habe ich gesagt? Bleiben Sie ruhig und bewegen Sie sich nicht. Lincoln kämpft gerade gegen einen Dämon."

Sie windet sich noch stärker unter meinem Griff. "Lassen Sie mich los!" Sie dreht sich zu mir um. "Wie können Sie es wagen-" Sie erstarrt, ihre Augen mustern sorgfältig mein Gesicht. "Hey, seit wann haben Sie diese blauen Augen?"

Unheiliger Strohsack. Ich sehe schon, worauf das hinausläuft, und es ist kein schöner Ort.

"Ich habe keine blaue Iris. Sie haben Halluzinationen." Nicht meine beste Lüge.

"Sind Sie mit Lincoln hierher gekommen? Ihr beide seid auf der Party verschwunden, nach eurer kleinen Cunnus-Mädchen-Sache." Ihre kleinen Augen verengen sich zu Schlitzen. "Ich muss mit dem Hohen Prinzen reden. Jetzt." Sie stupst mit ihrem Zeigefinger meinen Brustkorb an. "Sie sollten wissen, dass er und ich im Grunde fast verlobt sind."

Ich atme tief ein. "Klar sind Sie das." Ich möchte sie treten. So. Fest. "Konzentrieren Sie sich, Adair. Erinnern Sie sich an den fiesen Wurm-Dämon?"

"Lincoln!" Sie zerrt mit all ihrer Kraft an mir.

Ich spreche im lautesten Flüsterton, den ich zustande bringe. "Adair, bleiben Sie ruhig."

Sie zerrt uns beide ein paar Meter über den Stadionboden. "Ich weiß, was Sie vorhaben." Panik flackert in ihren Augen auf. "Sie geben vor, die Scala-Erbin zu sein, nicht wahr?" Sie wirft einen verzweifelten Blick auf Lincoln. "Nun, das sind Sie nicht. Ich bin die Scala-Erbin. ICH BIN DIE SCALA ERBINNNN!"

So ein Mist.

Der Tinea bleibt stehen. Er neigt seinen klumpigen Kopf und schnüffelt durch zwei gezackte Nasenlöcher. "Scala Erbin."

Oh nein, er riecht den Geruch von Igni an mir, genau wie Armageddon es tat.

Lincoln hackt auf den Körper des Tinea ein, aber die Wunden heilen so schnell, wie sie entstanden sind. Die einzige Möglichkeit, einen Tinea zu töten, ist, alle vier wurmigen Gliedmaßen auf einmal abzutrennen. Deshalb hat es auch noch nie jemand getan.

Der Dämon stößt seine Arme in den Boden, sein Körper gräbt sich schnell unter die Erde der Arena. Er hinterlässt ein schmales Loch im Stadionboden. Ich starre auf die dunkle Grube und wünschte, ich könnte hineinspringen und mich für eine Weile verstecken. Vielleicht nur, bis Adair tot ist.

Lincoln sprintet in unsere Richtung. "Keine Bewegung!"

"Siehst du, ich hatte recht. Mein Prinz wird mich retten." Adairs Gesicht verzieht sich zu einem hochmütigen Lächeln. "Ich bin Thrax, und Thrax kennen Dämonen. Dieses Wurm-Ding war nichts, worüber man sich Sorgen machen musste."

Igitt, ich kann nicht glauben, dass sie so dumm ist. Ich stütze mein Gewicht auf meine rechte Hüfte und sehe zu, wie sie herumhüpft und nach ihrem Prinzen ruft. Oh ja, ich glaube.

"Der Dämon wird jeden Moment wieder auftauchen." Ich packe ihren Arm fester. "Bewegen Sie sich nicht, sonst taucht er direkt neben Ihnen auf..."

"Lincoln! Ich wusste, du würdest mich holen." Sie springt auf und ab. Schon wieder.

Ich seufze. "Adair, Sie müssen an Ihren Zuhörfähigkeiten arbeiten."

Lincoln steht neben der falschen Scala-Erbin. Ich lasse ihren Arm los; sie schmiegt sich an seine Brust. "Oh, mein Prinz! Ich habe mich so gefürchtet."

Wut kocht in mir hoch. Hände weg, er gehört mir.

Lincoln klopft ihr auf den Rücken. "Alles wird gut werden, Adair."

Sein Blick wandert zu mir. "Myla, du hast gesagt, du würdest sie ruhig halten."

Heiliger Strohsack! Auf keinen Fall werden meine Adair-Management-Fähigkeiten hier kritisiert. Ich stemmte meine Fäuste in die Hüften. "Ich habe es versucht. Sie ist irgendwie ein Satansbraten."

Lachen tanzt in Lincoln's Augen.

Adair kommt auf mich zu. Wenigstens hat sie ihre Wange von seinem Schlüsselbein gelöst. "Niemand spricht auf diese Weise mit der Scala-Erbin!"

Das war's. Ich hebe meine Hand auf Schulterhöhe, bereit, eine ganze Menge Igni-Schmerzen auf ihren blonden Kopf niedergehen zu lassen.

Bevor ich so weit kommen kann, beginnt die Tinea wieder aufzutauchen. In der Nähe unserer Füße zittert der Boden der Arena und hebt sich. Rotorartige Hände brechen durch den Boden. Ein klumpiger Kopf und ein wurmartiger Körper folgen. Die ledrige Haut schimmert vor Schleim.

Adair schreit sich die Seele aus dem Leib.

Die Federkiele an der Tinea vibrieren, dann verstummen sie. Die Kreatur schnüffelt durch ihre dünnen Nasenlöcher. Mein Verstand schaltet auf Kampfmodus um. Die Wut auf Adair, die Sorge um Walker und die Angst um die Zukunft ... all das verschwindet, als mein Verstand beginnt, mögliche Angriffsvektoren und Verteidigungszüge zu berechnen. Der Tanz der Schlacht beginnt.

Das Loch im Mund des Tinea reißt sich weit auf. Sein klumpiger Kopf dreht sich in meine Richtung. "Scala Erbin."

Mein Körper geht in Kampfstellung, der Schwanz wölbt sich über meine Schulter. Lincoln und ich befinden uns auf der gleichen Seite des Tinea. Nicht die beste Art, dieses Ding anzugreifen.

"Nein, nein, nein!" Adair springt zwischen mich und den Dämon. "Ich bin die Scala-Erbin."

Lincoln packt sie am Arm und versucht, sie aus dem Weg zu ziehen. Sie rührt sich nicht von der Stelle.

Die wurmstichigen Arme des Tinea strecken sich Adair entgegen, bereit, ihren Bauch zu durchbohren, alles in dem Versuch, mich zu erreichen. In meinem Kopf klickt es durch verschiedene Bewegungen und Gegenbewegungen.

Ja, so wird es gehen.

Ich hocke mich auf den Boden, strecke mein Bein aus und knalle mein Schienbein hinter Adairs Füße. Die Wucht meines Trittes setzt sie an den Knöcheln außer Gefecht. Adair stolpert rückwärts und fällt mit einem dumpfen Aufprall auf den dreckigen Boden. Die Arme der Tinea zischen harmlos über unsere Köpfe.

Ja, das hat ihr das Leben gerettet.

Und ja, ich habe es total genossen, sie zu treten.

Adairs ungleiche Augen blicken weit und glänzen vor Angst. "Dieser Dämon hätte mich umbringen können." Ausnahmsweise sitzt sie ruhig da und hält ihre Klappe.

Lincoln und ich stehen Seite an Seite, der Tinea hält vor uns inne. Die Kreatur neigt den Kopf in meine Richtung. "Scala Erbin." Es beginnt, sich unter der Erde zu vergraben. Dem Winkel nach zu urteilen, wird es direkt hinter Lincoln wieder auftauchen. Das ist nicht gut.

Ich starre den wühlenden Dämon an und kratze mich am Kinn. Das Ding ist ziemlich harmlos, wenn es gräbt, und man kann ihm keine Gliedmaßen abschneiden. Wir haben eine kleine Verschnaufpause. "Lincoln, weißt du noch, als ich sagte, ich schulde dir was?"

"Offensichtlich." Lincoln zündet sein Baculum neu. "Ich habe große Pläne, wie du es mir zurückzahlen wirst." Vor uns ist die Tinea fast im Boden verschwunden.

Ich bewege meine Hüften und spieße ihn mit meinem Schwanz auf. Ich drehe mich und schleudere den Dämon über den Boden der Arena. Er knallt mit einem klebrigen Knall an die gegenüberliegende Wand. "Der Tinea war dabei, hinter dir wieder aufzutauchen. Jetzt sind wir quitt."

Lincoln lächelt halb. "Danke, denke ich."

Auf der anderen Seite des Arenabodens kommt die Tinea wieder auf die Beine und gräbt sich in den Boden ein.

Lincolns Augen öffnen sich extra weit. "Ich habe eine Idee." Er spaltet das Baculum, sodass sein Breitschwert zu zwei feurigen Kurzschwertern wird. In Alarmbereitschaft stehend, wartet er darauf, dass der Dämon wieder auftaucht. "Stell dich hinter mich."

Ok, ich sehe, worauf er hinaus will. Es ist am einfachsten, die Tinea zu erledigen, wenn wir von gegenüberliegenden Seiten angreifen. Aber wenn wir in Position gehen, weiß der Dämon genau, wo wir sind. Wir brauchen den Überraschungsmoment.

Ich stehe hinter Lincoln, mein Körper ist in höchster Alarmbereitschaft. Adair sitzt in der Nähe und beobachtet uns mit offenem Mund. Mein Verstand schaltet wieder in den Kampfmodus, aber dieses Mal mit einem Unterschied. Jetzt berechne ich mehr als nur meine eigenen Züge und Gegenzüge. Ich lächle. Als Team zu kämpfen fühlt sich mehr als fantastisch an.

Der Boden vor Lincoln hebt sich. Rotorartige Hände brechen durch die Oberfläche.

Mein Körper spannt sich an, wie eine gespannte Feder, die bereit ist, auszubrechen. Ich verlagere mein Gewicht auf die Fußballen und spreche im Flüsterton. "Jetzt?"

Lincolns Stimme ist ruhig und leise. "Noch nicht."

Der schmierige Kopfklumpen des Tinea bricht durch den Arenaboden. Ich will mich so sehr bewegen; es kostet mich meine ganze Konzentration, zu warten. Als nächstes folgt der wurmstichige Torso des Dämons aus dem Loch. Ich schüttle meine Fingerspitzen aus und versuche, etwas von der Spannung zu lösen. Schließlich tauchen die struppigen Beine aus dem Dreck auf und halten sich am Boden fest.

"Jetzt, Myla!" Lincoln beugt sich vor. Ich setze meinen Fuß auf seinen Rücken, stürze mich in die Luft, mache einen Purzelbaum über den Kopf des Tinea und lande in der Hocke hinter dem Dämon. Lincoln hebt seine Kurzschwerter hoch.

Das ist mein Stichwort.

Während Lincoln seine Klingen durch die Arme des Dämons rammt, stoße ich mit meinem Schwanz durch die Beine des Monsters. Die Kreatur hält inne, zittert und zerfällt in eine Pfütze aus bräunlichem Schleim.

Klasse. Einen Tinea besiegen, für einen Eintrag in die Rekordbücher.

Adair sitzt in der Nähe, ihr Gesicht ist farblos. "Ihr habt ihn getötet. Zusammen."

Lincoln und ich ballen die Fäuste. "Das stimmt." Ich wackle mit dem Hintern. "Wir sind eine knallharte, gemeine Dämonen-Killermaschine."

Lincoln lacht; Adair nicht. Überraschenderweise wirkt sie eher schockiert als arrogant, was eine nette Abwechslung ist. Sie stützt sich auf die Ellbogen und spricht durch klappernde Zähne. "Woher wussten Sie, wie man so kämpft?"

Wow. Eine Frage, die kein Scala Erbe-bezogenes Gejammer beinhaltet. Adair muss öfters fast sterben. Ich jogge auf der Stelle, knacke mit dem Nacken von Seite zu Seite. "Lincoln brach das Baculum entzwei, also geht er offensichtlich auf die Arme des Dämons los. Und wenn er die Arme ausschaltet, dann muss ich die Beine erwischen. Das ist der einzige Weg, einen Tinea zu töten."

Der Prinz schlingt seine Hände um meine Taille. "Gut gemacht."

Ich küsse seine Nasenspitze. "Das gilt auch für dich." Plötzlich wird mir bewusst, dass ich einen hautengen Catsuit trage und Lincoln in seinem Körperpanzer sehr gut aussieht. Die Luft um uns herum pulsiert vor Energie. Wenn Adair mich nicht anstarren würde, als wäre ich ein weiterer Tinea, würde ich Lincoln jetzt sofort küssen.

Der Prinz liest meine Gedanken. "Später, Myla."

Ich schließe meine Lippen und runzle halb die Stirn. "Hast du noch etwas Genaueres für mich?"

Lincoln umrahmt mein Gesicht mit seinen Fingerspitzen. "Es wird Zeit für uns geben. Ich schwöre es." Er redet von mehr als einem Kuss. Das Verlangen schießt durch mich hindurch. Oh, ja. Meine Augen flackern knallrot.

Der Prinz lehnt sich näher heran, sein Mund an meinem Ohr. "Ich glaube, das ist ein Rekord für die schnellste Zeit von Null bis zum Sprudeln."

Mein Mund verzieht sich zu einem halb-verschmitzten Grinsen. "Du bist so ein wetteifernder kleiner Fiesling." Und ich würde es nicht anders haben wollen.

Ich trete zurück und atme tief durch. Wir können es uns nicht leisten, herumzustehen und Witze zu reißen. "Ich muss Walker finden. Ich komme ohnehin schon zu spät zum Bunker ."

Lincolns Augenbrauen wölben sich. "Ich muss? Denkst du, du gehst alleine?"

Ich runzle spöttisch die Stirn. "Ich dachte, das wäre der Plan." Lincoln bleibt bei mir? Wow. Ein Lichtblick an einem ansonsten trostlosen Tag. Mein Herz wird leichter.

"Als Armageddon ins Fegefeuer eindrang, änderten sich die Pläne. Ich gehe nirgendwo hin, bis ich mir sicher bin, dass du in Sicherheit bist."

Ich trample mit dem Fuß auf den Boden. "Ich würde dir ja sagen, dass du dich deinen Leuten anschließen sollst, aber du hörst ja sowieso nicht auf mich."

Lincoln schenkt mir ein schelmisches Grinsen. "Und insgeheim willst du mich unbedingt in deiner Nähe haben."

Meine Wangen werden rosa. Ist das so offensichtlich? "Das auch."

"Wusste ich's doch." Mit einem Zwinkern in meine Richtung wendet sich Lincoln an Adair und bietet seinen Arm an. "Kannst du laufen?"

Sie behält ihre Hände bei sich, ausnahmsweise. "Mir geht's gut."

"Sehr gut." Der Prinz legt den Kopf schief. "Ich fürchte, du musst mit uns reisen, bis wir dich nach Hause bringen können."

"Das ist in Ordnung." Adairs Stimme ist kaum über ein Flüstern hinaus. Ich beobachte sie einen langen Moment lang, meine Stirn in Gedanken gerunzelt. Unser Kampf mit dem Tinea-Dämon hat sie irgendwie verändert, aber ich kann nicht genau sagen wie. Ich zucke mit den Schultern. Was auch immer es ist, sie ist auf jeden Fall weniger nervig.

"Hallo, du!" Walker humpelt auf uns zu, den Arm zur Begrüßung erhoben. Ich bin froh zu sehen, dass seine Haut einen gesünderen, blassen Farbton hat. Um ihn herum sieht das Stadion so gut wie verlassen aus. "Ich kann jetzt alle in den Bunker portieren, wenn ihr bereit seid."

Mein Blick wandert zwischen Walker und Lincoln hin und her. Mit meinen beiden Lieblingsmännern im Schlepptau? *Ich bin mehr als bereit.*

26

Ich verlasse das Portal und trete in das schummrige Licht der Hauptkammer des Bunkers. Walker, Adair und Lincoln folgen hinter mir. Der Raum ist riesig, quadratisch und aus Gussbeton gefertigt. Industrielle Laternen baumeln von langen Deckenschnüren und werfen Lichtkegel auf den Boden. Stahlregale säumen die Wände, jedes einzelne ist überfüllt mit Vorräten. Klappstühle aus Metall liegen ungeöffnet in Stapeln. Mama, Tim, Cissy und Zeke warten an der gegenüberliegenden Wand.

Ich winke ihnen zu. "Hey, Leute."

Keiner spricht. Das ist merkwürdig. "Sagt nicht alle auf einmal Hallo." Ich grinse.

Immer noch keine Antwort. Die Haare in meinem Nacken stellen sich auf. Alarm rattert durch meinen Körper. Ich drehe mich um und werfe einen Blick auf die Kommunikationskonsole. Die Monitore sind immer noch dunkel. Meine Stirn legt sich in Falten. Es sollte doch schon alles eingeschaltet sein.

Ich gestikuliere zu Cissy und Zeke. "Was macht ihr beiden denn noch hier?"

Keiner sagt ein Wort. Tim und Cissy kuscheln sich enger aneinander und entfernen sich ein paar Schritte von den anderen. Adair krabbelt in eine Ecke und setzt sich, die Arme um die Knie geschlungen, auf den Boden. Wenigstens schreit sie nicht.

Meine Stirn legt sich noch ein wenig mehr in Falten. Warum ist Cissy in der Nähe von Tim? Das ist daneben, völlig daneben. Die Alarmglocken in meinem Körper läuten lauter und lassen meine Zähne aufeinander prallen.

Walker runzelt die Stirn und deutet mit seinem langen Arm auf Tim. "Warum haben Sie die jungen Quasis nicht transportiert?"

Tims schwarze Augen leuchten rot auf, sein Mund verzieht sich zu einem bösen Grinsen. "Warum? Musst du das fragen?"

Ein Schauer der Angst läuft mir über den Rücken. Ich konnte diesen Tim noch nie leiden.

Walker fletscht die Zähne. "Beantworte meine Frage, TIM-29."

"Weil ich weiß, wer das hier wirklich ist." Tim zeigt mit seinem knochigen Finger auf Mama. "Du würdest nie akzeptieren, dass du eine Näherin bist, Senatorin. Ihr verschwört euch gegen die Ghul-Regierung, du und diese Hexe, die du eine Tochter nennst. Ich habe mich einmal gegen mein Volk gestellt, als ich mich entschied, für euch zu arbeiten. Diesen Fehler werde ich nicht noch einmal machen." Er erzählt eine gute Geschichte, aber das Zittern in seiner Stimme deutet auf eine andere Geschichte hin. Für Tim geht es um mehr, als ein patriotischer Ghul zu sein. Er sorgt sich immer noch um meine Mama und ist sauer, dass sie ihn nicht mag - so wie er sie. Er will sich rächen.

Tim wirbelt Cissy herum. Er hält ihr einen kurzen Speer an die Wirbelsäule. "Diese Waffe ist mit Gift überzogen. Macht keinen Fehler, ein Kratzer wird sie töten. Keiner von euch bewegt sich."

Oh, verdammt. Und ich dachte, Tim wäre so erwachsen, weil er ihr geholfen hat, obwohl Mama Xavier liebte. Mein Zorndämon spuckt Feuer in meine Adern. Was für ein weinerlicher kleiner Loser! Ich starre auf seine knochige Hand auf Cissys Arm. So wahr mir Gott helfe, wenn er ihr wehtut, reiße ich ihm den Kopf ab. Und das ist nur der Anfang.

Lincoln spricht mit tiefer und bedächtiger Stimme. "Wir kommen aus der Arena. Die Dämonen haben alle angegriffen, auch die Ghule. Die Oligarchen sind nur knapp mit dem Leben davongekommen. Wir sind auf der gleichen Seite, mein Freund."

"Die Dämonen haben angegriffen, was?" Tim runzelt die Stirn. "Und wessen Schuld ist das? Du vergisst, dass ich jahrelang mit der Senatorin zusammengearbeitet habe. Sie würde die Republik nie aufgeben. Sie intrigiert und kämpft immer noch, merk dir meine Worte."

Mamas Stimme ist ruhig und beruhigend. "Bitte versteh das, Tim. Ich bin nicht derselbe..."

"Verschone mich." Er dreht sich zu Mama, die Augen glühen. "Ich weiß nicht, wie du Armageddon verärgert hast, aber du wirst dafür bezahlen. Die Oligarchen kommen."

Ein neues Portal öffnet sich, durch das die Oligarchen in ihren tiefroten Roben treten. der Scala liegt auf einer Bahre zwischen ihnen, die Augen des alten Thrax im Tiefschlaf geschlossen. Das Portal verschwindet.

Bänder der Beklemmung legen sich um meine Schultern und meinen Nacken. Die Oligarchen sind hier? Der ganze Grund für diesen kleinen Bunkerausflug war, dass ich mich vor Machtfreaks wie ihnen verstecken kann. Sobald sie wissen, wer ich bin, werden sie versuchen, mich zu kontrollieren. Wut und Frustration kreisen durch meinen Körper, Spannung zieht sich durch jeden Muskel. Verdammt, verdammt, verdammt!

Ich beiße die Zähne zusammen und zwinge meine Atmung zu verlangsamen. Bleib ruhig, das ist nur die Oligarchie. Das sind bei weitem nicht die furchterregendsten Monster der Stadt. Es ist ja nicht so, als wäre Armageddon hier.

Tims Grinsen weicht einem Blick der Ehrfurcht. "Mächtige Oligarchy, ich bringe euch einen Gefangenen, um unsere Eindringlinge zu besänftigen." Er gestikuliert zu Mama. "Senatorin Lewis." Dann zeigt er direkt auf mich. "Und sie mag vorgeben, besondere Kräfte zu haben. Lassen Sie sich nicht täuschen."

Die Oligarchen setzen die Bahre des Scala ab. "Ausgezeichnete Arbeit." Ihre Köpfe schwenken unisono, als sie den Raum begutachten. "Und dieser Ort ist sicher vor Dämonen?"

"Ja, er ist von Engelsfeuer umgeben." Tim nickt so heftig mit dem Kopf, dass ich mich wundere, dass er kein Schleudertrauma kriegt. "Es ist der perfekte Ort, um die Verhandlungen zu führen."

Die Oligarchen nicken. "Und Sie sind sicher, dass dieser Plan funktionieren wird?"

Tims große schwarze Augen strahlen vor Stolz. "Ja, es ist so, wie ich es Ihnen gesagt habe. Senatorin Lewis würde nie wirklich eine Näherin werden. Sie hat vor, die alte Republik wiederherzustellen. Glaubt mir, deshalb ist Armageddon auch eingefallen. Wenn Sie die Senatorin loswerden, werden Sie auch ihn los."

Ich seufze. Tim weiß nicht, wie sich Mama verändert hat, nachdem sie Xavier verloren hat. Er kann sich nicht vorstellen, dass Senatorin Lewis etwas anderes tut als zu kämpfen. Mein Mund verzieht sich zu einem Stirnrunzeln, während ich in die offenen, leichtgläubigen Gesichter der Oligarchen starre. Sie greifen nach jedem Strohhalm, anstatt sich der Wahrheit über Armageddon zu stellen.

Die Oligarchie gibt ein leises Zischen von sich, dann spricht sie unisono. "Der König der Hölle trifft jeden Moment ein." Ihre Köpfe drehen sich in einer einzigen Bewegung und scannen den Raum. "Hoffen wir, dass die Übergabe der Senatorin ausreicht, um ihn zu besänftigen."

Mir fällt die Kinnlade runter. Armageddon fällt ins Fegefeuer ein und das ist der Masterplan, um ihn zu vertreiben: meine Mutter ausliefern? Das nenne ich mal ein Leben in einer Traumwelt. Mein Inneres verdreht sich vor Sorge bei dem Gedanken an Mama in den Händen dieses Unholds. Wem mache ich was vor? Jeder von uns könnte dem König der Hölle ausgeliefert werden. Es ist durch und durch beängstigend.

"Du hast Armageddon gesagt, wo wir uns alle verstecken?" Mama rollt mit den Augen. "Er wird schon noch kommen, aber nicht nur wegen uns."

Die Oligarchen sehen sich im Raum um, ihr Blick bleibt auf dem Scala und dann auf Adair hängen. "Wie wir sehen, ist die Scala-Erbin auch hier."

Tim eilt an Adairs Seite und zieht sie vom Boden hoch. "Ja, mächtige Oligarchie. Sie wird euch nützlich sein. Wenn die Senatorin nicht ausreicht, könnt ihr auch mit ihr verhandeln."

Die Augen der Oligarchin leuchten auf. "Ja, sehr passend."

Adair wehrt sich unter Tims Griff. "Ich bin nicht die Scala-Erbin. Es war alles nur ein Schwindel." Sie zeigt direkt auf mich. "Sie ist diejenige. Sie ist die Erbin."

Meine Backenzähne schließen sich. Jetzt entscheidet sie, dass ich die Scala-Erbin bin.

Die Oligarchie stößt ein Glucksen aus, von dem ich annehme, dass es ihr Lachen ist. "Du bist, was immer Armageddon glaubt, dass du bist, kleines Mädchen."

Adair taumelt rückwärts, bis sie mit dem Rücken an die Betonwand stößt. "Aber ich bin nicht die Erbin, wirklich." Die ganze Farbe verschwindet aus ihrem Gesicht.

"So weit wird es nicht kommen." Die Oligarchen zischen in einem Ton, der wohl tröstend gemeint ist. "Armageddon wird die Senatorin nehmen und gehen."

Mir dreht sich der Magen um bei der unangenehmen Erkenntnis. Die Oligarchie mag nach einem Strohhalm greifen, wenn sie Armageddon Mama anbietet, aber so dumm sind sie nicht. Sie haben die Scala hierher gebracht und sind nur aus einem Grund so nett zu Adair: Sie werden Armageddon alles geben, was er will, um sich selbst zu retten. Und der König der Hölle will seinen Sohn zurück. Kein Zweifel, er will auch denjenigen, der die Nachfolge des Scala antritt.

"Mach dir keine Sorgen, große Scala-Erbin." Die Oligarchen verbeugen sich leicht vor Adair. "Der Plan ist perfekt. Die Übergabe der Senatorin wird funktionieren."

Walkers Augen leuchten rot. "Zeit, den Plan zu ändern." Er senkt den Kopf und ein Portal beginnt an der hinteren Wand Gestalt anzunehmen.

Der Blick des Oligarchen schnellt in Walkers Richtung. "Versuch nicht, uns zu umgehen, Verräter." Das Portal verschwindet.

Verdammt. Die Oligarchen haben Walker ausgeschaltet. Uns gehen die Möglichkeiten aus.

Eine Idee taucht in meinem Kopf auf. Vielleicht kann ich die Oligarchen mit einem Igni-Display ablenken. Ich brauche nicht viel Zeit, nur lange genug, damit Walker ein Portal öffnen kann. Ich nicke vor mich hin; das ist ein genialer Plan. Ich hebe meine Hand auf Schulterhöhe und schließe meine Augen. Sofort packt Lincoln mein Handgelenk und zieht es nach unten.

"Myla, bitte." Sein Mund bewegt sich kaum, als er mir zuflüstert. "Er wird es wissen."

Keine Frage, welchen 'er' Lincoln meint: Armageddon.

Ich fange den Blick des Prinzen auf, sehe den Funken von Verzweiflung und Angst in seinen Augen. "Dich zu verstecken, ist der Grund, warum wir alle hier sind."

Mein Blick wandert zu Adair, der sich immer noch bleich und zitternd an die Wand kauert. "Was ist mit Adair?"

Ein Muskel zuckt entlang Lincolns Kieferpartie. "Was ist damit, dass Armageddon sowohl den Scala als auch die Scala-Erbin bekommen hat? Mit dieser Art von Macht könnte er alle fünf Reiche kontrollieren. Das ist größer als jeder von uns, Myla."

Ich nicke und verschränke meine Hände hinter dem Rücken. Ich spüre, wie die Last, die Scala-Erbin zu sein, in meine Knochen sickert. Das ist das Allerletzte. Warum habe ich nicht klein beigegeben, als Mama sagte, ich solle keine Fragen über meinen Vater stellen?

Am anderen Ende des Raumes gestikulieren die Oligarchen in Richtung Scala. "Maxon." Der alte Mann reißt die Augen halb auf. Auf Lateinisch flüstern die Oligarchen die Worte für "Sperrt sie ein". Der Scala hebt seine verdorrte Hand, ein Wirrwarr von Igni tanzt um seine Fingerspitzen. Er wiederholt die Worte der Oligarchie: "Nehmt sie gefangen", und schließt erneut die Augen.

Die Igni lösen sich aus seiner Hand und fliegen durch den Raum, umkreisen alle außer der Oligarchie und Tim. Die Bolzen verwandeln sich schnell in elektrische Schnüre, die unsere Hände und Füße fesseln. Tim senkt seinen Speer von Cissys Rücken; er braucht ihn nicht mehr.

Ich starre auf die Igni, die um meine Handgelenke gewickelt sind, und spüre ihre beruhigende Wirkung auf meine Seele. Sie spüren meine Kraft und strecken ihre Hände nach mir aus, kleine Ranken von Gedanken, die durch meine Haut sickern. Ich möchte sie so sehr befreien, dass es wie ein Schmerz in meiner Brust ist. Ihre Musik und ihr Lachen hallen sanft in meinem Kopf wider, Dutzende von Geistkindern, die mich auffordern, herauszukommen und zu spielen. Ich kann nicht, meine Kleinen. Ich muss mich verstecken.

Die Augen des Oligarchen leuchten hellrot auf. "Jeder Scala entwickelt eine besondere Fähigkeit mit Igni jenseits der Seelensäule. Unser Maxon erschafft Seile und Käfige." Ihre vier Münder verziehen sich zu einem zufriedenen Grinsen. "Macht euch nicht die Mühe, zu versuchen, zu entkommen. Nichts kann eure Fesseln sprengen." Sie wenden sich an Tim. "Geh nach draußen zu Armageddon. Sag ihm, wir warten auf seine Befehle."

Tim nickt, schafft ein Portal und verschwindet.

Die Oligarchie inspiziert unsere Gesichter. "Es ist nicht nötig, dass ihr alle für die Verbrechen der Senatorin leiden müsst." Ihre Stimmen kommen sirupartig und tief. "Helft uns. Wir werden euch vor Armageddon bewahren."

"Und wie wollt ihr das genau anstellen?" Mama stößt einen Seufzer aus, der sagt: "Ich kann nicht glauben, dass ich diese Unterhaltung schon wieder führe. "Ihr könnt euch nicht vor ihm schützen."

Das Portal öffnet sich wieder. Tim tritt hindurch, seine Brust ist weit aufgeschlitzt, eine Masse violetter Organe windet sich darin. "Lord Armageddon dankt für das Angebot, aber er ist hier, um uns alle zu töten."

Tim bricht tot zu Boden. Die Wände wackeln, als etwas versucht, durch den Sand in unseren Bunker einzudringen.

Armageddon kommt.

Die unheilige Hölle. Was für eine Katastrophe. Dieser Bunker sollte mich vor Armageddon und der Oligarchie verstecken. Stattdessen sind beide Bösewichte nur wenige Meter entfernt und jeder, den ich liebe, ist gefangen, mich eingeschlossen. Wenn sich nicht bald etwas ändert, rufe ich das Igni an. Vielleicht gibt es noch eine Chance, ein Portal zu öffnen und zu entkommen.

Die Oligarchen zittern in ihren roten Roben. "Armageddon würde uns alle vernichten?"

Mama runzelt die Stirn. "Natürlich, das wird er." Sie schnippt mit den Fingern. "Genau so."

Die Augen des Scala springen weit auf. Offensichtlich hat er genug aufgeschnappt, um zu verstehen, wenn jemand sagt: "Armageddon will uns umbringen".

Der alte Thrax setzt sich aufrecht hin, sein faltiges Gesicht zittert vor Angst. "Armageddon ist hier!"

Seine Chance sehend, ruft Lincoln dem erwachten Scala auf Latein zu. "Thrax! Bruder!"

Aufregung schießt durch meine Blutbahn. Wenn es eine Sache gibt, die ich über die Thrax gelernt habe, ist es, dass sie ihre Traditionen loooooben. Und es gibt keine größere Thrax-Tradition, als das zu tun, was der Adel einem sagt.

Als er seine Muttersprache hört, wendet sich die Scala an Lincoln. Er sagt zwei Worte in einem ehrfürchtigen Ton: "Mein Prinz."

Ha! Ich wusste es.

Die elektrischen Fesseln um Lincolns Hände und Füße verschwinden. Die Scala fällt zurück auf seine Bahre. "Komm her, mein Prinz."

Die Blicke der Oligarchen richten sich auf den Scala. "Maxon! Nehmen Sie ihn gefangen!" Sie zeigen auf Lincoln.

Der Blick des alten Mannes springt zwischen der Oligarchie und Lincoln hin und her. Seine Unterlippe zuckt. Ängstliches Schweigen erfüllt den Raum. Ein Gedanke geht allen durch den Kopf: Wird der Scala Lincoln oder die Ghule ehren?

Der alte Mann seufzt. "Ich kann meinem Prinzen nichts antun." Er streckt eine verdorrte Hand nach Lincoln aus. "Komm, setz dich neben mich, Bruder."

Die Oligarchen fletschen die Zähne. "Wie können Sie es wagen?"

Der Scala hebt die Hand. "Wollen Sie auch eingesperrt werden?" Ein paar Igni wirbeln träge um seine Handfläche. "Dem kann ich abhelfen." Er stößt ein leises Husten aus. "Eure Leute sorgen für mich und beschützen mich, also bin ich bereit, Eure Befehle zu befolgen. Aber wenn es um meinen Prinzen geht, kann es keine Verhandlungen geben." Seine Augen verengen sich. "Verlassen Sie sich nicht zu sehr darauf, dass ich mich auf Sie verlasse."

Die Oligarchie starrt den Scala an, die Zahnräder ihres kollektiven Verstandes drehen sich durch Szenarien und Gruppendenken und versuchen zu brainstormen, wie sie den Scala ihrem Willen beugen können. Eine lange Minute vergeht, bevor die vier Ghule langsam ihre Köpfe senken. "Wie Ihr wünscht, Großer Scala."

Mein Mund verzieht sich zu einem zufriedenen Lächeln. Außer den alten Kerl an den König der Hölle zu übergeben, haben sie hier keine anderen Optionen... Und sie werden keine Übergabe machen, bis Armageddon ihre Sicherheit garantiert. Lange Rede, kurzer Sinn, Lincoln hat uns ein wenig Zeit verschafft. Ich rolle meine Schultern und strecke mich, fühle wie ein Gefühl der Ruhe in meinen Körper sickert, trotz meiner Fesseln.

Lincoln kniet neben der Bahre des Scala. "Ich bin Lincoln Vidar Osric Aquilus aus dem Hause Rixa, Hochfürst der Thrax. Lasst sie alle frei. Sofort."

Der Scala starrt Lincoln einen Moment lang an, dann schnippt er mit der Hand. "Ich gehorche meinem Fürsten." Alle unsere Igni-Fesseln verschwinden. Ich reibe meine Handgelenke und spüre, wie das Blut wieder in meine Fingerspitzen fließt. Gute Arbeit, Schatz.

Der Scala ergreift Lincolns Arm. "Sie sagen, das Armageddon kommt. Ich muss fliehen!"

Der alte Mann sieht so wild und verzweifelt aus, ich kann nicht anders, als Mitleid mit ihm zu haben. Die Chancen stehen gut, dass er in wenigen Stunden bei Papa Armageddon landet. Ein Schauer läuft mir über die Schultern. Armer Kerl.

Lincoln tätschelt sanft den gebrechlichen Arm des Scala. "Ja, Armageddon greift an." Er wendet sich an den Oligarchen. "Ich möchte, dass er in Sicherheit portiert wird. Was wollt ihr als Gegenleistung?"

Die Oligarchen senken die Köpfe und schließen die Augen. "Das Gruppendenken ist ein Wirrwarr. Es ist nirgendwo sicher zu portieren."

Lincoln wirft ihnen einen wissenden Blick zu. "Sie haben sich also noch keinen passenden Tausch für seine Sicherheit überlegt. Immer noch nicht." Der Prinz richtet seine Aufmerksamkeit wieder auf den Scala. "Wir werden es weiter versuchen, Bruder. Aber für den Moment müssen wir hier bleiben."

Die papierne Hand des Scala ergreift Lincolns Arm. "Entzünde dein Baculum. Gib mir einen ehrlichen Tod, mein Prinz."

Ich beiße mir auf die Lippe und erinnere mich an die Worte von Armageddon in meiner Vision: 'Ich werde dich in die Hölle schleifen, um zu leiden.' Ehrlich gesagt, wenn Papa Armageddon an MEINE Tür klopfen würde, würde ich auch um den Tod betteln.

Lincoln schüttelt den Kopf von einer Seite zur anderen. "Nein, Bruder." Er wendet sich ab. Der alte Mann schnappt sich einen Dolch aus einem Holster an Lincolns Oberschenkel. Schnell wie ein Herzschlag vergräbt der alte Thrax die Klinge in seiner eigenen Brust und sticht sich damit durch das Herz. Sein weißer Mantel färbt sich rot vor Blut.

Heilige Scheiße.

Ich habe meinen Anteil an Blut auf dem Arenaboden gesehen. Kämpfe haben nicht immer ein Happy End. Eine vertraute Reihe von Emotionen durchflutet mich: Schock, Mitleid, Trauer. Aber dieses Mal werden diese Gefühle von den kleinen Stimmen in meinem Herzen und meinem Verstand verstärkt. Igni betrauern die Verletzung ihres Freundes mit einer kindlichen Intensität. Ich beiße in meinen Fingerknöchel und versuche, das Schluchzen zu unterdrücken, das in meiner Kehle anschwillt.

Cissy ergreift als Erste das Wort. "Lincoln! Der Scala!"

Lincoln wirbelt herum, beugt sich über den Thrax und inspiziert die Wunde. "Nein, Bruder!" Die Brust des alten Mannes hebt sich und er verstummt. Seine faltige Hand purzelt von der Bahre.

Lincoln legt seine Fingerspitzen auf den Hals des alten Mannes. "Er ist von uns gegangen."

Das Weinen der Igni wird in meinem Kopf lauter. Meine Beine werden wackelig unter mir. Er war alles, was sie seit tausend Jahren kannten.

Die Augen der Oligarchen glühen blutrot. "Verräter! Mörder! Ihr habt unsere..." Der tote Scala bewegt sich. Die Oligarchen halten ihre Münder geschlossen.

Einer nach dem anderen sickern die Igni aus der leblosen Form des Scala und wirbeln um seinen Körper. Er beginnt wieder zu atmen. Der Tote öffnet seine Augen; beide glühen hellblau. Um ihn herum vervielfältigen sich die winzigen Igni zu einer breiten Lichtsäule. In meinem Kopf verstummen ihre kleinen Stimmen. Die Stille ist zermürbend; ich nage an meiner Unterlippe.

Etwas kommt auf mich zu. Etwas Großes.

Der tote Mann zeigt auf mich. Seine Bewegungen sind ruckartig und seltsam. "Ich übergebe meine Kräfte der neuen Scala."

Es gibt eine Millisekunde, die eine Million Jahre dauert, in der ich in Panik gerate. Können wir nicht jemand anderen für diesen Job finden? Vielleicht kann ich wieder Myla Lewis sein, menschliches Paramecium und außergewöhnliche Arena-Kämpferin. Vergiss meinen Vater, meine neuen Kräfte und die Millionen von Seelen, die in den Himmel oder die Hölle müssen. Ich weiß, wer ich bin und will nichts damit zu tun haben. Lasst mich gehen.

Dann stimmten die Igni ein Lied an, das nur ich hören konnte. Diesmal gibt es keine Worte, nur sanfte Stimmen und süße Musik, die mich in eine Decke der Ruhe einhüllen. Mein Herzschlag verlangsamt sich auf fast Null. Mein Atem verschwindet fast ganz. Die Welt um mich herum verblasst, bis es nur noch ihre liebliche Musik gibt. Eine Säule aus Ingi wirbelt langsam über den Bunkerboden und kommt direkt auf mich zu.

Es ist alles in Ordnung', scheinen sie zu sagen. 'Es wird schnell vorbei sein.' Ihre Musik ist wie eine Droge, die den ganzen Schrecken, den ich vorher gefühlt habe, übertönt. Mein Gehirn schwebt in seltsamer Glück-seligkeit, als der Igni-Wirbelwind auf mich einprasselt.

Und dann kommt die Angst zurück. Was zum Teufel passiert da? Ich heule auf, als ein Energiestoß meine Wirbelsäule hinunterrast und jedes Nervenende in meinem Körper entzündet. Tausende von winzigen Blitzen setzen sich in meinem Fleisch fest und brennen, während sie in meine Haut gleiten. Es ist unerträglich.

Ich schnappe nach Luft, schlage auf meine Arme und Beine und versuche, das Igni abzuschlagen. Ich will das nicht. Ich will das alles nicht. Sucht euch jemand anderen! Es nützt nichts. Die winzigen Bolzen dringen in mich ein, unaufhaltsam.

Der tote Thrax lehnt sich auf seiner Bahre zurück. Seine Augen schließen sich. Seine Atmung verlangsamt sich. "Geliebte. Ich komme zu dir. Endlich. Geliebte." Er lächelt und verstummt. Seine Brust hört auf, sich zu bewegen. Dieses Mal ist er wirklich weg.

Ein neues Gefühl überkommt mich, etwas jenseits von Gefühl und Worten. Ich bin jeder und niemand. Ich bin alle Orte und die Leere. Ich spüre jedes Gefühl im Universum und bin doch leer von Gefühlen. Mein Schwanz entspannt sich. Meine Augen rollen zurück in meinen Schädel. Kraft durchflutet meinen Körper.

Ich verändere mich.

Visionen erscheinen vor meinem geistigen Auge: Manus-Dämonen, die die Türen meiner Hohe Schule einreißen... Reihen von Villen im Oberen Fegefeuer, die in einer langen Flammenlinie brennen... Crini-Dämonen, die die leeren Hütten des Thrax-Geländes zertrümmern... Und Armageddon, der an einer Wand aus schwarzem Stein in der Mitte des Grauen Meeres lehnt, sein großes Maul mit einem zufriedenen Lächeln verzogen.

Mehr Igni schlüpfen unter meine Haut. Die Säule der Scala-Macht verdunkelt sich und wird dünner. Jede Zelle in meinem Körper vibriert mit Energie. Ein Ruck der Erkenntnis trifft mich. Die Dämoneninvasion, Armageddon und das Fegefeuer; ich weiß genau, was ich als nächstes tun muss.

Wenn ich nur die Kraft hätte, es zu tun.

Ich will diese Macht immer noch nicht. Ich weigere mich, sie als meine Zukunft zu akzeptieren. Aber jetzt, in diesem Moment, weiß ich, dass es der einzige Weg ist, die zu retten, die ich liebe. Ich werde es versuchen müssen.

Die letzten der Igni dringen in meinen Körper ein. Der Raum wird totenstill. Ich scanne die Gesichter um mich herum: Zeke und Cissy stehen stocksteif da. Adair sitzt zusammengerollt an der Wand, unbeweglich. Ich bin mir nicht einmal sicher, ob sie noch atmen. Lincoln und Walker lächeln. Mamas braune Augen wölben sich in einem Blick, der irgendwo zwischen Schrecken und Stolz schwebt.

Die Oligarchen sind die Einzigen, die sprechen. Sie drehen sich zu mir, lecken sich die Lippen und zischen: "Die neue Scala."

Es kostet mich alles, was ich habe, um meine Schultern zurückzuziehen und meine Wirbelsäule gerade zu halten. Ich muss es versuchen. Ich begegne dem Blick der Oligarchen frontal. "Ja, ich bin die neue Scala. Und jetzt werden wir besprechen, wie wir die Dämonen aus meiner Heimat vertreiben." Ich wende mich an Walker. "Bringt mir den Engel Verus."

Die Oligarchen verbeugen sich. "Wir können zur Zeit keine unautorisierten Portale zulassen, Große Scala. Es gibt eine Art Störung im Gruppendenken. Es ist nicht sicher."

"Wirklich? Wie wär's mit einem kurzen Ausflug in die Hölle?" Ich hebe meine Hand, Hunderte von Igni umkreisen meine Handfläche. Ich sehe zu, wie die winzigen Blitze um meine Finger wirbeln.

Die Oligarchen verbeugen sich. "Wir können Portale für Euch zulassen, Große Scala."

"So ist es schon besser. Walker, geh und hol Verus."

Walker nickt. Ein Portal öffnet sich. Seine Ränder verschwimmen und schwanken. Zähneknirschend tritt Walker in die schwarze Leere und verschwindet.

Ich ziehe einen Klappstuhl auf und zeige auf den leeren Platz. "Nehmt euch einen Stuhl, Jungs. Wir haben viel zu besprechen."

Die Oligarchen schnappen nach Luft. Ich schätze, sie sind nicht an eine Scala mit Rückgrat gewöhnt. "Wie Sie wünschen, Große Scala." Die Oligarchen heben metallene Klappstühle auf und ziehen sie in einer Reihe mit ohrenbetäubenden Quietschgeräuschen über den Betonboden. Ich würde mich wahrscheinlich kaputt lachen, wenn ich nicht so ausgeflippt wäre über das, was auch immer gerade mit mir passiert ist.

Ich versuche, eine selbstbewusste Pose einzunehmen, während ich die Szene überblicke. Die Oligarchie schleppt immer noch ihre Stühle umher, während alle anderen herumstehen und schockiert dreinschauen. Das ist doch verrückt. Warum starte ich diesen Plan schon wieder? Ach ja, ein Haufen kleiner Blitze hat mir gesagt, dass es eine gute Idee ist. Ich stoße einen langen Atemzug aus. Wir sind so was von am Arsch.

Lincoln stellt sich hinter mich und legt seine Arme um meine Taille. Sein Körper fühlt sich warm und fest hinter meinem an. "Hast du einen Moment Zeit, Große Scala?"

"Ich bin Myla." Wie in einer Person, für das Protokoll.

"Ich verstehe. Folgen Sie mir, bitte." Lincoln legt seine Hand in meine und führt mich in den kleinen Vorraum des Hauptraumes. Es ist ein gemütlicher Raum mit dunklen Wänden, die wie Vorratskammern mit Essen und Wasser gefüllt sind. In einer Ecke sind Feldbetten gestapelt und es gibt eine Art Behelfsküche. Der Ausgang an die Oberfläche ist ein riesiges rundes Stahlportal, das sehr, sehr verschlossen aussieht.

Lincoln schließt die Tür zur Hauptkammer und zieht ein Feldbett heraus. Meine Augenbrauen wölben sich. Was genau hat er vor? Der Prinz setzt sich hin und tätschelt den Platz neben sich. "Lass uns reden."

Ich hebe meine Hände auf Schulterhöhe, Handflächen nach vorne. Frustration macht sich in meinem Bauch breit. Wir tun so was von nicht das, was er denkt, dass wir gerade tun. "Das ist nicht die Zeit für Geplauder. Hier bricht gleich die Hölle los. Und zwar richtig."

Lincoln stützt seine Ellbogen auf seine Knie. "Vor ein paar Minuten hast du genug übernatürliche Elektrizität angesaugt, um ein Universum zu versorgen. Wir werden nichts unternehmen, bis ich sicher bin, dass es dir gut geht." Er neigt den Kopf zur Seite, seine ungleichen Augen sind voller Sorge.

Verdammt noch mal. Mir ging es gut, solange es etwas gab, worüber ich sauer sein konnte (oder im Fall der Oligarchie, worüber ich herrisch sein konnte). Jetzt, wo Lincoln sich so süß und liebevoll verhält, fange ich an, die Fassung zu verlieren. Meine Unterlippe zittert. "Mir geht's gut." Meine Augen brennen. "Vielleicht."

Lincoln erhebt sich und umarmt mich mit einem Inbegriff der allerherzlichsten Umarmungen. Seine Arme sind warm und muskelbepackt, sein Körper fest und tröstlich. Ich kuschle meinen Kopf an seine Schulter und fange an, mein Herz auszuschütten. "Die ganze Sache begann, weil ich wie ein Dummkopf wissen wollte, wer mein Vater wirklich ist. Jetzt stellt sich heraus, dass mein Vater ein Erzengel ist, der in der Hölle ist und für alle Ewigkeit gefoltert wird. Also ist das scheiße. Dann treffe ich dich, werde ganz lieb und - BUMM - ich bin die Scala-Erbin. Was seltsam war, aber hey, der alte Scala hätte noch tausend Jahre leben können, also keine große Sache, richtig?" Ich stupse Lincoln sanft in den Bauch. "Habe ich recht oder habe ich recht?"

Er versucht, ein Kichern zu verbergen. "Du hast recht."

"Nun, er hat keine Woche durchgehalten. Jetzt bin ich die Große Scala, was eine sehr skizzenhafte Jobbeschreibung ist, bei der jeder versucht, mich zu kontrollieren." Ich schnüffle in seinen Körperpanzer. "Hätte ich nur auf Mama gehört, würde ich immer noch Arenakämpfe bestreiten, die Schule schwänzen und ein ziemlich süßes Leben führen, bevor ich es vermasselt habe."

Lincoln streichelt mein Haar in langen Zügen. Es fühlt sich wirklich-wirklich beruhigend an. "Es tut mir so leid, dass dir das passiert ist, Myla."

Ich schlinge meine Arme um seine Taille. "Vielleicht können wir, wenn das alles vorbei ist, sehen, ob jemand anderes die Scala sein kann? Irgendwo muss doch ein Erbe herumlaufen." Ich reibe mir mit dem Fingerknöchel die Nase. "Oh, ich habe schon von einigen ziemlich erstaunlichen Magieanwendern gehört. Vielleicht kann einer von ihnen das Igni in jemand anderen zappen." Ich stöhne. "Ich will den heutigen Tag hinter mich bringen, Armageddons Arsch aus dem Fegefeuer treten und vergessen, dass das alles je passiert ist." Ich kuschle mich an seine Schulter. "Außer das mit dir, natürlich."

Er küsst mich auf den Scheitel. "Lass uns den heutigen Tag hinter uns bringen. Alles andere können wir später besprechen."

Ich atme lange aus. "Du hast recht."

Er nimmt mein Gesicht in seine Hände und führt mich dazu, in seine ungleichen Augen zu schauen. "Bist du jetzt bereit, zurückzugehen?"

"Nö." Ich deute auf meine Lippen und grinse.

Lincoln küsst mich einmal, ganz sanft. "Und jetzt?"

"Jep."

Lächelnd lässt er seine Hand in meine gleiten, dann geht er auf die Tür zu.

"Oh, Lincoln?"

Der Prinz dreht sich zu mir um und hält inne. "Ja, Myla?"

"Danke." Meine Brust füllt sich mit Wärme. "Niemand sonst hat daran gedacht, mich zu fragen, wie es mir danach ging, weißt du." *Mit genug übernatürlicher Elektrizität angezapft zu werden, um ein Universum zu versorgen.*

Lincoln drückt meine Hand ein wenig. "Wir sind ein Team, richtig?"

Ich nicke. "Absolut richtig."

27

Ich sitze auf einem Metallstuhl in der Hauptkammer des Bunkers, einer von zehn, die in einen behelfsmäßigen Kreis geschleppt worden sind. Lincoln sitzt neben mir; die Oligarchen-Ghule sitzen auf den vier Stühlen neben ihm. Wir warten auf Verus, und niemand tut auch nur so, als würde er Smalltalk machen. Gelegentlich ertönt ein gewaltiger Knall, wenn Armageddon versucht, einzubrechen. Ein anderes Mal hören wir leises Geplapper aus dem Vorraum, wenn Mama, Cissy und Zeke das Inventar des Bunkers nach nützlichen Dingen durchsuchen. Adair wartet ebenfalls im Vorraum, ohne einen Ton von sich zu geben. Es ist unklar, ob sie schmollt oder unter Schock steht, aber solange sie still ist, wen kümmert es?

Der Plan ist einfach. Im Bunker bringe ich Vertreter von Engeln, Thrax, Quasis und Ghulen zusammen. Dann werde ich jeden zwingen, zu entscheiden, wie man Armageddon besiegen kann. Oh ja, und wir werden auch einen Pakt schließen, um das Fegefeuer zu befreien, nachdem der Teil mit dem Besiegen vorbei ist. Lincoln wird den Vertreter von Thrax für den Pakt spielen. Die Oligarchie vertritt die Ghule, und ich übernehme die Quasis. Sobald Verus auftaucht, haben wir einen Delegierten von den Engeln und können loslegen.

Der Raum bebt wieder. Die Metallregale klappern, Dosen und Kisten purzeln auf den Boden. Ich zucke zusammen. Armageddon ist in vollem Gange.

In der Nähe öffnet sich ein Portal, dessen Ränder verschwommen sind. Durch es treten Walker, Verus und Levi, einer der Engel, die meine Klasse in der Schule unterrichtet haben. Ist das erst Wochen her? Es fühlt sich an wie eine Million Jahre. Walkers Gesicht sieht wieder blass aus. Sein Mund verzieht sich vor Schmerz.

Ich erhebe mich . "Walker, geht es dir gut?"

"Mir geht's gut." Er winkt mit der Hand. "Bitte fahr fort."

Mein Kopf neigt sich zu einer Seite. " Rede mit mir. Was ist passiert?"

Walker zwingt sich zu einem Lächeln. "Die Oligarchen haben recht, es gibt eine Störung im Gruppendenken. Ich habe mich bei der Erschaffung des Portals verletzt, aber das ist nichts, was ich nicht selbst heilen kann, wenn ich etwas Zeit habe."

"Ich danke dir." Meine Stimme bricht, als ich spreche. "Mach's gut." Ich sehe ihm nach, wie er weggeht, mein Gesicht verzieht sich zu einem Stirnrunzeln.

Lincoln drückt meine Hand. "Es wird ihm gut gehen. Wir müssen uns auf die Verhandlungen konzentrieren."

Ich nicke einmal mit dem Kopf und nehme wieder Platz. "Gut."

"Seid gegrüßt, Leute." Verus lässt sich auf einen Stuhl an meiner gegenüberliegenden Seite gleiten und richtet dabei sorgfältig ihre weiße Robe. Ich spüre, wie eine Last von meinem Körper abfällt, von der ich gar nicht wusste, dass ich sie trage. Nach dem Kampf in der Arena war ich mir nicht sicher, ob Walker Verus überhaupt noch lebend finden würde. Ich schätze, ich habe mich an sie gewöhnt, trotz ihrer Heimlichtuerei.

Levi nimmt eine Position hinter Verus' Stuhl ein, seine silberne Rüstung schimmert in dem schwachen Licht. Keiner der beiden zeigt seine Flügel.

Verus schaut mir lange in die Augen, ihr Gesicht strahlt förmlich. "Du hast nun deine wahre Form als die Große Skala angenommen." Jeder Zentimeter von ihr scheint zu schreien: "Und ist das nicht das Tollste überhaupt?

Ich winde mich in meinem Sitz. In meinem Buch sind meine Scala-Kräfte eine schlechte Nachricht. "Yup. Ich bin die Große Scala." Für den Moment.

Verus nickt. "Ausgezeichnet." Sie gestikuliert in Richtung der Gruppe. "Ich begrüße diese Gelegenheit zum Parlieren." Sie sieht, wie Lincoln und ich uns an den Händen halten. "Ihr zwei habt eine Bindung aufgebaut?"

"Das haben wir." Ich starre sie mit zusammengekniffenen Augen an. "Eines Tages würde ich gerne über deine Fähigkeiten als Kupplerin sprechen."

Das Lächeln des Chef-Engels wird breiter. "Ich war mir nicht sicher, ob du es bemerkt hast."

Lincoln wölbt eine Augenbraue. "Einige von uns haben es nicht."

Ein weiterer Überschallknall erschüttert die Wände, als Armageddon versucht, in den Bunker einzubrechen. Zeit, zu verhandeln.

Ich lehne mich in meinem Stuhl zurück und schaue mich lange um. Lincoln, Verus, die Oligarchen und ich sitzen alle im Kreis. Verus' Wächter Levi steht hinter ihr. Walker hat seine Position hinter mir eingenommen. Mama, Cissy und Zeke sind im Vorraum und sortieren die Vorräte. Adair macht... Eh, wen kümmert es, was sie macht?

Ich atme tief ein. Hier fängt der Plan wirklich an. Ich nehme die Schultern zurück und versuche, die kleinen Schmetterlinge mit den großen Vorschlaghämmern zu ignorieren, die sich in meinem Magen eingenistet haben.

Denk dran, Myla: einfach den heutigen Tag überstehen.

Ich räuspere mich. "Wir sind alle hier, um die vier Völker zu vertreten, die von Armageddons Angriff auf das Fegefeuer betroffen sind: Engel, Ghule, Thrax und Quasis. Unser Ziel ist es, einen Plan zu entwickeln, um Armageddon zu besiegen und zu ändern, wie das Fegefeuer geführt wird."

Die Oligarchen knurren. "Das Fegefeuer verändern?"

Ich beiße meine Lippen zusammen. "Ich bin mir ziemlich sicher, dass sich etwas ändern muss, sonst säßen wir nicht in einem Bunker, während Armageddon über unseren Köpfen alles zusammenschlägt. Aber das Wichtigste zuerst. Wer weiß, was da draußen passiert?"

Mein Blick wandert zur Decke, als ich an Armageddon und seine Dämonen denke, die das Land über uns durchstreifen. Ein Gefühl von Sorge und Wut durchzuckt mich. Mein Zuhause, angegriffen.

"Ich kann einen Bericht machen", sagt Verus. "Die Dämonen aus der Arena haben sich über das ganze Fegefeuer verteilt und töten Quasis und Ghule gleichermaßen." Ihre Augen flackern blau. "Sie haben ihre Inspektionen genutzt, um genau herauszufinden, wie und wo sie zuschlagen können. Es ist ein Präzisionsblutbad."

Lincoln schüttelt den Kopf. "Wissen wir, wie viele im Moment außerhalb des Bunkers sind?"

Verus nickt. "Ein paar Hundert. Etwa fünftausend insgesamt durchstreifen das Fegefeuer."

Lincoln gestikuliert in Richtung der Oligarchen. "Können Ihre Ghule die Dämonen hier rausbringen?"

Mein Kopf wippt auf und ab. Das ist eine gute Idee. Millionen von Ghulen leben in den Dark Lands. Man bräuchte nur ein paar Hundert, um ein Portal außerhalb des Bunkers zu öffnen, die Dämonen zu schnappen und zu verschwinden.

Die Oligarchen neigen ihre Köpfe zur Seite. "Wir können Portale öffnen, aber die Dämonen dazu zu bringen, sie zu betreten, ist eine andere Sache. Von wenigen Ausnahmen abgesehen, sind Ghule keine Krieger." Die Oligarchen werfen Walker einen wissenden Blick zu. Ich atme kurz ein. Ja, natürlich. Walker ist ein Nachkomme der Aquilinea, und diese hat es ganz schön in sich. Walker und die Aquilinea sind wahrscheinlich die besten Kämpfer, die die Ghule haben.

Hinter meinem Stuhl höre ich, wie Walker sein Gewicht verlagert. "Es ist möglich, die Aquilinea zu rufen, obwohl das nur ein paar Dutzend Krieger sind. Können die Dunklen Lande den Rest liefern?"

"Traurigerweise, nein." Während die Oligarchen das sagen, sehen sie nicht im Geringsten traurig aus. Sie sind nicht voll Tatendrang. "Wir würden gerne andere Optionen diskutieren, um Armageddon zu besänftigen. Vielleicht, wenn die neue Scala in die Hölle reist, würden Armageddon und seine Armee abziehen."

Ich umklammere die Kanten meines Metallstuhls, meine Augen flackern rot vor Wut. Es ist eine Sache, zu glauben, man könne einen alten Mann auf einer Bahre manipulieren. Und Adair? Wenn man ihr ein bewunderndes Publikum in der Hölle versprechen würde, würde sie wahrscheinlich bereitwillig gehen. Aber auf keinen Fall werde ich zu ihrem Sündenbock. So ein Mist ist genau der Grund, warum der Job scheiße ist und ich ihn nicht will. Ich öffne meine Klappe, bereit ihnen all das und mehr zu sagen, als Lincoln aufsteht.

Der Prinz legt eine schützende Hand auf meine Schulter. "Das wird nicht passieren."

Die Oligarchie lächelt und zeigt vier Münder mit identischen, löchrigen Zähnen. "Warum nicht? Sie hat die Macht des alten Scala. Die Igni können sie in die Hölle und zurück bringen."

"Wirklich?" Mein Mund verzieht sich zu einem Knurren. "Wenn ich mich irgendwo hin transportiere, dann in den Himmel." Was an sich keine schlechte Idee ist.

Verus errät meine Gedanken. "Die Himmelstore begrenzen, was ein Igni transportieren darf. Nur die Toten dürfen hindurch."

"Aber in der Hölle gibt es keine solchen Beschränkungen." Die Oligarchen lächeln unisono, was super-gruselig anzusehen ist. "Sicherlich können Sie sich dorthin transportieren, sich verteidigen und zurückkehren, wenn Sie wollen."

Wut durchströmt mich. Ich umklammere den Stuhl so fest, dass sich das Metall in meinen Handflächen verdreht. "Ja, ich gegen die ganze Hölle. Das ist eine großartige Idee." Schwänze.

Verus' Augen leuchten blau auf. "Die Engel stehen auf der Seite der Thrax. Die Scala in die Hölle zu schicken, ist keine Option."

Ich schließe meine Augen und zwinge mich, ein paar tiefe Atemzüge zu nehmen. Lass dich nicht von ihnen ablenken. Konzentriere dich sich auf den Plan. "Danke." Ich schaue von Verus zu Lincoln. "Ihnen beiden."

Lincoln nimmt seinen Platz wieder ein; seine Finger verflechten sich wieder mit meinen.

"Jetzt, da es vom Tisch ist, mich in den sicheren Tod zu schicken." Ich werfe einen wütenden Blick auf die Oligarchie. "Lassen Sie uns ein paar andere Ideen hören."

"Ich habe eine Armee von Engeln parat", sagt Verus. "Könnt ihr sie einschleusen?"

Die Oligarchen schließen die Augen. "Das können wir nicht."

Verus stöhnt. "Natürlich könnt ihr das. Selbst wenn jeder Ghul im Fegefeuer tot wäre, habt ihr Millionen in den Dunklen Landen, die unsere Truppen abholen können."

Lincoln nickt. "Ich kann auch Thrax-Krieger bereithalten."

Schwarze Schweißperlen tropfen über die Wangen der Oligarchen. "Wir haben nicht gesagt, dass wir nicht wollen. Wir sagten, wir können nicht. Das Gruppendenken ist blockiert."

Ich drehe mich um und suche in Walkers Gesicht. "Ist das wahr?"

Walker senkt den Kopf. Seine Züge verziehen sich vor Konzentration. "Das Gruppendenken ist still." Ein Muskel neben seinem Mund zuckt. "Niemand kann ohne es Portale erschaffen." Er runzelt die Stirn. "Es war vorher instabil, als ich Verus und Levi hineinportiert habe. Jetzt ist es weg."

Die Gesichter der Oligarchen werden schlaff. "Selbst unsere Leute aus den Dunklen Landen können sich nicht mehr zu uns portieren." Sie sehen regelrecht trübselig aus. Das ist gut. Sie hingen nur herum, weil es ein sicherer Ort zum Verhandeln war. Außerdem hatte Tim praktischerweise alle ihre Verhandlungspunkte in Form meiner Mutter und Adair organisiert. Ich bin sicher, sie haben nie erwartet, dass sie auch zu Gefangenen werden würden. Jetzt sitzen wir alle im selben Boot. Hoffnung funkelt in meiner Brust. Das kann uns nur helfen, zusammenzuarbeiten.

Immer noch Walker zugewandt, trommle ich mit den Fingern auf die Stuhllehne, Erinnerungen blitzen durch meinen Geist. Bilder von der Arena-Ikonenwanderung flackern durch mein Bewusstsein. Was an diesem Tag geschah - es muss ein Test gewesen sein. Ich schnippe mit den Fingern und zeige dann auf Walker. "Erinnerst du dich an die Ikonenwanderung? Der Schweinedämon Clementine öffnete einen Aktenkoffer für Armageddon."

"Ich erinnere mich", sagt Walker. "Sie hielt die Träger des Scala davon ab, ein Portal zu öffnen. So etwas hatte ich noch nie gesehen."

Dann sagte ich: "Armageddon hatte etwas vor", und du sagtest, ich solle mir keine Sorgen machen, Herr Klugscheißer. Nicht, dass ich das jetzt erwähnen würde. Obwohl ich wirklich, wirklich, wirklich versucht bin, es zu tun.

Ich tippe mit dem Zeigefinger auf mein Knie. "Das war Armageddons Art, ein System zur Blockierung von Gruppendenken zu testen, da bin ich mir sicher."

Verus wiegt den Kopf hin und her. "Das macht Sinn. Armageddon bräuchte einen Weg, um die Ghule daran zu hindern, Armeen für einen Gegenangriff heranzuschleppen. Er würde diesen Krieg niemals beginnen, ohne das durchdacht zu haben. Ich fürchte, wir sind für die Dauer des Krieges eingesperrt."

Ich wende mich an Lincoln. Ich weiß, das ist eine total abwegige Idee, aber ich muss fragen. "Was ist mit den Thrax im Fegefeuer?"

Der Prinz runzelt die Stirn. "Ich hatte ein paar Top-Krieger hier, aber alle waren heute auf dem Rückweg nach Antrum, und der Transport stand bereit. Sobald die Kämpfe begannen, verlangte das Protokoll eine sofortige Evakuierung. Ich fürchte, sie sind alle längst weg."

Diese Nachricht sollte mich nicht so traurig machen - schließlich wusste ich, dass es weit hergeholt war -, aber plötzlich wird mir die Einsamkeit unserer Situation nur allzu deutlich. Es sind nur die Leute in diesem Bunker gegen Armageddon und seine Armee.

Verdammt, dieser Scala-Job ist scheiße.

Verus seufzt. "Ohne Ghul-Transport müssen die Armeen das Niemandsland durchqueren, um die Tore des Fegefeuers zu erreichen. Das dauert Monate. Bei der Geschwindigkeit, mit der sich die Dämonenarmee bewegt, ist der Krieg in wenigen Stunden vorbei." Sie reibt sich die Stirn. "So hat es Armageddon geplant."

Die Oligarchen erheben sich, ihre langen purpurnen Roben schwingen. "Wir haben nur noch eine Möglichkeit. Schickt die Scala in die Hölle. Vertreibt Armageddon aus unseren Ländern ." Ihre knochigen Hände zeigen alle in meine Richtung.

Die unheilige Hölle. Ich kann verdammt nochmal nicht glauben, dass wir schon wieder bei dieser dummen Idee sind. Ich bin gerade dabei, die Oligarchie mit der Mutter aller "Fickt euch"-Reden zu überzeugen, als ich es höre. Süße Musik. Ein Mix aus kleinen Stimmen. Die Igni sind zurückgekehrt.

Lincoln und Verus springen auf und schreien die Oligarchen wegen ihrer beschissenen Idee an. Die Augen der Ghule glühen alle rot, während sie ihre Antwort schreien, die im Grunde auf "Was können wir sonst noch tun?" hinausläuft. Ich schließe meine Augen und spüre, wie sich die Scala-Kraft in mir verschiebt und wächst. Die vielen Igni-Stimmen gleichen sich an, bis sie wie eine einzige sprechen. Plötzlich ist es sehr klar, was sie von mir wollen, dass ich tue. Obwohl es, was die Optionen angeht, ziemlich ätzend ist.

Ich lege meine Handflächen auf meine Augen, während meine innere Debatte mit den Igni tobt. Sie zeigen mir immer wieder einen Weg zum Sieg auf als Engelsfighter, ich sage immer wieder nein, und dass dieser Scala-Job die Hölle ist. Ich werde ihre verrückte Idee nicht machen. Nein, nein, nein! Aber nach einer Weile gebe ich schließlich nach. Sie haben recht; das ist die einzige Wahl, die wir noch haben. Verdammter Mist.

Ich erhebe mich . "Ich, der Engelsfighter, werde gehen."

Alle verstummen.

Verus blinzelt ungläubig mit den Augen. "Was hast du gesagt?"

Bitte lass mich das nicht eine Million Mal wiederholen. Ich hasse diese Idee schon genug. "Ich sagte, ich gehe raus und stelle mich dem Armageddon. Schicke ihn mit meiner Scala-Kraft zurück in die Hölle." Und so wahr mir Gott helfe, wenn ich das überlebe, schmeiße ich diese Igni aus meinem Kopf, SOFORT.

"Das kannst du nicht." Lincoln's Gesicht verzieht sich vor Sorge. "Sie werden dich töten, und das nur, wenn du Glück hast."

Ich atme lange aus. Ich habe diese Argumentation schon bei den Igni versucht. Es hat nicht funktioniert. "Wenn ich mich draußen verstecke, damit sie mich nicht sehen, habe ich vielleicht eine Chance." Habe ich erwähnt, dass ich diese Idee hasse?

Lincoln stellt sich vor mich und nimmt meine beiden Hände in seine. "Denkst du, du kannst alle Dämonen in die Hölle schicken?"

Nein, ich denke, ich habe eine Legion von verrückten Blitzen in meinem Kopf. Aber das werde ich ihm nicht sagen. Dieser Plan ist so schon riskant genug; die einzige Chance, die wir haben, ist, wenn wir alle daran glauben, dass es möglich ist und von da aus arbeiten. Ich zwinge mich, steinern und entschlossen auszusehen, oder etwas, das dem nahe kommt. "Ja, Lincoln. Das ist genau das, was ich tun kann."

Lincoln nickt. "Dann hast du meine volle Unterstützung." Ich habe das ungute Gefühl, dass er auch nach Strich und Faden lügt, aber ich finde es toll, dass er mir den Rücken stärkt.

Walker dreht sich zu mir um, sein Gesicht vor Sorge gezeichnet. "Du hast den alten Scala bei der Ikonenwanderung gesehen. Er brach fast zusammen, als er ein paar Dutzend Ikonen in den Himmel schickte.

Selbst zu seinen besten Zeiten konnte er nur ein paar hundert auf einmal an einem Ort bewegen. Du sprichst hier von fünftausend Dämonen im ganzen Fegefeuer."

Wut kocht mir das Rückgrat hoch. "Du bist ein Wermutstropfen, Walker. Ich bin ein Erzengel der ersten Generation, was auch immer das ist. Außerdem bin ich ein Arenakämpferin, eine Lewis, und jemand, der viel zu verlieren hat. Ich kann das schaffen." Ich setze wieder ein super-selbstbewusstes Gesicht auf, obwohl mein Inneres vor Nervosität geradezu pulsiert.

Verus setzt sich wieder auf ihren Platz. "Armageddon weiß nicht, dass es eine neue Scala gibt. Er wird nicht erwarten, dass der Engelsfighter ihn angreift."

"Genau." Ich wende mich an die Oligarchen. "Und was ist, wenn ich dazu in der Lage bin? Werden Sie zustimmen, zu ändern, wie das Fegefeuer geführt wird?"

Die kohlschwarzen Augen der Oligarchen leuchten rot auf. "Wie würde es sich ändern?"

"Dieses Land wird wieder quasi regiert", sagt Verus. "Und wir stellen eine Spezialtruppe aus Ghulen, Thrax, Quasis und Engeln auf, um die Grenzen zu bewachen."

Meine Augenbrauen gehen in die Höhe. Cleverer Verus. Ich stupse den Engel mit meinem Ellbogen an. "Nette Idee." Ihr Mund verzieht sich zu einem Lächeln.

Die Oligarchen verschränken ihre skelettartigen Arme über der Brust. "Niemals."

Ich stoße einen Atemzug aus. Geduld ist nicht meine Stärke, und das wenige, das ich hatte, habe ich heute an Adair verschwendet. Jetzt hat mich dieses kleine Wort über die Klinge springen lassen. Ich werfe Lincoln einen rotäugigen Blick der Wut zu. Ich versuche, meine Frage zu flüstern, aber vielleicht gelingt mir das nicht so gut. "Kann ich nur einen töten?"

Ein Lächeln schimmert in Lincolns Augen. "Ich mach das schon, Myla." Er wendet sich an die Oligarchie, sein Gesicht wird steinern und unleserlich. "Überlegt Euch das gut, mächtige Oligarchie." Seine Stimme klingt so ruhig und selbstbewusst, obwohl ich weiß, dass er innerlich nervös ist. Wie macht er das nur? "Ihr seid in einem Bunker gefangen. Jeden Moment kann Armageddon einbrechen. Wenn er das tut, wird er sein Versprechen halten und euch alle töten."

Die Oligarchen wackeln unruhig auf ihren Sitzen und tauschen nervöse Blicke aus. Juhu, sie akzeptieren endlich die Wahrheit über Armageddon.

Lincoln gestikuliert zu mir. "Sobald Myla die Dämonen in die Hölle schickt - und ich bin zuversichtlich, dass sie das tun wird - verliert ihr die Kontrolle über das Fegefeuer, aber ihr behaltet euer Leben und die Dunklen Länder. Das ist das Angebot, das auf dem Tisch liegt." Er lehnt sich vor und stützt die Arme auf die Knie. "Wenn Sie nicht zustimmen, bieten wir Ihnen, sobald Myla gewonnen hat, die gleichen Bedingungen wie bei Armageddon. Den Tod." Seine Stimme senkt sich zu einem Knurren. "Haben wir uns verstanden?"

Ich liebe es, wenn Lincoln so herrisch ist. Mein Lustdämon kommt auf die super Idee, den Prinzen gleich hier und jetzt zu bespringen, aber ich muss ihn überstimmen. Schade eigentlich.

Armageddons Armee schickt eine weitere Ladung von wer-zur-Hölle-was auf den Boden um uns herum. Noch mehr Dosen und Flaschen purzeln auf den Boden. Stücke von Betonstaub wehen von der Decke herab.

Lincoln schüttelt den Kopf. " Armageddon ist nicht mehr weit. Jeden Moment, den wir hinauszögern, macht es schwieriger für Myla ... und Sie."

Die vier Ghule bewegen sich im Gleichschritt und bürsten weißen Staub von ihren blutroten Gewändern. "Die Oligarchie stimmt zu."

Meine Güte, na endlich.

"Ausgezeichnet." Verus stößt einen zufriedenen Seufzer aus. "Ich werde verbindliche Dokumente für den Vertrag aufsetzen." Sie dreht sich zu mir und Lincoln um. "Gute Arbeit."

"Danke." Ich lasse mich in meinen Stuhl sinken, die Realität dieses Vertrages überwältigt mich. Um das Fegefeuer zu retten, habe ich zugestimmt, Armageddon und seine Armee zurück in die Hölle zu schicken. Angst und Adrenalin kämpfen sich ihren Weg durch meinen Körper. Die Minuten vergehen, während alle mit den letzten Vorbereitungen herumwuseln und ich mich selbst verrückt mache, indem ich an alles denke, was bei diesem Plan schief gehen kann. Schließlich beschließe ich, dass ich noch verrückt werde, wenn ich hier noch länger rumsitze.

Ich drehe mich zu Lincoln und atme tief durch. "Zeit, mich meinen Dämonen zu stellen."

Lincoln drückt meine Hand; es ist keine Frage, dass er mit mir gehen wird. Wir teilen ein trauriges Lächeln. In ein paar Minuten werden wir zu Armageddons Armee hinausmarschieren, wo ich meine neuen Scala-Kräfte an ganz Fegefeuer testen werde.

Nicht gerade eine sichere Sache.

"Warte, Myla." Mama betritt die Hauptkammer aus dem Vorzimmer. Sie trägt jetzt die Robe der Senatorin. Sie sieht königlich, schön und stark aus. Cissy steht neben ihr in einer weißen Robe mit violettem Besatz, der Robe einer Junior-Senatorin. Zeke trägt einen schwarzen Körperpanzer mit dem Quasi-Siegel auf seinen Schultern: ein Kreis auf ineinandergreifenden Sternen. Adair ist nirgends zu sehen, was schön ist.

Ich schnaufe. Es ist, als wären sie aus einem Geschichtsbuch aus der Ryder-Bibliothek gestiegen.

"Worum geht es hier, Mama?" Sie hat mal etwas über die Bunker gesagt, in denen Senatsroben aufbewahrt werden, aber ich kann mir nicht vorstellen, wie das Verkleiden jetzt helfen könnte.

"Verus hat uns gerade von dem Vertrag erzählt." Mama macht eine königliche Geste durch den Raum. "Ich bin immer noch die diplomatische Senatorin des Quasi-Volkes. Ich werde um eine Konversation mit Armageddon bitten und dann mit meiner Wache und dem Junior-Senator nach draußen gehen. Hoffentlich können wir ihn eine Zeit lang ablenken, während du anfängst."

Ich runzle die Stirn. "Wird er wirklich die Bitte einer Senatorin um eine Konversation respektieren?"

Cissy grinst. "Wir haben die Scala und Scala Erbin in unserem Bunker. Er wird reden."

Ich schaue mich um. "Wo ist eigentlich Adair?"

Cissy zappelt in ihrem Gewand. "Äh, sie fing an, hysterisch zu werden." Cissy macht ihr "Igitt"-Gesicht. "Also habe ich ihr vielleicht ein Beruhigungsmittel zugesteckt. In einem der Regale stand ein Arzneikasten."

Zeke gluckst. "Mein Mädchen hat sie total zugedröhnt." Er wechselt ständig die Position, um sein muskulöses Selbst in seiner coolen neuen Rüstung zu zeigen. Lincoln und ich tauschen einen Blick aus.

Mama klopft Zeke auf die Schulter. "Konzentrieren wir uns, Herr Ryder. Wir müssen uns fertig machen, um nach draußen zu gehen."

Wenn Mama ihn Herr Ryder nennt, bedeutet das, dass er sie in den Wahnsinn treibt. Ich verziehe meinen Mund zu einem Grinsen wie eine Grinsekatze. Willkommen zum Ende ihrer Kommentare, dass ich mit Zeke hätte ausgehen sollen.

Die Oligarchen runzeln die Stirn. " Ihr Plan ist fehlerhaft. Maxon Bane ist tot."

Ich beiße mir auf die Unterlippe und denke nach. "Armageddon riecht die Macht des Scala. Solange er mich nicht sieht, wird er denken, dass der und die Scala in der Nähe sind. Das sollte funktionieren."

Lincoln lächelt. "Das ist genial." Er verbeugt sich leicht vor meiner Mutter. "Exzellente Ergänzung zu unserer kleinen Operation."

"Danke schön." Mamas Stimme ist gleichmäßig; sie ist jetzt im Senatorenmodus. "Wir werden sagen, dass wir von seinem Plan wussten und uns auf einen Gegenangriff vorbereitet haben." Mir wird ganz flau im Magen vor Stolz. Es ist so verdammt cool, Senatorin Lewis live und in Aktion zu sehen.

Mama deutet auf eine Stelle an der Rückseite des Raumes. "Hinter diesen Regalen gibt es einen geheimen Ausgang. Er öffnet sich zur großen Düne hinter der Felswand. Wir haben das Periskop überprüft. Armageddons Truppen sind auf dem niedrigen Sand vor der Mauer stationiert. Wenn ihr hinter der Düne bleibt, seid ihr versteckt."

Ich stelle mir Mama, Cissy und Zeke vor, wie sie Armageddon gegenüberstehen. Mein Mund verzieht sich zu einem Stirnrunzeln. "Ich weiß nicht, Mama, das ist zu gefährlich für euch."

Zeke zuckt mit den Schultern. "Es ist viel weniger gefährlich, als dich allein da rauszuschicken."

Lincoln nickt. "Er hat recht."

Ich kratze mich am Hals und versuche, an alle Eventualitäten zu denken. Das geht alles so schnell, dass wir bestimmt den einen oder anderen Stein umdrehen werden. Mein Blick fällt auf die vier Ghule, die mir gegenüber sitzen. Diese vier Schwachköpfe brauchen sicherlich etwas mehr Beachtung. "Und was ist damit, die Oligarchie hier zu lassen. du weißt schon, alleine?" Ich traue ihnen keine fünf Sekunden lang allein.

Verus erhebt sich auf die Beine. "Levi und ich werden mit WRD-7 im Bunker bleiben, um sicherzustellen, dass die Oligarchie den Vertrag abschließt und-" Sie atmet tief ein und wählt ihre Worte sorgfältig. " Ihren Fokus nicht verliert."

Die Oligarchen drehen sich zu Verus um. "Wir werden niemals zögern."

In einem Wunder der Selbstbeherrschung, stoppe ich mein Augenrollen, bevor es anfängt. Sicher, Sie würden niemals zögern.

Lincoln drückt noch einmal meine Hand. "Was sagst du? Haben wir einen Plan?"

Ich betrachte die Gesichter im Raum, alle wirken gefasst und konzentriert. Ich schließe meine Augen und mache eine kurze innere Bestandsaufnahme. Ich bin voller nervöser Energie, aber das ist typisch vor einem Kampf, sogar beruhigend. "Ja, lasst uns loslegen."

Mama geht zum Ausgang des Bunkers, Cissy und Zeke folgen ihr. Währenddessen erkunden Lincoln und ich die Regale entlang der Rückwand. Es dauert nicht lange, bis wir den geheimen Ausgang finden, von dem Mama uns erzählt hat. Mit einem leichten Schubs lassen sich die

Regale leicht wegschieben und geben einen niedrigen, dunklen Tunnel in der Betonwand frei.

Jetzt geht's los.

Ich lasse mich auf meine Hände und Knie fallen und krieche in das dunkle Loch. Lincoln folgt mir dicht auf den Fersen. Ihn in der Nähe zu spüren - seine Bewegungen synchron mit meinen zu fühlen - beruhigt meine strapazierten Nerven. Die Zeit vergeht wie im Flug, während wir durch den Gang krabbeln und einer nicht enden wollenden Reihe von Kurven und Geraden folgend. Schließlich erreichen wir eine Sandfläche am Ende des Tunnels. Schummriges Licht reflektiert durch das Granulat. Mein Herz springt mir bis zur die Kehle. Wir sind nahe an der Oberfläche.

Ich stecke meine Fingerspitzen zentimetertief in den Sand. Er ist warm und fein. Eine seltsame Ruhe durchströmt mich, während mein Geist jeden Aspekt dieses Momentes einfängt, eine Art Bild macht, das ich vielleicht für den Rest meines Lebens in Ehren halte (oder von dem ich heimgesucht werde). Ich bin außerhalb meiner selbst und weiß, dass ich am Ende des Tunnels innehalte, im Begriff bin, meine neuen Kräfte zu testen, und dass so viel auf dem Spiel steht. Danach ist der Moment vorbei und bricht in einem großen Gedränge von nervenaufreibender Panik zusammen. Meine Finger zittern im Sand. Das Beste, was ich tun kann, ist weiterzugehen. Schnell.

Zähneknirschend schiebe ich meinen Körper durch den Sand und tauche auf das dahinter liegende Graue Meer. Ein heftiger Wind heult mir um die Ohren und wirbelt mein Haar herum. Niedrige graue Wolken hängen über mir. Der Gestank von Schwefel hängt in der Luft. Ich krabble auf dem Bauch auf die Spitze der Düne, Lincoln dicht neben mir. Wir legen uns nebeneinander in den warmen Sand und spähen über die Kante des Bergrückens.

Mein Atem stockt. Die Szene vor uns kann nicht real sein. Etwa zwanzig Meter unter uns sind Hunderte von Dämonen in konzentrischen Kreisen auf dem Wüstenboden aufgereiht. Armageddon steht etwas abseits, sein großer Körper lehnt an der schwarzen Steinwand. Wenigstens ist er weit genug weg, dass ich seine Aura des Schreckens nicht spüre. Ich schlucke gegen die Enge in meiner Kehle an.

Ich katalogisiere schnell die Körperposition aller unserer Feinde. Keiner sieht uns in unserem Versteck. Stattdessen sind sie alle auf den massiven Manus-Dämon in der Mitte der Menge konzentriert. Dieses gorilla-ähnliche Monster ist die größte Kreatur, die ich je gesehen habe. Der Manus hebt seine langen Arme hoch über den Kopf und schlägt mit seinen Fäusten auf den Wüstenboden, schaufelt Sandhaufen auf und wirft sie zur Seite. Mit jedem Wurf spüre ich, wie mein Herz ein wenig tiefer sinkt. Er hat fast das runde Metallportal freigelegt, das den Eingang zu unserem Bunker markiert. Das ist nicht gut.

Meine Augen werden groß vor Erkenntnis. Das ist es also, was über unseren Köpfen rattert. Der Manus-Dämon versucht, einzubrechen oder uns Angst einzujagen, damit wir rauskommen. Ich scanne seinen klobigen Körper und seine rüsselartigen Gliedmaßen. Verdammt, das Ding sieht schwer zu töten aus. Wer weiß, wie schwer es sein wird, in die Hölle zu kommen?

Die runde Tür erwacht zum Leben und entzündet sich in einem Ring aus weißen Flammen. Der Manus-Dämon springt aus dem Weg des Feuers. Die Muskeln um meine Kehle ziehen sich zusammen. Diese Flammen sind Mama, Cissy und Zeke, die sich einer Horde Dämonen stellen. Höllenglocken.

Armageddon grinst. "Na endlich." Seine Finger mit den drei Knöcheln zucken an seinen Seiten, begierig darauf, das Fleisch seiner Opfer zu berühren und ihre Seelen auszusaugen.

Wenn er einen Finger auf sie legt, werde ich durchdrehen.

Die große runde Tür hebt sich aus dem Sand. Es ist eine flache Scheibe, die von vier weißen Säulen gehalten wird. Auf dem Boden zwischen den Säulen stehen meine Mutter, Cissy und Zeke. Ihre Körper zucken, als die Aura von Armageddon auf sie einwirkt. Adrenalin schießt durch mich hindurch. Jede Faser in mir will die Felswand hinunterspringen und ihm in den Arsch treten. Ich grabe meine Hände und Füße tiefer in den warmen Sand und versuche, mich an der Stelle zu verwurzeln.

Armageddon tritt an den Rand der runden Plattform, sein fieses Grinsen ist breit. "Seid gegrüßt, Senatorin." Er grinst. "Kommen Sie raus zu einer Konversation?"

Mutter zieht die Schultern zurück und spricht mit einer ruhigen Stimme, die durch die Wüste hallt. "Ich komme heute im Namen der Engel, Ghule, Thrax und Quasis hierher." Sie tut wirklich gut daran, den Schrecken zu bekämpfen, in der Nähe eines größeren Dämons zu sein. "Dieses ungerechtfertigte Eindringen in unsere..."

Lincoln legt seine Hand sanft auf meinen Oberarm. "Wir sind dran."

Ich atme einen zittrigen Atemzug ein. Die Ablenkung funktioniert. Jetzt hängt alles von mir ab. Mein Körper vibriert fast vor Angst. Ich habe mich noch nie so verängstigt gefühlt.

Ich wackle mit meinem Körper in den Sand. Das warme Granulat drückt sich angenehm an meinen Bauch. Ich schließe die Augen, hebe die

Hand und rufe nach dem Igni. Mein Herz klopft so heftig, dass mein Puls in den Ohren dröhnt. Bitte, lass das Igni mich hören.

In meinem Kopf ertönt kindliches Lachen. Ein paar winzige Blitze zucken um meine Handfläche. Mein Körper spannt sich vor Aufregung an.

Lincolns Stimme klingt in meinen Ohren: "Toll, Myla. Du schaffst es."

Das Lachen wird lauter. Dann wird es von Armageddon Stimme übertönt. "Ich habe eine Überraschung für Sie, Camilla."

Meine Augen springen auf. Was hat er vor?

Mama verschränkt die Arme vor der Brust. "Was könnten Sie tun, um mich zu überraschen?"

Der König der Hölle schnippt einmal mit den Fingern.

Obwohl ich mir meiner Mutter und Armageddon bewusst bin, bleibt mein Bewusstsein auf die Kraft fixiert, die um meine Hand tanzt. Die Igni vermehren sich, ihre dünnen Körper kitzeln meine Haut, ihre Stimmen werden lauter.

Ein dunkler Fleck erscheint am Himmel der Grauen See. Er wird größer und verwandelt sich in ein riesiges Paar fliegender Dämonen mit Adlerkörpern, Echsenköpfen und Fledermausflügeln. In ihren Klauen tragen sie eine riesige Metallkiste. Mit einem großen Knall lassen sie ihre Last auf den grauen Sand fallen.

Ich blinzle durch den heftigen Wind. Ein verrosteter Container von etwa einem Meter Kantenlänge steht auf dem Wüstenboden. Meine Aufmerksamkeit wird auf ihn gelenkt; etwas Wichtiges liegt darin.

Weniger Igni umkreisen meine Handfläche. Ihre Musik verblasst aus meinem Kopf.

Armageddon klopft an den Metallcontainer. "Das ist für Sie." Die Seiten der Kiste fliegen auf und töten dabei ein paar Dämonen. Armageddon schaut nicht in ihre Richtung; stattdessen ist sein Blick auf den Körper gerichtet, der an den Boden der Kiste gekettet ist.

Ich kann nicht anders, als ebenfalls zu starren. Eine Gestalt kauert auf dem Boden des Containers, schwere Ketten sind um seine Hände und Füße gewickelt. Er hat verfilztes Haar, einen struppigen Bart und kakaobraune Haut, die mit violetten Blutergüssen und nässenden Wunden übersät ist. Fetzen von grauem Stoff hängen um seinen gebrochenen Körper und seine schmutzigen Flügel. Er ist ein Engel, oder das, was von einem übrig ist.

Armageddon gestikuliert zu der gebrochenen Gestalt. "Senatorin, darf ich vorstellen: der Erzengel Xavier."

Jeder Atemzug verlässt meinen Körper. Das ist mein Vater, der eine Ewigkeit in der Hölle für das Leben meiner Mutter eingetauscht hat.

Mama starrt auf den gebrochenen Engel. Tränen steigen ihr in die Augen. Sie dreht sich halb zu meinem Versteck auf dem Grat um, fängt sich aber, bevor sie zu weit geht. Sie bleibt stehen, zieht die Schultern zurück und wendet ihre Aufmerksamkeit wieder Armageddon zu. "Ich verstehe nicht, was Ihre Überraschung mit dieser feindlichen Invasion zu tun hat, Armageddon."

Ein Schauer kriecht über mich. Mein Körper erstarrt vor Schreck. Weitere Blitze verblassen aus meiner Hand.

Armageddon grinst und zeigt ein Maul mit spitzen Zähnen. "Ah, aber das Beste haben Sie noch gar nicht gesehen." Er schnippt wieder mit den Fingern. Die beiden Flugmonster erheben sich in die Luft. Ihre Krallen bohren sich in den Rücken meines Vaters und beginnen ihn zu heben.

Oh, mein süßes Böses. Sie reißen ihm die Flügel ab.

Mein Blick fällt auf das bärtige Gesicht meines Vaters, das vor Schmerz verzerrt ist. Er umklammert seine schweren Ketten, die Zähne im Todeskampf zusammengebissen. Die Blitze um meine Hand erlöschen.

Lincoln packt mich an der Schulter. "Was ist hier los, Myla? Die Igni sind weg."

"Das ist mein Vater."

Die Flugdämonen ziehen fester an den Flügeln meines Vaters. Mein Körper ist vor Schreck erstarrt. Mein Geist entleert sich.

Armageddon wiegt sich auf seinen Fersen und lacht. Seine dunkle Freude trifft mich wie ein Schlag in die Magengrube. Aller Atem verlässt meinen Körper. Mein Vater wurde gefoltert, während Armageddon lacht. Irgendwie ist das der schmerzhafteste Schlag von allen. Ein Schluchzen quillt aus meiner Kehle.

Tränen strömen über Mamas Gesicht. Cissy hält ihre Hand und flüstert beruhigende Worte. Zeke steht stumm und fassungslos da. Mama spricht mit leiser, rauer Stimme. "Was auch immer Sie vorhaben, Armageddon, es wird nicht funktionieren."

Die Wüste hallt vom Heulen meines Vaters wider. Lautes Knacken ertönt, als Knochen brechen und seine Flügel losgerissen werden. Armageddon dreht sich zu Mama um, sein Gesicht in böser Freude verzogen. "Funktioniert es immer noch nicht?"

Mamas Gesicht ist farblos, ihre Unterlippe zittert. Sie öffnet ihren Mund, aber es kommt kein Ton heraus. Ich aber finde meine Stimme. Ein Schluchzen nach dem anderen bricht sich aus meiner Kehle.

Der Körper meines Vaters krümmt sich vor Schmerz, als ihm neue Flügel aus dem Rücken sprießen. Kleine Knospen erscheinen an seinen Schulterblättern und reißen an seinem Fleisch. Er schreit erneut, als riesige goldene Flügel aus seinen Schultern brechen. Die Selbstheilungskräfte der Erzengel, die benutzt werden, um ihn bis in alle Ewigkeit zu quälen. Das ist so falsch.

Ich starre auf den gebrochenen Körper meines Vaters. Wut fließt meinen Nacken und meine Schultern hinunter und spannt jeden Muskel an. Mein Zorndämon spuckt Feuer in meinem Bauch und füllt mich mit weißglühender Wut. Ich drehe mich zu Lincoln, bereit zu erklären, was ich vorhabe zu tun. Sobald ich die Wut in seinen Augen sehe, weiß ich, dass ich das nicht muss.

Ich erhebe mich auf meine Füße, mein Schwanz wedelt hinter mir in einem räuberischen Rhythmus. Lincoln steht an meiner Seite.

Armageddons Kopf schnellt in meine Richtung. "Seht mal, wen wir hier haben. Das kleine Arenamädchen und der Thrax-Hochfürst." Seine Augen funkeln. "Sie sind der Junge von König Connor." Sein Blick springt zwischen mir und Mama hin und her. "Und das Mädchen ist deine Tochter, nicht wahr, Camilla?"

Xavier hebt langsam seinen zerlumpten Kopf. Seine blauen Augen leuchten in einem sanften Licht. Er schaut zu Mama und rasselt ein Wort heraus: "Tochter?"

Mama schenkt ihm ein sanftes Nicken. Ein Teil von mir weiß, dass ich die Liebe in ihrem Gesicht sehen und eine Art Schmerz empfinden sollte. Aber nichts kann das Heulen der Wut in mir übertönen. Ich werde diese Ketten von meinem Vater abreißen, und wenn es das Letzte ist, was ich tue.

Er schluckt. "Ist sie..."

"Ja, Xavier." Ihre Augen quellen über vor Tränen. "Sie gehört dir."

Der Erzengel verdreht angestrengt den Kopf. Sein Blick ruht auf mir. "Sie ist wunderschön, Camilla." Er zwingt seine gebrochene Stimme lauter. "Du bist reizend."

Es sind sanfte Worte, und etwas in mir wünscht sich, ich könnte ihre Zärtlichkeit spüren. Aber im Moment ist alles, was ich kenne, Wut. Das endet, jetzt. "Das ist nicht alles, was ich bin, Vater." Ich hebe meine Hand und rufe den Igni zu. Ihre Stimmen klappern wütend in meinem Gehirn, während sie um meine Handfläche peitschen. Das sind die dunklen Kinder, die, die Seelen in die Hölle schicken. Sie sehen genauso aus wie die guten Igni. Hm. Ich habe vorhin nicht die richtigen gerufen.

Ich grinse. Nun, jetzt habe ich den Dreh raus.

Armageddon lehnt sich auf dem Absatz zurück und verschränkt die Arme über seiner schlanken Brust. "Also, du bist die wahre Scala-Erbin. Interessant."

Ich beschwöre weitere Igni um meine Handfläche. Ihre Stimmen werden rau, wie Rasierklingen, die über Metall schaben. "Da hast du fast recht." Die Igni vervielfachen sich zu einer weißen Säule, die zwei Meter groß ist. "Ich bin nicht die Scala- Erbin. Ich bin die Große Scala." Neben mir entzündet Lincoln sein Baculum.

Armageddon Augen flackern hellrot auf. "Was sagst du da? Wo ist mein Sohn? WO IST MEIN SOHN?"

"Getötet durch deine eigene Hand", sagt Lincoln. "Er starb als wahrer Thrax-Krieger." Er wirft seine Klinge von einer Hand in die andere, um Armageddon zu taxieren.

Der Dämonenführer wirft seinen Kopf zurück und heult. Das Geräusch lässt die Wüste erzittern. "Mein Sohn ist tot? MEIN SOHN IST TOT?!" Er hockt sich an Xaviers Seite, packt ihn an den Haaren und reißt seinen Schädel hoch. "Ich möchte, dass du jetzt gut auf deine Tochter aufpasst, denn ich werde ihr die Knochen brechen und sie in die Hölle schleppen. Sie wird mein Gelübde erfüllen, Maxon zu foltern." Er dreht sich zu mir um und grinst selbstgefällig, sicher, dass er mir gerade einen Schrecken eingejagt hat.

Nicht mal annähernd, Kumpel.

Jede Zelle in meinem Körper pulsiert vor Wut. "Probier das mal aus." Ich schieße meine Säule aus weißen Blitzen direkt in den Himmel, pumpe die Sturmwolken mit hellen Blitzen voll. "Wie wär's, wenn du deine verdammten Hände von meinem Vater nimmst?" Die Wolken rollen mit einem ohrenbetäubenden Donnergrollen. "JETZT."

Knurrend springt Armageddon auf den Hügelkamm. Neben mir zuckt Lincoln zusammen, als die Aura des größeren Dämons auf ihn einprasselt. Diesmal passiert mir nichts; Igni muss die Wirkung block-ieren. Armageddon schreitet auf mich zu und hebt seine Hand zum Schlag. Jeder Instinkt, den ich habe, schreit danach, dass ich mich bewegen soll, aber ich kann nicht gleichzeitig das Igni kontrollieren und den Schlägen ausweichen. Und wenn ich das Igni verliere, verliere ich auch diesen Kampf.

Der König der Hölle schwingt seine Faust gegen meinen Kopf. Ich zucke zusammen und warte auf den Schlag. Im letzten Moment springt Lincoln zwischen mich und Armageddon Faust. Sein Baculum kollidiert mit der steinglatten Haut des Dämons und schickt einen blutroten Funkenregen durch die Luft. Der Höllenkönig zieht seinen Arm zurück; sein Fleisch wird durch das Schwert nicht verletzt. Der Dämon setzt seinen Angriff fort, jeder Beschuss kommt schneller. Immer wieder trifft Lincoln jeden Schlag, bevor er meine - oder seine - entblößte Haut berührt.

Mein normales Ich würde in diesem Moment entsetzt sein: Lincoln in Gefahr, mein Vater in Ketten, jeder, den ich liebe, in Gefahr, und das ganze Fegefeuer verlässt sich auf mich. Aber ich sperre diese Gedanken weg, versiegele sie in einem inneren Tresor. Mein Verstand schnappt in den Hyper-Fokus des Kampfmodus. Es gibt nichts anderes als meine Aufgabe - Dämonen in die Hölle zu bringen - und den nächsten Schritt, dies zu erfüllen.

Ich bewerte Armageddon Schläge und Lincolns Gegenangriffe. Der Prinz kann mir nur noch ein paar Minuten geben; ich muss mich schneller bewegen. Zu meiner Rechten schimmert die Igni-Säule vor Kraft, während sie mehr weißes Licht in die dunklen Wolken pumpt. Ich setze meine Fingerspitzen ein paar Zentimeter tief in die funkelnde Haut der Säule. Die Stimmen der Igni werden in meinem Gehirn lauter. Zu ihnen gesellt sich etwas Neues: Bilder von Dämonen über dem Fegefeuer.

Eine Idee formt sich. Ich weiß genau, wie ich die Dinge beschleunigen kann. Aufregung macht sich in meiner Brust breit.

Ich pumpe mehr Igni in die riesige Seelensäule, dann trete ich hinein. Es ist seltsam friedlich darin: kein Wind, keine Geräusche, nur eine heilige Säule aus hellem, weißem Licht. Visionen schießen mir durch den Kopf. Ich stelle mir jeden Dämon im Fegefeuer vor. Crini, Manus, Papilio... mehr als fünftausend böse Gesichter flackern vor meinem geistigen Auge auf.

Ich wende meinen Blick nach oben und schiebe die Seelensäule in die Höhe, bis die Igni wie ein Geysir durch die Wolkendecke schießen und über dem Fegefeuer niederregnen.

Mein Mund verzieht sich zu einem Grinsen. Es klappt.

Vor meinem geistigen Auge sehe ich, wie winzige Blitze um Tausende von Dämonen herum niedergehen. Die Igni wirbeln um die Körper der Monster und halten sie an ihrem Platz. Einen Moment lang durchströmt mich das ganze Elend, der Hass und die Grausamkeit meiner Gefangenen, eine Lawine des Bösen. Ich spüre, wo jeder Einzelne steht, was jeder Einzelne ist und wo jeder Einzelne hingehört.

Also schicke ich sie dorthin.

Die Igni wirbeln und vermehren sich um jeden Dämon. Tausende von Seelensäulen erscheinen im Fegefeuer, ein Dämon in jeder von ihnen. Ihr Licht wird heller, dann verschwinden sie und nehmen die Monster mit auf die Reise in die Hölle.

Das heißt, alle, außer einem. Armageddon.

Mein Gehirn wirbelt ängstlich durch die Optionen und Szenarien. Wie kriege ich den Kerl hier raus? Irgendwie hat er meine letzte Welle von Seelensäulen blockiert. Das darf nicht noch mal passieren.

Armageddon schlägt erneut nach Lincoln; der Prinz blockt den Angriff ab. Ich wende mich dem Dämon zu und hebe meine Arme auf Schulterhöhe, die Handflächen nach oben und flach. Ich rufe die Igni zu mir und bitte sie, ihren Weg zu ändern, damit sie nicht mehr nach den Wolken greifen. Sie gehorchen, und die volle Kraft der Seelensäule schießt meinen Körper hinauf, über meine Arme und direkt in Armageddons Seite.

Nimm das.

Ein Teil von mir weiß, dass das eine wahnsinnig riskante Aktion ist. Ich habe keine Ahnung, was es bewirken wird, diese Art von Verbindung zwischen mir und dem König der Hölle herzustellen. Ich schließe diese Gedanken weg und konzentriere mich wieder auf meine Aufgabe: Armageddon hier rauszuholen.

Als die Igni auf ihn einschlagen, stößt der König der Hölle ein markerschütterndes Heulen aus. Er wirft seine Arme weit aus und erzeugt eine Säule aus roten Flammen um seinen Körper. Lincoln wird aus dem Weg geschleudert, die Kraft des roten Feuers ist so stark wie eine Granatenexplosion. Der Prinz springt zurück und rennt auf mich zu, die Baculum-Klinge in der Hand.

Meine Igni-Säule verschmilzt mit Armageddons Höllenfeuer und bildet eine große Säule, die uns beide einhüllt. Ich höre vage, wie Lincoln außerhalb der Säule aus Höllenfeuer und Engels-Igni nach mir schreit. Er schlägt mit seinem Baculum dagegen, aber er kann nicht einbrechen.

Das Gewölbe, in dem ich meine Emotionen weggesperrt habe, beginnt zu zersplittern. Angst rattert durch mich und betäubt meinen Verstand. Ich stehe jetzt auf dem Grauen Meer, Auge in Auge mit Armageddon. Ein Kreis aus Höllenfeuer und Engels-Igni umgibt uns, die Säule endet weit über uns in den Wolken.

Noch mehr Angst schießt durch mich hindurch. Mir entgleitet die Kontrolle über das Igni. Um uns herum wird die Säule mehr Höllenfeuer und weniger engelhaftes Igni.

Armageddon lächelt gierig. Er gewinnt und der Bastard weiß es.

Der König der Hölle schnippt mit den Fingern. Feurige Fesseln erscheinen um meinen Körper. Panik durchströmt mich. Weitere Igni verschwinden. Die Flammen lecken um meinen Drachenschuppen-Kampfanzug, können aber nicht durchbrechen und mich verbrennen.

Blitzschnell wandert Armageddons Bewusstsein durch die Igni und verschmilzt mit meinem eigenen. Frischer Schrecken schießt durch alle meine Nervenenden. Das ist schlecht. Sehr schlecht. Ein Angriff auf meinen Verstand beginnt. Ich kann fast spüren, wie seine dreiknöcheligen Finger durch meine Erinnerungen und Ängste blättern und sich schließlich für diejenigen entscheiden, die seinen dunklen Absichten entsprechen.

Unerwünschte Gedanken überwältigen mich. Ich versuche, sie aufzuhalten, aber es ist sinnlos. Ich will weglaufen, kann mich aber nicht bewegen. Ein Bild nach dem anderen erscheint vor meinem geistigen Auge: die Panik in Cissys Gesicht, als sich ein vergifteter Speer ihrem Rücken nähert... das Grinsen der Oligarchen, als sie vorschlagen, mich in die Hölle zu schicken... Walker, der auf dem Boden der Arena zusammensackt, Lincoln, der von Armageddon Höllenfeuersäule weggeblasen wird... Mamas Verzweiflung, als sie Xaviers gequälten Körper sieht... Der herzzerreißende Kreislauf aus Terror, Angst und Wut, der mich durchströmt, seit ich eines Morgens mit blauen Augen aufgewacht bin.

All diese Schrecken, alles nur, weil ich die Scala bin.

Verzweiflung sickert in meine Knochen und saugt mir das Mark meines Kampfes aus. Ich habe nie um diesen Job gebeten, diese Last. Es ist zu viel für mich und die, die ich liebe. Vor meinen Augen wird die Säule aus noch mehr Höllenfeuer und noch weniger Igni bestehen. Ich verliere an Boden.

Es ist hoffnungslos. Was immer ich auch tue, ich werde hier sterben.

Ich erhebe meinen Blick und starre wie betäubt auf meinen Entführer. Ich bin in einer Feuersäule mit Armageddon gefangen. Wie konnte es so weit kommen? Ich schließe meine Augen und rufe den Igni an. Lasst mich nicht hier. Kämpft weiter. Sie wirbeln und tauchen durch das Höllenfeuer, weigern sich aber, ganz zu verschwinden.

Meine Backenzähne schließen sich. Was habe ich mir dabei gedacht, es mit ungeprüften Kräften mit Armageddon aufzunehmen? Ich bin ein 18-jähriges Mädchen, er ist das unsterbliche Böse in Person. Ich bin ein Narr.

Armageddon kichert. "Ich habe auch eine Überraschung für dich." Eine schwarze Grube öffnet sich im Sand zwischen uns. Ein Geist kriecht aus der Dunkelheit hervor, das Gesicht aufgedunsen und von Narben übersät.

Unheilige Hölle. Das ist die Frau, die ich in der Arena gesehen habe, diejenige, die sich dem Limus-Dämon geopfert hat, weil sie der Meinung war, sie hätte den Himmel nicht verdient. Jetzt wird Armageddon mich zwingen zuzusehen, wie er ihre Seele verzehrt. Ein leises Schluchzen schnürt mir die Kehle zu.

Armageddon schreitet vor mir her, seine kleinen schwarzen Augen verengen sich zu Schlitzen. "Ich verfolge dich schon seit einiger Zeit. Du hast zwei meiner bösen Seelen daran gehindert, den Himmel zu betreten. Niemand kommt mir in die Quere, ohne einen Preis zu zahlen." Er starrt den unglücklichen Geist an. "Ich habe bemerkt, dass du sie retten wolltest, also habe ich es getan. Aus einem besonderen Anlass." Ein grimmiges Lächeln zerrt an seinen Mundwinkeln. "Intrigen innerhalb von Intrigen. Deshalb bin ich König."

Armageddon hält vor mir inne, sein Körper erhebt sich über den meinen. "Du hast Erzengelblut und die Macht des alten Scala. Du hast jeden anderen Dämon in die Hölle gebracht. Doch du bist zu schwach, um mich zu berühren." Er grinst. "Willst du wissen, warum?"

Meine Stimme kommt als leises Flüstern heraus. "Nein."

"Ich habe deine Gedanken gesehen. Du wartest darauf, dass jemand anderes deine Last auf sich nimmt. Jemand Klügeres, Stärkeres, Besseres."

Meine Augen brennen. "Ja." *Wenn diese Person hier wäre, wäre vielleicht alles anders.*

"Ich werde dich in ein kleines Geheimnis einweihen, etwas, das nur der König der Hölle wissen kann. Jeder, der die Große Skala werden will, ist böse. Es ist mehr Macht, als eine gute Seele wollen würde, oder eine böse Seele haben sollte. Wenn die Guten die Macht ergreifen, ist es immer ein Dienst, eine Last. Und das macht sie schwach. Wie dich."

Um mich herum verschwinden die Igni fast völlig. Die feurigen Fesseln an meinem Körper flackern heißer. Er hat Recht. Ich bin schwach. Ich kann das nicht tun.

Armageddon schnippt noch einmal mit den Fingern. Der Geist kriecht vorwärts, bis er die Füße des Königs der Hölle erreicht. Ich sehe ihr Gesicht. Aufgedunsen. Rotäugig. Tränenüberströmt.

Ich würge eine Welle der Übelkeit zurück. Armageddon hat diese Seele beiseite gelegt, um mich eines Tages zu zwingen, ihr Ableben zu beobachten. Was kann man schon tun, wenn so viel Böses in der Welt ist?

Armageddon hebt seinen Zeigefinger, lächelt mich direkt an und senkt dann langsam seine Hand auf die Schulter der Frau. Tränen rollen über ihre vernarbten Wangen, als er ihre entblößte Haut berührt. Sie schreit, als ihr Geistkörper zu zerfallen und zu verblassen beginnt.

Als ich sie schreien sehe, bricht etwas in mir zusammen. Eine Erkenntnis trifft mich mit voller Wucht. Es gibt niemanden, der klüger oder besser ist als ich. Es sind ich und diese arme Frau, und, so wahr mir Gott helfe, wir werden hier nicht sterben. Die Konsequenzen sind mir egal. Die Last ist mir egal. Ich bin ein Engelsfighter und ich kämpfe.

Ich hebe meine Hand durch einen Riss in meinen Fesseln. Frisches Igni wirbelt um meine Handfläche.

Armageddon zieht eine Augenbraue hoch. "Du wirst nicht gewinnen."

"Dann werde ich kämpfend untergehen."

Armageddons Augen funkeln. "Es ist dein Tod, Myla." Neben ihm verschwindet der Körper der Frau fast.

"Nein, Myla ist bereits tot." Ich rufe weitere Igni zu mir. Sie machen einen Bogen und tauchen um meinen Arm, um meine Fesseln zu lösen. "Ich bin die Große Scala."

Was immer ich fühle, welche Kräfte in mir sind, ich werfe alles auf Armageddon. Ich spare keinen Winkel meiner Seele für Ausflüge zu Magieanwendern, die mir meine Igni-Kräfte nehmen könnten, oder wieder die alte Arenakämpferin zu werden, oder für eine Zukunft, in der ich alles andere als die Große Scala bin. Ich bin dieser Kampf.

Ich rufe die Igni, und sie stürzen in einer großen Flut aus den Wolken herab und wischen Armageddons Höllenfeuersäule weg. Meine Fesseln verschwinden. Die geisterhafte Frau fällt frei auf den Boden. Weiße Blitze umhüllen den König der Hölle und ziehen ihn in den Abgrund, den er durch meine Füße geschaffen hat. Armageddon krallt sich in den Sand, als sein Körper weggezogen wird. Seine Augen glühen hellrot, als er in der Dunkelheit verschwindet.

Er ist verschwunden. Ich habe Armageddon in die Hölle geschickt. Mein Körper brummt vor Erregung. Ich wende mich an den elenden Geist und befehle den Igni, ihre Seele zu führen. Sie wirbeln und tauchen in einer großen Masse um sie herum und tragen sie in die Wolken und den Himmel. Ihr kindliches Lachen klingt in meinen Ohren. Danach wird alles still.

Ich befinde mich wieder am Grauen Meer, stehe auf dem obersten Grat über dem Bunkereingang. Ein Gedanke schießt mir durch den Kopf: Armageddon ist Geschichte.

Ich atme lange aus. Meine Arme fallen an meine Seiten. Der Wüstenwind peitscht durch mein Haar. Über mir ersetzt harmloser grauer Smog die wütenden Gewitterwolken. Meine Beine werden kraftlos unter mir. Ich bin mir schwach bewusst, dass Cissy, Zeke, Mama und Xavier in der Nähe stehen. Ich taumle auf der Stelle. Es ist vorbei. Lincolns Arme schlingt sich um mich, als ich zusammenbreche. Alles wird zu Dunkelheit.

Seit einer gefühlten Ewigkeit sind meine Träume leer und kalt. Gelegentliche Anblicke und seltsame Stimmen durchbrechen die Leere: Mama tupft mir den Schweiß von der Stirn, Cissy hält meine Hand, Lincoln küsst sanft meine geschlossenen Augen. Jemand sagt: "Sie hat das Schlimmste hinter sich."

Ich wache in meinem eigenen Bett auf. Mein Gehirn ist benebelt. Ich taumle auf die Beine und schaue aus dem Fenster. Die Hälfte der Häuser in unserer Straße sind ausgebrannte Hüllen. Die Dämonen waren auch hier.

Die Welt wird an den Rändern meiner Vision weiß; ich klammere mich an die Fensterbank.

"Was machst du da?" Die Stimme ist mir bekannt.

Ich blinzle, kann mich aber nicht konzentrieren. "Mama?"

"Ja, ich bin's." Sie rennt an meine Seite. Ihre Arme umklammern meine Schultern und führen mich zurück ins Bett. "Warum bist du auf?"

Mein Kopf berührt das Kissen. Ich krümme mich in eine fötale Position. "Ich wusste nicht, wo ich war." Mir ist so kalt, dass meine Zähne klappern. Ich versuche, meine Augen zu öffnen, kann es aber nicht.

Mama zieht mir die Decke bis zu den Schultern. "Du bist zu Hause, Myla."

Plötzlich fokussiert sich mein Gehirn wieder , meine Augen öffnen sich weit. Ich greife nach Mamas Hand. "Was ist passiert, nachdem ich die Dämonen in die Hölle zurückgeschickt habe? Wo sind die Ghule?"

Mama streicht mir sanft die Haare aus dem Gesicht. "Die Dämonen sind in der Hölle geblieben. Die Ghule haben ihr Wort gehalten und patrouillieren an unseren Grenzen." Sie lächelt. "Du hast es geschafft, Myla. Verus bereitet ein Gipfeltreffen in drei Wochen vor. Engel, Ghule, Quasis und Thrax werden sich treffen, um die Bedingungen der neuen Regierung zu besprechen."

"Wo ist Xavier?"

"In Sicherheit, dank dir." Sie streichelt meine Hand. "Mach die Augen zu, Myla-la. Es ist alles in Ordnung."

Ich drehe mich auf die Seite und lächle. "Ich habe es geschafft." Etwas glitzert auf meiner Kommode. Ich stemme mich auf die Ellbogen. "Was ist das?"

Mama hebt das glänzende Was-auch-immer auf und reicht es mir. "Es ist ein Geschenk von Lincoln." Zwei silberne Stäbe liegen auf meinen Handflächen.

"Das sind Lincolns Baculum." Meine Fingerspitzen fahren über die kunstvoll geschnitzten Runen, die die Oberfläche bedecken. "Ich kann nicht glauben, dass er sie mir gegeben hat."

"Er war Tag und Nacht bei dir, bis die Heiler erklärten, du seiest außer Gefahr. Dann musste er nach Antrum zurückkehren. Er ließ das Baculum zurück und bat mich, dich an dein Versprechen gegenüber Nat zu erinnern. Weißt du, was das bedeutet?"

"Ja, das weiß ich." Ich sagte Lincolns Waffenmeister, dass ich jeden Tag eine Stunde mit dem Schwert üben würde. Jetzt kann ich es mit Stil tun. Lächelnd schiebe ich das Baculum unter mein Kopfkissen.

Mama erhebt sich. "Du gehst jetzt besser schlafen, Myla."

"Ja, das ist eine gute Idee." Meine Augen blinzeln und schließen sich. Ich falle in einen tiefen Schlaf und träume von der Grauen See. Ich stehe auf einer langen Strecke von rollenden Kohledünen unter einem niedrigen silbernen Himmel. Der Wind peitscht den Sand und mein Nachthemd. Verus steht in der Nähe, ihr Gewand und ihre Flügel leuchten hell-weiß gegen die triste Landschaft. Ich bin hin- und hergerissen zwischen dem Wunsch, auf sie zuzulaufen und sie zu umarmen oder ihr in die Kniescheiben zu treten. Schwere Entscheidung.

"Hallo, Myla."

"Hallo, Verus."

Die Engels-Anführerin blickt zum Horizont. Ihr langes schwarzes Haar fällt in einem perfekten Bogen über ihre Schultern. "Ich liebe das Graue Meer." Sie dreht sich zu mir um, ihre mandelförmigen Augen leuchten blau.

"Das habe ich bemerkt." Meine nackten Zehen graben sich in den warmen Sand. "Ich bin mir nicht sicher, was ich sagen soll."

"Und warum ist das so?"

"Ein Teil von mir möchte sich bei dir bedanken. Deine Traumlandschaften halfen meiner Beziehung zu Mama und machten mich bereit, die Scala zu werden. Aber ein anderer Teil von mir? Ich weiß es nicht. Es ist, als wäre ich ein Bauer in einem Spiel von dir, das ich nicht verstehe."

"Du meinst Lincoln."

"Ja."

"Ihr zwei seht nicht unglücklich aus. Ich sollte denken, dass ihr euch unwiderstehlich findet."

Ich kichere. "Oh, ich weiß nicht. Eine Zeit lang gab es viel Widerstand." Ich mustere Verus aufmerksam. "War das der Grund, warum du den Thrax länger im Fegefeuer hast bleiben lassen?"

"Ja, aber mehr kann ich dir nicht sagen." Verus' Mund verzieht sich zu einem allwissenden, überirdischen Lächeln. Es ist ein wenig irritierend.

"Schön, behalte deine Geheimnisse. Ich muss heilen und Seelen durch die Gegend schleusen oder was auch immer."

Verus verbeugt sich leicht. "Dann bis zum Gipfel."

"Ja, ich sehe dich dort."

Die Welt wird still und dunkel. Weitere Stimmen hallen durch meinen traumlosen Schlaf. Ich öffne meine Augen, blinzle und gähne. Cissy und Zeke stehen neben meinem Bett. Ich genieße den Anblick der beiden und lächle. Sie sind sicher, lebendig und zanken sich wie wild. Alles fühlt sich im Universum ein wenig richtiger an.

Cissy stampft mit dem Fuß auf. "Ich weiß, dass sie schon seit Tagen nichts mehr gegessen hat." Sie zeigt mit dem Finger auf Zeke. "Aber Senatorin Lewis sagte, wir sollen sie nicht aufwecken."

Zeke zeigt auf mich. "Nun, sie ist wach."

Cissys Schwanz wedelt stürmisch hinter ihr her. "Du bist wach! Wir haben dir eine Brühe mitgebracht." Sie setzt sich ans Ende meines Bettes, die Schüssel in der Hand.

Ich ziehe mich auf die Ellbogen hoch. "Wie lange hab ich geschlafen?"

"Vier Tage." Sie hält einen Löffel in Höhe meines Mundes. "Mach auf."

"Ich hab's, danke." Ich nehme ihr die Schale aus den Händen, hebe sie zum Mund und schlucke. Die Flüssigkeit ist warm und lecker.

"Raten mal." Cissy strahlt. "Ich gehe auch zu Verus' Gipfel. Ich werde die Junior-Senatorin deiner Mama sein."

"Das ist toll. Du wolltest doch in den diplomatischen Dienst."

Zeke legt seine Handfläche auf Cissys Schulter. "Meine Eltern freuen sich, sie in ihrer Nähe zu haben." Er küsst ihr auf den Kopf. "Und ich mich auch."

Seltsame Stimmen ertönen aus dem Wohnzimmer. Ich ziehe die Stirn in Falten. Ich bin im Moment nicht wirklich in der Stimmung, irgendwelche Fremden zu treffen. "Wer ist das?"

Zeke und Cissy tauschen einen spitzen Blick aus.

"Wir sollten jetzt gehen." Cissy nimmt mir die leere Suppenschüssel aus der Hand. Ich muss hungrig gewesen sein, ich kann mich nicht erinnern, sie aufgegessen zu haben.

Meine Freunde verabschieden sich und gehen aus der Tür, wobei sie darauf achten, sie hinter sich zu schließen. Die Stimmen werden lauter.

Ich zwinge mich aus dem Bett, stolpere zur Tür und öffne sie einen Spalt. Mama steht im Wohnzimmer in einem roten Kleid und spricht mit einem großen Mann in einem grauen Anzug. Ich kann sein Gesicht nicht sehen. Mein verschwommener Kopf versucht, die Umrisse seines Körpers zu erkennen. Er kommt mir irgendwie bekannt vor.

Mama lacht, ihre schokoladenfarbenen Augen schimmern. Eine Aura von Zuversicht und Kraft umgibt sie. Ich kann mich nicht erinnern, wann ich sie das letzte Mal so schön und lebendig gesehen habe. Vor Glück wird mir ein wenig schwindelig. Ich lehne mich gegen den Türrahmen, um mich abzustützen.

Der Mann schlingt seine Arme um Mamas Schultern und gibt ihr einen innigen Kuss.

Jetzt erinnere ich mich, wo ich den Mann schon mal gesehen habe. Es ist Xavier.

Mama unterbricht den Kuss, kichert und reibt ihre Fingerknöchel am Bauch meines Vaters. Ich grinse total von Ohr zu Ohr. Mama sieht mich in der Tür.

"Myla, warum bist du auf?"

Ich verlagere mein Gewicht gegen den Türrahmen. "Ich habe Stimmen gehört."

Xavier dreht sich um und sieht mich an. "Hallo, Myla." Seine türkisfarbenen Augen funkeln. Er ist jetzt glatt rasiert und sieht eher aus wie der Mann aus meinen Träumen: kurzes braunes Haar, muskulöse Statur, kantiges Kinn und hohe Wangenknochen. Die Zeit mit Armageddon hat ihre Spuren hinterlassen: Seine kakaofarbene Haut hängt ebenso lose an seinen Knochen wie sein Anzug.

Mein Vater macht ein paar zaghafte Schritte auf mich zu. "Es ist gut, dich wach zu sehen."

Ich lächle. "Es ist gut, dich zu sehen, Punkt."

Er schüttelt den Kopf. "Ich bin mir immer noch nicht sicher, ob du echt bist." Er macht einen weiteren kleinen Schritt nach vorne.

Ich erkunde den Raum zwischen uns. Bei diesem Tempo werden wir den ganzen Tag damit beschäftigt sein. Ich taumle zu ihm hinüber und schlinge meine Arme um seinen Hals. "Ich bin hier, ich bin echt, und ich liebe dich."

Xavier schlingt seine Arme um meine Schultern. "Mein Mädchen. Mein wunderschönes Mädchen."

Meine Knie werden weich. Herumzulaufen war nicht meine beste Idee.

"Lass mich dich zurück ins Bett bringen." Xavier stützt mich an einer Seite ab und führt mich an der Couch vorbei zurück in mein Zimmer.

Mama folgt uns bis zur Tür, und dann hält sie inne. "Ich gebe euch beiden etwas Zeit." Sie schließt meine Tür mit einem leisen Klicken.

Xavier hilft mir auf die Matratze und zieht mir die Decke bis unter das Kinn, als wäre ich zwei Jahre alt. Das ist süß. Er schleppt einen rostigen Stuhl neben das Bett, setzt sich und rückt den zu lockeren Kragen seines knackigen weißen Hemdes zurecht. Seine Stimme knackt, als er spricht. "Danke, dass du mich gerettet hast."

"Jederzeit." Mein Herz klopft so heftig, dass ich fast überrascht bin, dass es nicht aus meinem Brustkorb hüpft. Mein Vater ist hier! Mein echter, nicht-guhliger, total fantastischer Erzengel-Vater. Ich habe ihm so viel zu sagen und noch mehr zu fragen. Wo soll ich nur anfangen?

Er greift nach meinem Gesicht, erstarrt und lässt seine Hand fallen.

Ich grinse. "Du hast immer noch Probleme mit der ganzen 'ist sie echt'-Sache, habe ich recht?"

Er nickt, Tränen quellen in seinen blauen Augen auf.

Ich nehme seine Handfläche und drücke sie gegen meine Wange. Sie ist schwielig, aber warm. Plötzlich weiß ich genau, womit ich anfangen muss: mit der Nummer eins unserer gemeinsamen Interessen. "Nenn mir einen Dämon, irgendeinen Dämon."

"Was?"

"Du nennst den Dämon und ich sage dir, wie du ihn besiegst." Das wird so viel Spaß machen, dass ich es kaum aushalte.

Er atmet zittrig ein. "Limus."

Ich rolle mit den Augen. "Bitte! Feuer, Ende der Geschichte." Ich drücke ihm die Hand zurück und grinse.

Er lacht und weint gleichzeitig ein bisschen. "Okay, wie wär's mit Papilio?"

"Also, das ist eine Herausforderung." Wir beginnen eine lange Diskussion über Dämonenkämpfe, die auf mehreren Ebenen unglaublich befriedigend ist. Dad hat seine eigenen Dämonen-Notizbücher, die er mir zeigen will. Also... Cool.

Das Licht an meinem Fenster wird dunkler. Meine Augenlider werden schwer. Ich will mich verabschieden, schaffe es aber nur, ein "hmm" zu sagen, als ich einschlafe. Meine Träume führen mich zu einem kleinen Schindelholz-Haus mit einem smaragdgrünen Garten. Über meinem Kopf ist der Himmel wie ein Blatt aus weißem Licht. Ich sitze auf der Veranda in einem Schaukelstuhl und lächle, während ich mich langsam hin und her wiege. Alles ist friedlich und schön.

Als ich aufwache, höre ich ein Flüstern. Mama und Walker stehen an meinem Bett. Anhand des Lichts am Fenster schätze ich, dass es schon spät am Tag sein muss.

Mein Gesicht erhellt sich. "Hey, Cousin! Schön, dich zu sehen. Geht's dir gut?"

Walker verbeugt sich leicht. "Völlig erholt, danke der Nachfrage. Und dir?"

"Besser." Ich greife nach oben und nehme Mamas Hand. "Wie lange war ich dieses Mal weg?"

"Insgesamt sechs Tage." Sie trägt Jeans und ein braunes T-Shirt. Rockig.

"Sechs Tage?" Ich mache ein kotzendes Gesicht. "Das ist ja eklig. Ich gehe duschen und mich umziehen."

"So schlimm ist es nicht, Myla-la. Wir haben dich sauber gehalten, indem..."

Ich hebe meine Hand. "Lassen wir es dabei bewenden. Das bleibt ein Geheimnis." Ich schleppe mich aus dem Bett und schlurfe in Richtung Badezimmer. "Ich sehe euch beide gleich."

Ich dusche und durchstöbere meinen Kleiderschrank. Mama war einkaufen, während ich weg war; alle meine Sweatshirts sind weg. Bonus! Ich ziehe eine schwarze Jeans mit einem roten Oberteil an. Ich schlurfe in die Küche. Walker und Mama sitzen am Tisch, dampfende Tassen mit Kaffee in der Hand. Xavier lehnt an der Theke, er trägt ein T-Shirt und eine lockere Baumwoll-Pyjamahose. Ich schätze, er ist einge-zogen. Wie schön.

Ich gehe hinüber und gebe meinem Vater einen kurzen Kuss auf die Wange. "Morgen, Dad."

Er strahlt förmlich. "Morgen, äh, Tochter."

Ich erwidere das Lächeln. "Du kannst mich Myla nennen oder - wenn du musst - Myla-la."

Er nickt. "Das werde ich mir merken, Myla-la."

Ich lehne mich an ein Stück Theke neben ihm, schnappe mir einen Dämon-Riegel und mampfe davon. "Hat mich sonst noch jemand besucht, als ich schlief? Du kannst mich immer aufwecken, weißt du."

Mama nippt an ihrem Kaffee. "Myla, es ist ja nicht so, dass Lincoln einfach anrufen oder vorbeikommen kann."

Manchmal vermisse ich die alten Zeiten, als sie keinen blassen Schimmer hatte, was ich denke. "Warum sollte ich nach ihm fragen?"

"Wolltest du nicht?"

Ich kaue und schlucke einen weiteren Bissen hinunter. "Okay, ja. Es stimmt."

Mama setzt ihren Becher ab. "Du weißt ja, wie das mit Antrum und der Sicherheit ist. Keine Telefone, kein Fernsehen, keine Computer. Er darf nicht anrufen, niemals. Er kann nur einmal im Monat schreiben. Ghule können nicht rein- oder rausgehen. Es könnte ein Jahr dauern, bis du wieder von ihm hörst."

Mein Magen dreht sich um. Vielleicht hätte ich den Dämonenriegel nicht reinziehen sollen. "Danke, dass du so ermutigend bist. Ich dachte, du magst ihn."

"Tue ich auch, erwarte nur nicht, dass er durch diese Tür tritt." Sie nimmt einen weiteren langen Schluck Kaffee. "Und dieses Zeug darüber, dass man an einen Engel gebunden ist. Das heißt nicht, dass du mit ihm zusammen sein musst. Es gibt da draußen noch andere Männer."

Was zum...? Das ist der Kerl, der an meiner Seite stand, um den verdammten König der Hölle zu bekämpfen. Ich habe blaue Augen, weil wir diese verrückte Energie miteinander teilen. Nimmt sie jetzt Medikamente? Ich werde nicht da raus spazieren und jemand anderen wie ihn finden, niemals. Meine Unterlippe schwillt an. Und außerdem will ich das sowieso nicht.

Ich zerknittere das Riegelpapier in meiner Faust. "Ich habe nur eine Frage gestellt. Ich brauche keinen Vortrag darüber, wie unmöglich meine Beziehung zu Lincoln ist. Walker hat das schon erklärt, danke."

Mama und Walker tauschen einen langen Blick aus. Ich kann mir vorstellen, dass das ein großes Gesprächsthema war, als ich nicht da war. Mama seufzt. "Ob ihr es wollt oder nicht, ihr beide regiert im Grunde sehr unterschiedliche Bereiche."

Ich wende mich an Dad. "Was sagst du dazu?"

Er runzelt die Stirn und überlegt. "Ich würde sagen, ich habe noch nie jemanden gesehen, der es länger als ein paar Sekunden mit einem größeren Dämon aufgenommen hat, außer einem Erzengel." Er nimmt einen Kaffeebecher von der Theke und nimmt einen langen Schluck. "Eure Kinder wären unglaubliche Krieger."

Mama klatscht mit den Handflächen auf die Tischplatte. "Nicht hilfreich, Xavier."

Er schenkt ihr ein schelmisches Grinsen und zwinkert. Mama wird rot im Gesicht. Ich wippe anerkennend mit dem Kopf. Es ist schön, einen Vater in der Nähe zu haben.

Mama streicht ihr Haar mit den Handflächen zurück. Ob sie nun errötet oder nicht, sie wird das nicht auf sich beruhen lassen. "Ich will damit nur sagen, dass du über deine Möglichkeiten nachdenken solltest. Vielleicht können wir für dich einen Thrax finden, der nicht der gekrönte Prinz ist?"

"Klar. Ich gehe in den Thrax-Laden und suche mir einen neuen aus."

Sie wackelt mit dem Kopf. "Ich weiß, ihr wollt das nicht hören, aber es ist die Wahrheit."

So ein Mist. Ein Teil von mir weiß, dass sie nicht ganz Unrecht hat. Der Earl von Acca will, dass der Hohe Prinz seine Tochter heiratet. Obwohl Lincoln einen Plan hat, ihn zu besiegen, ist nichts garantiert. Meine Augenlider fühlen sich schwer an. Diese ganze Realität lässt meinen Kopf schwirren. "Die Wahrheit klaren wir später. Schlaf jetzt." Ich trete aus der Küche, Mama dicht hinter mir.

Walker winkt mir über seinen Kaffeebecher hinweg zu. "Auf Wiedersehen, Myla." Er schenkt mir ein mitfühlendes Lächeln.

"Tschüss, Walker."

Xavier stürmt zur Tür. "Braucht sie irgendwelche Hilfe?"

Mama schüttelt den Kopf. "Ich kümmere mich um sie. Genieß deinen Kaffee."

Mama bringt mich zurück in mein Zimmer und hilft mir, mich ins Bett zu legen, und küsst mich sanft auf die Wange, als ich einschlafe. Mein Geist schwebt zwischen Träumen und Bewusstsein. Es ist ein Ort, der dunkel, leer und friedlich ist.

Das Geräusch eines Portals weckt mich auf. Ich öffne meine Augenlider einen Spalt. Der Himmel vor meinem Fenster ist stockdunkel. Walker steht an meinem Bett.

"Hi, Walker." Ich werfe einen Blick auf den Wecker. 2 UHR MORGENS. "Was machst du denn hier?" Mein Gehirn ist ein schläfriges Durcheinander. "Bin ich dazu berufen, zu dienen?"

"Nein, Myla. Das ist jetzt alles vorbei."

"Okay." Ich rolle mich unter meiner Decke zusammen und zittere. Dieser Raum ist so verdammt kalt. "Nacht, Walker."

"Ich habe dir etwas mitgebracht."

"Das ist nett." Ich versuche, meine Augen zu öffnen, aber es geht nicht. "Du bist der Beste."

Plötzlich fühle ich mich zum ersten Mal seit Tagen warm und geborgen. Ich falle in einen tiefen Schlaf und träume, dass ich wieder in den Thrax-Stallungen bin. Ich knie auf dem weichen Heu, während Lincoln mir sanft den Rücken reibt. Meine Augen flattern auf. Die Welt außerhalb meines Fensters ist immer noch dunkel.

Ich erwache mit einem Schreck und erkenne etwas: Der Hohe Prinz liegt hinter mir, seine Arme um meinen Bauch geschlungen.

Unheilige Hölle. Ich zappele und scanne den Raum. Wir sind allein.

Lincolns Stimme klingt leise in meinem Ohr. "Hallo, Myla." Ein wohliger Schauer läuft mir über den Rücken.

Ich drehe mich zu ihm um und spüre die Wärme und Festigkeit seiner Brust an meiner, das behagliche Gefühl meines Kopfes auf seinem Arm und den Komfort der schweren Decken, die uns einhüllen. "Hi, Lincoln." Ich grinse durch mein benebeltes Gehirn. "Wie ist diese Ungeheuerlichkeit passiert?"

"Walker hat mich von der Erde hierher gebracht. Ich schwänze die Dämonenpatrouille."

"Mmm." Ein Gefühl des Friedens überflutet meinen schläfrigen Geist. Ich schließe meine Augen und lege meinen Kopf in Lincolns Arm. "Walker hat dich den ganzen Weg hierher gebracht, um zu kuscheln?"

"Nein, das war meine Idee." Ich höre das Lächeln in seiner Stimme, spüre seinen warmen Atem an meiner Ohrmuschel kreisen. "Ich habe beschlossen, dass es einen therapeutischen Wert hat."

"Hat es. Danke, dass du dich weggeschlichen hast."

Er küsst sanft meine Stirn. "Ich kann nicht lange bleiben. Der Earl von Acca droht mit Krieg."

"Diese Familie ist die Hölle auf Erden." Ich zwinge mich, mich auf sein Gesicht zu konzentrieren. Acca droht mit Krieg? Ich habe einen leisen Verdacht, was der Earl wirklich will. "Drängt er immer noch darauf, dass du und Adair heiraten?"

Lincoln nickt. "Aber ich rekrutiere mehr von den kleineren Häuser für die Allianz. Ich werde ihn aufhalten, Myla." Er atmet lange aus. "Eigentlich sollte ich gerade auf Dämonenpatrouille mit dem Haus Gurith sein, um sie zu überzeugen, sich der Allianz anzuschließen. Ich fürchte, ich muss in ein paar Minuten aufbrechen."

Eine schwere Pause hängt in der Luft. Ein paar Minuten. "Ich werde dich vermissen, mein Freund."

"Das muss kein Lebewohl sein. Walker sagte mir, dass dein Gipfel in ein paar Wochen beginnt. Wenn du dich dazu in der Lage fühlst, kannst du vielleicht Antrum besuchen, bevor alles losgeht." Sein Daumen streicht über meinen Oberarm. "Vielleicht besuchen wir das Haus von Striga und finden einen Weg, die Igni zu entfernen."

Ich halte inne und beiße mir auf die Unterlippe. Ich bin mir nicht mehr so sicher, ob ich mir meine Kräfte nehmen lassen will. Zum ersten Mal frage ich mich, ob sich Lincoln jemals die gleiche Frage gestellt hat.

Ich betrachte seine ungleichen Augen. "Hast du jemals darüber nachgedacht, Antrum zu verlassen?"

Er blickt sich nachdenklich im Raum um. "Sicher. Ich habe meine Tage." Er lehnt sich näher zu mir und schenkt mir ein schüchternes Grinsen. "Ich träume davon, dass du und ich auf die Erde gehen und eine tropische Insel finden."

Hmm, das ist ziemlich spezifisch. Das interessiert mich. "Was machen wir dort?"

Er wird rot und das ist so süß, dass ich es nicht ertrage. "Herumalbern, Dämonen bekämpfen." Er fährt mit zwei Fingern meinen Arm hinauf, als wären es Beine. "Kleine Thrax haben."

Wow. Er will eines Tages eine Familie mit mir gründen. Ich kann mich nicht entscheiden, ob das gruselig oder süß ist. Hmm...Süß, definitiv süß.

Ich kichere. "Und wie machen wir Sachen wie Geld verdienen oder Essen finden?"

Er rollt mit den Augen. "Das ist nicht das Ding. Ich mache mir viel mehr Gedanken darüber, was du trägst und welche Dämonen wir zusammen töten." Er wippt mit den Augenbrauen auf und ab.

Ein frecher Affe. "Du hast also darüber nachgedacht, zu gehen." Mein Lächeln verblasst. "Warum tust du es nicht?"

"Aus demselben Grund, aus dem du kein Interesse daran hast, den Igni loszuwerden." Er küsst meine Nasenspitze. "Jetzt bist du nicht mehr interessiert, oder?"

Jetzt bin ich dran, rot zu werden. Wie kann er mich so gut lesen? "Nein. Definitiv nicht."

Der Prinz hebt die Brauen in einem Blick, der sagt: "Also, erzähl mal.

"Ich habe mich schon lange über das Leben im Fegefeuer beschwert. Aber das Problem ist größer, als dass mir vorgeschrieben wird, wie ich mich zu kleiden oder zu dienen habe. So wie die Ghule die Dinge führten, wurden viele gute Seelen vernichtet. Jetzt, wo ich die Scala bin, glaube ich, dass ich die Dinge ändern kann. Ich muss hier bleiben und mich auf den Gipfel vorbereiten."

Lincoln nickt. "Ich verstehe. Du kannst etwas bewirken, also musst du es versuchen. Nicht jeder bekommt diese Chance." Er stößt einen weiteren langen Atemzug aus. "Ich kenne das Gefühl gut."

Ich fahre mit dem Finger an seinem Kiefer entlang und dann über seine Unterlippe. Er bleibt in Antrum aus demselben Grund, aus dem ich im Fegefeuer bleibe, und irgendwie bedeutet das, dass wir getrennt sein werden. Das Richtige zu tun, kann so nervig sein.

Lincolns ungleiche Augen suchen mein Gesicht für eine lange Minute ab. Ein Lächeln zerrt an seinen Mundwinkeln. "Als Scala hast du schließlich diplomatische Pflichten zu erfüllen." Er schiebt mir eine Haarsträhne hinters Ohr. Das Gefühl schickt einen angenehmen Schauer durch meinen Bauch.

Ich runzle spöttisch die Stirn. "Nicht, dass ich wüsste."

"Vielleicht wirst du von einer Einladung nach Arx Hall überrascht."

"Ich weiß nicht, unerwartete Einladungen haben bei mir nicht funktioniert." Vor meinem geistigen Auge stelle ich mir die geprägte Einladung für Zekes Party vor, die vor sechs Monaten und einer Million Jahren angekommen ist.

Lincoln legt seinen Knöchel unter mein Kinn und führt meinen Mund sanft zu seinem. Unsere Lippen berühren sich; Wärme blüht in meiner Brust auf.

Wenn ich es mir recht überlege, sind unerwartete Einladungen auf lange Sicht vielleicht doch ganz gut. "Aber wenn der Thrax-Hochfürst mich fragt, kann ich wohl nicht Nein sagen."

Lincoln schiebt seine Hand in meinen Nacken und presst uns in einen tiefen Kuss. "Komm zu mir in die Arx Hall." Seine Stimme ist tief und süß.

"Ich weiß wirklich nicht, wann ich-"

"Wann immer du kannst. Ich werde auf dich warten." Er legt den Kopf schief und sieht mich aus seinen schieferblauen Augen an. "Sag ja."

Wärme und Liebe durchströmen mich. "Ja."

-- Ende --

~

Myla kehrt in DUTY BOUND und LINCOLN, Angelbound - Der Weg zu meinem Engel, Buch 2 und 3

Blog: http://christinabauerauthor.com/blog/
   Facebook: https://www.facebook.com/authorBauer/
   Twitter: @CB_Bauer
   Instagram: https://www.instagram.com/christina_cb_bauer/
   LinkedIn: https://www.linkedin.com/in/cb-bauer-481b12139/
   You   Tube: https://www.youtube.com/
channel/UCJN3zxbPFpa6PDqeReApzvA
   Tik Tok - https://www.tiktok.com/@christinacbbauer